御製

佛光恩照　三千大千　隨緣徧滿
恒沙法界　普度衆生　悉證菩提
身心安泰　年時豐稔　風雨調順
日月升恒　乾坤清寧　百昌蕃熾
上下樂利　中外協和　庶物咸亨
萬善圓成　情與無情　同登正覺
大清雍正十三年四月初八日

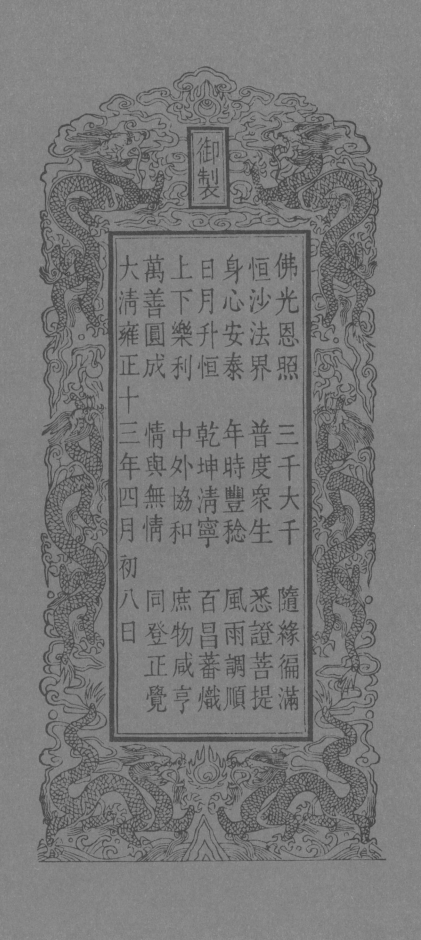

第四〇册　大乘經　五大部（九）

不空羂索心咒王經

唐天竺三藏寶思惟譯

清刻龍藏佛說法變相圖

不空羂索心呪王經卷上 上中合卷

唐天竺三藏寶思惟譯

南謨囉哆那怛囉夜耶　南謨阿利耶阿弭哆婆耶　怛他蘖多耶　南謨阿唎耶跋嚧吉帝　失筏囉耶　菩地薩埵耶摩訶薩埵耶　摩訶迦嚧尼迦耶　怛跌他唵　阿慕伽　鉢囉底喝多　𤙖𤙖泮吒娑婆訶

如是所說不空陁羅尼自在王呪即是一切祕密神呪之主若有人能誦此神呪成就之者即能通達一切神呪但是呪法所有事業皆得圓滿

成就尊者說不空神呪功德分第一

爾時聖觀自在菩薩摩訶薩復說不空羂索神呪王法若成就者福不唐捐能令無量無

邊諸衆生界一切業障悉皆清淨能集無量福德資粮增長善根方便善巧通達無邊智慧境界六波羅蜜多皆得圓滿復能證得無上菩提四無所畏十八不共一切佛法及四聖諦神足根力菩提分法復能示現靜慮解脫諸三摩地三摩鉢底復能證得聲聞辟支佛及如來地成就般若聰慧利根有大威德精進勢力具足辯才騰空隱形爲斫羯囉伐賴底曷囉闍一切自在能成呪仙獲世安樂得吉祥瓶及如意珠隨應所作一切皆得驅策使者進退無違令羅刹娑隨意而轉復能入於阿素洛窟或燒衆香或置藥眼中能見地下一切伏藏所爲事業自在成就療治衆病調伏鬼神守護壇場令諸龍王歡喜悅樂降雨止雨皆得自在復能於彼一切人中而得自在能令一切衆罪厄難悉皆銷滅資財寶物所求皆得復能成就無邊陀羅尼門及三摩地門此大不空羂索神呪之法於諸呪中功德最上殊勝廣大能令一切天龍藥叉健闥縛阿素洛揭路荼緊捺洛莫呼洛伽諸部多鬼一切餓鬼畢舍遮拘畔荼羅刹娑星宿鬼障礙鬼等承事供養尊重讚歎復爲帝釋諸梵王等之所擁護復爲一切成呪仙者共所慶慰復爲常離一切散亂無所著者之所承習受持所說供養恭敬尊重讚歎

成就受持供養神呪法分第二

爾時聖觀自在菩薩摩訶薩復說神呪之法若有欲誦此神呪時應先洗浴著新淨衣潔淨誦呪受菩薩戒起慈悲心哀愍衆生意樂作真實語遠離嫉妬利益安樂一切有情真

心淨信愛樂功德捨離貪愛瞋恚愚癡憶念三寶期心報恩應廣供養聖觀自在菩薩摩訶薩燒香散華塗香末香莊嚴幢旛及諸華蓋於尊者前一心淨信意樂堅固應誦聖者不空羂索心神呪王一百八遍即入不空陀羅尼三摩地門作蓮華印禁出入息默然而住由是此人所應作事皆得具足即於夢中得見聖觀自在菩薩或現苾芻形或現婆羅門形或現童子形或現帝王形或現宰官形讚誦呪人作如是言善哉丈夫汝能受持我之所說汝所愛樂皆得圓滿汝今持呪心何所欲隨意求索能令汝願速得成就由是得滅一切業障永不墮於地獄畜生常生一切諸善趣中般若現前辯才無滯增長正念諸天隨順而為伴侶所作自在無有障礙具大威神復能持呪隨心所欲不為一切怨賊侵奪賢聖讚歎常為國王大臣婆羅門居士等之所敬重一切衆生之所愛樂供養恭敬承事禮拜善言讚歎常與一切驚怖之者作歸依處能得一切善人腹心若有常誦此神呪者三業惡障皆悉銷滅若誦一遍所須飲食卧具湯藥衣服什物無所乏少安樂無病長壽自在

成就親見聖觀自在菩薩法分第三

若人欲得親見聖觀自在菩薩應往寂靜山寺塔廟之中或園林河邊深山巖谷阿蘭若處著新淨衣持八戒齋受菩薩戒三業清淨入三摩地修四梵行無所悋惜於諸持戒福德人邊常求歡喜然後於聖觀自在菩薩像前受其呪法既受法已即便於彼清淨之處

吉祥草上結跏趺坐應誦不空羂索心呪一心不動若晝若夜不驚不怖乃至忽聞虚空之中有虎嘯聲亦不驚怖若見聞空中諸天音樂歌舞唱伎不應驚異或見天雨曼陀羅華摩訶曼陀羅華鉢特摩華嗢鉢羅華俱沒陀華奔荼利華等亦不驚怪是時聖觀自在菩薩至其人前唱言善哉善哉汝能如是供養於我誦持神呪何所求耶其誦呪人即從坐起於尊者前燒香散華水和粳米及諸雜華供養聖觀自在菩薩右遶三帀頭面禮足菩薩爾時隨其意樂悉皆與之

成就畫像幀法分第四

爾時尊者說畫幀法及成就呪法若畫聖觀自在菩薩形像之時應織綃㲲隨其長短不截兩頭所用彩色和以香膠勿取餘膠畫師先受八戒齋法然後方畫聖觀自在菩薩形像其身黃白首戴華冠紺髮分被兩肩前後慈顔和悦放百千光清淨殊勝面有三目以純白綖交絡肩臆以毉泥耶鹿王皮而覆肩上莊飾寶帶以繫其腰尊者四臂左邊上手執持蓮華下手執持澡瓶右邊上手施無畏下手執數珠皆以珠寶而嚴飾之身著天衣立蓮華上有大威德瓔珞短長交臂垂下耳璫臂印及以環釧皆寶飾之頂上畫作無量壽佛於其幀内畫種種華若欲作壇於春秋時白月八日或十五日吉祥星下選擇好時無風無雲即於城外擇取好處隨其方地有諸樹木根莖枝葉華果茂盛條蔓交加周遍皆有流泉浴池處處青草皆悉充遍應用黃土爲泥塗地種種修理盡令如法不於荊棘

瓦礫骨石諸惡土地其壇四面以金精赤上雄黄石灰及紫金色青黄赤白及以紫色畫其界道於壇方面各開一門門外各有二吉祥柱於其壇内應畫螺形卍字香印門内各有二吉祥瓶隨其處所應作浴池池内周遍嗢鉢羅華俱沒頭華奔荼利迦華於池四邊應畫鵝形如貫華鬘周帀圍遶應置像幀壇場之内散種種華燒種種香幢旛寶蓋而供養之或用金銀諸寶及以赤銅作吉祥瓶盛滿一切諸妙香藥末尼真珠金銀等寶和雜盛之以雜華繩繫其瓶項取燒稻穀作華散以嚴飾壇上應以白縵覆之於壇四角各立一人身被甲仗而守護之是時呪師每日三時洗浴清潔著新淨衣三業清淨受持律儀於聖觀自在菩薩像前應以乳糜酥酪沙糖石蜜盛滿器中而供養之後以栴檀沉水蘇合龍腦如是等香和雜燒之而爲供養於像幀前敷吉祥草結跏趺坐作蓮華印安心合掌敬禮一切諸佛菩薩即誦護身呪呪曰

第二護身呪

唵　阿慕伽　鉢囉底訶多囉叉囉叉自稱名鈝泮吒

若欲護身時取自髮一莖應以此呪呪二十一遍常護自身無能損害

呪鬼神呪第三呪

唵　阿慕伽　漫陀　鈝鈝　泮吒

若呪鬼神先誦此呪呪五色綖一百八遍繫壇四面然後呪水一百八遍或呪芥子或呪淨灰隨四方面壇内散之即令一切惡鬼神等無能惱亂

禁惡鬼呪第四呪

唵 阿慕伽 鉢囉底訶多 唵餅泮吒

若禁惡鬼應誦此呪呪水一百八遍或呪白芥子或呪淨灰隨四方面壇外散之令諸惡鬼不得其便

禁惡魔呪第五呪

唵 阿慕伽 帝嚫路枳耶 毗闍耶 俱嚕磨餅泮吒

若呪魔時應誦此呪呪水一百八遍或白芥子及呪淨灰於其壇外散灑十方即禁諸惡魔不能嬈亂

禁諸惡魔鬼呪第六呪

唵 阿慕伽 囉叉自稱名 娑婆訶

若欲禁諸惡魔鬼時應以此呪呪水一百八遍或白芥子及呪淨灰點自頂上額上心上及兩肩上遍灑其身即令一切惡鬼惡魔不能惱亂

呪同伴人呪第七呪

唵 阿慕伽 餅佉

若欲呪同伴人時應誦此呪呪水一百八遍或白芥子及呪淨灰於其壇内散灑同伴即護彼人惡魔惡衆無能惱亂

呪香呪第八呪

唵 阿慕伽 淡磨淡磨 餅泮吒

若燒香時先以此呪呪種種香二十一遍然後燒香恭敬供養

呪飲食及華果呪第九呪

唵 阿慕伽 �醯唎傳 趫醯唎傳 餅泮吒

若以飲食及華果等欲散之時先誦此呪呪

一百八遍然後於其壇外隨四方面而遍散之隨作事成就呪第十呪

唵 阿慕伽 毗闍耶 鈝泮吒

隨作何事若誦此呪悉皆成就

世尊能持呪者作是法已於其壇內應誦不空陀羅尼自在王呪若見聖觀自在菩薩像幀動時或煙出時或焰出時如常誦呪不應驚怖若見幀動得富貴自在若見煙出成就喝囉闍位若見焰出騰空自在得成呪仙其誦呪者若見焰出心無驚怖身不動搖即得聖觀自在菩薩現其人前而安慰之其人見已所求皆遂即得菩薩諸三摩地於阿耨多羅三藐三菩提得不退轉現身憶念宿世生事及得無量百千功德

成就使者能辦事法分第五

爾時聖觀自在菩薩復說使者能辦事法此之使者即是聖觀自在菩薩不空羂索王神呪之使若欲驅使應以綵色及氎布幀上畫使者形又作藥叉童子像頭髮直豎如盛火焰面目瞋怒綠眼平鼻形貌赤色身服赤衣口出四牙二上二下其舌於口或入或出一手持劒一手執索嚴身之具皆悉周備欲作法時於白月八日或十四日持齋潔淨安置幀像四衢道中或空室內應以華香及諸飲食除血肉等種種供養其持呪者先應誦呪自防護身於氎幀前誦不空王呪一百八遍是時使者現其人前語持呪者言欲何所須若見處分皆能成辦其持呪者隨心所欲使者依行于時使者隨所見聞悉皆具說若持呪人日索金錢百文應時即得然不應別用

及生慳惜但應供養佛法僧寶如是之事但當自知不得輒向人說之亦復不得共人結怨應食淨食不得雜食每食之時先減已身一分飲食供養使者然後自食常須憶念不得忘之心常捨離貪瞋癡等不得妄語出誠諦言爲他說法於一切衆生常起饒益慈悲之心復以香華衣服幢旛寶蓋塗香末香燒香散華恒常供養聖觀自在菩薩作報恩心若能如是即彼使者日日供承得五百人所須資具飲食衣服塗香末香燒香散華一切具足乃至持呪之者盡形已來隨意皆得無所乏少

成就驅策僮僕使者分第六

爾時聖觀自在菩薩復作是言若欲成就驅策僮僕其持呪者應先造作僮僕者形而此使者即是不空羂索王神呪之僮僕容貌端正當以一切莊飾之具而嚴其身於其頭上作五髮髻身之色相猶如童子若欲作時應用白檀或用紫檀或妙香檀或用天木或一切木若金若銀以作其形若畫幀時或白氎上或於絹上其僮僕者所有衣服皆作赤色以烟脂和紫礦汁又取朱砂及以鬱金若根若香諸雜色等畫其形相應使端嚴面目喜悅熙怡微笑其身形相淺黄白色應作兩臂一手執菴摩羅果一手持種種華其像常於密處安置散華燒香末香塗香然燈種種飲食而爲供養又於像前誦不空羂索王呪一千八遍其持呪者應受八戒起慈悲心呪法即成即能覩見彼使者形驅策自在此持呪者所有處分皆得成辦然其使者若耳所聞

若眼所見皆來說向持呪之人隨持呪者使令去處能速往來一切事業皆得成就又能施與持呪之者一切財寶隨持呪人心欲去處其使者即將去來於持呪者住止之處常淨掃灑若泥塗地所有一切隱密之事及吉祥事皆來向說一切惡聲一切苦惱悉皆銷滅一切病患能令除愈諸惡鬼神皆自隱沒諸毒銷散歡樂圓滿一切福業皆得增長一切罪行悉能除滅猶如孝子恭敬供養尊重其父彼持呪人若欲自身安隱快樂不得於彼使者輕欺作惡及懷瞋怒應淨洗浴常勤誦呪而修供養口不妄言其心哀愍一切衆生施與無畏於三寶所起深淨信常散諸華及懸華鬘燒香末香以如是等供養尊者聖觀自在菩薩又先以種種飲食散華燒香然燈供養使者乃至不得於一日中忘不供養若不供養求事不成若其使者隱沒不現即便捨去是故持呪之人不應放逸常修精進不應懈怠於尊重處常勤供養恒不忘失菩提之心於施戒忍精進定慧應常修習遠離慳恪汙戒塵垢於生死中常生怖畏深懷慚愧心常正念不得散亂智慧觀察若如是作即能成辦一切呪業

成就吉祥瓶法分第七

爾時聖觀自在菩薩復說成就吉祥瓶法持呪之人若欲成就法者應結同伴並修十善至心堅固欲作壇時應選好處若山林地吉祥之所或是往昔仙人所住寂靜之處如法修理洗浴清淨俱著新衣唯食麥子及以乳糜受八戒齋與同伴人持呪自護隨心遠近

作四方壇面各一門香泥塗地以香畫葉應用雄黃赤土紫檀等末而界其道於其壇內隨四方面應畫四大天王以諸寶物莊嚴其身皆被甲仗手執刀劒其壇東面應畫金剛南面刀劒西面畫棓北面畫鑹於其四角畫赤色旛散種種華於壇場中以諸彩色畫吉祥瓶用雜華鬘以繫瓶項取蓮華池水盛滿瓶中復以香華妙藥并諸雜果一切種子及以金銀眞珠等寶並置瓶內復以四盤一盤盛酪一盤盛酥一盤盛乳一盤盛蜜於瓶四面各置一盤其持呪者須伴五人勇健無畏皆嚴器仗於其四方各立一人於五人中得心腹者簡取一人與持呪者隣近而住五人之外更取一人勇猛無畏能爲難事者令洗浴清淨著新淨衣其持呪人於壇四方散種種飲食除血肉等於吉祥瓶前取吉祥草敷座而坐應當呪水及以粳米灑散十方燒香散華如法結界呪曰

第十一呪

唵 阿慕伽 播奢鉢囉底訶多帝囇嚕枳耶微闍耶 囉叉(自稱名) 鈝鈝泮吒

此呪呪自身及與同伴如是呪已應作大印誦聖觀自在菩薩不空羂索心神呪王若一日二日誦此呪時若有毗那夜迦鬼來故相驚怖而作障礙其持呪人應起勇猛勿生驚懼如常誦呪心莫散亂後於壇南面聞羅刹娑可畏之聲其誦呪人呪白芥子七遍散之諸羅刹娑尋即退散不能障礙南西北方亦復如是

呪吉祥瓶呪第十二呪

唵 阿慕伽 阿波囉耳多 訶曩 訶曩
許泮吒
此呪呪吉祥瓶呪呪瓶之時瓶現異相或傾或側或動或搖呪人見已如常誦呪不應驚怖亦不解其結跏趺坐何以故以吉祥瓶如末尼珠隨心所欲一切皆得要當策勵加功方得成就此吉祥瓶有大威力甚難成就若得成者自在安樂增長福業由是呪人常勤精進不應空過恣諸放逸若吉祥瓶中出火日焰或出金銀末尼眞珠瓔珞諸寶色相或時出現種種衣服復現諸天美妙婇女及諸殊勝童男童女或丈夫形嚴淨裝飾或復示現城邑聚落及諸巷陌象馬車乘一切人衆宮殿園林美妙飲食香花旛蓋諸音樂等雖見如是種種異相如常誦呪不應驚起其時聖觀自在菩薩復變自身現作普賢菩薩形像無量菩薩眷屬前後圍遶從彼瓶中忽然出現聖觀自在菩薩現此相時如上所現一切神變種種異相悉皆隱沒唯有尊者現作普賢菩薩形像與無量菩薩皆共讃彼持呪人言善哉善哉汝能成就此神呪法隨汝所求皆當與汝呪人聞已即從座起合掌恭敬右遶尊者頂禮供養而作是言唯願尊者當攝受我施吉祥瓶聖觀自在菩薩所現普賢菩薩言善男子汝之所求我今施汝隨意受用呪人取得吉祥瓶已置於頂上復以香華種種供養從吉祥瓶而乞願言南謨尊者願隨我意樂一切事業悉皆圓滿其持呪人作此願已及諸同伴隨心去處皆得如意時吉祥瓶變現其體如淨瑠璃爲持呪人等現作

童子常能承事恭敬供養

成就策使羅刹童子分第八

爾時聖觀自在菩薩復說策使羅刹童子之法若欲使時其持呪者應先畫作羅刹童子色相形容如童子像以一切莊具嚴飾其身於頭之上爲五髮髻面狀喜悦身相端嚴衣服黄色如乘空行手執蓮華其體金色如是畫已安置密處若佛堂中若在房内於白月八日或十四日持八戒齋於像幀前散華燒香末香塗香懸諸華鬘及種種飲食而爲供養於其像前結跏趺坐誦不空羂索心神呪王一百八遍現前即見羅刹童子隨持呪人有所希願皆令滿足其持呪者語童子言汝今作我驅策使者童子答言如是如是我當策勵承事供養隨汝驅使皆令速疾而得成辦不生疲猒其持呪人常應勤心供養童子形像不作輕欺若欲食時先與童子不得遺忘若能如是驅使自在所須財物皆能與之亦復示其伏藏之處隨持呪人所須莊具及與資財皆爲將來無所乏少而此童子若眼所見若耳所聞皆來密向持呪之人耳邊而說令持呪者憶念宿世所有生事若持呪人問童子過去未來現在之事皆依實答終無虛妄

成就使死屍取伏藏分第九

爾時聖觀自在菩薩說取伏藏之法若有欲取地中伏藏其持呪人先當誦呪防自身已即往塚間取丈夫屍身形之上無瘡瘢者應與洗浴洗浴屍巳即取香華塗其兩足而供養之而便誦呪呪屍令起作如是言尊師令

者與我何事彼屍即從索紙筆墨其持呪人即賣紙等而與死屍彼屍即如法抄寫取伏藏珍寶之法與持呪人若持呪人不用抄寫即語屍言汝應爲我自取將來其屍如言即爲將來所得珍寶應如法受用供養三寶及將施與一切衆生而此死屍隨持呪人所得珍寶若受用盡即便送來若不施三寶及一切沙門婆羅門貧窮衆生即便不送若持呪人自身不欲至於墓中又復不欲令彼屍起若自能知伏藏之處應往彼取若夜中取應將同伴受樂功德同心同行深怖罪業善解經論聰慧之者先作吉祥禁身呪已即以酥膏塗布爲燭誦不空羂索心神呪王一百八遍用捨(詩可切)彌木然大火聚發弘誓願令一切衆生永斷貧窮苦惱等事即以酥燭擲向空中隨有廣大伏藏之處其燭即於伏藏之上空中而下隨其寶物入地深淺所有尺數其燭依此尺數空中而住待持呪人來至藏所明了知處結界圍之其燭方滅知伏藏已後若取時應以乳糜及油麻粥以祭天神如是祭已共其同伴而往取之取得珍寶分爲三分一分自爲已身一分與其同伴一分共同伴和順供養三寶又以自身所得一分與一切衆生之所共用若能如是自身一分乃至持呪之人命未盡期用之無盡

成就入婇女室分第十

爾時聖觀自在菩薩復説成就入婇女室法若持呪人欲入此室應將同伴腹心之者先當具足作吉祥法以呪自身然後往至其室其室可愛常有流泉浴池及諸華菓種種樂

具世間皆以此室是靈仙處若欲入時其持
呪人當於白月十五日持八戒齋澡浴清潔
著白淨衣然後往至泉水出處應以稻粟大
麥小麥大豆小豆及胡麻等七種之穀和乳
酪酥誦不空羂索心神呪王每一一遍常以
此穀散於火中要使此室其門自開持呪之
人見室門開不應驚怖不得輒起應專誦呪
若有婇女各各執持種種華香從室而出語
呪人言善來尊者唯願受我如是香華其持
呪者不應輒受乃至三請持呪之人作如是
言善來姊妹若為攝受我等故來願持此香
華與我同伴其同伴人觀此婇女隨所愛者
即便執手取以為妻而此婇女知其人心所
愛重故猶如婢使而承事之此同伴人隨欲
去處任情來往其形色相少如童子遊戲受
用五塵境界若捨人身即得天身成就呪仙
其持呪者如是誦呪乃至更有勝妙婇女五
百眷屬從室而來執持種種衣服莊具及諸
香華頂禮呪人作如是言善哉聖者為欲攝
受哀愍我故久來在此唯願領受此衣服等
至三請已其持呪人為欲調伏諸呪仙故應
受其請隨所受已持呪之人及諸婇女便沒
不現成就呪仙轉輪王位若捨人身得於天
身一切呪仙皆來恭敬頂禮其足稱讚吉祥
願常住世奏種種音樂作諸歌舞建立百千
寶幢旛蓋歡樂具足其持呪人自在受用天
王果報其心安樂然常念佛終不忘失菩薩
之行得宿命智超過一切諸惡趣門亦不躭
著五塵境界恒常得見諸佛菩薩而能敎化
無量有情於無上菩提道中入不空智諸陀

羅尼三摩地門

不空羂索心呪王經卷上

不空羂索心呪王經卷中

唐天竺三藏寶思惟譯

成就眼藥分第十一

爾時聖觀自在菩薩復說成就眼藥方法其持呪人若欲成就此法之者應以雄黃牛黃及蘇毗羅眼藥於香葉中裹此三種於白月十五日沐浴清淨著新淨衣受持八戒廣大供養聖觀自在菩薩已於尊者前結跏趺坐先念佛已後誦不空羂索心王神呪一百八遍其持呪人先應入彼火遍處定待彼葉中煙出即以泥塗壇而取眼藥置於菩提樹葉之內若火星焰出燒煉此藥其持呪人即知所作眼藥成就應呪芥子等散於十方及誦呪自護己身欲取藥時先誦此呪呪曰

第十三呪

唵 阿慕伽 鉢羅底訶多 鉼什筏囉什筏囉泮吒 娑婆訶

誦此呪已即取眼藥石上研之使其爲末安著眼中即令餘人不得見於誦呪之者復身能自見一切伏藏所欲往處隨其意樂或入或出復能自見一切菩薩天龍藥叉健達縛等及見一切衆生若在天趣或那落迦中傍生餓鬼若沒若生悉能見之若諸衆生作福作罪悉皆能見於一切處常得自在作諸供養復能見於阿素洛窟及諸龍宮復能隨類示現變化應往便往無有障礙證得神通往諸佛所自見已得受阿耨多羅三藐三菩提記復爲諸大菩薩之所灌頂得諸菩薩出離方便一切善巧於諸靜慮三摩地門而得自在成就根力菩提分法又得一切呪陀羅尼

而無所畏

成就除鬼著病法分第十二

爾時聖觀自在菩薩復説成就能除一切著鬼魅法若持呪人欲成就此法應發信心修清淨業精進堅固心無疑惑至誠決定常懷報恩起慈悲心此諸菩薩方能成就非諸下劣怯弱有情何以故由佛教中先爲阿難説於四種不思議法所謂末尼寶珠威力不思議神呪威力不思議妙藥威力不思議佛境界威力不思議若能誦呪一百八遍一切諸鬼所著之病皆得除差或經一日乃至七日專誦聖者不空羂索神呪下至一遍乃至發聲一句若患天行時氣一切熱病悉能除差復次有法應呪白線二十一遍一遍一結以繫病人即能除差一切諸病亦復不爲諸鬼擾亂復次有法若患瘧鬼之病經四日者先應泥作四角之壇散諸香華令其病者壇中而坐復以麵作病人形像應誦不空羂索心王神呪稱病人名用淳鑌鐵刀段段截之病人見聞心即驚怖瘧鬼捨離永不復來

復次有法若欲呪人其持呪者洗浴清淨著新淨衣先誦神呪自防其身後以牛糞而用作壇隨四方面畫種種色散諸新華及置白食供養壇場應取童男或復童女洗浴清淨妙香塗身著白淨衣種種莊具而嚴其身令於壇中結跏趺坐應誦此呪結童子髮呪曰

第十四呪

唵一 阿謨伽二 鉢囉二合 底訶跢三 囉上 叉羅上 叉稱彼名四 薩皤婆曳比也二合五 盤陀大 泮吒半音 莎訶

誦此神呪結童子髮已復取雜華滿於所呪童子手中又以妙香若熏若塗及末散之復呪粳米及與華水灑散壇内應燒沉香誦不空羂索神呪呪華三遍散童子面童子身動若欲令語應誦此呪呪淨水灑童子面呪曰

第十五呪

唵 阿慕伽 鉢囉底訶多 囉叉 囉叉 (自稱名) 薩婆裴曳弊鉡漫陀 泮吒 娑婆訶

誦此神呪不得以手觸所呪人如此呪已童子即語若問去來現在好惡之事皆能答之其持呪者若欲發遣著童子神復應誦此呪呪曰

第十六呪

唵 阿慕伽囉闍 鉢囉底訶多 鉡没地耶 宅待耶 若朧波波耶 鉡鉡泮吒

復次有法若欲成立以手摩觸所呪之人令其病差應作壇場散諸香華復燒沉香安置病人於壇中坐呪之令動其持呪人以無名指壓一本云左手中指及無名指捏作印其中指呪彼病人病人即語作是誓言我今放捨終不敢來若不發語應以此呪更治罰之呪曰

第十七呪

唵 阿慕伽 鉢囉底訶多 孽車 孽車 娑婆訶

誦此呪已所呪病人身如火熱作如是言我今即去永不復來

復次有法若爲諸鬼之所魅著或瘦或癲應誦神呪呪白芥子或呪三遍或復七遍火中燒之我今復説火燒之法先以牛糞作壇壇

中應燒菩提樹木及捨彌木牛膝草等以酥
酪蜜相和呪之一百八遍一遍一燒如是誦
呪或一日或三日若爲藥叉鬼所著者應誦
聖觀自在不空羂索神呪呪白芥子或一切
種子一遍一燒或安悉香和白芥子呪之一
遍一燒如是誦呪或一日或三日若爲天龍
神鬼之所著者以白檀末及沉香末相和呪
之一遍一燒如是誦呪或一日或三日若爲
一切鬼神之所著者應取胡麻以和芥子或
和白芥子呪之一遍一燒如是誦呪或一日
或三日即令一切諸鬼除滅若有枉橫及諸
災厄或星現惡相若王難鬪諍饑饉之事應
以牛乳和鹽呪之一遍一燒如是誦呪或一
日或三日一切惡事即自銷滅

不空羂索心呪王經卷中

音釋

窟 苦骨切穴也 髆 補各切肩髆也 幀 猪孟切開張畫繒也 紫礦 礦古猛切紫礦藥名 鑹 七亂切短矛也 瘢 薄官切瘡瘢也

不空羂索心呪王經卷下

唐 天竺三藏 寶思惟 譯

成就入壇法分第十三

爾時聖觀自在菩薩説不空羂索神呪壇法此壇是大乘法爲諸菩薩之所攝受其應入壇若王若臣若諸凡夫想持願者與佛平等以持呪故能益自他不生惡趣常生善道故入壇者勤修供養其持呪者被精進甲踴躍歡喜發起饒益一切衆生不生慳悋專注其心依壇法用如法作之遠離嫉妬不懷矯詐無諸諂曲所了知法念之不忘無所希求於諸衆生善巧方便心行平等所作勇決能速成就不起我慢離諸諍論守持禁戒洗浴護淨如是之人方堪持呪入此壇場其所作壇法有三種一者地壇二者國壇三者民壇若爲王作名爲地壇爲大臣作名爲國壇爲凡人作名爲民壇地壇大作國壇中作民壇小作若不依此大中小法便惡事起或王或臣及誦呪者有諸惡事以是應知當依法作若欲作壇先擇星日若路逢善相選吉祥地或於河邊或山林處或園苑中應離荆棘骨石瓦礫高下不平穢草稠林險惡之地於其好處除去惡土好土填之泥塗摩拭平坦如掌周遍細滑猶如鏡面若造王壇縱廣各有三十二肘應用金銀眞珠等末以和赤白黄緑黒色而界其道於壇四面各開一門去門不遠皆竪雙柱種種莊嚴作吉祥門於此門外布諸妙華周遍圍遶壇東門外畫二天王守護其門左邊應作持國天王右邊應作增長天王倶被衣甲器仗嚴淨作瞋怒面眼光赤

色持國天王以手執劒增長天王以手執棓
壇南門外應畫二王守護其門左邊應作醜
目天王右邊應作赤目神王此之二王面皆
黑色赤金嚴身皆被衣甲其手執持弓箭刀
劒壇西門外畫二藥叉王守護其門左邊應
作末尼跋達羅藥叉王右邊應作布栗拏跋
達羅藥叉王作此二王應如本色種種莊嚴
身被衣甲手持斧索壇北門外畫二天王守
護其門左邊應作多聞天王右邊應作金剛
手天王畫此二王各依本色衆寶莊嚴執持
器仗正於壇中畫聖觀自在菩薩形像其像
立在蓮華座中頂上螺髻紺髮垂下首上寶
冠畫無量壽佛其尊者身一切莊具而嚴飾
之形狀白色如頗胝迦應作四臂右邊二手
一持蓮華一持澡鑵左邊二手一持數珠一
施無畏面貌端嚴熙怡寂靜圓光之上畫作
天華而嚴飾之於其肩前作卍字印俯身低
視尊者左邊畫大勢至菩薩形像其形色相
如白金色身著天衣衆寶嚴飾偏袒右肩面
向聖觀自在菩薩前合掌恭敬復於右邊畫
作普賢菩薩形像其形如彼白蓮華色頂作
螺髻紺髮垂下面貌端嚴熙怡微笑偏袒右
肩面向尊者合掌恭敬於普賢菩薩像下應
畫摩麼雞（此言我所）天女金剛使天女於大勢至
菩薩像下應畫多羅（此言瞳子）天女毗俱胝（此言瞋目）
天女其多羅天女著白色衣餘三天女衣皆
雜色此四天女並著天衣衆寶嚴飾顏貌和
悅熙怡微笑悉皆胡跪偏袒右肩向尊者前
合掌恭敬復於觀自在菩薩像前應畫不空
羂索呪王其形色相非赤非白衣服赤色頭

髮動摇面有三目赤色赤光耳璫垂下口出四牙二上二下兩眉或顰下脣時動身有四臂長短瓔珞交垂胷臆於尊者前雙膝著地曲躬瞻仰側耳而聽復於尊者兩邊近處應畫梵王帝釋及那羅延自在大自在等諸天之衆各依本形衣服莊嚴俱向尊者合掌而立於壇四面各應畫作一大龍王所謂娑竭羅龍王阿那婆蹹多龍王難陀龍王鄔波難陀龍王於壇四角應各畫一阿素洛王所謂光明阿素洛王羅怙羅阿素洛王毗摩質怛羅阿素洛王吼聲阿素洛王結是壇已復作諸印及諸器仗莊嚴壇場謂應畫作螺形之印輪形之印蓮華形印難地迦印莎底(丁履切)迦印卍字印文又應作棓鑛戈戟及弓箭等諸器仗形復作白蓋若華若幢欲畫之時應令畫師先淨洗浴著新淨衣受持八戒應取鬱金牛黄雄黄金精朱砂勝妙彩色勿以膠和當用健陀洛娑香汁及酥和之以此而畫於壇周遍應懸青黄赤白四種色旛壇上應以白蓋覆之復以金銀赤銅作八大瓶其皆用栴檀沉水龍腦鬱金和此諸香畫彼瓶上即以貫華繫其瓶項各滿盛水置於壇中復取好香酥蜜乳酪如是五物各盛四器安著壇中以酥煮餅用砂糖石蜜而塗餅上取秔米飯及以乳糜若胡麻粥若大麥粥種種好食唯除血肉皆以盤盛壇中供養壇外四面築墻掘壍或豎籬柵隨作一種又於壇等四面各開一門於其門外令人守護其守護者令身被甲手執器仗復去壇外一俱盧舍周帀四面陳列四兵象兵馬兵車兵步兵而爲

守護禦敵非人其持呪人香湯沐浴著新淨衣作吉祥法誦呪自護不令非人而得其便復於壇外立一小壇即令其王及王眷屬應入壇者於小壇内香湯洗浴著純白衣持八戒齋經一日一夜皆令斷食口嚼楊枝呪白芥子令王自身及諸眷屬皆手執之以吉祥瓶水灌王頂上令王正念方便安慰至心改悔其誦呪人即先入壇請呪神衆以香華飲食及以燈明種種供養頂禮聖觀自在菩薩應誦此呪呪白芥子散於十方呪曰

第十八呪

唵　阿慕伽　赦䰩耶　赦䰩耶　𤙖泮吒

此是結界呪欲結界時先以此呪呪白芥子散十方面而爲防護呪曰

第十九呪

唵　阿慕伽　鉢囉底訶多　漫陀漫陀　囉叉囉叉自稱名　囉攘　薩婆薩埵𤙖俱嚧唵泮吒　娑婆訶

此是結壇神呪欲結壇時先以此呪呪水呪灰或白芥子散灑四方隨其遠近即成界畔而爲防護呪曰

第二十呪

唵　帝囇嚕枳耶　徽闍耶　慕伽播賖㛹囉　三摩耶　地瑟咤南　摩訶娑㛹耶　鉢羅　答波𤙖若

此是禁自身呪若入道場先以呪呪禁自身不令非人而得其便呪曰

第二十一呪

唵　阿慕伽　囉叉囉叉自稱名　𤙖泮吒

此是呪香呪若入壇場欲燒香時先以此呪

呪香然後燒之供養

第二十二呪

唵 阿慕伽 淡磨 淡磨 鉢囉底 掣度謗 忙微嚧麽 婆婆訶

此是呪華呪若入壇場欲以華鬘供養時先以此呪呪華鬘用散壇場

第二十三呪

唵 阿慕伽 阿訶囉 阿訶囉 布澁波達嚩闍微麽 阿遮唎尼 針泮吒

此是獻供呪欲獻供時先以此呪呪水粳米及諸雜華然後散灑於壇之内奉獻供養

第二十四呪

唵 阿慕伽 阿囉闍 鉢囉底車傑囉伽跛 店孽里醯拏 孽哩醯拏 沫林 婆婆訶

此是呪座神呪若欲坐時先以此呪呪壇内座然後於上結跏趺坐以其兩手作蓮華印誦不空羂索心呪如是誦呪威神力故於虚空中有異相現或時聞有説法之聲或聞彈指或唱善哉聲或見雨華誦呪之人見聞如是不可思議吉祥事已即知所作壇法成就王及眷屬應即入壇是誦呪人即從座起頂禮聖觀自在菩薩及諸聖衆從壇内出執王右手引至壇門令王合掌即取白繒掩王兩目令王敬禮諸佛菩薩及神呪王并多羅天女毗俱胝天女摩麽雞天女金剛使天女及大勢至菩薩普賢菩薩已令王發心至誠懺悔作大誓願手捧妙華呪人引王從西門入至於壇中以所捧華於諸像前隨意而置所置華處即以爲師胡跪合掌受菩薩戒永斷

酒肉不食葷辛不復歸餘邪魔外道知恩報恩唯願三寶菩薩聲聞慈念加護從今已後於衆生類常施無畏誓不斷命發菩提心出眞實言不爲邪行常行正見不起我見及衆生命者補特伽羅一切邪見勤求出離證空法性終不執著一切諸相第二第三亦復如是即作誓言願以如是所生功德速出世間當作導師兩足中尊令一切衆生斷煩惱病受諸律儀於是呪人授王不空羂索心呪印法引出壇外復應次第引王眷屬一一入壇如王受法其事畢已王及眷屬應以財寶什物施呪人等方自還宮

若造臣壇縱廣一十六肘於其壇内所有界道勿用金銀隨其力分用諸綵色畫呪王等諸形像時如王壇法應置飲食壇内供養於壇四面各立幢旛四吉祥瓶各滿盛水安置四方應入壇者先淨洗浴著新淨衣燒衆名香散華供養所有法用皆如王壇

若造民壇縱廣八肘於其壇内應畫尊者聖觀自在菩薩呪王像及以印文其餘形像不應如彼王臣壇法若畫壇時用赤白黄色三道界之其吉祥瓶或用白銅或用赤銅或以銀作隨自力分嚴辦香華旛蓋種種飲食及諸菓子而爲供養應入壇者洗浴受戒入出壇場一切軌則皆如王法如是壇場所有利益皆是世尊善巧方便調伏衆生令於長夜而得解脱若求聲聞者即以聲聞乘而調伏之若求辟支佛者即以辟支佛乘而調伏之若求菩薩者即以大乘而調伏之若以如是祕密神呪而調伏者即以神呪善巧方便令

趣善道乃至菩提是故於此神呪應斷疑惑若有成就佛及菩薩所說神呪如此之人即得預流一來不還阿羅漢果辟支佛果乃至證得阿耨多羅三藐三菩提是故入此壇者成大福業具足智慧神通宿命乃至十地所有功德皆悉成就超越衆魔一切境界摧伏怨敵斷諸障惱乃至五無間業悉皆消滅無量功德皆悉成就

成就調伏諸龍得自在分第十四

爾時聖觀自在菩薩復說調伏龍法若有欲得調伏諸龍得自在者持呪之人應往至彼龍所居處取淨黄土用和牛糞塗作壇場燒栴檀香及沉水香散華供養應誦尊者聖觀自在不空羂索心呪王一百八遍龍所居池水皆枯竭龍及男女自然而現皆悉歡喜頂禮呪人讚呪者言善來善來何爲至此呪者報言我有所欲希能相爲龍即問言何所須耶呪者報言我所思念汝宜隨順速應我心其龍聞已頂禮呪人忽然不現須臾之間龍所居處池水還滿龍及眷屬歸於本宫無復暴惡其性調柔住不放逸常懼呪人重加其罰失於自在及其眷屬恐墮惡道不貪五欲呪人於後欲求財物廣行惠施饒益衆生念彼龍時其龍即變作童子形應念而至身服珍寶種種莊嚴於呪者前胡跪而問欲作何事呪人報言我須財物以施貧乏龍復報言令隨意樂當令滿足作是語已即入海中取如意寶珠奉施呪人而發大願以如意珠施贍部洲一切衆生捨離貧窮得大富貴所求滿足自在無礙呪人得珠而語龍言汝可還

宮我若須汝應念可來無得遺忘呪人得此如意寶珠所須皆遂利益無量諸衆生類皆令快樂富貴自在呪人復以種種香華供養寶珠唯應自見勿示他人若示他珠即失神變復不自在後若賣時於百俱胝價中但得其半復更賣時又減半價如是後後復更賣時常減其半乃至如石一無所直棄之於地無有光明若於後時有佛出世此如意珠還有神變入於海中如是福力皆由神呪若不如是如意寶珠甚難可得若彼呪人見時亢旱稼穡燋黄心念彼龍其龍爾時化作人形應念而至頂禮呪人而作是言仁者復何所須呪人報言今者亢旱苗稼不登可降甘雨普令潤澤於是時間即復龍形昇於空中興大雲雨普令一切無不豐足作是事已白呪人言其所應作我今已辦呪人告言可還本所我若憶念汝當赴我其龍於是禮呪人足即没不現還於本宮若彼呪人欲於龍宮有所遊觀憶念彼龍其龍即能應念而至而作是言仁者復何所須呪人報言欲往龍宮有所遊觀即將呪人欻然而去至彼龍宮龍變呪人以爲龍子雖共遊處終不爲彼龍毒所傷呪人遊戲淹時還憶人間即採龍宮所有珍寶衣服飲食香華繒綵及諸樂器畫繢等事悉皆殊勝人中所無龍與呪人賫持彼物於須臾頃還至本處復語呪人作如是言更欲何求呪人報言衆事已辦隨意而去其龍爾時昇空而逝若彼呪人意欲移龍置於他國即往龍池而誦此呪結界自護呪曰

第二十五呪

唵　阿慕伽　烏波味賖　幹泮吒

此是護自身咒欲結界時先誦此咒以咒十方隨心遠近作其界畔一切非人無能得便以淨黄土於其界内選擇淨地作四方壇於其壇内燒香散華應畫羂索猶如蛇形名龍羂索爾時咒人以右足拇指躡畫索頭誦不空羂索心咒王一百八遍其龍爾時身如焚灼至咒人前以咒力故雖有瞋怒不能爲害即變其形以爲水蛇咒人取之以置瓶内或篋笥中無所逃避所去之處恒將隨逐飲以乳汁存其軀命設有餘國旱澇不調能貿易之以取財物爲獲罪故不將貨賣若有國土旱澇不調令其降雨無有過失龍至他國降注甘雨一切苗稼甘蔗稻穀悉皆成熟又能令彼多諸水牛彼國衆生因之耕植由此遠離饑饉疫病鬭戰諍論復無賊盜及以惡獸衣食豐足安隱快樂一切人民皆行善事惠施貧乏堅持禁戒廣修福業恒念無常説如是言我等衆生生於邊國無量時來饑饉逼迫應知皆是大龍威德力故令我等輩捨離如是無量苦惱大龍由是得無量福爲彼國承事供養龍王歡喜守護人民時持咒人攝取彼龍勸立誓願常令利益一切衆生復與受戒彼龍因此善根力故捨畜生身得不退地乃至證獲無上菩提其持咒人爲利衆生施其命故檀波羅蜜乃得圓滿不復生於地獄餓鬼畜生趣中常生人天速得佛地

成就見不空羂索王法分第十五

若有欲得見不空羂索神咒王者其持咒人應先洗浴著新淨衣堅持禁戒然後擇空閑

處或於樹下或於塔邊或園林中以白月八日或十四日治地作壇用水灑之敷吉祥草應誦此呪自結頂髮而護其身呪曰

唵一旃慕伽二上跛囉視多三咯咯叉叉四我其甲五賗呼奄切六撥七娑思說切嚩房可切訶

誦此呪已應誦不空羂索王呪呪白芥子三遍散於四方即得一切障礙鬼神退散馳走無能惱亂然後於草上結跏趺坐以衣蒙頭作定手印應誦不空羂索神呪王滿一千八遍爾時即有大聲及大光明或空中華下持呪之人見聞如是不應驚怖當知即是成就見尊者不空羂索王法然後從座而起燒香散華一心憶念尊者聖觀自在遍觀十方即見聖不空羂索神呪王從南方來乘空而行威光晃曜如百千電一切珍寶莊嚴其身面有三目現瞋怒相口牙上出髮如火焰其色黳黮猶如夏雲身有四臂一手執劒一手執索所執劒索有火焰光被赤衣服鼻中氣出如盛火焰遍滿虛空明耀一切手足皆以眞金金剛末尼及吠琉璃而莊嚴之以大龍王而爲瓔珞於是大笑聲如天鼓其形可怖山河振涌樹木摧折持呪之人雖見如是種種異相不應驚怖但誦不空羂索心呪王及專心憶念聖觀自在菩薩燒香散華復以淨水和白粳米散之供養爾時呪王從空而下容貌寂靜猶如天身熙怡微笑讚呪人言善哉善哉我今歡喜汝求何事若求自在安樂若曷囉闍作斫羯羅伐坻曷囉闍低若隱形若騰空若呪仙若呪仙斫羯囉伐底曷囉闍若帝釋若梵王若護世若宿住隨念智若五通

若預流果一來果不還果阿羅漢果辟支佛果乃至阿耨多羅三藐三菩提道隨汝所樂其所樂者禮拜求索如上所說應作是言汝可與我而作使者爾時呪神爲作使者隨有處分皆悉能作所行之處常隨逐之所見所聞向呪人說若持呪人不用呪王親近住時即自遠去呪人憶念應時即至或將伏藏與持呪人或示伏藏若持呪人見鬼病者意欲療治使者即爲除遣并治罰之若患寒熱等病令除滅亦能禁止一切水火刀劒毒藥雲龍盜賊復能摧破他軍怨敵隨持呪者所作無違呪人瞋時亦不敢瞋亦不逃避呪人若不如法及以怯弱即不成就由是呪人常應如法勤修福業不假多功而得成就

成就見如來法分第十六

若有欲得見如來者其持呪人行十善業起慈悲心發增上意樂精進堅固自誓邀期故爲欲利益一切衆生供養三寶於聖觀自在菩薩像前塗地造壇隨其力所辦種種資具燈燭華香而用供養清淨其身著鮮白衣日别三時洗浴并換衣服於其壇内或三日或七日斷食結跏趺坐作如來印應誦不空羂索心呪王爾時聖觀自在菩薩像身振動或現神變或行或坐或低或昂或現一身多身或麤或細或起騰空放大光明若見如此種種異相當知即是呪法成就其持呪人應知必當得見如來復由此相聖觀自在菩薩令普賢菩薩奉請世尊使呪人見復由此相當知如來允許聖觀自在菩薩之所啓請爲欲利益哀愍一切衆生故時持呪者見如是相

歡喜踊躍復以種種供養之具供養聖觀自在菩薩應誦不空羂索心呪王乃至聖觀自在菩薩像於其座上示現隱没如來出現申金色臂安慰呪人唱如是言汝看如來大悲者哀愍汝故汝所希求我當滿足汝願于時呪人瞻仰世尊踊躍歡喜右繞七帀香華供養修敬已畢白言世尊我今肉眼得見如來我所希求願令滿足爾時世尊告呪人言隨汝意樂悉當與汝汝今何求若求多聞若求財寶富貴自在若求呪仙若於如來法中求聲聞縁覺菩提若求灌頂菩薩之位若求人中無病長壽或求生婆羅門家居士大種姓家轉輪王家殊勝生處若求生四大王衆天三十三天焰摩天覩史多天化樂天他化自在天梵身天淨居天及求聖果如是等處所求皆得以如來神力故福德加持故如來秘密神呪故聖觀自在菩薩願力故不空羂索心呪王威力故持呪之人意樂清淨故如來語言無虛謬故諸所希求必當成就若持呪者於如來前欲得授記如來亦爲授記愚夫少智不應分別生如是疑佛智難成要經無量百千俱胝那庾多阿僧企耶劫修行淨業百千業行善巧方便方得成滿云何以少呪法一生修集便得授記勿起此疑何以故以持呪人修行般若善巧方便信力精進力念力三摩地力由是因縁一切成就乃至成佛故我今者安慰呪人勸發精進爲之授記當成阿耨多羅三藐三菩提欲令呪人得授記已依菩薩行次第修習一切自在得靜慮三摩地如是自在菩薩得近阿耨多羅三菩提

由是呪人先求自在若有未甞菩提樂者應生淨信乘信力故一切事成速達彼岸若不信者假使經於百千俱胝多劫精進唐捐其功終無獲證遠離阿耨多羅三藐三菩提世尊由是了知衆生意樂故爲之授記呪人由是於世尊前求授記故佛爲之記爾時呪人得授記已應知決定我當成佛爲天人師無上福田而發是心我下劣身不淨所生無常敗壞壽命短促生滅逼迫復何所用爲求如來不壞身故持養此身發願不作身語及意不善之業常行身語及意善業必當捨離五趣之身修行佛因精勤苦行以持呪人神呪力故定證菩提爲能積集不可思議功德力故誦持如來陀羅尼故修習殊勝三摩地力故由是如來呪藏中說如此神呪有大印法及結壇法并入壇法禳災法增益法治罰一切障礙鬼法若有信者以呪方便而調伏之能現菩薩種種神變所作吉祥善巧方便無病長壽滅諸煩惱離五無閒業復能銷滅厄難災障能除疫病及能除呪起死屍鬼魘魅并起屍鬼及惡徵祥復能令毒藥蠱毒器仗赤瘡黑瘡痔瘻塞建陀鬼癇鬼影鬼小兒鬼由呪力故不能爲害復得色力富貴自在安樂身心悅豫智慧聰明憶念有大威德衆人敬愛復能成就福智資粮增長善根面貌端正光輝可愛若有成就尊者聖觀自在菩薩不空羂索心呪王法即得如是無量功德如如意寶及劫臘波樹所求皆得此神呪法假使經於百千俱胝劫生求尚難可得何況少福衆生而得此法法尚難得何況成就當知

此呪難得見聞以一切如來之所護持一切菩薩之所同入一切如來所共成就一切諸天之所擁衞常爲呪人之所供養是大福聚能應衆生皆得滿足示現無上正等菩提若有人受持此呪以諸華香幢旛寶蓋供養恭敬尊重讃歎終不墮於地獄餓鬼畜生諸惡趣中當生極樂世界阿彌陀佛前壽命無量一切皆如聖觀自在菩薩威德神力

第二十六呪

南謨囉哆那　怛囉夜耶　南謨阿弭哆婆耶　怛他孽多耶　南謨阿利耶跋嚧吉帝失筏囉耶　菩提薩埵耶　摩訶薩埵耶　摩訶迦嚧尼迦耶　怛跌他　唵阿慕伽鉢囉底喝多　僧訶囉　僧訶囉　鈝泮吒

此是收除呪凡結壇事畢欲收除時先誦此呪然後除之

不空羂索心呪王經卷下

音釋

矯居夭切妄也　礫郎擊切小石也　肘陟柳切二尺爲肘　棓部項切與棒同　頗胝迦梵語也此云水精頗普禾切胝張尼切　璫都郎切充耳珠也　臆於力切胃也　塹七豔切坑也　柵楚革切編木爲柵也　䚡先來切　蟒莫朗切　繒疾陵切帛也　葷呼云切　繢胡對切畫也　靉靆靉烏待切靆徒耐切靉靆雲盛貌　魅明祕切　痔瘻痔池爾切後病也瘻盧候切漏瘡也

不空羂索陀羅尼經

唐北天竺婆羅門李無諂譯

清刻龍藏佛說法變相圖

不空羂索陀羅尼經序

翻經筆受沙門波崙撰

若夫此經迺該二諦而無遺括因果而斯盡可謂引萬行之導首進菩提之神足超生死之靈翼昇涅槃之聖翮信知法門幽密敎旨沖玄非世智之能議匪聰辯之所測有大菩薩號觀自在大悲周於十方愍法界之羣迷故說此經示其正路斯乃久成正覺是能仁之本師故能十方法界莫不現身普應羣機隨緣化益若其聞名滅罪如日銷於薄霜禮念蒙恩似月敷於蓮蘂巍巍蕩蕩聖德高玄事超言說之端理絕思量之表余雖愚闇劣而慕法門巡歷兩京尋求善友每念總持如飢若渴於大周聖曆三年歲次庚子三月庚戌朔七日景辰幸得此經如死再生是西京

寶德寺僧慧月與常州正勤寺大德慧林吒
于智藏等數人共請北天竺嵐波國婆羅門
大首領李無諂以同飜梵本不空羂索經一
十六品合爲一卷將就北天竺迦濕彌囉二合
國婆羅門大德僧伽彌多囉二合以同勘梵本
久視元年八月景午朔十五日庚戌勘會粗
畢則擬將進此十六品斯土未行曽聞隋朝
所飜别本六十三紙未甞見也所願皇基永
固德覆十方金枝瓊萼鬱茂常榮三大願力
劫劫無窮四弘誓心生生無盡苦海傾竭三
寶永存恐時代遷遠聞者生疑故述拙言序
之云爾

不空羂索陀羅尼經卷上（末後第十七品沙門慧日續翻）

唐北天竺婆羅門李無諂譯

讚歎品第一（都合總有一十六品除根本大陀羅尼外總有二十七陀羅尼）

一切明主不空自在王陀羅尼第一（已下諸呪那謨兩字皆上音讀傍注小字皆依本寫不宜著行比是注音也）

陀羅尼呪曰

那（上音）謨囉怛那（二合）怛囉夜耶（一）那（上音）麼阿彌（上音）跢婆（去音）耶（二）跢他伽跢（去音）耶（三）那（上音）麼阿嚟耶（二合）（四）跛盧枳帝（五）攞皤（合）囉（去音）耶（六）菩（去音）提薩埵（去音）耶（七）麼訶薩埵（去音）耶（八）摩訶迦嚧尼迦（去音）耶（九）怛姪他（十）唵（十一）阿謨伽（十二）鉢囉（二合）底訶跢（十三）虎件（二合下同）（十四）虎件（十五）泮吒（吒半音）（十六）莎訶（十七）

此名秘密一切明主不空自在王陀羅尼受持此呪誦則成誦一切明呪及悉能作一切事業

爾時觀自在菩薩摩訶薩復説不空羂索心呪名爲不空成就之法悉能淨除無量無邊世界業障積集無量福德資糧增長善根皆悉能生無邊智慧神通境界超過得入善巧方便六波羅蜜滿足增長一切菩薩力無所畏不空佛法及四聖諦神足根力覺道得定因縁解脱三昧三摩鉢底能令見者修習成就聲聞縁覺佛地智慧威德之力成就聰明福德吉祥勤勇精進勢力辯才具足騰空隱形自在持呪仙位具足世樂多財富貴成就賢瓶如意珠法緊羯囉制摘迦降伏出於伏藏入窟安善那藥悉能療除一切諸病鬼魅所著呪結壇法降伏諸龍及男子婦人童男童女祈雨止雨災疫銷滅降伏能成一切諸

事與一切福滅一切罪成就無邊門陀囉尼三昧得於最勝廣大之法此大不空羂索明呪王法常爲一切天龍夜叉乾闥婆阿脩羅迦樓羅緊那羅摩睺羅伽部多鞞咡(二合)多毘舍闍鳩槃茶囉刹娑七耀諸宿毗那夜迦苾近那等之所供養禮拜讚歎皆稱吉祥常爲釋梵護世四王成就呪仙諸仙之衆供養隨喜信受加持獲得修行讚歎稱説恭敬尊重供養一切供具而爲供養承事而住已説讚歎品第一竟

明主呪王受持成就品第二

爾時復説受持之法欲持呪者當淨洗浴著新淨衣受持菩薩律儀之戒住於慈心以大悲意樂眞實語除於貪垢利益安樂一切衆生誠心質直不諂曲心願樂福德除貪瞋癡當知報恩常當洗浴誦呪念佛法僧勿令忘失設廣大供養觀自在菩薩散華末香燒香塗香鬘幢旛蓋而爲莊嚴當於彼前一心堅固意樂信心誦於聖者不空羂索心王之呪一百八遍入於不空陀羅尼定作蓮華印默然而住莫語則得成就世尊觀自在菩薩則於夢中現比丘身婆羅門身或現童男身或現王身或現大臣身作如是身而來示現讚言善哉善哉摩訶薩埵汝今已能攝護教法已成所願更何所求若其呪者所須之願應當求之如其所欲呪得成就隨所作事速得成就一切業障盡得銷滅永斷一切地獄畜生惡趣之處得生善處此人則得智眼清淨念得增長常爲諸天隨作同伴爲除障礙所作之事令得成就亦令其人勇猛精進呪得

成就一切善願皆得成就不爲天魔外道怨家之所降伏恒爲聖者之所讃歎囉闍大臣婆羅門居士等一切衆人之所愛敬禮拜供養一切衆人之所稱歎恒爲一切恐怖之人作歸依處一切善人之所依信若常誦者身口意中積集惡業皆得銷滅若誦一遍則得衣食卧具醫藥及餘資具皆得殊勝終不乏少得壽命長少病少惱　受持成就品第二竟

明主呪王見成就品第三

若欲親見觀自在者彼當往詣阿蘭若處或阿蘭若寺有塔之處或於園苑或於河邊或於山林往詣彼已受持齋戒菩薩律儀三曼荼羅三輪清淨入於三昧定陀羅尼著新淨衣住四梵處於尊者乞布施歡喜乞歡喜已先當供養觀自在菩薩供養已竟於彼空閑寂靜之處清淨房中以俱舒草（云吉祥草）作爲座具坐已誦於不空羂索心王呪心不動揺實莫餘念以晝繼夜及至空中出恐怖聲時持呪者不應恐怖不應離坐待於空中聞音樂聲聞其聲已不應驚怪亦勿觀看但當誦呪乃至天雨妙曼陀羅摩訶曼陀羅紅色蓮華青色蓮華白色蓮華分荼利華亦不應起乃至觀自在菩薩自來讃言善哉善哉持呪仙人汝已供養承事於我此呪汝今已成就竟更何所求爾時當起於世尊觀自在菩薩前以用華香上味飲食生秔米等而爲供養右旋繞已禮足請言如所願求而當求之一切皆與此爲成就　見成就品第三竟

明主呪王成像法品第四

爾時復説造像之法與其畫師授於八戒令淨持齋當於不截淨白氎上畫觀自在菩薩形像諸彩色中不得著膠作髻髮色如蓮華藏面上三眼白縠絡身披黒鹿皮綬帶繫腰身有四手左上一手執持蓮華左下一手執持澡罐右上一手執持數珠右下一手垂於向下作施無畏著天妙衣一切嚴具以爲嚴身立蓮華上百千光明莊嚴頭冠并散雜華令有威德半月瓔珞瓔珞其身耳璫臂釧及以手釧而爲莊嚴作歡喜面其頂上持阿彌陀佛造此像已白月八日十五日以吉宿日無雲無風日或於春時或當秋時先於城外淨料理地除去瓦石棘骨惡物其地平正不高不下其土白色或有青草種種華樹果木稠林茂盛之處流泉浴池周遍有處而作方壇以五色粉布之好畫言五色者一者青二者黄三者赤四者白五者淺草色所謂石灰赤土雌黄金精及以金土以如是等五色之粉用嚴其壇壇作四門此門則是四吉祥門又作商迦(此云白螺)及難提迦室哩(二合)伐蹉(西國萬字)及滿瓶等(以色布地作於瓶形)於壇中心作蓮華池池中具作種種蓮華及諸雜鳥鵝鴈之類遍滿其中於其池中安置尊像(其池亦以彩粉布地)以種種華華鬘末香燒香塗香及旛幢蓋建立壇中於壇四面各置一瓶或金或銀或銅或瓦於其瓶中滿盛淨水又以種種衆華樹枝揷於瓶口以繒帛束(以繒帛束瓶中樹枝)并一切藥寶珠金等盛其瓶内彩畫瓶上極令妙好又於壇内散種種華及稻穀華揷衆華樹充滿壇中張於白帳於壇四面各令一人守護其壇其持

呪者香湯洗浴著新淨衣每日三時受三律儀於觀自在菩薩前獻白食供養所謂乳酪及酥蜜等燒沉水香檀香蘇合龍腦香等燒供養已持呪之人結跏趺坐作蓮華印當心合掌禮拜一切諸佛菩薩已則當誦呪

第二呪曰

唵一阿謨伽鉢囉二合底訶上音哆囉上音叉囉上音叉麼麼三自稱名某甲虎鈝二合四泮吒半吒音五

此呪用結頂上髻髮

第三呪曰

唵一阿謨伽盤陀二虎鈝二合三虎鈝四泮吒半吒音

此呪結壇

第四呪曰

唵一阿謨伽鉢囉底訶上音跢二菴虎鈝二合三泮吒半吒音四

此呪結界

第五呪曰

唵一阿謨伽二帝吼二五路計也二合三毗社耶迦囉摩四虎鈝二合五泮吒半吒音六

應用此呪結四方界

第六呪曰

唵一阿謨伽虎鈝二合佉

此呪護同伴

第七呪曰

唵一阿謨伽囉叉二莎去音訶三

呪自身

第八呪曰

唵阿謨伽陀摩陀摩二虎鈝二合三泮吒半吒音四

應以此呪呪香燒之
第九呪曰
唵一阿謨伽訖哩二合訶拏二合訖哩二合訶拏二合二虎鉾二合泮吒四
應以此呪呪華飲食然後供養
第十呪曰
唵一阿謨伽毗社耶二虎鉾二合三泮吒吒半音四
作一切事應誦此呪
時持呪者誦呪乃至觀自在像動搖爲限呪者勿怖但當誦呪乃至煙出亦當誦呪乃至火然若動得富煙出得官若火然時則得騰空此爲三種成就之法若火然時亦莫起坐觀自在菩薩則自現身安慰呪者所須則與其人證得菩薩三昧得不退轉無上菩提現此身中得宿命智更得無量百千功德

觀像法品第四竟

明主呪王成就緊羯羅品第五

爾時復說受持成就緊羯羅法若欲受持緊羯羅者聖者不空羂索緊羯羅一切作事悉皆成辦作於夜叉童子之形瞋面怒目髮赤黃色向上聳豎猶如火焰鼻作腀䏲狗牙上出吐舌舐脣身有兩臂著赤色衣持索一切嚴具以爲莊嚴芻麻布上畫其形像白月八日或十四日持八戒齋於其夜中詣四衢道或空室中安置其㡧以華華鬘末香燒香塗香供養應自護身除血肉外一切飲食及以資具而用供養供養既已當於其前應誦不空羂索王呪一百八遍時緊羯羅則來現前隨所處分依命則作若須驅使令其問事則詣彼所如其所見所聞之事如實來報若不

驅使彼當日日與持呪者一百金錢得已爲佛法僧用却不應慳悋勿向人説不得憎嫌勿作不淨恒常供養隨能所辦飲食供養常自食時每常須先出食分與之所飲之味亦先出與必不得忘恳貪瞋癡皆當捨離常當實語法語不爲聖者之所譏嫌於一切衆生常生慈心利益之心唯當一心敬事於觀自在菩薩勿念餘事常以衆華末香燒香華鬘塗香衣服幢蓋及旛供養亦應常當知恩報恩如是日日五百眷屬恒以一切飲食資具華鬘塗香盡其壽命終不乏少所須去處則能持往所須之物則能將來此爲成就緊羯羅法

緊羯羅品第五竟

明主呪王成就制摘迦品第六

爾時復説制摘迦法若欲受持制摘迦者彼人應作不空羂索制摘迦像作童子形歡喜相貌頭上五髻一切嚴具以爲莊嚴從觀自在菩薩所生或用木作亦以白檀或紫檀香栢木天木亦用金銀或畫絹上用此等盛著緋赤衣以胡煙脂不得著膠以朱砂共和鬱金根及鬱金香畫其身相令悦人意歡喜笑面面黄白色而作兩臂其一手把阿摩羅果一手把華作此像已持齋住慈心應將安置自住室内以種種華香末香燒香塗香華鬘飲食燈等供養竟已對於彼前應誦不空羂索王呪一千八遍則得成就制摘迦驗亦當現身則得自在隨所處分依命則作所見所聞皆來相報隨所驅使受敎來去悉爲能成一切事業所應作者悉皆能成辦一切利益亦能與財意樂去處則能將去及能將來所

住宅舍亦爲掃灑又爲泥地所有之事悉報令知常說好事令其歡喜所有惡事不悅意者悉能銷除悉令銷滅一切罪障不祥災疫亦能銷除一切病厄若服一切毒悉能銷毒毒不能害所有一切願者悉令滿足常爲呪者積集一切福德資粮一切罪障悉令銷滅如忠孝子受父教命等無有異所欲皆與其持呪者若其常欲快樂利益莫生憎嫌心亦勿輕慢身行清淨常當洗浴常當念誦常當供養常當實語慈心哀愍一切衆生於佛法僧一心敬信常應供養觀自在菩薩應以衆華末香燒香鬘等之物又常供養其制摘迦常自食時以諸飲食先出食分與制摘迦又以華香燒香衆華鬘等與制摘迦不得一日而有廢忘常當憶念若不爾者縱得法成不受驅使則自隱沒不能現伏亦不爲作一切事走去故持呪者常莫放逸常當勤求實勿懈怠勤求受法及大聰明勿令忘失菩提之心應當隨順布施持戒忍辱禪定精進智慧遠離貪垢常畏後世恒生慙愧心常在定一切呪法等皆受持如是成就終無有異

制摘迦品第六竟

明主呪王成就賢缾品第七

爾時復說呪賢缾法若欲受持其持呪人先求善人以爲同伴先如法住十善道已然後一切宮殿空室林地方所閑無人處或於往昔人得道處於中修理作壇之所極令平正清淨浴身著新淨衣吉祥持齋服乳大麥當護同伴然後泥壇應以香葉雄黃赤土紫檀等末用布規界其壇方正開作四門於四方

作四天王形身著衣甲一切嚴具而爲莊嚴持刀弓箭又於四面作諸器仗當於東方作金剛杵南方作螺當於西方作圓頭杵北方作釋枳底二合旛竿上繫旛又於北方作螺輪瓫蓮華等物其壇四角懸赤色旛散雜色華正壇中心置其賢瓶種種彩色以蓋瓶上又以花條繫其瓶項蓮華及水充滿其中上妙香藥諸名果子及五穀子金銀寶珠亦置其中賢瓶四面周遍行列乳糜及酪蜜餅酥餅簡取五人膽勇不怯有威德者堪可委付有信之人以結爲伴執刀正立守護四方令一人近持呪人邊持諸器仗以充驅使而爲供養供給令其淨浴著新淨衣隨持呪者所有處分依令則作終不違背應作擁護是持呪者應依如法建立壇已於其四方行列飲食以爲供養唯除酒肉於此壇內當賢瓶前敷俱睒草云吉祥草以爲坐具草上坐已持散粳米燒香供養以此呪結一切方界

第十一呪曰

唵一阿謨伽波奢二阿鉢囉二合底訶上音跢三帝唎二合路計也二合毗社耶四囉上音叉囉上音叉麼麼自稱名五虎𤙖一合虎𤙖二合六泮吒吒半音七

亦以此呪當護自身及於同伴則作大印應誦聖者不空羂索心王之呪一百八遍誦此呪時一日一夜或三日三夜斷食誦之所有障礙毗那夜迦悉皆恐怖不作障礙其持呪者必須心定不應驚恐嘿然誦呪乃至南方聞於可畏夜叉之聲聞此聲時取白芥子則呪七遍向彼散打其聲則得銷除止息終不敢而更作障礙南方既爾東西北方亦如是

打一切障礙皆悉銷滅

第十二呪曰

唵一阿謨伽二阿鉢囉二合視路三訶上音那上音訶上音那上音四虎件二合五泮吒半吒音六

以此呪呪賢瓶則動若欲示現成就相時其持呪者心莫動搖亦不應起勿破廢坐但當誦呪令彼賢瓶有大利益同摩尼寶珠能與一切所願極難受持若得成就有大威力能得神通與於安樂一切富饒令能積集一切福德令其增長是故受持勿使放逸莫令空過若其賢瓶出火然焰或若搖動亦勿驚怪乃至從瓶吐出金銀摩尼寶珠種種瓔珞及種種色殊妙衣服莊嚴之具吐出殊妙端正姝女童男童女天勝丈夫具妙相者吐出帳乘及坐宮殿園苑城邑村巷大路象馬輅步人及飲食燒香華鬘塗香幢蓋及旛出生音樂歌詠之聲其持呪者亦不應起乃至其觀自在菩薩變作普賢菩薩身形從其賢瓶與諸菩薩眷屬出時光所出者由此神力悉皆隱沒不復更現唯有普賢菩薩眷屬現住讚言善哉善哉持呪仙人汝今已得成就此呪隨何所求皆當與汝時持呪者則起合掌右繞作禮禮已白言唯願世尊以此賢瓶垂授與我則時聖者普賢菩薩告呪者言汝當受取隨意受用呪者受已置於頭上又置地上則以華香燒香華鬘而用供養尋當發願歸命世尊令我及其同伴滿足一切諸願說此語已隨欲去處潛隱而去其賢瓶者隨持呪人所欲之形隨意而變此爲成就賢瓶之法

賢瓶品第七竟

明主呪王成就使者品第八

若其欲得降伏使者彼持呪人畫一使者作小兒形一切嚴具以爲莊嚴作歡喜面頭上五髻形貌可喜著黃色衣手執蓮華身黃白色遊行空中置祕密處於精舍中白月八日或十四日受持齋戒香湯洗浴著新淨衣以衆香華燒香末香塗香華鬘燈明飲食供養彼已當於彼前結跏趺坐誦不空羂索王心呪一百八遍則來現前問呪者言欲求何願我當與汝呪者告言我今須汝充爲侍者受我教命彼作是言所有教命我悉爲作作者成辦從是已後所有教命悉爲成辦終不敢違皆依命作常當供養不敢輕慢呪者每欲喫飲食時常須爲彼先出食分與彼然後自當喫食必不得忘若如是者則得歸伏能與財物能示伏藏隨所須物彼皆將來有所見聞皆向耳中而來告示說之令知終不乏少所須之物皆令憶知終不乏少所須之物皆令憶念前生之中所有事務過去未來現在之事若其問者悉皆爲說終無不實已說使者品第八竟

明主呪王取伏藏品第九

若欲須出伏藏之時先自護身應往塚間取於未壞男子死屍身無傷損無灸瘢者與洗浴已以香華鬘供養彼屍以用酥油摩其脚掌誦呪乃至待彼起語白言聖者有何教命欲令我作呪者則與紙筆并墨悉令抄取伏藏所在隨其方處城邑聚落及村等名并其取法若其能呪一一子細悉皆爲抄若不用抄則語彼言汝當爲我自出將來彼聞此語

則自爲出將其物來所得之物悉皆受用爲佛法僧當布施與一切衆生彼當數數將寶物來若不將用施佛法僧沙門婆羅門及窮乏者則更不得成就此法若不能往詣塚閒所起死屍者若先曾聞有伏藏處當於夜中往詣彼所與親密人堪委誠信避罪求福有所知解和順善者結爲同伴先當自護然後然於酥燈當誦不空羂索王呪一百八遍以賒彌木（此云枸杞）爲柴然火尋發願言今爲一切永離貧窮故發遣彼當昇空而往詣彼大伏藏處至彼而住其火熾然而得不滅待持呪者到知藏處結界決定然後始滅住伏藏上令同伴掘掘到處已則以乳粥及胡麻粥供養藏神則取其物分爲三分一分自用其第二分與同伴用其第三分與共同伴布施三寶自所取分應當布施一切衆生悉願同用由是自分布施與故取終無盡盡其壽命終無變異

說取伏藏品第九竟

明主呪王入窟品第十

若欲入窟其持呪者與於善人結爲同伴護身入出至於窟所（窟謂阿脩羅住窟也）其窟中有香水流出有靈異者衆人共知曾成就者應於白月十五日時持齋清淨香湯洗浴著新白淨衣如法作醮（子了切燒物也）誦於不空羂索王呪乃至窟開不須恐怖亦勿停誦乃至有其婇女出現持香華鬘作如是言持呪仙人善來受我此華香時持呪者未應則受待其三請然後告言姉妹善來姉妹若能攝受我者汝可與我同伴共之其時同伴隨愛婇女則把其手把取得者則爲其妻一切所欲皆令具足

自在為作僕使之人隨欲去處而則能去隨所欲作種種身形悉皆能作還得年少如天童子同共遊戲受諸快樂不捨人身則得天身得成呪仙其持呪者但當誦呪乃至一切勝上婇女有五眷屬圍遶出來持衣塗香莊嚴之具恭敬供養禮拜白呪者言善來聖者願領受此衣及塗香莊嚴之具哀愍我故乃至三請然後呪者為法故受纔得受已則與婇女隱沒不現得成持呪轉輪聖王捨於人身則得天身又得一切持呪仙等禮拜其足咸以吉祥言讚歎之建立百千幢蓋旛等又復奏於種種音樂出妙音聲聞者皆得受天自在安隱快樂念佛之心終不忘失菩薩之行亦不休廢得宿命智永離惡趣不為慾酒之所醉亂常得見佛及諸菩薩悉能成就無量衆生令其住於菩提道中能入三昧得不迷惑智陀羅尼已說入窟品第十竟

明主呪王成就安善那藥品第十一（若具足言蘇毗羅安善那大重似於銀鉚）

若欲成就安善那藥者其持呪人當取雄黃牛黃蘇毗囉安善那三物合裹當於白月十五日時持齋清淨香湯洗浴著新淨衣廣大供養觀自在已憶念諸佛當於彼前結跏趺坐誦聖者不空羂索心呪一百八遍待其裹中煙相出已然後塗壇菩提葉上置其藥裹誦呪乃至火焰熾然放光燒融應知令我安善那藥法成就竟則時應當結四方界及護自身出取其藥當以此呪呪於其藥（用第十三呪也）

第十三呪曰

唵一 阿謨伽二 阿鉢囉二合底訶跢三 虎𤙖二合

四闍(去音)皤(去音二合)羅五闍皤(二合)羅六泮吒(半音)七
莎(去)訶八
呪已當取安善那等共磨石上細研爲末用塗眼中能見伏藏則得隱形隨願去處出入自在無有一人而能得見悉皆得見一切菩薩一切天龍夜叉乾闥婆及諸衆生天趣地獄畜生之趣生時死時亦皆得見作罪作福於一切處皆得自在得其供養見一切窟一切龍宮亦皆能現一切之身意願去處悉皆能往在於彼處以神通定力得神通地神通而去乃至見佛得蒙授於無上正等菩提之記得菩提記一切菩薩最勝智慧善巧方便獲得一切禪定三昧及自在得一切諸根力菩提分皆得成就具足十力得一切呪陀羅尼力得無所畏是名成就安善那藥品第十一竟

明主呪王禁諸鬼神所著品第十二(應云禁諸惡鬼神所著品譯者存略)

若心清淨信心精進作於善業諸衆生等不疑惑者當得成就清淨衆生知恩決定求成就者謂諸菩薩非凡夫人之所能也是故世尊告阿難言麼尼呪呪藥是三種有不思議力諸佛境界不可思議若誦此呪一百八遍一切事皆得成就永離一切著病患者若一日若二日若三日若七日誦其不空羂索呪唯泮吒(半音)字能除一切壯熱之氣以緋線呪二十一遍一遍一結二十一結繫一切病壯熱除差一切七曜皆當擁護終不惱亂亦不横死次說呪法

若欲療治四日一度熱發病者作一方壇於

中散華令其病者坐向壇中呪鑌鐵刀誦不空王呪三遍已又以溲麪作彼病兒形用其刀截彼當恐怖得見不空病則除差

若欲禁人彼當洗浴著新淨衣先自護身以牸牛糞塗作方壇以色畫壇令規齊整散華壇中當以白食獻供養已令一童男若一童女洗浴清淨著白淨衣以諸嚴具莊嚴其身令於壇中結跏趺坐結其頂髮用此呪呪則是用第十四呪也

第十四呪曰

唵一阿謨伽二鉢囉二合底訶跢三囉上音叉囉上音叉稱彼名四薩皤婆曳比也五二合虎吽六二合盤陀七泮吒半音八莎訶九

於彼手中滿著華已又用華香生米散之燒沉水香應誦不空羂索之呪誦三遍已以華散彼童子面上則得禁之用粇米也

第十五呪曰

唵一阿謨伽囉闍二鉢囉二合底訶上音跢三虎吽二合四布地也二合五菩陀耶六社囉上音跛七虎吽二合八虎吽二合九泮吒吒半音十

又以此呪呪水三遍灑彼面上彼則得語所問之事若吉若凶過去未來現在等事皆悉具說此則名禁無病人法

禁病人法亦當作壇燒沉水香散華供養令其病者坐於壇內誦呪則禁取其中指及無名指捏之則語令其立誓然後放去用第十六呪也

第十六呪曰

唵一阿謨伽二鉢羅二合底訶上音跢三伽上音車伽上音車四莎婆重皤去音南五上音莎去訶六

第十七呪曰

唵一阿謨伽二奢婆上音耶三虎鉢二合四泮吒半音五
若不放時則以此呪呪治罰之以此呪之被
燒走去更不敢來此爲成就
若被一切鬼所著病欲令差者取芥子呪三
遍打之又一切鬼及以癲癇難禁鬼著應作
醮法以牛糞摩地作壇於中然火以菩提樹
枝賒彌木枸杞木是爲柴然之阿婆末迦此云牛膝用根
與酥酪蜜相和呪燒一百八遍若一日夜或
三日夜誦觀自在不空羂索呪或以芥子或
一切種子呪已燒之若夜叉著者和安悉香
芥子燒之若天龍著者以檀沉末相和燒之
一切著者胡麻芥子或白芥子相和燒之若
一日夜若三日夜一一誦呪一切所著皆得
銷滅

若一切災疫病起時鹽乳相和呪以燒之一
切災疫鬬諍憂惱悉皆銷滅　禁諸鬼神
所著品第十二竟

不空羂索陀羅尼經卷上

音釋

翮下革切勁羽也　擿他歷切　氎徒葉切細毛布也　釧尺絹切臂環也
腷䏲腷博頤切䏲天黎切　舐神帋切以舌餂也　憕猪孟切開張畫繒也
嘿莫北切靜也　輅洛故切車也　瘢薄官切瘡痕也　𨥁古猛切金鐵璞
捏奴協切指捻也

不空羂索陀羅尼經卷下

唐北天竺婆羅門李無諂譯

明主呪王入壇品第十三

次説不空羂索壇法欲得攝受一切菩薩見大乘者應當觀視觀自在菩薩當如見佛齊等無二差別之相爲欲攝受陀羅尼故爲欲能斷恐墮惡道自利利他二俱成辦得善道故勤求應依如法大供養壇其持呪者爲欲利益一切衆生被精進甲莫祕其法依於文義子細教示勿生貪心莫懷諂誑常當正念於一切衆生心行平等善巧方便勿有懶惰貢高之心勿鬭諍訟常持淨戒每日洗浴壇有三種一者王壇二者大臣壇三者一切凡庶人壇王壇廣設臣壇中設若其一切凡庶人壇隨力所辦如應而作若爲王作不用中法若爲臣作不用下法爲凡人作無增減法各各依法作之爲吉不依本法必過患生王者上品臣爲中品庶人下品隨其所應作其壇法不宜顛倒也若結壇時呪者先應擇其地色知好惡相當宿候其地若於河邊或於山林若於園苑其地可愛吉祥之處當彼方所應作壇法深掘除去棘石瓦骨去其舊土更將別處淨土來填令滿掘處築令平正極精妙好平如手掌如鏡無垢令地細滑修理地已於中作壇若爲王作縱廣正等三十二肘以金摩尼珠等爲末相和用作規界其壇又取青黃赤白黑等五色作五界道壇開四門復應開作四吉祥門以諸樹枝而作華鬘周遍安置東門兩邊作二神王當爲守門右邊應作護國神王左邊應作增長神王身被衣甲一切嚴具以爲莊嚴眼赤

瞋面手執於戟其護國者手執圓頭杵南門兩邊作二神王一名醜目二名赤眼以金嚴具莊嚴其身身被衣甲執刀弓箭一黃白色一身赤色（醜目為左赤眼為右）西門兩邊作二神王一者名曰摩尼跋陀二者名曰富那跋陀各自持本衣服形狀身被衣甲一切嚴具以為莊嚴執索鉞斧北門兩邊作二神王一名毗沙門一名執金剛各有形狀持本衣服一切嚴具以為莊嚴執持器仗於其壇中心作觀自在頭戴天冠紺髮垂下一切嚴具莊嚴其身當頭上作阿彌陀佛作水精色菩薩四臂左上一手執蓮華瓶（寶澡罐也）左下一手施無畏手右上一手把於數珠右下一手作施無畏端正殊妙悅可眾心作歡喜狀圓光圍遶天妙華光以為莊嚴正當胷前作於卐字（西國字也）眼如低視當於蓮華臺座上立於其右邊作大勢至菩薩形像容儀寂靜（應說天冠文中略也）以天嚴具莊嚴其身披天妙衣偏袒右肩合掌對觀自在前住左邊應作普賢菩薩身相端嚴如蓮華色戴寶天冠紺髮垂下一切嚴具莊嚴其身而有兩臂歡喜顏狀偏袒右肩合掌對觀自在菩薩當前而住於其普賢菩薩底下作摩尼雞神及金剛神俱屈雙膝拄著地上當於勢至菩薩底下作多羅神及毗俱致著天妙衣及天瓔珞嚴身之具身黃白色顏容歡喜相儀寂靜其多囉神著於白衣毗俱致著種種色衣摩尼雞及金剛使神亦同著種種色衣俱共合掌雙膝著地瞻仰觀自在菩薩面於觀自在菩薩底下作於不空罥索呪王身重棗色四臂四牙著赤色衣而有三眼

其眼赤色如放赤色全身瓔珞半身瓔珞以爲莊嚴雙膝著地合掌瞻仰對觀自在菩薩面看顔容歡喜眉眼分明耳璫殊妙其心一定少分曲躬狀若飛騰菩薩兩邊作於梵天并梵輔天作自在天大自在天與其眷屬各各自持衆色衣服莊嚴之具向菩薩面合掌而住於其四方作四龍王一娑伽羅龍王二阿那跋答多龍王三難陀龍王四跋難陀龍王北方作四阿脩羅王一名毗盧遮那王二名囉睺囉王三名毗摩質多囉王四名婆稚王如是壇中作一切印一切器仗螺輪蓮華難提迦莎悉底迦圓頭杵三叉戟索羂枳帝(二合)都末羅室唎(二合)跋蹉華鬘幢等分荼利華總爲華蓋應用鬱金(香也)牛黃雄黃金精朱砂不得和膠淨色畫之應與畫師受八戒齋其

壇四面周帀懸旛青黃赤白諸色旛等張於曰帳應用八瓶若金銀瓶若赤銅等於八瓶中滿盛淨水水中具著檀香沉香龍腦鬱金諸名香等一切種子相和盛訖華果樹枝插其瓶中以衆華鬘繫其瓶項所列之華分齊間錯(華鬘上華嚴飾間列)香瓶四口香爐四具酥瓶四口蜜瓶四口乳瓶四口酪瓶四口安置種種華果飲食悉皆充滿以沙糖和作諸飲食及用和水(沙糖和水以爲漿也)作胡麻粥大麥粥等香美飲食唯除酒肉五辛以外一切皆著散種種華燒種種香及華鬘等緣其壇中所須之物周帀遍布其壇四面周帀圍墻或張縵幕安諸樂器皆令如法又於四方各安一人爲守護者又其四面各十里內滿著步人象馬車乘四兵守護其王爲欲除災障故作此吉祥

事已然後令王入壇當以手印印於其壇印壇已送柳枝清淨著白淨衣令持齋戒堪委信人若其眷屬或其兄弟及兒子等若欲入壇悉與灌頂於其手上與繫芥子并與柳枝令持齋戒依入壇法善言安慰則令入壇求師求神(神者神聖)以華香燈飲食供養禮觀自在菩薩應呪芥子散其齋方以此呪呪(用第十八呪也)

第十八呪曰

唵(一)阿謨伽(二)鉢囉底訶(上音)跢(三)盤陀盤陀(四)囉(上音)叉囉叉(五)賢囉若(若也切)薩婆薩埵(去音)南(上音六)虎件(二合七)句噰(二合八)菴(九)泮吒(半音十)莎(去音)訶(十一)

則成結界

第十九呪曰

唵(一)帝唎(二合)路計也(二合二)毗社耶(三)阿謨伽波奢(四)娑麼(二合)囉(上音五)娑(上)麼耶(六)地(上音)師吒(二合)南(上音七)摩訶娑(上音)麼耶(八)鉢囉(上音二合)跋跢(二合九)虎件(二合十)泮吒(十一)

(此呪第二句頭帝字半音唎字全音計字半音也字全音第五句內娑半麼全第七句內師半吒全第九句內鉢半囉全跋半跢全第十一句吒字半音)

此爲結壇呪

第二十呪曰

唵(一)阿謨伽(二)囉(上音)叉囉(上音)叉(三)虎件(二合四)泮吒(半音)

此爲自護身呪

第二十一呪曰

唵(一)阿謨伽(二)陀摩陀摩(三)鉢囉(二合)底度跋闍(二合四)摩比藍(上音)皤(五)莎訶(六)

此名爲呪香燒呪

第二十二呪曰

唵(一)阿謨伽(二)阿訶囉阿訶囉(三)布沙波(二合)
陀皤(平音)毗摩(去音)那(四)遮唎尼(五)虎件(二合六)泮
吒(半音七)
應以此呪呪華供養
第二十三呪曰
唵(一)阿謨伽(二)囉闍鉢囉(二合)底(三)車(去音)囉伽
(二合四)摩地闍(二合五)訖栁(二合)嘘拏(二合)訖栁(二合)嘘
拏(二合六)麼林(上音七)莎(去音)訶(八)
應以此呪呪於飲食生米供養(生秔米也)
第二十四呪曰
唵(一)阿謨伽(二)烏波毗(上音)舍(三)虎件(二合四)泮
吒(半音五)
此呪呪座
持呪者時作蓮華印結跏趺坐誦於不空罥
索心呪不得停斷待於壇中闡懺悔聲及彈
指聲及善哉聲乃至散華應知其壇已得加
持今正是其可入壇時持呪者可起禮拜呪
神則出執王右手以帛閉眼令其禮拜諸佛
菩薩及其呪神并諸神等多囉毗俱胝摩麼
雞金剛使者及大勢至菩薩普賢菩薩尋當
懺悔發願心意歡喜敬信手中著華入於壇
前散手中華看華落處到何神上則得彼神
能與成就禮拜合掌持戒而作是言從今已
後我更不食酒肉五辛亦不歸依禮拜餘神
常當知恩報恩歸依佛法菩薩聖者應當一
心念阿闍梨及諸菩薩護法善神明呪神等
悉知證明我從今日已後布施一切衆生無
畏令其與菩薩律儀發菩提心亦令堅固乃
至爲命不敢行惡作於罪業終不違負一切
衆生令其歸依信敬終不妄語常當實語不

行邪行正見依空不取著相無有我人衆生壽者如是三說以此善願我得成佛兩足聖尊一切衆生諸煩惱病悉爲療除悉願同此行發是願已當示其王祕密之印不空處陀羅尼受法既竟還將出壇經少時間其諸眷屬應入壇者准於上法將入將出其王則應作大布施與持呪師廣大施已辭還本宫此名王入大壇法竟若爲臣作其壇縱廣一十六肘如上應作一切呪神用凡色畫界壇亦當好料理地不須用金寶等之色其供養具飲食隨力所辦亦當建立幢旛安四乳瓶一切香華燒香供養如其所堪作灌頂法此是臣中壇法凡人壇者縱廣八肘其中作印及觀自在菩薩之像并諸呪神不得同王及臣等法於其壇上布三界道所謂一白二赤三黄應用瓦器銅銀亦得隨其力辦隨信以用華香燒香華鬘旛帳一切嚴具悉皆應作亦以種種飲食供養還應如法與其灌頂將出入壇依如上法世尊善巧方便爲度衆生故現種種形度脱衆生應以聲聞乘得度者現以聲聞身形教化應以縁覺乘得度者現以縁覺身形教化應以大乘而得度者現以菩薩身形教化應以呪法而得度者則爲說法令住善道於中實莫生疑若佛所說若菩薩所說陀羅尼法及受持呪法須陀洹果斯陀含果阿那含果阿羅漢果辟支佛乃至證得無上菩提是故應知得入壇者獲大福德果報之聚入壇菩薩得於智慧所生之處得宿命智及得神通得不退轉得登十地超魔境界無能勝者一切怨讎一切業障悉得銷滅

五無間罪速得銷滅得如是功德更得無量諸功德聚　入壇品第十三竟

明主呪王降伏龍品第十四

若欲降伏龍者應當往詣龍住池所於彼池邊以特牛糞塗地作壇壇上散華燒檀沉等香應誦世尊觀自在不空羂索心王呪一百八遍若滿一百八遍之時其池中水悉皆施涸其中所有龍及龍女以歡喜形來現其前三業寂靜禮拜白言善來聖者今何所作則應告言我所念者汝則爲作爾時彼龍及其龍女又復白言聖者所須願見告示其持呪者則當告言我有事時若念於汝汝當應時來至我所時彼白言如所教命白已禮拜其池應時水還盈滿更倍於常則入其中還歸本宮從此已後心常念持終不敢忘聖者但莫治罰於我莫令失我龍神自在彼於諸欲不敢放逸又恐於死畏墮惡道其持呪者爲欲利益一切衆生故憶念彼龍纔憶念已尋時則到隱沒龍身以天妙形如童子狀以諸嚴具莊嚴其身現呪者前禮拜白言聖者所須願示教命欲令何作應當告言我須財物爲給貧窮困苦衆生我見彼已生大悲心聞已白言如聖者教我必當令滿足其願則入大海爲取如意寶珠將來與持呪者白言此是如意寶珠能除衆生貧窮之苦隨意布施閻浮提内所有衆生飲食資具皆令滿足時持呪者受彼寶已告言歸去若我有事憶念則來莫忘得此珠已應集無量貧窮乞人則以華香燒香華鬘而用供養勿令人見若有人見則當隱沒更不得物自在而用變成寶

直百俱胝價若將出賣得其半價若更轉轉將出賣時漸漸賤價乃至最後總不直價無光如石而棄擲却若佛出世其神變力還復如本大海中沒由其呪力及福德力還得此寶如其不然終無得法若其世間旱無雨時不熟飢餓還當憶念則應時來以凡人形作禮白言聖者我已到來欲令何作告言當為成熟五穀告已應時以龍神力騰虛空中與大黑雲風滿虛空降注大雨大雨充足成熟五穀成熟五穀已重更白言聖者我已利益安樂諸衆生訖更何所作應當告言我若更憶念還則速來時龍受教拜辭而去還於本宮若欲得見龍世界時還三憶念纔憶念已應時則來現呪者前白言聖者我今則至願示教命欲令何作告言示我龍住世界纔説已則從此沒至龍世界以龍神力作彼形狀諸龍之毒不能損害如龍童子遊行於彼龍世界中無疑怪者若憶人世界彼龍將以天妙資具勝妙衣服諸莊嚴具天妙香華天妙秔米飯天妙工巧刻畫悅意歌詠人間無者俱從彼沒來此人間其龍則還三請白言聖者更命何作呪者告言所應作者汝已作訖汝今可去隨意安樂於我無負聞此語已以龍神通還歸本宮若欲將龍向別國去爾時呪者先當作護身法詣龍池所以誦此呪

第二十五呪曰

唵一 阿謨伽二 毗上音 社耶三 摩訶那去音 伽四 盤陀盤陀五 莎去音 訶

則成結禁於一切方無能障礙作惱亂者應作方壇若土白者不是曾經受持之處塗作

壇已散華塗香燒香供養畫龍羂索(直作羂索不是)
菩薩誦不空呪一百八遍當以右足大指蹋彼
龍頭索上其龍身熱如似被火燒則走出來
亦無有毒以呪索力所繫縛住所有神通無
所能為縱其瞋怒亦無能為則作蛇身呪者
當以手擎取龍置一筐箱中或澡鑵內盛擎
將去隨將去處則逐而去終不能走與其乳
喫莫令遣死若欲將賣於無水國賣之亦得
得殺龍罪欲避此過若為利益諸衆生故出
水安置則無罪過彼龍住已則於其國成熟
五穀是故彼國諸衆生等安隱快樂其國豐
樂多諸人衆稻穀甘蔗黄牛水牛充饒熾盛
恒常歡喜少病少事無有死疫飢餓鬬諍無
惡逆賊猛獸潛藏不能惱亂彼諸衆生悉皆
賢善淳是質直住善法中常樂布施恒作喜
樂作諸福業堅持齋戒口常宣説苦空無我
無常等法生此邊地無端不雨水旱不調今
由此龍住持力故於此苦難今得解脱其龍
亦得大致供養守護其國復與其龍結願授
戒因此善根離畜生趣得不退地彼於呪者
為欲利益一切衆生故得成就檀波羅蜜又
由布施衆生命故故得離於畜生之趣趣向
佛地亦復不難　降伏龍品第十四竟

見不空王成就品第十五

爾時若欲承事不空羂索呪王者彼持呪者
清淨洗浴著新淨衣受持齋戒於空閑處當
一樹下或於有佛舍利塔處白月八日或十
四日料理壇地壇前應敷俱施那草以水灑
身結自頂髮護身已竟以此呪呪(用第二十六呪)
第二十六呪曰

唵一阿謨伽二鉢囉二合底訶上音跢三囉上音叉
囉上音叉自稱名四虎𤙖二合五泮吒半音六莎去訶七
誦不空呪芥子三遍散於四方一切障礙悉
皆銷滅除散不能惱亂當跏趺坐以帛裹頭
結瑜伽印誦不空呪一千八遍遍數滿時當
有大聲亦有光明及雨於華呪者定心莫生
怖畏應知已得不空王法成就竟也所以有
此示現瑞相則起以華末香燒香華鬘供養
一心念觀自在菩薩觀察四方觀自在菩薩
則從南方從空降下放百千光明猶如火聚
乘霞雲來一切嚴具以爲莊嚴面上三眼面
重棗色身有四臂持火焰刀及執羂索狗牙
上出著赤色衣瞋面鼻中出於雲氣以金摩
尼金剛瑠璃滿於手足頭戴龍王形狀可畏
呪王大笑吼而大笑譬如鼓聲蕩除山谷而
來見彼持呪之人呪者勿怖但誦不空羂索
王呪心念觀自在菩薩散華燒香而供養彼
彼於空中歡喜形狀以天妙身稱本體性空
靜而住讚呪者言善哉呪者我今歡喜汝何
所求爲求富樂安達怛那爲求騰空持呪仙
人轉輪之位梵王帝釋護世四王求宿命智
五神通須陀洹果斯陀含果阿那含果阿羅
漢果辟支迦佛無上菩薩無上正等菩提道
也爾時呪者隨所欲願禮拜求請如上諸願
若不樂欲當言伏我則當伏之受其處分隨
其敎命皆依命作所求則與意所須物則爲
將來遣去之處依命則去欲得去處則能將
去須來則來所聞皆說常與聖者隨逐行住
若不欲得常近住時但憶念則來爲將伏藏
而來示現所有鬼著悉爲除遣亦能治罰爲

除一切病及一切死禁火禁水禁刀禁毒祈雨止雨禁雲禁龍隨意所欲悉皆爲作呪者若瞋更不現身來是故呪者應當自護及護於彼不自加持所爲之事而復恐怖懶惰修行和雜惡業難得成就亦難得見應當勤求樂福德者無有功用而得成就　見不空王成就品第十五竟

見如來成就品第十六

若欲成就見如來者其持呪之人行十善道於諸衆生利益安樂勝意樂心應行悲心於誓願中堅固精進供養三寶供養已竟於觀自在菩薩前作曼陀囉(此云壇也)隨力所辦華香燒香飲食華鬘一切資具燈明供養旣設供已若經三日若一七日持齋清淨三時洗浴著新淨衣(若俗人作應著白衣)三時換衣結跏趺坐勝妙座上作如來印但當誦呪待觀自在菩薩像身震動現於神通隱没不現或坐輪上或低或立或現一身或現多身或現麤或現細或放光明現如是等諸瑞相已呪者應知我當見佛有如是等成就瑞相觀自在菩薩普賢菩薩啓請世尊令現神變成就之相如是知觀自在菩薩請現相已世尊受請爲觀自在菩薩及欲利益一切衆生故現瑞相爾時呪者生歡喜心更當供養觀自在菩薩供養旣已還當誦呪待於世尊以自神力隱於佛形於其座上變觀自在菩薩形爲佛形舒金色臂慰喻告言持呪仙人起汝觀如來大悲爲欲滿足汝願故來至此時持呪者遶佛七帀以華散香燒香華鬘供養禮拜供養禮已白言我見世尊大悲教師我眼親見世尊令

我所願悉不空過爲見世尊故世尊告呪者言汝今何所求爲欲多聞求富饒財持呪仙位世中如來聲聞辟支菩提薩埵灌頂無病長命生天生於大姓婆羅門家生於刹利大姓殊勝行家生轉輪家欲得生四天王天及欲界天欲得具足生三十三天夜摩天兜率陀天化樂天梵天淨居天佛位所欲皆得由於如來神力福力如來祕密陀羅尼力由觀自在菩薩願力及不空王呪之威力及心清淨一切意樂皆得現前如來所言終無有異呪者隨心樂欲之願應當求取若欲於世尊所求親授記應修菩薩行世尊積集加行苦行乃得成佛佛知甚難得何況其餘凡夫之人云何由此少分呪力一生積集俱胝百千無數劫生修行善行所得之佛莫疑呪此少力能得皆由智慧方便善巧成就信力精進力念力及三昧力此則是其得佛之因精進勤勇慰喻方便所謂授於無上正等菩提之記得授記已菩薩次第得自在定菩薩得於三昧自在成於無上菩提不遠是故呪者心當信受得菩提安樂不得不信一乘其信於一切力得到彼岸若不信受縱於多百千俱胝劫中行精進行終不能得菩提之果彼去無上菩提甚遠是故世尊知衆生已爲授無上菩提之記是故呪者於如來所求請授記是時如來爲授記持呪之人得授記已應當自知我得成佛世間敎師於天人中無上福田我知用是凡夫不淨短命之身我以此身而欲求佛堅固之身彼身不作不善之事及其三業常善五根具足得發精進而求佛位

常在心中持呪之人由呪力得如來菩提陀羅尼力不可思議功德三昧殊勝之力呪仙藏中所説之壇大印加持受此法者降伏止息惡毗那夜迦能治罰呪令其調伏方便增長菩薩神變寂靜安隱善好守護吉祥攝受善巧方便除一切煩惱遮止諸惡趣淨五無間罪銷除病災疫銷滅起尸厭蠱不祥悉能除斷刀毒惡藥惡腫油瘺癩癇癲病著小兒病壽命色力富貴快樂具足歡喜心生智慧聰明之念相貌端正爲人喜見能得積集福智資粮善根而有威德譬如摩尼如意寶聚世尊觀自在大菩薩不空羂索心呪王法如迦羅波二合樹悉皆具足無量功德不是少福薄德衆生所能求得乃至百千俱胝劫中亦難得聞況具足得一切如來加持一切菩薩諸願皆入一切如來之所成就一切呪仙之所供養常爲一切諸天加持能與一切所願能大積集福德之聚能入菩提道能示導法皆能銷滅地獄畜生餓鬼之趣若有受持讀誦此呪以華散香燒香塗香華鬘幢蓋旛等供養恭敬尊重讚歎之者彼當得生極樂世界無量壽佛剎壽命無量等同得共世尊觀自在菩薩　見如來成就品第十六竟

召不空羂索心呪王法不空成就王第二十七呪曰

那上音謨囉上音怛那二合怛囉二合夜耶一那去音謨阿唎耶二合阿弭跢婆上音耶二跢他跢去音耶三那上音謨阿唎耶二合跛盧枳帝四攝皤二合囉去音耶五菩去音提薩埵去音耶六摩訶薩埵去音耶七摩訶迦去音盧尼迦去音耶八怛姪他九唵十阿

謨伽(十一)鉢囉(二合)底訶(上音)跢(十二)僧訶(上音)囉僧訶(上音)囉(十三)虎吽(二合十四)泮吒(半音十五)

作壇已竟然後應誦此咒掃除壇却

心印品第十七

沙門慧日刪讀附成十七品

雲自在印呪第一

屈右無名及小指以大指壓其甲上中指頭指直伸竪之呪曰

烏吽(二合長引)

此是迷加攝皤(二合)囉印最勝所說作一切事能成吉祥

不空心印呪第二

准前唯改屈右無名小指著掌則以大指壓其中節中指頭指少曲竪之呪曰

嘻唎(二合)

此印說名不空心印一切衆生持明呪仙衆皆歸依恭敬供養

三摩地印呪第三

二手相合十指相當二無名指及二中指並屈著掌各背相著頭指小指大指並竪令各相離呪曰

訶(上音)

此是三摩地印之法呪作觀世音菩薩之法皆得成就

觀世音菩薩心印呪第四

二手作拳八指向內及叉在掌中其二大指並直竪之呪曰

咽(醯枳切)

此是觀世音菩薩心印由是印力能令持呪憐愍衆生蓮華藏法得成就無疑

蓮華印呪第五
二腕相著十指散竪小曲向上如蓮華開
呪曰
虎(二合)𤙖
是名蓮華印千光王所説所願滿足從自身出
救拔擁護世間心印呪第六
作二手無名小指並拳以二大指各壓其上竪二中指指頭相拄竪二頭指令少屈頭
呪曰
泮(半音大張口呼)吒
此是救拔擁護世間心印呪也
金剛結印呪第七
作二手小指無名中指向內相叉以右壓左並屈作拳竪二頭指及二大指並令相著
呪曰
莎(去音)訶
此是觀世音菩薩金剛結印稱能摧破一切魔衆又亦能斷一切厭蠱
三摩地蓮華印呪第八
作二手合令掌內空呪曰
寺(上音)
此名三摩地蓮華印由是力故得三摩地
世間勇猛嗔怒印呪第九
作右手以無名指壓小指背令頭相著直竪中指頭指少屈大指橫屈呪曰
阿(平音)
此是世間勇猛嗔怒印能破一切諸惡鬼神及破夜叉羅刹娑等
觀世音菩薩頂印呪第十

作二手小指無名中指向内相叉竪二頭指
頭相拄以二大母指捻頭指側呪曰
唎耶(二合)
此是觀世音菩薩頂印於三有中能爲擁護
大結界印呪第十一
作二手無名小指相叉入掌以右壓右竪二
中指令頭相拄竪二大指屈二頭指壓二大
指呪曰
皤(上音)
此是大結界印能令十方夜叉諸魔鬼奪精
氣者大揭羅(上音)訶等見此大印悉皆退散磨
滅無餘決定無疑
能銷龍毒調伏龍印呪第十二
二無名指中指頭指向外相叉竪二小指相
著以二大指壓二頭指呪曰

嚧(輕呼)
此是能銷龍毒調伏毒龍印呪正等觀世音
菩薩說
觀世音菩薩火印呪第十三
二無名指小指中指向外相叉竪二頭指柘
合以二大指附頭指側呪曰
枳
此是觀世音火印呪不爲劫火之所焚燒
摩尼海印呪第十四
二手八指向外相叉以右壓左以二大指壓
右頭指呪曰
帝
此是摩尼海印悉能銷除一切暴雨
能解縛印呪第十五
二手小指向内相叉二無名指向外叉竪二

頭指相著以二中指各附頭指指頭相拄以
二大指博頭指側呪曰
攝皤二合
此是能解縛印呪觀世音菩薩悉能銷除三
世繫縛
象耳印呪第十六
智者屈右大指在於掌中少曲頭指餘指皆
伸呪曰
囉去音
此是象耳印呪伊囉皤拏屈伏無疑注曰伊囉皤拏帝釋象也
蓮華髻印呪第十七
二無名指豎頭相拄二小指向外相叉二中
指頭指曲豎頭相拄豎二大指捻頭指側
呪曰

耶
此是觀世音菩薩蓮華髻印一切呪詛悉能
銷滅正觀世音菩薩所說
喫一切明呪印第十八
二小指向外相叉二無名指向內相叉豎二
中指頭相拄二頭指二大指屈頭相拄面向
左傾狀如馬頭呪曰
嘻唎二合引
觀世音菩薩說此印法能喫一切明呪之法
金剛三叉戟王印呪第十九
左右小指中指大指雙豎相著二無名指頭
指頭屈左掌中呪曰
訶上音
此是金剛三叉戟王印與閻羅王遠離最勝
無能勝印呪第二十

左右小指中指大指向内相叉二無名指曲
豎頭相拄復豎二中指頭相拄屈二頭指近
中指邊呪曰
呬(醯枳切)
此名無能勝印呪
火焰印呪第二十一
豎二小指二無名指頭指相拄豎二中指大
指少曲頭相離三分呪曰
虎𤙖(二合)
此是火焰印呪悉能燒於一切魔刺(注曰從第十八乃至此呪名曰字心呪雖同前印事川別)
金剛拳印呪第二十二
二手十指總屈掌中急把爲拳則誦呪曰
嘻唎(二合一)訶(上音二)呬(醯枳切三)虎𤙖(二合四)泮吒(半音五)莎(去音)訶(六)

此金剛拳印呪名聲普聞此呪通前諸印中
用是呪名爲五字心呪　已說不空羂索
法竟
注曰從第一呪以丁諸呪除莎訶外皆是一
字但有二合三合等字應急呼之傍注口者
應轉舌呼其泮吒字大張口呼古拄上腭但
惠日謹案西域大呪藏中說佛在世時凡呪
法中云誦十萬遍得成者以佛在世佛威力
故得成佛滅度後誦十萬遍不成者緣衆生
薄福要須滿百萬遍方可得成以遍數多故
一消諸障二則於呪綽有其功若有衆生宿
業障重誦滿百萬遍不得成者仍須誦二百
萬遍或三百萬遍或四百萬乃至誦滿七百
萬遍必成就然此中言誦一百八遍得法成
就者其先誦不空羂索呪人有功効法先成
就爲此等人故說一百八遍成就未曾見聞
但依前所說遍數誦持悉得成就其呪印一
品惠日續檢梵本翻入合成一十七品然此
羂索呪更大有方法翻廣如大呪藏所說其
有人未曾經和尚闍梨入大曼荼羅壇場者
但見取大輪金剛呪誦二十一遍即當入壇
然後作諸呪法
悉得成就也

不空羂索陀羅尼經卷下

大周久視元年八月景午朔十五日庚戌

南天竺國三藏法師菩提留志於佛授記寺翻經院譯 前十六品李無諂度語沙門波崙筆受并序其呪印第十七品沙門慧日共天竺國大德尸利末多續翻附之新編入録

音釋

諂誑 諂丑琰切佞言也誑居況切詐也 鉞 王伐切大斧也 籠 盧紅切

擲 直炙切抛也 蠱 公户切或也 瘺 力候切漏瘡也 捻 奴恊切指捻也

詛 莊助切呪也 腭 五各切與齶同齒根肉也

不空羂索呪心經

唐南天竺三藏法師菩提流志奉　詔譯

清刻龍藏佛說法變相圖

不空羂索呪心經

唐南天竺三藏法師菩提流志奉　詔譯

如是我聞一時薄伽梵在布怛落迦山聖觀自在菩薩宫中其地有無量寶娑羅樹多摩羅樹瞻博迦樹阿輸迦樹阿底目多迦等種種寶樹周帀莊嚴與大苾芻衆八千人俱菩薩摩訶薩九十九俱胝那庾多百千及無量百千淨居天子自在天子大自在天子大梵天子而爲上首及餘無量百千天人前後圍繞佛爲說法爾時聖觀自在菩薩摩訶薩從座而起偏袒右肩右膝著地向佛合掌舒顏微笑而白佛言世尊我有神呪心名不空羂索於彼往昔第九十一劫時有世界名曰勝觀其佛號世主王如來我從彼佛受不空羂索呪心世尊我由受持是神呪故教化無量

百千淨居天子自在天子大自在天子令趣阿耨多羅三藐三菩提以是功德力故便獲十億三摩地不空妙智而爲上首世尊若所在之處有此呪心其地即有大自在等十二億諸天而來擁護如佛制多世尊此神呪心隨所住處其中有情當知已於無量百千俱胝那庚多百千佛所種諸善根世尊若復有人聞此呪心是人先造惡業行於非法毀辱賢善誹謗正法及以誹謗一切諸佛菩薩聲聞緣覺決定應墮無間大地獄中世尊彼人若聞此神呪心而生悔媿於一日夜受持齋戒讀此神呪即能銷滅一切罪業或復令其所有罪業現世輕受若得熱病或一日二日乃至七日若眼耳鼻舌脣齒齗齶心腹臍脇手足支節等痛若得痔病下痢祕澀白癩大癩若疥若癬若黒瘡赤瘡漏瘡疱瘡若癲癇等病若厭禱蠱毒繫縛杖捶誹謗罵辱及餘諸惡逼惱身心并諸怪夢我今說以現受故無間惡業即得銷滅況諸衆生清淨信者受持此呪一切罪業而不滅耶世尊若有衆生以其諂曲虛誑之心聞我所說不空罥索呪心詐現受持若自書若令他書若爲他說令其聽受乃至向彼傍生耳邊誦此呪心及思惟神呪章句不毀謗故無相故無生故無分別故遲至故無作故離染故平等故不捨故離蘊故如是修習相應方便由此憶念佛功德力彼十方面各有千佛出現其前行者見已所有罪業皆悉銷滅世尊我今略說乃至有人抄寫此經置於家中禮拜供養亦得無量無邊福德何況受持讀誦之者世尊若有

衆生各各自爲欲勝他故或怖主故怖怨讎故怖惡獸故怖危難故或隨他故求尊貴故求財寶故聽聞如是神咒心經雖復聽聞不生恭敬或致誹謗輕慢毀呰由觀自在菩薩威神力故令如是人亦生勝福譬如有人取栴檀香或沉麝等駡詈毀呰而碎抹之用塗其身而彼香等終無是念此人毀呰我故悋其香氣而不與之而栴檀等本性芬馥作其香事世尊此神呪心亦復如是雖有誹謗毀呰或復謟詐書寫受持供養而皆與作善根因緣生生之處常不捨離戒定智慧福德資粮於當來世戒香具足世尊若有善男子善女人若苾芻苾芻尼鄔波索迦鄔波斯迦於月八日專心齋戒不雜餘語誦此不空羂索呪心七徧彼人現身得二十種殊勝利益云何二十一者身無疾病二者由先作業有諸疾病速得銷滅三者其身光澤皮膚細輭見者歡喜四者衆人愛敬密護諸根五者當得財寶六者得財寶已不爲盜賊之所劫掠七者不爲水火之所漂焚八者不爲王力之所侵奪九者所作事業皆善成辦十者所種苗稼不爲惡風暴雨霜雹蟲蝗之所損害十一者若誦此呪心七徧呪灰及水八方上下灑散結界一切災難皆得銷滅十二者不爲諸惡鬼等奪其精氣十三者一切有情愛樂喜見十四者不怖怨讎十五者設有怨讎速疾和解十六者不畏人及非人之所侵害厭蠱邪魅不能中傷十七者無有猛利煩惱及隨煩惱十八者火刀毒藥傷害不死十九者諸天善神常所擁護二十者所生之處於中不

離慈悲喜捨如是二十種殊勝利益應當希求復有八法何等爲八一者臨命終時聖觀自在菩薩作苾芻像現其人前二者臨命終時安樂捨壽無諸痛苦三者臨命終時正念現前心不錯亂四者臨命終時手不紛亂足不伸縮五者臨命終時而不漏洩大小便利六者設使有病不滯床枕七者臨命終時不覆面死八者臨命終時得無盡辯才既命終已隨願往生諸佛淨土及不捨離諸善知識世尊若善男子善女人等不食酒肉葷辛及殘惡觸日日三時時別三徧誦此神呪心法門殊勝功德晝夜增長了知一切有情有力無力隨其聽聞菩薩不應心生祕惜永離諸惡慳悋嫉妬常爲利益一切有情故速趣菩提入菩薩位言菩提者說名般若言薩埵者即是方便此二種法於諸有情當得一切利益安樂世尊我今欲爲利益安樂諸四部衆及餘有情造罪業者惟願世尊哀愍許可於如來前說此呪心爾時世尊告聖觀自在菩薩摩訶薩言有情清淨今正是時我亦隨喜此神呪心於後時分爲行菩薩乘者而作父毋令諸菩薩所作事業速得成就爾時聖觀自在菩薩摩訶薩瞻仰尊顏目不暫捨而白佛言世尊惟願如來聽我說此神呪一切菩薩所應敬禮此解脱法門哀愍世間利益安樂無量有情欲受持者應先敬禮三世諸佛及諸菩薩獨覺聲聞敬禮正至正行復應敬禮舍利子等大慧聲聞復應敬禮慈氏等上首菩薩摩訶薩衆敬禮金色光明吼聲自在王如來敬禮師子遊戲王如來敬禮無量光

如來敬禮善住摩尼寶積王如來敬禮普光明讚歎功德積王如來敬禮勝觀如來敬禮寶髻如來敬禮現世間如來敬禮捨離損壞蘊如來敬禮金色身寂如來敬禮飲光如來敬禮能寂如來敬禮善名稱如來敬禮普光勝怨敵德如來敬禮帝幢德如來敬禮寶光明自在王如來敬禮無礙藥王如來敬禮勇猛遊步如來敬禮善住無畏如來應正等覺敬禮三寶敬禮聖觀自在菩薩摩訶薩具大悲者敬禮如是諸聖者已復應念言聖觀自在菩薩於如來前說神呪心我今亦當說此神呪願我所作事業速得成辦令我一切怖畏皆除爾時聖觀自在菩薩即說呪曰

頞(丁可切)姪(徒也切下皆同)他(一)闍者(之可切下皆同)囉(攞音轉舌呼之自此已下非口傍字其傍加口者皆倣此)者囉(二)旨嚩旨嚩(三)主嚕主嚕(四)母嚕母嚕(五)麼歌(呼可切)迦(訖可切下皆同)嚕抳(妳旨切)迦也(藥可切下皆同音)壐嚩壐嚩(七)旨嚩旨嚩(八)賛(房賛切下皆同)嚩賛嚩(九)麼歌跛達(陀訖切下皆同)麼歌娑(思訖切下皆同)頞也(十)迦攞迦攞(十一)枳(呰旨切下皆同)履枳履(十二)矩魯矩魯(十三)麼歌輸(上聲自此下注平上去入者依平上去入聲呼)柁縒(蠢可切)怛(多訖切下皆同)縛(房可切丁皆同)也(十四)部姪部姪(十五)柁縛柁縛(十六)迦嫡(挐可切下皆同)迦嫡(十七)枳抳枳抳(十八)矩努(挐古切下音同)矩努(十九)跛囉麼輸(上音)柁縒怛縛也(二十)迦囉迦囉(二十一)枳嚩枳嚩(二十二)矩嚕矩嚕(二十三)麼歌娑他(上音)麼般(比訖切下皆同)囉般頞也(二十四)者攞者攞(二十五)散(去音)者攞散(去音)者攞(二十六)費者攞費者攞(二十七)般囉者攞般囉者攞(二十八)翳吒(吒可切下皆同)吒翳吒吒(二十九)婆(上音)囉婆(上音)攞(三十)鼻嚩鼻嚩(三十一)部嚕部嚕(三十二)頞囉頞囉(三十三)底(丁旨切下

皆同𠻺底𠻺三十四覩嚕覩嚕三十五醫欱火吉切齊
呬四火戴切下皆同三十六麼歌迦嚕抳迦三十七麼歌跛
輸跛底吠灑沙河切下皆同柁囉三十八柁囉柁囉柁囉三十
九縒囉縒囉四十者囉者囉四十一跛囉跛囉四十
二縛囉縛囉四十三歌囉歌囉四十四歌歌呬呬
虎虎四十五闍迦囉勃囉𠻬訶訖切下皆同麼吠灑柁
囉四十六柁囉柁囉四十七地𠻺地𠻺四十八杜嚕
杜嚕四十九頞攞頞攞五十縒囉縒囉五十一跛囉
跛囉五十二縛囉縛囉五十三曷囉失弭捨尸可切下
皆同頞縒歌娑囉五十四般囉底漫雉頞捨𠻺囉
五十五實時訖切下皆同縛攞實縛攞五十六頞跛頞跛
五十七婆上音縒婆上音縒五十八勃囉麼勃囉麼五十
九婆上音伽上音飯素麼地縿丁也切六十也麼縛嚕
孏矩吠囉六十一勃囉𠻬麵達囉六十二曷𠻺史
第縛伽上音孏罷薄也切下皆同嘌旨頞六十五者囉孏

六十四蘇上音嚕蘇上音嚕六十五主嚕主嚕六十六母
嚕母嚕六十七補嚕補嚕六十八縒攘那可切下同怛
矩麼囉鶻嚕達囉縛縒縛六十九費瑟努七十柁
攘柁七十一縛逸縛起其訖切你七十二第縛七十三
曷𠻺史攘也迦七十四娑上音虎費費柁吠灑柁
囉七十五柁囉柁囉七十六地𠻺地𠻺七十七杜嚕
杜嚕七十八他上音囉他上音囉七十九伽上音囉伽上音
囉八十也囉也囉八十一攞囉攞囉八十二歌囉歌
囉八十三跛囉跛囉八十四麼囉麼囉八十五縛囉
縛囉八十六縛囉柁也迦八十七縒漫頞縛路枳
頞八十八費路枳頞八十九路計失縛囉九十麼醯
去音失縛囉九十一母虎母虎九十二母嚕母嚕九十
三母也母也九十四悶者悶者九十五咯叉咯叉
九十六此中誦呪者應自稱我某甲薩縛縒怛防去音失者九十七
薩縛娑上音齊罷九十八薩部跛囉跛罷九十九薩

部跛薩祁祁計切罷一百薩縛趌囉醯去音羅一百一
縛柁伴柁攘一百二頦荼上音攘一百三頦嘌社時可
切下皆同攘一百四曷囉杜頦娑迦囉一百五懷烏可切
趌弩那矩切柁迦一百六費灑捨娑怛囉一百七跛
嚩慕者迦一百八迦嬭迦嬭一百九枳抳枳抳一百
一十矩努矩努一百一十一者囉者囉一百一十二旨嚩
旨嚩一百一十三主嚕主嚕一百一十四印達嚩也一百
一十五娑上音攞步鄧陀鄧切伽上音一百一十六者覩囉
嘌野縒縿丁也切百十七三去音般囉迦捨迦一百十八頦
麼頦麼一百一十九縒麼縒麼一百二十麼縒麼縒一百
二十一麼吹頦悶柁迦攞一百二十二費柁麼攘一百
二十三灑座吒訖切下皆同跛囉弭頦一百二十四跛嚩補
囉迦一百二十五弭履弭履一百二十六吒吒吒吒一百
二十七佗物可切下皆同佗佗佗一百一十八徵吒旨切下皆同徵
徵徵一百二十九柱吒古切下皆同柱柱柱一百三十翳耐拏計

切也折之設切麼一百三十一訖哩頦跛嚩迦囉一百
三十二翳款襄呬一百三十三伊上音失縛囉部頦伽
上音嬭伴社迦一百三十四矩嚕矩嚕一百三十五跛囉
跛囉一百三十六者囉者囉一百三十七縒囉縒囉一百
三十八迦囉迦囉一百三十九迦吒迦吒一百四十跛吒
跛吒一百四十一麼吒麼吒一百四十二費輸上音柁費
灑也你縛信一百四十三麼吹迦嚕抳迦一百四十四
失吠頦也竇乳跛費頦一百四十五曷囉怛攘麼
矩吒一百四十六麼攞柁囉一百四十七薩縛實若而可
切始囉璽訖哩頦一百四十八社吒麼矩吒一百四十
九麼吹達部頦迦麼攞一百五十訖哩頦迦囉頦
攞一百五十一娙攘縒麼地費木叉一百五十二般羅
劒俱暗切罰必也切一百五十三婆上音虎縒怛縛散去音頦
底一百五十四跛嚩跛者迦一百五十五麼吹迦嚕抳
迦一百五十六薩縛羯麼縛囉一百五十七費戍柁迦

一百五十八薩縛筏房也切地一百五十九般囉慕者迦
一百六十薩縛縒怛縛阿捨也一百六十一跛嚄補囉
迦一百六十二薩縛縛縒怛縛一百六十三縒麽失縛
縒迦囉一百六十四掾慕娑覩諦娑縛歌一百六十五
攘慕伽上音也娑縛歌一百六十六攘視頞也娑縛
歌一百六十七攘跛囉視頞也娑縛歌一百六十八賁
囉也娑縛歌一百六十九縛囉柁也娑縛歌一百七十
縛囉般囉柁也娑縛歌一百七十一伊上音誕者謎
薩縛羯麽矩嚕一百七十二掾慕娑都娑縛歌一百
七十三闍社也䞁呼暗切下皆同娑縛歌一百七十四闍噭
囉視娑縛歌一百七十五闍款嚄怛嚹路加吉也切
賁社也一百七十六攘慕伽上音跛捨一百七十七攘般
攞底歌頞一百七十八款嚄一百七十九歌一百八十呬一百
八十一䞁一百八十二巨窒巨窒一百八十三娑縛歌一百

此神呪心隨誦有驗所作皆成日日三時一
一時中各誦三徧五無間罪皆得銷滅一切
業障皆得清淨燒沉水香或散灰散水或白
芥子以爲結界或取佉陀羅木爲橛呪三七
徧已而釘四方

若患一切寒熱瘧病呪線結索帶之病得除
愈諸有病者或呪酥油或復呪水令彼病者
若服若塗即得除差

若被厭蠱應以麵泥蠟等爲人形像以刀斷
截復以呪索令被厭者身常佩之

若患腹痛應呪鹽水與之令服

若遭諸毒呪土或水若塗若服即得銷滅

若患眼宜呪白線爲索用繫其耳

若患牙齒疼痛呪迦羅賁羅木而揩嚼之

若欲結界以佉陀羅木爲橛釘於四隅呪五

色縷二十一徧周圍橛內若欲自護及護他
者應呪索帶或呪水呪灰灑散其身
若患一切鬼病呪五色線爲索帶之
若患一切熱病呪白色線爲索帶之
若患一切諸惡瘡腫若咽喉閉塞以蜜和蓽
茇而呪服之
若患眼病應呪香水或波羅賒水或甘草水
而用洗之
若患耳痛呪胡麻油滴彼耳中
若諸鬪戰諍訟毀謗應取呪水用洗其面
若欲擁護王都聚落應取四瓶滿中盛水及
以飲食作大供養其誦呪者著新淨衣讀誦
此呪即得吉祥復以彼水散灑其處擁護一
切諸有情等所有災厄皆得銷滅
若患邪病以水磨栴檀呪二十一徧塗其心
上若犯四重五逆諸無間罪應常誦此呪其
罪銷滅
若護宅舍應取蓮華一百八枚各呪一徧於
火中焼
若欲令一切有情隨順已者應取栴檀長二
寸者一百八枚各呪一徧於火中焼若著鬼
魅及有怖畏應取社耶藥費社耶藥那矩梨
藥健陀那矩梨藥婆剌尼藥阿婆野波抳藥
因達羅波抳藥乹陀鉢履樣瞿藥多伽羅藥
斫訖羅藥摩訶斫訖羅藥毗瑟怒訖爛多藥
蘇摩羅時藥蘇難陀等如是諸藥擣篩水和
爲丸誦呪一百八徧若置頭上若繫兩臂小
兒項上鬼魅怖畏皆自銷滅
若有婦人由薄福故被人猒賤及求男者著
新淨衣呪彼藥水滿三七徧澡浴自身得勝

福德惡相銷滅求男得男一切獲益毒火不侵災横不著

若遇惡風暴雨及災雹者呪水三七徧用灑四方若呪迦羅費羅木杖滿三七徧指撝虛空風等便息

聖觀自在菩薩大神呪心成就如是最勝事業未成辦者應以素氎畫作佛像所用彩色和以香膠勿取餘膠於佛像邊畫觀自在菩薩像其身黄白紺髮垂下首冠華冠披毉泥耶皮如摩醯首羅狀環釧皆以珍寶而嚴飾之畫師將欲畫時先當受八戒齋法畫像成已於彼像前用瞿摩夷作曼荼羅縱廣一丈六尺散以白華其壇八方安八瓶香水置八分食或六十四分如是供養除葷辛等燒沉水香當三日三夜不食或一日一夜不食若食之時但食三種日食於日日中三時澡浴著新淨衣誦呪一千八徧誦呪滿已行者即於像前自見其身光明熾盛猶如猛燄如是見已心生歡喜聖觀自在菩薩便現其前所有願求皆令滿足

若欲隱形應取雌黄或安繕那藥呪一千八徧即得隱形乘空而行獲不空智上首莊嚴勝三摩地所有意樂皆得成辦如是說已時薄伽梵歡喜讚歎爾時聖觀自在菩薩摩訶薩及淨居天子索訶世界主自在大自在天王及諸菩薩大聲聞等承佛所說歡喜奉行

不空羂索呪心經

音釋

齗語斤切齒根肉也　臍徂奚切　澀疏立切　呰蔣氏切毀也　詈力置切罵也　輭而兗切柔也　掠力灼切奪取也　璽胥里切　歠許葛切　趌其乞切　欯火一切　裔余制切　擫倚可切　賧吐監切　橛其月切木段也　撝呼爲切指撝也　瞖於兮切

不空羂索神呪心經

唐三藏法師玄奘譯

清刻龍藏佛說法變相圖

不空羂索神呪心經

唐三藏法師玄奘譯

如是我聞一時薄伽梵在布怛洛迦山觀自在宮殿其中多有寶娑羅樹躭摩羅樹瞻博迦樹阿輸迦樹極解脫樹復有無量諸雜寶樹周帀莊嚴香華輭草處處皆有復有無量寶泉池沼八功德水彌滿其中衆華映飾甚可愛樂復有無邊異類禽獸形容殊妙皆具慈心出種種聲恒如作樂與大苾芻衆八千人俱九十九俱胝那庾多百千菩薩摩訶薩無量百千淨居天衆自在天衆大自在天衆大梵天王及餘天衆無量百千前後圍繞聽佛說法爾時會中有一菩薩摩訶薩名觀自在從座而起整理衣服偏袒一肩右膝著地合掌向佛面目熈怡開顏含笑而白佛言我

有神呪心名不空羂索我於往昔第九十一劫時有世界名殊勝觀其中有佛名世主王如來應正等覺明行圓滿善逝世間解無上丈夫調御士天人師佛薄伽梵彼佛世尊怜愍我故爲我説此大神呪心時我受持威神力故常爲無量淨居天衆自在天衆大自在天衆大梵天王及餘天衆無量百千恭敬供養尊重讚歎我皆化被令趣無上正等菩提我依如是功德力故便獲十億不空妙智上首莊嚴大三摩地由斯定力現見十方無量無數諸佛世界一切如來及諸衆會皆往供養聽聞正法展轉敎化無量有情皆令發心趣無上覺故此呪力不可思議能救衆生無量苦難諸有智者皆應受持世尊若他方所有此呪心當知是處有自在天大自在天梵天王等而爲上首與十二億諸天神衆常共守護恭敬供養如佛制多不令暴惡諸鬼神等遊止其中世尊隨何國邑流行如是不空羂索神呪心經當知此中諸有情類已於無量俱胝那庾多百千諸佛所種諸善根秉大願力而來至此世尊若有衆生造諸重罪習行惡法毀辱賢聖誹謗正法當墮無間大地獄中經無數劫受諸劇苦諸佛菩薩獨覺聲聞雖具神通而不能救彼若聞此神呪心經能生悔愧終不更造若彼復能經一日夜受持齋戒誦此呪心所作罪業現世輕受不復當墮無間地獄云何證知彼現輕受不墮地獄謂若忽遭寒熱等病或經一日或經二日或復乃至經於七日或患眼痛耳痛鼻痛齒疼牙痛脣痛舌痛或斷齶痛或心胷痛或腹

髕痛或膂脊痛或脇腋痛或陰髖痛或髀膝痛或支節痛或手足痛或頭面痛或咽項痛或肩髆痛或遭風病氣病痔病痢病淋病或遭癰癖白癩重癩及諸疥癬或得皰瘡甘瘡華瘡漏瘡毒瘡或遇癰腫遊腫疔腫癧腫毒腫或患顛癇或患甘濕或被鬼魅或被厭禱或被呪詛或被毒藥或被囚繫或被枷鎖或被打罵或被誹謗或被謀害或被恐怖或復遭餘種種增減不饒益事以要言之所有逼切身心苦惱及見惡夢由此證知彼現輕受不復當墮無間地獄所造罪業悉得消除如是衆生由斯呪力尚現輕受重罪消除況餘有情身心清淨聞持此呪而不獲福先世罪業亦得消除現在未來常受快樂世尊若有四衆或四姓等設以諂曲誑詐心故聽聞如是神呪心經受持讀誦書寫供養爲他讚說教令聽受乃至自往畜生耳邊慇懃念誦令彼得聞復審思惟此呪章句不毀謗故不取相故無分別故無等起故不遲行故無爲作故離染汙故平等心故無增減故離五蘊故由此方便於諸佛所復修隨念彼由如是功德力故於十方面各有千佛來現其前教令悔除先所作罪所有祈願皆令滿足若有不能如上所說乃至書此神呪心經置於舍中禮拜供養亦得無量無邊功德世尊若有衆生爲勝他故或怖主故怖怨讎故怖惡獸故怖危難故或隨他故或求高貴多財寶故聽聞如是神呪心經雖復聽聞而不恭敬或復誹謗輕賤毀呰智者應知非其自力是觀自在威神力故令彼耳聞爲令彼得現在未來

利樂事故世尊譬如有人採沉取麝或復栴檀龍腦香等種種誹謗輕賤毀呰而復擣磨用塗身體然沉麝等不作是念彼淩懱我不與其香而性自然恒作香事此神咒心亦復如是雖有誹謗輕賤毀呰或如上說以諂誑心書寫受持恭敬供養而亦作彼善根因縁令彼當來隨所生處具戒定慧功德妙香亦能爲他作斯香事故此神咒威德難思信謗俱能作饒益事世尊若善男子或善女人及苾芻苾芻尼鄔波索迦鄔波斯迦或餘人輩白月八日受持齋戒專心誦此大神咒心乃至七遍不雜異語當知是人現世定得二十勝利云何二十一者身無衆病安隱快樂二者由先業力雖有病生而速除愈三者身體細輭皮膚光澤面目鮮明四者衆人愛敬五者密護諸根六者多獲財寶隨意受用七者所得財寶王賊水火不能侵損八者所作事業皆善成辦九者所有種植不畏惡龍霜雹風雨十者若有稼穡災横所侵以此咒心咒灰或水經七遍已於其田中八方結界上下散灑災横爾時皆即除滅十一者不爲一切暴惡鬼神羅刹斯等吸奪精氣十二者一切有情見聞歡喜愛樂尊重常無猒足十三者常不怖畏一切怨讎十四者設有怨讎速自消滅十五者人非人等不能侵害十六者猒魅咒詛蠱道不著十七者煩惱纒垢不數現行十八者刀毒水火不能傷害十九者諸天善神常隨衛護二十者生生不離慈悲喜捨彼得如是二十勝利復獲八法何等爲八一者臨命終時見觀自在菩薩作苾芻像來現

其前歡喜慰喻二者安隱命終無諸苦痛三者將捨命時眼不反戴口無欠呿手絕紛擾足離舒捲不泄便穢無顛墜牀四者將捨命時住正憶念意無亂想五者當命終時不覆面死六者將捨命時得無盡辯七者既捨命已隨願往生諸佛淨國八者常與善友不相捨離世尊若善男子善女人等能斷酒肉及諸葷辛不食殘穢身常清潔日日三時轉誦如是不空羂索神呪心經彼勝功德晝夜增長若能於法捨慳悋心無嫉妬意專爲利樂一切有情觀諸衆心有力無力如應爲説此神呪經當知是輩速證無上正等菩提墮諸菩薩摩訶薩數是則名爲菩提薩埵言菩提者所謂般若言薩埵者即是方便如是二法於諸有情能作一切利益安樂世尊我今爲欲利益安樂四部衆故及爲除滅諸惡有情所造罪故於如來前説此神呪惟願世尊哀愍聽許

爾時世尊告觀自在菩薩摩訶薩言大衆清淨知時應説我亦隨喜此神呪心是當來世菩薩父母令諸菩薩所作事業速得成辦亦令一切所怖畏事疾得除滅爾時觀自在菩薩摩訶薩蒙佛聽許歡喜踊躍瞻仰尊顏目不暫捨合掌恭敬而白佛言此神呪心是諸菩薩所應尊重恭敬供養爲最解脱圓滿法門作諸衆生利益安樂諸欲受持此呪心者應先敬禮過去未來現在諸佛及諸菩薩獨覺聲聞復應敬禮正至正行復應敬禮舍利子等諸大聲聞復應敬禮聖慈氏等諸大菩薩復應敬禮無量光佛復應敬禮佛法僧寶

復應敬禮聖觀自在菩薩摩訶薩具大悲者
既敬禮已復應念言此神咒心名不空羂索
是觀自在菩薩於如來前在大衆中親自演
説我今讀誦令我一切所作事業速得成辦
令我一切所怖畏事疾得除滅作是念已即
讀誦言
怛經他　闍　折洛折洛　止履止履　主
魯主魯
稽首具大悲者
薩洛薩洛　死履死履　止履止履　鼻履
鼻履
稽首大蓮華手
羯邏羯邏　吉利吉利　屈路屈路
稽首大淨有情
渤經渤經　杝婆杝婆　緊尼緊尼
稽首極淨有情
羯洛羯洛　枳利枳利　矩魯矩魯
稽首得大勢者
折邏折邏　珊折邏珊折邏　毗折邏毗折
邏　毉哳吒毉哳吒　跋洛跋洛　鼻利鼻
利　部魯部魯　毉呬毉呬
稽首大悲大獸王相
達洛達洛　薩洛薩洛　折洛折洛　鉢洛
鉢洛　喝洛喝洛　呵呵呬呬　呼呼　翁
迦洛
稽首大梵王相
達洛達洛　地利地利　杜魯杜魯　怛洛
怛洛　薩洛薩洛　鉢洛鉢洛　筏洛筏洛
稽首百千光莊嚴身
什筏邏什筏邏　荅播荅播　薄伽梵

稽首日月琰摩筏魯拏矩羅釋梵與財等天
仙衆所供養之
沫洛沫洛　弭履弭履　毋魯毋魯　窣魯
窣魯　圭魯圭魯
稽首薩捺童子魯達羅衣毗瑟怒達捺陀仙
那藥迦毗那藥迦衆多形相
達洛達洛　地履地履　杜魯杜魯　闥洛
闥洛　揭洛揭洛　鉢洛鉢洛　拙洛拙洛
刺洛刺洛　喝洛喝洛　沫洛沫洛　筏
洛筏洛
稽首與願普觀勝觀世自在大自在
毋呼毋呼　毋魯毋魯　毋耶毋耶　悶遮
悶遮　洛叉洛叉
稽首能令我及有情解脫一切怖畏解脫一
切厭蠱解脫一切災橫解脫一切疾病解脫
一切邪魅魍魎解脫一切怨家殺縛恐喝捶
打解脫一切王難賊難解脫一切水火風難
解脫一切刀毒等難者
羯拏羯拏　緊尼緊尼　屈忸屈忸　折洛
折洛
稽首能開示一切根力覺支道支四聖諦者
荅摩荅摩　颰摩颰摩　沫娑沫娑
稽首能除諸大黒闇生長滿足六波羅蜜多
者　弭履弭履　吒吒吒吒　詫詫詫詫
置置置置　澍澍澍澍
稽首被服毉泥耶皮具大慈悲自在大自在
能破一切惡鬼神者速來速來救護我等
矩盧矩盧　鉢洛鉢洛　薩洛薩洛　羯洛
羯洛　羯吒羯吒　沫吒沫吒
稽首住淨土具大悲者身佩白吉祥縷頸帶

衆寶瓔珞首冠華鬘寶冠於寶冠中當于頂上有一切智像手執希有大寶蓮華於諸靜慮等持解脱衆妙功德皆不傾動善能成熟一切有情具大慈悲能除一切業障能救一切病苦普能安慰一切有情

闍頡利怛賴路迦毗闍耶 唵暮伽播奢頡利達耶 唵鉢剌底喝多 𤙖沛莎訶 納莫阿慕伽耶莎訶 納莫阿氏多耶莎訶 納莫阿鉢羅氏多耶莎訶 納慕筏洛鉢剌杙耶莎訶 納莫薩婆羯磨悉達曳莎訶 𤙖杜耶 懸莎訶

此神呪心誦必有驗能受持者所欲皆成諸有日日三時各誦一百八徧五無間罪定得除滅一切業障無不清淨欲念誦時應先結界其結界法取灰或水或白芥子或擔山橛呪七遍已遺釘四方燒沉水香至心念誦諸患寒熱及瘧病者應呪結縷二十一遍繫頸或臂即得除愈

諸有病者呪酥或油或復呪水二十一遍與之令服即得除愈

諸欲解他厭禱呪詛取泥或麵或蜜蠟等作彼形像口誦此呪手執剛刀深慈愍彼而斷截之復以呪縷繫被厭身令諸怖畏即得除愈諸患腹痛應呪鹹水與之令服即得除愈諸遭蠱毒或蛇蠍等之所蛆螫呪水令飲呪泥塗之即得除愈

諸患眼痛應呪白縷繫其耳上即得除愈

諸有牙齒患疼痛者應呪羯羅鼻羅木二十一徧已而嚼揩之即得除愈

諸怖畏處應當結界而住其中其結界法呪

五色縷二十一徧纏擔山橛釘著四隅即得
無畏
諸欲自護應以呪縷帶之於體或呪水灰灑
散身上
諸有鬼神魅著身者呪五色縷常用帶之即
便捨離
諸患一切瘡腫等病取蓽茇末和蜜而呪二
十一遍用塗其上即得除愈
諸患眼者應呪香水或甘草水鉢邏奢水二
十一遍而用洗之即得除愈
諸患耳鼻應呪煎油二十一遍滴耳鼻中即
得除愈
諸有鬪競怨讎誣枉種種官事之所逼惱應
呪淨水二十一遍洗面灑身即得和解
諸有國土王都城邑災難起時應結道場牛
糞塗地香湯遍灑於場四角各置一瓶於其
瓶中置華及水以新淨草敷布場中用美果
食陳列其上作麵燈盞香油淨炷然置四隅
以衆名華遍散場内燒上妙香而為供養其
誦呪者香湯沐浴著新淨衣坐鮮潔座端身
正念誦此呪心主若至誠災難便息
諸有疾疫妖祟等處呪瓶中水灑處及身一
切災患皆悉除滅
若被厭魅以瓶中水磨栴檀香呪三七遍用
塗心上厭魅便息
若常念誦此神呪心四重五逆謗法等障咸
得除滅
欲護國宅使無災危應取蓮華一百八枚各
呪一徧投火壇内供養賢聖災危並息國宅
安隱

若欲令他慈心於已不生嫌疾應取栴檀一
百八枚並長二寸各呪一徧投火壇內供養
賢聖能令彼人慇已無恨
若恐疾疫鬼魅著身應取社耶藥毗社耶藥
那矩梨藥健陀那矩梨藥婆剌尼藥唵跛耶
波尼藥因達羅波尼藥健陀畢利摋瞿藥須
揭藍藥斫訖羅藥莫訶斫訖羅藥毗瑟怒訖
爛多藥素摩羅時藥蘇難陀藥闍延底藥白
檀香藥舍利摩藥舍利婆藥喝悉底婆剌尼
藥喝麗怒迦藥健陀須揭藍藥金剛藥黑藍
藥筏邏呵訖爛多藥如是諸藥細擣絹篩水
和爲丸形如大棗呪百八遍置於頂上或繫
兩臂疾疫鬼魅皆不著身
若有小兒邪氣魍魎所驚怖者呪此藥丸一
百八徧繫於咽下便不驚怖
若有女人薄福所致人皆憎厭呪此藥丸一
百八徧和水澡浴惡相皆除衆人愛敬身穢
惡病亦得除愈
諸有婦人求生男者呪此藥丸一百八徧繫
其身上或和水浴便得生男
若呪藥丸繫在身上刀毒水火惡獸怨家厭
魅蠱道一切災橫皆不爲害
若患瘡腫呪此藥丸一百八徧和水塗之便
得除愈
若遇惡風暴雨災雹呪清淨水二十一徧散
灑四方或呪羯羅毗羅木枝二十一徧口仍
誦呪向四方搖風等便止
此觀自在大神呪心雖不受持但依前法誦
必有驗若能受持所作事業無不成辦欲受
持者以新白氎應長一丈而闊五尺總一段

成勿斷經縷畫作佛像所用彩色應和香膠自外諸膠咸不得用佛像右邊應復畫作觀自在菩薩似大自在天頂有蠡髻首冠華冠豎泥耶皮被左肩上自餘身分瓔珞環釧而爲莊嚴畫師應須澡浴香潔著新淨衣離雜穢食專精齋戒淨處畫之應以此像置清淨處於其像前牛糞塗地縱廣丈六四方齊正於其壇內純散白華以八淨瓶各受一升盛華香水安置八方復於八方敷八草座一一座上置一分食於八座邊一一各置八分之食其所供食盡世香美皆得用之唯除葷辛血肉酒等諸雜穢物復燒沉香至誠供養受持呪者先當三日三夜斷食如其不能但一日夜於日日中三時澡浴若大小便別更澡浴著新淨衣食三白食所謂乳酪及白粳米食訖澡漱往佛像前燒沉水香至誠頂禮專心誦此大神呪心滿八千徧爾時行者自見其身遍放光明猶如火燄見是事已歡喜踊躍時觀自在便現其前隨所願求皆令滿足若欲自隱應呪雌黃或安繕那滿八千遍研以塗眼若欲乘空應用塗足由斯呪力證不空智而爲上首莊嚴等持既獲此定凡作事業無不成辦爾時世尊讚觀自在菩薩摩訶薩言善哉善哉汝今憐愍一切有情說此神呪欲令皆得利益安樂我深隨喜時薄伽梵說是語已觀自在菩薩摩訶薩淨居天衆自在天衆大自在天衆大梵天王及餘天衆聲聞菩薩皆大歡喜信受奉行

不空羂索神呪心經

不空羂索神呪心經後序

不空羂索神呪心經者斯蓋三際種智之格言十地證眞之極趣也裂四魔之偏罥折六師之邪幢運諸子之安車詣道場之夷路者何莫由斯之道也況乃剿當累殲宿殃清衆瘼懷庶福者乎是以印度諸國咸稱如意神珠諒有之矣題稱不空等者别衆經之殊號也至如擲羂取獸時或索空茲教動桴罔不玄會故受斯目也運極無方曰神驚敕羣物稱呪名色所依號心雖復乘開一五藏啓二三其能應通動植綵綸法界者咸用取則茲旨歸往斯詣也是故經云此身如城心王處中又至功離相妙極殊方有類於心故膺茲稱也是以經云如衆生心識體雖是有而無長短方圓等相斯故羣籍之中心無相之妙極者也然此神典北印度國沙門闍那崛多已譯於隋紀于時寶曆創基傳匠蓋寡致令所歸神像能歸行儀并呪體能俱存梵語遂使受持之者疲於用功渾肴莫晰惟今三藏玄奘法師奉詔心殷爲物情切爰以皇唐顯慶二年五月旦日於大慈恩寺弘法苑重更敷譯庶諸鑑徒悟夷崄之殊徑矣

音釋

經

臍 徂奚切與臍同 臗 苦官切兩股間也 髀 部禮切股也 癵 呂員切病也 癖 芳辟切腹病也 癰 於容切 腫 之隴切 癤 子烈切瘡癤也 懱 莫結切輕易也 絰 徒結切 魍魎 魍文紡切魎良蔣切 忸 女六切 詑 丑亞切 戇 陟降切 蛇蠍 蛇食遮切蠍許竭切 蛆 七余切 蠡 落戈切蚌屬 澡漱 澡子皓切漱蘇奏切

後序

剿子小切絕也　殲子廉切盡也　瘼慕各切病也　桴音夫　晰之列切明也

不空羂索神變真言經

唐南天竺三藏法師菩提流志奉　詔譯

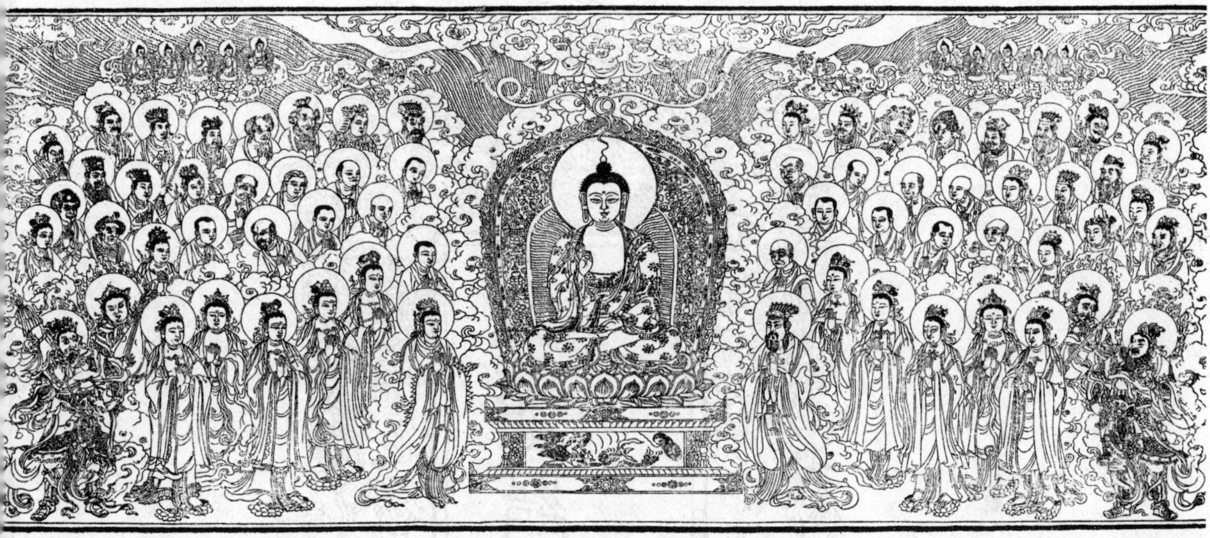

清刻龍藏佛說法變相圖

不空羂索神變眞言經卷第一

唐南天竺三藏法師菩提流志奉　詔譯

母陀羅尼眞言序品第一

如是我聞一時薄伽梵住補陀洛山觀世音菩薩摩訶薩大宮殿中其殿純以無量大寶上妙珍奇間雜成飾衆寶交徹出大光焰半月滿月寶鐸金鈴寶珠瓔珞處處懸列微風吹動皆演法音寶蓋幢旛奇華雜拂眞珠網縵種種彌布而爲莊嚴繞殿多有寶樓寶閣雜沓寶帳諸寶樹華重重行列所謂寶娑羅樹華寶多羅樹華寶多摩羅樹華寶瞻蔔迦樹華寶阿戍迦樹華寶阿底穆多迦樹華及餘無量億千萬種諸寶香樹氣交芬馥圍繞莊嚴復有無量寶池泉沼八功德水彌滿其中香華軟草處處皆有衆華映飾甚可愛樂

其山多有種種異類一切禽獸形貌姝好皆具慈心出衆妙聲和鳴遊樂一切菩薩真言明仙三十三天共所娛樂如來所居與大苾芻衆八千人俱皆阿羅漢住於大智究盡明了踰於世間名稱高遠有大神通自在無礙頂禮佛足右遶三帀會座而坐復與九十億俱胝那庾多百千大菩薩俱悉已梵行清白洞達無量無邊陀羅尼真言三摩地門亦具一切甚深妙智此諸菩薩各備無量殊勝功德設於億劫讚不能盡禮佛雙足右遶三帀會座而坐復有無量百千淨居天王伊首羅天王摩醯首羅天王大梵天王帝釋天王皆發弘願深樂大乘紹護佛法使不斷絶各持寶幢旛蓋寶珠瓔珞奇妙天華俱詣佛所禮佛雙足右遶三帀大作供養一時歌讚會座而坐復有無量摩訶大持真言明仙苦行仙衆焰摩王水天風天火天日天月天星天二十八宿主星神天持真言明女仙并餘天衆皆以深心誓發弘願咸共恭敬護持大乘俱詣佛所禮佛雙足右繞三帀目觀如來喜愉皆寂會座而坐復有無量諸大龍神藥叉羅刹乾闥婆阿素洛蘗魯茶緊那羅摩呼羅伽發弘誓願歌讚大乘咸共守護無上陀羅尼真言之門俱詣佛所禮佛雙足右繞三帀瞻仰如來目不異顧會座而坐爾時尊者薄伽梵正爲淨居天伊首羅天摩醯首羅天大梵天帝釋天及諸天衆處寶蓮華師子之座而說大法踰衆日光照明一切爾時觀世音菩薩摩訶薩歡喜微笑即從座起偏袒右肩合掌恭敬禮佛雙足整理衣服長跪叉手前白

佛言世尊我有陀羅尼名不空羂索心王陀羅尼真言三昧耶是法乃於過往九十一劫彼最後劫中有佛號名世間自在王如來應正等覺明行圓滿善逝世間解無上士調御丈夫天人師佛薄伽梵彼佛世尊憐愍我故授是陀羅尼真言一切法門其佛世界名曰勝觀察慧世尊從是已來我常受持此陀羅尼真言一切敎法導化無量百千淨居天王伊首羅天王摩醯首羅天王大梵天王帝釋天王一切天王各并眷屬恭敬供養尊重讚歎皆令住於阿耨多羅三藐三菩提地俱以離癡智而莊嚴之世尊我初得是陀羅尼法時證得十百千不空無惑智莊嚴首三摩地門而皆現前世尊應知由斯真言之力現見十方無量無數種種刹土諸佛如來所有會衆而皆供養聽聞深法展轉敎化無量有情皆得發趣無上菩提是故智者應盡受持世尊若此經典所住方處當知其地即有無量百千淨居天王伊首羅天王摩醯首羅天王大梵天王帝釋天王及諸一十二萬百千天王并眷屬俱常共圍繞恭敬擁護世尊若斯經典所住方處有能依法清淨書寫讀誦受持讚歎之者當知其地即是一切諸佛舍利制多世尊若有有情暫能讀誦聽聞流行此不空羂索心王陀羅尼真言三昧耶者當知是人則當親近恭敬供養無量俱胝那庾多百千佛所種諸善根所以者何此法乃是一切諸佛菩薩大寶光聚世尊若有有情造極惡業謗讟一切諸佛菩薩獨覺聲聞及謗正法言無有善或復破滅諸佛菩薩獨覺聲聞

形像塔廟經論教法是人應墮阿毗地獄經無數劫受無間苦諸佛菩薩獨覺聲聞雖具神通亦不能救世尊如斯有情能生悔心清潔澡浴以香塗身著鮮潔衣如法佛前至誠懺悔過去今生所造重罪終更不犯受持齋戒清淨其心七日七夜誠斷諸論於不空羂索觀世音菩薩前每日誦此陀羅尼真言一百八遍者當知其人先世今世所造十惡五逆四重諸罪悉滅無餘不墮地獄惟除五逆現世輕受云何證知所謂一日二日三日四日乃至七日瘧病熱病或患眼耳鼻舌齗齶牙齒頭背兩肩心肚腹肋腰髀兩臂兩膝痔痢霍亂手腳煩疼白癩風疽疥癬癰腫遊腫疔腫癧腫毒腫癀病癤門瘡皰痒瘨癓蠱等病或為鬼神之所嬈亂或為人民種種譏謗橫加罵辱鞭撻禁閉受諸苦惱遭餘惡事或夢不祥世尊此人以是輕受能壞地獄一切劇苦重報之罪何況淨信輕罪有情受持此陀羅尼真言不成就耶若有有情身心不安為於種種災厄怖畏惡夢不祥日日清潔讀誦受持燒香供養者則得消滅世尊若有善男子善女人等如法書寫受持讀誦聽聞是法為人如法宣說讚歎教他書寫受持讀誦廣令一切胎卵濕化有情得聞此陀羅尼真言三昧耶者皆得解脫一切罪障是善男子善女人等當淨其心如理思惟以無所得智無方處智無我無人無受者智無分別智無生無滅智不遲行智無作無染智平等性智離五蘊色聲香味觸法無取無捨精進智以是種種真如巧智制御於心而為方便觀念

諸佛常見目前不久當得十方百千一切諸佛一時現前摩頂讚歎爲作證明或復夢覺得見好相或得諸佛變作沙門爲授菩薩增上戒品令滅無量百千微塵數劫一切重罪乃至如法書寫是經安置宅中以諸香華隨心供養尊重禮拜所得功德亦復如是世尊今且略説少分之耳若有有情爲勝他心嫉妬諂誑或爲恐怖財利輕戲依他之心讀誦聽聞此陀羅尼眞言三昧耶者皆獲勝利或復聞已誹謗輕毀而不恭敬亦獲勝利世尊今此利益惟大智者知乃是世間自在王如來威神之力及是觀世音大慈悲力令諸惡輩一切有情一經於耳即當種植無量善根所以者何世尊譬如有人以癡惡心行詣龍腦香白栴檀香沉水香林或諸香林以愚癡智種種罵香復起恚心謗説香云香無香氣採香斫截擣碎爲末和水飲噉或塗身上是香無心不與彼香其香性香能熏一切無香之物芬馥皆香世尊此不空羂索心王母陀羅尼眞言三昧耶亦復如是若有有情説無因果種種誹謗妄非過惡或爲嫉妬諂曲財食一切厄難受持讀誦而作供養由是因緣得大善根從此身後於所生處常得戒香定香慧香解脱香威德無畏福資粮香一切菩提堅固不壞福聚蘊香貴姓種族圓滿香當作饒益世尊若善男子善女人等受持讀誦此陀羅尼眞言者應常白月八日或白月十四日十五日清淨澡浴以香塗身著淨衣服食三白食或復不食斷諸言論不空羂索觀世音菩薩前如法而坐燒香供養瞻菩薩面

誦七七遍或一百八遍世尊當知是人現世則得二十稱歎功德勝利何名二十一者身無衆病若有宿業病生速令除差二者身膚細輭姝悦妙好三者恒爲衆人觀視愛樂不相猒怠四者六根常定財寶自然五者不爲劫賊侵奪衣服財寶六者不爲水火焚漂一切財寶七者不爲侵凌殺害强取財寶令飢餓死八者不爲崖自墜死九者加持淨灰淨水灑散一切果實苗稼惡風霜雹蟲獸之類悉不灾難苗稼滋茂十者不爲軍陣鬪諍而殺害死十一者不爲世間諸惡鬼神吸噉精氣怨讎害死十二者常爲衆人讃歎稱譽更相戀慕不值惡時死十三者若見一切外道惡人自然和穆十四者不爲一切惡人誹謗謀害若有起者速自便滅十五者恒無怕怖一切人非人等十六者不爲世間魘蠱呪詛荼枳尼鬼而得便死十七者一切諸惡隨眠煩惱自然銷薄十八者不爲水火焚漂刀箭毒藥毒蟲殃害身死十九者一切諸天常當守護二十者當所生處具大慈大悲大喜大捨四無礙心世尊復有八法何名爲八一者臨命終時觀世音菩薩自變現身作沙門相善權勸導將詣佛剎二者臨命終時體不疼痛去住自在如入禪定三者臨命終時眼不謾顧現惡相死四者臨命終時手脚安隱右脇卧死五者臨命終時不失大小便利惡痢血死六者臨命終時不失正念而不面卧端坐坐死七者臨命終時種種巧辯説深妙法乃壽終死八者臨命終時願生佛剎隨願往生諸佛淨剎蓮華化生常覩一切諸佛菩薩

摩訶薩恒不退轉世尊若有有情深樂此法即便爲說或有發心盡求是法受持讀誦亦不慳悋依法廣爲分別解釋何以故菩薩者於諸有情常起悲智倖無慳惜嫉妬之心乃得修治無上法故又菩薩者恒爲有情勤修善法是故得名眞是菩薩言菩提薩埵者何謂也菩提名智薩埵名悲溥示方便之衆義也因此二法荷濟有情乃得名爲菩提薩埵世尊若儻許我當爲利益一切善男子善女人等及邪見斷見惡慧有情於如來前說是不空羂索心王陁羅尼眞言三昧耶者願垂納受爾時釋迦牟尼如來告觀世音菩薩摩訶薩曰汝當說之今正是時如來隨喜加被汝故我今亦爲利益惡世一切垢重尠福有情及爲新學菩薩住大乘者廣作利樂施爲佛事爾時觀世音菩薩摩訶薩蒙佛聽許熙怡微笑合掌恭敬瞻仰如來目不暫捨白言世尊如來今已聽我說是不空羂索心王毋陀羅尼眞言三昧耶者是法乃是一切菩薩摩訶薩所同修治恭敬頂禮得解脫處哀愍世間利益安樂無量有情若受持者應先敬禮三世一切諸佛諸大菩薩獨覺聲聞次應敬禮正至正行慈氏菩薩摩訶薩衆次應敬禮金色光明吼聲自在王如來應正等覺敬禮師子遊戲王如來敬禮無量光如來準梵本文若略誦持則略敬禮佛菩薩等當慈氏菩薩下略至敬禮無量光如來從無量光如來略至敬禮佛法僧寶等敬禮善住摩尼寶積王如來敬禮普光明讚歎功德積王如來敬禮勝觀如來敬禮寶髻如來敬禮世間自在王如來敬禮捨離損壞蘊如來敬禮金色身寂如來敬

禮飲光如來敬禮能寂如來敬禮善名稱如來敬禮普光明勝怨敵德如來敬禮帝幢德如來敬禮寶光明自在王如來敬禮無礙藥王如來敬禮勇猛遊步如來敬禮善住無畏如來敬禮佛寶法寶苾芻僧寶敬禮聖觀自在菩薩摩訶薩大悲者敬禮如是諸聖者已稱誦聖觀自在菩薩摩訶薩不空羂索心王母陀羅尼真言爾時當觀聖觀自在菩薩摩訶薩母陀羅尼真言字句皆如金色光明照徹即說不空羂索心王母陀羅尼真言曰

娜麼塞(桑紇切下同音)窒(丁吉切下同音)隷(二合凡隷字口旁作者皆彈舌呼正)野(楊可切下同音)特(能邑切)縛(無可切下例同)怒(輕呼)誐(銀迦切又音迦斤攞切下同音)韈(都我切下同音一句)跛(比沒切下同音)囉(凡羅字口傍作者皆上聲彈舌呼之為正)底瑟恥帝瓢(眦藥切下同音二句)薩縛勃陀(上聲呼下例同)菩地薩得(登訖切下同音)廢(微計切下同音)瓢(入聲三句)那莫薩縛跛囉(二合)底(丁枳切下同音)曳迦勃陀履(凡履字口傍作者皆彈舌呼之為正)野(四句)室囉(二合)縛迦(斤邏切下同音)僧(去聲)秖(虬切)曳瓢(眦遙切五句)底跢(多箇切下同音)那(去聲)誐韈跛囉(二合)蜜(丁聿切)半泥(上聲)瓢(入聲六句)那莫三(去聲呼下例同)藐誐韈南(七句)那莫三藐跛囉(二合)底半那(去聲)南(八句)那莫舍(尸可切下同音)囉特(能邑切)縛底(丁異切)素(蘇古切下同音)跢野(九句)摩訶(去聲呼呼个切下同音)麼戴曳(十句)那莫旑(烏可切下音同)唎(凡利字口傍作者皆彈舌呼之為正)野每室隷野跛囉(二合)畝契瓢(眦遙切十一句)摩訶菩地薩得廢(二合)瓢(入聲十二句三藏言案尋諸梵本文多共傳略歸命從斯十二句下薦至十八句文是又從二十一句下薦至六十五句文是恐學者不知故斯注記)那莫素韈囉(二合)拏韈囉拏(十三句)跛囉(二合)皤(蒲餓切下同音)弭嚓(彈舌輕呼)你羝(上四句)濕縛囉邏(凡邏字口傍作者皆去聲彈舌呼之為正)惹(而遮切下同音)野(十五句)韈詑(他可切下同音)誐跢野(十六句)那莫僧(斯孕切)吠(呼可切下同音)弭訖履(二合)

抳鞞邏惹野十七句鞞訖誐跢野十八句那莫旖弭跢皤野十九句鞞訖誐跢野二十句旖囉歌瓺三藐三勃陀耶二十一句那莫素跛囉二合底瑟恥鞞二十二句摩抳矩乇知賈切下同音邏惹野二十三句鞞訖誐跢野二十四句那莫縒漫鞞二十五句喇濕弭二合温烏骨切特秖鞞二十六句室唎二合矩乇囉惹野二十七句鞞訖誐跢野二十八句娜謨毗鉢始泥二十九句鞞訖誐跢野三十句那莫始棄泥三十一句鞞訖誐跢野三十二句那謨弭濕縛二合步米三十三句鞞訖誐跢野三十四句那莫迦羅詘俱欝切巽那野三十五句鞞訖誐跢野三十六句那莫迦娜迦畞娜曳三十七句鞞訖誐跢野三十八句那莫迦始野二合播野三十九句鞞訖誐跢野四十句那莫舍枳野畞娜曳四十一句鞞訖誐跢野四十二句那莫素播嚗枳喋底跢四十三句娜麽悌耶野四十四句鞞陀誐跢野四十五句那莫縒漫鞞

四十六句縛皤縒弭爾鞞四十七句僧去聲誐囉麽室唎二合曳四十八句鞞訖誐跢野四十九句那莫印捺囉二合雞覩五十句特縛惹室唎二合曳五十一句鞞訖誐哆野五十二句那謨喇楞割切怛娜五十三句跛囉皤栖濕縛二合囉五十四句邏惹野五十五句鞞訖誐跢野五十六句那謨跛囉二合底歌鞞五十七句佩灑踈賈切下同音爾耶邏惹野五十八句鞞訖誐跢野五十九句那謨弭訖爛二合彈舌呼之鞞伽上引弭泥六十句鞞訖誐跢野六十一句那莫素跛囉二合底瑟恥鞞六十二句待嚗野誐弭跛囉二合勃嚗二合底瓢入聲六十三句薩縛鞞訖誐諦瓢眦遥切六十四句囉歌呼葛切下同帝瓢入聲三去聲藐三去聲菩提瓢入聲六十五句那謨囉怛娜二合怛囉二合耶野六十六句納莫旖唎耶六十七句縛路凡陀羅尼中見路字皆輕呼之枳諦濕縛二合囉野六十八句菩地薩埵野六十九句摩訶去聲薩埵野七十句摩訶迦嚕凡嚕字口旁作者彈舌呼

之抳迦野翳瓢瓜眦遥切七十一句那麽塞訖㘃埵縛縊伊異切下同音娜摩㘃耶七十二句縛路枳諦濕縛二合囉七十三句目桔特祇上聲喇盧乞切拏七十四句麽暮伽上聲呼下同音播苫七十五句那麽紇唎二合娜焰七十六句韈訖誐跢七十七句叅去聲目佉去聲皤使躭輕呼七十八句磨歇鉢唎二合訕沫地曳七十九句旖歌弭那去聲你磨韈韠逸使野弭八十句悉殿覩米八十一句薩縛迦㘃野抳八十二句薩縛皤曳數詩古切者米八十三句咯趷叉上聲皤縛覩八十四句薩縛薩埵縛二合難去聲者八十五句怛⿰寧也寧也切他八十六句唵喉中擡聲呼之下同音八十七句柘囉柘囉八十八句旨唎旨唎八十九句主嚕主嚕九十句摩訶迦嚕抳迦耶九十一句薩囉薩囉九十二句枲唎枲唎九十三句旨唎旨唎九十四句比唎比唎九十五句尾唎尾唎九十六句摩訶鉢頭途邑切下同音麽二合歌塞韠耶九十七句迦攞盧可切迦攞九十八句枳㘃枳㘃九十九句矩嚕矩嚕一百句摩訶戍輸律切下同音馱薩埵縛二合耶一句翳醯去聲曳呬二句勃⿰亭攴勃⿰亭攴同上三句馱婆無可切下例同音馱婆四句步馱耶步馱耶五句迦拏迦拏六句枳抳枳抳七句句努句努尼矩切同上八句播囉莽牟廣切下同戍馱薩埵縛二合野九句迦囉迦囉十句枳㘃枳㘃十一句矩嚕矩嚕十二句摩訶塞同上訖麽跛囉二合跛韠耶十三句者攞者攞十四句散者攞散者攞十五句弭者攞弭者攞十六句跛囉者攞跛囉者攞十七句翳吒平聲細至上聲是下例同音吒翳吒吒十八句皤囉皤囉十九句避唎避唎二十句步嚕步嚕二十一句韠囉韠囉二十二句底唎底唎二十三句覩嚕覩嚕二十四句翳呬呼以切下同曳呬二十五句摩訶迦嚕抳迦二十六句摩訶鉢輸去聲鉢底二十七句廢灑馱囉二十八句陀囉陀囉二十九句娑去聲呼桑个切下例同囉娑囉三十句者囉者囉三十一句播囉播囉三十二句縛

囉縛囉三十二句歌囉歌囉三十四句歌歌㗐㗐虎虎
三十五句唵同上音迦囉沒囉歌麼廢灑馱羅三十六句
陀羅陀囉三十七句地唎地唎三十八句度噜度噜三十
九句𩖪囉𩖪囉四十句縒囉縒囉四十一句播囉播囉
四十二句始迄飦始迄飦四十三句縛囉縛囉四十四句喇
濕弭舍𩖪娑歌塞囉四十五句跛囉二合底漫抳𩖪
舍唎囉四十六句入縛口舌呼之下例準同呼縛攞入縛攞四十
七句𩖪播𩖪播四十八句皤娑皤娑四十九句薄伽上聲畔
五十句素磨䗶寧吉切㐌丁也切野麼婆噜拏五十一句
矩廢囉沒囉二合歌米捺囉二合五十二句陀曩輕呼娜
五十三句㘓使誐拏泥去聲婆誐拏五十四句瀕毗滅切并彈舌
呼之旨𩖪柘囉拏五十五句素噜素噜五十六句主噜主
噜五十七句訷噜訷噜五十八句補噜補噜五十九句縒捺
矩麼囉六十句沒盧骨切捺輕彈舌呼之囉皤縒縛尾
數同上音努尼矩切陀上聲娜陀婆野六十一句縛無各切

祇虬逸切你禰同上婆㘓使二合那去聲野迦六十二句婆
虎尾尾陀尾旨怛囉六十三句廢灑噜跛陀囉六十
四句馱囉馱囉六十五句地唎地唎六十六句度噜度噜
六十七句詫囉詫囉六十八句伽囉伽囉六十九句野囉野
囉七十句攞囉攞囉七十一句歌囉歌囉七十二句播囉
播囉七十三句娜囉娜囉七十四句縛囉縛囉七十五句縛
囉那去聲野迦七十六句縒漫多縛路枳𩖪七十七句弭
路枳𩖪路雞濕縛二合囉七十八句摩醯去聲濕縛二合
囉七十九句謨虎謨虎八十句訷噜訷噜八十一句訷野
訷野八十二句悶遮悶遮八十三句⿰口落趄灑⿰口落趄灑韐
年舍切八十四句薩縛薩埵途壙切罔二合室者八十五句薄
伽上聲畔八十六句旖唎耶婆噜枳諦濕縛二合囉野
八十七句薩縛皤曳瓢入聲八十八句薩廝無古切下同鉢捺
囉二合廢瓢入聲八十九句薩廝播薩詰瓢入聲九十句薩
縛蘖囉二合醯去聲瓢入聲九十一句薩縛䘥名夜切地瓢

入聲九十二句薩縛入縛嚟瓢入聲九十三句縛馱滿陀那九十四句跢拏曩輕呼怛惹娜九十五句囉惹主囉怛塞迦邏九十六句旃羯你隖馱迦九十七句弭灑捨塞怛囉二合九十八句播唎驀者迦九十九句迦拏迦拏一百句枳抳枳抳一句矩努矩努二句者囉者囉三句旨㗚四句主嚕主嚕五句印𡨧寧吉切二合利野六句縛攞曝杖亭檪切誐七句者覩邏㗚野八句薩他丁也切三跛囉二合迦捨迦九句跢麼跢麼十句娜麼娜麼十一句縒麼縒麼十二句麼縒麼縒十三句摩訶跢悶陀迦囉十四句弭陀麼那十五句殺播囉弭韗十六句播嘌補囉迦十七句弭理弭理十八句吒吒吒吒十九句詫詫詫詫聽貫切二十句徵知履切下同音徵徵徵二十一句恥恥恥恥二十二句拄拄拄拄知古切二十三句麌麌麌麌摛矩切二十四句翳制尼厲切野折麼二十五句訖㗚二合韗播㗚迦囉二十六句翳呬曳呬二十七句縊

濕縛囉二合步韗誐拏畔惹迦二十八句迦囉迦囉二十九句枳㗚枳㗚三十句矩嚕矩嚕三十一句播囉播囉三十二句柘囉柘囉三十三句娑囉娑囉三十四句迦囉迦囉三十五句迦吒上聲迦吒三十六句般吒上聲般吒三十七句麼吒上聲麼吒三十八句素尾成馱弭灑野婆同上枲那三十九句摩訶迦嚕抳迦四十句濕廢韗四十一句拽移結切昬饒去聲二合播弭韗四十二句囉怛娜二合麼矩吒上聲四十三句摩邏陀囉四十四句薩縛昬惹二合始囉徙四十五句訖㗚韗惹吒上聲麼矩吒四十六句摩訶頭入聲二合步多迦麼攞四十七句訖㗚韗迦囉跢攞四十八句著亭藥切歌曩縒麼地四十九句弭畆起灑二合五十句跛囉二合劒𢬵并也切五十一句薄虎薩埵五十二句散怛底五十三句鉢唎播者迦五十四句摩訶迦嚕抳迦五十五句薩縛羯摩縛囉拏五十六句弭輸去聲馱迦五十七句薩縛䘩同上地跛囉二合驀者迦五十八句薩縛

薩埵縛(二合)舍播唎布囉迦(五十九句)薩縛薩埵縛(二合)三麼濕縛(二合)縒迦囉(六十句)那謨窣覩羝莎(桑邑切下同上)縛訶(六十一句)旖迦攞窶嘌拄(丁庚切六十二句)跛囉(二合)捨摩曩(輕呼)野莎縛訶(六十三句)旖暮伽野莎縛訶(六十四句)旖爾跢野莎縛訶(六十五句)旖播囉(二合)爾跢野莎縛訶(六十六句)縛囉那(去聲)野莎縛訶(六十七句)縛囉跛囉(二合)那(去聲)野莎縛訶(六十八句)縊但者米(六十九句)薩縛羯摩矩噌那謨窣覩羝莎縛訶(七十句)唵(同上)惹野𤙖(特牛合口聲短呼下例同)莎縛訶(七十一句)唵(同上)𤙖惹(輕呼)莎縛訶(七十二句)唵紇唎(二合)窒隸路枳耶(二合)弭惹野(七十三句)旖暮伽(上聲)播奢(七十四句)旖跛囉底(二合)歌彈(七十五句)紇唎(二合)駟唎(二合七十六句)郝呬𤙖怖(七十七句)莎縛訶(七十八句)(古今共譯莎縛訶字者皆不竊考梵音清濁致令章異互各不同或言薩婆訶薩桑割切婆蒲餓切訶呼歌切或言駁皤訶駁蘇合切皤蒲荷切訶或言駁博訶或言娑波訶娑蘇何切或言娑婆訶或言蘇婆訶蘇桑吾切或言沙訶或言娑訶或言莎訶莎蘇和切正竊梵音皆無本旨此非梵僧傳音不正斯乃自是執筆之誤故今尅定借莎字切爲莎字莎桑邑切借縛字切爲縛字縛無可切借訶字爲訶字訶呼箇切者則得通摸聖者音旨正矣所以唐梵教典無音而不可凡諸陀羅尼後皆準此呼)

爾時觀世音菩薩摩訶薩說斯陀羅尼時放光溥照補陀洛山其山宮殿六返震動於虛空中紜雨諸天優鉢羅華拘物頭華鉢頭摩華苿拏利華曼陀羅華種種寶華寶香寶冠天諸衣服珠瓔環釧寶莊嚴具海雲供養如來及復供養在會大衆華至于膝其虛空中無量天樂不鼓自鳴會中一切天龍藥叉羅剎阿素洛乾闥婆蘖嚕荼緊那羅莫呼羅伽人非人等一時歡喜合掌瞻仰同聲讚言善哉善哉大悲者能善說斯不空羂索心王母陀羅尼真言三昧耶若摩尼寶能與有情雨

大寶雨溥獲潤澤而得解脱爾時觀世音菩薩摩訶薩復白佛言世尊是母陀羅尼真言若善男子善女人等每日時別燒沉水香誦三七遍者速得消滅十惡五逆四重諸罪若行道路止宿住處或於城邑聚落山澤所住方處念誦之者真言加持白芥子或復加持淨水淨灰灑散結界真言佉陀羅木金剛橛真言五色線索用繫橛上四方圍釘即成結界安隱止住無諸怖懼爲大護持真言明神而歡喜之真言白線索患瘧者佩則得除差若一切人民臂上腕上頂上腰上令所佩人病者得差怖者得安加持牛蘇或烏麻油與患熱病者空腹服之即令除差若他呪詛厭蠱者真言鑌鐵刀附體肢分以刀隱擦又溲麵捏彼人形一真言刀一截一百八段至於七日每日如是則便除愈若患腹痛真言紅鹽湯與令飲服則便除愈若爲一切毒蟲螫者真言黃土泥數塗毒處或數加持牛乳空腹飲服或加持煑豆汁溫醮蟲所毒處便得除愈若患眼疼真言白線索用繫耳璫又真言竹瀝甘草白檀香水每日晨朝午時夜時洗眼或真言波羅奢水日日洗之即得除差若患耳疼耳鳴熱風真言生烏麻油或醍醐數瀝耳中不久除差若真言者加持緋線索二十一結用繫腰上二手腕上則成護身若患齒疼真言迦羅弭囉木持嚼揩齒若患鬼病加持五色線索當使佩之即便除差若爲毒藥刀杖破瘡咽喉腫病疔腫惡瘡真言蓽茇末牛乳石蜜而令服塗即得除愈若有口舌欲起已起者每晨朝時向日真言淨水洗

面漱口即令除散若國土荒亂大臣謀叛他兵侵敵災疫起時先淨洗浴著新淨衣食三白食於三七日嚴持道場四角中央置香水瓮於所畿日内外清淨如法供養壇西壇北燒香散華依如法坐誦此陀羅尼真言聲聲莫絶作除災法滿三七日即令國土一切人民得大安隱每日之時加持壇中瓮水灑散一切人上重成擁護災厄罪障自然殄滅若爲鬼神卒殃失音者加持白栴檀香泥遍塗心上即還如故若無財寶飲食香華常供養者但誦持之常不間廢亦得除滅一切罪障若令家宅善神護持無災疾者每日當取蓮華一百八莖遍塗酥蜜散白栴檀香末加持護摩每日三時時別一百八遍滿七日已即成擁護除諸災厄若欲衆人而歡喜者加持酥蜜白栴檀香護摩一百八遍則如所願而說頌曰

毋陀羅尼伽陀藥　能除種種災障苦
等數當以弭惹耶　那俱利藥栢履尼
乾馱娜俱利翳羅　旃皤播抳躬矩麼
印捺囉播畢履迦　乾馱畢唎穰俱藥
多誐羅藥斫迦囉　摩訶斫羯烏施羅
苾瑟努羯囉跢藥　素摩囉爾素難那
精潔合治天雨和　作丸丸如酸棗量
首末摽界而護持　首末真言遍加持
一千八遍便陰乾　佩時加持一七遍
隨上中下與佩之　上者頭上頂戴之
中者臂上常佩持　下者項上恒佩持
皆得除滅諸災厄　水火毒藥之災厄
種種厭蠱諸呪詛　一切悉不能爲害

諸惡鬼神不中害　和香湯浴蠲諸障
若有惡風雷雹霹靂數數起者加持白芥子
水望彼起處一眞言一散一百八遍則便除
滅或加持石榴枝望所起處一眞言一擬亦
得除散世尊此母陀羅尼眞言最上之法但
常誦持不作壇印依法供養亦得成就若欲
成就此陀羅尼眞言三昧耶者如法圖畫不
空羂索觀世音菩薩如大自在天首戴寶冠
冠有化阿彌陀佛被鹿皮衣七寶衣服珠瓔
環釧種種莊嚴執持器杖以淨黃土瞿摩夷
香泥如法塗壇清潔畫采中置其像旛華莊
飾四角中央置香水瓶三白飲食諸果飲食
敷獻供養惟除一切殘穢觸食惡律儀家百
味飲食五辛酒肉皆不供養餘者盡通請召
供養燒沉水香是眞言者晝夜精勤如法承
事常淨潔浴著淨衣服每時面東燒香散華
依法趺坐觀瞻菩薩如法誦持時數不闕每
白月八日應當斷食勤懇念誦時觀世音壇
中現身眞言者見瞻俟禮拜乞所求願皆得
滿足并以雄黃或安膳那置於壇中眞言加
持令現三相一者煖相二者煙相三者光相
點額點眼點二手掌點二腳掌即證旖暮伽
王神通智嚴三摩地諸有事業無不成辦爾
時如來讚觀世音菩薩摩訶薩言善哉善哉
善男子汝能於是天人大衆然大法炬作衆
寶聚拔諸有情出衆苦本爾時淨居天上伊
首羅天王摩醯首羅天王大梵天王帝釋天
王及諸天王聞說是法皆大歡喜合掌恭敬
俱從坐起前白佛言世尊後末世時隨在國
土一切山林城邑村落若有有情如法書寫

讀誦受持此不空羂索心王母陀羅尼真言
三昧耶者我等天王各及眷屬晝夜集會常
擁護之爾時如來誥諸天王善哉善哉汝等
天王見有方處善男子善女人讀誦受持此
陀羅尼真言三昧耶者應當守護而勿放捨
使令修學增殖長養一切菩提福蘊善根令
得阿耨多羅三藐三菩提爾時諸天聞佛稱
讚歡喜踊躍恭敬頂戴

不空羂索神變真言經卷第一

音釋

罥索 罥古泫切網也 索所角切繩也 鐸 徒落切 瞻蔔 梵語也此云黃華蔔蒲比切 芬馥 芬敷文切馥房六切芬馥香氣也 輭 而兗切柔也 愉 容朱切樂也 讟 徒谷切痛怨而謗也 齗齶 齗語斤切齶五各切齗齶齒根肉也 癰腫 癰於容切腫主隴切 癀 音黃病也 皰 匹皃切氣皰瘡也 瘨 音顛狂病也 魘 於琰切猶魘[illegible]也 橛 其月切杙也 瘧 魚約切寒熱病也 鑌 必申切鐵中最利者 蠚 施隻切蟲毒也 腕 烏貫切臂節也 華 華壁吉切 茇 茇比末切 叛 蒲半切背叛也 旖 於可切 皤 薄波切

不空羂索神變真言經卷第二

唐南天竺三藏法師菩提流志奉　詔譯

祕密心真言品第二

爾時觀世音菩薩摩訶薩復從座起整理衣服右膝著地合掌瞻佛顔貌熈怡心具無量大慈大悲遍身溥放億千大日輪光王照千十方三千大千佛之世界靡不周遍放斯光時映徹衆色皆如金聚歡喜微笑白佛言尊者薄伽梵今放此光爲於世間沙門婆羅門毗舍首陀令得無量大悲之心獲諸最勝勝依止處及爲一切學大乘者持是不空羂索心王母陀羅尼真言三昧耶者皆獲菩提一切願果將欲廣演是不空羂索心王母陀羅尼真言三昧耶中祕密心真言三昧耶門廣大解脱蓮華曼拏羅印三昧耶此三昧耶是真貞實最上成就祕密心真言廣大解脱蓮華曼拏羅印三昧耶門世尊此真最勝廣大解脱蓮華曼拏羅印三昧耶門乃是一切諸大菩薩真實解脱甚深祕密三昧耶欲於佛前一切龍神藥叉羅刹乾闥婆阿素洛蘖嚕荼緊那羅摩呼囉伽摩訶大持真言明仙淨居天伊首羅天摩醯首羅天大梵天帝釋天焰摩王水天風天火天毗陛羅天大苦行仙衆日天月天星天二十八宿主星神天持明女仙乃至一切諸天天神已住最勝曼拏羅三昧耶者前廣演開釋是真貞實出世世間祕密曼拏羅印三昧耶令諸有情思惟讀誦受持斯法皆得最上成就一切功德勝法是故説示根本真實解脱心王母陀羅尼真言三昧耶中祕密心真言三昧耶惟垂哀愍爾

時釋迦牟尼如來應正等覺煕怡微笑即伸無量莊嚴相好金色光手摩觀世音菩薩摩訶薩頂告言大慈大悲清淨者能爲大衆闡斯妙法善男子汝應當知現今現在十方殑伽沙俱胝那庾多百千微塵世界所有一切如來應正等覺皆以無量神通光明加被汝故我今亦以無量神通光明加被恣汝神力說斯不空羂索心王母陀羅尼眞言三昧耶中祕密心眞言三昧耶爾時觀世音菩薩摩訶薩觀察十方一切大衆如大象王得無所畏即說祕密心眞言

唵(擡聲引呼下同呼一)鉢頭(途邑切下同音二合)麼㰤塞(桑紇切下同音)跢(二)摩訶(去聲)暮伽(上聲)播捨(三)娑(去聲)陀(上聲)野(楊可切下同音)縒摩野(四)紇唎(二合)娜焰(引五)柘囉柘囉(六)吽

爾時觀世音菩薩摩訶薩說此眞言時其補陀洛山三千大千世界須彌山王一切天宮神宮龍宮藥叉宮羅刹宮乾闥婆宮阿素洛宮孽嚕茶宮緊那羅宮摩呼羅伽宮持眞言仙宮皆六震動大海江河一切泉沼皆大涌沸海中一切摩竭諸獸皆大驚怖怪未曾有十方殑伽沙俱胝那庾多百千微塵世界所有一切如來於虛空中一時皆現告言善哉善哉大悲者能善說此眞實最勝不空羂索心王母陀羅尼眞言三昧耶中祕密心眞言三昧耶若但讀誦即得成就最上菩提功德善根爾時釋迦牟尼如來告觀世音菩薩摩訶薩言善男子當爲大衆說此眞實廣大成就祕密心眞言三昧耶功德之門爾時觀世音菩薩摩訶薩白佛言世尊是祕密心眞言

三昧耶若有善男子善女人一心觀念十方一切諸佛菩薩摩訶薩說誠實言懺悔無始一切諸罪惟願一切諸佛菩薩摩訶薩加祐護念我從今日乃至菩提供給承事一切諸佛菩薩摩訶薩觀世音菩薩摩訶薩攝澄心相觀置地下金剛風際上有縛(無可切)字文畫分明變為金剛出大光焰其光熾徹焚燒自身燼為白灰觀用斯灰塗變金色曼拏羅光明皎徹當壇心上觀置八葉光敷蓮華臺上觀置金色縒字觀茲縒字出示聖者觀世音菩薩摩訶薩真金色身顏貌熙怡左手當胷執金蓮華右手掐珠結跏趺坐一切莊嚴身放種種奇特光明以大悲心讀誦受持此祕密心真言百八遍者是人則為十方殑伽沙俱胝那庾多百千微塵世界所有一切如來應正等覺一時讚歎而攝受之於千劫來積集惡業一切重罪皆盡散壞一切怨讎惡相病惱亦皆消滅速得觀世音菩薩夢覺現身與滿諸願如是真實修習此三昧耶者應常淨浴著鮮潔衣食三白食每白月八日十五日斷食不食於諸有情起大悲心恒於不空羂索觀世音菩薩前以白栴檀香泥塗摩壇地獻諸香華燒焯香王而為供養若居壇時當斷諸語結印護身真言白芥子香水頂上灌注真言其手便自摩頂結灌頂印便自印頂面東結跏趺坐結數珠印誦毋陀羅尼真言一百八遍誦奮怒王真言一百八遍誦祕密心真言一千八十遍者即當單誦奮怒王真言百千倍數若當如法作是法者定得觀世音菩薩畫像身上放諸色光是時大地六

種震動像羂索手亦放光明於虛空中出衆妙聲種種讚詠是真言者頂上亦出光明證此相者即得成就此大不空羂索心王母陀羅尼真言三昧耶門一切諸法悉皆成辦是時十方殑伽沙俱胝那庾多百千微塵世界一切如來一時現身舒手摩頂讚歎加祐觀世音菩薩當亦出現真妙色身憐愍祐護愛之如子教詔不空羂索心王母陀羅尼真言一切祕密三昧耶乃至菩提不相捨離修此法者當於十方一切諸佛神通月修所謂正月五月九月白月一日至十五日如法清淨讀誦受持即得成就證斯法者先於一月兩月三月四月五月依法清淨調伏身心內心誦念承事供養令心澄淨乃當修治曼拏羅印三昧耶則得成就而說頌曰

世尊婆伽婆　祕密心真言　神通力香王
沉香安息香　數各十六分　蘇合鬱金香
二數各八分　白檀龍腦香　二數各三分
嚴潔淨室中　以請召真言　加持香和合
此香名三界　最勝之不空　神通力香王
若燒此香時　如法踞跪坐　手執持香爐
誦請召真言　加持是香王　溥遍皆供養
十方一切佛　菩薩摩訶薩　真言之威力
香氣神變爲　一切妙香雲　宮殿之樓閣
香座香臺榭　香華冠瓔珞　香雲之衣服
香幢妙旛蓋　香雲諸佛事　是妙香王香
周至十方刹　一切諸如來　菩薩摩訶薩
天龍藥叉衆　羅刹乾闥婆　阿素洛之衆
蘖嚕緊那羅　摩呼羅伽等　前作大供養
是諸聖衆等　聞斯香氣者　歡喜皆讚歎

乃至於三塗　地獄傍生界　聞斯香氣者
得滅衆地獄　傍生諸罪障　捨此身已後
更不復重受
常燒此香　而供養者　當知是人　得大勝利
不爲一切　鬬諍兵賊　惡夢口舌　呪詛厭蠱
諸惡怪相　雷電霹靂　一切藥叉　羅刹惡鬼
天行瘧鬼　種種精魅　來相害惱　乃至菩提
除禳重業　現世輕受　精潔身服　食三白食
菩薩像前　以酥乳酪　甘美飲食　蘇燈油燈
一切華香　獻飾供養　燒斯香王　以菩提心
諦觀五蘊　性自空寂　離我我相　離有情相
離受者相　離一切相　所以者何　一切諸法
性自空寂　無我無作　無自無他　離五蘊界
是蘊入界　眞實諦觀　不可得故　無自識故
不可執持　所以者何　一切諸法　本自無色
無形無相　離諸染著　心亦不住　内外兩間
法本性自　空寂清淨　平等無二　無染無著
所以者何　心本無相　作玆觀者　是修正觀
量同法界　與三昧俱　法界法觀　諦觀迦字
謂一切法　無執作義　觀四種法　一觀觀音
二觀所印　三觀自身　如聖觀音　四觀自心
若圓明月　光鑒透徹　上圓行有　毋陀羅尼
眞言字字　字皆金色　右旋行轉　是四種觀
一時同觀　而安誦念　毋陀羅尼　眞言七遍
誦奮怒王　眞言七遍　誦祕密心　小心眞言
各百八遍　以菩提心　輪三昧印　如是作者
與三昧俱　以少功用　獲大成就　惟除大小
出入之時　消息之時　餘常場内　靜心端坐
諦觀西方　極樂世界　瑠璃寶地　七寶宮殿
樓閣欄楯　寶幢華蓋　寶池寶岸　八功德水

諸寶行樹 一切寶藏 寶師子座 阿彌陀佛
一切如來 現不可說 殑伽俱胝 那庾多等
無量無邊 神通光明 一切相好 觀音勢至
諸大菩薩 如處淨土 一切觀見 若夢若覺
而悉見之 見彌陀佛 伸手摩頂 而復告言
善哉善哉 大善男子 汝所修求 不空心王
毋陀羅尼 神變真言 出世世間 廣大解脫
祕密壇印 三昧耶者 皆已成就 汝此身後
更不重受 胎卵濕化 蓮華化生 從一佛土
至一佛土 乃至菩提 更不墮落 得此相者
過去今身 所作一切 十惡五逆 四重諸罪
俱時除滅 身口意業 悉皆清淨 觀音菩薩
畫像身上 放大光明 或得觀音 變作淨行
大婆羅門 來行者前 心所乞願 則皆滿足
及得無量 百千等數 不可思議 功德蘊身

國王大臣 一切人民 愛樂親近 供養恭敬
此法號名 世間最勝 成就之法 修此法者
每於白月 十四日時 當自隨力 請喚沙門
婆羅門等 設大施會 而供養已 持真言者
乃可自食 若欲常見 阿彌陀佛 一切諸佛
諸大菩薩 諸天神者 每日當誦 請召真言
加持香王 燒焯供養 一切諸佛 菩薩諸天
香煙不斷 作法誦持 如是真言 時別不闕
恒於夢中 覩見一切 諸佛聖賢 自見一切
善不善事 及得見他 一切之事 而皆報言
此短受命 此長受命 此得可住 此不可住
此得可來 此不可來 此有大凶 此有大吉
心所觀者 即便見之 證此相者 精進修法
祕勿泄之 壽命長遠
祕密小心真言

唵一鉢頭合二摩陀上聲囉二旖烏可切下同音暮伽上聲惹野泥三主嚕主嚕四莎桑邑切下同縛訶五

如是真言應當如法而誦念之

祕密成就真言品第三之一

發覺真言

唵一鉢頭合二摩播捨陀上聲囉二旖暮伽上聲婆無何切下同呼囉娜三散注娜野𤙖四

是法加持香王燒焯供養加持白芥子香水十方散灑手執香爐啓白願言警覺十方一切諸佛菩薩一切天龍八部依時會壇作大加被

請召真言

唵一窒丁吉切隸二路枳合二野二縛無可切下同音歌野三旖暮伽上聲播捨四鉢頭摩婆路枳䩬旖耶觀五步引縛泥濕縛合二囉六素蘇故切下同音嚕素嚕七弭麽犁𤙖八

是法加持香王加持香水白華閼伽十方啓請一切諸佛菩薩一切天龍八部即當集會爲大護持

啓白真言

唵一鉢頭合二摩步惹二摩訶去聲播捨陀上聲囉三儞漫怛囉合二耶弭四旖暮伽上聲縛囉耶五步魯步薄無各切莎薄同上六畒嚕畒嚕𤙖七

是法加持其香燒焯供養啓白一切諸佛菩薩一切天龍八部來集整儀本座而坐歡喜加護

結界真言

唵一鉢頭合二摩暮伽上聲二跛駬囉合二地瑟詫娜三句嚕句嚕四莎縛訶五

是法加持白芥子水散灑壇地其地變成金

剛城界七踰膳那無令一切諸惡毗那夜迦
藥叉羅刹精魅鬼神邪惡人民來相嬈惱

神變眞言

唵一旃暮伽上聲播捨二鉢頭二合摩𩐱囉三僧思孕切歌縒娜覩置四徙唎徙唎五莎縛訶六

是法加持白芥子三散壇地觀地變成金剛寶師子座若散坐處其坐座地變成清淨寶蓮華座整衣安坐誦念不久當得阿耨多羅三藐三菩提

淨治眞言

唵一摩訶迦嚕拏二鉢頭二合摩暮伽上聲播捨三𪒠寧吉切唎二合茶上聲跋馹囉二合地瑟恥𩐱四步嚕步嚕五縛娜縛唎六莎縛訶七

是法眞言者若城邑聚落寺内山間蘭若屋舍宮殿壇場坐卧床敷經行道路喫食等處皆加持白芥子水即便灑散悉成清淨結界之處則令一切毗那夜迦不得其便

金剛橛眞言

唵一鉢頭二合摩暮伽上聲播勢二縒漫怛三引娜捨素𪒠寧吉切踊俱鬱切數詩古切四梟舲年含切下同音滿馱耶五覩嚕覩嚕𤙖六

是法加持鑌鐵金剛橛量長八指加持五色線索七遍繫橛頭上釘列壇界則得周遍七踰膳那成大結界其地乃至末拔橛去常爲其界

結空界眞言

唵一旃暮伽上聲漫拏攞滿馱耶二縒漫諦娜二鉢頭二合米四摩訶鉢頭二合米五度嚕度嚕六莎縛訶七

是法加持白芥子水遶壇灑散結爲大界當

令一切諸惡天龍藥叉羅刹毗那夜迦怨讎等難不相侵近而作障惱

治牛五淨眞言

唵一旖暮伽上聲播囉二戌輸律切下同音悌引輸去聲陀上聲野三縒漫諦那四地唎地唎五戌陀上聲薩埵六摩訶去聲鉢頭二合米七鉡八

是法加持五淨塗潔壇內若至一切山林樹下阿蘭若處園苑經行寺邑房舍殿閣牀榻汲水撰食等處但所行住坐卧作法之處一切悉以塗潔灑之皆得清淨不令一切藥叉羅刹毗那夜迦惡鬼神等於諸食時作供養時誦念時結界時坐禪時經行時卧時著脫衣時不得其便一切諸天悉皆擁護令諸病惱一切垢障飢儉鬬諍惡星灾變不吉祥相速當除滅持眞言者若能如法加持五淨一切時中常用塗潔三淨常應自他服食速得不空羂索心王母陀羅尼眞言祕密曼拏羅印三昧耶現前成就若所去處永無障礙常爲刹利沙門婆羅門居士庶類讚歎恭敬復常夢中得見七寶宮殿樓閣華林果樹一切善友而相樂見得身清淨觀世音菩薩當與諸願阿彌陀佛夢爲現前若命終已直生西方極樂刹土

請法眞言

唵一鉢頭米二合二縒囉縒囉三底丁禮切瑟詫魑賈切下同底上同瑟詫四摩訶暮伽上聲縒麼二合野五娑縛訶六

是法壇內誦一七遍啓白賢聖願受法者獲三昧耶

入壇眞言

唵一弭補攞鉢頭二合摩暮伽二上聲跛比沒切下同音
囉二合縒囉三跛囉二合弭捨覩四矩嚕嚕五莎
縛訶六
是法每入壇時皆誦三遍入壇作法種種供
養
散華真言
唵一旖暮伽二上聲旖努舍縒野三鉢頭摩二合
四蔓無繫切度嚟𤙖五
是法加持香華與授法者散於壇內
梳髮真言
唵一旖暮伽上聲鉢頭二合摩始契二覩嚧覩嚧
三底瑟詫四跋駬囉蔓悌五莎縛訶六
是法加持頭髮梳結及加持手接授法者頂
鑵索真言
唵一旖暮伽上聲鉢頭二合摩二惹路乞使播三
避利避利四𤙖五
是法加持鑵索取水得水復加持之乃當汲
水一切作用
水器真言
唵一旖暮伽上聲弭迦斤邏切下同音吒二上聲三去聲皤
囉鉢頭二合摩縒泥三惹攞韈底四矩嚕矩嚕
𤙖五
是法加持瓫瓶諸器中盛香水
灌頂真言
唵一鉢頭二合摩跛囉二合縒隸二旖暮伽上聲弭
麽隸三皤囉皤囉四莎縛訶五
是法加持七寶置香水瓶中重復加持置於
壇內而用灌頂
吉祥真言
唵一旖暮伽上聲鉢頭二合摩二素鉢頭二合摩三

布喇拏迦隸四弭唎弭唎五迦麽隸莎縛訶六

是法若結印界燒香散華懸旛釘橛燒火設食若執數珠著脱衣服緣壇修治一切事法及讀誦經時皆加持手乃當作爲則爲諸佛菩薩天神而讚歎故

淨口真言

唵一旃暮伽二上聲弭麽隸爾縛迦囉二合三僧去聲輸去聲馱禰鉢頭二合摩俱麽攞四爾縛僧去聲輸去聲陀上聲野五陀囉陀囉六素弭麽嚟七莎縛訶八

是法若欲讀誦懺悔禮拜讚歎諸佛菩薩之時先加持水揩洗口齒則得淨潔當得舌根清淨柔軟色如蓮華

含香真言

唵一旃暮伽二上聲健馱縛底二素嚕素嚕四跛囉二合塞普嚕五⿰齒立寧立切⿰齒也名也切下同音健悌六鉢頭二合摩鉢囉二合脞七莎縛訶

如是真言三昧耶　當以上好白檀香
那攞娜香赤蓮華　畢履迦香鬱金香
躬矩麽香蓮華鬚　七物數各十二分
其龍腦香香附子　二數量當各四分
擣治石蜜而和合　每念誦時加持含
便得口氣而香潔　如鬱鉢羅華之香
常得諸佛觀世音　歡喜祐護而讚歎
胃藏痰癊吐逆病　便得銷鑠而除差
三十三天聞讚誦　陀羅尼聲喜敬護
有情得聞此人聲　皆除障惱而相愛
恒常如法含香者　大辯才天密神通
隱入舌端辯無礙　先所忘失令憶知

發聲大稱吽字者　聲聲而滿於七聲
諸眞言神天仙衆　立至壇中皆擁護
又重怒聲稱怖字　聲聲而滿於七聲
衆惡毗那夜迦等　鬼神精魅怖馳散
長含此香讀誦者　一切善相自然現
垢障罪類皆消滅　恒無非人橫干嬈

澡浴藥眞言

唵一弭麽攞弭誐銀迦切又音迦字斤攞切下同音諦二鉢頭二合摩弭縛隸三三去聲縛囉者隸四濕縛二合[口覆]吽五旃暮伽上聲悉悌引六輸去聲陀上聲野吽七

如是眞言三昧耶　當以龍華丁香皮
烏施羅香甘松香　白栴檀香蓮華鬚
零陵翳羅白豆蔻　哆誐囉香鬱金香
跛囉蕣拏唎迦藥　射莫迦藥丁香華
鄔迦囉乾地迦藥　如是數各皆等分
精潔合治雨水和　當澡浴時加持用
和湯如法清潔浴　膚體悅澤香芬馥
蠲除灾厄滌垢穢　清淨如法而誦念
行住坐卧無悚怖　一切諸惡天龍神
毗那夜迦怨讎輩　自然消息喜無障
常以此藥和湯浴　當知是人速成驗
諸佛菩薩諸天神　喜悅瞻護與上願

眼藥眞言

唵一旃暮祇虬曳切鉢頭二合摩嚧者泥二䶩同上虵同上黠[口覆]瑟徵上聲三跛[口覆]戍悌引四素嚕素嚕五鉢頭二合摩乞使二合六步嚕步嚕七縒漫驒八虵同上婆路枳[寧頁]寧井切九莎縛訶十

如是眞言三昧耶　雄黃牛黃各一分
青優鉢囉華海沫　二物各數十二分
精治研之石蜜和　清水和研加持用

點眼眼睺翳瞙除　諸佛觀音皆歡喜
諸惡鬼神不相障　夢恒吉善眼根淨

牛黄眞言

唵一勃䭾亭夜切下同音勃䭾弭勃䭾二鉢頭摩合二暮伽上聲目棄三者囉者囉四縛囉泥莎縛訶五

如是眞言三昧耶　而復加持於牛黄
用毋陀羅尼眞言　及奮怒王眞密言
亦用祕密心眞言　加持點額行作法
即令一切惡鬼神　毗那夜迦之等類
皆悉畏伏而怖走　譬夜火聚禽獸見
而皆畏懼便馳散　除諸障者之怖畏
若有沙門婆羅門　并諸人民見皆敬
諸陀羅尼眞言神　住壇内者喜瞻眺
增加守護而不怠　若行道路野山澤
谿澗溝壑一切處　不畏盜賊蠱毒藥
惡風雷電霹靂難　師子虎狼惡獸難
蚖蛇蝮蝎諸灾難　若眞言者點此藥
心無雜慮憶念我　誦持不空眞言者
我則至前護加被　如是不空羂索心
毋陀羅尼眞言法　菩提衆願三昧耶
如是護者是諸佛　慈悲實語加被我
亦是不空羂索心　毋陀羅尼眞言法
祕密壇印三昧力　復是行者所精誠
求於菩提之願力　是故我得進此人
令滿心所希求願　若有有情不依法
但爲活命行諂僞　誑他破壞犯梵行
或復處不清淨者　我即不得爲成現
所以者何得如是　由不如法修行法
以斯義故持法者　應當如法悃御心

内外清淨修治法　決定成就諸法門

瓔珞眞言

唵一旖暮伽上聲句高擡聲引捨陀上聲囉二縒囉跛
囉二合縒囉三吽四

此法加持白線當使童女合如筋等兩股三條是三條索兩頭中心同爲一結各眞言結總結三結兩頭繫續眞言者常絡髆佩飾

著衣眞言

唵一旖暮伽上聲跛囉二合縛囉拏二畝嚕畝嚕
三窣立絁迦始迦三去聲皤縛覩四跢囉跢囉五
莎縛訶六

此三昧耶加持衣服而貫著之

脫衣眞言

唵一旖暮伽上聲縛塞同上音怛囉二合二窋丁聿切
乞使二合播弭暮地禰三鉢頭二合米四莎縛訶

五

此法出入道場喫食經行坐卧等時加持其手解脫衣服置於淨處重復加持

洗浴眞言

唵一寧立同上馱張遥切下同音娜迦二三去聲步路暮伽
上聲三婆嚕拏縛𡃤四避詵者吽五

此法加持香湯灌洗浴身

洗手面眞言

唵一旖弭嘌韠暮伽二上聲鉢頭二合摩娑去聲泥
三縛唎灑所賈切下同音抳四主嚕主嚕五莎縛訶
六

此三昧耶加持淨水洗手洗面漱沐口齒

護身眞言

唵一旖暮伽上聲縛唎灑抳二矩嚕矩嚕三莎
縛訶四

此法加持白芥子水散灑身上一切非人不
能得便護他亦爾
授法真言
唵一㩙暮伽上聲縒麼野二摩訶鉢頭二合摩三
底瑟詫底瑟詫四鈝五
此法若授法者入壇門時其阿闍黎執手加
持引入壇門
護同伴真言
唵一薩縛怛囉二合二㩙暮伽上聲縛底三底瑟
詫嚕乞灑覩四鈝五
此法加持淨灰與伴弟子點於額上則成擁
護
整儀真言
唵一底丁禮切㘑二合路枳野二鉢頭二合摩三暮
伽上聲欦迦囉麽抳四弭履弭履五莎縛訶六

此法真言壇內作法而供養者加持自身入
於場界更勿觸突佛菩薩像真言神坐如法
整理修諸法事
寶索真言
唵一鉢頭二合米摩訶去聲鉢頭合米二縒囉縒
囉三娑去聲漫諦娜四鉢二合履米瑟吒上聲耶五
暮伽上聲播勢曩六虎嚕虎嚕七莎縛訶八
此法加持五色線索圍壇外界為疆畔門
懸旛真言
唵一弭只怛囉二合暮伽上聲二縛塞同上音怛囉
二合那去聲娜楞去聲誐三弭戍馱野四枳抳枳抳
五鈝六
此法若懸旛時畫旛印時皆加持之當即懸
作箭真言
唵一㩙暮伽上聲捨囉二跋駟囉頓拏三詫囉

詵囉四莎縛訶五
此法加持其箭插持畫箭亦爾
開壇門真言
唵一弭補囉暮伽上聲二摩訶去聲特能邑切縛囉弭戌悌三引枲唎枲唎四莎縛訶五
此法若受法者入壇門時及自入時加持壇門即便入壇則同入於一切佛剎諸天宮殿
淨華真言
唵一那那弭質怛邏二合暮伽上聲二補澀波叵攞三攞哆枳喇拏補囉野四播囉播囉五吽六
此法加持種種枝柯華葉插瓶口中五色線繫瓶項上又加持之置布壇內
香爐真言
唵一旃暮伽上聲喇怛二合娜弭摩娜二迦吒上聲汁姝立切縛地瑟恥鞞三寧同音上䭾同音上健度四入縛攞塞叵囉拏五縒漫底丁禮切娜六入縛攞入縛攞七莎縛訶八
此法加持香爐執置壇內燒香供養
寶瓶真言
唵一惹囉縛底二喇怛娜二合伽上聲吒上聲三娑去聲嚩抳四覩徵覩徵五莎縛訶六
此法加持寶瓶盛酥乳酪飯敷置供養
寶器真言
唵一寧同音上䭾同音上皤惹那暮伽上聲二缽頭二合麼縛隸二補囉野補囉野四吽五
此三昧耶加持磁器當用供養
閼伽真言
唵一旃暮伽上聲三去聲補囉抳二訥嚧二合拏健馱縛底三莎縛訶四

此法加持閼伽當用供養

不空羂索神變真言經卷第二

音釋

縒倉可切 掐苦洽切爪刺也 焯之約切與灼同 鎣烏定切潔也 閼烏割切 鑵古玩切汲水器也 揩苦皆切摩拭也 鑠書藥切銷鎔也 蔻苦候切荳蔻藥名 眵赤脂切目汁凝也 蝮蝎蝮方六切虺也蝎許蝎切蠆蟲也 股公戶切 髆補各切肩髆也 插楚洽切刺也

不空羂索神變眞言經卷第三

唐南天竺三藏法師菩提流志奉 詔譯

祕密成就眞言品第三之二

君持眞言

唵一縒囉抳縒囉耶二旖暮伽上聲皤惹泥三麽馱麽馱禰四吽五

此三昧耶加持君持當用供養

分界眞言

唵一窣䭾縛路迦禰二弭皤惹野都三縒漫底丁禮切曩輕呼四縒囉縒麽五縛娑去聲囉抳六莎縛訶七

此法列壇街道界位加持壇地然後分別街道界位如法圖畫

畫像眞言

唵一那那跛囉二合歌拏二旖暮伽上聲沒捺邏二合三入縛攞二合入縛攞四莎縛訶五

此法壇內畫諸像時及畫了時於諸位中總都加持

繩界眞言

唵一旖暮伽上聲喇怛娜二合素怛囉二合縛隸三枳抳枳抳四莎縛訶五

此法加持五色線繩壇上周圓括量一切位界或有壁上白氎絹上欲畫像時皆以是線和朱括量爲諸賢聖稱讚功德

列門眞言

唵一弭補攞縛隸二跛囉廢無計切捨耶三旖暮伽上聲鉢頭米二合四吽五

此法畫壇門時加持門地乃畫壇門

金器眞言

唵一窣䭾皤惹那二暮伽上聲斡者娜縛隸三

枳㘑枳㘑四吽

此三昧耶加持金器當用供養

銀器眞言

唵一三去聲補喇拏二嚧䩭弁也切三𪘨䶩皤惹泥四旖慕伽上聲鉢頭米二合五莎縛訶六

此三昧耶加持銀器當用供養

飲食眞言

唵一弭弭陁上聲二嚕跛㰤嚕播迦囉拏三者攞者攞四旖慕伽上聲縛底五莎縛訶六

此三昧耶加持種種甘膳飲食盛供養之

汎華眞言

唵一𪘨䶩健馱二努輕呼婆上聲㘑抳三旖慕伽上聲惹𠾛四馱囉馱囉五莎縛訶六

此法加持衆華水上汎之當用供養

燒香眞言

唵一健馱塞叵囉抳二縒漫韗來伽三上聲跛囉二合塞普囉四吽五

此法每時加持香燒供養一切諸佛菩薩金剛諸天

塗壇眞言

唵一𪘨麽攞二迦野輸馱禰三𪘨䶩健馱四跛囉二合布囉抳五布囉野布囉野六吽七

此法加持香泥香水摩壇供養

末香眞言

唵一健馱主喇拏二跛囉二合布囉抳三主嚕主嚕四莎縛訶五

此法加持末香布散壇內而供養之

塗香眞言

唵一縒麽縒漫底娜二弭麽黎三健度哆綵彈舌呼四莎縛訶五

此三昧耶加持塗香浴身竟時摩塗身上

灌頂眞言

唵一[寧立][各也]健馱二跛囉二合補囉抳三娑去聲誐
囉惹攞四[寧立][各也]地瑟恥底五迦攞輸去聲娜[口*履]
六布喇拏布囉野七惹野悉悌八莎縛訶九

此法加持香水瓶其阿闍黎及受法人若洗
已當用灌頂

盛食眞言

唵一囉縒囉縒二誐囉縛底三薩縛苾[艹/亭皮]亭夜切四地瑟恥底五三去聲布囉野六𤙖七

此三昧耶若盛食時誦持盛食

獻食眞言

唵一[寧立][各也]步引惹曩輕呼二三去聲布囉野三弭
補攞跛囉二合[月*些]四莎縛訶五

此三昧耶加持飲食當持供養

三白食眞言

唵一室[口*履]二合叔迦攞二合二步惹曩輕呼三縛哩
弭補攞四囉娑去聲赴囉二合縛底五素囉跛囉
二合素囉六𤙖七

此三昧耶加持酥乳酪持供養之

果子眞言

唵一叵攞縛底二娑去聲囉縛底三[寧立][各也]縛娜
塞播底四哆囉跢囉覩五莎縛訶六

此三昧耶加持果子持供養之

淨華眞言

唵一[寧立][各也]矩素沒播攞二那那補澀波三跛
囉二合縛喇灑抳四皤縛皤縛五莎縛訶六

此三昧耶加持諸華持散供養

採華眞言

唵一弭弭馱攞多二布澀波縛都上聲値跢三

縛曩塞播底四旃歌囉五三去聲布喇拏禁俱蔭切䏶六引莎縛訶七

此法若採華枝葉時先加持之然後採取而供養之

燒香真言

唵一摩訶去聲度播米伽二上聲播吒上聲攞三散揞嵓也切娜耶四縒漫底那五件件六莎縛訶七

此法作護摩時加持香燒供養一切諸佛菩薩諸天

請火天真言

唵一旃闍縛抳二入縛攞二合入縛攞二合三泥皤目棄四莎縛訶五

此法請召火天即便供養

莊嚴真言

唵一弭弭馱麼抳二迦娜迦三喇怛努輕呼入縛攞四步灑拏五麼抳麼抳六旃暮伽上聲麼抳七莎縛訶八

此法加持一切寶珠鐶釧瓔珞幢蓋莊列供養其諸形像若以鐶釧瓔珞自嚴飾者亦加持之

供養真言

唵一鉢頭麼二合迦嚟二弭補攞那猄其向切倶愚矩切理三縒麼縒麼四薩縛皸詑議哆五地瑟恥底莎縛訶六

此法若讚歎時若讀誦時先誦三遍讚歎供養

禮拜真言

唵一薩縛倶拏二跛囉二合拏跢始嚕三畔馱曩耶食箇切四那麼塞迦嚧弭五弭嚗弭嚗六覩

履抳莎縛訶七
此法若禮一切佛菩薩時先誦三遍合掌頂
禮一切諸佛菩薩歡喜讚歎
行道眞言
唵一娜捨你舍口賀切二避畔馱曩三跛囉二合縒
攞覩鉡四
此法若行道時先誦三遍合掌行道爲諸天
人一時讚詠
器仗眞言
唵一弭弭馱庚馱二入縛履路播抳三跛囉
二合入縛攞二合四跛囉二合塞普囉鉡五
此法加持畫器仗印一切眞言明神歡喜
金剛鈴眞言
唵一𩏵𩚵暮伽上聲二弭補攞塞縛嚟三麼度
囉𡫸具灑嚕底丁禮切四囉拏囉拏鉡五

此法場中讚詠行道請召念誦護摩之時加
持於鈴即搖聲之一切賢聖悉皆警發歡喜
來會
燈明眞言
唵一喇濕弭入縛攞二三去聲漫底那三縛皤
縒野四摩訶麼抳五剌怛那始契六莎縛訶
此法加持燈明供養則令諸天眞言明神使
者皆見寶燈光爓供養
召請眞言
唵一度嚕度嚕二旃縛歌野三旃伽囉惹脛
鉡四
此法若授法時加持安悉香燒焯請召一切
諸佛菩薩眞言明神神通加被
除障眞言
唵一訥瑟吒二薩埵引弭暮陀上聲禰三縒麼

縒麽四縛㘑莎縛訶五
此法奮聲誦一七遍摧伏一切惡難鬼神皆
令順伏心生歡喜
數珠眞言
唵一弭只怛囉二合麽抳二弭補攞三跛囉二合
縛囉二合跢你鈝四
此法觀數珠時及取珠時皆加持之掐持誦
念
華鬘眞言
唵一弭只怛囉二合喇跢拏二輕呼入縛攞二合三
窣㰤矩素麽縛㘑四補澀波縛底五莎縛訶
六
此法加持華鬘供養若纏頭頸臂腕上者亦
皆加持
請成就眞言

唵一窣㰤路者泥二旃暮祇虬曳切三跛囉二合縛
㘑四薩縛弭藥地瑟恥跢五悉悌戍陀上聲弭
路枳諦六薩縛訶七
此法每時乞願加被先誦三遍當請加被成
就現前
發遣眞言
唵一旃暮伽上聲鉢頭米二合二娑去聲漫鞸步縛
泥三跢羅跢囉四孽[扌*嵩]嵩蔥切塞縛皤縛誧奴金切五莎縛訶六
此法作法祈願周畢當誦三遍啓白發遣諸
佛菩薩諸天明神各還本宮
錫杖眞言
唵一窣㰤三去聲補囉抳二那誐弭路迦你三
鈝四
此三昧耶加持壇上畫錫杖印

寶鉢真言
唵一播怛囉二合布囉抳二布囉野三旃暮伽上聲縛底四縒漫彈跛囉二合胜五莎縛訶六
此法加持畫寶鉢印
吉祥草真言
唵一捺囉二合皤縛底二弭⿰享夜地瑟恥心彈三跛囉二合縒囉四娑去聲囉娑囉五⿰口履使布爾底六莎縛訶
此法加持茅草火壇四邊右旋散敷如法座上而護摩之隨方作法
護摩真言
唵一入縛攞二度麽入縛攞始棄三喇濕弭蘖胜四莎縛訶五
此法加持蘇蜜諸香護摩供養一切諸佛菩薩天神

河中洗浴真言
唵一鉢頭弭二合你二鉢頭摩二合娑去聲泥三縛羅跛囉二合縛隸四那誐步縛泥五莎縛訶六
此三昧耶入河浴時當誦五遍畫河海印亦加持之
鞋履真言
唵一佉誐栢履泥二誐麽伽上聲麽野三播娜跛囉二合遮履抳⿰合牛四
此法若入道場入佛殿者加持新淨鞋履韈三遍著入畫鞋履印亦加持之
灌頂真言
唵一薩縛怛多二合暮伽上聲避曬迦二摩訶主拏弭麽𨽻三縛避詵者覩鉿四跛囉二合縛囉播抳步鵜人兮切下同音五鉢頭摩二合特縛鵜六莎縛訶七

此法當於灌頂壇內左手執瓶右手按頂加持七遍即爲灌頂結印發願世尊若有讀誦受持不空羂索心王母陀羅尼眞言三昧耶者當須具依此諸眞言神妙章句三昧耶觀此一一眞言之中各有無量無邊不可說廣大威德神通力故悉能自在出生諸佛國土俱胝百千奇妙衆寶一切寶香寶華寶器寶珠瓔珞一切妙寶宮殿樓閣寶師子座一切奇妙寶幢旛蓋垂珠瓔網一切諸天甘露飲食十方一切諸佛菩薩衆寶宮殿寶師子座寶蓮華座一切天龍藥叉羅刹乾闥婆阿素洛蘗嚕茶緊那羅摩呼羅伽宮殿飲食如是無量種種出現皆是不空羂索心王母陀羅尼眞言三昧耶一切出現是故持者當以眞實清淨之心依法受持各加持物三遍五遍無得廢忘我則觀視歡喜無量而得示現眞妙色身當爲淨治十惡五逆一切業障悉令清淨與所求願皆得滿足又與證旃暮伽王最勝廣大解脫蓮華一切大曼拏羅印三昧耶亦復授與不空廣大眞言明仙灌頂三昧耶令得眞實成向世出世間一切法門速皆圓滿復得世間一切無畏尊貴富饒爲人愛敬讚歎供養此三昧耶若受持者不應生於猜疑之心我今決定作如斯說應常精懇發大悲心以斯大悲眞心愛語若行若住讀誦受持係念思惟此三昧耶常念十方一切諸佛菩薩金剛恭敬頂禮讚歎供養不暫廢忘每常至時觀世音菩薩前敷白茅草結跏趺坐誦此母陀羅尼眞言祕密心眞言者我得爲與成就衆願日日增長無暫退轉令證菩

提
祕密印三昧耶品第四之一
爾時觀世音菩薩摩訶薩以斯不空罥索心王母陀羅尼眞言三昧耶眞實最勝廣大解脫蓮華曼拏羅印三昧耶白言尊者薄伽梵而說偈言

闡此不空解脫法　清淨圓滿若蓮華
慈悲爲濟諸有情　十方諸佛皆加被
一切天龍八部衆　大眞言仙苦行仙
瞿醯夜天淨居天　伊首羅天摩醯首
大梵天王帝釋天　大自在天那羅延
三十三天俱摩羅　三十三天宮殿神
四天王天焰摩王　水天風天火天等
日天月天星宿天　見此不空眞言經
隨方清淨修習處　俱時湊會恭敬護
大自在天弭惹耶　惹耶弭耶天女衆
商羯理神商羯羅　摩莫雞神毗俱胝
阿怒梵摩毗避麽　功德大天辯才天
大鉢頭摩吉底神　杜底使者鬱鉢理
補澀波天華齒神　雞羅娑山所住神
大訶利底鬼母神　十大金剛執金剛
大執金剛明輪王　見此不空眞言經
隨方清淨修習處　一時俱會喜守護
千臂千眼觀世音　手結千印住其前
又得十方一切佛　各請菩薩摩訶薩
觀音種族母青頸　十波羅蜜菩薩衆
不空罥索觀世音　變作大梵天身相
扼羅健詑觀世音　馬頭觀音大明王
播拏目佉觀世音　十一面首觀世音
四面大悲觀世音　除八難仙觀世音

俱持不空陀羅尼　最勝廣大大解脱
蓮華種族曼拏羅　一切幻化神變法
各現種種妙色身　夢覺覩會俱住前
爲現西方極樂界　一切妙色大光明
阿彌陀佛坐寶座　無量菩薩衆圍遶
爲衆説諸常樂法　於須臾間盡覩見
復現十方殑伽沙　俱胝那庾百千等
微塵佛刹諸如來　皆以俱胝那庾多
百千菩薩衆圍遶　悉於夢覺一時現
復現種種諸大相　菩提道場金剛座
轉法輪會降魔處　成正覺處盧舍那
若有有情頑嚚者　輕我所説生猜慮
雖復讀誦而受持　如是善相皆不見
若有有情邪惡慧　害佛法僧壞道者
或有具造五逆者　一切賢聖皆棄捨
應墮阿毗大地獄　經俱胝劫受劇苦
如斯罪累等有情　能生怖心悔衆罪
若得見聞此經典　從師七日受持者
如是阿毗無間報　於須臾日盡銷鑠
若有暫見此經者　即同眞見觀世音
補陀洛山宮殿中　種種微妙色身類
若有精懇無倫匹　常持此經一切法
則得十方殑伽沙　俱胝那庾百千等
微塵刹中諸如來　一時現身在其前
或盡讃歎而觀察　或盡冥加大智門
此人以斯不空力　清淨妙法漬滋身
便等如來坐道場　轉正法輪之功德
增逾福壽倍遷遠　無衆夭疾等諸天
如斯讀誦受持者　常於清淨閑勝處
清潔沐浴香塗身　衣服熏香恒淨著

當斷諸論常恬默　種種供養而修習
塗香塗手結持印　憶念十方諸世尊
晝夜歸依稱讚禮　觀念觀音大悲者
發大慈悲平等心　精進至誠尊重法
不爲名利行諛詐　普於有情起慈悲
及所同業給侍人　咸共遵行不空法

爾時觀世音菩薩摩訶薩演斯偈已論說一切神通手印印三昧耶

根本印

二手合掌虛掌屈二頭指頭當中指側上第一節文其二大拇指相並平伸此印能纂一切諸佛菩提法門亦能請召觀世音菩薩來加護念印眞言

唵一旖暮伽上聲弭矩喇弭跢二縒漫韗路迦耶鉿三窒嚩二合野特婆二合地瑟恥心韗四暮伽鉢頭米二合五者囉弭者囉散者囉六吽吽七

此印眞言名觀察三世不空照明蓮華光神通威德若有眞實以大悲心輪結是印而誦念者當得三世微塵佛刹一時震動是等佛刹一切如來悉皆歡喜放大光明伸手摩頂加被不空羂索心王母陀羅尼眞言最勝神變除諸蓋障八難大怖其淨居天伊首羅天摩醯首羅天大梵天帝釋天一切諸天歡喜擁護此畝捺羅於是法中極爲最上

蓮華印

合腕相著大開兩掌屈二中指令頭相去半寸屈二頭指二無名指頭各相去二寸屈二大拇指二小指亦如中指相去半寸印眞言

唵一旖暮伽上聲鉢頭麽二合矩捨二縒麽焰三趁宜訖切嚩二合疊虛觀切拏趁嚩二合疊拏四陀上聲

囉陀囉五摩訶薩埵鉡六

此印真言若結持者三世諸佛歡喜讃歎加被持者大悲之心成就勝驗現諸吉相當爲圓證一切如來陀羅尼真言解脱壇印三昧耶一切觀世音菩薩種族真言壇印之法亦當現前恒爲觀世音菩薩心所樂見加與勝願

蓮華請護印

合掌當胷大虛掌内以二中指二無名指並竪合頭相拄二頭指各捻二中指背上第一節二大拇指似欲相並微竪伸之二小指直伸磔開相去二寸結此印印一切華香飲食香水一切器物衣服供具印真言

唵一旖暮伽上聲二鉢頭米二合三摩訶去聲薩埵旖耶餘箇切觀三縊歌漫拏黎四地利地利五弭履弭履六鉢頭麼二合步鸛七莎縛訶八

此印真言請召一切諸佛菩薩金剛諸天龍神真言明神集會護祐

結界印

合掌虛掌以二頭指二無名指各竪合頭相著屈二中指頭在無名指側上第一節文二中指頭相去二分二大拇指頭各壓頭指下第一節側文二小指磔開相去二寸印真言

唵一旖暮伽二跋馹囉寧履二合荼上聲鉢頭米二合三滿馱野三去聲漫底娜四摩訶去聲枲䋎落趁灑䋎五主嚕主嚕六鉡怖七

此印真言結十方界及用護身於壇十方七踰膳那成大擁護

最勝蓮華印

準上第一印改二頭指頭各當中指中節側

上相去六分磔開二大拇指二小指頭各相去二寸此印能成一切解脫大曼拏羅印三昧耶亦能會通一切壇印三昧耶速得勝驗

印真言

唵一跛駬隸二跛駬囉地瑟恥多三鉢頭米二合弭濕縛二合路波陀上聲隸四陀上聲囉陀囉𤙖五跛囉二合弭始野覩六底㗚二合野特縛二合誐躭七地㗚覩置八莎縛訶九

是印真言以大悲心持結之者當令十方一切佛剎宮殿門開六種震動其三十三天一切宮殿亦皆門開觀世音菩薩歡喜觀視放光照觸令得清淨滅除過現五無間罪捨此生後則生十方佛剎宮殿關閉十六大地獄門超過惡趣得大解脫

最勝拳印

右手以大拇指頭捻無名指根第一文四指急握大拇指作拳結此印者當入廣大解脫曼拏羅印三昧耶得大成就用前印真言

蓮華首印

準第五印改二大拇指屈頭掌内以右大拇指偏壓左大拇指壓上一分印真言

唵一旃暮伽二上聲鉢頭麽二合惹鞴三弭輸去聲陀上聲野𤙖四地㗚地㗚五弭麽黎莎縛訶六

是印真言灌頂浴時印香水瓶復結此印安於頂上當使一人執香水瓶頂印上灌并復浴身當令過去垢障重罪皆盡除滅得身清淨福蘊增滿成就諸法運運增長為諸天神歡喜擁護觀世音菩薩護念加被不空罥索心王陀羅尼真言三昧耶悉地最勝成就

大三摩地印

結跏趺坐二手合掌屈二頭指當中指中節側文上頭勿相著其餘八指並伸急合置印當心直下倒垂印真言

唵一旃暮伽二跋馹囉三𥨍㗚茶上聲鉢頭米二合濕縛囉二合吽四

此印真言結持之時如入靜慮其身堅固猶若金剛須彌山王復等被服金剛甲冑無他傷害一切毗那夜迦皆怖馳走莫能嬈害

自在印

準第七印改二頭指令壓中指背中節上少開其掌又向外磔開二大拇指相去三寸置印當心印真言

唵一鉢頭米二合濕縛囉二合旃暮伽上聲婆囉娜三避㗚避㗚四莎縛訶五

此印真言若以清淨大悲之心當觀世音前結持供養當得十方殑伽沙俱胝那庾多百千佛刹所有三世一切如來應正等覺瞻眺讚歎一時放光照明安慰時觀世音菩薩亦爲現前由斯當得十波羅蜜功德相應若真言者每白月八日一日不食不語輪印誦持母陀羅尼真言祕密心真言一百八遍者速令當得觀世音菩薩現身摩頂告言真善男子善哉善哉汝今爲者是旃暮伽王最勝上法汝須何願爲汝滿足汝今是我旃暮伽王三昧中子汝今已得不空羂索心王母陀羅尼真言解脫壇印三昧耶勿所憂懼於諸有情發大悲心當以此心常修汝身安住我法汝今此身爲最後身捨此生後直往西方極樂國土坐蓮華座具諸相好而自嚴身同彼一切菩薩摩訶薩等聽聞一切常樂淨法所

壽命身乃至菩提更無夭病永不退轉如是證者如法承事供養觀世音菩薩常自恬默不與他論於諸有情起大悲心依法而坐結印誦持母陀羅尼真言祕密心真言者又證不空廣大神通曼拏㘓大真言仙三昧耶十八俱胝那庾多百千真言明仙共相爲伴遊戲空界得大自在壽命逾遠又證不空廣博光明首大神通三昧耶騰往十方三千大千一切世界如伸臂頃還至本處復證觀世音菩薩不空王大幻化三昧耶不空清淨天眼三昧耶以斯幻化三昧耶力示同有情應現之狀所謂淨居天伊首羅天摩醯首羅天大梵天帝釋天那羅延天俱摩羅天四天王天水天風天日天月天焰摩王龍神八部人非人等并及水陸傍生有情皆同類現攝化濟度悉令順伏得大解脫世尊是法名爲不空羂索心王母陀羅尼真言世間成就調伏有情三昧耶復得十方一切佛刹一切如來應正等覺一時現身爲授阿耨多羅三藐三菩提記乃至菩提更不退轉如是於諸有情起大悲心觀世音前如法而坐結印誦念者則當不依法坐不結印誦百千萬遍爲諸如來安慰記莂一切慧解六波羅蜜自然成就觀世音菩薩而爲現身則爲成辦一切諸願衆惡業障一切諸病俱時消滅是故行者應常憶念一切諸佛心不廢亂則令當得最勝成就

不空羂索神變真言經卷第三

音釋

氎徒協切細毛布也弶巨亮切施罟於道也頸居郢切頭莖也韈勿發
切猜倉才切疑也嚚語斤切口不道忠信之言也諛羊朱切面從曰
諛纂作管切編集也磔陟革切張伸也捻奴協切捏也

不空羂索神變眞言經卷第四

唐南天竺三藏法師菩提流志奉 詔譯

祕密印三昧耶品第四之二

成就印

二手合掌大虛掌內二頭指二無名指平屈頭相拄二中指微曲竪合頭出二頭指二無名指頭上一節二大拇指相並微屈竪頭去二頭指側面一寸四分二小指各竪摶無名指側相去二寸印眞言

唵一覩嚕覩嚕二鉢頭二合米三徛暮伽上聲悉地四吽五

是印三昧持結之者觀世音菩薩速疾加被旖暮伽王出世間法皆當成就福德增盛爲人欣讚一切天神而祐護之

金剛蓮華心印

覆右手掌仰左手掌其二手背相著右小指叉左大拇指歧間右大拇指叉左小指歧間左右頭指各急屈掌中左右中指無名指各相並伸著手背置印當心端身正坐心如金剛淨念不動印眞言

唵一旖暮伽上聲紇唎二合娜野二鉢頭米二合三陀囉陀囉四鉢頭二合麼陀囉五摩訶漫拏攞紇唎娜野六吽七

此印三昧彼結持者誦祕密心眞言一七遍者於諸作法資運成就

羂索印

覆左手掌當心下大拇指屈向掌頭去掌一寸其頭指中指無名指小指各微屈頭其四指間各相去一寸象蓮華葉右手仰掌當左手背上七寸大拇指屈向掌一寸中指屈頭

當大拇指壓背相去一寸頭指無名指小指向掌微屈印眞言

唵一播輸去聲播底播捨陀上聲囉二捨跢娑去聲訶去聲塞囉三囉濕弭四跛囉二合底漫抳跢迦野五旖迦唎二合灑抳六菩陀上聲你三去聲菩陀上聲泥七步嚕步嚕八旖暮伽上聲播捨悉悌九吽十

此印三昧彼持結者一誦毋陀羅尼眞言加持印一以右手向外擲之滿於三遍左手定住又誦祕密心眞言七遍乃解散印彼是則攝阿耨菩提三昧種智住意識中當所生處得大人相一切天神愛護瞻眺十方諸佛菩薩喜樂觀視觀世音菩薩摩頂讚歎於無始劫謗讟正法大邪見罪皆得除滅所得福祚如見我身

譬須彌山大寶幢印

合掌大虛掌內二無名指二小指直豎柱並合頭二中指各屈頭壓二無名指側上第一文令頭相去二分二頭指屈頭相拄二大拇指各摶頭指側直伸臂上印當頂上印眞言

唵一室囇二合野特能邑切下同音婆無可切下同二合努誐哆二避詵者都三薩縛室囇二合野特婆二合四避曬階五鉢頭二合麼播抳六素蘇古切鉢頭二合七米旖暮祇虵切曳薩縛𨙼詑誐哆八地瑟恥諦吽九

此印三昧持結之者則同十方一切如來手授灌頂又問觀世音菩薩手授灌頂當所生處證眞言仙大轉輪王三昧耶得此不空王三昧現前煩惱蓋障摧滅除解生處世間福壽無限

奮怒王印

合腕相著豎開掌二中指二無名指二小指頭各並相著似屈相去半寸二頭指各搏中指側中節上屈如鉤二大拇指各豎伸之相去半寸置印頂上顰眉努目作大瞋怒左顧右視印真言

唵一矩嚕陀上聲羅惹二摩訶去聲暮伽三上聲歌那歌那四薩縛訥瑟吒上聲合件五

此印三昧能摧一切惡天龍神一切惡人惡心迴伏亦能摧壞須彌山王諸惡毗那夜迦一切眷屬皆自允伏一切諸天沙門婆羅門毗舍首陀歡喜致敬成就諸法

多羅菩薩印

合掌虛掌內二手十指微屈豎合頭相著印真言

唵一鉢頭合二麼哆嚇二覩嚕覩嚕三件四

此印三昧亦能成就一切事業

大白觀世音菩薩印

合掌其掌下開一寸二頭指二中指二無名指各豎相並合頭二大拇指各豎搏頭指側上相去一寸二小指各豎微屈頭相去八分印真言

唵一摩訶去聲鉢頭合二米二濕廢諳伲三虎嚕虎嚕四莎縛訶五

此印三昧能集衆法速證成就

毗俱胝菩薩印

合掌二中指二無名指二小指各豎相並合頭二頭指各捻在中指無名指歧間頭相拄二大拇指並伸壓二中指中節上合口切齒顰眉努眼瞋怒顧視印真言

唵一苾嚩履二合矩胝上聲鉢頭二合米二跢囉跢囉
三吽四
此印三昧摧伏一切能滿諸願
白身觀世音母菩薩印
是白身母印同前大白觀世音印印真言
唵一鉢頭二合麽二半拏囉縛枲你三矩努知古
切矩努四莎縛訶五
一切天神印
合腕相著二中指平屈頭相拄其餘八指各
散磔開歧間相去一寸總微屈頭頭勿相著
印真言
唵一旖暮祇虬曳切鉢頭二合麽二縛囉禰三悉
[亭夜]悉[亭夜]吽四
是印三昧召諸天神住會壇內歡喜護持
一切使者印

合掌虛掌內如未開蓮華印真言
唵一薩縛怛囉二合誐弭你二旖瞻歌野三嘮
盧告切寧吉切唎二合抳吽四
是印三昧召諸天女藥叉使者皆來會住
七多羅天女印
合腕相著二大拇指屈入掌中各正捻無名
指根第一文各以頭指無名指小指急捻大
拇指上拳二中指各微屈頭相去半寸印真
言
唵一旖暮祇虬曳切你二跢嚟哆囉耶三鉢頭
麽二合步[艹雋]如亐切吽四
此印三昧能伏一切衆惡天神祐護壇法
馬頭觀世音印
合掌虛掌二頭指屈入掌中令背相著二大
拇指並伸壓二頭指中節上印真言

唵一度嚕二跢嚕攞三鉢頭合二米四旖暮祇
虬曳切吽五
此印三昧於諸法中最爲奇勝
皤拏縛目佉印
合掌虚掌二中指各却捻壓頭指上第一節
上頭相拄二頭指頭各拄二無名指側上二
大拇指相並斜伸微竪向上印眞言
唵一縛拏縛目谿二你訖蘭二合跢野三訥瑟
吒上聲吽四
是印三昧能契一切金剛明法能祐一切三
昧疾現
青項觀世音印
合掌虚掌二大拇指屈入掌中二頭指各握
大拇指上節二中指二無名指二小指微屈
頭相拄印眞言

唵一鉢頭合二米二你攞建制尼例切濕縛合二囉
三步嚕步嚕吽四
此印三昧能祐成就一切三昧
十一面觀世音印
合腕相著二大拇指各横屈掌中各以頭指
中指無名指小指握大拇指作拳拳面相合
面目熙怡發大悲心印眞言
唵一謀饟名養切婆無可切娜泥二跛囉二合臬娜
三舍縒野吽四
此印三昧能祐成就一切明法無所障礙
伊首羅天印
合掌虚掌二中指二無名指二小指並竪合
頭二頭指各屈壓中指側中節上如鉤二大
拇指相去四分微斜竪頭去二頭指頭八分
印眞言

唵一鉢頭二合米濕縛二合囉履二娑去聲陀上聲野吽三

此印三昧召集一切伊首羅天皆來會住而爲祐護

摩醯首羅天印

準前印改左頭指豎微屈改二中指頭相拄壓二無名指側上第一文印眞言

唵一旃暮祇虬切曳濕縛囉履二吽三

此印三昧治罰一切懲惡鬼神

焰摩王印舊云閻羅王訛也

二手八指右壓左入掌相叉相鉤指面相著二大拇指各豎磔開微屈相去半寸當先急向頭上後置心上大拇指上下來去印眞言

唵一縒麽囉二跢唎跢唎三吽四

此印三昧召請焰摩王來赴會坐歡喜護祐

水天印

左手仰掌當左嬭房下五指微屈如蓮華葉右手當心覆掌大拇指小指各豎屈掌中頭指中指無名指各散磔開頭指去一寸微屈印眞言

唵一娜誐二鉢頭二合弭你三吽四

此印三昧呼召一切諸大龍王皆來壇會歡喜護佐

毗沙門王棓印

二手反背相合二頭指二中指二無名指二小指各反相鉤指面相著直豎二大拇指向外磔開先急右轉後置當心印眞言

唵一藥趇灑二合地鉢底二素嚕素嚕吽三

此印三昧摧破一切藥叉鬼神惡心散壞

大梵天王印

左手準前水天印右手屈肘當與髆齊大拇指微屈向掌頭指微屈去大拇指頭二寸中指無名指小指直竪相並印真言

唵一旃暮祇虬曳切二没囉二合歌麽二合三嚕底禮丁切鉡四

此印三昧能現梵天一切天法

苦行仙人印

準梵天王印改右手頭指大拇指搏中指竪伸小拇指屈如鉤印真言

唵一喔使縛囉禰二旃暮伽上聲三步鶈鉡四

此印三昧召集一切苦行明仙合掌致敬讚喜頂禮

毗瑟怒天輪印舊云那羅延天

合掌右手五指各散磔開左手頭指中指無名指小指叉入右手頭指中指無名指小指中節歧間外出握右手四指其左四指頭當右手五指歧間左大拇指壓右頭指節上右大拇指直竪印真言

唵一旃暮祇虬曳切一弭瑟拏囉三鉢頭二合麽那陛四娑去聲囉縒漫鞞步鶈五莎縛訶六

此印三昧能摧一切阿素洛衆散伏馳散

大自在天印

左手屈肘仰掌向前五指作把大果勢右手屈肘當與髆齊大拇指捻小指甲上其頭指中指無名指各竪磔開印真言

唵一嚕捺囉二合覩徵二上聲弭理莎縛訶三

此印三昧能摧一切瘧鬼食精氣鬼皆怖馳散

大自在天兒印

右手頭指直伸大拇指橫屈掌中以中指無

名指小指急握作拳左手亦同右手其右手拳側拄腰上頭指向前其左手拳側置心上以頭指向外指之怒目大瞋印真言

唵(一)鑠訖底(二合)陀(上聲)嚟(二)旃暮伽(上聲)縛底(三)莎縛訶(四)

此印三昧降伏一切作障鬼神

日天子印(梵云阿泥底耶)

二手仰掌側相著二大拇指各横掌中各屈頭指壓大拇指上節二中指二無名指二小指各相並微屈向掌印真言

唵(一)娑(去聲)歌寋囉(二合)計羅鸛(二)件都理(三)莎縛訶(四)

此印三昧能放百千光明日天祐護

月天子印(梵云素摩)

準前仰掌側並相著二大拇指各竪伸二頭指各竪微屈二中指二無名指二小指各屈作拳印真言

唵(一)素麼(二)跛囉(二合)胜件(三)

此印三昧爲諸星天照曜護持世尊如是印三昧耶一一能成一切事業能滅一切災厄罪障而廣莊嚴旃暮伽王廣大解脱蓮華曼拏羅三昧耶是修行者身常淨浴衣服香潔應食淨食於諸有情起大悲心恭敬和尚闍黎心恒尊重恭敬供養觀世音菩薩摩訶薩受持是法求佛菩提亦勿參使不同業人非自阿闍黎及不明法人不求菩提人和雜作法稱説境界常自寂默精勤修學末香塗香塗摩手上燒香供養輪結於印特勿露結違犯三昧隨一一印三昧耶相觀照同現誦之三遍作法持誦懺悔發願行道禮讚日日獲

得百千俱胝數倍功德諸大福聚當爲十方
一切如來諸大菩薩授職記莂一切諸天歡
喜祐護得於世間最大供養具足成就一切
陀羅尼真言壇印三昧耶當所生處命不宊
天獲得不空悉地大真言明仙輪王三昧耶
有大慧辯而於一切天仙大衆演説此法得
大無畏爲人尊重當於觀世音菩薩會中生
育若命終時身心寂靜如入禪定遂得一切
諸佛菩薩摩訶薩一時喚言真實佛子來我
土中我土是汝生長住處從此生後乃至菩
提更不墮落三塗惡道生生不受胎卵濕化
壽恒不退從一佛刹至一佛刹蓮華化生具
宿命智

法界密印莊嚴品第五

世尊此廣大解脱蓮華曼拏羅三昧耶種種
手印諸器仗印廣博無量譬如大地一切有
情生育依住譬如如來一切智智一切有情
依住滿足若隨喜者當知是人得滅衆罪於
斯三昧當得成就若修治者住大悲心具持
真言淨戒律儀受持讀誦不空羂索心王母
陀羅尼真言三昧耶求於無上正等菩提者
若能如法圖畫廣大解脱蓮華曼拏羅印三
昧耶受持供養隨觀一切三昧相俱精進修
學者當知是人如大輪王具足七寶威德無
量道化四洲隨所至處一切有情莫不敬伏
而得尊仰一切毗那夜迦藥叉羅刹惡神鬼
等便自臣伏發歡喜心或則滅壞或復馳走
賊謀讎懟亦皆除解無始重罪一切病惱亦
皆壞滅世尊如是説此法者爲諸有情得安
樂故説爲得成就一切三摩地故説爲除一

切罪障故說爲降伏一切惡鬼神故說爲得
一切菩提故說爲令一切持眞言者發生種
種三昧智觀相應慧解故說令得遍依廣大
解脫蓮華壇印一切三昧耶一切相狀圖畫
一切廣大解脫蓮華壇開敷蓮華臺上圖畫
一切手印諸器仗印一切寶華果印者皆繞
印上火光光焰其諸蓮華枝條莖葉分布色
相一切印相皆像生相鮮麗妙好所謂執一
切寶果印執一切金剛果印執三股金剛杵
印執寶箭印執曼拏利印執金剛蓮華印執
蓮華鬘印執跋楞伽印執跋折囉跋囉瑟恥
多印執濕縛娑印施無畏印彈指讚歎印拳
印期剋印未只臨皤印合掌鉤印獄印執鑠
印思惟印執寶手印執善金剛杵印執不空
蓮華印執金剛鈴印執劍印執三叉戟印執
杵印執寶杖印執華棓印執索印執大魚印
執寶輪印執寶螺印執無緣果印執石榴果
印執月印執日印執鎚印執楊枝印捧寶華
印執數珠印執五股金剛杵印不空羂索手
印不空成就印如是手印皆指腕上畫七寶
鑁釧種種莊飾隨手印眞言

唵一旃暮伽上聲二漫惹唎三弭利旨利四吽五

唵一旃濕縛合二縒野二乞灑拏弭誐底丁禮切三吽四

唵一皤野縛囉禰二覩置三吽四

唵一薩縛禪詑誐跢二地瑟恥合二羝三避唎避唎四吽五

唵一鉢頭合二麼二紇唎合二娜野二毋瑟徵上聲四吽五

唵一弭娑去聲羅弭娑去聲囉二薩縛摩㦬彈舌呼之
怛惹野三吽四
唵一弭馹臨去聲并彈舌呼之二合皤野二虎嚕虎嚕
三吽四
唵一怏於向切矩舍二旖暮伽上聲迦唎灑野三
吽四
唵一迦縛者野二覩嚕覩嚕三吽四
唵一旖暮伽上聲賁迦理二弭嚗弭嚗三吽四
唵一旖暮伽上聲振跢麽抳二覩徵上聲覩嚕三
吽四
唵一旖暮伽上聲播抳二旨理旨理三吽四
唵一跋馹囉二覩旨旨隷三吽四
唵一旖暮伽上聲紇嚗一合那野二栢囉栢囉三
戍輸律切下同音陀上聲薩埵四吽五
唵一旖暮伽上聲縛底二旨智旨智三吽四

唵一苾[illegible]渴誐二瞋娜野誐咄嚕三吽四
唵一窒嚗二合曼拏攞二播嚗戌悌三避智避
智四吽五
唵一素嚕素嚕二吽三
唵一麽抳麽抳二吽三
唵一補澀波二縛底惹耶三吽四
唵一步地只跢播捨二陀上聲羅陀羅三吽四
唵一鉢頭二合麽播捨二毗輸去聲悌三吽四
唵一跋馹囉播茝二皤縛覩三畝嚕畝嚕四
吽五
唵一振跢麽抳播捨二縛囉泥三吽四
唵一斫羯囉二合播捨二旖素囉[illegible]寧吉切伽上聲
跢迦三度嚕度嚕四吽五
唵一窒嚗二合輸去聲理播捨二弭路迦耶三跢
囉耶四吽五

唵一那伽上聲播捨二滿陀上聲耶三羯侘野四
訥瑟吒那伽上聲南五播捨播跢野六𤙖七
唵一惹路皤縛二那去聲囉那囉野三𤙖四
唵一戰捺囉二合弭麽𠼝一弭輸去聲陀去聲耶三
陀上聲迦嚂囉濕弭縛嗏四𤙖五
唵一菩陀上聲野二𤙖二
唵一弭惹野二補喇拏陀上聲𠼝三𤙖四
唵一破路特皤二合膣二步唎𤙖三
唵一補唎二合拏漫拏𠼝二惹野𤙖三
唵一娑去聲歌去聲塞囉二囉濕弭三枳囉鸛四
吽五
唵一薩縛訥瑟吒二上聲跛囉二合歌囉三舍縒
野四𤙖五
唵一摩怒弭輸去聲陀上聲野二麽攞弭麽黎三
𤙖四

唵一補澀波縛底二素健陀上聲縛黎三𤙖四
唵一捨跢娑去聲歌去聲塞囉二俱抳底三乞灑
拏乞灑拏四𤙖五
唵一跛馹嚕乞使播二蘇旨目佉三旨智旨
智四𤙖五
唵一旃暮伽上聲二跛囉二合澀歌去聲彈三播捨
歌悉羝四𤙖五
唵一薩縛怛羅二合畝伽上聲二悉軗亭夜切下同悉
軗三娑去聲陀去聲野四𤙖
如是蓮華手印三昧耶若常一一依三昧耶
字觀相應受持讀誦者所有葢障五逆重罪
當自除滅不墮惡道凡所施為則得成見不
空廣大解脫蓮華曼拏羅三昧耶於當來世
證趣阿耨多羅三藐三菩提處為阿彌陀佛
之真子從法化生奉覲供養殑伽沙俱胝那

庾多百千善逝如來積集無量福聚資粮是諸如來無量稱歎諸福業事爲授一切菩提記莂一切器仗地印摩抳寶印寶華印寶蓮華印寶珠華鬘印數珠印白螺印五色螺印寶金輪印繚綷棓印鐵槊印獨股金剛杵印三戟叉印鉢置娑印橫金剛杵印金剛鉞斧印二底唎首唎印金剛寶杵印寶槊印羯摩金剛杵印如意珠印大橫刀印寶杖印羅矩吒印大自在天三叉戟印刀索印鐵鉤龍印窣嚕摩印赤寶珠樹印鉞斧輪印鉞斧棓印手出火焰印寶珠光焰印五色光印姹娑羅杵印弩羅樹繩印鉞斧印耳璫印吉祥瓶印五色吉祥石印山樹石印須彌山印盤龍印傘蓋印大幢印大魚印小魚印龜印難你迦縛路左萬字相印苾皺曼弩理印苾皺印圓頭三叉印刀子印曲刀印大蓮華鬘印窒嚗輪羅棄耶印暮異抳鐵棓印牝抳波攞印不空牙印折咄沒陀囉印四牙印遇攞迦印螺輪印三股金剛螺杵印兩股金剛螺杵印珠螺印蓮華螺印鄔刺頭縛鉢吒攞印師子頭口印命命鳥印迦陵頻伽鳥印共命鳥印梟鷹鳥印鴛鴦鳥印娑羅娑鳥印白鷺鳥印白鶴鳥印孔雀鳥印焰摩王棓印四面神印四圍鏡印三叉戟旛印寶瓶印半月輪印日輪印四蓮華印三蓮華印大海印手捧華印梵甲印班鹿皮印五股金剛杵印商迦梨金剛鑠印妬囉拏金剛拄門印寶鉢印袈裟印迦佉羅迦錫杖印迷抳印米禰迦基陛印寶腰帶印注弩頂印絡膊寶索印園林寶樹華印三斜角印普遍金剛杵印世尊此旃暮伽王

廣大解脱蓮華曼拏羅印三昧耶若圖畫者皆須如法彩色鮮潔勿和皮膠當畫釆印皆使妙好青白分明其相像生隨壇法則一一摸畫或白氎上綃上壁上板上紙上隨其一一大小壇量三昧耶隨心畫之皆得供養若常如法圖畫是廣大解脱蓮華曼拏羅供養誦念者自然除滅十惡五逆四重等罪得觀世音菩薩摩頂教詔是陀羅尼真言法曼拏羅法印法或有見者亦令滅除惡業罪障又得十方一切諸佛我釋迦牟尼佛并諸菩薩摩訶薩皆當護祐如所愛子是故智者應常精勤真實受持如法修學當令證獲不空王廣大解脱蓮華曼拏羅印三昧耶

不空羂索神變真言經卷第四

音釋

鞞毘賓切鼙也　讜都郎切　撆蒲結切與撇同捩也　憋匹蔑切急性也　孏女蟹切乳也　懟徒對切怨也　馹而逆切　繚𢳁繚悷藟切纏也　紮音蔑切結也　棓部項切與棒同　鉞王伐切大斧也　牝毘忍切

不空罥索神變眞言經卷第五

唐南天竺三藏法師菩提流志奉　詔譯

罥索成就品第六之一

世尊若欲廣大神通遊歷三十三天宮殿乃至阿迦尼吒天一切諸佛報身所住宮殿處者及日宮月宮龍宮藥叉宮羅刹宮乾闥婆宮阿素洛宮蘗魯荼宮緊那羅宮莫呼羅伽宮者乃至成就出世世間一切法者先承事畢身器清淨持戒精進發大悲心總敬三寶如法修治不空王八種罥索三昧耶其像罥索三昧耶以金或銀鑄不空罥索觀世音菩薩身長八指量(取手兩把量是)三面兩臂正面慈悲左面大瞋怒目張口右面微瞋顰眉合口首戴寶冠冠有化佛左手執罥索右手揚掌七寶瓔珞鐶釧天衣而莊嚴之坐蓮華座又以銀或鑌鐵作三叉戟長十六指量(取一肘量是)其罥索等分用蓮荷莖絲杜仲木絲素迦木絲樹皮絲蠶絲如法治練白月八日作曼拏羅壇心純以白栴檀香泥沉水香泥鬱金香泥圖畫一肘三十二葉開敷蓮華當華臺上盤置五絲三白飲食香華香水如法供養每日斷諸談論戲笑誦毋陀羅尼眞言祕密心眞言加持五絲一百八遍至十五日斷食誦持眞言不絕合持索股長爲一條勿別爲股覆疊八股長十六肘合成罥索其索兩頭一頭繫菩薩一頭繫三叉戟阿摩羅果於神通月白月八日清淨洗浴著淨衣服食三白食作曼拏羅中嚴寶綵法座其座方圓高下一肘正於座上置像索戟其索寬盤像置索中誦毋陀羅尼眞言祕密心眞言加持像索戟二

十一遍而安置之當加持塗香塗於像上索上戟上種種末香亦遍散上又加持白芥子亦散其上以諸香華香水飲食果蓏隨心供養四角置香水瓶四門座前置香水椀每日六時面東依法而坐於座觀心寂靜燒焯香王結印誦母陀羅尼眞言祕密心眞言加持像索戟上作是法者當斷言論外來飲食皆不應食是食穢觸每初夜時後夜時一加持白芥子一先打戟索三十六旬精進持法無間時日初夜中夜五更曉時其像索上一時放光若放火光當成世間悉地之法若放種種雜色光明當成出世悉地三昧是時空中出聲告言善哉善哉善男子汝今已成出世世間菩提心羂索三昧耶是羂索力正攝最上菩提心王得十波羅蜜功德圓滿如如意寶是時懺悔發無上願閼伽供養右手執戟索奮聲誦母陀羅尼眞言祕密心眞言滿一萬遍證不空王眞言神通三昧耶得俱胝百千眞言明仙恭敬伴祐遊騰十方福命增壽十俱胝歲所念於法隨念隨成若有有情具造五逆十惡罪者遇獲此經頓生信慧深樂此法一心修學精進不怠亦今決定當得成就何況淨信清淨持戒精進修治豈不最大成是法耶若修治者於法生疑則無成現若欲調伏一切天龍藥叉羅刹毗那夜迦者誦母陀羅尼眞言七遍誦奮怒王眞言七遍呼召一切天龍藥叉羅刹毗那夜迦右手旋索則便皆至任爲役使若欲世人相敬念者誦持眞言旋索作法即當遂願又法誦奮怒王眞言七遍右手輪索當作攝縛一切諸惡天

龍藥叉羅刹想則皆被縛若不解放無於年月常被拘縶若解放者起大悲心誦祕密心真言三遍即皆放去若調伏邪惡人者誦念真言輪旋索者當則順伏若欲祕密三昧耶者執索誦念真言結羂索印印加持身即去隨意若欲龍天降澍雨者及止雨者如法作壇供養像索視天誦念真言旋索作法須雨則雨須止則止若欲禳除一切灾疫病者於高樓上或高山頂誦持真言七遍輪擲羂索一切灾疫惡風雹雨則皆除散如是成就此菩提心三昧耶者由不亂念守持淨戒係想一切諸佛菩薩觀世音菩薩常在目前恭敬供養如法誦念恒不忘失即得成就世尊輪羂索三昧耶當以金銀赤銅鑄寫為輪方圓八指手二把肘量六輻輪轂輻輞具足分明如法

莊飾其羂索等分取蓮荷莖絲杜仲木絲蠶絲如法治練白月八日如法作壇於壇中心白栴檀香泥鬱金香泥沉水香泥圖畫一肘一百八葉開敷蓮華摽郭界道當華臺上盤置三絲三白飲食種種香華如法供養每日誦母陀羅尼真言祕密心真言加持三絲一百八遍至十五日斷食誦念誦誦不絕合持索股長為一條勿別為股覆疊三股長三十六肘合成羂索輪法亦爾以索一頭繫輪轂上於神通月白月八日清淨洗浴著淨衣服食三白食如法作壇於壇東面置不空羂索觀世音菩薩像壇心莊嚴雜綵高座其座高下方圓一肘座上盤置輪索加持塗香塗輪索上加持末香散輪索上加持白芥子亦散其上以諸香華香水三白飲食如法供養四

角置香水瓶於座四面置香水椀每日面東燒焯香王供養一切依法趺坐時常無間誦母陀羅尼眞言祕密心眞言先持輪索若初夜時若後夜時加持白芥子先持輪索三十六句精進持法無間時日初夜後夜五更曉時其輪索上一時放光昇空騰轉持眞言者頭上熾放大火光焰觀世音像讚語其言善哉善哉善男子汝今成就不空如意心輪罥索三昧耶是時閼伽供養乞願作其輪印左手執輪作其索印右手持索誦奮怒王眞言一百八遍誦母陀羅尼眞言祕密心眞言加持輪索一百八遍於自頂上右轉三帀又結灌頂印加持頂上右轉三帀而自灌頂當證不空如意輪大神通三昧耶得一切大持眞言明仙現前敬護白言大仙今何所作我皆能爲侍怙爲伴若入脩羅窟者往阿脩羅窟門一日斷食誦持眞言加持輪索不絕當脩羅窟門一加持一擬一百八擬門門自開直入無礙若入藥叉羅剎緊那羅龍窟者法亦準此若入窟時恒以左手執輪當胷右手把索當右髆齊入窟門時地六震動輪放光焰照明窟中種種寶樹華果宮殿周彰觀見至宮路中忽見化出清淨無垢藥精味神狀如天形衆寶衣服備莊嚴身手便執持俱延枝果無垢藥精有大毒威一踰膳那觀目人者力能吸奪人精氣若見之時怒心無畏左手執輪右手執索當前立住大瞋怒聲大稱訃字二三七聲降伏藥精又大瞋聲誦奮怒王眞言二三七遍遥降藥精是時令其無垢藥精面悶于地遍體流汗如泉涌流持眞言者

是時見已勿觸身汙藥精復起大怒顧目持真言者持索急打無垢藥精二四七下則便怖伏身出甘露持真言者取塗三眼二腳掌上遍塗身上即得昇空乘住第一風輪證天眼通具足觀眺十方一切諸佛菩薩一切天仙及所過去一切諸佛住舍利者而亦見之真言者身變如金色髮如旋螺壽增千劫十八千俱胝那庾多百千天仙常為伴侶七十二殑伽沙俱胝百千緊那羅真言明仙緊捺唎真言明仙供給敬護所欲天諸甘露美食得其善眼阿脩羅王即便供給一切毗那夜迦惡心息滅皆自順伏又取藥精髮合為繩當便加持二三七遍變為寶索持真言者常持繫腰一切所去永無障礙是諸真言明仙乃至菩提常伴守護若出若入脩羅宮窟恒執輪索暫不放捨再見藥精更勿共語善眼阿脩羅王一切眷屬執持寶蓋天妙衣服一切妙寶蓮華一切寶華寶珠大摩尼珠一切器仗一切寶器盛飾天諸甘露飲食一切寶香同心喜迎恭敬供養或復奉施持真言者是時倍復無量精進發大悲愍不退轉心一心憶持不空羂索觀世音菩薩心不放逸不觀眾色不著於相其心常住無相三昧直上殿中寶師子座先置輪索後便坐座長跪合掌至心頂禮十方一切諸佛菩薩觀世音菩薩請加福德超越窟中一切鬼神是真言者又當發大菩提之心觀如三昧頭面頂禮十方一切諸佛菩薩觀世音菩薩其輪即自昇空騰轉當諸鬼神頭上輪旋是諸鬼神怖皆順伏持真言者當坐座時其窟宮殿六種震

動空中天樂種種和鳴一切諸天共持寶冠捧置頭上於虚空中雨下天諸妙寶衣服金銀寶珠寶莊嚴具而爲供養一切諸天共持寶器盛甘露漿奉施供養便當受食變身金色其髮變如安膳那色得淨天眼色相端姝如自在天福德增長如觀世音菩薩壽命千劫住阿脩羅窟若出來持是甘露隨身所用和湯沐浴滅除罪垢若潑木上變爲真金若塗一切瓦石鐵銅銀等皆變爲金若欲見龍建禰耶緊那羅姶娑囉建禰耶者如法作壇以種種寶嚴飾輪索置於座上如法供養誦毋陀羅尼真言祕密心真言加持白芥子一加持一打輪索一千八遍索自踠轉輪自騰轉即持輪索往龍湫泔又加持輪索旋擲湫上一二七帀召攝龍建禰耶時建禰耶而即出現若欲龍宫寶莊嚴具如前擲索隨意得現若欲刹利婆羅門一切人民相敬念者向彼旋索無問遠近皆當敬念若欲攝伏一切師子白象虎狼惡獸者亦皆加持旋擲輪索悉便怖伏若欲日天月天看侑護者面向日天月天加持輪索旋擲其日月天而爲護故若欲往日月宫者當結羂索印執持輪索誦毋陀羅尼真言一千八遍即得昇空至日月宫若欲却來伮前作法即還本處若欲往入龍宫殿者於龍湫泔作壇誦毋陀羅尼真言祕密心真言輪索一百八帀向湫旋擲龍王眷屬一時出現告真言者言任入宫殿欲入之時湫池震動變爲寶池其水清潔色香味具如甘露漿復誦祕密心真言加持白芥子散於池中當有龍女出現半身捧寶華瓶瞻

視恭敬白眞言者願入宮中見龍女時先乞三願爲得證獲菩提法故白女言曰今乞三願願賜與我爲我作母作姊作大施主給侍乞人如是三願總皆乞之是時龍女答眞言者任所取爲執持輪索誦母陀羅尼眞言祕密心眞言緩步徐行入於龍宮至宮殿中上師子座坐時頂禮十方一切諸佛菩薩觀世音菩薩其龍宮殿純以寶鐸金鈴垂珠瓔珞種種莊嚴龍女當時掌持大寶告眞言者若爲菩提今即與我受是大摩尼寶當即取已先盤輪索安寶座上置摩尼寶當索中心合掌供養誦母陀羅尼眞言祕密心眞言加持摩尼寶一百八遍當加持時其摩尼寶放大光明流出白乳掬取飲之便證清淨無垢光明三摩地不空廣大寶光明三摩地不空自在幻化三摩地住第十地而得成就阿耨多羅三藐三菩提清淨之身觀世音菩薩摩頂告言汝今爲我不空羂索心王母陀羅尼眞言三昧耶廣大解脫蓮華曼拏羅三昧耶清淨法身是我之子十方一切諸佛如來一時讚言善哉善哉眞是佛子汝今已住一切菩薩摩訶薩道當得作佛若欲廣大眞言明仙三昧耶者龍女是時奉施金華當受金華却置龍女頭上則便高聲大稱吽字三四七聲龍女眼淚當出流下取淚飲之即得證於廣大眞言明仙三昧耶髮變紺青如螺右旋神通自在得十八俱胝眞言明仙而爲眷屬致敬圍遶壽延六十二千歲識七千生宿命之智若欲世間成就法者龍女告言當取我髮龍女自拔頭髮奉眞言者隨即受取撚爲髮

索誦祕密心真言一加持一結二十一結繫自頂上化導一切藥叉羅刹人非人等種種發心供給敬護及得隱形所去無礙若繫額上化導一切諸天龍神亦皆敬伏若繫右臂力如大象得無所懼人非人等若繫左臂把觸刹利婆羅門一切人等亦皆恭敬若繫右手扣城內門則得國邑一切人民除灾讃譽王者歡喜若竪手擬一切畜生虎狼熊豹蚖蛇蝮蝎者亦皆怖伏不相殘害若繫右腳渡河海者水不沒踝若繫左腳日疾周行百踰膳那若繫左髀入屍陀林中衆惡鬼神現身降伏若樂常住龍宮殿者龍女是時奉施寶瓶持真言者右手受取寶瓶左手把龍女右手當執之時宮中變出蓮華寶池白龍女言今當爲我入池澡浴持真言者當取龍女所浴身水澡浴飲服則執輪索圓證廣大真言明仙三昧耶法寶具足得七千俱胝真言明仙致敬侍怙壽延萬歲遊處七十二宮殿中住若乞龍女爲親母者其龍女母常觀此人如所愛子庫藏珍玩婇女僮僕盡皆賞賜若乞龍女爲親姊者宮中寶具衣服甘露飲食亦盡賞賜若乞龍女爲大施主給事侍者任所役使共詣一切天宮龍宮藥叉宮羅刹宮乾闥婆宮阿脩羅宮緊那羅宮盡皆遊往常無障礙若心所欲皆爲成就是真言者應倍精進無得放逸心念欲覺退菩提心若欲入於地下去者於閑靜處如法建壇以諸華香百味飲食而供養之燒焯香王晝夜執持輪索誦毋陀羅尼真言祕密心真言一萬遍誦奮怒王真言一千八遍至十五日夜其香爐

中自出天諸妙香煙氣又誦奮怒王眞言一百八遍壇中涌現地神半身聳髮向上面目大瞋眼赤如火狗牙上出十指甲赤脣如朱丹貌面黑黲身直皺肚兩臂膅纖白帶絡髆五頭斑蛇纏繞臂腕其蛇口眼亦大瞋怒腰髆虎皮一手執鉞斧一手執鈴鐸觀眺九方是神名曰大地藥精持眞言者當見之時勿生怖畏觀靜於心無有動念作大瞋聲迅誦奮怒王眞言加持輪索三遍旋擲輪于藥精項上頭上血現霶流持眞言者取血塗身則得變成金剛之身刀杖水火悉不能害又取藥精眼精血淚塗點眼中證淨天眼析骨取髓服噉喫之即得壽延七千大劫證大智慧廣大如海識知過去百千大劫所受生事取心噉食即得騰空又取肝血塗點額上即得

隱入大地地下取舌執持即得折伏地下一切藥叉羅刹毗那夜迦持眞言者左手執索右手執輪怒目看地迅誦奮怒王眞言加持輪索一百八遍向地三擲其地裂開廣大無際入出無礙所爲菩提盡皆隨意地下一切所住衆生圍敬侍從若昇空者持眞言者仰觀虛空誦毋陀羅尼眞言祕密心眞言輪歷舞印左手執索右手執輪旋擲空中身即騰空若往梵天宮者詣天寺中當以羂索繫大梵天像項一眞言一稱大梵天名一百八遍即自現前告眞言者汝何所須我能滿足眞言者答今欲往於大梵天宮天即執手將詣天宮若欲往諸天宮者皆隨天名一眞言一稱是諸天名皆得往之若樂天宮住者亦任住之若樂還本處亦任去之所欲諸願天皆

爲滿願修法者勿於法上生少猜慮成不成心而修習者決定成就一切不空如意心輪索三昧耶世尊蓮華羂索三昧耶白銀爲葉青瑠璃臺真珠子蕊黄金鬚莖其華大小象生蓮華羂索等分取蓮荷莖絲蠶絲清淨治練如法作壇作法加持其絲合持羂索股長一條勿别爲股覆疊三股長二十一肘合成羂索染作青色以索一頭繫觀世音菩薩一頭繫蓮華莖於神通月白月八日清淨洗浴著淨衣服食三白食作曼拏羅中畫二肘三十二葉開敷蓮華以紫檀香泥爲葉白栴檀香泥爲臺鬱金香泥爲鬚龍腦香泥爲蕊沉水香泥爲子標郭門道蓮華臺上嚴寶綵座盤置羂索中置蓮華曼拏羅東置不空羂索觀世音菩薩像以諸香華香水三白飲食香

水閼伽如法獻供每日面東燒焯香王舞印而坐結數珠印依法觀慮誦毋陀羅尼真言祕密心真言先持蓮華羂索初夜後夜真言白芥子先打蓮華羂索三十六旬精進持法無間時日其蓮華羂索觀世音像一時放光空中讚聲善哉善哉精進者聞已熙怡靜念不動瞻菩薩面跪坐結印誦毋陀羅尼真言祕密心真言二三七遍攝持光住左手持蓮右手執索頂戴受已誦毋陀羅尼真言祕密心真言其觀世音菩薩現身摩頂讚言善哉善哉善男子而今乃能爲我之子如斯供養是真供養是真事我是真成就不空王三昧耶善男子汝今得脱生老病死苦十六大地獄苦八大怖畏苦而今此身最後胎身捨此生已直往西方極樂國土住受上品蓮華化

生乃至阿耨多羅三藐三菩提更不退轉汝修斯法便當承事八十四千殑伽沙俱胝那庾多一切如來所種植施蘊慧蘊解脱蘊種善根及當種植無量無邊供養三寶造寺造塔造諸形像所施國位珍寶園林屋宅象馬車乘妻子奴婢種種善根一切如來而授記莂善男子汝於無始積罪業障盡皆消滅善男子汝心所欲何法何願任汝取之我今滿汝時真言者當如乞之蓮華羂索常清淨處安置供養若後祈於觀世音菩薩數現身者蓮華索頭置觀世音菩薩像左手中持真言者右手執索一頭一誦毋陀羅尼真言秘密心真言一稱觀世音名一千八遍觀世音菩薩即爲現身若欲樂見一切菩薩摩訶薩者法亦準此隨彼稱名若欲樂見三十三天者隨彼一一天名準例作法真言召稱一百八遍當即現身所乞求願皆爲滿足若欲令我釋迦牟尼佛授記莂者白月八日清淨澡浴著淨衣服盡斷言論食三白食作曼拏羅中置釋迦牟尼佛以諸香華廣大供養以蓮華索頭置釋迦牟尼佛像右手中一頭如法繫自耳璫一誦毋陀羅尼真言秘密心真言一稱釋迦牟尼佛名滿一萬遍時釋迦牟尼佛則現身來摩頂授記剪除無始一切罪障名後胎身捨此生已乃至菩提更不重受世間一切胎卵濕化若處世間得大富貴衆所尊敬無諸夭疾若臨終時十方諸佛一時現身謂語安慰指示生處觀世音菩薩摩頂慰語汝捨此已直往西方極樂國土蓮華化生以三十二大人相八十隨形好用莊嚴身得

宿住智識知百劫所受生事深解不空羂索廣大解脱蓮華曼拏羅印三昧耶更不退轉住極喜地得大神通周歷十方一切佛刹恭敬供養一切諸佛居衆寶殿樓閣臺觀乃至無上正等菩提若欲樂見極樂國土阿彌陀佛一切菩薩者於閑勝處白月十五日如法治潔作三肘壇或作四肘或至八肘開廓四門隨心所作皆得供養方量掘地簡去惡土瓦石骨木淨土香水填築平飾以瞿摩夷和黄土泥如法摩飾加持線繩括量壇界内院海水當中一百八葉七寶開蓮四角開蓮外院海水青黄赤白開敷蓮華并蓮莖葉於蓮臺上置諸印等諸蓮華間種種魚獸鳧鴈鴛鴦白鶴孔雀迦陵頻伽舍利共命如是鳥等四門四天王神半跏趺坐如法莊采標飾界道蓮華臺上嚴飾高座於其座上置阿彌陀佛左置觀世音右置大勢至以蓮華羂索一頭置於阿彌陀佛右手中一頭如法繫自耳璫以諸幡華周帀莊飾以諸香華香水三白飲食酥燈油燈如法敷獻燒焯香王西門舞印依法而坐誦母陀羅尼真言祕密心真言稱阿彌陀佛名晝夜無間每至白月十四日十五日空服牛乳誦念真言如法作法於十五日夜五更時阿彌陀佛放大光明壇地震動持真言者身上亦出光明行者是時懺悔發願又誦真言二三七遍阿彌陀佛現前摩頂安慰語言汝所求願今當滿足是時當證清淨無垢光明之身則見西方極樂國土宮殿樓閣阿彌陀佛一切菩薩相好光明種種神通一時讚言善哉善哉善男子汝所受身

是最後身捨此生已生住我國識知七千生宿命之智時眞言者左手執持蓮華羂索誦毋陁羅尼眞言祕密心眞言一萬遍奮怒王眞言一千八遍證大神通壽延萬歲而得一切執持羂索眞言明仙大轉輪王恭敬讚祐一十八千受持羂索眞言明仙恭敬隨逐乃至菩提世尊金剛杵羂索三昧耶用白栴檀木量十二指手三把量是圖刻五股跋馹羅杵心股兩頭步多鬼頭面其餘八股鋒刃面上金釆光焰其杵通身心股兩頭難陁龍王跋難陁龍王左右逆順交繳相纏各繳步多鬼頭是二龍頭各出過步多鬼頭三四分量羂索等分取樹皮絲白氎線蠶絲精潔治練作曼拏羅作法加持絲合持羂索股長一條勿別爲股覆疊三股合成羂索以索一頭繫杵腰上清潔洗浴著淨衣服如上嚴飾壇場高座安置杵索曼拏羅東置不空羂索觀世音菩薩種種供獻其眞言者敷白茅草西門法座左手執杖梜杵索上晝日誦毋陁羅尼眞言祕密心眞言先持杵索初夜時後夜時誦奮怒王眞言加持白芥子先打杵索精進持法無間時日滿三十六旬杵上孛上若放光時則執杵索誦毋陁羅尼眞言一百八遍誦奮怒王眞言一百八遍其如來種族金剛種族摩尼種族蓮華種族一時現前與於神通騰空自在身狀威力如若金剛一切金剛種族神衆俻遶擁護壽延一萬二千歲數若欲化導一切天龍藥叉羅刹乾闥婆阿素洛緊那羅蘖嚕荼摩呼羅伽者隨彼一一天名稱名誦奮怒王眞言輪索杵擬即皆敬伏恭敬使

護若欲化導一切惡人亦如是作又法黒月十四日十五日於中夜時大瞋怒聲誦奮怒王眞言輪索杵擬當作繫縛一切妬憋藥叉羅刹吸精氣鬼意即皆被縛若解放者誦祕密心眞言若爲鬼神作病惱者住其人前執杵擬之其病即差若於屍陀林大瞋怒聲誦奮怒王眞言右手輪索杵擬則得安怛陀那見諸鬼神宮殿門開若於阿脩羅窟門加持杵擬門門自開窟中一切鬼神毒龍悉不相害窟路平正入中無畏見於窟中奇妙玩具所欲皆得出入無礙常得安樂應知是大金剛杵索力能發趣世間所有一切事業

不空羂索神變眞言經卷第五

音釋

蓏郎果切果蓏也蔓生曰蓏 縶陟立切繫也 禳如陽切除殃也 轂古祿切輻所輳者曰轂 蠶昨含切 窟苦沒切穴也 眺他弔切遠望也 娧弋雪切美好貌 湫泮湫將由切龍所居池也泮普半切水涯也 偺以周切侍也 撚乃殄切指搣也 踝胡瓦切腿兩旁曰內外踝 ⿰月坒傍禮切股也 黲七感切淺青色也 ⿰月庸丑凶切直也 ⿰角厥居月切以角發物也 繳音皎纏也

不空羂索神變眞言經卷第六

唐南天竺三藏法師 菩提流志奉 詔譯

羂索成就品第六之二

世尊摩尼寶索三昧耶用金剛寶或瑠璃寶或帝青寶或娑頗胝迦寶如是四寶隨得一寶如楜桃等無諸瑕翳或更大者上勝第一如法治磨白銀蓮華其華大小象生蓮華置金剛寶蓮華臺心眞蓮華臺眞珠莊塡紅線羂索準前作法建曼拏羅加持其綫合持索股長爲一條勿別爲股覆疊三股長二十一肘合成羂索其索兩頭一頭繫蓮華莖一頭繫金剛鉤其鉤金作長手四把量鉤柄寶莊清潔身服作曼拏羅嚴寶綵座座上盤置摩尼寶索蓮華寶鉤置索中心東面置釋迦牟尼佛像阿彌陀佛像觀世音菩薩像以諸香華香水果蓏三白飲食如法供養燒焯香王斷諸言論外來施食非自饌者皆不應食不應供養食三白食如法趺坐左手持杖按寶索上右手捻珠晝日誦毋陀羅尼眞言祕密心眞言先持寶索初夜後夜一誦奮怒王眞言一加持白芥子先打寶索如是作法無間時日滿三十六旬於十五日初夜時後夜時五更曉時寶上索上觀世音像上行者身上一時放光時眞言者閼伽供養左手持索右手執蓮誦奮怒王眞言二十一遍於虛空中出大音聲歌唄讚歎觀世音菩薩現身釋迦牟尼佛阿彌陀佛世間觀光王如來一時現身伸手摩頂同聲讚言善哉善哉善男子汝今已成不空清淨摩尼寶索出世世間三昧耶觀世音菩薩告言汝今已得我不空清淨

大思惟摩尼寶索成就三昧耶得作世間一
切寶聚汝應當作諸神變相如我神變起現
種種摩尼寶光明海雲種種無價寶香海雲
一切天諸妙華華鬘海雲種種塗香末香海
雲種種甘露美膳海雲種種寶幢旛蓋海雲
種種天妙衣服海雲種種寶莊嚴具海雲種
種雜寶宮殿樓閣臺榭海雲種種微妙天樂
海雲種種寶樹華果海雲供養釋迦牟尼佛
阿彌陀佛世間觀光王如來一切菩薩摩訶
薩衆復得示濟一切有情皆得解脱捨斯生
巳即往西方蓮華化生是時誦念奮怒王眞
言三遍右手執寶索覆疊相盤置二肘裏出
垂兩頭尺四五寸索蓮華頭左手中把其索
鉤頭置左肘裏外出垂下右手持珠燒香供
養於諸有情起大悲心觀是寶內出無量種

供養海雲誦毋陀羅尼眞言三遍誦祕密心
眞言二十一遍頂禮歸命一切諸佛菩薩護
祐神通誦廣大不空摩尼寶陀羅尼眞言曰
娜莫塞(桑紇切下同)窒(丁結切下同)𨽻(二合)野(楊可切下同)一特
(能邑切)縛(無可切下同音二合)努誐(銀迦切又音迦字片攞切下同)路二
跛([illegible]切)沒囉(二合)底(丁积切)瑟恥諦瓢(毗藥切下同三)薩縛
勃馱菩地薩埵縛(二合四)跛囉(二合)縒(蘇哥切)囉縒
沒𡫸(寧吉切)唎瓢(入聲五)娜莫薩縛跛囉(二合)底曳
迦(斤邏切下同)勃馱喔野(二合六)失囉縛迦僧(去聲)衹
(虬曳切)瓢(毗遥切七)底韠那(去聲)誐韠(八)跛囉(二合)宏(丁聿
切)半禰(奴禮切下同)瓢(入聲九)娜莫三(去聲)藐誐跢南
十三(去聲)藐跛囉(二合)底半那(去聲)南(十一)娜莫舍囉
特縛(二合)底素(蘇故切下同)跢野(十二)摩訶(去聲)麽(去聲)跢
曳(十三)娜莫旖唎野梅窒唎(二合)野跛囉(二合)穆契
瓢(毗遥切十四)摩訶(去聲)覩使韠縛囉(十五)娑皤(菩餓切下

同娜你縛徙瓢入聲十六娑去聲誐拏縛嚩瓢十七娜
莫旃唎耶餘箇切弭殫皤野十八殫詑誐跢野十九
娑去聲歌素佉縛底二十曼拏攞你娑無何切下同徙
瓢入聲二十一娜謨囉怛那二合怛囉二合耶野二十二
娜莫旃唎耶二十三縛路枳諦濕縛二合囉野二十
四菩提薩埵野二十五摩訶去聲薩埵野二十六摩
訶去聲迦嚕抳迦野二十七娜莫繿烏異切濕縛二合
囉二十八摩醯引濕縛囉路波縛路枳跢野二十
九没囉二合歌麽弭瑟努三十摩醯濕縛二合囉三十
一矩麽囉跛囉二合穆契瓢毗播切三十二泥奴計切縛
跛室唎二合瓢入聲三十三怛寧也切他三十四唵喉中
攞聲引呼三十五摩訶去聲鉢頭二合摩振跢麽抳三十六
麽抳麽抳三十七旖暮伽上聲麽抳二十八素蘇古切
麽抳摩訶去聲麽抳三十九薩縛殫誐誐跢嘮去聲
迦囉四十摩訶去聲暮伽上聲麽抳四十一柘囉柘囉

四十二散柘囉四十三聹舍者嚗濕縛二合囉四十四
摩訶去聲鉢頭麽二合步惹縛囉娜四十五摩訶去聲
迦嚕抳迦四十六摩訶去聲弭濕縛二合嚕播陀上聲
囉四十七跛囉二合縛囉四十八摩訶去聲菩地薩埵
縛二合四十九鉢頭二合摩陀上聲囉五十鉢頭二合摩縒
娜五十一鉢頭二合摩麽矩吒上聲摩羅陀上聲囉五十
二鉢頭二合摩憍留昭切囉五十三鉢頭二合摩楞去聲
訖嚗二合殫跢耨輕呼五十四娑歌塞囉步惹五十五
惹耶惹耶五十六捨跢縒歌塞囉濕弭五十七跛
囉二合底漫抳跢舍嚗囉五十八皤囉皤囉五十九
弭只怛囉二合皤囉拏陀上聲囉六十摩抳迦娜迦
六十一跛馹囉吠拄嚗野六十二麽囉迦跢印㖠
邏去聲二合你攞六十三鉢頭二合摩邏去聲誐六十四弭
步使跢舍唎囉六十五旨唎旨唎六十六弭只怛
囉二合柘囉拏六十七摩訶去聲菩地薩埵縛二合六十

八縛囉娜沒囉二合歌麼六十九弭瑟努摩醯濕
縛二合囉七十嚕播馱囉七十一鉢頭二合摩濕縛二合
囉七十二路計濕縛二合囉七十二旃灘去聲諦濕縛
二合囉七十四野麼婆嚕拏七十五嚗使議拏七十六
矩麼囉網那鉢底廢無計切灑䟽價切下同陀上聲囉
七十七馱囉馱囉七十八地唎地唎七十九嚕度嚕
度八十摩訶去聲步跢廢灑陀上聲囉八十一薩縛驒
詫議跢避使訖驒八十二娑去聲麼野摩拏塞麼
囉八十三薄伽上聲畔引八十四布囉野訶苫八十五跢
囉野播嚂八十六舍縒野薩端八十七怛惹野訥
瑟吒八十八播驒野弭趞灘上聲八十九摩囉野窒
唎二合努灑麼爛九十縒囉縒囉播帆脯甘切九十一許
許許九十二怖怖怖九十三悉皺亭夜切下同悉皺九十
四摩訶去聲振跢麼抳九十五旃暮伽上聲播捨婆
去聲陀上聲野九十六弭補攞悉沉亭婬切九十七麼麼跛

囉二合拽捨九十八摩訶去聲迦嚕抳迦九十九勃皺
勃皺一百菩陀上聲野菩陀上聲野一三去聲菩陀上聲
野二摩訶鉢輸去聲鉢底廢灑陀上聲囉三縒漫
驒弭詘俱鬱切縛拏四嘌陣途引切散陀上聲囉捨
野覩五覩嚕覩嚕六驒囉驒囉七伽伽上聲娜
弭補攞八弭麼娜散陀上聲唎捨迦九那謨窣
覩底丁禮切弭補攞奔晡悶切孃上聲十矩捨陀上聲
囉十一摩訶上聲暮伽上聲悉悌十二許許十三旃毗詵
者都輡十四弭補攞縊嘌底迦黎十五莎縛二合訶
十六步莎縛訶十七步縛無各切莎縛二合訶十八步嚕
盧骨切步縛同上莎縛訶去聲十九莎縛同上莎縛訶去聲
二十旃暮伽上聲弭補黎莎縛訶去聲二十一摩訶去聲
振驒麼抳悉悌二十二莎縛訶去聲二十三薩縛悉
皺縛囉泥同上二十四莎縛訶去聲二十五唵同上弭補
隷濕縛二合囉二十六摩訶去聲振驒麼抳二十七旃

暮伽(上聲)悉悌(二十八)吽怖(二十九)莎縛訶(去聲一百三十)
誦一百八遍已寶上索上像上行者身上一時放光量虛空際一時溥現種種摩尼寶光海雲種種無價寶香海雲種種妙華華鬘海雲種種塗香末香海雲種種甘露飲食海雲種種寶幢旛蓋海雲種種天妙衣服海雲種種寶莊嚴具海雲種種寶宮殿樓閣臺榭海雲種種衆妙天樂海雲種種寶樹華果海雲溥遍供養釋迦牟尼佛阿彌陀佛世間觀光王如來一切菩薩摩訶薩衆時眞言者獲大神通見釋迦牟尼佛阿彌陀佛世間觀光王如來一切菩薩摩訶薩衆處虛空中一時稱讚不空摩尼一切供養種種海雲爲供養故持眞言者當爲一切眞言明仙輪王眷屬敬護讃遶壽命八十千劫號名廣大不空摩尼寶首若住人中壽命萬歲時世人民遵伏致敬如若我身無有等侶諸天守護欽敬讚歎一切有情常愛常畏證解世間甚深辯智洞達無礙當於一切天人大衆演說無礙時眞言者當復示現成熟十方一切刹土一切諸佛一切菩薩摩訶薩獨覺聲聞一切天龍八部形相神通功德三昧耶者恭敬供養瞻仰菩薩合掌頂禮啓請十方一切刹土一切如來一切菩薩摩訶薩種種神力加被護祐如法而坐觀其寶內出現十方一切諸佛一切菩薩摩訶薩獨覺聲聞一切天龍八部等類形像種種神通一時出現種種色香甘露美膳種種塗香末香種種華鬘瓔珞種種袈裟衣服種種寶蓋幢旛種種寶莊嚴具種種天妙音聲種種如意寶樹華樹果樹種種香油

燈樹種種七寶宮殿樓閣臺榭海雲一時出現滿量十方一切刹土一切諸佛菩薩摩訶薩衆會供養誦摩尼寶陀羅尼真言七遍輪索七帀應時各於十方一切刹土一切諸佛菩薩摩訶薩會衆中見是一切諸佛菩薩摩訶薩獨覺聲聞一切天龍八部一切形像種種神通種種供養海雲供養作是供養則當一切香華寶幢旛蓋寶莊嚴具飲食珍寶衣服燈明承事供養十方一切刹土一切諸佛菩薩摩訶薩無有異也如是日能成熟積聚十方一切刹土一切諸佛菩薩摩訶薩一切神通功德相好念力智力施力戒力精進力威德力福蘊善根十方一切諸佛菩薩摩訶薩觀歎擁護觀世音菩薩歡喜護祐當知是人獲得觀音廣大福聚功德善根今世當世不爲一切諸惡天龍八部鬼神作諸厄難恐怖灾害若有見聞此陀羅尼真言三昧耶者所有罪障則令除滅若有於七日七夜斷諸語論讀誦受持此陀羅尼真言者於百千俱胝劫所造四重五逆十惡衆罪一時除滅當定不受阿毗地獄一切罪苦當所生處猶若蓮華不爲塵垢之所染汙以少功行獲安樂地若常依法持是真言者當得不退菩薩摩訶薩金剛勝定世尊若有日别但誦此陀羅尼真言一百八遍者即當修行一切不空十波羅蜜曼拏羅法圓滿相應一切真言明神常樂擁護若有衆生億劫具造四重五逆十惡等罪身壞命終墮阿毗獄者若此亡者隨其身分屍骸衣服爲真言者身影映著即得解脱捨所苦身直生淨土世尊此不空摩尼

寶陀羅尼真言三昧耶真實不虛名拔惡趣真實解脫三昧耶門何況淨信苾芻苾芻尼族姓男族姓女以真實心晝夜精勤依法清淨恭敬供養受持讀誦思惟修學自書寫者教人書者豈不解脫當得阿耨多羅三藐三菩提耶是不空摩尼寶陀羅尼真言於諸真言三昧耶中而最第一成就一切廣大功德福聚善根是故智者應當如法受持讀誦恭敬供養書寫解說世尊此經若有見者即名實見觀世音菩薩真實法身持真言者若以寶索盤掛頂上右手把索蓮華左手把索鉤誦念真言則得祕密三昧耶入於一切天龍修羅鬼神山澤窟中住者皆無障閡壽命等於天上歲數一切隨眠煩惱暗障悉自消滅若欲觀相一切事者白月八日或十四日或十五日或月盡日清淨洗浴著淨衣服作曼拏羅莊嚴法座座上盤置寶索其銀蓮華置索中心於上散華敷設供養沉水香安悉香各十六分蘇合香散折囉娑香二各七分白栴檀香二分和合燒之左手執鉤右手掐珠誦毋陀羅尼真言三遍誦祕密心真言一百八遍誦奮怒王真言三遍誦摩尼寶陀羅尼真言二十一遍趺坐靜念思觀觀世音菩薩來與訊相隨意寂住是時則得覩見一切諸佛菩薩天龍八部或見一切作怨害者或見長命短命相或見病相死相或見國王善惡相或見得金銀珍寶種種衣服莊嚴具相或見種種工巧相或見種種幻化法相或見地下伏藏相或見穀稼豐稔饑饉等相或見作諸事業成不成相或見童男童女相或見持

真言成就調伏人民種種法相或見富貴貧賤等相或見雨時不雨時或見一切人民畜生災疫相或見種種怖畏相或見他賊逆亂侵國相或見種種求諸事願得圓滿相世尊說此諸相是真實說智者不應而生猜慮若天亢旱執持寶索於湫池中誦真言湫水則降大雨若霖雨者執持寶索於逈望處視天誦念真言其雨即止若視日天執持寶索誦真言請則得日天觀視擁護若視月天執持寶索誦真言請則得月天觀視擁護若江河海泝執持寶索誦真言召水中衆寶則當出現取用無礙若深山林執持寶索誦真言呼一切藥精一時現身白真言者我等藥精任當取服若持寶索繫摩訶迦羅像頭誦真言呼摩訶迦羅領諸族來一時現身誓爲僕從任所驅使若持寶索見諸貴人歡喜愛敬若見民庶亦皆歸敬若有國土災疫起者白月十五日清淨沐浴著淨衣服於諸有情起大悲心仰高樓上或於塔上或於幢下如法作壇執持寶索誦毋陀羅尼真言祕密心真言一百八遍誦奮怒王真言四十九遍誦摩尼寶陀羅尼真言一百八遍觀視九方輪旋寶索願言國土一切災障水旱不調即當消滅而則除燼能使種種穀稼華果一切衣服莊嚴具等皆悉豐饒人民安樂無諸怖畏又令一切惡性有情更相憐愛不相殘嬈世尊劒羂索三昧耶鑌鐵爲劒其劒量長一十六指（手四把量定）白銀爲柄劒兩面上金釆火焰羂索等分用杜仲木絲蠶絲樹皮絲精潔治練作曼拏羅加持於絲合持索股長爲一條勿剕

爲股覆疊三股長十六肘合成羂索其索一頭繫劒柄上作曼拏羅嚴寶綵座置不空王觀世音像當前如法盤置劒索種種供養燒焯香王盡如法坐面目瞋怒左手執杖桉劒索上誦毋陀羅尼眞言祕密心眞言先持劒索夜誦奮怒王眞言加持白芥子先打劒索三十六句無間作法劒上索上放大火光時眞言者右手持劒左手執索大奮怒聲誦奮怒王眞言一百八遍證獲不空王陀羅尼眞言神通劒仙三昧耶壽命十八千歲是時一切執劒眞言明仙大轉輪王一切祕密劒仙大轉輪王一時現前讚護爲伴神通遊戲若大怒聲誦奮怒王眞言十遍當於頂上輪旋劒索則令一切極惡毗那夜迦藥叉羅刹鬼神一時面門沸血流出或自首破若軍陣中大怒聲誦奮怒王眞言一百八遍當於頭上輪旋劒索則使他兵四散馳走無能勇敵若屍陀林中大瞋怒聲誦奮怒王眞言七遍當於頂上輪旋劒索則令一切諸惡鬼神慞惶大怖悶絶于地鬼神宮門一時開現若阿脩羅窟門龍窟門前大瞋怒聲誦奮怒王眞言一百八遍當於頂上輪旋劒索窟門自開窟中鬼神悉皆降伏而爲僕從無敢拒者若求衆願作諸事者皆如是作無不成辦世尊龍羂索三昧耶其龍等分取七寶黄丹雄黄蓮華鬚龍華甘草華淨治精末杜仲木汁如法和治誦祕密心眞言加持一萬遍圖素龍王狀如天神頭上出三那伽龍頭龍項微處身肢以金周遍莊飾其羂索用五種絲染作五色建曼拏羅三昧耶眞言持絲合持索股長

爲一條勿別爲股覆疊三股長十六肘合成羂索其索一頭繫龍項上圖曼拏羅嚴寶綵座置龍座上龍面向東羂索盤繞龍身四邊當置旃暮伽王觀世音像種種供養燒焯香王每日西門輪印而坐誦毋陀羅尼眞言祕密心眞言先持龍索夜誦奮怒王眞言加持白芥子先打龍索三十六旬無間作法龍上索上放大火光自舉離座三四五寸是時左手執龍右手持索大奮怒聲誦奮怒王眞言一百八遍證獲不空那伽播捨三昧耶遊從世間而無障礙當入龍宮於龍湫浒或龍窟前大瞋怒聲誦奮怒王眞言一百八遍右輪索龍擬其龍宮門即自開現又誦毋陀羅尼眞言祕密心眞言加持龍宮門一百八遍右輪索龍擬即得龍王領諸僕從一時出現合掌恭敬白言大仙頗入宮中若入之時誦念眞言右輪索龍擬伏諸毒龍令龍關鑠總開無閡詣至龍宮得諸龍女捧持寶華奉上施之時眞言者當受此華置自頂上與諸龍女騰空自在時諸龍女各出嬭乳時眞言者手掬承飲顏貌隨變端正姝麗髮如螺髻壽延十二千歲於諸龍中威用爲最日別應誦毋陀羅尼眞言祕密心眞言加持龍索一百八遍盤掛右臂莫捨離身左手結期尅印以大拇指捻無名指根文其頭指直豎中指無名指小指急握大拇指作拳以印日日擬其龍索每日龍宮受於龍王一切上味飲食妙供是龍宮中一切毒龍悉不相害又誦奮怒王眞言一百八遍右輪索龍擬則得龍王一切衣服衆寶嚴具若春正月二月秋則七月八

月此等月中有雲出處遥望雲處右手持索
左手執龍誦毋陀羅尼眞言祕密心眞言一
百八遍觀雲右輪索龍擬則一年中令諸龍
王降下甘雨得諸穀稼一切果蓏滋實繁多
又誦奮怒王眞言一百八遍右輪索龍擬其
龍宫殿所有一切甘露味水當令降下又誦
奮怒王眞言右輪索龍擬即得一切龍王眷
屬僕從而護佐之若亢旱者高山頂上誦毋
陀羅尼眞言祕密心眞言一百八遍右輪索
龍擬則降大雨若霖雨者執持龍索置高幢
頭或置塔頭或置山頂其雨即晴若惡風雷
雹數數起者高望迥處大瞋怒聲誦毋陀羅
尼眞言祕密心眞言一百八遍右輪索龍擬
則於一年無惡風雹若欲導化一切人者壇
上置龍索誦毋陀羅尼眞言祕密心眞言加
持石榴子白芥子一眞言一打龍索七下當
持龍索向彼輪索龍擬則令一切恭敬信伏
若於軍陣中面向他軍大瞋怒聲誦奮怒王
眞言一百八遍右輪索龍擬他軍兵衆皆見
是大可畏毒龍努目張口如大火聚一時惶
怖四散馳走若有所求種種諸法例前作法
悉皆成就世尊大自在天三叉戟罥索三昧
耶鑌鐵爲戟其戟量長四手把量罥索等分
取生犛牛尾生童男頭髮五淨淨治建曼拏
羅眞言加持索股長爲一條勿别爲股覆疊
三股長十六肘合成罥索其索一頭繫戟幹
上黒月八日圖曼拏羅嚴寶綵座置戟罥索
其索寬盤繞戟四邊安不空王觀世音像種
種供養每日誦毋陀羅尼眞言祕密心眞言
先持戟索夜誦奮怒王眞言加持白芥子先

持打戟索三十六句無間作法戟上索上放大火光時眞言者左手執戟右手持索誦奮怒王眞言一百八遍則證大自在天神通三昧耶壽延十八千歲世間遊行於諸鬼神得無所畏大自在天一切鬼神而爲僕從若屍陀林中右輪索執戟大奮怒聲誦奮怒王眞言七遍林中鬼神而皆現身鬼神宮門一時開現中有珍寶任取無礙若以索一頭繫故人項持眞言者執戟眞言故人令語所問世間諸吉凶事皆自説之若如舊者解去其索若以索繫藥叉像項持眞言者執持戟擬大瞋怒聲一誦奮怒王眞言一唱拽聲一百八遍則眞藥叉來前現身白眞言者有何所作當復語言我令相須乃至命未盡來使役仁者作一切事當常隨我藥叉白言令即依命

若以索繫藥叉女像項上時眞言者執持戟擬大瞋怒聲一誦奮怒王眞言一唱拽聲一百八遍眞藥叉女來前現身白眞言者令何所作當復語言我求三願女令與我其藥叉女白言任取與我爲毋常當給賜一切財寶與我爲姊常當供給一切衣服飲食恒相隨逐處處遊戲與我爲妹任爲驅使滿種種願若以索繫毗沙門像項上持眞言者執持戟擬大瞋怒聲一誦奮怒王眞言一作攝召毗沙門勢一千八遍眞毗沙門來前現身時眞言者白言大天每日乞金一千大兩金錢一千天言隨意若得金錢勿令貯積隨得隨施作諸功德若以索繫摩訶迦羅像項上持眞言者執持戟擬大瞋怒聲一誦奮怒王眞言加持自手作大瞋心一摑摩訶迦羅面三五

七下其像大叫時眞言者勿生怖畏結期尅印擬摩訶迦囉像其像眼中便淚出下手指取淚點塗額上得祕密三昧耶見於伏藏又眞言手摑三四七下其像眼中便血出下盛掬飲之即證身通騰空自在於諸藥叉威用第一若欲摩訶迦囉神現身來者燒安悉香大瞋怒聲一誦奮怒王眞言一稱摩訶迦囉名一唱拽聲一千八遍即來現身所求諸願皆得圓滿其大鬼子母訶利底亦自降伏若有別求一切諸願亦如是作皆得成就世尊如是旃暮伽王觀世音像羂索三昧耶乃是眞實成就一切最勝三昧耶處隨諸相類以大幻化三昧耶力示現一切神變相狀所謂現於千手千眼輪持無量神通手印器仗印三界示現種種色身隨諸衆生而皆導誘或現一切密妙色身利益有情成熟種種菩提善根是眞言者應勤修學出世世間一切諸法趣向一切如來地靜觀地菩薩地則得常見一切如來眞妙色身及見淨土觀世音菩薩廣大神通以是義故智者應當恭敬尊重如是羂索三昧耶如見佛身觀世音身何以故此法能現旃暮伽王觀世音一切最勝解脫眞妙色身不空神通大自在三昧耶一切不空如來無等等阿羅訶三藐三佛陀三昧耶是眞言者應常晝夜守護其心恒不懈念住於布施淨戒安忍精進靜慮般若波羅密多大悲之心依法修行恭敬供養具足如法一一素畫一切諸佛一切不空羂索觀世音菩薩摩訶薩蓮華種族菩薩摩訶薩天龍藥叉神鬼形像恭敬尊重以諸華香而爲供養

心不雜念持念不空羂索心王母陀羅尼真言三昧耶廣大解脱蓮華曼拏羅印三昧耶常不廢忘則得旃暮伽王母陀羅尼真言羂索三昧耶奮怒王真言羂索三昧耶種種神通三昧成就及得成就一切諸佛菩薩摩訶薩一切觀世音菩薩摩訶薩一切神通三昧耶復得一切天龍藥叉羅刹乾闥婆阿素洛蘖嚕荼緊那羅摩呼羅伽可畏神微妙色神焰摩王毗沙門天伊首羅天摩醯首羅天大梵天那羅延天大自在天俱摩羅天火天風天日天月天星宿天晝神夜神步多鬼等三昧耶皆悉成就世尊如是示現説者爲諸有情得利樂故説爲調伏一切邪見衆生入正道故説以此義故我今示現隨諸有情相應調伏説此法教若有智者不應法上生於疑心其作法者先須明解一切壇印諸法日月時分於閑靜處心所樂處隨其像法索法作壇置佛置不空羂索觀世音菩薩天龍八部神鬼形像或隨心所樂佛菩薩觀世音菩薩或諸天神鬼神像法任令圖素隨所作法若諸天神龍神鬼像作證法者皆繫項上若佛菩薩執金剛像作證法者皆置手上足下依上中下三昧修行作一切法悉皆成辦若求一切解脱法者以摩尼寶索置佛觀世音菩薩足下誦摩尼寶陀羅尼真言則證諸法解脱之門當此生後獲大菩提成等正覺轉大法輪

不空羂索神變真言經卷第六

音釋

饌雛綰切具食也唄蒲拜切梵音也⿷匚虒土雞切薄貌鏁與鎖同恾謨郎切憂貌也犛莫交切長髮牛也戟幹戟紀力切支兵也幹居案切莖也摑古獲切批打也

不空羂索神變眞言經卷第七

唐南天竺三藏法師菩提流志奉　詔譯

護摩增益品第七

世尊是不空王護摩三昧耶能成一切功德善根能滅過現一切罪障能破一切設覩嚕等能除一切惡毗那夜迦能止一切惡訥瑟吒能滅一切不吉祥相能禳十六大地獄苦能除八大怖畏之怖能破一切怨諍鬪難能伏他軍一切兵仗能除一切疫病饑饉能證一切諸佛大智能入一切諸佛菩提若有有情如法修學常使四天王天一切天龍八部鬼神皆當護祐一切如來觀世音菩薩觀察加祐世尊說扇底迦三昧耶安樂有情滅諸災疫說補瑟置迦三昧耶增益有情福命財寶說阿毗柘嚕迦三昧耶治滅一切惡性藥叉羅刹噉人精氣者皆自置伏使諸稠林邪見有情入於正見以斯義故說護摩法成就出世世間解脫三昧耶當如法作請召一切諸佛菩薩火天諸天那伽龍神眞言明仙燒食供養換潔身服去道場處不遠不近觀見尊容作護摩壇方圓四肘治飾壇地開廓門道基高側手內院穿爐廣一肘半深一肘量周帀重緣內緣高闊二指之量外緣高闊四指之量爐底泥作八葉蓮華於華臺上重揑泥輪如法塗磨外院一肘東方置大梵天印帝釋天印日天印東南方置火天印諸仙印南方置焰摩王印一髻羅刹神印度底使者印西南方置泥利帝神印諸羅刹印西方置水天印龍印地天印月天印西北方置風天印蘖嚕荼印北方置毗沙門印諸藥叉印東

北方置大自在天印伊舍那天印結印辟除護身結界而請召之四角置閼伽瓶四門置香爐燒種種香敷諸華香飲食供養加持淨灰與同伴者點額護身敷茅草座酉戌之時面東而坐以杜仲木木檻木栢木如大拇指長十二指截爐內然火扇扇勿吹當以香水灑淨火上彈指三遍當觀火焰金爲囉字變爲火天一面三目身白四臂黃髮冠髻左二手一持君持一執寶杖右二手一施無畏一掐數珠半跏趺坐放大火焰燒香請召以稻穀華白芥子好酥真言護摩請喚火天真言曰

唵一入輕呼縛攞入縛攞二跛羅二合入縛攞三底瑟詫縒麽焰四虎嚕虎嚕五吽怖六莎縛二合訶七

誦滿一七遍召火天至以酥白芥子安悉香真言護摩七遍種種末香甘味果子真言護摩七遍真言淨水灑散火上彈指三遍栢木桑木構木蓮華莖白栴檀木長十六指截真言加持爐內然火此諸木等隨得一木作法亦成白栴檀香薰陸香甘松香稻穀華酥誦祕密心真言奮怒王真言加持護摩一百八遍蒸秔米飯酥團一千八團加持護摩如是護摩滿三七日或七七日是時火天壇內現身瞻視十方讚言善哉善哉持真言者令得成就此護摩法所須何願能爲滿足是時當以閼伽供養又當以酥秔米飯團一千八團加持護摩乞所求願則得火天手捧銀器滿中有藥奉真言者受取餌之則得仙娩身出光焰壽延萬歲證宿命智而得總持不空罥

索心王母陀羅尼眞言三昧耶若當不受火天藥者又復護摩一千八圍壇地震動觀世音菩薩現身安慰讚言善哉善哉汝已成就此護摩法汝須何願我今爲汝便得滿足時眞言者閼伽供養觀世音菩薩自執其藥與眞言者跪禮恭敬受藥服食其狀變麗身出光焰證獲不空大眞言明仙神通三昧耶得九十二殑伽沙眞言明仙一時來現敬爲伴侶住觀世音所住九十二殑伽沙俱胝百千七寶宮殿安樂遊觀是等宮殿有無量寶樹華果間雜莊嚴其土園苑多有種種色類金華銀華寶樹華果一切池沼八功德水氣香芬馥如栴檀香於其水中多有衆色欝鉢羅華鉢頭摩華拘物頭華芬陀利華其諸泉沼金沙布底雜寶爲岸此諸宮殿臺榭樓閣華果泉沼互相間映周廣嚴淨一切天男天女緊那羅女乾闥婆女常遍遊戲持眞言者彼所壽身乃至無上正等菩提更不受生恒往十方一切剎土恭敬供養一切諸佛菩薩摩訶薩持此不空羂索觀世音菩薩廣大解脫蓮華曼拏羅印三昧耶一切菩薩摩訶薩恭敬頂禮而讚歎之俱胝百千一切諸天乃至阿迦尼吒天一切龍王阿素洛王緊那羅王乾闥婆王蘗嚕茶王摩呼羅伽王皆當供給一切資具甘膳飲食自在豐饒得此果者皆因是大旃暮伽王護摩供獻三昧耶若眞言者多諸重罪福德尠薄雖服是藥但得富饒壽命長遠不得證見諸佛菩薩摩訶薩種種形相往來神通變化等相唯令過現一切業障盡皆消滅爲人愛讚所出言辭他皆信受

若命終時身心寂定無諸恐怖一切如來觀世音菩薩一時現身迎眞言者往於西方蓮華化生得宿住智億劫生事而皆識知乃至菩提更不重受一切胎卵濕化之身從一佛土至一佛土聽持諸法供養諸佛若藥黰額遊行世間爲人愛敬若後所欲憶念火天則爲現身當如願乞皆爲圓滿又三昧耶丁香木石榴木截治然火誦毋陀羅尼眞言奮怒王眞言加持秔米菉豆蒸餅乾蓮華末白芥子酥蜜石蜜作歡喜團於七日中加持護摩爐內復現火天半身手執寶盤滿中團藥奉眞言者而告言曰此妙散藥是最後藥唯垂受取時眞言者即便恭敬受藥服餌身便適懌證不空王摩訶眞言明仙神通三昧耶一萬八千持眞言仙一切火天一時來現敬侍爲侶而護祐之諸眞言者服此藥者便得證解是不空王心陀羅尼眞言曼荼羅印三昧耶日誦千言爲人愛敬若命終已直生西方蓮華化生識宿住智若藥黰額入諸龍窟阿素洛窟鬼神窟窟中鬼神皆自置伏出入無礙若有女人服此藥者則得其子性大聰慧若諸人民服此藥者皆得除諸灾厄罪障又法淨處以赤牛乳酥煮秔米粥持石榴木誦毋陀羅尼眞言撓攪乳粥乃至至熟誦奮怒王眞言加持白芥子水灑散粥上以火天藥和乳粥中盛三鉢中一鉢供養一切諸佛一鉢供養觀世音菩薩一鉢供養文殊師利菩薩便以乳粥施諸沙門婆羅門人民而服食者即得除滅一切業病鬼病神病一切罪障膚體腴悅善根成熟若山頂上仰天樓上隨

其大小治塗壇地置乳粥鉢燒香啓召十方一切諸佛菩薩摩訶薩誦不空摩尼寶陀羅尼眞言一百八遍供養十方一切諸佛菩薩摩訶薩是時十方一切諸佛菩薩摩訶薩前皆現天諸香味飲食爲大供養一時讚歎得大福聚無量諸天皆擁護之若木櫁木楓香木栢木截治然火加持乳粥酥護摩一千八遍火天種族一時來現歡喜瞻敬又護摩一千八遍龍王及從皆當自伏恭敬使護又護摩一千八遍一切天龍八部鬼神恭敬讚伏又護摩一千八遍諸眞言仙皆相讚伏又護摩一千八遍憍尸迦三十三天皆相置護又護摩一二萬遍觀世音菩薩現身讚歎爲得圓滿是一切菩薩摩訶薩共所恭敬頂禮讚詠不空罥索心王母陀羅尼眞言曼拏羅印三昧耶不空清淨觀三昧耶身若木櫁木白栴檀木栢木長十六指截加持爐內然火作歡喜團一千八團加持護摩爐中出現火天童子手執寶盤滿歡喜團藥是時眞言白芥子打是童子一二七下童子白言今何所求則便報言我求一切菩提大願爲我滿足童子是時白眞言者受此團藥是藥乃是無上甘露妙藥中藥能即成就最極大願時眞言者受取捧持告言童子即當共我常爲伴侶童子白言依命爲伴隨處作法即應相見應當便以杜仲木截治然火誦廣大明王央俱捨眞言加持白栴檀香安悉香白芥子蘇護摩一百八遍供養童子即當爲伴不相捨離一切作法皆爲成辦又爲遮止一切鬼神作障難者當以是藥置觳觀世音菩薩則服是

藥便證旃暮伽王神通三昧耶膚狀端嚴髮如旋螺壽延六十千劫十八俱胝眞言明仙一時來現敬侍爲伴若以是藥普施一切沙門婆羅門人民食之皆得住年消除過現諸罪病惱若以是藥塗諸物者皆即變爲閻浮檀金若以是藥擲湫中者一切龍王皆現置伏任爲吏使除遣一切風雨灾旱若以是藥打阿素洛窟門其門即開素洛眷屬一時皆現置伏爲使若山林中散是藥者則得一切藥精出現任取服餌若於屍陀林中散是藥者即得鬼神宮殿開現鬼神現身置伏爲使若新未壞米韗羅香湯洗浴著淨白衣當以是藥置二鉢中加持白芥子用和是藥散故人上則加持問出世世間三世事法占相醫方呪術工巧技藝神通等法皆依問說若如故者持水灑面拂去其藥若以是藥埋置門地則得除滅人民灾病若以是藥置功德天像手中誦奮怒王眞言一百八遍即功德天現身給賜種種財寶若以是藥淨帛裹之持行去處人目不録若於河泝大獨樹下埋置是藥誦奮怒王眞言七遍一切諸鬼現身置伏任爲命事若以是藥置摩訶迦羅像頭上誦奮怒王眞言加持白芥子水七遍散摩訶迦羅像頭上誦毋陀羅尼眞言七遍一切荼枳尼鬼現身置伏樂爲命事若以是藥置摩訶迦羅像臍中者則鬼子毋現身置伏任爲命使若以是藥置文殊師利菩薩像手鉢中誦奮怒王眞言三遍誦摩尼寶陀羅尼眞言七遍則於十方一切刹土一切諸佛菩薩聲聞前皆有天諸甘露飲食而供養之於時十

方一切諸佛一切菩薩一時歌讃又眞言水灑灑壇爐爐内然火當以是藥和白栴檀香薫陸香白膠香沉水香白芥子酥蜜作歡喜團一百八團加持護摩其火天王爐中涌現告眞言者善哉善哉我受此供甚大歡喜今須何願爲相滿足是時則乞一切火法入火坐卧之法執火没水不滅法作壇法處請常現身而相敎詔得法滿願世尊不空光焰摩尼鍋三昧耶如如意寶求諸妙藥皆得如意淨治身服如法清潔塗曼拏羅上好赤銅造摩尼鍋其鍋圓滿圓如珠形黄丹枳愚瑟詑雄黄雌黄白栴檀香曼拏羅内精潔如法等數治末光焰摩尼鍋藥其鍋鑄已置於爐中加持蘇枋木迦囉弭囉木閼伽木捨弭木青竹夜合木羯囉抳迦囉木菩提木栢木桑木

構朩跛洛訖灑木蘇曼那木乾馱嚩利師迦木榏攞木弭惹補囉迦木新度縛囉木瞻蔔迦木苦楝木比主攞漫娜木截治長十六指量如法然火加持俱物頭華莖葉蓮華莖葉嗢鉢囉華莖葉瞻蔔迦華縛攞迦香草白栴檀香沉水香吉得囉迦藥酥誦持毋陀羅尼眞言奮怒王眞言護摩一百八遍加持白芥子稻穀華酥酪白蜜護摩一百八遍單加持白芥子護摩一百八遍并諸香華飲食供養護摩牛乳七遍滅爐内火出鍋治鏇瑩麗莊飾盛持於藥置其壇内誦持毋陀羅尼眞言一加持白芥子一先打鍋藥誦持奮怒王眞言一加持白芥子一先打鍋藥白月八日或十五日初夜後夜五更明時鍋上藥上出大火光得大成就奉持供養有大威德如如意

寶若欲飲食鍋置淨處繞鍋置器燒焯香王
誦持眞言作法呼召經須臾時則有百味甘
膳飲食若燒火食置鍋爐前燒火作法速疾
成驗若有猛將欲陣敵者淨治身服嚴持器
仗頭上戴鍋獨往他陣彼諸兵衆皆見身上
出大火光一時臣伏怯怖馳走勇猛無畏若
脩羅窟門置鍋作法誦持眞言其脩羅衆一
時出現樂爲命從若龍湫泝置鍋作法誦持
眞言水盡枯涸龍現置伏又得國土五穀滋
茂果實豐稔無諸灾疾能得無量福聚蘊門
世尊不空光明觀察藥三昧耶譟弭羅安膳
那眞言加持泥裹密固置於爐內杜仲木截
治然火夜合華白芥子白栴檀香酥酪蜜誦
持毋陀羅尼眞言廣大明王央俱捨眞言護
摩一千八遍加持安悉香白栴檀香沉水香

白芥子酥酪蜜護摩千八遍觀世音菩薩語
言善哉善哉善男子汝今成就光焰藥法滿
所諸願便倏大寒乃出取藥以譟弭羅安膳
那和龍腦香麝香研合眼藥以雌黃雄黃爲
點身藥精治別盛置於壇內誦持毋陀羅尼
眞言廣大明王央俱捨眞言加持其藥令現
煖煙光相乃名成就光焰藥法是時用藥點
額點眼點兩肩上二手掌上便證不空光焰
藥神通三昧耶壽增千歲不爲一切毗那夜
迦欲界魔王而作障礙一切人民恭敬供養
若入軍陣則當得勝爲人恭敬不畏世間鬪
諍口舌山中灾難不患頭痛眼痛耳痛鬼神
等病若點摩訶迦羅像眼誦持奮怒王眞言
其像啼泣令眞摩訶迦羅神及其眷屬置伏
使祐若點功德天像眼瞬目瞻像誦持毋陀

羅尼眞言令眞功徳天來相護祐財寶增滿若睡卧時點眼中者則得一切增上善夢觀世音菩薩加祐擁護若點不空羂索觀世音菩薩像眼中者速得觀世音菩薩加被上願若以藥和牛黄點眼中瞼上見於國王及王僕從得大歡喜若點大自在天像眼中誦持奮怒王眞言七遍則得一切鬼神罝伏使祐若點摩訶迦羅像額上誦持奮怒王眞言者則得一切藥叉歸伏若沙門乞食去時點藥眼中乞食去者速得淨食若點眼瞼入於一切山林陂澤則當不怖一切精魅虎狼等難若點眼瞼入天寺中努目看鬼子母誦持奮怒王眞言者則得鬼子母及所眷屬罝伏使祐又法木櫁木迦囉惹木根枝葉華果杜仲木波攞訖灑木截治然火秔米稻穀華烏油麻白芥子白穀稻穀大麥小麥大豆小豆麻子酥蜜酪誦持毋陀羅尼眞言奮怒王眞言護摩一千八遍又以安悉香黒芥子相和誦持廣大明王央俱捨眞言奮怒王眞言護摩一千八遍便求財富隨意豐饒乃至命盡無所乏少摩尼跋陀神而守護之世尊不空成就牛黄神通三昧耶化伏世間而最第一入於陂澤入於山林入脩羅窟入龍湫窟宮殿室宅入海龍王宮殿室宅入地地下一切神變皆得成辦諸有怖畏種種病苦過現罪障怨難軍陣鬬諍厭蠱符書呪詛諸天鬼神一切瘧病惡星變怪牢獄禁閉枷鏁刑戮皆得滅除作法成就財寶富饒一切沙門婆羅門一切人民珍敬愛樂觀世音菩薩淨居天伊首羅天摩醯首羅天大梵天帝釋天那羅延

天一切諸天龍神八部皆當擁護淨治身服等數當以牛黄紫檀香欝金香淨治精研以火食灰滅藥三分中一分別盛眞言加持盛赤銅合置於壇内觀世音菩薩像前淨帛覆上或荷葉蓋上其火食灰用紫檀木杜仲木稻穀華白秔米白芥子油麻酥蜜酪如法護摩取細白灰誦持毋陀羅尼眞言廣大明王央俱捨眞言奮怒王眞言加持先藥令現三相一者煖相二者沸煙相三者光相證三相者名大成就用藥點頂上額上眼中眉間肩上二手掌上心上證不空牛黄仙神通三昧耶衆相圓滿壽命逾遠明見一切天龍八部鬼神宮殿皆無有礙一切鬼神皆當畏伏所作成辦若藥點眼則見地下一切伏藏鬼神宮殿無有障礙夜見一切無有暗障若入水若渡江河大海如居陸宅不畏水中一切獸類而作傷害又得水中種種珍寶若淨澡浴以藥塗身入陣鬪戰不爲傷害而當得勝若舍是藥往於王宮國王后妃見皆歡喜若藥點眼往於聚落人民見者歡喜愛敬飲食供養若以藥塗右手頭指誦奮怒王眞言加持豎擬十方怒目期剋則得方圓一踰膳那無有非時惡風雹雨灾損苗稼若有霖雨藥塗左手誦奮怒王眞言加持左手遍擬十方雨則晴止若天亢旱於龍湫泝藥塗右手掌指加持藥手拍湫水上滿一七下便降大雨若不雨者又復以藥重遍塗手一眞言手一拍湫水滿三七下湫中龍等一時熱悶若不雨者又復以藥重遍塗手一眞言手一拍湫水一百八下則降大雨若不雨者湫中龍王并

所眷屬總患熱惱走出外湫若有患諸鬼病
神病者與藥點眼則得除差若患一切鬼神
瘧病與藥點額即得除差若病難治以藥和
湯病者浴身則得除愈若爲蛇蠍螫者以藥
和水與彼服塗則得除差若患痃癖痼瘕痔
痢腹中病者煖水和藥與令飲服則得除愈
若塗腳掌履火不燒塗兩髆上臂上胜上則
得力等大野象力與他捔力則得勝他若以
藥塗兩腳脛掌渡於河海水不沒踝若藥塗
頂入於陂澤山林不畏蛇虎鬼神等難一切
藥精俱時出現任取上者若於山林含藥高
聲誦持大可畏明王央俱捨真言七遍一切
藥神宮殿開現藥神出現任爲命事取最上
藥見諸藥神不應怖懼但當役使若以藥塗
心上誦真言作法速得成就若以藥塗肚脇
脊耳指腕上者所往之處飲食衣服床敷珠
璫鐶釧鞍乘而皆隨意若以藥蜜丸丸如豆
等每日誦祕密心真言加持其藥初日一丸
二日二丸三日三丸乃至七日七丸爲度服
滿百日文辭智慧辯說無礙聲相和雅如緊
那羅迦陵頻伽之聲其聲深隱令衆樂聞若
半茶婦人藥和酥服則得胎藏若人牢獄枷
鏁禁閉藥塗獄門并塗枷鏁誦持真言而加
持之則得解脫若藥和香湯清淨洗浴誦持
真言作法十惡五逆四重等罪則皆除滅又
得旃暮伽王祕密壇印三昧速當成就一切
怨難不吉祥相亦皆除滅若以藥和生胡麻
油點額點眼見諸貴人則相敬慕若塗身者
不爲刀箭矛槊之所損害若藥繫兩臂所去
之處得勝衆敬若高望處含藥遥望坊邑聚

落誦持廣大明王央俱捨真言加持右手把白芥子向彼散之當自敬伏若以藥繫右手上按拍一切金銀財寶庫藏之門食廚庫門藥鋪庫門諸惡鬼神盡皆怖走而不散耗一切財寶亦不偷吸一切精味若藥手拍大門七下家内人民除諸災障若藥埋於怨人門地是怨人家則自和敬若藥塗刀箭矛槊自當損折若怖惡賊或諸災事以藥埋宅門地是惡賊輩則無能爲災事除滅若以藥塗螺中高樓閣上大吹七聲能令一切鬬諍言辭厭蠱呪詛世間災怪悉皆消滅若酤乳家園牛羊處吹七聲者其牛羊乳皆具上味若於大衆吹七聲者人民所聞皆除災障若藥塗鼓面上於高樓上大打曲聲則令一切非時雹雨而皆禁止一切疫病皆當除滅若以爐中燒火食灰和香水真言七遍散灑十方即成結界若灰和湯衆人浴者災厄罪障皆得除滅若患癰者點灰額上即當除差若以灰塗杻械枷鏁誦念真言而加持者則得解脫若虵螫者以灰塗上毒痛則除世尊扇底迦三昧耶杜仲木木橀木奢彌木栢木桑木構木夜合木長十二指截五淨浴治而加持之依法數持加持然火誦持奮怒王真言淨水淨火輪印結界爐南跪坐誦持毋陀羅尼真言祕密心真言加持稻穀華白芥子蓮華莖葉蘇蜜護摩一千八遍則得方圓百踰膳那除諸藥叉羅刹布單那鬼塞健陀鬼瞰精氣鬼復得除滅一切災疫饑饉猛獸他兵謀反大臣謀反大臣謀叛一切鬬諍諸惡鬼神國土豐稔雨澤順時滋生一切苗稼華果大小

諸樹根莖枝葉藥草等類皆令茂盛滋味繁
多人民快樂多饒財寶無諸殃咎而作侵惱
更相讚詠恩愛相向當知國中不爲諸惡天
龍鬼神而作灾害其四天王天伊首羅天摩
醯首羅天大梵天釋提桓天那羅延天大自
在天各將無量眷屬僕從國中方圓百踰膳
那常皆擁護增加有情一切色力十方一切
諸佛菩薩觀世音菩薩而當護念國土有情
如所愛子皆得安隱日天月天二十八宿主
星天神常於國中不生灾怪加被擁護

祕密灌頂品第八

世尊是不空王廣大解脱蓮華曼拏羅印三
昧耶能廣成就百千悉地三昧耶運動一切
當見殑伽沙俱胝百千諸佛積集功德修治
佛事觀世音菩薩無量幻化神通加祐其有
信解受持讀誦旖暮伽王三昧耶者應於有
情起大悲心憐愍一切修治此法白月八日
或十五日於閑淨處清淨澡浴著淨衣服食
三白食如法作壇威儀無缺盡斷言論或復
占察内外一切吉相修習於法則得成就此
大契經眞言出世世間成就之法若是俗人
每日受持八齋戒法作四肘壇方圓淨治以
瞿摩夷香水和黄土泥塗摩拭治開廓四門
以白螺末界壇標界内圖一百八葉開敷蓮
華白栴檀香泥爲葉鬱金香泥爲臺四面四
角當圖香泥開敷蓮華四布莊列黄綵幡華
東面置不空羂索觀世音畫像四角置香水
瓶内著白芥子口插一切枝柯葉華四門置
閼伽香水水上汎華燒焯香王晝夜六時召
請結界觀置十方一切諸佛放種種光照沃

身心清淨明淨明見無障一時禮拜觀世音閼伽供養懺悔歸依發菩提心啓請迴向作禮結印觀置自身自性平等量同法界無分別量無無分別量觀一切諸佛如來一切菩薩圍遶住寂觀置囉字具點嚴赫日光焰鬘念字眞義一切諸法本性無染離諸塵垢自淨心地淨道場地除衆垢穢如虛空相成金剛地下觀風輪上有欱字放黑光焰觀置風輪上有水輪色猶雪乳中有縛字若塞頗胝皎月光淨觀月輪上有大因陀羅金剛輪曼拏羅放金光焰上觀縒字變爲八葉自開蓮華衆寶鬚臺金剛爲莖放無量光無量百千諸寶蓮華周帀圍繞臺上觀置寶師子座繞座周列雜寶竿柱上置種種綺蓋幢旛垂珠瓔鬘衆妙寶衣周布一切香華衆寶起妙香

雲雨諸雜華繽紛嚴地鼓奏種種奇特音樂溥敷種種如意寶瓶閼伽之水摩尼寶樹枝葉光敷周遍行列照以爲燈一一莊嚴佛波羅蜜光淨圓滿讚諸菩薩甚深句義梵音清暢遍無盡界以我功力佛加持力以法界力觀供養住諸法無生性自本寂師子座上觀縛皤字爲釋迦牟尼如來身眞金色結跏趺坐頭冠衣服貫飾莊嚴放妙光明遍無邊界無盡聖衆現光焰中其光遍滿諸有情界隨性開解流光焰輪此佛如來身語無量常住三世湛然不滅從是身中現無量身合無量身爲一佛身右觀觀世音菩薩左觀執金剛祕密主菩薩其諸種族大菩薩衆前後圍繞趺座而坐觀世音座右眞言者坐觀心不亂若散亂者一切諸佛菩薩眞言明神觀世音

菩薩悉不加持悉不觀護是故智者相應法座諦觀聖者結誦念印以左手頭指大拇指相搏直伸中指無名指小指向掌作拳以印當胷右手頭指中指大拇指搯珠以一切如來金剛摩尼身灌頂三摩地聲誦持毋陀羅尼眞言祕密心眞言奮怒王眞言觀置像變陀羅尼眞言一一字聲如聖者形光焰圍繞其光明淨破無明宅時所無間當於中夜壇地震動結印靜心正觀像足誦奮怒王眞言令其壇地大涌震動菩薩眉間放大光明照燭壇内時眞言者身悚毛豎但當廣發大菩提心仰觀像面見其右面動轉眼目視眞言者出大梵聲讚眞言者汝證斯相三業清淨復當承事殑伽沙倶胝那庾多百千如來種植善根一切菩薩同共觀察身心適悅捨此身後當生生處身狀端弈髮如旋螺聲音美妙目廣端嚴解心明潔見法清淨永除無明生老病死一切苦本證一切有情性清淨觀三摩地至五曉時觀世音菩薩現身摩頂加與所求出世世間一切大願皆爲滿足時眞言者乞神足通願祕密仙願天眼通願見佛刹願證陀羅尼大成就願不空罥索願悟解一切經典種種義願一切眞言三昧大成就願文持總持願一切辯才願取伏藏願作金銀願工巧法願往天宮願入阿脩羅窟願入龍宮願增長苗稼果實豐饒願降伏藥叉羅刹願起故人願入諸山谷採諸藥精願成就劒仙騰空法願大眞言仙願摧伏邪見諸惡人願戲弄物願入海水願世間諸法成就願滅四重五逆一切罪願如是等願任所乞之

皆得滿足若常六時誦持不間又得觀察一切有情離障清淨三摩地觀世音菩薩現身神通超越觀察三摩地一切如來觀察加持密嚴光明神通三摩地以此三摩地力如大梵天壽命長遠見於淨土一切諸佛菩薩摩訶薩衆阿彌陀佛前讃問深法同坐清淨蓮華光明寶殿臺榭若常白月八日十五日晝夜不食斷諸言論誦持母陀羅尼真言祕密心真言者則得無始一切罪障盡皆消滅若命終後當得往生安樂國土恒見一切諸佛菩薩摩訶薩等加持壇內閼伽瓶水灌頂浴身結印印身修作法者當得金剛無惱壞身一切如來常樂觀察一切天龍藥叉羅刹毗那夜迦降伏恭敬成就世間悉地之法任爲使祐

不空罥索神變真言經卷第七

音釋

榏彌畢切香木也　瀐子括切水灑也　構古候切木名　仜音紅身肥大也　尠息淺切少也　懌羊益切悅也　軃丁可切　臍祖奚切　鑄之戍切鎔也　嗢烏沒切　涸下各切水竭也　瞼居奄切目上下瞼也　痃胡堅切癖病也　癖匹辟切　痼音固久病也　癥知陵切腹病也　捔古岳切校也　脛胡定切脚脛也　酤古胡切賣也　圈巨願切畜欄也　痔直禮切後病也

不空罥索神變眞言經卷第八

唐南天竺三藏法師菩提流志奉　詔譯

三三昧耶像品第九

世尊若苾芻苾芻尼淨信男淨信女欲脫一切龍趣藥叉趣羅刹趣阿素洛趣地獄趣餓鬼趣傍生趣者應當修治不空罥索心王母陀羅尼眞言三昧耶廣大解脫蓮華曼拏羅印三昧耶不空罥索觀世音像成就智嚴三三昧耶三摩地清潔如法純金造像三面六臂正面熙怡左面嚬眉努目張口狗牙上出右面顰眉努目合口首戴寶冠冠有化佛一手執蓮華一手執罥索一手把三叉戟一手執瓶一手施無畏一手揚掌結跏趺坐坐蓮華座其座山上天諸衣服寶瓔鐶釧種種莊嚴像腹內空以白栴檀香末龍腦香末和佛舍利內像腹中於像左邊作眞言者長跪而坐手執香鑪瞻仰於像持斯法者應於有情起大悲心發菩提心作是不空罥索觀世音像者得成無量菩提善根何況廣大具修是法而不最上得大成就世尊是人當得覩見八十八殑伽沙俱胝那庾多百千如來應正等覺恭敬供養種諸善根除滅十惡五逆四重之罪治潔身服食三白食眞言加持淨水灑身如法作法隨心作壇純鬱金香泥塗曼拏羅中以朱砂圖畫三肘一百八葉開敷蓮華又繞蓮華畫蓮華鬘貫穿相繳標式界道其蓮臺上黃綵高座當其座上置像面西黃閼伽瓶滿盛白栴檀香鬱金香水置於座前當以數珠盤置瓶上四角置香水瓶四門置閼伽水水上汎華四門壇心各置香鑪燒焯

香王以妙香華三白飲食布設供養四面然列酥燈油燈持眞言者以心置心觀自心心作於一切諸佛如來廣大出生殊勝尊妙五股金剛杵三摩地出金色光照融一切種種結護誦奮怒王眞言觀置十方一切諸佛放金色光照沃身心清淨無垢明見無障一時禮拜又禮於我結印啓召十方一切如來種種神通光明加被亦憶念我種種神通光明加被結跏趺坐如我像相心處月輪炳現百數金光縵字結數珠印以一切如來金剛法性大法音三摩地聲誦持毋陀羅尼眞言祕密心眞言一一字聲若金蓮鬘光焰圍繞功數滿時壇地震動十方諸佛一時現前金像頂上放大光焰於光明中出大梵聲唱言善哉善哉善男子時眞言者聞聲讚者又誦毋陀羅尼眞言祕密心眞言二三七遍持眞言者身上出現大光明焰當見金像變身伸手摩頂與證一切如來觀察三摩地成就不空羂索眞言明仙三昧耶見於十方刹土一切如來加持一切如來廣大善根具足圓滿又誦毋陀羅尼眞言祕密心眞言一百八遍觀世音菩薩現眞淨身授與一切廣大成就清淨蓮華羂索三昧耶阿彌陀佛現前讚言善哉善哉持眞言者汝今供養不空羂索觀世音像者乃當承事供養六十四千如來所植種善根時眞言者得滅一切貪瞋嫉妬蓋障諸病一切勝願相應圓滿淨居天子伊首羅天子摩醯首羅天子大梵天子乃至諸天常觀擁護世尊是不空羂索觀世音銀像成就三昧耶形貌例前純銀鑄造隨心如法作曼

拏羅以白栴檀香泥摩潔壇地中以白栴檀香泥熏陸香泥圖畫二肘一百八葉開敷蓮華又繞蓮華畫蓮華鬘貫穿相繳標式界道其蓮臺上嚴白綵座座上置像像面向南白閼伽瓶滿盛白栴檀香水置於座前當以數珠盤置瓶上四角四門置閼伽香水水上汎華以白香華三白飲食酥油燈明敷獻供養燒焯香王供養結界持真言者每時如法當如像觀種種結護誦奮怒王真言觀置十方一切如來放白光明照沃身心清淨無垢明見無障一時禮拜又禮於我結印啓召十方一切如來種種神通光明加被亦憶念我種種神通光明加被如我像相結跏趺坐心處月輪炳現百數白光縒字結誦念印左手仰當心前五指散伸微屈若開蓮華右手掐珠以一切如來無上靜慮三摩地聲誦持毋陀羅尼真言祕密心真言一一字聲若白蓮鬘光焰圍繞功數滿時壇地震動從於東方空中聲來讚言善哉善哉清淨者持真言者聞聲之時誦持毋陀羅尼真言祕密心真言證獲不空羂索心王毋陀羅尼真言三昧耶身心輕適人民恭敬犬梵天帝釋天那羅延天大自在天四天王天水天風天火天日天月天乃至諸天焰摩王娑伽羅龍王難陀龍王優婆難陀龍王一切諸龍皆盡祐護一切人民讚喻供養世尊是不空羂索觀世音鍮鉐像成就三昧耶形相例前純赤鍮鉐鑄造莊嚴作曼拏羅白栴檀香泥摩潔壇地中純紫檀香泥白栴檀香泥圖畫二肘一百八葉開敷蓮華又繞蓮華畫蓮華鬘貫穿相繳標列

界道其蓮臺上嚴置寶座置像面東寶闕伽瓶滿盛香水置於座前如上敷飾種種供養燒焯香王供養結界獻赤香華當如像觀如法結護誦持奮怒王真言觀置十方一切如來放大火光照沃身心明見無礙一時禮拜結印請召十方一切如來種種神通光明加被亦憶念我種種神通光明加被作是思惟我今此身與一切觀世音菩薩身等同無異又復觀察諸法實性體同無異願諸有情以諸佛法嚴飾身心我今所誦陀羅尼真言音聲光明令諸有情悉皆得聞滅諸罪垢起大悲心緣念十方一切世界所有一切地獄界一切餓鬼界一切傍生界所有一切受苦有情以一切如來無上清淨調伏煩惱三摩地聲誦毋陀羅尼真言祕密心真言一一字聲若日光鬘照融一切朗徹十方一切世界一切苦趣功數滿時壇地震動空中出聲讚言善哉善哉清淨者證不空王溥遍出生光明三摩地是時十方一切世界一切地獄趣一切餓鬼趣一切傍生趣一時震動遇大光明出大吼聲除滅彼諸一切有情種種罪苦一時解脫捨惡趣身則得生天乃至菩提不墜惡趣如是由是持真言者所有罪咎應受地獄種種苦者自然消滅得身口意內外清淨復請十方一切諸佛菩薩金剛種種神通光明加被又請我一切神通光明加被廣發弘願起大悲心誦持毋陀羅尼真言祕密心真言一一字聲光明照徹地下十方一切黑闇世界滿一百八遍以真言力能令地下十方一切黑闇世界一切有情遇大光明一時捨

於無明業身生觀世音七寶宮殿同證溥遍出生光明三摩地壽命無量終至菩提世尊是不空羂索觀世音香像成就三昧耶等數當以白栴檀香沉水香鬱金香甘松香龍腦香麝香一切諸香相和末治等數當以薰陸香白膠香乾闥羅婆香和煎取汁和合香末眞言加持一百八遍又重擣治圖素不空羂索觀世音菩薩一面四臂面目熙怡首戴寶冠冠有化佛一手執蓮華一手持羂索一手執三叉戟一手揚掌結跏趺坐天諸衣服珠瓔鐶釧而莊嚴之披鹿皮衣右多羅菩薩熙怡瞻仰左手執持青優鉢羅華若手仰伸膝上中指大拇指頭相捻半跏趺坐左無垢慧菩薩熙怡瞻仰左手仰伸臍下右手揚掌半跏趺坐座下右邊不空奮怒王一面四臂面目瞋怒首戴月冠冠有化佛一手持羂索一手把劒一手執三叉戟一手執蓮華半跏趺坐頂上阿彌陀佛作說法相結跏趺坐各以天諸七寶冠衣珠瓔鐶釧種種莊嚴佩通身光同坐金銅蓮華樹座其樹枝葉蓮華如法莊嚴作五肘曼拏羅香泥摩飾開廓院界内院中心四方四維開敷蓮華東面蓮臺置不空羂索神執持羂索合掌瞻仰長跪而坐餘蓮臺上當置諸印外院東門置摩醯首羅天南門置焰摩王西門置水天北門置伊首羅天皆半跏趺坐須彌寶座四面四維置諸印相標式界道置像面東種種旛華而莊飾之以五色線作五股羂索長十六肘合法同上一頭繫金環一頭繫眞珠環如法盤置不空羂索神前以塗香末香塗散索上淨帛蓋上

其院四門四維像前置閼伽香水燒焯香王以諸香華三白飲食如法奉獻四面然獻酥燈油燈東門作法結護一切誦持奮怒王真言觀置十方一切如來放衆色光照沃身心明見無礙一時禮拜起大悲心以一切如來無上菩提金剛諭三摩地聲誦持母陀羅尼真言祕密心真言一一字聲若金光鬘先持像索或真言加持白芥子先打索上功數滿時其羂索上便放衆光光中出聲讚言善哉善哉持真言者令得成就不空如意羂索三昧耶是索能成出世世間一切三昧耶時真言者閼伽供養發無上願左手執索右手搯珠誦持母陀羅尼真言祕密心真言滿一百八遍觀世音像上放大香雲周徹一踰膳那諸有有情聞香氣者皆滅過現種種障惱持真言者身出火光證旃蕎伽王身口意淨神通三昧耶當捨身已而爲一切真言明仙最中之最生安樂國乃至無上正等菩提更不退轉是像羂索盛淨簏中置清淨處每日以諸香華供養若有有情觸斯人者便得除滅一切垢障若有有情覩斯像者亦令除滅一切罪障真言加持蘇曼那華擲獻菩薩一百八遍一切人民讚歎供養若有國土刀兵競起驚亂不安應當如法作曼拏羅圖畫像印中置香像以諸香水香華三白飲食敷設供獻燒焯香王供養誦持奮怒王真言加持白芥子散爲結界結奮怒王印面目瞋怒誦持母陀羅尼真言祕密心真言滿七日夜或三七日或五七日國中刀兵自然散壞是法亦能破壞阿素洛軍何況世間兵賊謀叛而不

散壞若加持蓮華稱天帝釋名供養菩薩一千八莖杜仲木然火加持白芥子安悉香稱天帝釋名燒焯供養一千八遍其天帝釋將諸眷屬一時現身若見之時當如願乞惟除自位若加持安悉香稱那羅延天名燒焯供養菩薩一千八遍并加持白芥子水散那羅延天像頭上則得現身若見之時當乞一切幻化法門時那羅延天則與授諸幻化法門即得變身如那羅延身若加持香水香華供養大自在天像側觀大自在天像面於右耳邊眞言加持稱大自在天名一千八遍像目動揺出聲唱言善哉善哉其大自在天將諸眷屬一時現身時眞言者當如願乞皆得滿足若摩訶迦羅像前加持安悉香稱摩訶迦羅名燒一千八遍并以嚕地羅置前供養并加持白芥子散於像上則得摩訶迦羅鬼子母藥叉羅刹一時現身而作使護若十六日初夜中夜後夜於諸天像前加持安悉香稱羅室囉禰嚩哆神名一千八遍則得夜天神藥叉羅刹乾闥婆緊那羅摩呼羅伽一切非人一時現身各持其物奉眞言者任爲命事作一切法夜常祐護修此法者常淨浴身著淨衣服恒不謾談世間言論但發悲心憐愍有情每日如法誦念誐持所作成就

護摩安隱品第十

世尊是不空王護摩三昧耶與於有情作大安隱降伏一切擁護有情除諸灾障若護宅者當以蓮華一千八莖塗黒芥子油誦持母陀羅尼眞言祕密心眞言奮怒王眞言加持護摩即除宅中一切灾疾一切天神觀世音

菩薩而擁護之又加持白芥子安悉香牛酥於七日中護摩之者則得擁護城邑聚落一切人民若白月十五日加持白華畢里陽愚藥多誐羅藥黑芥子油護摩一百八遍一切貴人敬而喜之若加持牛膝草白華酥酪蜜護摩一百八遍供養菩薩見諸人民愛而敬之若白月八日加持酥蜜塗蓮華上護摩供養獻我之者滿七日夜則得財寶若以佉陀羅木然火加持蓮華葉莖拘物頭華白芥子酥護摩一百八遍不爲一切茹裔魔障毗那夜迦而相嬈惱若白月八日加持白栴檀香畢履陽愚華子稻穀華白芥子酥護摩一千八遍供養菩薩至十五日夜其藥訖使尼捧持銀錢五百相惠若黑月八日於河岸邊淨浴身服於初夜時加持木瓜木截治然火加持木瓜華酥蜜護摩稱藥訖使尼名燒焯訖滿一千八遍至月盡日晝夜不食如法護摩其藥訖使尼瓔珞嚴身現身而來捧持寶箱而相奉施若見之時特勿受取亦勿共語瞻視他好當自正心瞋怒奮聲誦持眞言便棄寶箱合掌禮拜白眞言者願施歡喜持眞言者是時奮聲誦持奮怒王眞言二十一遍便自不現後若須者當於半夜一誦眞言一稱藥訖使尼名滿一百八遍則自現前任爲使直若黑月十四日於伏藏處如法置像以諸香華三白飲食敷設供養加持蘇曼那華蓮華荷葉白芥子酥護摩一千八遍又加持白芥子水右手掬持散伏藏地上滿一千八遍伏藏寶物則便相現眞言者取分爲二分一分給施一切三寶一分自用又加持稻穀糠

臨護摩一百八遍見諸外道歡喜供養若白月十五日一日一夜不食不語以諸華香敷設獻我加持白栴檀香蓮華酥蜜護摩一千八遍夜夜當得金錢百文唯通供養一切三寶若加持波羅奢木木檻木栢木截治然火加持沉水香白栴檀香稻穀華酥蜜護摩萬遍得金萬兩分爲三分一分供養一切三寶一分寫經造像一分自用布施貧窮孤老病人特莫貯積若貯積者則不復得若白月十五日一日一夜不食不語入東流河中水當至腰面東瞋怒加持白芥子打水中一百八遍則於水中現一童女拱持七寶而相奉惠當即受取分爲三分一分供養觀世音菩薩一切三寶一分自用一分布施貧下之人又白月十五日以諸香華飲食敷獻供養觀世音菩薩加持牛膝草白膠香酥蜜自稱已名護摩一千八遍則除一切病惱怨難又杜仲木然火加持白芥子安悉香酥護摩一千八遍則得消滅十惡五逆一切灾障又加持稻穀華白栴檀香白芥子酥乳護摩一千八遍當得財寶而自豐饒又黑月八日加持棘針木截治然火加持躑躅華薑根黑芥子油護摩一千八遍則得阿毗栢嚕迦調伏成就又加持蓮華白栴檀香白芥子酥護摩一千八遍則得大雨溥洽充足若霖雨者加持祈雨火食灰遍散十方雨則晴止又加持祈雨灰散於十方則成結界又加持祈雨灰逆風散者風則止息又龍窟前藥叉窟前加持蘇枋木塗酥護摩一千八遍窟門自開入無障礙若深山中加持拘勿頭華多誐攞藥白芥子

酥護摩一千八遍其諸藥精現身而來任所採取又加持木瓜木截治然火加持胡椒酥護摩一千八遍其大梵天帝釋天那羅延天大自在天現身護念當見之時而乞諸願悉皆滿足又加持酥曼那華揭抳迦羅華優鉢羅華酥護摩一千八遍其日天月天一時現前放大光明照祐加被得大神通又加持皂莢木截治然火加持茴香子天門冬蘇枋木末白栴檀香末白芥子大麥牛酥護摩七日得剎帝利王族僕從悉除障苦又加持白芥子秔米薑根護摩千遍得諸藥叉羅剎擁護順伏如上等法所欲作者皆結不空羂索印奮怒王印誦毋陀羅尼真言祕密心真言奮怒王真言齊互雙用則得成就

清淨無垢蓮華王品第十一

世尊是不空王像三昧耶當以白氎或細布上或復絹上方圓四肘或方八肘畫匠畫時一出一浴以香塗身著淨衣服食三白食寂然斷語受八齋戒畫筆彩色皆令淨好勿用皮膠調和彩色當中畫七寶補陀洛山其山腰像須彌山腰山巔九峯猶若蓮華當中峯狀如蓮華臺山上畫諸寶樹華果一切藥草山下大海水中魚獸水鳥之類當中峯上七寶宮殿種種莊飾其宮殿地衆寶所成殿中置寶蓮華師子座其上不空羂索觀世音菩薩一面三目一十八臂身真金色結跏趺坐面貌熙怡首戴寶冠冠有化佛二手當胷合掌二手當臍倒垂合掌以二大拇指雙屈掌中二手心下合腕左手五指各散微屈像開蓮華右手大拇指與中指頭相捻其頭指無

名指小指各散微屈二手臍下結羂索印一手把三叉戟一手執寶幢一手持開蓮華一手執不空梵夾一手把羂索一手執金剛鉤一手施無畏一手執君持一手持寶瓶一手掌寶華盤披鹿皮衣七寶瓔珞天諸衣服寶珠鏍釧而莊飾之佩身光焰不空羂索觀世音右多羅菩薩左手仰掌臍下執青優鉢羅華右手揚掌微斜低頭半跏趺坐後毗俱胝觀世音菩薩眉間一目身有四臂一手把開蓮華一手執澡鑵一手臍下仰掌一手把數珠半跏趺坐後大白身觀世音菩薩左手把開蓮華右手臍下仰掌半跏趺坐後度底使者青身瞋怒狗牙上出首戴髑髏半跏八臂左一手執三股金剛杵一持青蓮華一執三叉戟一手揚掌右一手執劒一執鉞斧一執曲刀一執羂索瞻仰菩薩不空羂索觀世音左無垢慧菩薩左手執蓮華右手揚掌半跏趺坐後眞言者胡跪瞻仰手執香鑪後不空奮怒王面目瞋怒身有四臂一手把羂索一手執劒一手拄三叉戟一手執蓮華半跏趺坐髮如旋螺後白衣觀世音母菩薩左手膞脇胜上仰掌執不開蓮華右手側揚掌半跏趺坐後一髻羅刹女使者青身瞋怒虵瓔牙出首戴髑髏半跏六臂左一把三股金剛杵一持蓮華一持羂索右一執鉞斧一執金剛杖一執三叉戟瞻仰菩薩不空羂索觀世音座下左置大頂金剛左手把三股金剛杵右手胷側揚掌結跏趺坐後阿窒理眞言明仙苾理倶眞言明仙伱羅縒眞言明仙各手執華於荷葉上長跪而坐瞻仰供養不空羂索

觀世音座下右置執金剛祕密主菩薩左手執獨股金剛杵右手把白拂結跏趺坐後富縒眞言明仙瑟詫眞言明仙驕答摩眞言明仙各手執華於荷葉上長跪而坐瞻仰供養其諸菩薩顏貌熙怡坐蓮華座七寶華冠瓔璫鐶釧天妙綺服種種莊飾其宮殿外山左觜上置帝釋天俱廢囉天婆娑麼天毗摩夜天地天神苗稼天神半跏趺坐其宮殿外山右觜上置大梵天功德天辯才天水天焔摩王半跏趺坐其山半腰左右置四天王各執器仗半跏趺坐以妙衣甲種種莊飾宮殿外上左右置苦行仙衆形體枯瘦作讃歎相宮殿外右上置日天子後淨居天子伊首羅天子持華供養宮殿外左上置月天子後摩醯首羅天子諸天天子持華供養其諸天仙華

鬘衣服寶珠瓔珞種種莊嚴宮殿外直上置阿彌陀佛釋迦牟尼佛世間王如來作說法相結跏趺坐寶師子座乘種種色雲其大海岸作七寶山山上種種寶樹華果其諸樹上有種種色藤枝華葉山間亦有池沼河澗水中具有蓮華拘勿頭華芬陀利華優鉢羅華山上亦有師子白象一切鳥獸宮盤荼鬼藥叉羅刹等繞其山脚有五空窟山下海中左右五小七寶山觜於五觜上各置龍王狀如天神頭上出蛇龍頭一一蛇頭一三蛇頭一五蛇頭一七蛇頭一九蛇頭各捧寶華半跏趺坐瞻仰供養四面小山種種莊嚴此像是斯補陀洛山寶宮殿會不空羂索觀世音菩薩摩訶薩身若有有情信心清淨暫瞻仰者則如見我得滅一切垢障重罪何況宿植清

淨持戒有情恒樂供養持我名字誦持眞言於此生身無不獲果是眞如法恭敬供養修此法者則當承事六十四殑伽沙俱胝那庾多百千如來所植種善根成就相應我則常爲夢覺現身與證不空王一切法願三昧耶念念灾滅億百千劫五無間業一切重罪若有有情歡喜禮拜稱念我名我亦憶念觀祐擁護若有有情窮顇困篤常當瞻仰但念我名亦得消除生死業雲若有鳥獸傍生有情見此像者當捨是身生於天上若寺王宫城邑聚落人民家宅有諸灾厄怖惱不安則以旛華種種音樂迎請此像於家清淨嚴飾道場香泥塗地懸諸旛華安置其像以諸華香果子酥乳飲食獻設供養誦持眞言作修治法并設護摩則滅一切灾星變怪藥叉羅刹布單那鬼塞健馱鬼毗舍闍鬼悉皆散滅宅人安樂苗稼豐稔此中有情皆得六波羅蜜善根相應若捨身後西方淨土蓮華受生見阿彌陀佛一切菩薩摩訶薩識知過去七百千劫所受生事得證清淨無垢蓮華光王菩薩摩訶薩三摩地蓮華安住蓮華王眞言明仙三摩地

不空羂索神變眞言經卷第八

音釋

鐶釧 鐶戶關切指鐶也釧尺絹切臂鐶也 鍮鉐 鍮託侯切鉐常隻切鍮之色似金者曰鍮鉐 擣 都皓切舂也 酥 桑姑切 酪 盧各切乳漿也 躑躅 躑直炙切躅直錄切躑躅花名 枋 分房切木名 俁 牛矩切

不空罥索神變眞言經卷第九

唐南天竺三藏法師菩提流志奉　詔譯

廣大解脱曼拏羅品第十二

世尊是不空王廣大解脱蓮華曼拏羅像印三昧耶於園苑中或蓮池沜或於寺内或於河邊或於山林皆擇勝地以奮怒王眞言加持白芥子散於十方勑遣是中毗那夜迦諸惡鬼神盡皆出去結爲方界一切天神集會擁護其壇方量三十二肘穿去地中惡土瓦石骨木淨土填築起基一肘平滿畋飾以瞿摩夷香水黄土嚴治摩飾曼拏羅地以五色線括量界道開廓界院雜寶界道一白二赤三黄四青五黑彩色諸物皆新淨好内院中置釋迦牟尼佛以右手背壓左手掌面西結跏趺坐右置不空罥索觀世音菩薩結跏趺坐後多羅菩薩微斜低頭左手執青優鉢羅華右手揚掌半跏趺坐後無垢慧菩薩左手執開蓮華右手仰伸髀上半跏趺坐後僑履菩薩左手持蓮華右手仰伸髀上半跏趺坐左置執金剛祕密主菩薩左手執三股金剛杵右手持白拂結跏趺坐後白衣觀世音母菩薩左手執開蓮華右手仰伸臍下半跏趺坐後摩訶濕廢多菩薩左手執蓮華右手揚掌半跏趺坐後不空奮怒王髮如旋螺面目可畏身有四臂一手執罥索一手持劒一手拄三叉戟一手執蓮華半跏趺坐東面阿閦如來左手覆伸臍下把袈裟角外垂右手揚掌結跏趺坐右執金剛祕密主菩薩左手竪持三股金剛杵右手揚掌結跏趺坐後摩莫稱金剛母菩薩左手仰伸臍下右手執三股

金剛杵半跏趺坐後執金剛針菩薩左手執獨股金剛杵右手把金剛針印半跏趺坐後金剛種族生菩薩以右手背壓左手掌伸置臍下竪掌金剛杵半跏趺坐左執金剛鉤菩薩左手執金剛鉤印右手仰伸髀上半跏趺坐後執金剛鎖菩薩左手仰掌髀上右手把金剛鎖印半跏趺坐後奮怒月金剛菩薩面目瞋怒狗牙上出左手持獨股金剛杵右手拄金剛戟半跏趺坐後執金剛牙菩薩左手當腹持蓮華臺上金剛牙印右手當胷仰掌半跏趺坐南面寶生如來左手當胷把袈裟角出上摶胷右手揚掌結跏趺坐右大愛樂菩薩左手把獨股金剛杵右手覆按髀上半跏趺坐後持寶掌菩薩左手執蓮華臺上寶珠右手拓外揚掌半跏趺坐後施無畏菩薩左手虛拳側按髀上右手揚掌半跏趺坐後捨惡道菩薩左手虛拳按脇右手仰垂掌半跏趺坐左悲旋潤菩薩左手虛拳側按髀上右手以中指大拇指相捻側按胷上半跏趺坐後大慈出超菩薩左手屈肘執枝華葉右手揚掌半跏趺坐後除熱惱菩薩左手持寶杖右手仰垂掌半跏趺坐後不思議慧菩薩左手虛拳持開蓮華臺上寶珠右手揚掌半跏趺坐西面阿彌陀佛以右手背壓左手掌結跏趺坐右觀自在菩薩左手持蓮華右手仰掌髀上半跏趺坐後多羅菩薩左手持青蓮華右手揚掌半跏趺坐後大梵天相觀世音菩薩眉間一眼身有四臂一執蓮華一持澡罐一把梏一施無畏結跏趺坐後吉祥菩薩左手把蓮華右手揚掌半跏趺坐左大勢

至菩薩左手按脇執蓮華右手揚掌結跏趺坐後白衣觀世音母菩薩左手執蓮華右手仰伸髀上半跏趺坐後弭路枳你菩薩左手虛拳按髀上執蓮華右手揚掌半跏趺坐後大吉祥菩薩左手虛拳按腹執蓮華右手仰伸髀上半跏趺坐北面世間王如來左手覆置臍下把袈裟角出垂右手揚掌結跏趺坐右普賢菩薩左手揚掌右手執劒結跏趺坐後虛空眼佛母菩薩以右手指壓左手掌伸置臍下結跏趺坐後最勝三界菩薩面目瞋怒左手執三股金剛杵右手拄刀半跏趺坐後如來牙菩薩左手虛拳按髀執蓮華臺上如來牙印右手仰虛拳當胷半跏趺坐左曼殊室利菩薩左手執青優鉢羅華右手揚掌半跏趺坐後虛空藏菩薩左手把枝華葉右

手掌實結跏趺坐後大精進菩薩左手仰伸臍下右手執劒結跏趺坐後佛眼菩薩左手執蓮華臺上佛眼印右手揚掌半跏趺坐東北方地藏菩薩東南方彌勒菩薩西南方普賢菩薩西北方曼殊室利菩薩次院東面從北第一虛空無垢金剛菩薩左手執獨股金剛杵右手揚掌半跏趺坐次執金剛輪菩薩左手覆伸髀上右手當胷掌輪半跏趺坐次執金剛善行菩薩左手覆按髀上右手當胷掌獨股金剛杵半跏趺坐次執金剛名聞菩薩左手執蓮華臺上三股金剛杵右手揚掌半跏趺坐次可畏執金剛菩薩左手執五股金剛杵右手揚掌半跏趺坐次寂靜執金剛菩薩左手執獨股金剛杵右手仰伸髀上半跏趺坐次執大金剛杵菩薩左手執三股金

剛杵右手揚掌半跏趺坐次執青金剛杵菩薩左手覆按獨股金剛杵頭右手揚掌半跏趺坐次軍吒利金剛童子左手執獨股金剛杵右手持三叉戟半跏趺坐次隨心金剛菩薩左手執三股金剛杵右手揚掌半跏趺坐南面從東第一地藏菩薩左手執蓮華臺上寶印右手揚掌半跏趺坐次寶處菩薩左手執蓮華臺上寶金剛杵右手仰伸胜上半跏趺坐次寶手菩薩左手執蓮華臺上寶三股金剛杵右手胜上掌寶半跏趺坐次持地菩薩左手持蓮華臺上豎獨股金剛杵右手仰掌半跏趺坐次寶杵菩薩左手執蓮華臺上寶五股金剛杵右手揚掌半跏趺坐次堅固意菩薩左手執蓮華臺上寶十字三股金剛杵右手仰伸胜上半跏趺坐次虛空無垢菩

薩左手持蓮華臺上豎劒右手揚掌半跏趺坐次虛空慧菩薩左手持蓮華臺上豎輪右手揚掌執摩尼珠半跏趺坐次清淨慧菩薩左手持蓮華臺上豎螺右手揚掌半跏趺坐次行慧行菩薩左手持開蓮華右手虛拳按胷半跏趺坐西面從南第一大可畏眼金剛菩薩左手持金剛杵右手揚掌半跏趺坐次馬頭觀世音菩薩左手執鉞斧右手持蓮華莖葉半跏趺坐次千手千眼觀世音菩薩結跏趺坐次如意輪觀世音菩薩身有六臂一手執輪一手持數珠一手執如意寶珠一手托右頰一手把蓮華一手按地結跏趺坐次毗那夜迦金剛左手持金剛鉞斧右手執罥索半跏趺坐次一髻羅刹使者身真青色面目瞋怒六臂左三手一執三股金剛杵一持

蓮華一持罥索右三手一執鉞斧一執金剛
杖一執三叉戟半跏趺坐當斧手下毗那夜
迦曲躬怖立次青項觀世音菩薩左手執蓮
華右手揚掌結跏趺坐次十一面觀世音菩
薩結跏趺坐次濕縛麼歌明王面目瞋怒猶
若金剛威立用勢次蓮華孫那里使者左手
執鉞斧右手把罥索半跏趺坐次大頂金剛
菩薩左手執三股金剛杵右手揚掌半跏趺
坐北面從西第一不動使者左手執罥索右
手持劒半跏趺坐次窣覩波菩薩二手各持
蓮華半跏趺坐次大水吉祥菩薩左手執蓮
華右手揚掌半跏趺坐次如來槊菩薩左手
側按腹右手持槊半跏趺坐次白傘蓋佛頂
菩薩左手持蓮華臺上傘蓋印右手揚掌把
蓮華半跏趺坐次勝佛頂菩薩左手持蓮華

臺上竪劒印右手持青優鉢羅華半跏趺坐
次光聚佛頂菩薩左手執蓮華臺上佛頂印
右手當胷半跏趺坐次最勝佛頂菩薩左手
持蓮華臺上竪輪印右手揚掌半跏趺坐次
摧碎佛頂菩薩左手執蓮華臺上寶印右手
揚掌半跏趺坐次無邊佛頂菩薩左手執蓮
華右手揚掌半跏趺坐是等諸菩薩摩訶薩
面目熙怡天妙衣服寶冠瓔珞珠璫鐶釧種
種莊嚴坐蓮華座佩身光焰次院東方大梵
天帝釋天伊首羅天摩醯首羅天大自在天
那羅延天功德天辯才天繕羅莎縛底天苗
稼天神華果天神乃至色界一切諸天日天
星天一切乾闥婆神緊那羅神東南方火天
夜天左右旖窒履眞言明仙苾理俱眞言明
仙你羅繕眞言明仙驕答摩眞言明仙瑟詫

眞言大仙屈縒眞言大仙乃至諸仙而爲眷屬南方焰摩王左右一切毗舍遮鬼布單那鬼乃至諸魔而爲眷屬西南方泥利帝神左右一切羅刹而爲眷屬西門水天左右一切龍王而爲眷屬門南月天左右星天圍繞門北地天神左右一切阿素洛而爲眷屬西北方風天神左右一切蘗嚕茶王而爲眷屬北方多聞天王左右一切藥叉而爲眷屬東北方伊舍那神左右一切鳩盤荼鬼而爲眷屬次院遍大海水水中次第有開蓮華一切魚獸水鳥之類一一蓮臺皆置月輪一一輪上次第置一切印四門四天王神執持刀槊半跏趺坐四角置二金剛杵十字交叉次院四門四角須彌寶山一一山上諸天宮殿一切天神龍王藥叉羅刹步多鬼等四面遍諸小山一一山上畫種種寶樹華果於諸樹上有鸚鵡舍利白鶴孔雀共命衆鳥是諸鳥頸以寶瓔珞而莊嚴之内院蓮華鬘界其次院界豎置獨股金剛杵印頭峯相次曼拏羅東置不空王畫像種種旛華金銀蓮華五色繒綵蓮華種種色繒綵華樹五色瑠璃泡華内外莊嚴當以金壜或以銀壜滿盛白栴檀香沉水香龍腦香水淨帛覆上上置五色摩尼寶羂索以白栴檀末香沉水末香龍腦末香散覆索上眞言白芥子散上置釋迦牟尼佛前十六銀壜閼伽白栴檀香水揷枝華葉水上汎華八金盤三白飲食八銀盤種種飲食果蓏六十四分三白飲食種種飲食果蓏内外敷獻三十二疊種種諸香八金銅香鑪内外敷置燒焯香王外院四方四維置大銅盆滿

盛香水水上汎華内院當然蠟燭八枚外院四面一百八盞酥燈油燈是所供養惟除酒肉五辛一切殘食殘華臭香臭華餘者盡通以陳供養其所畫匠給侍人等皆出入浴以香塗身著淨衣服受持八戒教令修營入壇喫食上厠衣服各皆別對特勿相觸其所弟子給侍人等同真言者心修治作法持真言者西門如法結印護身結界召請一切諸佛菩薩摩訶薩一切天神各坐本位觀諸如來一切菩薩一切天神使者是真身者會坐於座嚴結三昧如法作法引請法者入壇授法禮拜跪坐結灌頂印印按頂上真言加持教授三昧是人則爲十方一切如來攝受加祐當證不空羂索觀世音菩薩廣大解脫蓮華王曼拏羅印三昧耶一切種族壇印成就三昧耶脫除十惡五逆一切罪障三業清淨福壽安樂及得三十三天一切真言壇印三昧耶一切龍王真言壇印三昧耶一切阿素洛王真言壇印三昧耶一切藥叉王羅刹王真言壇印三昧耶悉皆成就不爲一切天魔外道伺求惱壞禁閉調伏若有有情干相侵擾則招殃咎是人懺悔亦不蠲除唯此三昧耶而能救拔餘無能救當應輪印誦持毋陀羅尼真言祕密心真言一千八遍輪奮怒王印誦持奮怒王真言一千八遍曼拏羅中五佛放種種光其羂索上亦放光明畫像自動放七種光證斯相時身心適悅時真言者發菩提心誦持毋陀羅尼真言祕密心真言一百八遍像出聲言善哉善哉善男子汝今已得不空羂索觀世音菩薩摩訶薩陀羅尼真言

摩尼罥索廣大解脱蓮華曼拏羅印三昧耶
最勝成就壇内香水加持七遍灌授法者頂
便令獲得六根清淨觀世音菩薩夢覺現身
安慰與願一切如來夢爲現身一切菩薩盡
皆憶念三十三天帝釋梵王一切諸天四天
王天各并眷屬皆擁護之當證無量不空三
昧耶大智慧門又得不空勇猛精進戒定功
德大福德蘊成就相應不空六波羅蜜多成
就相應不空善根圓滿相應不空一切陀羅
尼真言曼拏羅印三昧耶成就相應不空莊
嚴佛刹具足功德成就相應復得六十四殑
伽沙俱胝那庾多百千不空如來善根攝受
成就相應復得三界一切衆生不空恭敬頂
禮三昧耶如薄伽梵舍利制多成就相應

最勝明王真言品第十三

爾時觀世音菩薩摩訶薩復從座起合掌恭
敬右遶三帀禮佛雙足長跪曲躬重白佛言
世尊復有不空罥索心最勝明王真言三昧
耶欲於佛前當演説之爾時如來讚觀世音
菩薩言善哉善哉善男子汝今當爲末世有
情得大利樂進趣菩提正應説之是時觀世
音菩薩摩訶薩歡喜奮躍瞻仰如來即説最
勝明王真言曰

那麼塞(桒紇切下同)窒(丁吉切下同)⿰口履(二合)拽(移結切)特(能邑
切下同)娑(無何切下同二合)努誐(銀迦切)鞞(多我切下同一)跛(北沒
切下同)囉(二合)底瑟耻諦瓢(毗藥切下同二)薩縛(無可切下同)
勃陀(上聲下同)菩地薩怛(登訖切)廢(無計切)瓢(毗逘切入
聲一合三)那莫薩縛跛囉(二合)底曳(二合)迦(斤邐切下同)勃
陀⿰口履野(四)室囉縛迦僧(去聲)祇(虬曳切)瓢(五)底路
(多箇切下同)那(去聲)誐鞞跛囉(二合)窋(丁聿切)半禰(寧禮切)

瓢(入聲六)那莫三(去聲)藐誐驒南(七)那莫三(去聲)藐
跛囉(二合)底半那(去聲)南(八)那莫舍(尸可切)囉特縛
(二合)底素(蘇古切)跢野(九)摩訶(去聲)麼戴曳(十)那莫
旖唎野(二合十一)梅室隷(二合)野(十二)跛畝(二合)囉契瓢
(十三)摩訶(去聲)菩地薩埵縛(二合)⿰口履野(十四)誐拏縛隷
瓢(十五)那謨旖弭跢皤野(十六)驒詫誐跢耶(餘箇切下
同十七)旖囉歌諦三(去聲)藐三(去聲)勃陀野(十八)那謨
囉怛娜(二合)囉耶野(十九)那莫旖唎耶(二合二十)婆路
枳諦濕縛(二合)囉野(二十一)菩地薩埵縛(二合)野(二十
二)摩訶(去聲)薩埵縛(二合)野(二十三)摩訶(去聲)迦嚕捉
迦野(二十四)翳瓢摩訶(去聲)⿰口履使(一合二十五)旖唎野
誐拏縛隷瓢(二十六)那麼塞訖⿰口履(二合)得廢(二合)娜
(二十七)摩⿰口履耶縛路枳諦(二十八)濕縛(二合)囉目庫
特(依字呼)岐(上聲二合)喇拏(二十九)摩暮伽(上聲)邏(去聲)
誧(如占切三十)那麼訖⿰口履(二合)娜焰(三十一)驒詫誐跢

三(去聲)畝佉(三十二)皤(菩餓切下同)使擔(都林切)摩褐鉢
⿰口履(訕所諫切)末地(二合)曳(三十三)旖歌弭那聹摩⿰革韱
驒以使野弭(三十四)悉電覩米(三十五)薩縛迦⿰口履
耶捉(三十六)薩縛皤曳數者米(三十七)咯乞叉(上聲)
皤縛覩(三十八)怛⿱寧也(寧也切)他(三十九)唵(喉中擡聲呼四十)
者囉者囉(四十一)旨⿰口履旨⿰口履(四十二)主嚕主嚕(四十
三)摩訶(去聲)迦嚕捉迦耶(四十四)弭⿰口履弭⿰口履(四十五)
比⿰口履比⿰口履(四十六)旨⿰口履旨⿰口履(四十七)播囉麼迦嚕
捉迦(四十八)臬⿰口履臬⿰口履(四十九)比⿰口履比⿰口履(五十)旨⿰口履
旨⿰口履(五十一)麼訶(去聲)鉢頭(途邑切二合下同)麼歌塞(同上)
驒耶(五十二)迦攞迦攞(五十三)枳⿰口履枳⿰口履(五十四)矩
嚕矩嚕(五十五)摩訶(去聲)秫(輸律切)陀(上聲)薩埵縛(二合)
耶(五十六)翳呬曳呬(五十七)勃⿰革夜(亭夜切)勃⿰革夜(同上五十
八)馱縛馱縛(五十九)迦拏迦拏(六十)枳捉枳捉(六十
一)矩努矩努(六十二)播囉麼秫陀(上聲)薩埵縛(二合)

耶六十三迦囉迦囉六十四枳哩枳哩六十五矩嚕
矩嚕六十六摩訶去聲塞同上詑麽跛囉二合跛嘽二合
耶六十七者攞者攞者攞六十八散者攞散者攞六十九
弭者攞弭者攞七十翳吒上聲吒翳吒吒七十一皤
囉皤囉七十一避喇避喇七十三步嚕步嚕七十四
翳呬曳呬七十五摩訶去聲迦嚕抳迦耶七十六摩
訶去聲鉢輸去聲鉢底七十七廢灑踈價切下同馱囉七十
八陀囉陀囉七十九縒囉縒囉八十麽囉麽囉八十
十者囉者囉八十二歌囉歌囉八十三歌歌歌歌
八十四呬呬呬呬八十五虎虎虎虎八十六唵同上迦
囉沒囉歌麽八十七廢灑陀上聲囉八十八陀囉陀
囉八十九地哩地哩九十度嚕度嚕九十一嘽囉嘽
囉九十二縒囉縒囉九十三播攞播攞九十四者囉
者囉九十五縛囉縛囉九十六喇濕弭舍跢縒歌
塞囉九十七跛囉二合底漫抳跢舍哩囉九十八入

縛攞入縛攞九十九答播答播一百薄伽上聲畔一
素磨寧吉切夜丁夜切下同野麽婆嚕拏俱廢囉
三沒囉二合歌米二合捺輕聲囉二合四哩使誐拏瀨
毗滅切止跢柘囉拏五素嚕素嚕六主嚕主嚕
七補嚕補嚕八畝嚕畝嚕九散捺矩麽囉十
律盧骨切捺囉縛縒縛十一弭瑟拏陀上聲娜娜十二
禰縛哩使那去聲野迦十三縛虎弭弭陀上聲廢灑
馱囉二合十四陀上聲囉陀上聲囉十五地哩地哩十六度
嚕度嚕十七詑囉詑囉十八伽上聲囉伽上聲囉十九野
囉野囉二十攞囉攞囉二十一歌囉歌囉二十二麽
囉麽囉二十三播囉播囉二十四縛囉縛囉二十五
縛囉那去聲野迦二十六縒漫嘽縛路枳跢二十七
弭路枳嘽二十八路計濕縛二合囉二十九摩醯去聲
濕縛二合囉三十畝虎畝虎三十一畝嚕畝嚕三十二
畝野畝野三十三悶遮悶遮三十四薄伽上聲畔三十

五旃唎耶縛路枳諦濕縛二合囉野三十六路𧺆
灑嚕𧺆灑⿰牟含牟含切三十七薩縛皤曳瓢三十八薩靡
無所切下同鉢捺輕聲二合囉廢瓢三十九薩靡播隆藝
瓢四十薩靡播夜細瓢四十一薩縛疙魚訖切囉二合
醯去聲瓢四十二薩縛⿰糸夜名夜切地瓢四十三薩縛麼
馱畔馱曩輕聲四十四囉惹注囉怛塞迦囉四十五
近女去聲庾娜迦弭灑舍塞怛囉二合四十六播履
暮者迦四十七迦拏迦拏四十八旣抳旣抳四十九
矩努矩努五十者囉者囉五十一印鞊⿰口履野縛攞
曝杖亭樣切誐五十二栢覩邏⿰口履野五十二薩⿰丁夜丁夜
切三去聲跛囉二合迦捨迦五十四⿰革單麼⿰革單麼五十五
那麼那麼五十六縒麼縒麼五十七麼縒麼縒五十
八摩訶去聲跢暮陀上聲迦囉五十九弭麼迦馱殺
播囉蜜多六十播⿰口履布囉迦六十一弭⿰口履弭⿰口履六十
二吒上聲吒上聲吒上聲吒上聲六十二詫魑賈切下同詫詫

詫六十四徵上聲下同徵徵徵六十五柱魑矩切下同柱柱
柱六十六翳制尼例切野折麼六十七訖⿰口履跢播⿰口履
迦囉六十八翳呬曳呬六十九縊烏異切濕縛二合囉
摩醯去聲濕溥二合囉七十摩訶去聲步⿰革單誐拏畔惹
迦七十一矩嚕矩嚕七十二播囉播囉七十三迦囉
迦囉七十四迦吒上聲迦吒上聲七十五麼吒上聲麼吒
上聲七十六弭秫陀上聲弭灑野皤新七十七摩訶去聲
迦嚕抳迦七十八濕廢二合⿰革單拽移結切胥諸振切饒
去聲二合播弭⿰革單七十九喇怛娜二合摩矩吒八十摩囉
馱囉八十一薩縛胥惹二合始囉枲訖⿰口履二合⿰革單八十
二惹吒上聲摩矩吒上聲八十三摩訶去聲特途邑切步
⿰革單八十四迦麼攞訖⿰口履二合⿰革單八十五迦囉跢攞杖
歌二合娜八十六娑去聲麼地弭畝訖叉八十七鉢囉
二合劒扡井也切八十八薄虎薩埵縛二合散怛底八十九
鉢⿰口履二合播者迦九十摩訶去聲迦囉抳迦九十一薩

縛羯磨縛囉拏九十二弭輸去聲馱迦九十三薩縛
紱地跛囉二合暮者迦九十四薩縛舍播囉履布囉
迦九十五薩縛薩埵縛二合三麽濕縛二合縒迦九十六
那謨窣覩羝九十七莎縛訶去聲九十八
爾時觀世音菩薩摩訶薩說斯眞言時放大
光明照補陀洛山其山宮殿六返震動於虛
空中紜雨諸天優鉢羅華拘物頭華鉢頭摩
華芬拏利華曼陀羅華種種寶華寶香寶冠
天諸衣服珠瓔鐶釧寶莊嚴具海雲供養如
來及復供養在會大衆華至于膝其虛空中
無量天樂不鼓自鳴會中一切天龍藥叉羅
刹阿素洛乾闥婆蘗嚕荼緊那羅莫呼羅伽
人非人等一時歡喜合掌瞻仰同聲讚言善
哉善哉大悲者能妙說斯不空羂索心最勝
明王眞言若如意寶能與三界一切有情雨
大寶雨皆得解脫爾時觀世音菩薩摩訶薩
復白佛言世尊如是眞言若有有情以大悲
心樂受持者應常淨浴以香塗身著淨衣服
食三白食靜室而坐以心置心而自觀察安
住清淨菩提之心識知衆像隨彼觀行而勿
異觀若扇底迦三昧耶應以面北結跏趺坐
吉祥之座猶須彌山堅固不動靜心憺怕以
慈悲眼睛瞼不瞬觀觀世音面目凝寂形色
圓白端身靜慮結跏趺坐白蓮光座左手當
心掌摩尼珠右手仰伸施無畏相放白光明
照融無障分明稱誦聲相清和不急不緩一
一調勻聲韻字相若白光鬘三七七七一百
八遍當得除滅一切災厄一切罪障一切鬼
神諸惡疾病出世世間三昧耶地最勝成就
若布瑟置迦三昧耶應以面東交脚趺坐蓮

華之座面貌怡悅以愉悅心以金剛眼歡喜愛重隨順瞻觀觀世音面目熙怡形色愉滿若日初光端身怡懌趺坐而坐金蓮光座左手當胷執金剛杵右手仰伸施無畏相放金色光照融無障分明稱誦聲相調勻不大不小明喋捷利慈聲外聞聲韻字相若金光鬘三七七七一百八遍當得出世世間增益三昧耶成就圓滿若攝導三昧耶應以面西覽座而坐並脚蹲坐顏貌畏怒以愉喜心奮目瞻視數瞤眼瞼觀觀世音面目耿麗形畏心喜端身奮迅趺坐而坐月光蓮座分明稱誦聲相緊捷旋利清朗聲固外聞聲韻字相若月光鬘三七七七一百八遍當得出世世間攝伏三昧耶地成就圓滿若旖毗柘魯迦三昧耶應以面南跛刺韠里拏立右脚釘頭左脚釘尾逐左斜曲或嗢俱吒坐以右脚踏左脚上坐臀不至地顏貌瞋怒以嬌懠心雙目斜怒瞻視武略觀奮怒王面目瞋吼狗牙上出形畏青大蹲踞虛坐青蓮光座左手執但荼右手持閼伽放大火焰甚可怖畏分明稱誦奮怒吼謑挫颰訶黙畏聲遠聞聲韻字相若火光鬘三七七七一百八遍當得降伏一切鬼神悉皆怖走不相灾擾任威自在若白月十五日觀音像側置功德天像每日以淨飲食雜華獻設供養真言加持白芥子稱功德天名打功德天像滿三七日則現身來奉施珍寶加與勝願觀世音菩薩夢覺現身而為消灾除五無間罪真言加持白芥子火食灰隨心結界護身逐諸鬼神真言加持紫檀木橛繫五色線圍釘結界若患瘧者取五色

線童女合之真言加持三七結與繫頂上則得除差若熱風病者以牛酥烏麻油乾蓮華鬚葉蓮實瓠煎以爲膏真言加持一百八遍服及塗摩并數灌鼻則得除差若厭蠱病者以酥和膏真言加持䵝塗身上後加持乾麵遍覆揩取捏厭蠱者形加持鑌鐵刀截之七段則得除差若爲鬼神相恐怖者以五色線真言加持一百八結佩帶身上則得除差若患腹痛真言加持紅鹽湯服之即差若毒蟲螫者真言加持黃土泥塗所螫處則得除差若患喉腫真言蓽茇末蜜服之得差若患眼痛加持甘草水龍腦香水數數洗之則得除差若患耳疼加持胡麻油茴香子煎數瀝耳中則除差若常晨朝加持水漱口洗面恒得吉相若宅中有一切灾怪以酥塗蓮華一千八莖加持燒獻亦并日日三時加持水散灑宅中則得除滅若諸惡風雹雨灾者於高山頂真言加持石榴枝二十一遍左手搯珠右手把杖又一加持一撥惡風雹雨遣令空野大山間下一百八遍則得除散若毗那夜迦相娆惱者當以胡油麻末和水加持供養毗那夜迦則得歡喜不相障惱若除厄者於一七日當以淨瓮滿盛香水置菩薩前加持一百八遍如法煖之灌頂浴身則得除滅若諸鬼神相障惱者以胡麻油粇米相和一加持一燒一百八遍則得除滅若魍魎病者真言水服則得除差若有短命多病有情能自每日觀世音像前燒焯香王誦最勝明王真言一百八遍滿一百日則得轉其天壽之業令得增壽若杻械枷鏁獄縛於身但令至誠日

夜誦持最勝明王眞言無限遍數則得解脱若加持右手摩面所去見者歡喜若加持孔雀尾病者拂身則得除差若加持霹靂木燒灰又復加持散於十方則成結界若常觀像結印誦持最勝明王眞言恒不間斷是人當證百千三摩地若有苾芻苾芻尼族姓男族姓女樂令圓滿六波羅蜜而相應者作曼拏羅以瞿摩夷和黄土泥如法摩塗以白栴檀香甘松香鬱金香龍腦香麝香泥周治塗飾畫蓮華鬘中嚴其座置般若波羅蜜經置不空羂索觀世音像般若菩薩像列諸旛華獻諸香華香水白食果子燈明燒焯香王淨治身服護身結界誦持最勝明王眞言稱般若菩薩名滿一萬遍誦持奮怒王眞言稱般若菩薩名滿一萬遍則得般若菩薩現身讚歎加與六波羅蜜相應圓滿旃暮伽王無上菩根相應圓滿當與有情爲大導師若降天魔高山頂上面東趺坐右手執金剛杵左手掐珠誦最勝明王眞言一百八遍又輪結印誦奮怒王眞言一百八遍則得一切天魔鬼神而皆順伏若常白月八日十五日食三白食寂斷言論像前面東趺坐輪印誦持最勝明王眞言一百八遍則得旃暮伽王眞言一切諸法一切心願悉皆圓滿若自灌頂者以白瓷瓮滿盛白栴檀香甘松香龍腦香水置壇中心結灌頂印眞言加持加持自頂亦印水瓮一百八遍灌頂浴身則當一切諸佛菩薩摩訶薩現前成就而爲灌頂若舍利像前入如來相三摩地一誦持最勝明王眞言一請如來十力神通加祐擁護一百八遍當得如

來功德相應若以右手按不空王像足發弘誓願誦持最勝明王眞言一百八遍當得不空王功德相應又燒安悉香以右手按執金剛祕密主菩薩像足一誦持最勝明王眞言一稱執金剛祕密主菩薩名一百八遍當得執金剛祕密主菩薩功德相應如是修治最勝明王眞言奮怒王眞言結界灌頂印護身者應當常發四無量心速得諸法疾疾相應觀世音菩薩加祐善相福德增長膚色充潔及得十方諸佛菩薩大灌頂印甲冑之身一切最勝明王眞言法自成辦當證不空王陀羅尼眞言一切三昧耶

不空羂索神變眞言經卷第九

音釋

僑渠消切 壜徒含切罌屬 瞬舒閏切目動也 喋捷喋徒協切利口也倢疾葉切敏捷也 瞯舒閏切與瞬同 嬒懠嬒胡感切性惡也懠在詣切忿怒也 謑胡啓切詬也 挫颲挫則卧切摧也颲良傑切與烈同暴烈也 瓤如羊切瓜犀也 穠奴動切心多也 魍魎魍文訪切魎良蔣切魍魎山川精物也 瓷疾之切瓦器總名 瓮鳥貢切大甖也

不空罥索神變眞言經卷第十

唐南天竺三藏法師菩提流志奉　詔譯

奮怒王品第十四

爾時觀世音菩薩摩訶薩復白佛言世尊是最上不空奮怒王眞言如諸佛說常淨洗浴以香塗身著淨衣服具大理智善依本法則得成就即說奮怒王眞言曰

娜麽薩縛(無可切下同)鞞詫誐(銀迦切又音迦字斤攞切下同)跢嚩野(餘可切下同一)婆(無何切下同)路枳諦濕縛(無可切下同二合)囉(二)跋馹囉陀(上聲)嚩瓢(毗藥切三)唵(侯中撞聲呼下同)柘囉柘囉(四)止嚩止嚩(五)主嚕主嚕(六)摩訶(去聲)迦(斤邏切下同)嚕抳迦(七)止嚩止嚩(八)弭嚩弭嚩(九)摩訶(去聲)鉢頭麽(二合)歌塞(桑紇切下同)鞞(十)迦攞迦攞(十一)枳理枳理(十二)矩嚕矩嚕(十三)摩訶(去聲)塞詫麽跛(北沒切下同)囉跛跢(十四)者囉者囉(十五)者囉(十六)你舍柘隸濕縛(二合)囉(十七)翳呬曳呬(十八)悉馱(亭夜切下同)悉馱(十九)勃馱勃馱(二十)陀(上聲)縛陀(上聲)縛(二十一)既抳既抳(二十二)播囉麽秫(輸律切)陀(上聲)薩埵(二十三)迦囉迦囉(二十四)枳嚩枳嚩(二十五)矩嚕矩嚕(二十六)摩訶(去聲)鉢輸(去聲)鉢底胜灑(路賈切下同)陀(上聲)囉(二十七)歌歌呬呬虎虎(二十八)唵迦囉(二十九)沒囉(二合)歌麽胜灑陀囉(三十)縒囉縒囉(三十一)縛囉縛囉(三十二)喇濕弭(二合)舍鞞縒歌塞囉(二合三十三)跛羅(二合)底曼抳鞞舍嚩囉(三十四)入縛攞入縛攞(三十五)答播答播(三十六)薄伽(上聲)畔(三十七)素(蘇古切下同)摩(寧吉寧吉切)他(丁也切三十八)野麽婆嚕拏矩廢(無計切下同)囉(三十九)沒囉(二合)歌迷(去聲)捺囉(二合四十)嚩使禰(如禮切下同)縛誐拏(上聲四十一)瀕(毗滅切)旨鞞柘囉拏(四十二)素嚕素嚕(四十三)畝嚕畝嚕(四十四)散捺矩麽囉(四十五)捸(慮骨切)捺囉(二合)縛

縒縛四十六陀上聲曩輕呼娜四十七禰婆嚩使那去聲
野迦四十八縛虎弭弭陀上聲四十九廢灑陀上聲囉
五十陀上聲囉陀上聲囉五十一縒曼多上聲婆路枳䩛
五十一弭路枳䩛路計濕縛二合囉五十三摩醯去聲
濕縛二合囉五十四畆耶畆耶五十五悶遮悶遮五十
六縛陀上聲蔓無繁切陀上聲娜五十七䩛拏上聲娜囉
惹䩛塞迦囉五十八近女去聲庾娜迦五十九弭灑
捨塞怛登訖切囉二合六十播嚩暮者迦六十一迦拏
迦拏六十二縛攞曝杖亭様切誐六十三折覩邏嚩
野六十四薩他三去聲跛囉二合迦捨迦六十五䩛麼
䩛麼六十六縒麼縒麼六十七麼縒麼縒六十八摩
訶去聲苾電陀上聲迦囉六十九跛囉二合舍麼曩輕呼
七十弭理弭理七十一翳鷄耶二合折摩播嚩迦囉
七十二翳呬曳呬七十三麼吒上聲麼吒上聲七十四弭
輸去聲陀上聲弭灑野皤新七十五摩訶去聲迦嚕抳

迦七十六濕廢䩛拽腎諸振切鐃去聲播弭䩛七十七
喇怛娜摩矩吒上聲摩羅陀上聲囉七十八薩縛腎
惹始囉枲七十九訖嚩二合䩛迦囉補吒去聲八十頎
亭近切縒麼地八十一弭目訖灑二合跛囉二合劒馳
并也切八十二殺播囉窣䩛八十三播囉二合布囉迦八十
四縛虎薩埵散怛底八十五播嚩播者迦八十六
薩縛磨邏你訥瑟吒上聲八十七跛囉二合跋娜迦
八十八薩縛悉皺奢八十九播嚩補囉迦九十旖鼻
詵者九十一薩縛䩛詑誐跢鼻曬階九十二薄伽
畔上聲九十三旖暮伽上聲邏惹九十四餅怖九十五那
謨窣覩羝九十六莎縛訶九十七

爾時觀世音菩薩摩訶薩說是眞言已合掌
恭敬以偈白佛

不空勝明王　不空奮怒王　法等如淨水
洗竭諸塵勞　亦如金剛雹　摧裂煩惱山

是大真實乘　究竟非虛妄　皆等成諸法
而得無所畏　若所讀誦持　當斷疑惑念
大悲心爲首　清淨持梵行　無量時歲修
清淨心常一　不隨著衆相　不礙爲無爲
如斯等妙人　則證不空地　是中一切法
上下皆演說　修爲大智藏　功德中勝田
現得無餘分　當獲涅槃門　是中儀飾法
各剖分別說

請觀世音真言

那謨囉怛娜(二合)怛囉(二合)耶(餘箇切下同)野(一)　那莫旃唎耶(二)　弭轝皤野(三)　轝詑誐跢野(四)　那莫旖利耶(五)　縛路枳諦濕縛(二合)囉野(六)　菩地薩埵野(七)　摩訶(去聲)薩埵野(八)　摩訶(去聲)迦嚕抳迦野(九)　旖暮伽(上聲)縛囉娜(十)　播捨歌塞轝野(十一)　摩訶秝陀(上聲)薩埵野(十二)　旖蘖擔(蚩也切下同)　薄伽(上聲)畔(十三)　鉢頭麼(二合)歌塞跢(十四)　縛囉娜迦嘮(去聲)俱理(十五)　鉢頭麼(二合)步驀(十六)　摩訶鉢輸(去聲)鉢底廢灑陀(上聲)囉(十七)　跛囉(二合)梟娜(十八)　始趁囉(二合)磨蘖擔(十九)　摩訶(去聲)廢誐弭步使轝(二十)　喇濕弭(二合)縒歌塞囉(二十一)　旖暮伽(上聲)悉第(二十二)　縒囉縒囉(二十三)　者攞者攞(二十四)　旖蘖擔旖蘖擔(二十五)　薄伽(上聲)畔(二十六)　旖縛路枳諦濕縛(二合)囉(二十七)　麼麼健陀(上聲)補澀跛(二十八)　娑(去聲)摩若蓮(去聲)跛(二合)囉底擔(二十九)　窒履(二合)喇怛那(二合)(三十)　薩底曳(二合)娜(三十一)　旖暮伽(上聲)悉第(三十二)　莎縛(二合)訶(去聲)(三十三)

是真言法加持香王燒焯以不空王燒香海雲供養啓召旖暮伽王觀世音啓召一切諸佛菩薩摩訶薩種族曼拏羅神一切天神

塗香真言

娜謨囉怛娜二合怛囉二合耶野一那莫旃唎耶
二婆路枳諦濕縛二合囉野三菩提薩埵野四
摩訶去聲薩埵野五摩訶去聲迦嚕抳迦野六薩
縛健陀上聲地播枲䩞七旃暮伽上聲步惹縛囉
那野八薩縛健陀上聲麽闍驢遮切九弭步使䩞畢
唎二合曳十戰捺奴訖切囉二合遏陀上聲十一始囉枲
畢唎二合曳十二健陀上聲健陀上聲十三拏俐鉢禰十四
縒麽麽十五跛囉二合底捺十六縛囉十七縛囉縛囉
那去聲耶十八莎縛二合訶去聲十九
是真言法加持塗香以不空王塗香海雲溥
皆供養塗曼拏羅

獻華真言

那謨囉怛娜二合怛囉二合耶野一那莫旃唎耶
二婆路枳諦濕縛二合囉野三菩地薩埵野四
摩訶薩埵野五摩訶去聲迦嚕抳迦野六怛𡫸
寧也切他七呬嚄呬嚄八弭嚄弭嚄九摩訶去聲
鉢囉二合皤十莎縛二合囉弭麽隸十一沒囉二合歌
麽脞灑陀上聲囉十二素莽底丁以切縛囉禰十三覩
嚕覩嚕十四弭只怛囉補澀跛摩闍驢遮切十五弭
步使諦十六歌囉歌囉十七麽囉麽囉十八覩嚕覩
嚕十九旃暮伽上聲紇唎二合娜野二十跛囉二合暮嗟
奴錦切矩嚕二十一跛囉二合底捺二十二麽麽補澀
跛縛隸二十三莎縛二合訶去聲二十四
是真言法加持香華以不空王香華海雲溥
皆供養旃暮伽王觀世音一切諸佛菩薩摩
訶薩種族曼拏羅神一切天神

警誡真言

娜謨囉怛娜二合怛囉二合耶野一那莫旃唎耶
二婆路枳諦濕縛二合囉野三菩提薩埵野四
摩訶去聲薩埵野五摩訶去聲迦嚕抳迦野六摩

訶(去聲)菩地薩埵婆囉泥七塞麼囉塞麼囉八
薄伽畔婆(去聲)麼焰九薩縛䩉詑誐跢十三(去聲)
摩濕縛(二合)枲羝十一薄伽(上聲)畔十二旖(上聲)縛路迦
野十三薩縛薩埵婆路迦你十四旖(上聲)暮伽(上聲)縛
底十五播舍歌塞羝十六悉第悉第十七悉陀(上聲)没
囉(二合)羝十八勃陀(上聲)達磨十九薩底曳(二合)娜二十步
嚕步嚕二十一薩阤(丁也切)三(去聲)摩焰二十二播攞
野二十三莎縛(二合)訶(去聲)二十四

是真言法加持真言者一切不空如來法性三摩地而睡眠者觀世音攝受憶念警誡

淨食真言

娜謨囉怛娜(二合)怛囉(二合)耶野一那莫旖唎耶
二婆路枳諦濕縛(二合)囉野三菩地薩埵野四
摩訶(去聲)薩埵野五摩訶迦嚕抳迦野六怛⿰寧也(寧也切)
他七度唎度唎八跛馹邏陀(上聲)囉九鉢本
頭麼(二合)惹廢十弭誐跢縛囉十一廢誐廢誐十二
度柱(知古切下同)度柱十三薩縛弭惹畢唎(二合)曳十四
勃陀(上聲)達磨十五僧(去聲)歌薩底曳(二合)娜十六弭唎
弭唎十七莎縛(二合)訶(去聲)十八

是真言法加持饌食造不空王微妙甘膳溥俱供養一切諸佛菩薩摩訶薩種族壇神一切天神

燈明真言

娜謨囉怛娜(二合)怛囉(二合)耶野一那莫旖唎耶
二婆路枳諦濕縛(二合)囉野三菩地薩埵野四
摩訶(去聲)薩埵野五摩訶迦嚕抳迦野六旖
跛囉(二合)底歌跢七䩉詑誐跢八臂(諸振切)惹(二合)
娜迦野九薄伽(上聲)畔(上聲)十旖歌囉旖歌囉十
鉢頭麼(二合)娑(去聲)娜十二鉢頭麼(二合)步鷃十三濕廢
(二合)譗倪十四濕廢(二合)䩉步鷃十五濕廢(二合)䩉摩羅

十六弭步使羝十七度麽度麽十八入縛攞野十九勃陀上聲達磨二十僧去聲歌薩底曳二合娜二十一莎縛二合訶去聲二十二

是眞言法加持燈明以不空王燈光海雲溥俱供養得身光明

香水眞言

娜謨囉怛娜二合怛囉二合耶野一那莫旖唎耶二婆路枳諦濕縛二合囉野三菩地薩埵野四摩訶去聲薩埵野五摩訶去聲迦嚕抳迦野六怛[寧*也]寧也切他七唵八弭囉弭囉九鉢頭二合麽播抳十旖誐摩誐摩十一旖暮伽上聲怛埵悉第十二薩縛囉訖誐路十三伽誐曩輕聲喇濕弭二合十四散注你諦十五薩縛苾皺陀上聲羅弭輸去聲達禰十六旖暮伽上聲入縛攞悉第十七莎縛二合訶去聲十八

是眞言法加持香水以不空王香水海雲溥俱供養

淨衣眞言

娜謨囉怛娜二合怛囉二合耶野一那莫旖唎耶二婆路枳諦濕二合縛囉野三菩地薩埵野四摩訶去聲薩埵野五摩訶去聲迦嚕抳迦野六怛[寧*也]寧也切他七度迷度迷八度度迷九鉢頭摩二合鉢頭麽二合十[寧*吉]寧吉切皤縒秫第十一秫陀上聲那建者娜十二跛囉二合皤縒弭麽黎十三秫陀上聲那起隸十四輸去聲止輸止十五輸止倶者隸秫第十六鉢頭摩二合誐縛底十七跛囉縛囉抳十八莎縛二合訶去聲十九

是眞言法加持衣服以不空王天妙衣服貫飾修治當得天諸妙寶衣服

坐卧眞言

娜謨囉怛娜二合怛囉二合耶野一那莫旖唎耶

二娑路枳諦濕縛二合囉野三菩地薩埵野四
摩訶去聲薩埵野五摩訶去聲迦嚕抳迦野六怛
⿱寧也寧也切他七舍米舍麽野八扇底米九莎縛
二合悉地野南矩嚕十扇覩臬米十一薩縛播般
平聲十二扇金都林切秫曇十三建闍驢遮切琳尼金切弭
囉鬺十四扇底弭惹曳十五惹野悉第十六薄伽上聲
娑十七那去聲嚗耶十八娑路枳諦濕縛二合囉十九娑
去聲囉娑去聲囉娑去聲囉二十莎縛二合訶去聲二十一
是真言法加持床敷以不空王菩提床敷坐
卧修行恒無惡夢惡相惱障

洗浴眞言

娜謨囉怛娜二合怛囉二合耶野一那莫旖唎耶
二娑路枳諦濕縛二合囉野三菩地薩埵野四
摩訶去聲薩埵野五摩訶去聲迦嚕抳迦野六怛
⿱寧也寧也切他七那誐鉢囉二合八縛嘌灑鬺九⿱寧立寧立切⿰名養名養切惹路十惹邏縛醯十一惹攞僧去聲
縕瞿蔚切數皤焰十二那誐若攞僧去聲輸聹十三鉢
頭摩二合娑去聲泥去聲十四鉢頭麽二合弭秫第十五播
抳惹隸十六僧去聲輸上聲陁上聲野十七旖怛得訖切曼
十八陁上聲囉陁上聲囉十九僧娑去聲理隸二十莎縛訶
二十一
是真言法加持湯水以不空王三昧耶水獻
灌浴身澰灑衣服内外清淨

獻食眞言

娜謨囉怛娜二合怛囉二合耶野一那莫旖唎耶
二娑路枳諦濕縛二合囉野三菩地薩埵野四
摩訶去聲薩埵野五摩訶去聲迦嚕抳迦野六薩
縛薩埵喞㗪都亘切迦囉野七旖暮伽上聲縛囉
跛囉二合那野八薩縛薩埵曼娜九播曩輕呼跛
囉二合那野十禰摩那誐娜諭十一曝爾野十二弭

弭陀上聲十三囉散娜跛囉二合那野十四娑去聲迦攞
步縛禰十五步縛娜弭輸去聲陀上聲你十六散怛播
野十七跛囉二合縛囉弭秝第十八莎縛二合訶去聲十九
是真言法加持一切飲食華果以不空王種
種甘膳華果海雲溥俱供養

果願真言

娜謨囉怛二合娜怛囉二合耶野一那莫旖唎耶
二婆路枳諦濕縛二合囉野三菩地薩埵野四
摩訶去聲薩埵野五摩訶去聲迦嚕泥迦野六薩
縛禰縛素囉七那麽塞訖㗚二合羝八三去聲麽
三去聲麽九努跛囉二合布囉鸛十三去聲麽件陀
上聲縛皤枲羝十一伽誐娜弭秝第十二目底跛囉
二合陛十三惹曳弭惹曳十四迦野黠寧吉切摩闍驢遮
切播娜野你十五補澀跛摩闍十六建陀上聲弭輸
去聲陀上聲你十七輸去聲陀上聲野十八薩縛鞞詑誐跢

秝第十九鉢頭麽二合弭輸去聲他上聲你二十莎縛訶
去聲二十一
是真言法加持壇內一切供具奉獻一切不
空王諸法自性海雲三摩地如法收拾

罥索真言

娜謨囉怛娜二合怛囉二合耶野一那莫旖上聲唎
耶二婆路枳諦濕縛二合囉野三菩地薩埵野
四摩訶去聲薩埵野五摩訶去聲迦嚕抳迦野六
怛蹅寧也切他七陀上聲囉紉尼鎮切陀上聲隸八陀
上聲囉畔第九滿陀上聲滿陀上聲十叔訖囉二合弭
輸去聲陀上聲你十一叔訖囉二合摩陵蟻聹十二叔訖
囉二合弭輸去聲陀上聲聹十三秝陀上聲弭麽隸十四莎
縛二合訶去聲十五
是真言法加持童女合索二十一結繫持護
身睡夢不爲邪魔相亂

辟魔眞言

娜謨囉怛娜二合怛囉二合耶野一那莫旃唎耶二婆路枳諦濕縛二合囉野三菩地薩埵野四摩訶去聲薩埵野五摩訶去聲迦嚕抳迦野六怛⿰寧也寧也切他七入縛隷入縛隷八弭麽路入縛隷九跛囉二合皤娑去聲十弭囉嚩十一素唎野縛底十二惹耶鉢頭麽二合囉陀上聲隷十三娑縛二合訶去聲十四

是眞言法加持淨灰於作法處散治結界則當不爲毗那夜迦諸惡鬼神而相撓亂

清潔眞言

娜謨囉怛娜二合怛囉二合耶野一那莫旃上聲唎耶二婆路枳諦濕縛二合囉野三菩地薩埵野四摩訶去聲薩埵野五摩訶去聲迦嚕抳迦野六怛⿰寧也寧也切他七惹黎惹黎八惹攞縛底九惹攞跛囉二合皤縛聹十那誐塞囉弭抳十一⿰寧立寧立切穰婆理抳十二弭⿰口復弭⿰口復十三娑縛二合訶去聲十四

是眞言法加持淨水洗手面口誦念讚詠觀世音歡喜觀視

吉祥草眞言

娜謨囉怛娜二合怛囉二合耶野一那莫旃唎耶二婆路枳諦濕縛二合囉野三菩地薩埵野四摩訶去聲薩埵野五摩訶去聲迦嚕抳迦野六怛⿰寧也寧也切他七⿰口復泥摩訶去聲理抳八冰并蠅切誐攞冰誐理九呬⿰口復呬⿰口復十薄伽縛底十一者攞跛囉二合者囉十二跛囉二合底十三底瑟侘給十四咯趷灑咯趷灑十五麽麽勃陀上聲達磨僧去聲歌十六薩底曳二合曩輕呼十七娑縛二合訶十八

是眞言法加持茆草敷座而坐當得不空菩提金剛座坐

使者真言

娜謨囉怛娜二合怛囉二合耶野一那莫薩縛曼拏攞二你縛帋南三禰縛諵尼咸切四那謨苾皺禰縛諵五薩縛迦給楞邑切皺北可切悉陀上聲南六那莫旖唎耶七婆路枳諦濕縛二合囉野八菩地薩埵野九摩訶去聲薩埵野十摩訶去聲迦嚕抳迦野十一翳呬四薄伽縛底十二鉢頭麽二合遜娜嚩十三摩訶苾皺禰縛底十四者囉者囉十五鉢頭麽二合遜娜嚩十六米誐縛底十七虎嚕虎嚕十八莎縛二合訶十九

是真言法加持塗香末香燒香華果飲食供養蓮華遜那哩神一髻羅刹女使者度底使者請願加護則無一切惡障嬈故

侍者真言

娜謨囉怛娜二合怛囉二合耶野一娜莫矩嚧陀囉惹野二娜莫旖唎耶三婆路枳諦濕縛二合囉野四菩地薩埵野五摩訶去聲薩埵野六摩訶去聲迦嚕抳迦野七娜莫薩縛苾皺八矩攞崩捨野九怛⿱寧也寧也切他十唵十一旖暮伽上聲紇嚩二合娜野十二跛囉二合皤弭聹十三薩縛弭起娜跛囉二合舍麽你十四旖歌囉僧去聲歌囉十五鉢頭二合麽比主癡矩切十六播弭瑟蘗十七摩抳迦娜迦十八弭步使多十九迦麽攞步蘗二十彈囉彈囉二十一跢囉野播臨盧金切二十二旖暮伽上聲紇嚩二合娜野二十三惹曳窒嚩二合乃窒嚩二合二十四婆囉娜步蘗二十五塞麽囉塞麽囉二十六薄伽上聲蔓無繁切二十七薩縛彈詫誐跢二十八三去聲摩焰二十九皤囉皤囉三十步嚕步嚕三十一沒囉二合歌麽陛灑陀上聲囉三十二弭步使多跢努三十三摩訶去聲皤野歌隸三十四旖路迦野弭路迦野三十五薩

縛薩埵婆路迦你(三十六)縛囉縛囉(三十七)縛囉禰(三十八)莎縛(二合)訶(去聲三十九)

是真言法加持淨灰侍者點佩則成擁護

內界真言

娜謨囉怛娜(二合)怛囉(二合)耶野(一)那莫旖唎耶(二)婆路枳諦濕縛(二合)囉野(三)菩地薩埵野(四)摩訶(去聲)薩埵野(五)摩訶(去聲)迦嚕抳迦野(六)怛[寧也](寧也切)他(七)播囉播囉(八)摩囉摩囉(九)滿陀(上聲)滿陀(上聲十)三(去聲)曼諦娜(十一)旖暮伽(上聲)播捨歌塞羝(十二)底瑟詫底瑟詫(十三)勃陀(上聲)達磨僧(去聲)歌(十四)薩底(二合)曳囊(輕呼十五)莎縛(二合)訶(去聲十六)

是真言法加持白芥子灰結持內界後結印界則成結內金剛法界

外界真言

娜謨囉怛娜(二合)怛囉(二合)耶野(一)那莫旖唎耶(二)婆路枳諦濕縛(二合)囉野(三)菩地薩埵野(四)摩訶(去聲)薩埵野(五)摩訶(去聲)迦嚕抳迦耶(六)怛[寧也](寧也切)他(七)你舍滿陀你(八)你舍弭你舍滿陀你(九)旖暮祇(虬曳切)旖跛囉(二合)底歌羝(十)畝嚕畝嚕(十一)素嚕素嚕(十二)覩嚕覩嚕(十三)薩縛弭趍娜(十四)弭那舍你(十五)鉢頭(二合)麼(十六)娑(去聲)囉弭步使羝(十七)勃陀(上聲)達磨僧(去聲)歌(十八)薩底曳(二合)囊(輕呼十九)滿陀(上聲)旖尒驒婆羅泥(二十)莎縛(二合)訶(去聲二十一)

是真言法加持白芥子灰結施外界又結印界即成外院金剛墻界

散會真言

娜謨囉怛娜(二合)怛囉(二合)耶野(一)那莫旖唎耶(二)婆路枳諦濕縛(二合)囉野(三)菩地薩埵野(四)摩訶(去聲)薩埵野(五)摩訶(去聲)迦嚕抳迦耶(六)怛

也寧也寧切他七呬嚩呬嚩八弭嚩弭嚩九枲嚩枲嚩十比嚩比嚩十一縛囉縛囉十二跛囉二合縛囉十三弭摩曩輕呼陀上聲囉十四那囉那囉十五誐擔十六薄伽上聲畔十七旖唎耶十八婆路枳諦濕縛二合囉十九莎縛皤縛南二十覩嚕覩嚕二十一旖暮伽上聲鉢頭迷二合二十二莎縛二合訶去聲二十三

是真言法加持香華散設壇內捧持閼伽奉獻讚歎啓白禮送一切賢聖散還本宮

不空罥索神變真言經卷第十

音釋

溥滂古切與普同　瀸子廉切瀸洽漬沒也　侘丑亞切　鉿莫感切

不空羂索神變眞言經卷第十一

唐南天竺三藏法師菩提流志奉　詔譯

悉地王眞言品第十五

爾時觀世音菩薩摩訶薩復白佛言世尊是不空悉地王眞言三昧耶若有有情受持讀誦不空羂索心王毋陀羅尼眞言三昧耶者應當受持讀誦是悉地王眞言三昧耶則得一切不空羂索悉地王陀羅尼眞言成就三昧耶得見百千殑伽沙俱胝那庾多諸佛如來三十二相八十妙好金色之身復當此等諸佛如來所植種善根福聚相應一切惡業根本重罪而自遷滅旃暮伽王陀羅尼眞言一切解脫悉地三昧耶成就相應得大精進若復有人發菩提心摧裂一切生死魔界依法受持悉地王眞言者當得大地蘇彌盧山一時震動大海江河悉皆濤湧一切天龍藥叉羅刹乾闥婆阿素洛蘗嚕荼緊那羅摩呼羅伽聞此眞言者悉皆怖懼毛竪不安我得現此持眞言者前惟願如來垂聽加祐爾時如來謂觀世音菩薩摩訶薩曰善哉善哉汝當演說爾時觀世音菩薩摩訶薩承佛讚勑歡喜奮躍即說悉地王眞言曰

娜謨囉怛娜(二合)怛囉(二合)耶(羊箇切下同音)野(楊可切下同音)一 娜莫旃喇耶 二 弭韗皤耶 三 韗詑誐跢野 四 那莫旃喇耶 五 婆(無何切下同音)路枳諦濕縛(無可切下同音二合)囉野 六 菩地薩埵野 七 摩訶(去聲)薩埵野 八 摩訶(去聲)迦(斤邏切下同音)嚕抳迦野 九 怛𧯅(寧也切)他 十 唵(喉中擡聲引呼)十一 鉢頭(二合)米鉢頭(二合)米 十二 鉢頭(二合)麼陀(上聲)囉弭步使韗步鸛(而兮切)十三 者囉者囉 十四 没囉(二合)歌麼廢(無計切下同音)灑陀(上聲)囉

（十五）皤囉皤囉（十六）弭只怛囉（二合十七）耄理陀（上聲）囉（十八）摩抳迦娜迦（十九）跛駬囉廢女（去聲）𠼝耶（二十）楞（去聲）訖𠼝（二合）[享*單]舍𠼝攞（二十一）[享*單]囉[享*單]囉（二十二）路囉耶薄伽（上聲）[illegible]（二十三）薄伽（上聲）縛底播臨（盧金切二十四）度嚧度嚧（二十五）旖暮伽（上聲）播捨歌塞（桑紇切求）也[享*單]（二十六）縛囉縛囉（二十七）縛囉那野迦（二十八）三（去聲）曼[享*單]縛路枳[享*單]（二十九）摩訶（去聲）菩地薩埵婆囉娜（三十）鉢頭（二合）摩娑（去聲）娜（三十一）鉢頭（二合）麼婆囉娜（三十二）驕（魚夭切）囉（三十二）入縛攞入縛攞（三十三）薩縛[享*單]詑誐跢（三十四）避囇迦避使訖[享*單]（二合三十五）摩訶（去聲）迦嚕抳迦（三十六）縛攞縛攞（三十七）摩訶（去聲）縛攞廢（同上）伽陀（上聲）囉（三十八）弭訖𠼝（二合）跢娜娜（三十九）鄧瑟吒（知禮切）囉（二合）迦囉攞（四十）摩訶（去聲）諦惹（如遮切）陀（上聲）囉（四十一）弭補攞腎（諸振切）惹娜婆囉娜（四十二）摩訶（去聲）迦嚕抳迦（四十三）摩訶（去聲）鉢輸

（去聲）鉢底廢灑陀（上聲）囉（四十四）娑（去聲）囉娑（去聲）囉（四十五）跛（北沒切下同音）囉娑（去聲）囉（四十六）奔（滿悶切）孃（上聲）三（去聲）皤囉（四十七）素（蘇古切）誐[享*單][亭*攵]（亭夜切）娜娑（去聲）磨地（四十八）三（去聲）曼[享*單]縛路枳[享*單]（四十九）繿濕縛（二合）囉（五十）摩醯濕縛（二合）囉（五十一）訥瑟吒（上聲）娜麼迦（五十二）滂（臚敢切彈舌呼）捺囉（二合）跛囉（二合）攞野（五十三）那麼迦矩嚧陀（上聲）邏惹（五十四）摩訶米誐陀（上聲）囉（五十五）娑（去聲）麼娑（去聲）麼（五十六）摩訶（去聲）塞（同上）麼跛囉（二合）跛跢（五十七）戰捺囉（二合）素（同上）𠼝耶（五十八）麼唎迦跛囉（二合）皤（五十九）摩攞摩攞（六十）薩縛麼攞弭輸（去聲）陀（上聲）迦（六十一）薩縛履使誐拏散怛底（六十二）摩訶（去聲）摩醯（去聲）濕縛（二合）囉嚕波陀（上聲）囉（六十三）旖弭跢皤爾那楞訖𠼝（二合）[享*單]（六十四）惹吒（上聲）諾訖使（二合）拏戰捺囉（二合六十五）楞（去聲）訖𠼝（二合）[享*單]始囉（六十六）摩詑摩詑（六十七）薩縛藥𧺝灑囉

乞灑娑(去聲六十八)步彈誐拏畔葱迦(六十九)彈囉彈囉(七十)彈囉誐拏縒麼楞(去聲)訖嚗(二合)彈(七十一)諾訖灑怛囉(二合)摩囉(七十二)薩縛弭葸那弭那舍娜迦囉(七十三)播囉麼梅怛囉(二合)只彈(七十四)摩訶(去聲)迦嚕抳迦(七十五)播囉播囉(七十六)播嚗補喇(二合)拏曼拏攞(七十七)謀(蘇告切)饟(名養切)敏佉(上聲七十八)殺播囉弭彈(七十九)播嚗補囉迦(八十)弭理弭理(八十一)翳制(尼例切)野折摩(八十二)縛縒娜貖(名夜切)葸囉(八十三)折暮彈嚗野(八十四)陀(上聲)囉陀(上聲)囉(八十五)薩縛彈詫誐跢縛路枳彈(八十六)窒嚗(二合)禰怛囉(二合八十七)窒唎(二合)首攞陀(上聲)囉(八十八)跋駬囉入縛攞(八十九)旖暮伽(上聲)播捨歌塞(同上)跢(九十)野摩婆嚕拏(九十一)矩廢(無計切)囉嚧播陀(上聲)囉(九十二)那(去聲)倪(上聲)捺囉(二合)嚕播陀(上聲)囉(九十三)弭麼囉弭輸(去聲)陀(上聲)禰歌(九十四)薩縛播皺(北可切)跛囉(二合)舍麼迦(九十五)薩縛婆囉拏弭輸(去聲)陀迦(九十六)薩縛枳理弭灑那捨迦(九十七)窒嚇(二合)路枳野縛勝迦囉(九十八)薩縛薩埵弭輸(去聲)陀(上聲)迦(九十九)菩地菩地(一百句)菩地薩埵縛(二合)娑囉娜(一)薩縛彈詫誐跢地瑟恥羝(二)唵(同上)鉢頭麼(三)弭步使跢秝(同上)第(四)地利地利(五)旖縛路迦野鋡(牟含切六)娑麼娑(去聲)麼(七)薩縛羯摩(八)迷娑(去聲)陀(上聲)野(九)旖暮伽(上聲)播捨(十)紇嚗(二合)娜野(十一)悉第偰呬野(十二)禰婆枲你(十三)婆囉娜鉡怖(十四)那謨窣覩羝(十五)莎縛(二合)訶(去聲一百一十六)

爾時觀世音菩薩摩訶薩說此眞言時三千大千世界大地蘇彌盧山大楞伽山一切小山皆大震動所依山上一切大梵天帝釋天那羅延天大自在天摩醯首羅天乃至諸天

四天王天皆身毛竪戰掉不安一切持真言仙大轉輪王幷諸仙類苦行仙衆亦皆戰慄毛竪不安一切藥叉羅刹毗那夜迦惡鬼神等所居宫殿皆大火起是中一切藥叉羅刹毗那夜迦惡鬼神等爲火所燒悶絶于地一切阿素洛王皆大戰怖藏竄孔穴一切大海江河泉沼悉皆濤湧水中一切龍王一切獸類各及眷屬亦皆怖懼戰慄不安一切淨居天伊首羅天虚空天各相謂言執持天諸鉢頭摩華俱物頭華奔拏利華曼陀羅華摩訶曼陀羅華曼殊沙華摩訶曼殊沙華一切寶華或持天諸妙寶衣服一切寶莊嚴具或持天諸牛頭栴檀塗香末香種種諸香天諸樂具俱時共集補陀洛山觀世音菩薩摩訶薩寶宫殿上住虚空中一時紜雨諸天一切妙色寶華衆寶衣服寶莊嚴具或有一時奏諸天樂供養如來觀世音菩薩摩訶薩悉地王真言是會大衆其華繽紛亂墜宫地華至于膝彙錯莊嚴時諸天衆一時歡喜各各合掌高聲歎言善哉善哉大悲者能善演説是悉地王真言三昧耶利益今當一切有情等獲無量廣大安樂爾時執金剛秘密主菩薩摩訶薩舉身不安即從座起合掌恭敬右遶觀世音菩薩摩訶薩前跪而坐解寶瓔珞價直無量而以奉施觀世音菩薩摩訶薩已白言聖者惟垂重説悉地王真言像法壇法令受持者最勝成就爾時觀世音菩薩摩訶薩告執金剛秘密主菩薩摩訶薩言若欲受持悉地王真言三昧耶者以好白氎不截斷者方量四肘圖畫悉地王像畫匠畫時常淨沐浴

著淨衣服勿用皮膠調和彩色中畫海水補陀洛山七寶宮殿圖畫不空悉地王觀世音三面四臂身真金色結跏趺坐正面熙怡右面微怒合口顰眉努目左面可畏奮目張口狗牙上出首戴月冠冠有化佛一手執蓮華一手把三厇戟一手把不空梵夾一手施無畏佩身光焰右多羅菩薩毗俱胝觀世音菩薩濕廢多菩薩一髻羅刹女毗摩夜天左蓮華孫那利菩薩執羂索無垢慧菩薩蓮華種族生菩薩度底使者其座下右執金剛秘密主面目瞋怒執金剛杵其座下左不空奮怒王此諸菩薩華冠瓔珞鐶釧衣服種種莊嚴半跏趺坐蓮華座上其宮殿上淨居天伊首羅天摩醯首羅天大梵天帝釋天那羅延天各持天諸種種寶華置下兩邊畫四天王神

此像若有有情生希有心暫持香華瞻仰供養稱念我名則同見於補陀洛山寶宮殿處聖觀世音真淨色身一切聖衆滅諸垢障若有苾芻苾芻尼國王王子妃后婇女大臣僚佐族姓男女七日七夜以諸香華恭敬供養受持讀誦最勝明王真言悉地王真言者則得除滅無始時來謗讟正法八難大怖十六地獄違法之罪當得百千大福德藴善根相應如大梵天福聚之身臨命終時觀世音爲現於身將往淨土蓮華化生獲得淨身識知過去五百千生所受生事住後邊身乃至阿耨多羅三藐三菩提更不退轉當不依法讀誦此經百千萬遍何況有人日日常勤瞻仰供養誦持之者而可不證阿鞞跋致耶若常加持閼伽香水灌頂浴身以香塗身著淨衣

服食三白食晝夜悉地王像前如法輪印誦持最勝明王眞言悉地王眞言者則當百千殑伽沙俱胝那庾多諸佛菩薩摩訶薩而爲灌頂應知此人當得阿耨多羅三藐三菩提法王灌頂地住若常白月八日十五日不食不語悉地王像前以諸華香三白飲食獻設供養合掌頂禮觀像結印誦持悉地王眞言一百八遍旋遶行道當不依法讀誦蓮華種族一切陀羅尼眞言解脱蓮華曼拏羅印三昧耶經各百千遍若有苾芻苾芻尼國王王子妃后婇女大臣僚佐族姓男女願欲百千那庾多諸佛菩薩摩訶薩爲灌頂者願欲轉讀不空羂索陀羅尼眞言廣大解脱曼拏羅印三昧耶經百千那庾多遍者願欲輪結不空王一切印百千那庾多遍者願欲入不空王一切廣大解脱蓮華曼拏羅印三昧耶百千那庾多會者白月八日於閑淨處淨浴身服食三白食作曼拏羅香泥塗地中畫千葉開敷蓮華白栴檀香泥畫爲臺葉欝金香泥龍腦香泥以爲鬚蘂沉水香泥而爲子實四面四角畫蓮華鬘標式界道置悉地王像像面向西中置閼伽香水壜淨帛覆上布諸華鬘二十一箇沙糖石蜜三白飲食八盤白栴檀香沉水香龍腦香薰陸香室唎婆索迦斤邏切香亦皆布獻四門四角閼伽香水四門香爐燒焯香王燈三十二盞誦持奮怒王眞言加持香水灑淨壇上淨灑身服每日清潔造新淨食而供養之於諸有情起大悲心斷諸語論晝夜如法輪結手印誦持最勝明王眞言悉地王眞言滿十萬遍白月十五日夜悉

地王像頭上放七色光普照一切右旋三帀還入額耳是光入時壇地震動無畏手指雨出甘露羂索手三叉戟手放大火光手中蓮華而自動搖二足指中流出白乳於虛空中出聲告言善哉善哉善男子汝今得證不空羂索心王陀羅尼眞言三昧耶一切最上無上菩提相應成就時眞言者身毛悚竪當誦悉地王眞言一百八遍觀世音壇中現身加祐與證出世一切無上無等菩提智三昧耶心神適懌顔貌熈怡證斯法者則名等得十方一切諸佛菩薩摩訶薩而爲灌頂亦等讀誦不空羂索陀羅尼眞言廣大解脫蓮華曼拏羅印三昧耶經百千那庾多遍亦等輪結不空王一切印百千那庾多遍亦名等入不空王一切廣大解脫蓮華曼拏羅印三昧耶百千那庾多會亦名證不空悉地王光明地住復當承事六十四殑伽沙俱胝那庾多百千如來應正等覺種植善根復當念此一切如來一一名號復當見此一切如來功德報身阿鼻地獄一切重罪自然燼滅不墜八難不生惡趣生諸佛刹具宿命智執金剛祕密主此名不空悉地王眞言成就三昧耶若加持一一蓮華供養觀世音一百八箇王者歡喜則得如願若加持蘇曼那華獻觀世音却収取華施諸人者則得除滅罪障災厄便令歡喜若以華施病者佩之則得除諸鬼病神病滅治罪障若以華散門底地者人所見華滅治災障若以華散塚墓上者是所亡者若在地獄若在餓鬼若在畜生當得解脫上生天界若以華置臥頭上者睡夢吉祥若以華

置天像頭上誦悉地王眞言稱天之名一千八遍則得天神隨爲使者若以右手乁悉地王像右膊誦持悉地王眞言一千八遍則當誦持一切陀羅尼眞言各千萬遍得諸天神而擁護之若乁像左髆誦悉地王眞言一千八遍一切天龍藥叉羅刹來湊擁護樂爲命者若乁像臍誦悉地王眞言一千八遍是贍部洲普降大雨若悉地王像左右耳邊誦持悉地王眞言各一千八遍心所念事悉皆成就若乁像頭誦持悉地王眞言一千八遍大梵天衆樂爲命護若乁像足誦持悉地王眞言一千八遍則得地下一切鬼神冥伏使祐若遶蓮荷池誦持悉地王眞言一百八遍當得蓮華滋盛生長若眞言灰水散一切華果苗稼上者果實滋茂不被災損修此法者內外清潔淨無瑕穢如法修行無諸虧隙先護於外法不應食諸佛菩薩金剛天神法僧國王一切官僚人民鬼神毗那夜迦殘食穢食酒肉葷辛皆不應食亦不應往一切畋獵捕魚兇戲外道婬女邪見之家賣兇具家屠殺賣內家看產人家初產生家新死喪家賣經像家惡律儀家與相交往受他供養亦不形影互相振觸何以故以穢觸觸令諸鬼神伺得其便而作嬈害壞三昧耶亦不與諸邪命諂曲嫉妬惡律不淨人等暫爲其伴同住修法亦不與不男人躁卒暴人無慕菩提修道分人同住修法亦不與他對坐言語傳器共食亦不得著垢穢衣服常所住處遊往諸處悉令清淨所以者何如是等人總居魔界壞菩提法言內護者一常如理懇節於心不自

讚毀善不善業亦不譏謗一切出家在家人有過無過二者意恒清淨以無漏心不念世間雜染惡法思諸名利三者守持布施淨戒安忍精進靜慮般若波羅蜜多漑灌其心於諸有情起大悲心日日如法受持讀誦隨心供養常不斷絶如是修行當滿千日則得成就旃暮伽王一切眞言曼拏羅印三昧耶出世世間一切神通三摩地又法以鍮鑯造功德天像半跏趺坐手執蓮華衣服鐶釧七寶瓔珞而莊嚴之當置此像悉地王像側誦持最勝明王眞言加持華鬘置功德天頭上以諸華香如法供養晝夜誦持最勝明王眞言加持白栴檀香𥧌稱功德天名燒焯供養滿十萬遍誦持悉地王眞言加持白芥子稱功德天名打功德天像滿十萬遍其像身上額上放大光明是時燒香閼伽供養又誦悉地王眞言加持白芥子打功德天像一千八遍其功德天將諸眷屬著天衣服瓔珞鐶釧空中現身雨於珍寶遍滿壇上壇内供物盡變爲金當取之時分爲二分一分每日爲功德天供養觀世音一分自用作諸功德證斯相時身毛悚竪戰掉不安持勿怖懼即如法誦吉祥蓮華眞言

那謨囉怛娜二合怛囉二合耶野一那莫旃㗚耶二婆無何切路枳諦濕縛無可切下同音二合囉野三菩地薩埵野四摩訶去聲薩埵野五摩訶去聲迦嚕捉迦野六摩訶去聲暮伽上聲縛囉那野七怛𪘂寧也切他八唵喉中擡聲呼之鉢頭二合弭你九鉢頭二合弭你十室囉二合鉢頭二合𢘋倪魚枳切二合十一鉢頭二合麼陀上聲隸十二鉢頭二合麼縛底十三鉢頭二合麼

畢䙞曳十四鉢頭二合麼驕魚夭切䙞十五鉢頭二合麼
跛北没切囉二合陛十六鉢頭二合麼娑去聲娜十七跛同上
囉二合底瑟恥羝十八旖縛路枳路畢唎二合曳十九跛同上
縛囉泥縛囉那以你二十跛同上囉二合枲娜跛同上
囉二合枲娜野二十一矩嚕矩嚕二十二旖唎耶二十
三縛路枳路縛囉泥二十四虎嚕虎嚕二十五婆
同上囉蕩倪魚枳切你二十六者攞者攞二十七補澀
跛弭步使鞞二十八鉢頭二合麼畢唎曳二十九弭
只怛囉二合弭麼娜陀上聲隸三十皤囉皤囉三十一
三去聲皤囉塞索邑切麼囉娑去聲麼焰三十二旖唎
耶三十三婆同上路枳諦濕縛二合囉野三十四婆去聲
麼曳薩地丁也切地瑟恥鞞泥去聲弭三十五旖暮
伽上聲播捨婆同上囉泥鉡三十六那謨窣覩羝三十
七莎縛二合訶三十八
贍仰讚歎大功德天乞請摩頂其功德天歡

喜摩頂告言善哉善哉善男子汝今得是不
空羂索最勝明王眞言悉地王眞言吉祥蓮
華眞言悉皆成就汝應從我向我悉地王眞
言宮殿任汝所住用諸珍寶是時當誦與一
切願眞言
那謨囉怛娜二合怛囉二合耶野一那莫旖唎耶
二婆無何切路枳諦濕縛無可切二合囉野三菩地
薩埵野四摩訶去聲薩埵野五摩訶去聲迦嚕抳
迦野六唵喉中擡聲呼之皤伽上聲縛底七摩咄惹你
窒䙞二合八縛囉縛囉九旖縛路枳路婆同上囉
泥十乞使理抳塞同上二合囉縛覩十一暗縛暗縛
十二弭補攞枳唎底迦隸十三跛囉二合婆同上囉步
鬻同上十四旖暮伽上聲播捨欹塞同上羝十五莎縛二合
訶十六
如是眞言見功德天摩頂讚時請乞諸願其

功德天兩手出乳與真言者當承飲之獲大神通變身光麗髮如旋螺目若青蓮辯才無礙音聲清雅聽者樂聞得證不空大摩尼海清淨吉祥蓮華觀三昧耶壽命萬歲宫殿逐身騰往西方阿彌陀佛前聽聞深法得授記莂名不空大摩尼海清淨吉祥蓮華觀王又復授名不空羂索觀世音菩薩法王之子又復授名一切諸佛法之長子并得十方一切如來出世世間甚深陀羅尼真言壇印之法悉皆成就遊往一切天龍藥叉羅刹人非人等宫殿無閡所遇一切天龍八部鬼神人等而皆愛敬若住世間爲大福聚與於有情一切利益其功德天及所眷屬恒常施與一切珍寶天諸衣服甘露妙藥守護憐愍愛之如子恒不放捨是時則得倉庫盈溢如毗沙門倉庫無異執金剛秘密主大梵天帝釋天摩醯首羅天那羅延天一切諸天四天大王一切真言明仙藥叉羅刹人非人等愛敬擁護此最勝明王真言悉地王真言吉祥蓮華真言但常誦持則得無量大福德聚秘密主若有善男子善女人日日三時以諸華香天諸衣服寶珠瓔珞寶蓋幢旛天諸妓樂種種飲食一切敷具一切珍寶一一皆積如須彌山布施供養六十四殑伽沙俱胝那庚多百千微塵世界一切如來滿十二月又四海水以爲香油日夜亦於六十四殑伽沙俱胝那庚多百千微塵世界一切如來前燒燈供養盡斯四海滿十二月所得福聚無量無邊非可算數校計可知復有善男子善女人但常三時持金剛身印心印語印智印觀照三世皆

無所有量同虛空則心觀置金色縒字出大火焰焚燒身燼化爲白灰都無所有用塗飾壇方量無際當壇心上觀置爾字現八葉金開敷蓮華盤薄無邊於華臺上觀大寶殿奇華雜拂間錯莊嚴七寶樓閣雜沓寶帳行遶莊嚴殿中觀置金色蓮華師子寶座其座臺榭衆寶光飾於其座上觀置噃字現釋迦牟尼如來從一身量示無量身合爲一體結跏趺坐顯說諸法放無量光左觀觀世音菩薩白衣觀世音菩薩毗俱胝觀世音菩薩多羅菩薩功德天右觀十波羅蜜菩薩皆半跏趺坐觀世音右觀眞言者跏趺而坐二手當心掐持念珠誦此眞言觀置聖衆勿有間斷課數畢已收所誦數及所聖衆囑付觀世音白毫内置或心中著當付囑時輪器杖印誦付囑眞言

唵(喉中擡聲引呼之)吽(合口擡聲引呼之)鉢頭(途邑切二合)磨矩羅

七遍付囑修是觀者而則當得蓮華種性廣大成就所得福聚比前供養所得福聚百倍千倍乃至百千俱胝數倍不及其一何以故此之眞言乃是一切如來首初所生種種無邊相好功德之處復是一切如來修攝一切福聚蘊處復是一切如來最初得授記處復是一切如來得大神通祟功德處復是功德天獲諸功德大願果處復是功德天所住光明寶宮殿處復是六十四殑伽沙俱胝那庾多百千微塵世界一切如來淨土功德宮殿住處所以者何是諸如來住此中者此之眞言乃是功德天母所住處是功德天母又是

十方過現未來一切諸佛功德母故復是十方過現未來一切菩薩摩訶薩種種神通相好福聚功德母故復是十方過現未來一切諸佛菩薩摩訶薩一切陀羅尼眞言一切壇印三昧耶安隱三昧耶富饒三昧耶降魔三昧耶一切三昧耶功德母故復是不空王陀羅尼眞言成就法處復是不空王賜於有情一切廣大布施稱讚種種願處復是不空王虛空宮殿日月光明住處復是三十三天功德天最上光明宮殿住處復是大梵天帝釋天那羅延天摩醯首羅天一切諸天光明福德吉祥母故復是一切眞言明仙藥仙光明福德吉祥母故復是一切藥叉羅刹乾闥婆阿素洛蘗嚕荼緊那羅摩呼羅伽人非人等光明福德吉祥毋故修斯法者日日如法以諸香華香水酥乳飲食酥燈油燈而供養之一切佛前燒蘇合香觀世音前燒沉水香功德天前燒白栴檀香吉祥蓮華大心眞言

唵(喉中擡聲呼之)補澀跛(一)弭路枳諦(二)健馱繾肆(三)旃暮伽(上聲)囉惹(四)三(去聲)噃囉抳(五)鉢頭(二合)麼三(去聲)步嚗(六)韈囉韈囉(七)畒你羝鉡(八)莎縛(二合)訶(九)

如是眞言加持一切香華香水酥乳飲食酥燈油燈供養諸佛觀世音菩薩大功德天依法而坐輪印作法誦最勝明王眞言悉地王眞言吉祥蓮華眞言大心眞言心中眞言心中心眞言以奮怒王眞言加持香燒當中夜時功德天像動搖放光時眞言者踊躍歡適至五更時悉地王像放大光焰觀世音現身安慰所有心願悉令乞之則得圓滿解除身

中五無間罪一切病惱世間一切福德資糧悉皆增長一切怨難符書呪詛盡亦消除

吉祥蓮華心中眞言

唵(喉中擡聲呼之)旃暮伽(上聲)播捨(一)紇[口*覆](二合)那野(二)鉢頭(二合)弭你娑(同上)囉泥(三)入縛攞入縛攞(四)跛(同上)囉(二合)娑[口*覆][耳*單](五)鉢頭麼步[隹/肉](六)莎縛(二合)訶(七)

吉祥蓮華心中心眞言

唵(喉中擡聲呼之)旃縛路枳[耳*單](一)鉢頭弭你娑(同上)㮝(去聲)擬抳(二)覩嚕覩嚕(三)鉡(四)莎縛(二合)訶(五)

是不空吉祥蓮華眞言大心眞言心中眞言心中心眞言若有有情法瑜伽觀日日如法受持讀誦一千八遍者則盡解除五無間罪得功德天觀視加被爲滿衆願觀世音菩薩神祐加被不爲一切鬪諍刀杖毒藥毒蟲鬼神災病夭壞身命八難怖畏皆得消除若加持五色線二十一結安悉香熏鬼病者佩則得除差若摩訶迦羅神所作病者亦使除差何況鬼病而不愈耶若加持青線二十一結瘧病者佩則得除差若加持白線一百八結諸人民佩則得解除罪障災厄而說阿伽陀藥頌曰

最勝王眞言　奮怒王眞言　悉地王眞言
加持於牛黄　令現煖煙相　點額點心上
與人共談論　悉皆而信伏　藥叉羅刹怖
不相來嬈惱　點頂項眉間　髆臍手掌上
所觸於人民　皆得令除滅　魍魎厄障惱
或有而見者　亦得令除滅　魍魎之障苦
若刹帝利家　或輸陀羅家　彼皆喜供養
點脚脛膝掌　遊行而無乏　水火虎狼等

不令相災害　和兒孩子乳　用點眼中者
見地諸伏藏　若塗於肚上　腹痛病得除
若和牛乳服　而得身清淨　鬼神不相嬈
得滅諸呪詛　襒蠱蠱毒等　幷除惡夢相
常和牛乳服　或和酥酪服　或復和蜜服
速令得聰悟　日誦文言異　此族諸眞言
壇印三昧耶　悉皆得成就　智慧解如海
爲人之所敬　壽命不災夭　一切諸罪障
宿業諸病苦　悉皆得消除　若和胡麻油
塗頭頭風病　速當得除差　如是三眞言
加持熱菖蒲　令現煖煙相　當復和牛酥
空腹而舍服　經滿於百日　聲音清和雅
齒舌得無瘂　一切人民聞　所語音之者
災厄罪障除　若常舍服食　記識多文辯
此族諸眞言　壇印三昧耶　盡皆得成就

智慧解如海　若佩臂上者　不爲諸鬼神
惡難相侵害　若和白芥子　燒熏治一切
難治鬼神病　即得便除差　如是三眞言
又復等加持　畢嚕陽愚藥　阿魏多誐囉
青木欝金香　甘松闍莫迦　畢嘌迦蘆根
乾闥羅娑香　芥子獻殘華　等量和合治
雨水丸如棗　盛置磁器中　當置於壇上
眞言加持現　煖煙相陰乾　治瘧瘡疥癬
毒藥等之病　以藥和水用　塗服則除差
頭痛藥和油　塗頭則病差　若患齒疼者
舍藥則疾除　腹痛藥和水　飲服則除差
一切骨節痛　以藥和酥塗　疼處則除愈
若伏連瘦病　藥和於煖水　每日洗浴身
速滅諸罪垢　一切病之惱　若患鬼神病
以藥和酥調　灌鼻燒熏身　則當得除差

被鬼殃失音　以藥和水點　頂顖上則差
若患於心痛　以藥和鹽湯　飲服則得差
如是三眞言　又復等加持　雄黃銀礦藥
煖煙光相現　雄黃點頂額　髆心及喉上
銀礦點眼中　則證於秘密　眞言明仙人
入藥叉羅刹　阿素洛鬼神　窟中無障礙
若入屍陀林　鬼神見皆伏　若塗身手足
結印誦眞言　則得證成就　觀世音菩薩
加祐於勝願　淨居伊首天　摩醯首羅天
大梵天帝釋　那羅延天王　而爲擁護故
是三眞言等加持　牛黃雄黃謨弭囉
安膳那藥鬱金香　迦俱𦢊汁而和合
加持藥現煖煙光　一切香華妙香水
種種飲食獻供養　清淨潔澤身衣服
若是俗人每晨朝　受持八戒點眼藥
額頂耳中輪結印　誦毋陀羅尼眞言
不空悉地王眞言　則得見於補陀山
七寶宮殿觀世音　又見西方寶宮殿
阿彌陀佛諸菩薩　亦見十方諸刹土
一切諸佛菩薩衆　梵釋天王諸天等
旃荼羅人作業者　緣造過現無間罪
點此藥者即不見　我及十方刹土等
一切諸佛菩薩衆　但得夢見於十方
一切諸佛菩薩衆　觀音而爲加被護
便與解除無間罪　當生當得不空王
眞言神通而成就　壽等天年福無量
種種毒藥毒蟲等　一切鬼神怨讎怖
當自盡悉得除滅　人所見者皆歡喜

不空羂索神變眞言經卷第十一

音釋

羂古泫切
殑伽梵語也此云天堂來河名也殑其陵切
旑烏可切
蘖魚傑切
韃丁可切
馹人質切
㰤虛我切
𧺆其迄切
許呼今切
怫芳吠切
羝都奚切
竄七亂切藏匿也
暈王問切
氎徒協切毛布也
熈怡熈許羈切怡弋支切熈怡悅樂也
鐶釧鐶胡關切釧樞絹切
謗讟謗補曠切毁也讟徒谷切痛怨而謗也
閼伽梵語也此云水閼烏割切
壜徒含切甒屬甒音武
焯之藥切
瀸子括切水灑也
懌羊益切悅也
燼徐刃切火餘也
膊補各切肩膊也
乀公本切
湊倉奏切趣也
隟綺戟切與隙同
掁直庚切觸也
溉灌溉古代切沃也灌古玩切澆也
悚豎悚息拱切懼也豎神庚切立也
閡五蓋切與礙同
掐苦洽切爪剌也
詛莊助切沮也
嬈而沼切亂也
髆臍髆補各切與膊同臍徂奚切
魍魎魍文兩切魎良蔣切
𧝝蠱𧝝盐琰切蠱公戶切
痼古暮切疾也
磁疾移切石也
顖息晉切頭顖也
礦古猛切金朴也
譟蘇到切

不空羂索神變真言經卷第十二

唐南天竺三藏法師菩提流志奉　詔譯

廣博摩尼香王品第十六

爾時觀世音菩薩摩訶薩復白佛言世尊是不空摩尼香王三昧耶有大神力能請十方一切諸佛菩薩摩訶薩一切諸天真言明仙加持成就持真言者一切諸法廣大悉地亦能摧伏一切姤脊天龍藥叉羅刹乾闥婆阿素洛緊那羅蘖嚕荼摩呼羅伽諸惡鬼神亦能消滅世間藥毒蠱毒癥蠱呪詛鬼神諸病人民歡喜增長成熟福蘊善根及解除過現十惡五逆四重等罪三十三天天主帝釋從昔至今恒以此香塗身熏服假香神力與阿素洛陣敵鬬戰常皆得勝那羅延天亦以此香塗身熏服假香神力降伏一切阿素洛王復常得勝大自在天亦以此香塗身熏服假香神力燒三樓天復常得勝復於往昔佛未出時見有國王號名半拏羅婆寀捉亦以此香塗身熏服假香神力共驕羅皤王陣敵鬬戰亦復得勝世尊菩提樹下初成正覺坐金剛座降諸魔軍亦以此香塗身熏服假香神力及慈悲力摧諸魔軍一時散壞昔有商主號名成就諸事居士遊於海中採得寶珠而被却失亦以此香塗身熏服假香神力誓弘願言竭大海水住立海岸抒大海水不踰一日海水欲盡令諸龍王惶怖持珠却還商主商主得珠即進還家以是寶珠置於幢頭復以此香燒熏寶珠其珠是時七日七夜雨諸珍寶以斯因故說是香王有大神力能大成就持真言者今彼難陀龍王跋難陀龍王往

昔嘗與娑伽羅龍王七日七夜海中鬭戰王俱吐毒渾大海水總成毒水大自在天亦以此香塗身熏服假香神力海中吸服三龍王毒噴變青色伏變龍毒而成甘露以斯因故說是香力能滅毒故昔有國王號曼馱多王亦以此香塗身熏服假香神力誦念求願得金輪王常得百千苦行仙衆供侍轝王四天下遊騰虛空往三十三天與天帝釋間一牀坐忽起惡心作大妄語即便却墜退失輪王以斯義故持眞言者應常如法眞語實語發菩提心常行大悲燒焫此香則得一切如來神力加被成就世尊如是說者爲諸有情解除十六地獄苦故說解除餓鬼一切饑渴羸瘦苦故說解除世間一切災厄結使故說令於今當持眞言者成就故說自他求願燒此香者皆發悲心若自求者即稱自名若爲他者應稱他名供養誦念亦得如願日月蝕時惡星現時國王大臣沙門婆羅門一切人民有厄難時應淨洗浴當以此香塗身熏服燒焫供養假香神力讀誦不空羂索心王陀羅尼眞言三昧耶則令一切災厄疾病解除消滅觀世音菩薩神祐加護持眞言者清淨沐浴當以此香塗身熏衣以大悲心溥爲十方一切地獄餓鬼傍生一切有情燒焫供養假香神力誦持不空王陀羅尼眞言能令十方一切地獄餓鬼傍生一切有情遇香風者皆得解脫若有有情性多瞋恚愚癡障者清淨洗浴常以此香塗身熏衣於諸有情起大悲心至誠懺悔誦持不空王陀羅尼眞言速得解除瞋恚愚癡一切結使地獄重罪若常

淨浴塗身熏衣依法作法誦持母陀羅尼真言十萬遍悉地王真言十萬遍當證不退灌頂地住得諸如來加被金剛無間三摩地凡燒此香所供養處猶如十方一切如來舍利制多亦如十方一切如來香雲光明宮殿住處亦如六十四殑伽沙俱胝那庾多百千如來香雲刹土轉法輪處亦是一切菩薩摩訶薩金剛諸天真言明仙四天王神半支迦藥叉大將娑多藥叉大將形麼婆多藥叉大將摩尼跋陀藥叉大將布羅跋陀藥叉大將佛方藥叉大將那吒鳩鉢羅藥叉大將及諸藥叉大將各并眷屬恭敬擁護與加願處亦是伊首羅天摩醯首羅天大梵天帝釋天那羅延天三十三天恭敬擁護與加願處亦是日天月天星天二十八宿主星神天毗摩夜天功德天辯才天持地天水天商棄尼神樹林神山神池神河神海神恭敬護處亦是焰摩王俱廢羅天俱摩羅天苦行仙衆日夜護持恭敬供養猶如十方一切如來舍利制多處亦是觀世音菩薩摩訶薩一切眷屬香雲宮殿法會住處若有有情得此香者則得修習阿耨多羅三藐三菩提道告諸天言汝當諦聽我爲利益持真言者一切有情說摩尼香王伽他頌曰

黑沉水香安悉香　乾陀羅娑香煎香
數各一百八分香　三十二分熏陸香
新鬱金香小甲香　二種數各十分香
多誐羅香白膠香　那彌嚕香蘇合香
迦野塞訖香丁香　茅香數七各二分
惹莫迦香青木香　塞畢慄迦甘松香

畢哩陽愚香藿香　零陵香七各四分
白栴檀香龍腦香　麝香三種各三分
牛黃雄黃香附子　杜仲木汁腰藕梢
迦娜迦果弭惹耶　俱物頭華訶黎勒
素縛羅拏訖使羅　上弭瑟努訖爛鞞
没囉歌麼補怛囉　蹇努訶訖使囉藥
素麼囉爾那矩利　乾陀那俱利惹耶
是數十七等一分　皆取精妙上好者
白月十五日於閑淨處清潔洗浴以香塗身
著淨衣服食三白食寂斷諸論作曼拏羅鬱
金香泥白栴檀香泥塗摩畫飾置不空王像
以諸香華香水燈明三白飲食敷設供養置
香壇上真言加持一百八遍和合擣治沙糖
石蜜白蜜等分加持一百八遍如法合治分
爲二分盛磁器中復置壇上面東作法母陀
羅尼真言加持摩尼香王一千八遍奮怒王
真言加持摩尼香王一千八遍悉地王真言
加持摩尼香王一千八遍牢固密封持勿泄
氣埋斯壇地五旬日滿發取燒焯供養一切
不空王手真言

唵喉中擡聲呼之薩縛鞞詑誐跢一縛路枳鞞二旃暮伽上聲紇唎合二娜野三柘囉柘囉四柘柘囉五摩訶迦嚕抳迦六娑去聲陀上聲野鉾七旃皐詵者野八旃暮伽上聲播捨歌塞蘇乙切𥿢九莎縛二合訶十

以此真言加持香王滿十萬遍一切如來神力加持摩尼香王名一切如來所觀察香又名觀世音與持一切菩提願香一分燒之一分塗熏

燒香真言

唵喉中擡聲呼之薩縛鞞詑誐路一縛路枳鞞二摩訶暮伽三上聲惹耶惹耶四莎縛二合訶五

如是眞言加持香王燒供養之當淨洗浴加持香王塗身熏衣貫服清潔依法受持此眞言者則得十方一切如來神通加祐觀世音菩薩夢覺現身與授不空智海三昧耶爲除八難四重五逆一切諸罪一切沙門婆羅門盡皆信仰若熏沙門婆羅門一切人者亦得解除一切結使若白月八日十五日清淨澡浴此香塗身著淨衣服食三白食高山頂上仰天樓上作曼拏羅獻諸香華香水白食燒焯香王面西供養十方一切刹土一切諸佛菩薩摩訶薩則於十方一切刹土一切諸佛菩薩摩訶薩前一時皆現此不空摩尼牛頭栴檀香雲宮殿樓閣種種臺座燒焯華蓋而供養之是時十方一切刹土一切諸佛一時讚言善哉善哉眞言者我等諸佛往昔因地作斯供養西方淨土阿彌陀佛觀世音菩薩大勢至菩薩一切菩薩歡喜讚歎加祐成就不空王法及遍一切大梵天帝釋天那羅延天摩醯首羅天日天月天星天乃至色究竟天皆供養之是時諸天聞香氣者一時歡喜謂讚此香從何方來作斯法者得大福蘊成熟善根若乞雨止雨高迥望處塗曼拏羅燒焯香王高聲緊捷誦此最勝明王眞言稱難陀龍王名跋難陀龍王名者須雨即雨須止即止及止一切惡風暴雨雷電霹靂誦持奮怒王眞言燒焯香王一切毗那夜迦諸惡鬼神慞惶馳走百踰膳那若燒香王誦最勝明王眞言稱摩訶迦羅名諸天神名則得降伏

而爲護祐常燒香王供養誦念速得一切大願成就

金剛摩尼藥品第十七

爾時觀世音菩薩摩訶薩復白佛言世尊是金剛摩尼藥亦能利益當來一切持真言者與諸有情解除種種災厄病惱不吉祥相所作諸法悉皆成就若點佩者得諸天神冥皆擁護人民見者悉皆歡喜若塗面者面黓除滅膚色鮮白若點眼者眼得明瑩人所相見歡喜問訊若塗佩身誦念之者毗那夜迦諸惡神鬼憧惶馳走不相障礙得大威力如那羅延三十三天及諸龍衆亦皆戰怖假真言藥力動須彌山若有諸病一切災厄以藥塗點身分肢節則得消滅若淨沐浴塗身熏衣誦念懺悔十惡五逆一切罪障則得蠲除人所見者歡喜相敬觀世音菩薩神通威德加祐擁護爲滿一切菩提境分六十四殑伽沙俱胝那庾多百千如來善根相應觀攝擁護怨難災厄悉皆除滅執金剛秘密主而垂擁護若常佩戴塗身熏衣貫服清潔誦持真言得諸如來爲授阿耨多羅三藐三菩提記乃至等覺坐菩提座一切天魔衆惡鬼神不相嬈惱若塗鍾鼓擊奏聲曲有情聞者皆當除脱十六地獄一切罪苦及得除脱八難大怖水火崖岸刀杖怨賊虎狼蠱毒雷電等難若有鬼神鳥獸聞者業報受罪亦皆消滅捨斯身已生人天界若塗螺中樓上山上大聲吹之有情聞者皆得除滅一切罪障捨斯身已上生天界若藥置幢頭解除國土鬼神災癘惡風暴雨穀米豐稔有情見者禳治災障金

剛摩尼藥等數頌曰
多誐囉香上牛黄　優鉢羅華上雌黄
蓮華鬚蘂上雄黄　白栴檀香茅香根
畢履迦香鬱金香　畢履陽愚香龍華
縛羅迦香紫檀香　歌隸努藥青木香
路馱羅藥翳羅香　止惹底鉢得囉香
蘇曼那華惹慕迦　乾闥囉娑香迴香
散者囉娑沉水香　杜仲木汁丁香皮
白月八日治潔身服食三白食作曼拏羅置
不空王像面東安置獻諸香華香水飲食藥
置壇上悉地王眞言加持和合等分加持龍
腦香麝香當和合之分作三分一分熏佩伽
曼陀羅二分服塗水煎沉水香乾陀羅娑香
白栴檀香如法合治悉地王眞言丸治藥丸
佩藥揑飾若不開蓮中心上下通穿爲孔彩
畫莊飾加持五色線索穿貫作囊盛之持佩
身上若惟塗服當總爲丸復置壇内最勝明
王眞言奮怒王眞言悉地王眞言加持是藥
一千八遍日日供養乃至藥乾若常佩者當
趣三藐三菩提若服塗者能治一切鬼神之
病風濕疥癬惡瘡毒腫癰腫痔病癩病頭痛
喉腫口瘡眼耳鼻舌齒脣心腹痃癖痳痢種
種諸病盡皆治之若腹病者煖水和服若身
外病冷水和塗若男佩者繫左肘上若女佩
者繫右肘上是佩藥者能勤精進依法護持
得大勇猛猶若我身若點額塗身熏服淨衣
修治諸法速皆成就爲人愛敬若常戴佩如
法誦念速得成就若右腕佩掐珠誦念得大
威力若繫頸下誦念之者速得諸法相應現
前若二手腕佩修治布施得無盡手獲大功

德若胥上佩渡江河海不爲水獸而相災害又法銀造三十二葉蓮華臺內空合盛佩藥丸藥熏藥於閑淨處白月八日潔治身服食三白食淨治飾地作曼拏羅如法模畫標飾界位置悉地王像面西置銀蓮華當壇心上獻諸香華香水果子飲食酥燈燒沉水香白栴檀香蘇合香日日隨心種種供養晝夜斷語依法作法最勝明王眞言奮怒王眞言悉地王眞言加持白芥子打蓮華臺滿三萬遍或六萬遍或九萬遍或十二萬遍或十六萬或十九萬或二十二萬每白月八日斷食作法當中夜時或五更時銀蓮華上放大光明於虛空中出大音聲悉地王像言善哉善哉是時空中一切如來一時現身證斯相時身心適悅執持蓮藥高聲迅誦最勝明王眞言

一千八遍請觀世音神通威力請一切佛神通威力垂祐加被又誦悉地王眞言一千八遍捧戴蓮藥即得神通騰空自在那羅延天持千輻輪現身祐護不順命者則皆摧伏十二百千俱胝大眞言仙王恭敬讚護證不空大摩尼幢三摩地授得不空廣大光焰羂索執持遊往十方刹土覩見一切諸佛菩薩諸大神變爲諸如來讚歎安慰證大摩尼金剛觀察光明照耀清淨之身一切天龍八部鬼神盡皆降伏殷敬擁護壽命千劫常往西方觀覩諸佛菩薩神通演諸深法以此三昧亦能示現觀世音身及能示現觀世音七寶宮殿亦能作大神通入於地下六十四百千眞言明仙大宮殿中自在無礙若繫右臂證諸秘密眞言明仙三昧耶若繫左臂證諸藥叉

羅刹三昧耶若繫臂上證摩尼寶三昧耶若繫右膝見諸藥精採取無閡若繫右脛得乘第一風輪遊往一日一夜往返輪還三千大千世界無所障礙若繫右脚掌入於地下過七重金剛際地出入無閡若藥含服誦念之者須臾千言舌相柔軟若常服者得大智慧

如意摩尼瓶品第十八

爾時觀世音菩薩摩訶薩復白佛言世尊是不空悉地王最勝如意摩尼瓶三昧耶能成出世世間一切諸法亦如不空如意輪陀羅尼能與有情作大寶處其瓶以金以銀以銅以碼碯以鍮鉐以磁以泥隨力辦作瓶如珠形中受一㪷底象覆蓮口象瓶口内外塡飾遶瓶身上圖畫蓮華圍遶項口畫華鬘蘂題記四方中層東北面葉上多羅菩薩半跏趺坐東面葉上不空羂索觀世音菩薩結跏趺坐東南面葉上毗俱胝觀世音菩薩半跏趺坐南面葉上除八難觀世音菩薩結跏趺坐西右畔葉上執金剛秘密主菩薩結跏趺坐西南葉上濕廢多白身菩薩半跏趺坐西面葉上十一面觀世音菩薩結跏趺坐西北面葉上白衣觀世音母菩薩半跏趺坐北面葉上如意輪觀世音菩薩一手執輪一手執蓮華一手掌如意寶珠一手掌頰一手膝上執持數珠一手按地結跏趺坐右畔葉上僑理菩薩手執蓮華半跏趺坐此諸菩薩面目熙怡華冠瓔珞耳璫鐶釧天諸衣服種種莊嚴坐蓮華座上層東北面葉上伊首羅天子摩醯首羅天子東面葉上大梵天子帝釋天子日天子東南面葉上大自在天子火天神苦行

仙衆南面葉上那羅延天子焰摩王西南面葉上俱廢羅天子婆駄縛天子西面葉上水天子月天子西北面葉上風天子淨居天子北面葉上一切諸天二十八宿天七耀星天是諸天等種種衣服具莊嚴之半跏趺坐下層東面葉上提頭賴吒天王左手把槊右手揚掌半跏趺坐東南面葉上度底使者并及眷屬南面葉上毗嚕詫迦天王左手執槊右手揚掌半跏趺坐西南面葉上功德天地天神半跏趺坐西面葉上毗嚕博叉天王眉間一目左手持槊右手掌獨股金剛杵半跏趺坐西北面葉上辯才天俱摩羅天半跏趺坐北面葉上多聞天王左手執槊右手把獨股金剛杵半跏趺坐東北面葉上白象毗那夜迦一髻羅刹女使者半跏趺坐是四天王種種衣甲天衣莊飾諸天使者天諸衣服而莊飾之其缾周帀種種寶采間錯莊嚴缾座華座以白栴檀木或楓香木或栢木或木櫁木與缾相稱刻開蓮華周帀畫彩一如蓮華一一葉上諸器仗印以淨香水淨白芥子當令曝乾盛滿缾中淨帛蓋上白芥子龍腦香麝香牛黃雄黃和合末治置於帛上復以緋帛重疊覆上上置七寶白月八日治潔身服食三白食淨治其地作曼拏羅基高一肘堅築平填以瞿摩夷黃土泥周遍塗摩以諸香泥重上摩拭規郭界院內院二肘純白栴檀香泥又遍塗摩純欝金香泥栴檀香泥中畫三十二葉開敷蓮華繞華四面畫蓮華鬘外院一肘四面除門畫開蓮華四門畫蓮華鬘四面臺上置種種印標飾界道如意寶缾置華

臺上獻諸香華香水果蓏三白飲食種種華鬘酥燈油燈稻穀華白芥子白栴檀香沉水香蘇合香熏陸香或餘諸香而供養之六時結界護身護伴燒焯廣博摩尼香王供養諸佛菩薩摩訶薩一切諸天請召作法每日如是作新淨者敷設供養勿令間斷日日當以奮怒王真言加持白芥子水灑散寶瓶而結護之以大悲心輪印觀置十方一切諸佛如來微妙淨身放金色光照融寶瓶一切菩薩諸天神像光明赫弈以一切如來金剛法性如意摩尼般若文字光明熾焰三摩地誦持最勝明王真言悉地王真言加持如意瓶內外圓光滿十萬遍或二十萬遍當十五日夜五曉時瓶自旋轉放種種光於虛空中出大梵聲種種歌詠是時身心明朗喜愉如意瓶上一切菩薩諸天神像放大光明是時燒香閼伽供養誦奮怒王真言加持白芥子散於瓶上瓶中出大梵聲讚言善哉善哉持真言者汝今成就大如意瓶汝從今去以此寶瓶求上中下三昧耶者悉得圓滿言下法者當求種種醫方呪術工巧技藝歌唱讚詠種種財寶皆得圓滿言中法者當求種種聲明之論辯才文持義持總持一切經論歷數算計皆得圓滿言上法者當求識見一切諸佛菩薩金剛諸天宮殿一切藥叉羅刹神鬼宮殿一切陀羅尼智三摩地入諸法會三摩地入諸地位三摩地皆得圓滿若時亢旱惡風暴雨雷電霹靂疫疾諸災治地摩壇當置寶瓶修治作法乞之止之皆得遂願當取瓶上白芥子龍腦香麝香牛黃雄黃真言加持杜仲

木汁和合爲丸真言加持赤黄牛乳和藥點
頂髮際額上肩上手脚掌上則得神通百千
俱胝真言仙衆一時現前不爲一切藥叉羅
刹鬼神覩見若服餌者壽命萬歲當得悟解
一切論辯一切陀羅尼真言曼拏羅印三昧
耶若藥點臍渡江河海不爲水獸而相災害
若藥點頂往於軍陣鬬諍之處俱生和解若
和酥服得大威力等十白象掌弄白象不以
爲難若塗二臂力敵百人相扠相撲盡皆得
勝若天寺中而誦真言稱諸天名一百八遍
以藥置於天寺舍中得諸天神而自臣伏風
雨順時無諸災疾若藥置於人家門頭其家
歡喜無諸疫疾鬼神等病若藥置於寺門頭
者僧衆安樂無諸惱疾住大慈心若藥置於
聖僧座下不爲鬼神偷諸食味常令衆僧得
上味食若置鉢中巡門乞食速得上食若門
若路一切人民見斯鉢者皆滅垢障若藥置
於舍利塔中當令日日得大施福若藥置於
觀世音像足下者每日誦念不空羂索心王
陀羅尼真言一百八遍令諸人民自常供養
觀世音菩薩長不斷絶若藥置於十字道中
一切鬼神被逐馳怖不相侵惱若藥置於高
山頂上一切藥精放光出現取之無畏所有
有情住是山者則得解除一切災障周遶是
山百踰膳那無諸疫疾鬼神等病若施諸人
而頂佩者觀世音菩薩而常憶念滅諸罪障
一切災厄若藥置於田中苗實豐熟不爲蝗
蟲惡風災暴若藥置於庫藏中者財寶穀帛
而無散耗若有有情短命薄福被諸毗那夜
迦一切鬼神作病惱者香湯和藥數數浴身

一切病障宿積罪垢一時除差世間所樂一切諸法隨心作之盡得成辦

如來加持品第十九

爾時釋迦牟尼如來舉伸右手摩觀世音菩薩摩訶薩頂讚言善哉善哉摩訶薩能以自在大神通力顯現演斯世未曾有不空羂索心王陀羅尼真言三昧耶悉地王真言曼拏羅印三昧耶如意寶瓶與贍部洲苾芻苾芻尼淨信男淨信女安立成就不空悉地王真言曼拏羅印三昧耶如意寶瓶皆獲利益得大安樂令受持者勤讀誦持得佛菩提轉法輪處我今以是受持讀誦此三昧耶者付囑於汝令得成就最勝悉地汝當護念種種加持與諸法願我亦種種成就加持無量三昧功德善根而成就之爾時觀世音菩薩摩訶薩歡喜踴躍熙怡微笑合掌恭敬頂禮雙足又白佛言世尊我誓遍於十方一切三千大千世界所有一切有情等以大悲心盡皆攝受乃至傍生水陸之類一切有情亦盡攝為與解除一切業報種種苦惱皆住菩提不退轉地世尊彼等有情專念我名欲得真實成就法者我皆觀察加祐護持為作成就復有有情為脫諸苦亦念我者亦以大悲慈善根力攝護觀察為脫諸苦世尊復有有情善明法式謂求解脫發大悲心常勤精進晝夜六時受持讀誦是不空羂索心王陀羅尼真言解脫蓮華曼拏羅印三昧耶悉地王真言曼拏羅印三昧耶恭敬供養依法修者我最偏急憐伺觀察愛念守護頂戴擔負常不放捨以大悲力愛念此人心不滿足心不放捨

謂得種種示教利喜得大解脱住菩提道滿一切願擁護利益是以我心而不滿足而不捨離世尊復有有情爲斯教網流傳示現亦能精勤依法修治恭敬供養此三昧耶受持讀誦思惟聽聞善解文義修治法式世成就者復有有情暫聞此三昧耶一一章句者我皆隨逐祐護利益當應與證出世世間一切勝願安住菩提不退轉地若有傍生水陸之類一切有情若得聞此真言三昧耶文詞章句我亦當與住不退地世尊何況清淨有情常依法住持戒精進以大悲心晝夜六時依法受持讀誦此不空羂索心王陀羅尼真言最勝廣大解脱蓮華曼拏羅印三昧耶者而豈不與現證一切三摩地耶世尊如是清淨依法受持真言之人此乃真非臭穢之身應知此人是天中天微妙淨身世尊由斯因緣我則常能頂戴擔負世尊云何證知斯人是天中天微妙淨身世尊緣此不空羂索心王陀羅尼真言廣大解脱蓮華曼拏羅印三昧耶圓在斯人藏識中住由是不空羂索心王陀羅尼真言廣大解脱蓮華曼拏羅印三昧耶威神力故説此人身必定是名天妙淨身世尊當知此人即是不空悉地三昧如意寶身應知即是如來藏曼拏羅印法之身應知即是不空羂索心王陀羅尼真言曼拏羅印法之身應知即是離於慳貪嫉妒之身應知即是清淨無垢之身應知即是一切天龍藥叉羅刹乾闥婆阿素洛蘖魯茶緊那羅摩呼羅伽人非人等恭敬供養身應知即是三十三天恭敬讚歎擁護之身應知即是七十二

殑伽沙俱胝那庾多百千如來前植種善根成熟相應身應知即是阿彌陀佛法身應知即是一切菩薩摩訶薩敬護加被身應知即是執金剛秘密主菩薩敬護祐身應知即是甚深大海廣無際身應知即是須彌山王身應知即是清淨虛空大摩尼寶身應知即是眞實舍利塔身應知即是一切如來授記加被身世尊應知此不空羂索心王陀羅尼眞言廣大解脫蓮華曼拏羅印三昧耶有大威德有大神通是眞眞實出世間法世尊末世彼諸有情多有貪瞋愚癡嫉妬佷戾懈怠一切重罪纏褁身心三業不淨不定信此三昧耶甚深明教又不明解受持修習眞言明印儀式觀智一一文義三昧耶故世尊如斯有情晝夜常有種種愆咎積聚障累相續不絕雖復受持讀誦供養時數間斷不專誦持若不成就非我過咎世尊如斯有情雖不證成菩提三昧但爲災厄種種惱疾即便稱念受持讀誦我此不空羂索神變陀羅尼眞言法教我亦常與夢覺現身加被擁護世尊我雖數數現身警覺此輩有情由自身業惡作惡觀雜漏充滿亦不識我亦不憶我亦不須臾定心思惟觀照念我如此有情云何得度世尊末世復有有情志定堅固持戒精進又復深信此眞言教受持讀誦係念思惟觀照我身我則常得現身與語同住同事世尊我雖爲現亦不識知是我之身世尊我所現者爲現沙門身執持應器或現淨行婆羅門身或現剎帝利身或現商人身或現國王身或現宰官大臣身或現朋友身或現父母身或現

兄弟姊妹身或現童男童女身或現内外親族身或現和尚闍黎身或現同學身世尊是真言者雖見此等諸相善應數數察候語義威儀庠序意旨說諸語話常顧占籌見是相時即知此是觀世音化身示同我伴言論法事世尊我作如是相貌現者爲與方便顯教誘引種種度脫滿諸願故世尊我若作商人身者於市邸店大衆之中而作種種廣大貨易隨類隨事評量言說或復隨處聚落大衆示同類人一一共談四毗陀論或說内外一切大聲明論或作種種題篇諷詠絃管歌唱鼓樂之人皆爲上首或復解說毗奈耶藏阿毗達磨藏大乘素怛羅藏乃至塢波提舍等經種種文義或同淨行大婆羅門解說一切起世界法或說種種事火天法或說昔時帝王種種治國相侵伐法或共一切持真言人等解說種種陀羅尼真言曼拏羅印三昧耶安隱之法豐饒之法降鬼神法解怨讎法世尊於諸衆中作是現者云何證知我在衆中世尊當以三相現身驗知一者所問隨事典切柔和質直相應語答二者口氣香潔如優鉢羅華香龍腦香言音美麗清朗和雅三者身氣香潔如栴檀沉水一切諸香或復隨類同上中下各現種種姿皃醜陋坌穢之身威雄越衆世尊若有遇是相者則見觀世音菩薩摩訶薩應化之身或於睡中爲現種種善夢瑞相誘進令滿一切菩提不退願地世尊我常以斯善巧方便處處現身令彼有情以少功力而則獲得世間隨身一切樂具盡皆充足世尊如斯見者惟除嫉妬妄語邪見諂

曲有情而不見矣世尊我見如斯嫉妬妄語邪見諂曲有情一切諸天善神使者不護觀録如是有情雖不現身得證成就我亦爲於當所生處與大成辦世尊以大悲力運攝我心度脱當來一切有情皆與植種菩提種子潤液藏識爾時釋迦牟尼如來十方刹土一切如來一時讃言善哉善哉蓮華手汝能具以大悲之力運攝當來一切有情度脱生死貪愛獄縛其中有情爲受種種刑戮怖畏獄縛禁閉窮頟倮露饑羸慞惶或爲一切罪障災厄種種病惱聽聞讀誦此眞言典一品之法我等謂爲除脱諸苦同作攝受加被授記何況廣大依法精進清淨觀照受持讀誦不空羂索心王陀羅尼眞言廣大解脱蓮華壇印像法香法藥法恭敬供養而自書寫教他書寫我等諸佛豈不與證阿鞞跋致地耶應知斯人則當種種承事供養十方刹土一切如來蓮華手若末世中有苾芻苾芻尼族姓男女白月八日不食不語依法輪結不空羂索印母陀羅尼眞言加持印加持印頂奮怒王印奮怒王眞言加持印加持印頂者應知斯人即是如來身已得如來法性藏故此人不應於諸有情而生倨傲我慢自慢應於一切有識有情起大悲心常備修治此三昧耶者或復有人入兹三昧耶曼拏羅者或復有人但當讀誦此經典者如是等人皆得名入東西南北四維上下十方殑伽沙數一切佛刹覩見一切如來秘密三昧耶亦名得見一切如來法報化身若常依法結印印頂即名常得一切如來爲授灌頂大福德藴稱歎善

根成熟相應我等如是大稱讚者皆是旃暮伽王神通功德三昧耶若復有人見斯神通經卷像者則名等見九十二殑伽沙俱胝那庾多百千一切如來應正等覺三十二大人相八十妙好無量功德法報化身當得我等一切如來祐護攝受解除五逆十惡重罪隨得一切大福聚蘊而自相應如斯之人名後邊身捨此生已安樂國土蓮華受生更不退轉若有有情短命多病能信此經如法書寫受持讀誦恭敬供養係念觀照則得長壽無諸夭疾解除貪瞋諸惡垢障當得成就大瑜伽定一切功德具足相應此不空羂索神變真言加持經等量十方一切法界一切如來故

不空羂索神變真言經卷第十二

音釋

皤薄波切　抒直呂切挹也　溥滂古切廣也　腝奴困切　䵟各旱切面上黑點也　癰腫癰於容切腫知隴切　痔直里切病也　癩落蓋切惡病也　痃癖痃胡田切癖匹亦切痃癖並腹病也　痳痢痳音林痢力置切　腕烏貫切臂也　脛胡定切脚脛也　𣁳當口切與斗同　馺先合切　槊所角切矛屬　詫丑嫁切　曝蒲木切日乾也　愉羊朱切樂也　笧楚革切與册同

不空羂索神變真言經卷第十三

唐南天竺三藏法師菩提流志奉　詔譯

溥遍心印真言出世間品第二十

爾時觀世音菩薩摩訶薩合掌恭敬歡喜踴躍得未曾有放殑伽沙俱胝那庾多百千光明溥照三千大千世界而自莊嚴又白佛言世尊是不空羂索心王陀羅尼真言廣大解脫蓮華壇印三昧耶中溥遍心印真言三昧耶而能示現不空手手千臂觀世音菩薩種種形好神變三昧耶以此一相三昧耶入種種相三昧耶所謂入伊首羅天相摩醯首羅天相大梵天相那羅延天相大自在天相焰摩王相俱廢羅天相婆嚕拏天相俱摩羅天相水天相火天相風天相日天相月天相星天相乃至一切天相苦行仙相一切真言明仙相大商人相皆示現之世尊以斯等相則令修者證獲旖暮伽王一切陀羅尼真言廣大解脫蓮華壇印三昧耶不空種種成就三昧耶不空羂索心王陀羅尼真言三昧耶若以少功而受持者我則賜與一切意樂勝願圓滿爾時觀世音菩薩摩訶薩便入溥遍心印三摩地說溥遍心印真言曰

那莫塞(桑紇切)窒(都結切)𠼝一拽(移結切)特(能邑切)瞔(肥以切)二迦南韗詑議跢㴸(奴紺切)三唵(喉中擡聲引呼)旖暮伽(上聲)四鉢頭麽播捨五矩嚕陀(上聲)迦(斤邏切)唎沙(上聲)野六跛囉(二合)廢(無計切下同)捨野七摩訶(去聲)鉢輸(去聲)鉢底八野摩婆(無何切)嚕拏九矩廢囉十沒羅(二合)歌麼十一廢沙(上聲)陀(上聲)囉十二旖暮伽紇唎(二合)娜野十三鉢頭麼矩攞十四縒麼耶野十五𤙖(特牛合口聲呼之)𤙖𤙖十六怖怖怖十七莎縛(二合)訶十八

爾時觀世音菩薩摩訶薩說斯真言時三千大千世界大地補陀洛山六返震動天雨衆華在會一切天龍藥叉羅刹阿素洛乾闥婆蘖嚕荼緊那羅摩呼羅伽乃至一切真言諸仙歡喜合掌種種讚歎空居一切惡天龍神藥叉羅刹毗那夜迦皆悉墮落爲火所燒慞惶馳走發大叫聲一切菩薩摩訶薩俱持種種華瓔衣服一時供養觀世音菩薩摩訶薩溥遍心印真言三昧耶一切天龍藥叉羅刹阿素洛乾闥婆蘖嚕荼緊那羅摩呼羅伽乃至一切真言諸仙住佛法者俱從本宮持諸華鬘塗香末香寶幢旛蓋衣服瓔珞俱時往詣補陀洛山觀世音宮殿會中住如來前觀世音菩薩摩訶薩前旋遶供養一時致敬同聲白言大慈悲者說此旖暮伽王廣大解脫蓮華曼拏羅印三昧耶溥遍心印真言法瑜伽觀廣明心焰三昧耶者最極難有爾時釋迦牟尼如來謂觀世音菩薩摩訶薩言清淨者而復廣說溥遍心印真言法瑜伽觀三昧耶爾時觀世音菩薩摩訶薩復白佛言世尊若有有情每日晨朝日初出時以大悲心如法清淨法瑜伽觀誦念神變溥遍心印真言一千八遍者此人則得攝入不空幻化種種色相三昧耶示現一切幻化三昧耶所言得者謂得通會一切曼拏羅印三昧耶相應住得一切最上神變計都幢三昧耶相應住得一切如來秘密三昧耶相應住得不空一切悉地三昧耶相應住得不空廣大神變三昧耶相應住得不空種種色相三昧耶相應住得不空無量稱歎三昧耶相應住得不空一

切善根三昧耶相應住得不空如來攝受記莂三昧耶相應住得不空如來種植大福德蘊善根三昧耶相應住得不空見一切如來現前加被三昧耶相應住得不空如來種族攝受加被三昧耶相應住得不空金剛種族攝受加被三昧耶相應住得不空蓮華種族攝受加被三昧耶相應住得不空摩尼寶種族攝受加被三昧耶相應住得不空香象種族攝受加被三昧耶相應住得不空一切大曼拏羅神變加被三昧耶相應住得不空大轉輪王種族安住三昧耶相應住得不空觀察大明觀印觀所灌頂三昧耶相應住得一切不空如來觀印所灌頂三昧耶相應住得不空廣大真言明印成就三昧耶相應住得一切不空如來菩提座加被三昧耶相應住

得一切不空如來轉法輪擊法鼓吹法螺三昧耶相應住得不空六波羅蜜圓滿三昧耶相應住得一切不空如來藏三昧耶相應住得不空廣大甚深聞持藏三昧耶相應住得一切不空如來出世解脫三昧耶相應住得不空世間受持悉地三昧耶相應住得不空世間妙吉祥三昧耶相應住得不空一切有情最上遵敬三昧耶相應住此人現在未來得是廣大相應稱歎功德三昧耶相應住世尊若常晝夜六時憶念諸佛總戠聽聞受持讀誦則得除脫生老病死一切罪障超生死海住不退地世尊若有苾芻苾芻尼族姓男女信心清淨以大悲心常念諸佛求覓此經若自書寫若使人書皆發悲心以上衣服財寶飲食供給供養亦勸一切人民書寫受持

讀誦聽聞思惟恭敬供養應亦當獲不退轉地如是有情從佛法生則謂一切如來加被爲受阿耨多羅三藐三菩提記是稱讚者所得功德亦如諸佛世尊若成就是溥遍心印眞言三昧耶者當畫不空王最上悉地三昧耶像白氎布絹方量四肘增亦任意中畫不空羂索十一面觀世音菩薩摩訶薩身眞金色三十二臂正面熈怡眉閒一目左面大自在天面右面那羅延天面左焰摩王面右水天面左俱廢羅天面顰眉努目右俱摩羅天面顰眉努目左摩醯首羅天面顰眉努目狗牙上出右伊首羅天面顰眉努目狗牙上出右日天面面狀赤黃左月天面面狀白黃各戴天冠冠有化佛作摩頂相那羅延天頭水天頭兩閒風天半身貫飾天服大自在天服大自在天頭焰摩王頭兩閒火天半身貫飾天服三十二手輪結諸印執器伏印羂索印寶珠瓔珞耳璫鐶釧天諸衣服而莊飾之身圓光焰結跏趺坐寶蓮華座右奮怒王三面四臂當中正面熈怡微笑左右面目顰眉瞋怒一手執鉤一手施無畏一手執蓮華一手持羂索瞻仰菩薩半跏趺坐後多羅菩薩微似低頭二手合掌半跏趺坐左苾蒭明王手捧寶華瞻仰菩薩半跏趺坐後濕廢多菩薩微似低頭二手合掌半跏趺坐其座下右不空曼拏羅神面目瞋怒狗牙上出身有四臂一手執羂索一手執蓮華一手執鉞斧一手執劒半跏趺坐後眞言者長跪而坐手執香爐是諸菩薩華冠瓔珞耳璫鐶釧天諸衣服種種莊嚴坐蓮華座身圓光焰四面圍遶畫

十方佛作說法相結跏趺坐師子寶座面向菩薩頂上佛外畫苦行仙衆形體枯瘦畫一切天子持散寶華座下佛外畫功德天辯才天毗摩夜天大自在天地天火天風天水天是諸天等華鬘衣服而莊飾之四角依方畫四天王種種衣甲具莊飾之其像飾巳於閑靜處淨治其地作曼拏羅種種香泥精潔塗飾模畫華印標郭界道置十一面觀世音菩薩種種旛華閼伽香水香華三白飲食果蓏燈明白栴檀香沉水香安悉香蘇合香薰陸香敷飾供養奮怒王真言護身結界輪印匡敘面西法坐以大悲心觀置旃字法本無生圓為下體金剛輪座觀置縛字言論道斷全為上體光霧白透觀置囉字離諸染著全為心月如初日光觀置𤙖字自性空寂眉紺青色觀置佉上聲字等虛空故全為頭頂備一切色相三昧耶等十一面觀世音復觀旃字全為頭光復觀囉字全為眼目光照無障時別先誦奮怒王真言召請供養誦溥遍心印真言一一字聲色相光焰若黃光焰或赤光焰或白光焰或青光焰或黑光焰照真言字於心月上右旋行轉皆放光明滿十千萬當中夜時十一面觀世音菩薩放種種光至五更時觀世音現身慰語汝求何事我今為汝皆得滿足見菩薩時當乞二願一乞不空羂索心王陀羅尼真言廣大解脫蓮華壇印三昧耶世間一切最勝悉地成就大願亦如我身種種自在變用工巧法自在秘密法神通法入阿素洛窟法天宮龍宮緊那羅宮法履水法入火法入一切山林法作金銀法乞雨法

止雨法降伏一切藥叉羅刹法採伏藏法渡江海法占象玄象歷數算法一切眞言法種種醫法長年藥法移諸物法化諸邪見傲誕人法如是世間種種之法悉得自在二乞出世間法時觀世音伸手摩頂解除一切垢障重罪身器清淨如蛇脱皮證獲不空清淨神通三昧耶身往詣淨土坐蓮華上證百千俱胝生宿命智阿彌陀佛爲授阿耨多羅三藐三菩提記住不退地證不空無量百千神變三摩地十方刹土一切諸佛菩薩摩訶薩一切天神悉皆讃歎憶念觀察當擁護持應知如是溥遍心印眞言有大神通能成世間無量無邊一切諸法所謂召遣一切鬼神占相一切壽命長短吉凶之相療治一切癩病風病瘡疥癬病瘧病腹病六根等病滅除一切罪障災厄怨難符書厭禱呪詛法亦得成就出世間法觀世音菩薩現身讃語善哉善哉眞言者汝今已入不空羂索心王陀羅尼眞言廣大解脱蓮華壇印法中溥遍心印眞言悉地成就手持蓮華施眞言者當受華時即證神通一切諸法騰往十方一切佛刹自在無礙得諸如來記莂匡護

溥遍心印眞言世間品第二十一

世尊若蓮池泝作護摩壇加持木樒木杜仲木然火加持蓮華并幹葉截和酥蜜如法護摩滿七日夜得功德天現身而來靜心勿怖供養閼伽時功德天謂眞言者今何所須答言施我無盡寶藏功德天言如眞言者意説此語已則便不現從此已後伏藏逐身供給費用得寶藏者常增供養觀世音功德天一

切三寶恒勿斷絶特勿積貯若積貯者即不復得白月八日酥白芥子塗蓮華臺葉像前護摩一千八遍諸天世人遵敬讃歎若瑠璃瓶盛鬱金香水赤色香華摩尼跋陀羅神前每日三時讃歎供養無名指按摩尼跋陀羅神誦持溥遍心印真言滿三七日現身而來日别給奉金錢一百文盡用供養三寶勿貯若貯聚者即不復得若舍利塔前置像面西截紫檀木上塗酥蜜每日三時護摩一千八遍滿三七日夜得銀錢一十千文此護摩法通會餘諸真言明法亦得成就又法當以菩提樹葉方布壇上上置雄黄香華供養依法加持令現三相一相點額所顧人民歡喜信仰讃樂供養二相點額騰身離地六尺而行日行三千踰膳那見聞三千踰膳那諸聲色法壽命千歲不爲諸仙而相率伏常見十方一切諸佛三相點額則得神通攝持同伴去地三千踰膳那里騰空自在壽二十千歲當證一切雄黄真言明仙三昧耶復以蓮荷葉方布壇上以赤黄牛酥洗治牛黄置荷葉上香華供養真言加持令現三相一相點額一切藥叉羅刹諸惡鬼神悉皆降伏任爲使者取諸財物二相點額則與一切秘密真言明仙蹈一風輪騰空自在日行二十千踰膳那壽六萬歲見聞二十千踰膳那諸色聲法三相點額攝持同伴騰空自在當證一切牛黄真言明仙三昧耶壽一俱胝歲溥遍心印真言阿伽陀藥頌曰

應以雄黄蜜陀僧　緊俱瑟詫鬱金香
蒟叔迦華上雌黄　杜仲樹汁上牛黄

惹暮娜那紫磨金　菩提樹汁赤牛乳
素韈囉拏訖使羅　半努捺羅弭耶藥
塞拏歌乞使羅藥　吡瑟努羯摩使羅
等數精治白月十五日淨治塗地嚴曼拏羅
置十一面觀世音像置藥壇上以諸香華香
水飲食燈明隨力供養廣大悲心憶念三寶
觀世音菩薩唯求無上阿耨多羅三藐三菩
提燒香供養溥遍心印眞言加持其藥當和
合治加持赤蜜石蜜和合盛赤銅合復置壇
上結印作法奮怒王眞言加持供物悉地王
眞言溥遍心印眞言加持藥現煖相煙相光
相時眞言者身出光焰壇地震動應自歡喜
證驗藥成藥和没囉歌麼補怛羅迦油(此云梵天兒)
油塗摩身上手足等上身如金剛一切刀杖
水火毒藥皆不能害攝持百人以爲眷屬騰
空自在若藥一兩點化赤銅百兩成金若服
餌者和牛乳酥煎治爲膏三日先服黃牛酥
乳當服此藥和牛乳服滿經六月膚色鮮澤
猶如蓮華聲音清雅髮如旋螺壽十萬歲一
切刀杖水火毒藥藥叉羅刹鬼神惡人皆不
能害服滿一年得諸天人樂爲伴侶福壽如
天若藥和胡麻油塗頭則髮香馥若點眼額
則見一切藥叉羅刹鬼神宮殿門開入中無
礙世人敬愛若和牛乳石蜜服滿三年證諸
眞言明仙王三昧耶壽一大劫劫中有佛一
一皆見菩提樹下成等正覺得此諸佛爲授
記剋往梵天宮應稱唵(擡聲引呼)字大梵天衆一
時迎逆乃至當往阿迦尼吒天宮爲後邊身
溥遍心蓮華阿伽陀藥頌曰
復以蓮華鬚　素路旦惹娜　牛黃龍華鬚

銀礦沉水香　嗢𠾈麼迦囉　石蜜青蓮華
瞻蔔迦華鬚　計得枳華鬚　上白栴檀香
上𠾈誐羅香　旃䧄野跛抳　蘇合香油和
白月十五日作曼拏羅置十一面觀世音等
數淨治置藥壇上獻諸香華香水飲食果蓏
燈明合和其藥盛銀合中以銀藥合盛白栴
檀木合中置於像前奮怒王真言加持供物
廣大悲心儛印治護坐茅草座左手執杖按
藥合上悉地王真言溥遍心印真言先持藥
合動現三相閼伽供養至五曉時頂禮十方
一切諸佛捧藥供養持真言者及伴服藥一
時同證隱行真言明仙三昧耶空行自在壽
一萬歲口氣香潔如優鉢華香膚色充竗獲
得一切隱行大仙三昧耶溥遍心印真言加
持白芥子灰十方結界一切藥叉羅刹不能
爲障若紫檀木然火白芥子安悉香黑芥子
鹽蔓菁油護摩一切毗那夜迦幷及種族一
時馳走不能爲障若苦楝木然火毒藥黑芥
子七種穀子白芥子面向他軍如法護摩令
彼兵衆且自退住又重護摩彼諸兵衆不復
來敵又重護摩彼諸兵衆皆總退散若以佉
陀羅木量長二肘如法削治寶釆寶杖作曼
拏羅置十一面觀世音當壇心上豎置寶杖
隨力辦諸香華香水果蓏飲食燈明供養奮
怒王真言加持供物悉地王真言溥遍心印
真言加持寶杖上放光明是時空中告聲謂
言汝今已得不空成就如意寶杖是時燒香
閼伽供養右手持杖頂戴受持誦溥遍心印
真言加持寶杖一百八遍頭上右旋一百八
帀持杖曠野平坦地處方量一百丈地爲界

可其界内心欲地下宫殿房舍卧具衣服飲
食湯藥僕從人民一切珍寶妙莊嚴具一時
現者誦溥遍心印真言加持寶杖可界東西
南北四維中心掾地一千八下即見地下七
寶宫殿見一天女捧持寶瓶當宫門立白真
言者願入宫中真言者荅令此宫殿非是堅
固真實之法天女白言願受寶瓶得大富貴
怒聲報言此非淨物何令我受天女則便涕
淚雙下見時承取遍塗身上頭面等上次點
眼耳身如金色氣馥香潔如牛頭栴檀香口
氣香潔如鬱鉢華香眼廣明利若青蓮華髮
如旋螺聞聲見色圓九萬里壽十千劫憶知
過去千劫生事悟解内外一切典籍真言壇
印三昧耶醫方幻術聲明等論三昧耶天女
重白願入宫住復當報言我自行入汝宫殿

中天女持嬭示真言者是時見嬭兩手持嬭
便即飲服塗身頭面眼耳手足得是天女一
千僕從爲伴騰空乘第一風輪證八十四千
大風輪真言明仙三昧耶往於淨土恭敬供
養阿彌陀佛一切菩薩聽聞深法若心願事
右手執杖一心觀杖真言旋杖得如心願
又法板上赤土畫藥叉羅刹像燒焯香王祀
王白食觀杖誦溥遍心印真言呼藥叉羅刹
名於藥叉羅刹像上右旋杖者則來現身任
爲命者取諸財寶衣服飲食悉皆充足
若功德天像前右手執杖誦溥遍心印真言
稱功德天於功德天像頭上右旋杖者得功
德天現身而來與諸財寶富饒之願
若毗沙門像前右手執杖誦溥遍心印真言
稱毗沙門名打毗沙門像脚者得毗沙門現

身而來乞諸錢財盡皆如願
若人門前右手執杖誦溥遍心印真言稱彼
人名旋杖打門入見歡喜
若天寺像前右手把杖誦溥遍心印真言稱
天像名旋杖則得天神現身而來所乞諸願
亦皆圓滿
若日出時觀日持杖誦溥遍心印真言稱日
天名旋杖即得日天歡喜觀察而擁護之
若白月十五日月初出時觀月執杖誦溥遍
心印真言稱月天旋杖月天星天歡喜觀察
而擁護之
若舍利塔前誦溥遍心印真言旋杖行道滿
七日夜塔内放光出種種聲得是相者所求
諸法悉皆圓滿
若佛菩薩像道場處執杖誦溥遍心印真言

旋杖行道滿七日夜得諸如來神力安慰滿
菩提願觀世音於後夜中現身而來與證不
空如意寶杖王三昧耶
若天旱時有龍湫泝執杖誦溥遍心印真言
稱龍旋杖龍降大雨
若霖雨者高山峯上仰天樓上高大怒聲誦
溥遍心印真言旋杖擬之其雨則止
若災風暴雨雷雹霹靂數數起者高峯迥處
把杖慈觀風雨雷雹起處發大慈聲誦溥遍
心印真言旋杖擬之九方周圓十踰膳那則
皆止之
若衆鬼神作煩惱者右手把杖拂病者身鬼
神怖走病得除差
若患瘧者執杖拂身瘧鬼惶走即得除差
若陣戰處右手把杖怒聲誦溥遍心印真言

旋杖期剋兩兵和解
若道曠野大海江河一切難處執杖怒聲誦溥遍心印眞言旋杖期剋則得諸難解馳退散
若人畜生患疫病者於城四門執杖誦溥遍心印眞言旋杖期剋治逐疫鬼悉皆出去病者除差
若高迥處觀所人家執杖誦溥遍心印眞言稱彼人名當自歡喜讚歎供養
若黑月十四日不食不語於晨朝時誦溥遍心印眞言加持杖七遍置杖摩尼跋陀羅神像北摩尼跋陀羅神像前誦悉地王眞言至後夜時摩尼跋陀羅神現身而來手持一千金錢奉眞言者得金錢時分爲三分一分盡用供養觀世音及日日作諸香水供養摩尼跋陀羅神一分盡用供養三寶一分自用弃施貧人所得功德盡皆迴施摩尼跋陀羅神特勿貯積日常如是乃至命終若有貯積即不復得
若道曠野遇無水處右手執杖瞻地多有青草濕處高聲誦溥遍心印眞言以杖掾地一千八下輪杖一千八帀高聲啓請觀世音菩薩惟願大悲救我饑渴念滿千聲其掾地處湧出泉池其水清美誦悉地王眞言以杖打水水中涌出赤黃天神合掌而言今何所求眞言者答須諸飲食願即與我時眞言者便以種種善說呪願天神願天常安長得一切諸佛菩薩梵釋諸天常加擁護與天種種諸大菩提福願圓滿說此語已沒水而去於須臾間手持天諸甘膳美食奉眞言者便當受

取以此天食供百千人同共飽食復持種種妙莊嚴具奉眞言者如此池泉眞言者心若不除者則常住世是水常爲一切人民飲喫無盡

若結印護身右手持杖默誦溥遍心印眞言往大衆中空中輪杖一百八帀隨心所念種種諸物則皆如意若屍陀林中誦溥遍心印眞言輪杖十帀則一踰膳那成結界護作六肘壇淨治塗地以牛糞黄土泥摩飾壇上眞言加持紫檀木橛釘壇四角五色線索四面圍界取族姓摩奴沙新捨未壞米哆羅以牛五淨清淨洗浴又以香水重淨洗浴著白淨服臥置壇上白衣蓋上以三白食置壇四面布設供養散諸雜華遍於壇上四角四面置香水椀時眞言者面西法坐燒焯香王供養一切常以右手執如意杖誦溥遍心印眞言加持米哆羅一千八遍誦悉地王眞言亦加持之聲聲莫絶數以左手拂米哆羅身以右手杖數數按米哆羅身上令動起坐目觀四方見觀方時特勿怖懼以杖定按米哆羅頭上其米哆羅即語見語之時亦勿怖懼内心思惟過現未來一切事等誦悉地王眞言聲聲莫絶米哆羅盡說心所思事復以杖柱米哆羅心上誦悉地王眞言則令米哆羅口吐鮮魯地羅取是魯地羅點眼點額見諸鬼神宮殿門開入皆無礙鬼神見者悉皆歡喜復以杖柱米哆羅心上誦悉地王眞言令米哆羅吐紇唎娜耶便取執持即得騰空自在無礙獲得一切大力鬼神三昧耶如摩醯首羅得大自在壽命萬歲復一稱𤙖字一以杖

襏柱米哆羅心上七下又以杖襏打喉上七下米哆羅自吐舌出持刀割取使變成劒當佩身者獲得一切劒仙三昧耶壽命萬歲一十八千劒仙為伴又以杖襏打米哆羅頭上七下發遣米哆羅身中真言明神還宮而去米哆羅變成閻浮檀金此金一兩赤銅百兩和融銷鑄成上真金世尊說此世間成就法者悲愍當來一切有情令得證入菩提故說

不空羂索神變真言經卷第十三

音釋

顰（毗真切顰蹙也） 䩥（亭夜切） 泮（匹半切水涯也） 榓（彌畢切香樹名） 貯（展呂切盛也） 俁（牛矩切） 娧（他外切好貌） 紫橿（橿居良切紫橿木名） 蔓菁（蔓莫官切菁子盈切蔓菁菜名） 㧻（竹角切擊也） 嬭（奴買切乳也） 湫（即由切池也） 橛（其月切杙也） 襏（所鎋切）

不空羂索神變真言經卷第十四

唐南天竺三藏法師菩提流志奉　詔譯

不思議觀陀羅尼真言品第二十二

爾時釋迦牟尼如來告觀世音菩薩摩訶薩言汝當重說出世最上廣大解脫蓮華祕密心王曼拏羅印三昧耶令受持者慧解開悟一切無礙自在挺特昇證最上一切勝解無上菩提悉地滿足爾時觀世音菩薩摩訶薩歡喜踊躍即從座起偏袒右肩合掌恭敬頂禮佛足則於佛前以諸塗香末香燒香寶幢旛蓋衆寶妙華寶珠瓔珞天妙衣服天諸樂具廣設供養如來世尊一切菩薩摩訶薩衆住此旃暮伽王廣大解脫蓮華壇印三昧耶一切天神壇神真言明仙諸天龍神藥叉羅刹阿素洛乾闥婆孽嚕荼緊那羅摩呼羅伽及住補陀洛山一切苦行真言明仙諸餘一切真言明神等前皆以諸妙香華衣服寶蓋幢旛寶珠瓔珞妙莊嚴具同彰供養觀世音菩薩摩訶薩歡喜合掌右遶如來數百千帀則於佛前却住而坐便白佛言世尊是一切不空如來出世最上廣大解脫蓮華祕密心王神通壇印三昧耶中不思議觀陀羅尼真言三昧耶是一切如來廣大真實神變解脫壇印三昧耶是毗盧遮那如來廣大解脫壇印三昧耶是不空觀最上心印三昧耶但令讀誦則得出世最上真實心三昧耶悉地成就此三昧耶復是一切如來神通加被授記剃處我今已得如來神通印持加被欲對佛前爲與一切持真言者獲得最勝悉地故說爲與哀愍一切有情滅除三世一切罪障度

脫無明生死故說摧滅遮止一切地獄餓鬼
傍生諸趣故說爲與一切邪見傲誕匱法有
情解治謗佛謗法謗菩薩聲聞獨覺逆罪故
說世尊若有有情怖諸罪業能常晝夜具持
儀式讀誦受持不思議觀陀羅尼眞言懺悔
諸罪持淨戒者或有書畫見聞隨喜樂供養
者或有具見此經典者世尊如是等人皆得
解除無明貪瞋愚癡嫉妒我慢邪慢重罪蓋
障諸鬼神病種種業報差別等病王難賊難
刀杖禁閉水難火難雷電霹靂虎豹狐狼蚖
蛇蝮蠍諸獸象龍一切災難不相災害一切
惡風雷電霹靂壞苗稼者亦皆除滅世尊於
此三昧耶志願成者懺重罪者不應於此眞
言教典生少疑心白言世尊所以者何

不善善法中　疑爲惡中惡　疑故不勤求
二諦諸勝法　喻愚商賈者　海陸遇眞寶
疑惑無識解　不採無價珍　遇斯不空法
疑惑亦復耳　若斯生疑惑　魔枷獄吏縛
亦如師子王　毆攫諸小獸　不能得解脫
疑惑亦如是　菩提與生死　二定眞有法
二中若生疑　聾瞽無慧眼　若有智慧者
應生清信心　惟然修誦持　大悲解脫門
譬商智慧者　財屨於坦路　純逐勝利道
計獲多財果

世尊以斯義故持眞言者應生淨信如法書
寫受持讀誦是一切不空如來出世最上廣
大解脫蓮華秘密心王神通壇印三昧耶母
陀羅尼眞言奮怒王眞言悉地王眞言溥遍
心印眞言不思議觀陀羅尼眞言常淨思惟
法瑜伽觀當知是人則得證見一切如來大

不思議廣大真實神變解脫壇印三昧耶毗盧遮那如來神通加持廣大解脫壇印三昧耶不空觀最上羂索心印三昧耶出世間一切解脫大功德蘊具足相應名不退住一切如來憶念加持爲授阿耨多羅三藐三菩提記世尊若有有情爲求無上正等菩提守持淨戒常能依法精進無退晝夜六時發大悲心念諸有情恭敬供養合掌頂禮受持讀誦思惟如是不思議觀陀羅尼真言者我見斯人即名真實觀世音菩薩法蘊之身亦名觀世音菩薩法所加持護念之身亦名一切如來法所加持授記之身亦名觀世音菩薩爲當現與出世世願滿足之身我常加以大悲精進堅固甲冑爲擐被身牢價影撫念護此人何日令得坐菩提場轉大法輪齊類我等以大悲心濟度三界一切有情意樂之法皆得圓滿爾時釋迦牟尼如來讚觀世音菩薩摩訶薩言善哉善哉大悲者汝由法願甚大希有若得見聞信供養者則得除脫無量劫來衆罪苦業何況有人守持齋戒依法受持讀誦思者豈當不證阿耨多羅三藐三菩提耶汝應演說不思議觀陀羅尼真言三昧耶今正是時爾時觀世音菩薩摩訶薩歡喜奮迅熙怡微笑瞻仰如來即說不思議觀陀羅尼真言曰

那莫塞(桑紇切下同音)窒(都結切下同音)隷拽(移結切)特婆(無何切下同)怒誐路(多箇切下同)一跛(北波切下同)囉(二合)底瑟耶諦瓢(毗藥切下同)二薩縛(無可切下同)韗詑誐諦瓢(入聲)三

那莫薩縛跛囉(二合)底曳(二合)迦(斤邏切下同)勃陀(上聲)嚗野(楊可切下同)四室邏縛迦僧(去聲)祇(地曳切)瓢(入聲)五

那謨梅窒隸(二合)野跛囉(二合)畝契瓢(毗遥切)(六)摩訶
菩地薩埵縛誐拏縛隸瓢(入聲)(七)那莫旖唎野
跋駬囉陀(上聲)囉(八)摩訶曼拏攞禰(奴禮切)縛諦
瓢(入聲)(九)野莽婆嚕拏矩廢(無計切)囉(十)嚩使誐
拏縛隸瓢(入聲)(十一)那謨囉怛娜怛囉(二合)耶野(十二)
娜莫旖唎耶(十三)縛路枳諦濕(攞舌呼之下同)縛囉野
(十四)菩地薩埵野(十五)摩訶薩埵野(十六)摩訶迦嚕
抳迦野(十七)怛鞑(寧也切)他(十八)唵(喉中擡聲呼之)薩縛鞞
詑誐路(十九)婆路枳鞞(二十)播捨紇唎(二合)娜野(二十
一)入(攞舌呼之下同)縛攞入縛攞(二十二)達磨馱覩蘖
皤(二十三)枳攞枳攞(二十四)摩訶鉢頭(途邑切)摩步
惹(二十五)陀(上聲)囉陀(上聲)囉(二十六)摩訶播捨陀(上聲)
羅(二十七)縛囉縛囉(二十八)囉濕弭(二合)舍鞞娑(去聲)
歌塞囉(二十九)跋(同上)囉底曼抳鞞舍嚩囉(三十)鞞
囉鞞囉(三十一)弭補囉諦惹陀(上聲)囉(三十二)皤囉

皤囉(三十三)殺播囉弭鞞(三十四)播嚩布囉拏(三十
五)迦攞迦攞(三十六)摩訶沒囉(二合)歌(呼邑切)麼廢
(同上)灑陀(上聲)囉(三十七)麼攞麼攞(三十八)薩縛播撒
(比我切)婆囉拏麼攞(三十九)枳嚩弭灑那(奴箇切)捨
娜(四十)度嚕度嚕(四十一)菩地薩埵縛弭秫(輸律切)
馱(四十二)步嚕步嚕(四十三)摩訶薩埵縛轙縒攞
(四十四)野莽婆嚕拏矩廢(同上)囉(四十五)那麼塞訖
嚩(二合)鞞(四十六)虎嚕虎嚕(四十七)沒囉(二合)歌摩弭
瑟努(輕呼丁入)(四十八)摩醯濕縛(二合)囉(四十九)矩摩囉鞞
(奴爛切)你計濕縛(二合)囉(五十)縊(伊異切)濕縛(二合)囉囉
摩醯濕縛(二合)囉(五十一)闍(奴計切)縛補怛(都訖切)囉
(二合)蔓(無繁切)你鞞(五十二)那麼塞訖嚩鞞弭弭馱
(五十三)麼抳帽理陀(上聲)囉(五十四)旖弭鞞皤爾娜
(五十五)摩矩吒(上聲)陀(上聲)囉(寧立切)(立)饟(名養切)(五十六)麼
抳迦娜迦(五十七)跋駬囉跋女(去聲)嚩野(五十八)摩

囉迦鞞鉢頭麼二合五十九邏伲魚禮切捺奴乙切囉
二合你攞六十竝同上穰同上穆訖底迦六十一楞去聲訖
嚩二合鞞舍嚩囉六十二拽臂諸振切饒去聲播弭鞞
陀上聲囉六十三惹上聲吒麼矩吒上聲六十四漫抳鞞
六十五那縛戰捺同上囉二合六十六囉旨鞞六十七鉢
頭麼二合陀上聲囉六十八鉢頭摩二合縒娜六十九鉢
頭二合麼步惹七十窒嚩二合路輕呼者娜七十一窒嚩
二合戍去聲攞七十二陀上聲囉播捨陀上聲囉七十三薩
縛鞞詫誐跢七十四鼻使訖鞞七十五娑去聲囉娑
去聲囉七十六薩縛播戳同上七十七跛囉二合舍麼那
迦囉七十八摩訶迦嚕抳迦七十九覩嚕覩嚕八十
薩縛薩埵婆囉那同上野迦八十一菩地菩地八十
二薩縛鞞詫誐路八十三娑路枳鞞八十四菩地
曼拏攞八十五娑路輕呼枳鞞八十六路輕呼計濕縛
二合囉八十七摩醯濕縛二合囉八十八摩訶振跢麼

抳陀上聲囉八十九弭濕縛二合嚕跛九十摩訶謨穰
同上九十一婆馱娜九十二摩訶迦嚕抳迦九十三勃
馱亭夜切勃馱九十四菩陀上聲野皤伽上聲畔引九十五
薩縛鞞詫誐跢九十六娑路輕呼枳鞞蘖皤九十七
摩訶奔脯悶切孃上聲九十八諦惹陀上聲囉九十九跛
同上囉二合娑囉一百悉地迦囉一薩縛皤名夜切地
歌囉二薩縛薩埵縛那去聲耶播囉三薩縛縟
輕呼佉上聲跛囉二合暮者迦四摩訶迦嚕抳迦五
那謨窣覩羝莎縛二合訶一百六

爾時觀世音菩薩摩訶薩說是陀羅尼時其補陀洛山變成七寶光瑩明徹其諸華樹皆盡變成九十九億殑伽沙俱胝那庾多百千微塵世界七寶堂閣光明間錯皆以種種寶鐸金鈴垂珠網縵寶珠華拂寶蓋幢旛對相交錯處處莊飾一一堂閣中有九十九億百

千高座寶飾光現則有十方一切如來皆來坐座是諸如來伸金色手摩觀世音菩薩摩訶薩頂同聲讃言善哉善哉觀世音能善演斯出世最上大正道門廣令給濟贍部有情蠲治罪障脫生死海若有有情一經於耳當得入於最勝佛道若有書寫讀誦受持見聞隨喜樂供養者皆令當得廣作佛事應知斯人現身得名一切如來一子之地其山一切藥草叢林皆盡變成衆寶蓮華大如車輪華齊灑人光明熤爚以青瑠璃而爲其幹衆寶爲葉閻浮檀金以爲其臺赤珠爲子白珠鬚蘂則有十方一切菩薩摩訶薩皆來此華如法而坐各執種種真珠瓔珞價直億千皆當供養觀世音菩薩摩訶薩聽聞如是陀羅尼真言壇印三昧耶是時三千大千世界地六大動變成金色於虛空中繽紛亂雨天諸寶華供養一切諸佛如來一切菩薩摩訶薩是陀羅尼真言壇印三昧耶爾時執金剛秘密主菩薩奮迅微笑即從座起輪舞其杵步如師子往詣佛前頭面禮足合掌恭敬而白佛言世尊此出世間陀羅尼壇印三昧耶甚奇希有能現如是廣大神通變化三昧耶具大威德等如如來處贍部洲初出于世轉大法輪與大佛事最極希有若有有情一經於耳則得無量大功德聚稱歎相應我見此陀羅尼定與今當一切有情作大光明世尊贍部洲界橫大法舟運濟有情唯觀世音菩薩摩訶薩故餘無有能起以大悲救度有情爾時如來謂執金剛秘密主菩薩言如是如是如汝所說此陀羅尼與贍部洲一切有情作大

父母我常見是觀世音菩薩摩訶薩爲贍部洲出世世間一切有情横大法船作大依止平等濟度圓滿安置陞入佛道是觀世音菩薩摩訶薩已於無量微塵阿僧祇劫住持勇猛大精進力作大利益爲度有情爾時執金剛秘密主菩薩往觀世音菩薩摩訶薩前合掌頂禮持日光藏大摩尼寶供養觀世音菩薩摩訶薩及以一切天諸妙華遍散供養退座而坐爾時釋迦牟尼如來應正等覺則入不空無垢清淨光三摩地頂放種種色光焰輪變成傘蓋其蓋復放種種色光遍滿虚空於其光中圓現種種廣大神變一一光中現殑伽沙俱胝那庾多百千微塵刹土一切如來應正等覺是諸如來一時讃歎觀世音菩薩摩訶薩曰善哉善哉摩訶薩能善演斯最極難有陀羅尼曼拏羅印三昧耶是法能示菩提道場轉大法輪然大法炬建大法幢擊大法鼓吹大法螺摧伏四魔等趣諸佛十力四無所畏四無礙解十八佛不共法眞如實際圓滿十波羅蜜多一切智智十地五眼六神通一切菩薩摩訶薩法與失正道者安示正道失正念者安示正念行惡道者安示善道作種菩提種子道場爾時釋迦牟尼如來復告觀世音菩薩摩訶薩言大清淨者汝復說此出世最上不思議觀陀羅尼眞言廣大神通解脱壇印三昧耶爾時觀世音菩薩摩訶薩又白佛言世尊此不思議觀陀羅尼眞言解脱曼拏羅印三昧耶是觀世音最上上心廣大神通能現種種廣大神變幻化千臂千手千印千眼千頭三昧耶一時等入殑伽

沙俱胝那庚多百千微塵剎土一切如來甚深秘密大曼拏羅印三昧耶坐菩提座轉大法輪然大法炬吹大法螺建大法幢演大法義摧伏天魔蘊魔煩惱魔死魔關閉一切地獄趣餓鬼趣畜生趣阿素洛趣成就一切陀羅尼真言曼拏羅印三昧耶一切不空如來般若字觀三昧耶不空無等自在三昧耶不空遍知神通三昧耶不空心攝受願海三昧耶不空安立一切有情菩提命三昧耶不空菩薩摩訶薩廣大神變三昧耶不空辯才演說一切如來神通三昧耶不空發起一切供養海雲三昧耶不空供養承事一切如來三昧耶不空住行迴向十地三昧耶不空入大涅槃城三昧耶不空圓滿六波羅蜜三昧耶不空寶雨一切幢旛寶蓋天妙衣服塗香末香三昧耶不空命終見一切如來種種勝妙莊嚴佛剎三昧耶不空大福德蘊滿足三昧耶不空植種善根成熟三昧耶一切不空如來神通三昧耶不空自在成就三昧耶不空陀羅尼真言解脫壇印變像三昧耶不空廣大成就三昧耶不空一切法藏伏藏三昧耶不空壽命增長福植三昧耶不空名聞不壞三昧耶不空度脫大生死海三昧耶不空解脫無明老病愁歎苦憂惱三昧耶不空圓滿有情願三昧耶不空念具足三昧耶不空受持善根圓滿三昧耶不空大真言明仙輪王三昧耶不空入三十三天宮殿三昧耶不空入兜率陀天宮殿三昧耶不空入色究竟天宮殿三昧耶不空入帝釋天宮殿三昧耶不空一手現大神力掌動須彌盧山三昧耶不

空密行真言明仙三昧耶不空一切真言明仙輪王中大輪王三昧耶不空一切如意法雨三昧耶不空降大天雨三昧耶不空雨種種釵璫環釧寶冠瓔珞妙莊嚴具三昧耶不空雨天諸飲食三昧耶不空種種究竟度脱有情願三昧耶不空種種論偈諷頌理趣毗柰耶經契經伲耶經授記經伽陀經烏陀那經因緣經譬喻經本事經本生經方廣經未曽有經搗波提舍經阿毗達磨一切論辯三昧耶不空入一切大乘海三昧耶不空治譴遮止一切藥叉羅刹餓鬼毗舍遮鬼宫槃茶鬼陽顛鬼種種障礙毗那夜迦諸惡鬼神三昧耶世尊此陀羅尼廣具如是無量無邊大功德聚以是稱名不思議觀陀羅尼真言能滅一切地獄趣餓鬼趣畜生趣阿素洛趣解除一切災厄怖懼示現出世世間一切三昧耶十善業道不空阿鞞跋致大涅槃道成就無上正等菩提安住一切如來秘密心藏世尊此不思議觀陀羅尼真言是觀世音最上上心廣稱歎處

陀羅尼真言辯解脱品第二十三

爾時釋迦牟尼如來謂觀世音菩薩摩訶薩曰善哉善哉蓮華手汝今說斯出世世間不思議觀陀羅尼真言神通功德最極希有我已知此最上秘密心觀陀羅尼真言乃是一切如來一切菩薩摩訶薩等神通功德大遊戲處又是一切有情旨趣現在未來最上無上無等等道無量無盡道處此陀羅尼真言神通功德最極深邃甚希難有能令三有一切有情度生死海若有苾芻苾芻尼族姓男

族姓女受持讀誦此人即已稱持一切如來廣大神變眞實解脫壇印三昧耶毗盧遮那如來眞實神通加持廣大解脫壇印三昧耶廣種無量福德善根相應攝受若復有人已曾恭敬供養承事九十二殑伽沙俱胝那庾多百千微塵世界一切如來應正等覺聽聞於法得受記者比斯受持讀誦此陀羅尼眞言所得功德齊等無異何以故以是陀羅尼眞言尊妙奇特最難見聞具有無量神通功德若有苾芻苾芻尼族姓男族姓女守持淨戒精進勇猛懇篤身心於諸有情起大悲心捨所身分珍寶穀帛處處求覔是眞言經如法書寫三十六月依法作壇晝夜六時受持讀誦毋陀羅尼眞言奮怒王眞言溥遍心印眞言不思議觀陀羅尼眞言結印灌頂如法觀置斯人則名無量刼中種種難行苦行善根何以故我已知此陀羅尼眞言方是一切諸佛如來無量無邊無上無等三藐三佛陀神通功德蓮華手若受持者發菩提心觀照五蘊眼界色界乃至識界十二因緣自性空寂離我我相離有情相離受者相離一切相何以故法自本來性自寂靜無作無我無自無他離諸蘊界是蘊入界眞實觀察不可得故無自識故不可執受是所執受亦不可得何以故一切法本無色無形離諸染著心不住內外不在兩間內外兩間亦不可得本自清淨平等無二捨無我心主自在覺心本不生何以故心前中後際不可得故如是知心超越世間惟法無我根本警誡淹留修行剪拔煩惱無明根杌逮淨法身湛然寂靜中觀

囉字光明如日淨治三毒一切垢障廣嚴道場地中諸過如虛空相金剛所持下觀風輪黒光焰布於風輪上觀其水輪水色猶乳中觀鍐字光明踰月於水輪上觀金色壇光焰明皎溥敷照曜中觀白寶八葉蓮華金剛為莖衆寶鬚蘂放無量光無量百千雜寶蓮華前後圍遶其蓮臺上觀師子座衆寶莊嚴周帀行列種種寶柱上有種種寶蓋幢旛珠瓔華拂天諸衣服光明曜爚觀衆海雲溥雨種種塗香末香衆妙寶華嚴潔場地鼓奏種種天諸音樂如意寶穊閼伽香水寶樹華敷摩尼光燈佛波羅蜜菩提妙華一切菩薩歌唄法音具足莊嚴師子之座於其座上觀旑字門現毗盧遮那如來身檀金色或白銀色結跏趺坐身上溥放金色光焰或白色光其光明焰內見一切於其光中復現無量刹土塵數一切諸佛光遍無量諸有情界隨性開悟毗盧遮那如來心上觀大月輪光明素徹邊脣圓布一百旑字金色光焰字字旋行觀是字字遍身出現無量佛身相好光明神通自在量滿十方一切世界是無量佛還復右繞入於身中合為一身左觀縛（無可切）字門現執金剛秘密主菩薩身圓光焰結跏趺坐蓮上寶座右觀縒字門現觀世音菩薩身圓光焰結跏趺坐蓮上寶座前後圍遶觀照一切種族菩薩摩訶薩身圓光焰結跏趺坐蓮上寶座觀世音右觀真言者自身如法而坐以佛神力以法界力溥觀供養誦奮怒王真言廣大明王央俱捨真言毋陀羅尼真言溥遍心印真言不可思議觀陀羅尼真言悉地王真

言一切菩薩敬禮解脫三昧耶真言一一字門聲相如觀世音相輪舞其印如是觀照修諸善法殺不善業得善無畏如是觀知得身無畏捨自蘊集得我無畏害蘊攀緣得法無畏害法住緣得法無我無畏害諸蘊界能執所執自性無性平等無畏作是修者名住如來形相法身與三昧俱是真發心以少功用獲大成就如因月現照澄淨水中見月像如天降雨種子芽生如執火爐空中輪旋火輪像現如是三喻譬真言句觀置成就所以者何而自法性説種種道文詞章句自願智力法界加持隨有情性種類開示蓮華手三藐三佛陀大乘相者謂諸文字陀羅尼真言門

爾時觀世音菩薩摩訶薩白佛言世尊云何文字陀羅尼真言門佛言蓮華手字平等性語平等性言説理趣平等性入陀羅尼真言一切字門以無所得而為方便入旃字門解一切法本不生故入迦(斤邏切)字門解一切法離作業故入佉字門解一切法等虛空不可得故入誐(銀迦切又音迦字斤攞切)字門解一切法一切行不可得故入伽(上聲)字門解一切法一合不可得故入落字門解一切法離塵垢故入跛字門解一切法第一義教不可得故入者字門解一切法無死生故入娜字門解一切法離名字相不可得故入捺(耑者切)字門解一切法影像不可得故入溥字門解一切法出世間故愛支因緣永不現故入訡弱字門解一切法生不可得故入度字門解一切法戰敵不可得故入陀(上聲)字門解一切法調伏寂靜真如平等無分別故入婆(無何切)字門解一切

法一切有情離繫縛故入荼字門解一切法執持清淨不可得故入瑟吒字門解一切法制伏任持驅迫慢相性不可得故入詫(魑賈切)字門解一切法長養不可得故入灑(踈賈切)字門解一切法無罣礙故入拏(尼賈切)字門解一切法愆對不可得故入縛(無可切)路字門解一切法言音道斷故入驒(多可切)字門解一切法真如住處不可得故入野(藥可切)耶(餘何切)字門解一切法一切乘如實不生不可得故入怛[寧-丁+也](寧也切)他(去聲)字門解一切法住處不可得故入馱字門解一切法法界不可得故入瓢(毗藥切)字門解一切法時平等性不可得故入摩字門解一切法我所性不可得故入頗(披我切)字門解一切法而不堅實如聚沫故入麼字門解一切法所縛不可得故入惹字門解一切法生起不可得故入濕縛(同上)字門解一切法安隱性不可得故入囉字門解一切法離一切塵染故入攞字門解一切法一切相不可得故入達字門解一切法界性不可得故入捨字門解一切法寂靜性不可得故入佉(上聲)字門解一切法如虛空性不可得故入馹字門解一切法窮盡性不可得故入跢(多箇切)字門解一切法任持處非處令不動轉性不可得故入紇唎蘖皤字門解一切法所了知性不可得故入喇詫字門解一切法執著義性不可得故入歌字門解一切法因性不可得故入皤字門解一切法破壞性不可得故入矩字門解一切法欲樂覆性不可得故入塞(桑色切)麼字門解一切法可憶念性不可得故入捶(二合)縛(同上)字門解一切法可呼召性不

可得故入縒字門解一切法勇健性不可得故入喻字門解一切法原平等性不可得故入第字門解一切法積集性不可得故入翳醯去聲戍呬呼以切字門解一切法離諸諠諍無往來行住坐臥不可得故入叵字門解一切法遍滿果報不可得故入塞桑紇切迦同上字門解一切法聚積蘊性不可得故入逸娑去聲字門解一切法衰老性相不可得故入柘字門解一切法聚集足迹不可得故入播字門解一切法究竟所不可得故入誐同上拏娜麼併悕莎縛訶字門解一切三昧耶悉皆自在速能成辦一切事三昧耶義利悉地蓮華手如是字門解入法中根本邊際除如是字表諸法中更不可得何以故蓮華手如是字義不可宣說不可顯示不可執取不可書持不可觀受離諸相故譬如虛空是一切物所歸趣處斯諸字門亦復如是諸法義理皆入斯門方得顯現蓮華手入如是旖字門等名入諸字門若修治者如是受持入諸字門得善巧智於諸言音能詮能表皆無罣礙於一切法平等空性盡能證持於衆言音咸得善巧蓮華手若受持者能聽如是入諸字門印相印句聞已受持讀誦通利爲他解說不著名利由茲因緣得二十種殊勝功德何等二十謂得強憶念得勝慚愧得堅固力得法旨趣得增上覺得殊勝慧得無礙辯得總持門得無疑惑得違順語不生恚愛得無高下平等中住得於有情言音善巧得蘊善巧處得緣起善巧因善巧緣善巧得根勝劣智善巧他心智善巧得觀瞻星曆善巧得天耳智善巧宿

住隨念智善巧神境智善巧死生智善巧得漏盡智善巧得說處非處智善巧得往來等威儀路善巧蓮華手是爲二十種殊勝功德若持真言者行陀羅尼真言時以無所得而爲方便所得文字陀羅尼門當知是爲一切菩薩摩訶薩恭敬頂禮出世廣大解脱陀羅尼真言最上神變解脱壇印三昧耶出世廣大解脱蓮華曼拏羅像三昧耶大乘相三昧耶最上乘相三昧耶蓮華手是受持者住四念住何等爲四一身念住二受念住三心念住四法念住修行陀羅尼真言以無所得而爲方便雖於内身住循身觀雖於外身住循身觀雖於内外身住循身觀雖於内受住循受觀雖於外受住循受觀雖於内外受住循受觀雖於内心住循心觀雖於外心住循心觀雖於内外心住循心觀雖於内法住循法觀雖於外法住循法觀雖於内外法住循法觀而竟不起身俱受俱心俱法俱尋思熾然精進具念正知爲欲調伏世貪憂故是受持者四念住處蓮華手如是修者當知是人又等於我發初因地作菩薩時修行種種苦行善根成就阿耨多羅三藐三菩提地坐金剛座轉大法輪功德無異是人即名廣種無量大福德藴善根相應當得出世成就無上正等菩提觀世音菩薩摩訶薩而常祐護手摩其頭爲現於前與滿此不思議觀陀羅尼曼拏羅印三昧耶廣大功德稱讚善根如是陀羅尼三摩地若一經耳亦當得生極樂刹上阿彌陀佛前蓮華化生以諸相好而自莊嚴一切經法真言壇印三昧耶等悉皆證現六

根清淨具宿住智得五神通是故智者晝夜
精勤受持讀誦莫令懈怠祕吝於法應起平
等大悲愍心爲諸有情而廣敷演是陀羅尼
壇印三昧耶溥得見聞書寫修學讀誦受持
令得出世若有有情諂僞嫉妬讀誦受持或
有有情怕懼種種恐怖災厄讀誦受持如是
等人亦得無量大福聚蘊何況有人以菩提
心書寫讀誦受持供養而豈不證菩薩十地
神通功德

不空羂索神變眞言經卷第十四

音釋

匱求位切乏也　攫攥攫居縛切爪持也攥子活切把撮也　聾瞽聾盧紅切瞽公户切　摜古患切帶也　鎣烏定切飾也　儷郎計切偶也　煜爚煜余六切爚弋灼切煜爚光明照燿也　譴去戰切責也　邃雖遂切深遠也　杌五忽切樹無枝也　鍐無敢切　唄蒲拜切梵誦也

不空羂索神變真言經卷第十五

唐南天竺三藏法師菩提流志奉　詔譯

最上神變解脱壇品第二十四

爾時觀世音菩薩摩訶薩白佛言世尊若有修是最上廣大解脱蓮華曼拏羅三昧耶者當於閑靜泉沼河邊或於園林心所愛處縱廣三十二肘或十六肘可界方圓穿深五尺以本出土簡去一切惡土瓦石骨木蟲蟻便却如法填築平治其本出土若不欠賸得名上地謂諸如來稱讃此地當知是地堪諸如來坐菩提場轉法輪地堪作諸佛舍利制底若本出土填有欠賸是地下惡不堪作壇若得上地以瞿摩夷黄土泥如法泥飾又諸香泥周潔塗摩畫大海水内院中畫七寶蓮華臺上寶殿中毗盧遮那如來右手作摩頂相面西結跏趺坐師子寶座左阿彌陀佛右手作摩頂相面西結跏趺坐師子寶座右釋迦牟尼佛右手作摩頂相面西結跏趺坐師子寶座釋迦牟尼佛前不空羂索觀世音菩薩一面三目熈怡微笑身有四臂左一手執蓮華右一手把羂索二手合掌首戴寶冠冠有化佛種種莊嚴坐華座上曲躬瞻仰其阿彌陀佛前不空奮怒王三面四臂面别三目當中正面熈怡微笑左右面目顰眉瞋怒左手執鉤右手持索二手捧寶華盤首戴寶冠冠有化佛種種莊嚴坐華座上曲躬瞻仰次院東面觀自在菩薩手執蓮華結跏趺坐濕廢多菩薩手執俱勿頭華半跏趺坐蓮華遜那利菩薩手把蓮華半跏趺坐多羅菩薩手執青優鉢羅華半跏趺坐毗俱胝菩薩半跏趺

坐北面白衣觀世音菩薩手執蓮華結跏趺坐得大勢至菩薩手執蓮華結跏趺坐僑理菩薩手執蓮華半跏趺坐弭路枳你菩薩手執蓮華半跏趺坐吉祥菩薩手執蓮華半跏趺坐南面大吉祥菩薩手執蓮華結跏趺坐大水吉祥菩薩手執蓮華結跏趺坐落訖瑟弭菩薩手執蓮華半跏趺坐窣覩波大吉祥菩薩手執蓮華半跏趺坐曝誐婆底菩薩手執蓮華半跏趺坐西面白身觀世音母菩薩手執蓮華結跏趺坐無垢慧菩薩手執蓮華半跏趺坐始縛麼歌明王手執蓮華半跏趺坐耶輸沫底菩薩手執蓮華半跏趺坐馬頭觀世音菩薩手執蓮華半跏趺坐東門無能勝金剛面目瞋怒左手執杵結跏趺坐南門計理枳攞金剛面目瞋怒左手執杵半跏趺坐西門氷誐羅金剛面目瞋怒左手執杵半跏趺坐北門尼蘇鈝幡金剛面目瞋怒左手持杵半跏趺坐此諸菩薩華冠瓔珞耳璫鐶釧天諸衣服種種莊嚴坐蓮華座身圓光焰次院四面除門置淨居天伊首羅天摩醯首羅天那羅延天大梵天大自在天焰摩王水天帝釋天俱摩羅天他化自在天兜率陀天阿迦尼吒天乃至諸天是諸天等或但置印所謂轉法輪印金剛杵印羂索印鉞斧印那羅延輪印三叉戟印鉢置娑印鎚印金剛鬘印蓮華鬘印輪印螺印棓印槊印寶瓶印寶鏡印優鉢羅華印根本蓮華印寶幢印傘蓋印如意珠幢印摩尼金剛印金剛鉞斧印四股金剛杵印難你迦韈多印錫杖印君持印苾陵誐羅瓶印黑鹿皮印絡髆寶瓔珞印五

色雲印日天印月天印星天印乃至諸印繞火光焰東門殑伽河南門枲哆河西門婆屈數河北門戰捺囉皤伽河四角四天王神執持器仗東門右摩尼跋陀羅神執持寶珠右夜摩天無譬喻天各持寶華東門左布喇拏跋陀羅神執持寶珠左功德天手持蓮華南門右皤擺禰皤力天神持刀右地天神苗稼天神火天神各執持華南門左半支迦藥叉大將神左藥叉神持華西門右難陀龍王捧持寶華右辯才天毗摩夜天持華西門左跋難陀龍王持華左一髻羅刹女度底使者金剛商迦利女毗俱胝羅刹女皆面目瞋怒半跏趺坐北門左無邊龍王手持寶華左華齒神持華北門右訶利帝神商棄尼神此等天神華瓔衣服種種莊嚴半跏趺坐內院界上

種種色摩尼寶珠次院界上蓮華鬘外院界上獨股金剛杵頭頭相次內外彩色物等皆新好者修是法時常淨澡浴著淨衣服食三白食不食葷辛酒肉殘食如法圖飾五色線索圍繞界畔其壇院外作六肘院淨治平填瞿摩夷黃土泥周遍塗摩種種香泥重遍塗摩五色彩粉模畫外界當開四門六十四金剛橛量長九寸釘壇外界五色線索圍壇外界赤銅蓮華八金銅蓮華八白銀蓮華八金壜四銀壜四赤銅壜四盛諸香水七寶口揷寶華果樹根寶壜四盛諸香水七寶淨帛蓋口金香鑪四銀香鑪四龍腦香沉水香鬱金白栴檀香金疊四銀疊四盛斯香獻種種色綵寶幢四頭置寶冠金器八銀器八盛沉水香水水上汎華金器八銀器八別盛諸香金

器八銀器八別盛諸華金器八銀器八盛三白食如法敷獻白瓷墖六十四盛諸香水口揷諸華枝葉白瓷香鑪六十四燒種種香赤銅墖四盛諸香水五色繒綵繫其項上三白飲食六十四分種種飲食果蓏六十四分雜色華鬘一百二十二白色華鬘六十四赤色華鬘三十二蠟燭八燈樹八如法敷獻外院四面然酥燈油燈一百六十四盞是供飲食唯除五辛酒肉蘆菔生菜殘食穢食勿供養之餘者盡通外院四門四角敷置高座以諸繒帛如法莊嚴四角座上轉讀此神變真言經四門座上轉讀般若波羅蜜經讀經之聲清朗美麗是讀經人淨浴塗香著淨衣服食三白食入壇陛座種種旛華鈴帶珮帶二百六十四道內外莊嚴復於其外作十肘院淨治塗地當壇西門八肘圓壇基高二肘如法圖畫唯開東門種種旛華敷列莊飾中置淨土阿彌陀佛變面東以諸華香飲食香水布獻供養當壇北門八肘方壇基高二肘如法圖畫唯開南門種種旛華敷置莊嚴中置毗盧遮那佛變地藏菩薩變彌勒菩薩變不空奮怒王變面南以諸華香飲食香水布獻供養當壇東門八肘方壇基高二肘如法圖畫唯開西門種種旛華敷列莊嚴中置釋迦牟尼佛變執金剛秘密主菩薩變不空羂索悉地王變不空大奮怒王變面西以諸華香飲食香水布獻供養當壇南門八肘方壇基高三肘壇外四面作飾山形如法圖畫唯開北門種種旛華敷置莊嚴中置不空羂索觀世音菩薩變世間王如來變曼殊室利菩薩變

除一切障菩薩像面北以諸香華飲食香水白栴檀香沉水香蘇合香龍腦香鬱金香敷獻供養燒焯香王供養一切持真言者作此曼拏羅時白月一日淨浴塗香著淨衣服依法請白起首修治所給侍人淨浴塗香著淨衣服每日受持八關齋戒發菩提心營造斯壇時真言者至月八日盡斷諸語一出一浴以香塗身著淨衣服食三白食作法結界結印而真言索當護同伴給侍人等護請法者衣服三對勿相振觸於諸有情起大悲心大壇西門作法安坐晝夜六時誦奮怒王真言三遍灌頂護身廣大明王央俱捨真言三遍毋陀羅尼真言三遍溥遍心印真言一百八遍不思議觀陀羅尼真言七遍悉地王真言三遍一切菩薩敬禮解脱三昧耶真言三遍

日日三時壇西門外光焰真言燒設火食四門壇中誦奮怒王真言三遍廣大明王央俱捨真言三遍毋陀羅尼真言三遍溥遍心印真言一百八遍不思議觀陀羅尼真言七遍悉地王真言三遍一切菩薩敬禮解脱三昧耶真言三遍至十四日以酥乳酪龍腦香相和食之發大悲心以諸有情爲菩提種誓度一切無餘有情令受法者三歸懺罪發菩提心香熏雙手謂得如來大悲妙色塗香掌中謂得如來戒定慧香授與香華獻諸聖尊謂得如來三十二相觀視燈明謂得如來智慧光明加持優曇鉢羅木阿説他木本末端直授受法者面東面北嚼已擲之嚼頭向方應是彼部立者最祥教慰云言觀念諸佛求勝境界引入西門加持散華合掌禮拜長跪而

坐奮怒王眞言持印灌頂香水灌頂禮拜供養敎引行道外壇門側長跪而坐四門四角座上讀經日夜六時經聲莫絶時眞言者壇内誦溥遍心印眞言行道燒香供養誦奮怒王眞言自灌其頂誦廣大明王央俱捨眞言毋陀羅尼眞言溥遍心印眞言不思議觀陀羅尼眞言悉地王眞言一切菩薩敬禮解脱三昧耶眞言各一千遍四門壇内燒香行道誦奮怒王眞言廣大明王央俱捨眞言毋陀羅尼眞言溥遍心印眞言不思議觀陀羅尼眞言悉地王眞言一切菩薩敬禮解脱三昧耶眞言各一千遍内外變像一時皆放種種光明於虚空中出種種聲時眞言者身出光焰大壇内院觀世音菩薩當出現身放大光明踰百千日瞻覩十方伸手摩頂高聲讃言善哉善哉大眞言者汝今善能種種如法莊嚴不空最上神變解脱壇印三昧耶是壇乃是一切如來神通所加被處又是一切菩薩摩訶薩所敬禮處復是一切諸佛菩薩摩訶薩秘密壇印三昧耶復是一切天龍藥叉羅刹阿脩羅乾闥婆蘗嚕茶緊那羅摩呼羅伽集會壇印三昧耶復是摧伏一切天魔毗那夜迦壇印三昧耶復是一切苾芻苾芻尼國王王子后妃婇女大臣僚佐族姓男女拔脱煩惱稠林根栽解脱壇印三昧耶復是一切傍生禽獸見聞轉業解脱壇印三昧耶復是關閉一切地獄趣餓鬼趣畜生趣阿脩羅趣解脱壇印三昧耶復是誅滅一切災怪解脱壇印三昧耶復是入大涅槃城壇印三昧耶是故説名不空羂索最上神變解脱蓮華壇

印三昧耶是真一切菩薩摩訶薩所敬禮處若有有情暫得見聞此曼拏羅印三昧耶者亦當得脫生死業海住不退地得阿耨多羅三藐三菩提何況依法作壇供養不食不語受持讀誦而豈不證阿耨多羅三藐三菩提世尊當知是人則同於我我於此人最偏恩愛荷負頂戴猶如如來出世世間一切諸願爲皆滿足與證不空智嚴解脫曼拏羅印三昧耶又當與證殑伽沙俱胝那庾多百千神通遊戲自在三昧耶若此壇内授三昧耶命終之後皆得安住阿鞞跋致上品蓮生授阿耨多羅三藐三菩提記名後邊身以大人相而自莊嚴著天衣服得宿住智證一切如來不空解脫轉法輪場大三昧耶當見一切如來坐菩提座轉大法輪得諸如來讚言善哉善哉善男子汝今得住阿耨多羅三藐三菩提不退轉地十方刹土一切如來俱伸無量俱胝光手一時摩頂爲說一切甚深妙法乃至阿耨多羅三藐三菩提地若復有人以斯經典於四衆中讀誦解說令諸聞者解除一切重罪災障皆當得住不退轉地名諸如來最勝之子是人常得觀世音觀愛祐護乃至阿耨多羅三藐三菩提而不捨離若有衆生踐此壇地或復見者亦得除滅一切罪障爲菩提種若風吹此壇地塵墜有情身者亦得除滅一切罪障爲菩提種是真言經但轉讀者觀世音菩薩一切諸佛菩薩摩訶薩諸天神等皆當擁護獲得無量菩提功德福藴善根

光焰真言品第二十五

世尊是出世解脫護摩曼拏羅三昧耶能害一切障累災厄踰生死海住不退地得諸如來現前安慰出世道分淨居天大梵天帝釋天那羅延天大自在天伊首羅天摩醯首羅天焰摩王娑嚕拏天俱廢羅天俱摩羅天及諸天龍藥叉羅刹阿素洛乾闥婆蘖嚕荼緊那羅摩呼羅伽一切鬼神悉皆來集周遍佐護十大執金剛菩薩摩訶薩四天王神瞻護遮止諸惡鬼神一切災難不相惱害壇西門北縱廣三肘基高四指中圓一肘深量一肘穿火鑪坑坑上脣緣高闊四指坑底泥捏開敷蓮華瞿摩夷黃土泥香泥如法塗摩繞脣緣外七寶蓮華葉鬚藥四面四角開敷蓮華臺上置印七寶界道開廓四門四門四角金銅蓮華四面四角閼伽香水水上汎華以諸香華三白飲食種種華鬘敷置供養燒火食時四門四角座上讀經聲聲不絕真言加持楓香木櫁木栢木杜仲木端直好者截長半肘加持然火加持白栴檀香沉水香蘇合香薰陸香安悉香欝金香龍腦香白芥子稻穀華白蜜石蜜牛酥護摩其龍腦香隨所辦著西門安坐誦持光焰真言曰

娜謨囉怛娜(二合)怛囉(二合)耶(餘箇切)野(楊可切)(一)那莫旃剌耶(二)(二合)縛(無可切)路枳諦濕縛(二合)囉野(三)菩地薩埵野(四)摩訶薩埵野(五)摩訶迦嚕抳迦野(六)怛窒他(七)唵(擡聲呼之)鉢頭(途邑切)麼振韗麼抳(八)縛囉縛囉(九)鉢頭麼步蘮(人曳切)(十)入縛攞入縛攞(十一)虎韗捨禰(奴禮切)(十二)步嚕步嚕(十三)弭目乞灑(蹀賈切)步蘮(十四)馱歌馱歌(十五)薩縛麼囒(十六)旃暮伽(上聲)播抳娑(無可切)囉第(十七)餅餅(十八)

𩏂(寧吉切)娜歌播般(北曼切十九)舍麼舍麼你(二十)路句路邏捉(二十一)三(去聲)漫多(上聲)囉濕弭婆(同上)囉禰(同上二十二)覩嚕覩嚕(二十三)跛(北沒切)囉(二合)縛嚕旃暮伽(上聲)悉地(二十四)唵(撞聲呼)步嚕步薄(無各切二十五)那謨窣覩羝莎縛(二合)訶(二十六)

獻毗盧遮那如來阿彌陀佛釋迦牟尼佛世間自在王如來次獻不空羂索觀世音菩薩不空奮怒王菩薩次獻第二院一切菩薩次獻外院一切天神真言明神壇神次獻東門壇內佛菩薩次獻北門壇內佛菩薩次獻南門壇內佛菩薩次獻西門壇內佛菩薩次獻一切天龍八部一一如法護摩供養一切罪障災厄變怪王難賊難蛇虎等難悉皆除滅國土安寧時世人民傍生有情聞香氣者皆得解除一切罪障命終之後蓮華化生住不退地冬夜護摩春晝護摩日別三時持真言者身出光明十方刹土一切如來一時現身伸手摩頂同聲讚言善哉善哉持真言者汝今已得一切如來秘密出世解脫護摩壇三昧耶降伏一切毗那夜迦諸魔鬼神此護摩三昧耶亦能進趣菩提道場轉法輪會觀世音菩薩身狀大梵天相一手執蓮一手執戟一手持索一手彈指當現身來讚言善哉善哉持真言者汝今已得不空羂索心解脫護摩曼拏羅成就三昧耶汝欲何願我今滿足是時心願皆悉乞之觀世音菩薩伸手摩頂摩頂之時身證神通遊往十方一切刹土頂禮諸佛得諸如來爲受阿耨多羅三藐三菩提記住於西方極樂國土爲阿彌陀佛菩薩衆數乃至無上正等菩提聽聞深法此護摩

灰塗身洗浴亦得除滅一切罪障若患一切鬼神病者持灰㸃額則得除差若㸃心臍解除災厄若毒蟲螫和水塗傅則得除差若厭蠱呪詛塗身洗浴亦得除差若惡瘡疥和酥塗傅亦得除差若惡風雷雹數數起者逆風雨散則得除散若誦念處散則成界若遶園林田疇遍遺散者不為一切蝗蟲災食華果苗稼若城四門散人民踏者解除厄障當捨命後上生天界或生淨土若散屍陀林塚墓屍上彼所亡者皆脫諸罪上生天上或生淨土若散聚落城邑村坊宅舍阿蘭若處皆得安隱除諸厄難若散王宮解諸災厄獲得安隱是護摩灰任意隨心加持所用皆得成就

出世解脫壇像品第二十六

世尊是不思議觀陀羅尼真言出世解脫曼拏羅像白氎布絹縱廣四肘或廣六肘八肘十二肘白月十五日起首圖畫彩色筆盞皆淨好者龍腦香水銷融香膠調色圖畫畫匠晝時潔浴香塗著淨衣服斷見妻室不食五辛酒肉殘食食三白食每日晨朝受八戒齋敎發信心大悲之心中畫補陀洛山其山狀像須彌山王山有九嶺狀開蓮華其當心嶺圓大平正山上畫諸寶樹華樹藤枝華葉山下大海種種魚獸當心嶺上畫寶宮殿樓閣寶樹殿中蓮華師子寶座座上不空羂索觀世音菩薩一面四臂著天衣服鏍釧珠瓔狀大梵天面有三目首戴寶冠冠有化佛一手把蓮華一手把三叉戟一手把羂索一手施無畏結跏趺坐右多羅菩薩手執優鉢羅華半跏趺坐後毗俱胝菩薩半跏趺坐左濕廢

多菩薩手執俱物頭華半跏趺坐後蓮華遜那利菩薩手執蓮華半跏趺坐菩薩冠瓔耳璫鐶釧天諸衣服種種莊嚴坐蓮華座座下右不空羂索菩薩長跪合掌執持羂索後布施波羅蜜菩薩淨戒波羅蜜菩薩安忍波羅蜜菩薩精進波羅蜜菩薩靜慮波羅蜜菩薩座下左不空奮怒王菩薩四臂二手合掌一把蓮華一執羂索長跪而坐後般若波羅蜜菩薩方便波羅蜜菩薩願波羅蜜菩薩力波羅蜜菩薩智波羅蜜菩薩十波羅蜜菩薩華冠瓔珞耳璫鐶釧白色天衣種種莊嚴各蹈蓮華靜慮波羅蜜菩薩後一髻羅刹女身眞青色面目瞋怒狗牙上出首戴髑髏而有六臂左一手執三股金剛杵一手執蓮華一手持羂索右一手執鉞斧一手執如意杖一手執三叉戟蛇爲瓔珞腰髀虎皮半跏趺坐身圓火焰智波羅蜜菩薩後度底使者身眞青色面目瞋怒狗牙上出首戴髑髏而有八臂左一手執三股金剛杵一手持青蓮華一手執三叉戟一手揚掌右一手執劒一手執鉞斧一手執曲刀一手執羂索蛇爲瓔珞腰髀虎皮半跏趺坐身圓火焰不空羂索菩薩座下五苦行仙衆諸天子衆持諸華果半跏趺坐不空奮怒王座下五苦行仙衆諸天子衆持諸華果半跏趺坐觀世音頂上横行七佛右手作摩頂相結跏趺坐師子寶座放衆光明第四佛前執金剛秘密主一手當胷執金剛杵一手持白拂瞻仰如來七佛行上毗盧遮那佛左阿彌陀佛右世間自在王如來結跏趺坐師子寶座觀世音左右竪行三十二

佛結跏趺坐師子寶座放衆光明佛外周帀畫三股金剛杵華鬘於華鬘外周帀行畫三十二天神執持器仗雜寶華果半跏趺坐三十二天神外周帀行畫大梵天那羅延天大自在天伊首羅天摩醯首羅天帝釋天不驕樂天廣果天少光天兜率陀天色究竟天樂變化天淨居天三十三天他化自在天日天子月天子四天王焰摩王水天俱廢羅天俱摩羅天火天風天摩訶迦羅神難禰計濕𤚥羅天難陀龍王優波難陀龍王𤚥羅禰𤚥神布刺拏跋陀羅神摩尼跋陀羅神諸天天神華瓔衣服種種莊嚴執持器仗雜寶華果半跏趺坐諸天神外周帀畫蓮華鬘三股金剛杵華鬘於華鬘外周帀畫一百八七寶開敷蓮華一一臺上或置一手或置二手一一手

中執持諸印遶火焰光於其山門畫難陀龍王跋難陀龍王宫殿中有一切龍女執持寶華瞻獻菩薩山下右無譬喻天女婆散底天女地天女毗摩夜天苗稼天藥天神山下左功德天女辯才天女商迦利天女商棄尼天女羅刹天女是諸天女華瓔衣服種種莊嚴持諸寶華瞻獻菩薩於寶宫殿會外上横行畫八舍利寶塔其塔行右畫菩提樹樹下釋迦牟尼佛結跏趺坐師子寶座面向觀世音作説法相右具壽慶喜左執金剛秘密主菩薩身狀青色一手把白拂一手掌金剛杵遶佛左右諸大菩薩會下苦行仙衆諸天子衆捧持寶華曲躬而立面向觀世音菩薩供養其塔行左又畫釋迦牟尼佛結跏趺坐師子寶座作説法相右具壽慶喜左執金剛秘密

主菩薩身狀青色一手把白拂一手執金剛杵遶佛左右諸大菩薩聲聞緣覺面向觀世音會下苦行仙衆諸天子衆執持寶華曲躬而立面向觀世音菩薩供養其塔行上橫行及左右豎行五十四佛結跏趺坐師子寶座觀世音座右持眞言者跪坐瞻仰菩薩一手持數珠一手執華香鑪世尊此不空羂索心王陀羅尼眞言三昧耶不思議觀陀羅尼眞言出世解脱曼拏羅像名一切菩薩摩訶薩所敬禮處亦名一切如來目所觀察菩提道場大秘密像三昧耶若有苾芻苾芻尼國王王子后妃婇女大臣僚佐婆羅門及諸人民觀瞻斯像歡喜信向種種供養所有謗佛謗法謗諸菩薩聲聞緣覺無量重罪應墮阿毗地獄住者皆得消滅獲清淨身攝受相應即當承事供養十方九十九殑伽沙倶胝那庾多百千如來應正等覺坐菩提場轉大法輪福聚功德即當承事供養補陀洛山寶宮殿中一切諸佛菩薩大衆福聚功德若有有情信心清淨合掌觀覩讚歎禮拜即得無量大福德蘊攝受相應觀世音菩薩憶念加被當得一切如來神通攝持身意六根清淨貪瞋嫉妬隨業重罪皆得消滅常爲世間人民愛敬壽不夭疾離諸宿障命壽終後往安樂國蓮臺化生此出世解脱壇像能進無上無等法故

一切菩薩敬禮解脱三昧耶眞言品第二十七之一

世尊言一切菩薩摩訶薩敬禮解脱三昧耶眞言者以諸有情爲大悲心但讀誦持即得

十方一切佛土皆自門開所有一切諸佛菩薩摩訶薩一切陀羅尼神曼拏羅神一切天神皆悉祐護當得種種真言壇印之法清淨出世無量無邊一切菩薩敬禮解脫三昧耶

真言

那莫塞(桑紇切下同)窒(都結切下同)𠽾拽(餘結切)特姿(無何切下同二合)努誐(銀迦切又音迦字斤攞切下同)驒(一)跛囉(二合)底瑟恥諦瓢(毗藥切下同)(二)薩縛(無可切下同)驒訖誐諦瓢(毗遙切)(三)摩訶菩地薩埵誐拏婆𠽾瓢(四)那莫旖唎耶跋駘囉陀(上聲)囉(五)薩縛漫拏攞禰(奴禮切)縛驒苾皺(亭夜切)囉鸛(人例切下同)瓢(六)唵(擡聲引呼之)旖暮伽(上聲)婆路枳驒(七)摩訶曼拏攞鉢頭(途邑切二合下同)米(八)薩縛菩地薩埵縛(二合)(九)那麼塞訖嚗(二合)羝(十)瞨(補餓切下同)囉瞨囉(十一)三(去聲)曼驒婆路枳諦(十二)縛暮伽(上聲)摩訶沒囉(二合)歌麼廢(無計切)灑(疎賈切下同)陀囉(十三)陀(上聲)囉陀(上聲)囉(十四)摩訶迦(斤邏切下同)嚕抳迦(十五)菩馱野菩馱野(十六)摩訶菩地你(十七)菩地菩地(十八)鉢頭(二合)麼菩地你(十九)薩縛播般(北曼切)馱迦囉(二十)跛(北沒切)囉舍麼你(二十一)薩縛訥蘗底縛囉迦(二十二)摩訶迦嚕抳迦(二十三)縛虎弭弭馱廢(無計切)灑陀(上聲)囉(二十四)薩縛驒訖誐路蘗瞨(二十五)虎嚕虎嚕(二十六)旖暮伽(上聲)蘗陛(二十七)覩嚕覩嚕(二十八)旖暮伽(上聲)播捨歌塞羝(二十九)畝嚕畝嚕(三十)弭目訖灑步鸛(三十一)乞使拏乞使拏(三十一)薩縛婆囉拏苾秫(輸律切)提(二十二)瞨囉瞨囉(三十四)薩縛驒訖誐跢(三十五)播哩布哩羝(三十六)跢囉跢囉(三十七)驒囉野給(三十八)旖縛路迦野(三十九)鉢頭麼(二合)步鸛(四十)麼抳迦娜迦(四十一)弭步使路縛虎(四十二)娜麼娜麼(四十三)訥但驒南(四十四)摩訶菩地

薩埵縛合二娑囉娜四十五摩訶迦嚕抳迦四十六
薩縛禰同上縛鞞四十七那莫塞訖哩合二鞞四十八
哩使誐拏塞鞞弭跢四十九舍鞞娑去聲歌塞羅
五十戰捺囉合二素哩耶底都異切隸迦五十一囉濕
搸口呼之上下例同弭囉縛皤枲鞞五十二摩訶播輸跛
底廢同上灑陀上聲囉五十三播囉麼秫馱薩埵五十
四旃縛路枳諦濕縛合二囉五十五摩醯濕縛合二
囉五十六播囉麼迦嚕抳迦五十七摩訶曼拏隸
濕縛囉五十八素跛同上囉合二勃陀上聲五十九摩訶
鉢頭麼合二步翳濕縛合二囉六十摩訶苾㪍馱隸
濕縛合二囉六十一地唎地唎六十二摩訶地囉六十
三摩訶迦嚕抳迦六十四摩訶弭目訖灑漫拏
攞陀上聲囉六十五薩縛鞞詫誐跢俱呬呼以切野
六十六沒捺囉合二娑去聲麼野陀上聲囉六十七摩訶
縛攞弭哩野陀上聲囉六十八摩抳惛理陀上聲囉

六十九旃弭跢皤摩矩吒陀上聲囉七十度嚕度嚕
七十一縒曼鞞婆路枳鞞七十二路計濕縛合二囉
七十三播捨馱隸濕縛合二囉七十四播囉播囉七十
五摩訶梅窒囉合二弭路枳鞞七十六薩縛薩埵
僧去聲鞞邏迦七十七悉㪍悉㪍舍七十八播哩布
邏迦七十九摩訶縛囉囉跛同上囉合二娜八十那謨
窣覩羝八十一莎縛合二訶八十二唵擡聲引呼地囉地
囉八十三摩訶曼拏攞弭濕縛合二嚕跛八十四殺
播囉蜜鞞播哩布囉迦八十五薩縛菩地薩埵
縛合二八十六那麼塞訖囉合二鞞八十七播囉麼弭
補攞弭目訖灑陀上聲羅八十八摩訶播捨弭路
枳鞞八十九旃暮伽上聲播捨入縛理跢九十摩訶
入縛攞縛路枳鞞九十一摩訶麼抳你跛鞞合二
陀上聲囉九十二三去聲曼鞞麼皤枲跢九十三入縛
攞入縛攞九十四摩訶嚴避囉弭目訖麗播捨

陀上聲囉九十五縛攞㬓杖亭様切誐播迦哩灑迦
九十六唵檯聲引呼没囉二合歌麼嚕播九十七摩訶暮
伽上聲播捨九十八吽吽怖怖九十九薩縛薩埵縛
二合弭路枳韗一百娑同上囉跛同上囉二合娜一那謨
窣覩羝二紗縛二合訶一百三

一切菩薩敬禮解脫三昧耶心真言

唵檯聲引呼勃皺弭勃皺一摩訶迦嚕抳迦韗二合
囉韗囉三跢囉野四摩訶喇拏縛播琳盧金切五
摩訶步惹弭路迦野六吽怖莎縛二合訶七

世尊如是真言乃是一切菩薩摩訶薩所敬禮處亦是一切如來秘密心中甚深之藏復是觀世音最上秘密心真言能除一切隨眠業障能淨一切出世法道能入一切不空如來種族之門

布施波羅蜜多真言

那莫薩縛韗詑誐跢南一那莫旖唎耶二縛
路枳諦濕縛囉野三菩地薩埵野四摩訶薩
埵野五摩訶迦嚕抳迦野六唵檯聲引呼下同旖暮
伽上聲七摩訶娜那去聲播囉弭哆八播哩布囉
野九吽娜囉娜囉十弭弭馱弭質怛登切訖𡄻
二合十一薩縛薩怛同上㾜播抱誐十二薩縛韗詑誐
跢十三摩訶娜那去聲布惹米偈平聲十四跛同上囉二合
韈韗野十五韗囉韗囉十六韗囉耶十七摩訶鉢頭
麼二合播抳十八吽怖莎縛二合訶十九

世尊若有有情修治布施以此一切如來不空所生布施波羅蜜多真言海雲三昧耶供養加持身心修治供施當得十方一切如來一切布施波羅蜜多圓滿相應直至無上正等菩提福不退失

淨戒波羅蜜多真言

那莫薩縛䡅訖誐跢南一那莫旖唎耶二縛路枳諦濕縛囉野三菩地薩埵野四摩訶薩埵野五摩訶迦嚕抳迦野六唵旖暮伽上聲始攞七三去聲皤囉三去聲皤囉八皤囉皤囉九秣陀上聲薩埵縛二合鉢頭麼二合十弭步使䡅步惹十一馱囉馱囉十二三去聲曼䡅婆同上路枳跢十三吽怖莎縛二合訶十四

世尊若有有情修治淨戒以此一切如來不空菩提所生淨戒波羅蜜多真言海雲三昧耶供養加持身心當得十方一切如來一切淨戒波羅蜜多具足相應戒香芬馥遍滿十方若苾芻苾芻尼破淨戒者每白月十五日一日不食誦此三昧耶當得清淨戒蘊相應直至無上正等菩提而不退失

安忍波羅蜜多真言

那莫薩縛䡅訖誐跢南一那莫旖唎耶二縛路枳諦濕縛囉野三菩地薩埵野四摩訶薩埵野五摩訶迦嚕抳迦野六唵旖暮伽上聲乞訕底七薩縛菩地薩埵縛二合八乞灑麼抳九乞灑拏乞灑拏十摩訶梅室利二合迦嚕拏十一薩埵轗婆去聲囉十二摩訶迦嚕抳迦十三薩縛薩埵縛二合乞灑弭拏十四吽怖莎縛二合訶十五

世尊若有有情修治安忍以此一切如來不空無上法覺安忍波羅蜜多真言海雲三昧耶供養加持身心當得十方一切如來一切安忍波羅蜜多圓滿相應直至無上正等菩提而不退失

精進波羅蜜多真言

那莫薩縛䡅訖誐跢南一那莫旖唎耶二縛路枳諦濕縛囉野三菩地薩埵野四摩訶薩

埵野五摩訶迦嚕抳迦野六唵摩訶弭唎耶七旑暮伽上聲弭路枳䩭八者囉者囉九黠寧吉切哩荼上聲弭哩野十摩訶縛攞十一縛攞縛攞十二摩訶薩杖亭様切誐縛攞菩馱你十三𤙖怖莎縛二合訶十四

世尊若有有情修治精進以此一切如來不空不捨生死精進波羅蜜多真言海雲三昧耶供養加持身心當得十方一切如來一切精進波羅蜜多圓滿相應直至無上正等菩提而不退失

靜慮波羅蜜多真言

那莫薩縛䩭詑誐跢南一那莫旑唎耶二縛路枳諦濕縛囉野三菩地薩埵野四摩訶薩埵野五摩訶迦嚕抳迦野六唵薩縛䩭詑誐跢南七摩訶暮伽迦嚕拏八杖亭様切㰤娜娑去聲麼地九弭目乞灑跛同上囉三合鎩弛弃也切十主嚕主嚕十一𤙖怖莎縛二合訶十二

世尊若有有情修治靜慮以此一切如來不空無上靜慮波羅蜜多真言海雲三昧耶供養加持身心如觀世音相頂戴觀世音者當得十方一切如來一切靜慮波羅蜜多圓滿相應當生無量壽佛刹土得一切三昧耶現前通解直至無上正等菩提更不退失

般若波羅蜜多真言

那莫薩縛䩭詑誐跢南一那莫旑唎耶二縛路枳諦濕縛囉野三菩提薩埵野四摩訶薩埵野五摩訶迦嚕抳迦野六唵旑暮伽上聲七摩訶跛同上囉二合腎惹縛皤縒八三去聲曼䩭塞同上叵囉拏勃皺九跛同上囉二合娑去聲囉跛同上囉二合十三去聲曼䩭勃皺十一旑縛路迦野十二薄伽

上聲畔引十二跛囉二合胥惹十四縛路枳韈十五斫屈

數蹴古切灑十六摩訶跛囉二合胥惹十七婆同上囉娜

播抳十八摩訶跛羅二合胥惹十九鉢頭麼二合馱哩

抳步韈二十牟怖莎縛訶二十

世尊若有有情修治般若以此一切如來不空無上般若波羅蜜多真言海雲三昧耶供養加持身心當得十方一切如來一切般若波羅蜜多方便善巧圓滿相應直至無上正等菩提而不退失

不空羂索神變真言經卷第十五

音釋

賸石證切餘也　僑巨驕切　鉞王伐切大斧也　鎚直追切　棓步項切與棒同　櫱其月切與櫱同木段也　瓷疾移切瓦器也　嚼在爵切咀嚼也　擲直炙切投也　螫施隻切蟲行毒也　壃居良切界也

不空羂索神變眞言經卷第十六

唐南天竺三藏法師菩提流志奉　詔譯

一切菩薩敬禮解脫三昧耶眞言品第二十七之二

治地眞言

唵旃暮伽一上聲 弭日乞灑曼拏攞二 摩訶步彈弭麼隸三 陀上聲囉陀上聲囉四 地剌地剌五 摩訶特步彈迦麼攞六 旃弭彈皤摩矩吒陀上聲囉七 𤙖怖莎縛二合訶八

是眞言以奮怒王神變光明加持白芥子香水所作壇處遍散其地則圓一踰膳那清淨如頗胝迦寶若有有情履是壇地當捨命後生淨土中得大福蘊圓滿相應直至無上正等菩提更不退失若諸鳥獸履此地者捨命當得生上天界

治水眞言

唵旃暮伽一上聲 訥嚕二合 莾攞彈二 弭哩乞灑舍佉三 鉢怛囉二合 補澀皺叵攞四 弭吒播嚕歌娜你跢誐拏五 補澀波迦哩揺尼照切 縒六 囉娜遜娜囉七 跛同上 囉二合 塞同上 囉二合 縛拏八 弭弭馱弭質怛囉二合九 播哩輸去聲 陀上聲 野十 鉢頭二合 麼步惹十一 娑去聲 麼娑去聲 麼十二 三去聲 曼諦娜十二 播哩曼拏攞十四 播哩輸去聲 馱野十五 麼攞麼攞十六 弭麼攞鮚麼攞十七 播哩秫馱十八 鉢頭二合 悁播立跢十九 惹攞麼爛弭秫馱二十 輸去聲 馱野輸去聲 馱野二十一 播囉麼摩訶秫陀上聲 薩埵二十二 𤙖怖那謨塞同上 窒囉二合 步縛泥二十三 𤙖怖莎縛二合訶二七四

是眞言以奮怒王神變光明加持白梅檀香水白芥子散江河水泉水井水果樹華樹苗

稼藥草若有有情觸弄飲噉或復沐浴皆得解除一切罪障當生天上或生淨土得證無量慧解三昧耶若復加持入中沐浴身分三等一没至項二没至臍三没至膝作上中下持誦浴法蠲諸罪垢一切道智證集成就

洗浴真言

唵旃暮祇虬曳切一旃麼𠼪弭麼𠼪䵷寧吉切麼𠼪二䆊寧立切觛名也切鉢刹秣第三薩縛麼羅播迦嘌使羝四摩訶菩地薩埵婆同上囉泥五縛囉跛同上囉二合縛囉播哩秣第六摩訶麼抳囉怛娜迦野播哩秣第七麼抳麼抳八輸去聲馱你九摩訶暮伽上聲振跢麼抳秣第十紇唎娜野秣第十一迦野䵷麼攞十二摩訶麼抳鉢唎秣第十三虎嚕虎嚕十四跛囉二合縛囉播抳十五摩訶步惹婆同上囉泥十六覩嚕覩嚕十七摩訶薩埵韈娑去聲𠼪十八播哩輸去聲馱野十九麼麼播般北曼切素弭秣馱麼𠼪二十莎縛二合訶二十一

是真言以奮怒王神變光明加持白栴檀香鬱金香龍腦香湯又奮怒王真言加持香湯灌頂飲漱清淨洗浴貫飾衣服加復灑淨具結印護觀想聖衆獻三掬水謂淨身心度脫有情敬禮聖者遠離三毒觀靜身心往精室中則得解除一切垢障一切毗那夜迦藥叉羅刹諸惡鬼神而不嬈亂復得作業眠夢安隱諸佛菩薩諸天天神觀視擁護當命終後安樂國土蓮臺受生識宿命智乃至菩提而不退轉

標界真言

唵旃暮伽上聲一鉢頭二合麼弭麼𠼪二跛同上囉二合娑去聲囉三三去聲漫彈目谿四莎縛二合訶五

是真言以奮怒王威德神變加持五色線繩
標量壇界
彩色真言
唵旑暮伽上聲弭弭陀一上聲弭只怛囉二合散陀上聲二
囉參去聲皤囉三鉢囉二合縛囉步鸛同上四
莎縛訶五
是真言以奮怒王神變光明加持彩色香水
香膠圖畫一切諸佛菩薩一切天神一切印
相山華水獸
寶地真言
唵旑暮伽一上聲三去聲曼馱播哩曼拏攞二播
捨韯第三鉡四
是真言以奮怒正神變光明加持白芥子散
壇位界作寶階位
結界真言

唵旑暮伽一上聲弭弭馱嚕跛弭只怛囉二合二
娜捨匿寧即切三摩訶枲輪滿馱野四度嚕度嚕
五鉡怽莎縛二合訶六
是真言以奮怒王威德神變加持白芥子香
水散標壇界結金剛城
護身真言
唵旑暮伽一上聲落訖灑抳二播捨歌塞同上瓶
三覩嚕覩嚕四莎縛訶五
是真言以奮怒王威德神變加持白芥子香
水灑佩護身
髮髻真言
唵旑暮伽一上聲住拏麼抳二虎嚕虎嚕三那
奴箇切誐播捨畔第四鉡莎縛二合訶五
是真言以奮怒王威德神變加持頭髮梳治
槃髻

護弟子真言
唵旖暮伽一上聲路訖灑三去聲曼底娜二摩訶
播勢三步嚕步嚕四莎縛二合訶五
是真言以奮怒王神變光明加持白芥子灰
弟子同伴給侍之人點佩護身
淨手真言
唵旖暮伽一上聲惹攞弭麼隸二素嚕素嚕三
莎縛二合訶四
是真言以奮怒王神變光明加持淨水洗手
濺身
淨口面真言
唵旖暮伽一上聲旖弭嘌路泯努二者囉者囉
三莎縛二合訶四
是真言以奮怒王神變光明加持淨水洗沐
手面淨漱口齒點眼耳髆作法誦念

治衣真言
唵旖暮伽一上聲鞞𪘏縛塞同上窒隸二合二主嚕
主嚕三莎縛二合訶四
是真言以奮怒王神變光明加持衣服如法
貫帶
被甲真言
唵旖暮伽一上聲步壞上聲誐迦縛者二縛囉泥
三吉𡄯吉𡄯四莎縛二合訶五
是真言以奮怒王神變光明加持鬱金香水
白芥子濺灑身上備持甲冑
被索真言
唵旖暮伽一上聲沒囉二合歌麼步鸛二播𡄯演
羝娜三跛同上囉二合娑囉四莎縛二合訶五
是真言以奮怒王神變光明加持五色線索
爲結身手持佩

灌頂真言

唵旃暮伽一上聲注拏麽抳二鉢頭米旃避詵者引野三麽麽薩縛𩕳詑詸路四鼻曬階五麽抳麽抳六莎縛訶七

是真言以奮怒王神變光明加持閼伽香水攝持灌頂

座真言

唵旃暮伽一上聲鉢頭二合麽遜娜隸二馱囉馱囉抳三漫拏隸𤙖四

是真言以奮怒王神變光明加持所座相應位坐

眠寢真言

唵旃暮伽一上聲三去曼諦二播嚩養去聲鷄三步縛娜四莎縛二合訶五

是真言以奮怒王神變光明加持牀敷應法眠臥

持華真言

唵旃暮伽一上聲素囉避補澀𢘿二播囉播囉三𤙖四

是真言加持香華以不空王種種香華海雲溥獻供養

末香真言

唵旃暮伽一上聲弭弭馱𡃤魚蹇切馱二跛同上囉二合娑去聲隸補嚕三補剌拏步鞨四莎縛二合訶五

是真言加持末香以不空王種種末香海雲溥獻供養

塗香真言

唵旃暮伽一上聲弭弭陀上聲禮跛娜二鉢囉二合縛隸三比哩比哩四莎縛二合訶五

是真言加持塗香以不空王種種塗香海雲
塗壇溥獻供養

燒香真言

唵旖暮伽一上聲誐誐娜塞桑切一亘二合囉拏米伽三上聲度嚕度嚕四鈝五

是真言加持燒香以不空王種種燒香海雲溥獻供養

飲食真言

唵旖暮伽一上聲叔訖攞二囉娑去聲囉娑三去聲蘗囉陀上聲囉四弭陀去聲囉鈝五

是真言加持飲食以不空王種種甘膳飲食海雲溥獻供養

果子真言

唵弭耶馱一旖暮伽上聲亘攞二播囉播囉三鈝四

是真言加持果子以不空王種種香果海雲溥獻供養

淨水器真言

唵旖暮伽一上聲遏步鞞二巘馱畔度隷三鈝四

是真言加持閼伽香水以不空王衆寶閼伽香水海雲溥獻供養

莊飾真言

唵旖暮伽一上聲弭弭陀二上聲麽抳步灑拏馱隷三入縛攞入縛攞鈝四

是真言加持旛華以不空王種種寶幢旛華光焰海雲莊嚴供養

食器真言

唵旖暮伽一上聲弭弭陀二上聲皤惹泥三惹野惹野四莎縛二合訶五

是真言加持器皿盛食以不空王種種寶器
飲食海雲溥獻供養

入壇真言

唵旖暮伽一上聲跛同上囉二合縛囉二皤麼娜步
米三詑囉詑囉四莎縛二合訶五

是真言每入壇時加持壇門以不空王種種
相狀自在神變入壇作法

禮拜真言

唵旖暮伽一上聲那麼塞迦囉拏二薩縛鞞詑
誐路三怛惹理餅四

是真言以不空王一切身業讚禮海雲讚頌
禮拜一切諸佛溥獻供養

行道真言

唵旖暮伽一上聲斫訖隸二二合努嚕努嚕三跛
同上囉二合努嚕四莎縛二合訶五

是真言以不空王一切秘密修行海雲讚頌
行道溥獻供養

警覺真言

唵旖暮伽一上聲三去聲曼鞞二耶覩步縛禰二
皤縛皤縛四莎縛二合訶五

是真言以不空王神變海雲讚頌警覺一切
諸佛菩薩諸天

勸發真言

唵旖暮伽一上聲振路麼抳二跛同上囉迦唎灑
野三度嚕度嚕四莎縛二合訶五

是真言以不空王摩尼海雲讚頌勸發一切
諸佛菩薩諸天一時會壇

請召真言

唵旖暮伽一上聲你曼怛囉二合拏二弭目訖灑
三曼拏攞四弭理弭理五莎縛二合訶六

是真言以不空王神變海雲讚頌請召一切
諸佛菩薩一切天神會居壇位
然燈真言
唵旖暮伽上聲一摩訶囉濕弭二合二入縛攞娑
去聲砍塞系紇切嚇二合三入縛攞入縛攞四三去聲
曼羝莎縛二合訶五
是真言加持燈明以不空王種種光明海雲
溥獻供養
加持真言
唵旖暮伽上聲播捨戢馱一三去聲曼彈二摩訶
縒麼野三黠哩豕途界切鈝怖四莎縛二合訶五
是真言以不空王神變海雲讚請一切諸佛
菩薩神通加被此三昧耶現相成就
發遣真言
唵旖暮伽上聲播捨一砍塞同上羝跛同上囉二合繕

囉二檗播莎縛二合皤縛南三弭薩耳覩枲四
縒囉縒囉五鈝怖莎縛二合訶六
是真言以不空王神變海雲讚歎一切諸佛
菩薩諸天閼伽送遣
供養使者真言
唵旖暮伽上聲一三去聲漫羝二跛同上囉二合縛囉
二合三縒囉縒囉四摩訶步羝濕縛二合囉五地
唎地唎六鈝鈝七怖怖莎縛二合訶八
是真言以不空王神變海雲加持歡喜園麨
蘆菔三白食香華香水獻祀毗那夜迦令生
歡喜不作障閡
出世解脫壇印品第二十八
世尊是出世解脫壇印三昧耶能會一切種
族解脫壇印三昧耶當證出世無上三摩地
加持壇印

合腕相著以二大拇指二小指屈入掌中平屈頭相拄相並二中指各屈如鉤頭相去一寸二頭指二無名指豎微屈之二頭指頭相去二寸二無名指頭相去寸半印眞言

唵鉢頭(二合)麼步鸛(一)鉢頭(二合)麼迦隸(二)鉢頭(二合)麼弭麼隸(三)莎縛訶(四)

加持解脫印

合掌虛掌二頭指二無名指二小指豎伸微屈合頭相著二大拇指豎並相著二中指出上節頭相去半寸十指間相去三分此印三昧乃是一切菩薩摩訶薩所敬禮處若常持結恭敬觀瞻則恒觀見觀世音菩薩當令決定得證無上正等菩提印眞言

唵鉢頭(二合)米(一)素(蘇古切)鉢頭(二合)米(二)弭目訖灑(三)漫拏攞(四)鉢頭(二合)麼步鸛(五)吽莎縛(二合)訶(六)

如來解脫印

合掌虛掌以二中指捻二無名指背上節二頭指二無名指二小指合頭相著二大拇指豎並相著此印三昧能示眞實解脫三昧解諸業障印眞言

唵旃暮伽(上聲一)跋馹羅(二)鉢頭(二合)麼步鸛(三)弭理弭理(四)莎縛(二合)訶(五)

如意寶印

合掌以二無名指二小指屈入掌中右壓左相叉二大拇指掌中右壓左二中指豎微屈頭相著二頭指壓二中指側中節上頭相柱此印三昧種種供養當獲不空圓滿六波羅蜜業不空示現一切諸佛菩薩神通解脫曼拏羅業不空淨治五無間業印眞言

唵旖暮伽一上聲麼抳麼抳二摩訶麼抳三鉢頭合二麼麼抳四莎縛合二訶五

蓮華鉤印

合腕相著開掌二中指屈如鉤二大拇指二頭指二無名指二小指豎微屈之十指頭間相去寸半此印三昧能證一切如來無上正等菩提

出世解脫三摩地印真言

唵旖暮伽一上聲跋馹隸二摩訶鉢頭合二米三惹理素惹理四摩訶惹理五莎縛合二訶六

金剛蓮華鉤印

合腕相著開掌二中指豎微屈頭相柱二頭指屈壓二中指側中節上如鉤二大拇指二無名指二小指豎微屈之二大拇指二無名指二小指頭間相去寸半此印三昧作供養者能證一切如來無上正等菩提神通威德

三摩地印真言

唵旖暮伽上聲悉第一薩縛䩞詑誐路悉第二旖縛路枳䩞悉第三矩嚕矩嚕四莎縛合二訶五

頂禮印

合掌虛掌二大拇指二小指磔開頭相去寸半二中指豎微屈頭相去六分二中指頭下二無名指頭二頭指頭三分其二頭指二無名指豎頭相著頭指中指無名指岐間皆勿相著此印三昧能得證見觀世音清淨身一切三摩地不退無上正等菩提

三摩地印真言

唵旖縛路枳䩞一摩訶秫輸律切陀上聲薩埵二縒囉縒囉三三去聲漫䩞縛皤縒四軍去聲拏攞

陀上聲囉五旃弭彈皤摩矩吒陀上聲囉六惹吒麼矩吒七那縛戰捺囉二合漫抳彈八者囉者囉九散者囉十歩縛泥濕縛囉十一鉢頭二合麼歩惹十二莎縛二合訶十三

世尊是七大印能轉示現觀世音宫殿轉法輪會此等印等各一俱胝僕從大印前後圍遶若有有情淨浴香塗治潔衣服每日三時觀世音前或於佛前或舍利塔前隨得香華飲食供養於諸有情發大悲心勸請十方一切諸佛大降法雨利益有情至無垢處住於法身觀置自身如法界相自性平等清淨法性量同法界清淨虛空觀念我身白栴檀香沉水香龍腦香塗手輪結如是印等每日當結七俱胝印三昧耶若印印身便得滅除謗壞正法毀呰賢聖五無間罪又當種種承事供養九十二殑伽沙俱胝那庾多百千如來善根福聚六波羅蜜圓滿相應當得住於不退轉地復為一切諸佛菩薩摩訶薩攝受護持一切天龍藥叉羅刹乾闥婆阿素洛蘖魯荼緊那羅摩呼羅伽皆擁護之伊首羅天摩醯首羅天四天王天焰摩王水天俱摩羅天俱摩羅天皆擁護之當得如來金剛舍利達摩之身不為世間毒藥毒蟲水火刀杖種種災害常得夢見諸佛菩薩觀世音菩薩善瑞增滿貴族人民恭敬憶念三十三天一切諸仙恭敬恃怙

出世相應解脫品第二十九

世尊是出世瑜伽解脫最上神通蓮華曼拏羅三昧耶能現沙門婆羅門國王王子后妃婇女大臣僚佐童男童女一切人民過現未

來出世法生滅法善果法惡果法富貴相貧賤相命長短相生死輪相復現大梵天帝釋天那羅延天摩醯首羅天乃至一切天龍藥叉羅刹乾闥婆阿素洛孽魯荼緊那羅摩呼羅伽等相餓鬼相阿毗地獄種種諸相國中饑饉相豐熟相災疫相厄難相四時風雨時非時相持此法者如教實語發大悲心依據一切諸佛菩薩摩訶薩住饒益無盡一切有情心恒不捨一切智願必令救度潔治身服守持淨戒不於一切有戒無戒人生傲慢心行平等依教修治則得成就清淨如法作銀蓮華以一肘鏡爲蓮臺面寶珠華鬘四緣莊嚴如法銀造一尺二寸不空羂索觀世音菩薩一面三目身有四臂一手執三叉戟一手持羂索一手執蓮華一手掌如意寶珠結跏趺坐首戴寶冠冠有化佛像腹内空舍利百粒龍腦香白梅檀香安内腹中華冠瓔珞耳璫鐶釧天諸衣服種種莊嚴置鏡心上淨治塗地作曼拏羅圓廣五肘開廓四門内院中畫八葉七寶開敷蓮華其華葉上多羅菩薩濕廢多菩薩執金剛秘密主菩薩毗俱胝菩薩蓮華遜那利菩薩無垢慧菩薩除八難觀世音菩薩悉地王菩薩外院東門右大梵天帝釋天左伊首羅天摩醯首羅天南門右俱摩羅天俱廢羅天左焰摩天地天神北門右那羅延天大自在天左毗摩夜天女阿努梵摩天女西門右婆魯拏天女婆散底天女左一髻羅刹女金剛度底使者東門商企尼天女南門補澀波難底天女西門功德天女北門辯才天女四維四天王内院蓮華鬘界外

院三叉金剛杵鬘界中置銀觀世音菩薩面
東種種旛華敷置莊嚴五色線繩圍畔外界
閼伽香水三白飲食種種飲食果蓏香鑪衆
妙華鬘如法敷設白栴檀香沉水香蘇合香
龍腦香石蜜合治燒焫供養是時出入潔浴
塗香貫淨衣服食三白食晝夜六時依法護
持志決無怯觀身如像曼拏羅相姿顔威厥
內心喜受制置六根寂靜醇白五輪投地至
誠敬禮十方刹土三世一切諸佛如來大乘
敎藏一切曼拏羅印三昧耶結界請召敷座
而坐發菩提心觀五蘊界能執所執本性無
作自體空寂面西奮目瞤動精瞼觀瞻觀世
音菩薩聲像諜利誦奮怒王眞言毋陀羅尼
眞言溥遍心印眞言不思議觀陀羅尼眞言
悉地王眞言光明加持銀蓮華觀世音菩薩
時別自以奮怒王眞言奮怒王印灌頂加持
若蓮華鏡中放光觀世音像身出甘露水放
種種光自身放光則當獲得不空無垢清淨
蘊身不空王心三昧耶成就是時緊捷誦奮
怒王眞言觀世音菩薩鏡中出現讚言善哉
善哉汝今成就出世世間鏡壇印法汝須何
願爲汝滿足閼伽供養所願盡乞皆得圓滿
沙門婆羅門國王王子后妃婇女大臣僚佐
一切人民觀像鏡者皆覩種種神通變相亦
見自身過現未來種種業果善惡之相及見
一切刹土諸佛補陀洛山觀世音宮中大衆
亦見世間一切時節善不善相惟除嫉妬諂
曲疑慢破戒邪見盜三昧耶旃荼羅苾芻苾
芻尼鄔波索迦鄔波斯迦及諸外道惡律人
民餘皆覩見觀世音菩薩示語讚歎與滅一

切垢障重罪作玆定訖亦不虛妄修此法者晝夜六時時勿懈怠放逸慵惰則速成就

不空羂索神變真言經卷第十六

音釋

踰膳那梵語也此云限量膳時戰切　頗胝迦梵語也此云水晶胝張尼切　漱蘇奏切蕩口也　掬居六切手捧也　磔側革切張申也　呰將几切口毀也　饑饉饑居依切饉渠吝切　醇常倫切與純同不雜也　瞤舒閏切目動也　瞼九儉切月上下瞼也　諜他協切利口也　捷疾葉切亟也

不空羂索神變眞言經卷第十七

唐南天竺三藏法師菩提流志奉　詔譯

根本蓮華頂陀羅尼眞言品第三十

爾時執金剛秘密主菩薩摩訶薩合掌恭敬白佛言世尊我今惟忖觀世音菩薩摩訶薩說此不空羂索心王陀羅尼眞言廣大解脫蓮華壇印三昧耶極爲甚深廣大無量難解難入難得成就觀是法中有無量壇法無量印法無量像法無量軌則威儀之法猶如大海須彌山王虛空陽餤微塵數等又如如來無量大智無與等智無思量智總非一切天龍八部六欲魔衆人及非人之所度量唯是如來甚深大智見智藏智大解脫智亦是一切菩薩摩訶薩等大智本行法界之智此法前際中際後際皆不可得我心思忖極大迷亂何者是前何者是中何者是後何者是可通解成就之法何者是根本蓮華頂陀羅尼眞言何者是秘密心眞言何者是熈怡眞言何者是奮怒王眞言何者是奮怒王心眞言何者是一字二字三字四字乃至十字眞言何者是安隱法豐饒法降伏法何者是㸃藥法塗藥法何者是像法壇法印法何者是召請結界梳髮洗浴治衣甘露灌頂被甲坐卧地法何者是採華燒香塗香芥子食餅果子華鬘法何者是三白飲食然燈入壇禮拜行道散華敎授整儀法則何者是取珠轉念乞夢護身結界燒火火食神通器仗攝法何者是請召觀世音菩薩親近發遣法何者是羂索法何者是金剛杵法世尊此法我不悟解於何相中倣斆修習當得成就後末世中我

當云何隨順衆生種種心行教修何法依何陀羅尼眞言之法開導度脱若修治者成何悉地我於此法極大迷亂無諸智解惟垂哀愍願如法説解破疑網爾時釋迦牟尼如來應正等覺告執金剛秘密主菩薩摩訶薩言善哉善哉秘密主汝發斯問極爲善問何不早問遲辯若斯汝能開導爲諸衆生及眞言者皆得最上成就之地故作是問爲最大問秘密主此不空羂索心王陀羅尼眞言三昧耶巨如十方無量大海難解難入寧以海水瀝滴數知此不空羂索心王陀羅尼眞言三昧耶實非數量得知其際又以須彌山王末如微塵亦盡數知此不空羂索心王陀羅尼眞言三昧耶非算分知其數限如是廣大踰過大海微塵算分數分秘密主所有十方過現未來一切如來有種種智三昧耶亦可知數此不空羂索心王陀羅尼眞言三昧耶非所算數得知其際秘密主一切諸佛菩薩摩訶薩所有法智知五蘊等差别相轉所有類智知蘊界處一切緣起若總若别是無常等所於世俗智知一切法假設名字所有他心智知諸有情心心所法修行證滅所有苦智知苦不生所有集智知集永斷所有滅智知滅應證所有道智知道應修所有盡智知貪瞋癡盡所有無生智知諸有趣而不復生所有如實智解一切智一切相智所有未知當知根於諸聖諦未得現觀未得聖果所有已知根於諸聖諦已得現觀已得聖果所有具知根謂諸聲聞獨覺一切諸佛菩薩摩訶薩等所有有尋有伺三摩地離一切欲惡不善

法有尋有伺離生喜樂入初靜慮具足而住所有無尋惟伺三摩地於初靜慮第二靜慮中間時定所有無尋無伺三摩地從第二靜慮乃至非想非非想處所有佛隨念法隨念僧隨念戒隨念捨隨念天隨念寂靜猒離隨念入出息隨念身隨念死隨念所行布施波羅蜜時以一切不空智大悲爲首自施一切内外所有亦勸他施一切内外所有所行淨戒波羅蜜時以一切不空智大悲爲首自住十善業道亦勸他住十善業道所行安忍波羅蜜時以一切不空智大悲爲首自具增上安忍亦勸他具增上安忍所行精進波羅蜜時以一切不空智大悲爲首自修六波羅蜜多精勤不息亦勸他修六波羅蜜多精勤不息所行靜慮波羅蜜時以一切不空智大悲爲首自修巧便入諸靜慮無量無色終不隨彼勢力受生亦善勸他入諸靜慮無量無色同已善巧所行般若波羅蜜時以一切不空智大悲爲首自如實觀一切法性無所執著亦勸他觀一切法性無所執著亦復不住自性自相若動若住不可得故所修四正斷時於諸未生惡不善法爲不生故於諸已生惡不善法爲求斷故未生善法爲令生故已生善法爲令安住不忘增廣倍修滿故所修四神足修欲三摩地時斷行離依成就神足修勤三摩地時斷行離依成就神足修心三摩地時斷行離依成就神足修觀三摩地時斷行離依成就神足以無所得爲方便修信根精進根念根定根慧根時謂信根精進根念根定根慧根性離依離染以無所得爲方便

修信力精進力念力定力慧力時謂信力精進力念力定力慧力性離依離染以無所得爲方便修念等覺支擇法等覺支精進等覺支喜等覺支輕安等覺支定等覺支捨等覺支時謂念等覺支擇法等覺支精進等覺支喜等覺支輕安等覺支定等覺支捨等覺支性離依離染以無所得爲方便修正見支正思惟支正語支正業支正命支正精進支正念支正定支時謂正見支正思惟支正語支正業支正命支正精進支正念支正定支性離依離染所住空解脱三摩地時謂觀諸法自相皆空其心安住所住無相解脱三摩地時謂觀諸法自相無相其心安住所住無願解脱三摩地時謂觀諸法自相無願其心安住以無所得爲方便修處非處智力時謂如實了知諸有情類因果等相處非處相以無所得爲方便修業異熟智力時謂如實了知諸有情類諸業法受種種因果業異熟相以無所得爲方便修種種界智力時謂如實了知諸有情類無量界相以無所得爲方便修種種勝界智力時謂如實了知諸有情類無量勝解相以無所得爲方便修根勝劣智力時謂如實了知諸有情類根勝劣相以無所得爲方便修遍行行智力時謂如實了知諸有情類遍行行相以無所得爲方便修靜慮解脱等持等至離染清淨智力時謂如實了知諸有情類靜慮解脱等持等至離染清淨根力覺支道支等相以無所得爲方便修宿住隨念智力時謂如實了知諸有情類無量無數宿性事相以無所得爲方便修死生智

力時謂如實了知諸有情類無量無數死生事相以無所得爲方便修漏盡智力時謂如實了知諸漏永盡無漏心解脫無漏慧解脫於現法中而自作證具足安住能正了知我生已盡梵行已立所作已辦不受後有以無所得爲方便修正等覺無畏時謂自稱是正等覺者以無所得爲方便修漏盡無畏時謂自稱已永盡諸漏以無所得爲方便修障法無畏時爲諸弟子說障法道以無所得爲方便修盡苦道無畏時爲諸弟子說盡苦道如是等時設有沙門若婆羅門若天魔梵據餘世間依法立難及令憶念言於是法非正等覺言有如是漏未永盡言習此法不能障道言修此道不能盡苦我於彼難正見無由以於彼難見無由故獲安隱住無怖無畏自稱我處大仙尊位於大衆中正師子吼轉妙法輪其輪清淨正眞無上以無所得爲方便修義無礙解法無礙解詞無礙解辯無礙解以無所得爲方便修大慈大悲大喜大捨以無所得爲方便修五眼六神通一切智智以無所得爲方便我得如來應正等覺從初證得阿耨多羅三藐三菩提夜乃至最後所作已辦入無餘依大涅槃夜於其中間常無誤失無卒暴音無忘失念無不定心無種種想無不擇捨志欲無退精進無退念無退慧無退解脫無退解脫智見無退一切身業智爲前導隨智而轉一切語業智爲前導隨智而轉一切意業智爲前導隨智而轉過現未來世所起智見無著無礙以無所得爲方便以一心智如實遍入知一切有情心心所法圓滿

遊戲種種神通而自嚴淨種種佛土供養承事諸佛世尊於如來身如實觀察饒益有情於法義趣如實分別以法供養承事諸佛當復諦觀諸佛法身以無所得圓滿無相謂不思惟一切諸相於一切法不增不減不執不著無取無住圓滿一切法平等見圓滿諸法一相理趣行不二相不起分别以無所得遠離一切聲聞獨覺一切諸見捨諸有漏煩惱習氣見調伏心性見以無所得圓滿隨如一切天龍藥叉羅刹乾闥婆阿素洛蘖嚕荼緊那羅莫呼洛伽人非人等一切音智以無所得無量無數諸佛菩薩摩訶薩種族眷屬非諸雜類以無所得身相具足於初生時其身具足一切相好放大光明遍照無邊諸佛世界令彼世界六種變動有情遇者無不蒙益以無所得圓滿出家無量無數天龍藥叉羅刹乾闥婆阿素洛蘖嚕荼緊那羅莫呼洛伽人非人等之所翼從往詣道場剃除鬚髮服三法衣受持應器引導無量無數有情令乘三乘趣證圓寂以無所得殊勝善根廣大願力感得如是妙菩提樹吠瑠璃寶以爲其幹眞金剛寶而爲其根奇妙衆寶以爲枝葉種種華果其樹高廣遍覆三千大千佛刹光明照耀周遍十方殑伽沙等諸佛世界滿足殊勝福慧資粮成熟有情嚴淨佛土一切功德乃至盡諸所有一切幻化三昧神通皆是不空羂索心王陀羅尼眞言三昧耶秘密主汝問如是如來甚深大智見智藏智大解脱智一切菩薩摩訶薩大智本行法界之智者是觀世音菩薩摩訶薩恒常以斯一切幻化三

昧神變示現如是不空羂索心王陀羅尼眞言三昧耶種種形相色類神通度諸有情及眞言者得大悉地秘密主彼觀世音菩薩摩訶薩身識心智大慈大悲皆是不空羂索心王陀羅尼眞言三昧耶如水乳性合一味相平等無二平等溉灌一切界處圓是不空羂索心王陀羅尼眞言三昧耶攝化度脱三有有情等住涅槃金剛之地若有人趣地獄趣餓鬼趣一切衆生等心憶念觀世音菩薩摩訶薩名者一時齊至隨所給濟無不解脱彼觀世音菩薩摩訶薩悲心愍心不退不悔復有一切諸天乃至色究竟天一切龍神藥叉羅刹阿素洛乾闥婆孽魯荼緊那羅摩呼羅伽乃至阿鼻地獄所有有情一時稱念觀世音菩薩摩訶薩名者亦皆同時齊至度脱諸欲厄難譬如日月平等輪光滅四洲中所有一切混沌黒闇彼觀世音菩薩摩訶薩亦復如是以大慈悲光明遍照一切有情有爲有漏生老病死種種厄難皆得解脱住於善道秘密主彼觀世音菩薩摩訶薩爲諸衆生及眞言者如是堅牢被精進鎧與證無上菩提之道如大商主引進衆人遮止惡道安置善道心不分別心不悔倦爾時執金剛秘密主菩薩摩訶薩承佛稱讚觀世音菩薩摩訶薩大功德已奮迅踊躍合掌偈歎

嗚呼大悲觀世音　嗚呼世間自在主
若有專正憶持者　得脱一切惡道苦
此是世間尊重父　此是世間尊重母
此是世間救度者　此是世間大日光

復告執金剛秘密主言如是如是如汝所説

汝應當往觀世音菩薩摩訶薩前恭敬頂禮如法啓問即以眞語實語爲汝演說爾時執金剛秘密主菩薩摩訶薩即起于座輪弄於杵步如師子詣觀世音菩薩摩訶薩前恭敬頂禮右遶三帀却住一面脫所頭上清淨月光摩尼寶冠二手捧上觀世音菩薩摩訶薩已長跪合掌白言聖者我於此法甚大迷亂無諸智慧解此不空羂索心王陀羅尼眞言廣大解脫蓮華壇印變像成就三昧耶此法廣大甚深無量皆不了知何者爲前何者爲中何者爲後何者爲根本蓮華頂陀羅尼眞言何者爲秘密心眞言何者爲善熈怡眞言何者爲奮怒王眞言何者爲奮怒王心眞言何者爲一字二字三字四字乃至十字眞言及一切法願爲示教開釋解說爾時觀世音菩薩摩訶薩以慈悲心受斯清淨月光寶冠便擲於空獻供養佛以大神力寶冠直至阿迦尼吒天當佛頂住變成寶蓋周圓縱廣五百千踰膳那紺瑠璃寶而爲其骨以諸大寶作華珠瓔閻浮檀金爲衆鈴鐸天諸衣服以爲網拂其蓋一一華瓔鈴鐸網羅珠拂出無量光其光鎣徹過百千日舉衆仰觀心皆愉喜一切諸天龍神八部皆悉頂禮恭敬供養苦行仙衆一時發聲種種歌唄贍讚斯蓋是諸如來所讚歎處其蓋諸華一一臺上各有寶帳一一帳中有一如來結跏趺坐遶蓋四邊而有無量諸天婇女龍女乾闥婆女阿素洛女孽嚕荼女緊那羅女一切種族眞言仙女及有無量百千天龍藥叉羅刹乾闥婆阿素洛孽嚕荼緊那羅摩呼羅伽等衆一一皆

乘衆寶華雲光明臺殿各持天諸華鬘塗香末香天諸音樂衣服珠瓔幢華旛拂各相交列供養如來或俱擊奏種種天樂歌舞讚歎唱梵音聲一時等心獻供養佛所有住補陀洛山一切天龍八部亦皆歡喜踊躍觀視歎未曾有復有一切如來種族眞言神一切蓮華種族眞言神一切金剛種族眞言神一切摩尼種族眞言神一切香象菩薩種族眞言神一切大曼拏羅種族眞言神踊躍觀視歎未曾有合掌瞻仰復有一切星天七曜天毗摩夜天大梵天帝釋天那羅延天大自在天俱摩羅天難爾計濕縛囉天誐泥濕縛囉天伊首羅天摩醯首羅天四天王寶賢神滿賢神力天神焰摩王縛嚕拏天俱廢囉天皆乘寶殿各持天諸華鬘塗香末香衣服珠瓔寶蓋幢旛敷飾會中而供養佛復有兜率陀天乃至阿迦尼吒天各乘天諸寶雲宮殿於虛空中雨現種種色海雲獻供養佛觀世音菩薩摩訶薩弁會大衆復有地居一切叢林神藥草神苗稼神華果神山神水神泉沼神河神江神海神龍神藥叉羅刹乾闥婆阿素洛蘖嚕荼緊那羅摩呼羅伽各持種種塗香末香燒香水陸雜華一時繽紛遍散敷地作大供養如是一切天龍神衆俱時同得如來神通威德加被爾時執金剛秘密主見斯廣大無量神變復思念言彼觀世音菩薩摩訶薩示現如是無量神通廣大神變復白觀世音菩薩摩訶薩言惟垂開示解所疑惑爾時觀世音菩薩摩訶薩告執金剛秘密主菩薩摩訶薩言解所疑者諦聽諦聽爾時觀世音菩

薩摩訶薩復從座起往詣佛前恭敬合掌頂禮尊足右遶三帀却住一面熈怡微笑放大光明白佛言世尊是不空羂索心王陀羅尼眞言三昧耶中根本蓮華頂陀羅尼眞言秘密心印溥遍幻化觀大曼拏羅廣大神變最上三昧耶欲於佛前開演示之是三昧耶以少功行讀誦受持速得成就爾時釋迦牟尼如來即伸無量百千光明金色光手摩觀世音菩薩摩訶薩頂讚言善哉善哉清淨者今正是時汝當演說爾時觀世音菩薩摩訶薩承佛讃已遍觀十方一切如來一時恭敬盡皆頂禮奮迅踊躍即說根本蓮華頂陀羅尼眞言曰

那莫塞(桑乙切下同)窒(都結切)隸(二合)野(楊可切下同)特(能邑切)婆(無何切二合)努誐彈(一)跛囉(二合)底瑟恥諦瓢(毗藥切下同)二 薩縛(無可切下同)彈詑誐覩瑟抳灑(蹤賈切)三 旖暮伽(上聲)漫拏攞俣呬曳瓢(入聲)四 薩縛勃陀菩(上聲)地薩得廢(無計切)瓢(入聲)五 那莫薩縛跛囉底(二合)曳迦勃陀(上聲)哩野六 失邏縛迦僧祇(去聲虬曳切)瓢(毗遐切)七 底彈那誐彈跛囉(二合)窒(下聿切)半禰(奴禮切)瓢(入聲)八 那莫薩縛彈詑誐跢俣呬野九 矩攞紇唎(二合)娜野三(去聲)麼曳瓢(入聲)十 那莫三(去聲下同)藐誐跢南(十一) 那莫三(去聲)藐跛囉(二合)底半那(去聲)南(十二) 那莫含囉特縛(二合)底(丁異切)素(蘇古切)跢野(十三) 摩訶(去聲下同)麼戴曳(二合)(十四) 那莫旖唎耶(十五) 梅窒隸(二合)野跛囉(二合)姥契瓢(毗遐切)十六 摩訶菩地薩埵哩野(十七) 誐拏縛隸瓢(入聲)十八 那謨旖弭彈皤野彈詑誐跢耶(十九) 囉歌羝三(去聲)藐三(去聲)勃陀(上聲)野(二十) 那謨囉怛娜(二合)怛囉(二合)耶野(二十一) 那莫鉢頭(二合)暮瑟抳灑(二十二) 漫拏攞

陀囉野二十三那莫旃唎耶二十四縛路枳諦濕
攞口舌呼下同縛囉野二十五菩地薩埵野二十六摩訶
薩埵野二十七摩訶迦嚕抳迦野二十八那謨摩
訶哩使旃唎野二十九誐拏縛嚇瓢入聲翳瓢眦遥
切三十那莫塞同上訖哩二合埵婆二合繿伊異切琳奴金
切三十一弭目訖灑漫努臨盧金切三十二旃唎耶縛路
枳諦濕縛囉二合野三十三穆庫特祇同上唎拏三十
四摩暮伽上聲囉惹鉢頭二合麼瑟抳灑三十五紇
唎二合娜焰引彈詫誐跢三去聲姹佉皤使擔三十
六摩訶諾都落切鉢唎二合訕末地曳二合十七三旃
歌弭路你摩轗彈以使曳枲佃覩米三十八薩
縛迦唎野引抳三十九薩縛皤曳數疏古切者米
嗠乞彭矩嚕四十怛馳寧也切他四十一唵喉中擡聲呼之
鉢頭二合暮瑟抳灑四十二娑同上囉那餅四十三者
囉者囉四十四旨唎旨唎四十五主嚕主嚕四十六

摩訶迦斤邏切下同嚕抳迦四十七弭哩弭哩四十八
比哩比哩四十九旨唎旨唎五十揩囉麼迦嚕抳
迦五十一枲哩枲哩五十二旨哩旨哩五十三比哩
比哩五十四弭哩弭哩五十五摩訶鉢頭二合麼歌
塞同上彈五十六迦攞迦攞五十七枳哩枳哩五十八
矩嚕矩嚕五十九摩訶戍輸律切陀上聲薩埵六十翳
呬曳呬六十一勃[亭夜]亭夜切勃[亭夜]六十二馱縛馱縛
六十三迦拏迦拏六十四枳抳枳抳六十五矩努矩
努六十六播囉麼戍同上陀上聲薩埵縛野六十七迦
囉迦囉六十八枳哩枳哩六十九矩嚕矩嚕七十摩
訶塞同上詫麼跛囉二合跛彈七十一者攞者攞七十
二散者攞散者攞七十三弭者攞弭者攞七十四
翳縿知賈切縿翳縿縿七十五皤囉皤囉七十六避
哩避哩七十七步嚕步嚕七十八摩訶弭麼攞鉢
頭二合暮瑟抳灑弭囉惹七十九娑去聲馱野娑去聲

駄野八十鉡鉡八十一翳呬曳呬八十二摩訶迦嚕
抳迦八十三摩訶鉢戍鉢底癈無計切灑陀上聲囉
八十四陀上聲囉陀上聲囉八十五摩訶鉢頭二合暮瑟
抳灑陀上聲囉八十六縒囉縒囉八十七薩婆同上縛
囉拏八十八歌囉歌囉八十九者囉者囉九十薩縛
苾喇陀囉九十一那麼塞同上訖哩二合彈九十二歌
囉歌囉九十三薩縛播皺比我切枳理弭灑歌囉
九十四歌歌九十五呬呬九十六虎虎九十七唵同上迦
囉九十八没囉二合吸呼邑切麼癈無計切灑陀囉九十
九陀上聲囉陀上聲囉一百地唎地唎一度嚕度嚕
二摩訶鉢頭二合麼三入揉口舌呼下同縛攞引陀囉
四彈囉彈囉五縒囉縒囉六播囉播囉七鉢
頭二合麼播捨陀上聲囉八者囉者囉九縛囉縛
囉十囉濕弭捨二合彈娑去聲歌塞同上囉十一鉢囉
底漫抳路舍哩囉十二入縛攞入縛攞十三荅播

荅播十四皤伽上聲畔引十五素摩竊寧吉切地丁也切十
六野麼縛嚕拏矩癈同上囉没羅二合歌同上米十七
捺奴乙切下同囉二合理使十八禰同上縛誐拏瀕毗搜切
旨彈者囉拏十九素嚕素嚕二十主嚕主嚕二十一
補嚕補嚕二十二散捺矩磨囉律盧骨切捺羅二合
婆同上縒縛二十三弭瑟努駄曩娜禰同上縛理使
那去聲野迦二十四縛虎弭弭駄癈無計切灑陀上聲
羅二十五摩訶鉢頭二合麼但拏駄囉二十六播捨
陀上聲囉二十七駄囉駄囉二十八地唎地唎二十九
度嚕度嚕三十詑囉詑囉三十一伽上聲囉伽上聲囉
三十二野囉野囉三十三攞囉攞囉三十四麼囉麼
囉三十五播囉播囉三十六柘囉柘囉三十七縛囉
縛囉三十八摩訶婆同上囉那去聲野迦三十九三去聲
曼多上聲曼拏羅四十縛路枳彈四十一弭路枳彈
四十二路計濕縛二合囉四十三摩醯濕縛二合囉四十

四姹虎姹虎四十五姹嚕姹嚕四十六姹野姹野
四十七悶遮悶遮四十八皤伽上聲畔引四十九旃唎耶
縛路枳諦濕縛二合囉野五十⿰口落⿺走乞灑⿰口落⿺走乞灑麼
麼五十一薩縛皤曳瓢入聲五十二薩廦鉢捺囉二合
米瓢入聲五十三薩縛⿺走乞囉二合醯瓢入聲五十四薩縛
入縛隸瓢入聲五十五薩縛⿰名夜名夜切地瓢入聲五十六
縛馱畔馱娜五十七軃拏娜囉惹主囉軃塞同上
迦囉五十八旃⿺走乞你塢娜迦五十九弭灑捨塞怛
囉六十播哩暮者迦六十一迦拏迦拏六十二旣抳
旣抳六十三矩努矩努六十四者囉者囉六十五印
黠哩野縛攞抱杖亭棣切誐六十六者覩邏哩野
六十七薩地三去聲跛囉二合迦捨迦六十八軃麼軃
麼六十九娜麼娜麼七十縒麼縒麼七十一麼縒麼
縒七十二摩訶軃悶馱迦囉弭馱麼娜七十三殺
播囉弭跢播哩布邏迦七十四弭理弭理七十五

縿縿縿縿七十六詫魑賈切詫詫詫七十七置置置
置七十八柱知古切柱柱柱七十九翳鸛野折麼訖
哩二合軃播哩迦囉八十翳呬曳呬八十一縊濕縛
囉八十二摩醯濕縛二合囉八十三鉢頭二合米濕縛
囉八十四摩訶步軃誐拏畔惹迦八十五摩訶悉
悌引濕縛囉八十六矩嚕矩嚕八十七播囉播囉
八十八迦縿迦縿八十九麼縿麼縿九十弭戍馱弭
灑野皤新九十一摩訶迦嚕抳迦九十二濕廢二合
跢拽眝諸振切饒去聲二合九十三播弭軃九十四囉怛
那二合摩矩吒九十五摩羅馱囉九十六薩縛眝同上
惹始囉枲訖哩二合軃九十七惹吒摩矩吒九十八
麼褐特途邑切步軃九十九迦麼攞訖哩二合軃迦
羅軃攞二百杖同上歌娜三去聲麼地一弭穆乞灑
跛囉二合劒⿰舟也弃也切二縛虎薩埵散怛底播哩播
者迦三摩訶迦嚕抳迦四薩縛羯摩婆同上囉

拏弭輸馱迦五薩縛谿名夜切地跛囉二合暮者迦六薩麼舍播哩布囉迦七薩縛薩埵縛二合三去聲摩濕縛二合繕迦八唵同上鉢頭二合暮瑟抳灑九播捨紇唎二合娜野曼拏攞十那謨窣覩羝莎縛二合訶二百一十一

爾時觀世音菩薩摩訶薩說是陀羅尼真言時三千大千世界六返大動其補陀洛山上下周圓普遍從地一時涌出衆寶蓮華觀世音菩薩摩訶薩臍中放大光明出現千葉衆寶蓮華青瑠璃寶以爲其幹閻浮檀金而爲其臺赤珠爲子白珠鬚蘂其華復放種種色光徹照十方一切刹土天宮龍宮藥叉宮羅刹宮阿素洛宮乾闥婆宮蘖魯茶宮緊那羅宮摩呼羅伽宮一切有情警覺安慰其光下照十六地獄盡皆變成蓮華之池是中一切受苦有情皆得解脫一時捨命往於西方安樂國土蓮臺化生以天衣服而莊嚴身證宿住智水陸一切有情之類遇斯光者捨所報身俱生天界以天衣服而莊飾身在會一地二地菩薩一時皆證第八地住其三地四地五地乃至七地一切菩薩摩訶薩等皆證無上正等菩提一切種族真言明仙皆證不空王蓮華頂秘密心曼拏羅三摩地一切龍王皆證寶幢三摩地一切諸天皆證火炬三摩地一切藥叉王羅刹王皆證寶宮殿三摩地一切阿素洛王乾闥婆王皆證金剛甲幢三摩地一切蘖魯茶王皆證金剛嘴大迅疾力三摩地一切緊那羅王摩呼羅伽王一切真言神皆證身口意業清淨三摩地一切苾芻苾芻尼鄔波索迦鄔波斯迦皆脫無明行識

名色六處觸受愛取有生老病死憂悲苦惱爾時釋迦牟尼如來身上遍放大日幢光直入觀世音菩薩摩訶薩心爾時觀世音菩薩摩訶薩即復告執金剛秘密主菩薩摩訶薩言當諦觀此不空王蓮華頂秘密心神通自在曼拏羅三昧耶於是執金剛秘密主菩薩摩訶薩白言聖者我已觀見此不空王蓮華頂最上秘密心神通自在曼拏羅三昧耶廣大無量甚深奇特見未曾有成就一切最上之法與諸有情除諸重擔令受持者獲大福地爾時觀世音菩薩摩訶薩復告執金剛秘密主菩薩摩訶薩言諦聽諦聽是不空王蓮華頂秘密心神通自在曼拏羅三昧耶能廣利益一切有情除諸罪障逐諸毗那夜迦一切魔怨衆惡鬼神皆自馳散一切毒藥毒蟲虎狼惡獸種種災難悉皆除遣但讀誦者速得眞實無上成就爾時執金剛秘密主菩薩摩訶薩歡喜微笑掌弄持杵白大悲者言何者是眞實蓮華頂秘密心神通自在曼拏羅三昧耶願爲說示爾時觀世音菩薩摩訶薩即伸右手摩自臍上大光明中千葉蓮臺即於臺上出現寶帳於其帳中現蓮華頂秘密心神通自在曼拏羅觀世音菩薩大梵天相面目熈怡三眼四臂具以衆寶瓔珞天服而莊嚴身首戴寶冠冠有化佛一手把索一手執寶蓮華冠一手把寶杖一手執金剛杵結跏趺坐身放種種奇妙色光自嚴其身光蔽日月衆星之光謂諸如來目所觀察一切菩薩摩訶薩恭敬頂禮一切諸天合掌禮讚一切苦行仙衆禮敬讚歎一切龍神藥叉羅刹

阿素洛乾闥婆蘗嚕荼緊那羅摩呼羅伽等合掌頂禮旋遶歌讚爾時執金剛秘密主菩薩摩訶薩幷及眷屬覩斯蓮華頂秘密心神通自在曼拏羅三昧耶真實秘密廣大神變一時皆證不空蓮華頂無垢光焰三摩地不空幻化三摩地歡喜合掌一時禮讚觀世音菩薩摩訶薩爾時觀世音菩薩摩訶薩即說秘密心真言曰

唵同上旃暮伽上聲紇唎二合娜野一鉢頭二合米瑟抳灑二矩麼囉廢無計切灑馱囉三鉢頭二合米濕縛二合囉四旃米捨野五薩縛暮伽上聲矩囉縒麼野六紇唎二合娜焰七薩縛悉稤亭夜切暮儉八跛囉二合拽捹妹也切九鉢頭二合麼鉢頭二合麼十絣絣十一那謨窣覩羝十二莎縛二合訶十三

如是真言身心愉悅大悲心觀阿彌陀佛觀世音菩薩誦持之者所得福蘊同等三世一切如來戒解脫蘊亦等阿彌陀佛解脫色蘊亦如觀世音菩薩摩訶薩執持種種器仗之身若常結蓮華頂印自灌其頂而誦念者得同三世一切如來爲授灌頂當證百千三摩地福聚相應

種族熈怡王真言

唵同上旃暮伽上聲一鉢頭二合暮瑟抳灑濕縛二合囉二鉢頭二合米濕縛二合囉三旃曼怛囉四耶薩縛彈詑諴彈南五旃暮伽上聲鉢頭二合暮瑟抳灑六縒麼野摩迦唎灑野七跛囉二合米捨野八薩縛羯麼杲沉亭淫切米九跛囉二合拽捹十旃縛路枳諦濕縛二合囉十一絣絣十二摩訶鉢頭二合暮瑟抳灑步鸛十三莎縛二合訶十四

如是真言心愉面畏大悲心觀觀世音觀蓮

華頂曼拏羅觀世音曼拏羅中誦持之者蓮華種族真言明王梅怛囉真言明王苾敕真言明王觀世音菩薩摩訶薩皆爲祐護與證不空種族悉地蓮華頂種族悉地蓮華廣大壇悉地不空羂索心王陀羅尼真言曼拏羅悉地不空富饒尊貴自在悉地一切菩薩種族通會悉地當於百千佛刹中生爲大種族真言明仙遊諸天中龍中一切藥叉羅刹阿素洛乾闥婆蘗嚕荼緊那羅摩呼羅伽人非人中皆得自在乃至當證無上正等菩提相應種族奮怒王真言曰

唵(同上)摩訶戰拏(一)鉢頭(二合)米濕縛(二合)囉(二)弭弭馱嚕播(三)弭迦絃鉢頭(二合)麼(四)鄧瑟吒囉(二合)迦囉攞(五)鼻灑拏縛(無洛切)訖怛囉(二合)(六)薩縛訥瑟吒(七)紇唎(二合)娜焰(八)佉(上聲)娜野弭赿南(九)鉢頭(二合)磨婭力(二合)旨置(十)婭哩(二合)置餅(十一)莎縛(二合)訶(十二)

如是真言奮怒身心觀奮怒王誦持之者須彌盧山金山鐵山盡皆震動大海涌沸一切龍宮皆大火起諸惡毗那夜迦皆被止縛一切鬼神四散馳走一切大奮怒王恒皆擁護大梵天帝釋天那羅延天大自在天焰摩王水天娑伽羅龍王難陀龍王跋難陀龍王優波難陀龍王俱摩羅天神四天王神常逐護持降伏諸災面向災處以大怒聲誦念之者則得除滅壇中密誦作修法者速得成就

種族奮怒王心真言曰

唵(同上)旖暮伽(上聲)(一)鉢頭(二合)暮瑟抳灑(二)摩訶鉢頭(二合)麼播捨(三)矩嚕陀迦哩灑野(四)鉢囉(二合)廢(無計切)捨野(五)摩訶鉢戍鉢底(六)野麼婆

嚕拏矩廢同上囉七沒囉二合歌麽廢無計切灑馱

囉八摩訶戰拏米誐九旖暮伽上聲矩攞縒麽

野十鉢頭二合米十一餅餅十二

如是眞言奮迅身心觀奮怒王不空王觀世

音前燒焯香王誦持之者所有心念一切善

法悉皆成就

不空羂索神變眞言經卷第十七

音釋

倣斆倣甫兩切斆胡孝切倣斆學習也瀝郎擊也滴瀝也伺息利切察

也混沌混胡本切沌徒本切混沌陰陽未分也鎧苦亥切甲也娙

胡經切好也觜即委切廦無苦切

不空羂索神變真言經卷第十八

唐南天竺三藏法師菩提流志奉　詔譯

十地真言品第三十一

一字真言曰

唵（喉中擡聲引呼下同）

如是真言大悲心觀觀世音如法受持應善修行十種勝業何等爲十一者以無所得爲方便修淨勝意業謂以應一切不空智智心修習一切善根勝意業事不可得故二者以無所得爲方便修一切有情平等心業謂以應一切不空智智心引發慈悲喜捨四無量心一切有情不可得故三者以無所得爲方便修布施業謂以應一切不空智智心於一切有情無所分別而行布施施者受者并所施物不可得故四者以無所得爲方便修親近善友業謂見諸善友導化有情令其修習一切不空智智心應便親近恭敬尊重讚歎諮受正法承事無倦善友惡友無二相故五者以無所得爲方便修求法業謂以應一切不空智智心勤求如來無上正法不墮聲聞地獨覺地諸所求法不可得故六者以無所得爲方便修常出家業謂一切生處恒猒居家牢獄諠雜常欣佛法清淨出家無能爲礙所棄捨家不可得故七者以無所得爲方便修愛佛身業謂暫一覩佛形像已乃至獲得無上菩提終不捨於念佛作意諸相隨好不可得故八者以無所得爲方便修闡法教業謂契經應頌記莂諷頌自說緣起譬諭本事本生方廣希法論義如來在世及涅槃後爲諸有情開闡法教初中後善文義巧妙純一

圓滿清白梵行所分別法不可得故九者以無所得為方便修破憍慢業謂常懷謙敬伏憍慢心由此不生下姓卑族諸興盛法不可得故十者以無所得為方便修恒諦語業謂稱知說言行相符一切語性不可得故如是修治此真言者能害過現諸惡重罪一切垢障盡皆消滅當得一切諸佛菩薩天仙龍神悉皆歡喜觀世音菩薩摩訶薩與諸證願當捨命後往於西方極樂國土住極喜地蓮華化生

二字真言曰

唵(一) 步(二引)

如是真言大悲心觀觀世音如法受持思惟八法圓滿修習何等為八一者圓滿清淨禁戒謂不起聲聞獨覺作意及餘破戒障菩提故二者知恩報恩謂得小恩尚不忘報況大恩惠而當不酬三者住安忍力謂設諸有情來見侵毀而於彼所無恚害心四者受勝歡喜謂所化有情既得成熟身心適悅受勝歡喜五者不捨有情謂拔濟有情心恒不捨六者恒起大悲謂作是念我為饒益一切有情假使各如無量無數殑伽沙劫處大地獄受諸劇苦或燒或煮或斫或截若刺若懸若磨若擣受如是等無量苦事乃至令彼乘於佛乘而般涅槃如是一切有情界盡而大悲心曾無厭倦七者於諸師長以敬信心諮承供養如事佛想謂求無上正等菩提恭順師長都無所顧八者勸求修習法波羅蜜謂於諸法波羅蜜多專心修學遠離餘事如是修治此真言者能害過現無間罪障種種諸病盡

皆消滅一切鬼神不横嬈惱摩尼跋陀神毗
沙門神守持財寶而常擁護阿彌陀佛現爲
證明當捨命巳生補陀洛山觀世音菩薩寶
宫殿中住離垢地得不空羂索心王陀羅尼
眞言悉地而自現前
三字眞言曰
唵一鉢二頭米二合三
如是眞言大悲心觀觀世音如法受持住修
五法何等爲五一者勤求多聞常無猒足於
所聞法不著文字謂發勤精進作是念言若
玆佛土若十方界諸佛世尊所說正法我皆
聽習讀誦受持而於其中不著文字二者以
無染心常行法施雖廣開化而不自高爲諸
有情宣說正法尚不自爲持此善根迴向菩
提況求餘事雖多化導而不自恃三者爲嚴
淨土植諸善根雖用迴向而不自舉謂勇猛
精進修諸善根爲欲莊嚴諸佛淨國及爲清
淨自他心土雖爲是事而不自高四者爲化
有情雖不猒倦無邊生死而不自高爲欲成
熟一切有情植諸善根嚴淨佛土乃至未滿
一切智智雖受無邊生死勤苦而不猒倦而
不自高五者雖住慙愧而無所著謂專求無
上正等菩提於諸聲聞獨覺作意具慙愧故
終不暫起而於其中亦無所著如是修治此
眞言者觀世音菩薩作童子形而現其前加
祐衆願得見最勝蓮華頂曼拏羅諸大蓮華
眞言壇印三昧耶一切如來秘密眞言壇印
三昧耶當捨命巳往生淨刹住發光地
四字眞言曰
唵一鉢二頭麽二合三紇唎二合四

如是真言大悲心觀觀世音如法受持應住十法常行不捨何等為十一者住阿練若常不捨離謂求無上正等菩提超諸聲聞獨覺等地故常不捨阿練若處二者住於少欲尚不自爲求大菩提況欲世間利譽等事三者住於喜足專爲證得一切不空智智心故於餘事無著喜足四者常不捨離如來功德常於深法起諦察語五者於諸學處未曾棄捨於所學戒堅守不移而於其中又不取相六者於諸欲樂深生猒離於妙欲樂不起欲尋七者常能發起寂滅俱心謂達諸法曾無起作八者捨諸所有於內外法曾無所取九者心不滯沒於諸識住未嘗起心十者於諸所有無所顧戀謂於諸法無所思惟如是修治此真言者出世事業速皆成就阿閦如來現身摩頂告言汝今已得清淨業身滅諸蓋障當生我國證宿命智不受胎生住焰慧地

五字真言曰

唵一鉢二頭麼二合三步四巂人兮切五

如是真言大悲心觀觀世音如法受持應離十法何等為十一應遠離居家謂於志性好遊一切諸佛國土隨所生處常樂出家剃除鬚髮執持應器被三法服現作沙門二應遠離諸苾芻尼謂常應遠離諸苾芻尼不與共居如彈指頃亦復於彼不起異心三應遠離家慳謂作是思我應長夜利益安樂一切有情令此有情自由福力感得如是勝施主家故我於中不應慳嫉四應遠離衆會忿諍謂作是思若處衆會其中或有聲聞獨覺或說彼乘相應法要令我退失大菩提心是故定

應遠離衆會復作是念諸忿諍者能使有情發起瞋害造作種種惡不善業尚違善趣況大菩提是故定應遠離忿諍五應遠離自讃毀他謂於内外法都無所見故應遠離自讃毀他六應遠離十不善業道謂作是思此十惡法尚礙善趣況大菩提故應遠離七應遠離增上慢傲謂不見有法可起慢傲八應遠離顛倒謂觀顛倒事都不可得九應遠離猶豫謂觀猶豫事都不可得十應遠離貪瞋癡業謂都不見有貪瞋癡事如是修治此真言者害諸漏障得身無畏得法無畏大蓮華上如來應正等覺現身告言善哉善哉善男子汝大積集不空王蓮華頂陀羅尼真言壇印三昧耶大福德蘊菩提善根皆得成熟汝命終沒當得供養九十二殑伽沙俱胝那庚多百千如來應正等覺種熟善根乃來我國華中化生住極難勝地

六字真言曰

唵一鉢二頭麼二合三皤四路五迦斤邏切六

如是真言大悲心觀觀世音如法受持應修六法何等爲六一應圓滿布施波羅蜜多淨戒波羅蜜多安忍波羅蜜多精進波羅蜜多靜慮波羅蜜多般若波羅蜜多謂超聲聞獨覺等地住此六波羅蜜多佛不住二乘能度過去所知海岸現在所知海岸未來所知海岸無爲所知海岸不可說所知海岸二應遠離聲聞獨覺心謂作是言諸聲聞心非證無上大菩提道故應遠離復作是言諸獨覺心定不能得一切不空智智故應遠離三應遠離熱惱心謂作是言怖畏生死熱惱之心非

證無上正等覺道故應遠離四見乞者來心不猒慼謂作是念此猒慼心於大菩提非能證道故定遠離五捨所有物無憂悔心謂作是念此憂悔心於證無上正等菩提定爲障礙故我捨離六於來求者終不矯誑謂作是念此矯誑心定非阿耨多羅三藐三菩提道何以故菩薩摩訶薩初發無上菩提心時作是誓言凡我所有施來求者隨欲不空如何今時而矯誑彼如是修治此真言者度過五海證蓮華頂秘密心真言成就覩見一切天龍八部宮殿門開出世世法皆得成就十方一切如來應正等覺放大光明照觸其身三千大千世界微塵數等一切如來一時現身觀察安慰蓮華冠幢如來應正等覺現前告慰汝所修業皆得成就當生我土住現前地直至無上正等菩提

七字真言曰

唵一鉢二頭摩二合三入縛四攞五件六娗亭一切力二合七

如是真言大悲心觀觀世音如法受持應當遠離二十種法何等二十一應遠離我執有情執命者執生者執養者執士夫執數取趣執意生執儒童執知者執見者執謂觀我有情乃至知者見者畢竟不可得故二應遠離斷執謂觀諸法畢竟不生無斷義故三應遠離常執謂觀一切法無常性故四應遠離相想謂觀雜染性不可得故五應遠離因等見執謂都不見有諸見性故六應遠離名色執謂觀名色性都不可得七應遠離蘊執謂觀五蘊性都不可得八應遠離處執謂觀十二

處性都不可得九應遠離界執謂觀十八界性都不可得十應遠離諦執謂觀諸諦性都不可得十一應遠離縁起執謂觀諸縁起性都不可得十二應遠離住著三界執謂觀三界性都不可得十三應遠離一切法執謂觀諸法性皆如虛空都不可得十四應遠離於一切法如理不如理執謂觀諸法性都不可得無有如理不如理性十五應遠離依佛見執謂知依佛見執不得見佛故十六應遠離依法見執謂達眞法性不可見故十七應遠離依僧見執謂知和合衆無相無爲不可見故十八應遠離依戒見執謂知罪福性俱非有故十九應遠離怖畏空法謂觀諸空法皆無自性所怖畏事畢竟非有二十應遠離違背空性謂觀一切法自性皆空非空與空有違背故復應圓滿二十種法何等二十一應圓滿通達空謂達一切法自相皆空二應圓滿證無相定謂不思惟一切諸相三應圓滿知無願住謂於三界法心無所住四應圓滿三輪清淨謂具足清淨十善業道三輪清淨五應圓滿悲愍有情謂巳得大悲及嚴淨土圓滿悲愍有情及於有情無所執著六應圓滿一切法平等見謂於一切法不增不減無所執著七應圓滿一切有情平等見謂於一切有情不增不減無取無住八應圓滿通達眞實理趣謂於一切法眞實理趣雖實通達無所通達無取無住九應圓滿無生忍智謂忍一切法無生無滅無所造作及知名色畢竟無生十應圓滿說一切法一切理趣謂於一切法行不二相十一應圓滿滅除分別謂

於一切法不起分別十二應圓滿遠離諸想謂於遠離一切小大無量想十三應圓滿遠離諸見謂於遠離一切聲聞獨覺等見十四應圓滿遠離煩惱謂於棄捨一切有漏煩惱習氣相續十五應圓滿奢摩他毗鉢舍那地謂修一切不空道智三昧耶智十六應圓滿調伏心性謂於三界法不樂不動十七應圓滿寂靜心性謂於善攝六根寂靜心性十八應圓滿無礙智性謂修得佛眼無礙智性十九應圓滿無所愛染謂於外六處能善棄捨二十應圓滿隨心所欲往諸佛土於佛衆會自現其身謂修勝神通從一佛國趣一佛國供養恭敬尊重讚歎諸佛世尊請轉法輪饒益一切如是修治此眞言者一切圓滿離垢無畏得蓮華離障清淨三摩地身出衆光遍照三千大千佛刹一切宮殿光所至處作現衆寶光華海雲供養一切如來應正等覺蓮華光如來應正等覺現身摩頂告言善哉善哉善男子汝所修者是諸如來最秘密心供養之法亦是觀世音菩薩摩訶薩眞實秘密堅固心大蓮華頂曼拏羅三昧耶汝今已得旖暮伽王蓮華頂神通圓滿成就當生我土住遠行地作大佛事

八字眞言曰

唵一旖二暮三伽上聲四麼五抳六鉢七頭米二合八

如是眞言大悲心觀觀世音如法受持應滿四法何等爲四一應圓滿悟入一切有情心行謂以不空一心智慧如實遍知一切有情心心所法二應圓滿遊戲一切神通謂遊戲

種種自在神通爲見佛故從一佛國趣一佛國亦復不生遊佛國想三應圓滿見諸佛上如其所見而自嚴淨種種佛土謂住一佛土能見十方無邊佛土亦能示現而曾不生佛國土想復爲成熟諸有情故現處三千大千世界轉輪王位而自莊嚴復能棄捨而無所執四應圓滿供養承事諸佛世尊於如來身如實觀察謂欲饒益諸有情故於法義趣如實分別以法供養承事諸佛又諦觀察諸佛法身如是修治此眞言者得身圓淨如頗胝寶觀世音菩薩現前摩頂告言善哉善哉善男子今得最上菩提定心當隨我往世間光明王如來淨土住不動地廣與佛事得不空王蓮華頂壇印悉地出世世間最勝之法

九字眞言曰

唵一鉢二頭麼三合路四者五禰奴禮切六虎七嚕八鈝九

如是眞言大悲心觀觀世音如法受持應滿四法何等爲四一應圓滿知諸有情根勝劣智謂住佛十力如實了知一切有情諸根勝劣二應圓滿嚴淨佛土謂以無所得而爲方便嚴淨一切有情心行三應圓滿如幻等持數入諸定謂住此等持雖能成辦一切事業而心不動修治等持極成熟故不作加行數數現前四應圓滿隨諸有情善根應熟故入諸有自現化生謂欲成熟諸有情類殊勝善根隨其所宜故入諸有而現受生如是修治此眞言者得授記名觀世音子殑伽沙俱胝那庚多百千如來應正等覺作諸神通一時現前伸手摩頂告言善哉善哉善男子汝所

修習此真言經出世世法皆得成辦捨命來生我國土中住善慧地

十字真言曰

唵一鉢二頭暮三二合瑟捉四二合灑五弭六麼七黎八鉡九怖十

如是真言大悲心觀觀世音如法受持應當圓滿十二種法何等十二一應圓滿攝受無邊處所一切大願隨有所願皆令圓滿爲已具修六波羅蜜多極圓滿故或爲嚴淨諸佛國土或爲成熟諸有情類隨心所願皆得圓滿二應圓滿隨諸天龍藥叉羅刹乾闥婆阿素洛孽嚕荼緊那羅摩呼羅伽人非人等異類音智謂爲修習殊勝詞無礙解善知有情言音差別三應圓滿無礙辯智謂爲修習殊勝辯無礙解爲諸有情能無盡說四應圓滿入胎具足謂雖一切生處實恒化生爲益有情現入胎藏於中具足種種勝事五應圓滿出生具足謂於出胎時示現種種希有勝事令諸有情見者歡喜獲大安樂六應圓滿家族具足謂生刹帝利大族姓家或生婆羅門大族姓家所稟父母無可譏嫌七應圓滿種姓具足謂常預過去諸大菩薩種姓中生八應圓滿眷屬具足謂純以無量無數菩薩而爲眷屬非諸雜類九應圓滿生身具足謂初生時其身具足一切相好放大光明遍照無邊諸佛世界亦令彼界六種變動有情遇者無不蒙益十應圓滿出家具足謂出家時無量無數天龍藥叉羅刹乾闥婆阿素洛孽嚕荼緊那羅摩呼羅伽人非人等之所翼從往詣道場剃除鬚髮服二法衣受持應器引導

無量無數有情令乘三乘而趣圓寂十一應圓滿莊嚴菩提樹具足謂於殊勝善根廣大願力感得如是妙菩提樹紺瑠璃寶以爲其幹眞金剛寶而爲其根上妙七寶以爲枝葉種種華果其樹高廣遍覆三千大千佛土光明照耀周遍十方殑伽沙等諸佛世界十二應圓滿一切功德成辦具足謂於滿足殊勝福慧一切資糧成熟有情嚴淨佛土如是一一具足修治此眞言者得十方無量殑伽沙俱胝那庾多刹土一切如來應正等覺作種種神通一時現前告言善哉善哉善男子常爲一切天仙龍神八部世間人民致敬無量得此蓮華頂眞言明仙乃至無上正等菩提住法雲地隨所方化增建佛事秘密主汝問修行是陀羅尼眞言一一能成最上悉地此不空羂索心王陀羅尼眞言三昧耶上法中法下法我皆演說如是讀誦受持之者常淨洗浴以香塗身著淨衣服於諸有情起大悲心說眞實語深信三寶敬事供養和尚闍梨父母善友備持律儀受持斯法如是發行名眞受持眞言之人當必決定得證無上正等菩提爾時執金剛秘密主菩薩摩訶薩聞說是法歡喜微笑掌輪旋杵從座而起曲躬合掌白言聖者此等眞言三昧耶總名不空王蓮華頂秘密心曼拏羅廣大陀羅尼眞言三昧耶是等陀羅尼眞言但當讀誦受持之者皆得成就作大佛事若有依法作大供養每月依時一日一夜斷語不食或單食果或空服乳或復常食三白飲食晝夜精勤讀誦受持如是之人獲何功德成何善根住何刹土

授何法門爾時觀世音菩薩摩訶薩告執金剛秘密主菩薩摩訶薩言如是總名不空王蓮華頂陀羅尼眞言三昧耶秘密主諦聽諦聽苾芻苾芻尼族姓男族姓女白月一日承事供養寂斷諸語食三白食讀誦受持蓮華頂陀羅尼眞言一觀一一字如日光鬘三觀字光現觀世音三觀字光現佛世尊四觀字光自性神力清淨法界三昧流出種種神通三摩地門晝夜不絕乃至八日一日一夜斷食持者此人則得除滅應受阿毗地獄五無間罪一劫之苦當捨命已生於西方極樂國土蓮華化生具宿住智福命壽等八十千劫受諸極樂生生處更不墜墮三惡道中復得轉生極樂世界六十二千劫受勝快樂復得轉生觀察世界七十二千劫受大安樂復得轉生寶勝世界十二千劫作大持寶大眞言仙復得轉生補陀洛山觀世音菩薩寶宮殿中十八千劫受諸法樂復得轉生阿迦尼吒天十九千劫受天快樂復得轉生兜率陀天上八十千劫受天快樂復得轉生三十三天百千大劫作天帝釋受大快樂復得轉生十方刹土五十千劫遊戲神通歷諸佛刹供養諸佛受諸快樂復於二十千劫作大眞言明仙乃至菩提更不重受胎卵濕化所受生處常得化生具宿住智秘密主七日七夜承事供養讀誦受持尚得如是廣大福聚善根相應況復有人能每白月一日食三白食讀誦受持此蓮華頂陀羅尼眞言晝夜不絕至白月八日晝夜不食斷諸語言依法誦持豈不現身與證大不空離障清淨三摩地不空

莊嚴三摩地不空蓮華神變光焰三摩地不空清淨光三摩地不空觀察幢三摩地不空蓮華無垢觀三摩地不空蓮華頂光焰秘密心三摩地耶此人又當承事九十二俱胝殑伽沙數如來應正等覺所種熟善根當捨命已往安樂國蓮臺化生得不空王蓮華頂解脫壇印三昧耶而皆現前得作不空廣大眞言明仙

世間成就品第三十二

爾時執金剛秘密主菩薩摩訶薩又復白言大悲聖者願爲一切有情意樂圓滿演示此蓮華頂陀羅尼眞言曼拏羅眞言成就法爾時觀世音菩薩摩訶薩謂執金剛秘密主菩薩摩訶薩言若有苾芻苾芻尼族姓男族姓女如三昧教承事供養恭敬禮拜常於一切有情之上起大悲心每日如法誦持根本蓮華頂陀羅尼眞言一觀一一字如日光鬘二觀字光現觀世音三觀字光現佛世尊四觀字光隨順通達一切甚深不思議法性與虛空等自相無礙一切法界正等覺心出無盡音淨心無我滿三七遍決定滌除一切地獄餓鬼畜生一切重罪得大善根成大福蘊不爲世間一切毒藥毒蟲災怪病惱鬼神嬈害由斯義故當應以此陀羅尼眞言加持淨沙二十一遍屍陀林中散屍骸上或散塚上墓上見皆散之彼諸亡者所在界處受衆劇苦皆得解脫上生天上若以紙素竹帛書寫此根本蓮華頂陀羅尼眞言等置於塔上幢上所有二足四足多足無足胎卵濕化一切有情爲塔影映身者或見觸者皆得除滅一切

罪障捨是身已等生天上若加持螺詣高望處大吹聲者四生衆生聞螺聲者滅諸重罪捨受身已等生天上若有善男子善女人先受菩薩戒二百五十戒五百戒五戒十戒八戒三歸依戒聞螺聲者當捨身已直往西方極樂國土蓮華化生住不退地若加持白栴檀香城邑中燒令諸有情聞香氣者皆得除滅種種罪障若燒此香熏身服者亦得除諸嫉妬垢障爲人所見歡喜致敬若熏身熏衣如法貫帶面向日天一誦蓮華頂陀羅尼眞言一呼日天者日天祐護若加持安悉香白栴檀香大自在天前一誦蓮華頂陀羅尼眞言一呼大自在天燒者大自在天當作擁護爲滿諸願若那羅延天前如是一眞言一呼那羅延天燒者那羅延天當作擁護爲滿諸

願若加持白芥子白栴檀香大梵天前如是一眞言一稱大梵天燒者其大梵天當作擁護爲滿諸願若加持乾蓮華末白栴檀香摩訶迦羅前如是一眞言一呼摩訶迦羅燒者摩訶迦羅神當作護從入於山林採取伏藏一切諸藥皆得隨意若加持龍華白栴檀香有龍湫邊如是一眞言一呼龍名燒已復以眞言白芥子散湫水中迅誦眞言龍王眷屬皆悉擁護隨眞言者意若加持屍陀林内燒故人炭白栴檀香相和屍陀林中作大怒聲如是誦持眞言燒者一切藥叉鬼神而自現身任諸命事乃至壽盡若加持二芨播羅相合以和炭香燒熏如法眞言加持芨播羅者得諸神鬼任諸命事若治地作壇以瞿摩夷如法泥塗當壇心上以赤土畫藥叉女以粳

米粉界壇四面以粳米麨壇中供養用前炭香如是一真言一呼藥叉女燒已復以白芥子一真言一打藥叉女像得真藥叉女現前而來任諸命使隨真言者意若請作母常逐擁護如護赤子供給所須一切財寶若請作姊妹隨日供給衣服錢財而不乏少若加持安悉香白栴檀香以手按功德天頭如是一真言一呼功德天燒者得功德天當作擁護與諸財寶得大富饒若毗沙門王前如是一真言一呼毗沙門王燒者毗沙門神施金千兩若摩尼跋陀羅神前如是一真言一呼摩尼跋陀羅神燒者摩尼跋陀羅神來與金錢一千若大山林中如是一真言一呼藥精燒者一切藥精出現任採若城四門首一真言一燒者即得城內一切災障皆得除滅若於一切虎狼難處一真言一燒者即得除滅虎狼等難若鬼神病者前一真言一燒熏病者即得除滅鬼神等病

蓮華頂阿伽陀藥品第三十三

是蓮華頂伽陀藥　現種族王大神力
伊首羅天帝釋天　摩醯首羅大梵天
毗瑟努天四天王　加祐守護恭敬讚
以龍腦香沉水香　牛黃丁香青木香
數等好者而擣治　白象耳汗和合丸
置於壇內觀音前　以蓮華頂陀羅尼
種族奮怒真言等　加持其藥現三相

執金剛秘密主潔治身服以藥研點額上頂上髆上胷上兩臂肘上各佩一丸口含一丸入大衆中為人愛敬亦如我等威德福聚凡説言詞調伏有情悉皆順伏若入僧衆為僧

愛樂觀視讚歎亦如我等滿諸有情種種意願一切天仙龍神八部恭敬守護一切毒藥毒蟲癧蠱呪詛鬼神諸病皆不災害又復不爲國王僚佐橫加笞禁受諸苦惱一切諸惡藥叉羅刹師子虎狼盜賊霹靂怨家等難而相災害又頭戴藥丸幷復以藥遍塗輪上持輪往入他軍陣中他兵見者自然和解若入王城人所見者致敬歡喜若患鬼病治不差者令服此藥幷以斯藥和湯澡浴則得除差若患癰腫以藥和水研塗瘡上腫上皆得除差此人由斯一切天龍藥叉羅刹不相惱害如法用藥一切諸佛觀世音菩薩加被擁護善根增長今世後世受大安樂當生之處執金剛秘密主眷屬而擁護之若加持酥和藥餌者得大智慧解諸經論

又蓮華頂伽陀藥　現斯部中諸真言
最上悉地三昧耶　乾陀羅縒青木香
沒羅砍麼乞使囉　素鞢囉拏乞使羅
素健地迦塞頗胝　舍莫乞使龍華鬚
欝鉢羅華蓮子瓤　上安悉香欝金香
白栴檀香甘松香　幷夜合華兼丁香
膍魯鉢羅總等數　如法摩壇和合治
置於壇內觀音前　以蓮華頂陀羅尼
種族奮怒真言等　加持其藥百遍已
波斯石蜜龍腦香　等分水煎如法和
真言丸藥如酸棗　敷置壇內觀音前
以蓮華頂陀羅尼　種族奮怒真言等
不空王毋陀羅尼　等加持藥現三相
盛淨器中使陰乾　淨密固藥勿汙觸

執金剛秘密主若用藥時先淨澡浴以香塗

身著淨衣服加持黑芥子油而和其藥點持身上即得隨意入阿脩羅窟龍窟鬼神窟皆去無閡是諸鬼神任爲命事若加持僧歌乳牛乳和藥塗顆顱上心上便可思惟上中下人種種障累爲令除遣若加持香油和藥塗兩脚脛二脚掌上行疾如風日行倍常履水不濕若藥和人乳點二眼中即得隨意往諸聚落自在遊觀爲人愛敬或對人前心念移物令諸人衆皆不見知若塗面上身上手上往大衆中作諸唄讚令諸人民惟觀讚聲不觀於身若塗瓶裏外滿盛淨水持往衆中高把瀉水時諸人民惟觀水下不觀瓶像若塗盆裏外滿盛淨水時諸人衆惟觀其水不觀盆像若加持香油和藥塗身熏衣入阿脩羅窟龍窟鬼神窟皆得自在不相嬈害若入水底水不能溺水中有情亦不相害若入火中火不能燒若入龍湫龍不能害所有世間種種事法心但請念作者皆成若常精勤受持此法日日增見世間種種情與非情隨念事故

又蓮華頂悉地藥　能現種種神變相
得大安樂饒財寶　時世人民競供養
蓮華鬚蘂迦俱鱕　乾馱囉娑香牛黄
竹黄雄黄鬱金香　青優鉢羅華海末
小栢檀黄阿摩勒　數等如法精合治
又龍腦香兼麝香　波斯石蜜等和治
置於壇内觀音前　以蓮華頂陀羅尼
種族奮怒眞言等　加持藥上現三相

執金剛秘密主潔滌身衣藥和水研遍塗身分手足頭面并點眼中即證秘密三昧自在

當高聲稱𤙖字則得現身令諸鬼神皆見身上出大光焰入水不溺入火不燒入大衆中心所啓請散藥空中請召觀世音菩薩摩訶薩變現一切諸天仙相變現一切人民等相變現一切諸佛菩薩種種因地捨頭目髓腦身肉手足相空中變現身上出水身下出火相變現殺活爛壞之相心所請者隨心散之即皆顯現復以藥塗身上又加持香油和藥塗頭塗二手掌及燒熏身整理衣服端身徐步入於四衆請觀世音菩薩摩訶薩入水觀三昧火觀三昧偃臥空中想身下出水身上出火并出種種天樂之聲隨皆現之復加持杜仲木汁和藥塗身手足入大衆中請觀世音菩薩摩訶薩現於過去菩薩施諸國位妻妾男女象馬七珍坐菩提場降諸魔衆一切神變華果宮殿天妙衣服諸莊嚴具一切所請皆隨心念即當現之謂令邪見惡慧衆生覩斯神通發菩提心信求佛道故說是法

不空羂索神變真言經卷第十八

音釋

劇奇逆切艱也　阿閦梵語也此云無動閦初六切　矯誑矯舉夭切詐也誑居況切欺也　笈極曄切　麨尺沼切乾糧也　靺音末　瓤而羊切實也

不空羂索神變眞言經卷第十九

唐南天竺三藏法師菩提流志奉 詔譯

護摩成就品第三十四

復有護摩悉地三昧耶能滅一切罪障災厄得大安樂除諸怨賊成就不空變像壇印三昧耶能請一切天龍八部能摧一切毗那夜迦能令一切人民歡喜得大精進常見一切諸佛菩薩摩訶薩故執金剛神一切天神皆作祐護秘密主加持粳米白芥子安悉香酥蜜觀世音像前以秘密心眞言護摩之者觀世音菩薩爲現化身與所求願又加持沉水香白栴檀香蓮荷幹稻穀華白芥子酥蜜酪又秘密心眞言護摩之者觀世音菩薩爲現眞身便與一切不空王眞言壇印三昧耶自在成辦增大福蘊當入一切如來種族壇三昧耶又紫檀木苦楝木長一磔手斫截然火加持稻穀烏麻白芥子鹽酥酪以種族奮怒王眞言護摩之者則得除滅一切毗那夜迦鬼神怨難盜賊干戈復加持蓮華葉稻穀華白栴檀香酥蜜酪又秘密心眞言護摩之者千踰膳那五穀豐稔護諸城邑聚落人民無諸災疫虎狼水火盜賊之難復加持杜仲木蘇枋木長一磔手斫截然火加持白芥子龍華稻穀華蜜護摩之者使諸龍衆降大甘雨苗稼滋盛若加持乞雨止雨燒火食灰白栴檀香護摩之者災瀑霖雨一時皆止復加持稻穀華白芥子酥護摩之者除滅一切災雹霹靂復加持白芥子粳米護摩之者則得除滅災惡猛風冷風熱風復加持稻穀糠白芥子烏麻護摩之者一年令伏一切惡龍不起

災氣復加持白芥子酥護摩之者得滅一切鬼神等病復加持躑躅木苦楝木葉鹽稻穀糠護摩之者則得除滅一切怨難復加持蓮華葉烏麻白芥子稻穀華酥護摩之者則得周遍一千踰膳那結成大界復加持烏麻白芥子蘇黑芥子油護摩之者一切諸惡毗那夜迦衆魔鬼神皆被圍縛復加持大麻子鹽蔓菁油護摩之者一切諸惡藥叉羅刹精魅鬼神怖皆馳散復加持杜仲木然火加持稻穀華酥護摩之者一切淨行婆羅門歡喜信伏復加持稻穀華杜仲木葉沙糖酥護摩之者刹帝利種歡喜供養復加持末陀那果羯抳迦囉藥護摩之者輸陀羅歡喜供養復加持跌唎蜜嘌多藥和酥護摩之者一切毗舍歡喜供養復加持蘇曼那華護摩之者一切婦人歡喜歸信復加持蓮華葉和酥護摩之者一切童女歡喜致敬復加持稻穀和酥護摩之者得滅一切口舌謗事復加持大麥小麥稻穀大豆小豆胡麻白穀酥護摩之者當得一切財寶穀帛而自增長復加持白芥子和蜜護摩之者得諸人民致敬稱讚復加持躑躅華白芥子稻穀華酥護摩之者當得福祿復加持蓮荷幹長一磔手截蘇搵兩頭護摩之者當得伏藏復加持安悉香果芥子酥蜜護摩之者一切藥叉來集爲使復加持胡椒粳米酥蜜高山頂上面向日天護摩之者日天祐護觀攝讚歎復加持胡椒蓽茇仙陀婆鹽酥蜜乳高山峯上面向月天護摩之者月天星天當作福護觀攝讚歎復加持胡麻乾薑白芥子粳米酥蜜酪護摩之者一切天

龍八部人非人悉皆歡喜當擁護之
根本蓮華壇品第三十五
爾時觀世音菩薩摩訶薩重謂執金剛秘密主菩薩摩訶薩言是根本蓮華頂陀羅尼眞言大解脫蓮華曼拏羅三昧耶能與眞言者滅諸蓋障所求願滿證解一切陀羅尼三摩地門當得第十不退轉地成就無上正等菩提坐金剛座轉大法輪摧諸魔衆爲現十方一切佛刹一切如來種種神通加被祐護同補陀洛山觀世音菩薩宫殿住處復是一切如來最勝秘密大種族壇處復是一切菩薩摩訶薩依發行處復是一切如來種族得三摩地處復是一切蓮華種族得三摩地處復是一切金剛種族得三摩地處復是一切摩尼種族得三摩地處復是一切香象種族得三摩地處復是一切大解脫蓮華曼拏羅三昧耶大福聚處等如大海須彌山王摩尼寶樹隨諸衆生所念之意皆圓度脫種菩提處復是不空秘密金剛加持攝受一切善根增長之處復是一切佛法秘藏觀世音大慈悲藏大金剛藏大寶藏處復是摧破一切有情阿毗地獄無間罪處復是摧伏一切天龍八部人非人處其曼拏羅於閑靜處簡擇勝地治於地穿去惡土瓦石骨木淨土填築平治三十二肘或十六肘或十二肘或復八肘淨方正基二肘半以瞿摩夷香水黄土泥周遍塗飾五色線繩方圓括量内外院界内院心上三十二葉七寶開敷蓮華其臺四邊周遍華蘂皆摶著臺又對一一華蘂出七寶小蓮華半開不開其華莖朶皆令摶著大蓮華葉

其大蓮臺上重出七寶開敷蓮華此華臺上出觀世音菩薩一頭三面作金色相熈怡微笑當中正面眉間一目三頭上戴蓮華寶冠冠有化佛遶鬘冠上遍發光焰觀世音菩薩頭左邊右邊大蓮臺上各出一面觀世音菩薩半身作白黃色首戴寶冠冠有化佛遶鬘冠上遍發光焰其大蓮華四面圍遶赤黃瞻蔔迦華白婆利師迦華青優鉢羅華赤蓮華作華鬘貫四角開敷蓮華於華臺上置羂索印如意寶瓶印火焰圍遶次院四角依方置四天王面目瞋怒半跏趺坐須彌山座各執戟槊七寶衣甲瓔珞華鬘而莊嚴之四面置須彌座一一座上開敷蓮華一一臺上置羂索印如意瓶印金剛杵印摩尼珠印五色螺印金剛鉤印金剛鑠印七寶輪印溥遍光焰印金剛棓印金剛拳印轉法輪華瓶杵印大持華鬘印三界最勝印馬頭觀世音明王印白身觀世音母印耶輸沫底印多羅菩薩印戰多羅菩薩印毗俱胝菩薩印乃至諸印一一印上繞發光焰次院遍置須彌寶座一一座上開敷蓮華臺上種種手印次院四門置須彌山山下大海其四山上可畏執金剛秘密主面目瞋怒狗牙上出鬢髮赤聳各執器仗半跏趺坐皆以華冠天服瓔珞種種莊嚴身圓光焰四面四角須彌寶座一一座上開敷蓮華其華臺上置種種印四角座上金剛杵印其諸印上繞發光焰內外院地純青寶地三院界上以赤蓮華青優鉢羅華瞻蔔迦華蘇曼那華婆利師迦華波吒羅華阿底木多迦華作華鬘貫界第四院界竪置獨股金

剛杵頭鋒相次莊飾周匝以諸旛華幢蓋鈴
帶間列莊嚴五色線繩四畔圍界如法結界
金壜銀壜共十二箇盛諸香水并置七寶口
揷種種枝柯華葉以白華鬘繫壜項上閼伽
十六盛諸香水水上汎華三十二銀疊別盛
蘇合香白栴檀香沉水香安息香置獻一切
諸佛菩薩香鑪十二畢嘌迦香白膠香鬱金
香乾闥囉娑香龍腦香麝香如法和合石蜜
和之盛銀疊中外院供養一切壇神天神隨
時所得種種雜華一百六十分百味飲食果
蓏一百八箇枝柯華樹酥燈一百八盞胡麻
油燈一百八盞次第敷獻而供養之大酢蘆
菔麥麨歡喜團果子共盛八分壇東門北外
召一切毗那夜迦供養生菜餅飯牛酪麥麨
蔓菜共盛兩分一分壇北門外召一切藥叉
供養一分壇西南外召一切羅刹供養乳酪
粳米飯共盛一分壇南門東外召一切步多
鬼供養麥麨粳米歡喜團油麻末煑菜共盛
一分壇南門西外召一切餓鬼畢利多鬼供
養牛乳粳米飯共盛兩分一分壇東門南外
召日天星天供養一分壇西門南外召月天
星天供養七種穀子煑熟和水盛一分壇北
門外召一切天女供養乳酪果子雜華和盛
一分壇西門北外召一切地天供養麥麨漿
水粳米和盛一分壇西北外召一切風天供
養牛酥煎餅沙糖石蜜米飯和盛一分壇西
門外召一切龍王供養牛酥乳酪餅白栴檀
香水粳米和盛一分壇南門外召一切魔王
眷屬供養鬱金香水粳米和盛一分壇西門
北外召一切河神供養茅香水牛乳黑芥子

米飯和盛一分壇西南外召一切没囉歌麼囉乞叉娑鬼供養若真言者作是供養一切諸天鬼神之者得布施波羅蜜多成就相應又令一切天龍神鬼盡皆歡喜不相嬈亂持真言者應以牛酥乳酪乳粥沙糖石蜜和盛一分壇西門外召自身所屬星神供養得壽安樂無諸災障若能每日如法供養身常不爲毒藥毒蟲虎狼等害福命增長身無横夭不爲一切怨難符書藥叉羅刹惡龍鬼神毗那夜迦作諸障惱速得陀羅尼真言壇印三昧耶相應成就爲諸天人之所敬護作是内外召請供養一切諸佛菩薩金剛諸天龍神藥叉羅刹毗那夜迦鬼神已又復自護護他召請結界作法行道禮拜誦念散華結印發願讚歎西門引請法者加持教授三昧耶入

此壇者當得十殑伽沙俱胝那庚多百千一切如來祐護又復當於八萬四千殑伽沙俱胝那庚多百千一切佛所種諸善根獲大福聚如須彌山復當九十九殑伽沙俱胝那庚多百千一切佛所種熟善根成就相應當得一切如來秘密壇印三昧耶悉地通會攝受一切菩薩大種族陀羅尼真言壇印三昧耶成就相應當入一切菩薩摩訶薩不退地住三十三天宫殿天衆三十三天帝釋天衆皆來守護執金剛秘密主無量俱胝真言仙衆當與無量勇猛精進威德念力浸潤身田而祐護之所有無量俱胝劫數之所積集五無間罪應受阿毗地獄者盡皆消滅當得旃暮伽王一切陀羅尼真言三昧耶成就相應一切貪瞋嫉妬蓋障亦皆除滅爲人愛敬一切

如來當樂觀察觀世音菩薩加祐護念若此終後往於淨土蓮華化生如是入壇受三昧人欲求斯法最上成者應當恭敬尊重和尚闍梨如我敬事釋迦牟尼如來阿彌陀佛亦如恭敬觀世音菩薩大勢至菩薩是真言者爲諸弟子授三昧已西門結印灌頂護身結跏趺坐加持香王燒焯供養誦根本蓮華頂陀羅尼真言秘密心真言一千八遍或二千遍或三千遍必得觀世音菩薩處三十二葉蓮華臺上涌現於身覿覩十方告真言者言善哉善哉汝今已得不空王根本蓮華頂陀羅尼真言成就汝須何願我今與汝皆得滿足爲後胎身生生受生蓮華化生具宿住智當得不空羂索心王曼拏羅印三昧耶不空清淨蓮華頂陀羅尼真言三昧耶悉皆現前持真言者見觀世音菩薩時閼伽供獻觀世音菩薩燒香散華乞所求願禮拜讚歎發菩提心慚愧啓送觀世音菩薩還本宮殿即便不現得是相者則證不空清淨蓮華頂光焰莊嚴三摩地騰空自在爲六十四俱胝那庚多百千真言明仙爲伴圍遶作大蓮華種族廣大真言明仙壽命九十九俱胝那庚多百千劫

根本蓮華頂像品第三十六

秘密主是根本蓮華頂觀世音菩薩像細妙白氎或好絹布方量四肘白月十五日起首圖畫彩色淨好勿用皮膠畫匠畫時常淨澡浴著淨衣服當心畫根本蓮華頂觀世音菩薩大梵天相三面四臂面目熈怡當中正面眉間一眼首戴一寶月冠冠有化佛右第一

手把三叉戟右第二手把蓮華貫索左第一手把七寶開敷蓮華於華臺中出觀世音菩薩面首頭戴寶冠繞頭冠上發大光焰左第二手下舒五指雨出七寶手上繞發火焰衆寶瓔珞耳璫環釧天諸衣服種種莊飾結跏趺坐寶蓮華座身圓光焰其蓮華下畫大海水七寶岸汫二九頭蛇龍王水中出身左右繳蓮華幹其蓮華右水中難陀龍王出現半身合掌瞻仰其蓮華左水中跋難陀龍王出現半身合掌瞻仰水中白鶴孔雀命命鳥鴛鴦鳥諸鳥魚獸雜色衆華觀世音右多羅菩薩半跏趺坐微微曲躬持華恭敬觀世音左半拏羅婆枲抳白衣菩薩半跏趺坐微微曲躬持華恭敬多羅菩薩後毗俱胝菩薩半跏趺坐半拏羅婆枲抳菩薩後濕廢多白身菩薩半跏趺坐腰著白裙是諸菩薩衆寶冠瓔耳璫環釧天諸衣服種種莊嚴坐蓮華座身圓光焰濕廢多菩薩後一髻羅刹女神面目瞋怒身有六臂手執器仗半跏趺坐毗俱胝菩薩後度底使者面目瞋怒而有八臂手執器仗半跏趺坐各以衆妙衣服瓔珞用莊嚴身觀世音頂上空中右置大梵天大自在天并諸天衆各持寶華供養瞻仰左置帝釋天那羅延天并諸天衆各持寶華供養瞻仰多羅菩薩座下置焰摩王水天毗樓博叉天王毗沙門天王半跏趺坐各持器仗半拏羅婆枲抳白衣菩薩座下置俱廢羅天俱摩羅天提頭賴吒天王毗樓勒叉天王半跏趺坐各持器仗觀世音菩薩座下右持真言者長跪而坐一手把數珠一手把香鑪瞻仰菩薩秘

密主此根本蓮華頂觀世音像能攝一切旃
暮伽王廣大解脫蓮華曼拏羅像若常無間
歡喜合掌觀禮供養則得解除一切惡作五
無間罪得住不空大成就地當爲世間一切
人民愛敬尊重得大安樂財寶豐饒辯慧開
悟色力增進積集善根具大威德

神變密印品第三十七

秘密主是根本蓮華頂轉法輪印三昧耶作
大利益滅諸重罪是爲最上成就之處若有
每日能於像前起大悲心捘結斯印誦根本
蓮華頂陀羅尼真言者其人則害阿鼻地獄
無間重罪速盡除滅十方刹土過現未來一
切諸佛菩薩憶念觀察觀世音菩薩現身與
願一切兜率陀天衆阿迦尼吒天衆大梵天
衆三十三天帝釋天衆皆觀擁護加被精進
威德色力令諸魔衆毗那夜迦藥叉羅刹一
切鬼神顫怖馳散

蓮華頂印

二手合掌二小指二無名指右壓左相叉屈
入掌中二中指竪伸頭相去一寸二頭指各
屈壓二中指側中節上如鉤二大拇指各搏
虎口側屈如鉤勿相著以印當心誦持種族
奮怒王真言者能動三世一切佛刹各於佛
刹紜雨一切天諸寶華衣服瓔珞妙莊嚴具
海雲供養一切諸佛菩薩當結殑伽沙俱胝
那庾多百千印功德相應十方一切如來印
毗盧遮那如來印加持此印所得福聚當七
寶積如須彌山布施一切如來正等一切如
來常觀念故

清淨觀印

准前印惟改右頭指頭與中指同伸勿令相著此印能會一切處用皆得廣大堅牢福蘊資粮相應攝受一切諸佛如來心清淨觀印滅諸怖畏災障厄難一切鬼神不相惌害一切如來當爲現前當於九十九殑伽沙俱胝那庚多百千一切佛所種植善根當結一切如來種族印三昧耶一切觀世音種族印三昧耶一切金剛種族印三昧耶一切摩尼種族印三昧耶一切香象菩薩種族印三昧耶此印三昧於諸印中爲大印王是觀世音大幻化神變印三昧耶若有修習一切法者皆結是印速得無礙成就之法

發覺印

准第一印改左右頭指各竪微屈頭相去一寸勿著中指若警覺召請時頭指來去此印警覺一切諸佛菩薩召請一切諸佛菩薩自護護他結界結髮入壇供養禮拜行道加持頂座澡浴護衣洗手漱口受三昧耶塗香燒香飲食華果水器食器皆用此印修一切法悉得成辦其種族王眞言奮怒王眞言一字二字三字乃至十字眞言等皆用斯印是三大印最大最尊具大神變名一切佛菩提力印由是三世一切如來六通十力常加被之三世諸佛及毗盧遮那如來常讚此印是印是諸如來大種族秘密壇印三昧耶

神變眞言品第三十八

召請眞言

唵旃暮伽(上聲一)紇唎(二合)娜野(二)鉢頭(二合)暮瑟抳灑(三)旃迦唎灑野(四)娑(去聲)陀(上聲)野(五)皤囉三(去聲)皤囉(六)摩訶(去聲)鉢頭(二合)米(七)莎縛訶(八)

如是真言讚誦七遍警覺召請一切諸佛菩
薩天神
結界真言
唵鉢頭(二合)暮瑟抳灑(一)旃暮伽(二上聲)曼拏黎
三　吽(四)
如是真言三遍加持白芥子香水散壇內外
十方院畔便成結界
髮髻真言
唵鉢頭(二合)麼(一)始佉隸(二)吽(三)
如是真言五遍加持頭髮梳綰髮髻
沐浴真言
唵鉢頭(二合)暮瑟抳灑(一)旃暮伽(二上聲)惹隸(三)
吽(四)
如是真言三遍加持白芥子香湯澡浴其身
潔滌真言

唵弭麼羅(一)戍悌(二)吽(三)
如是真言五遍加持淨水漱口洗手洗面
持衣真言
唵散捺(去聲)娜野(一)鉢頭(二合)米(二)吽(三)
如是真言三遍加持衣服著脫捨之
甘露真言
唵弭理弭野(一)戍悌(二)吽(三)
如是真言五遍加持乳酪酥蜜供養并服
灌頂真言
唵鉢頭(二合)暮(一)瑟抳灑暮伽(二上聲)旃鼻詵坧
三　怛(登邑切)麼戍悌(四)吽(五)
如是真言三遍加持香水灌灑頂身
被甲真言
唵鉢頭(二合)麼(一)加縛制(二平聲)窒(丁吉切)哩荼(上聲)
畔馱吽(三)入縛攞(四)莎縛訶(五)

如是真言三遍加持右手身上遍摩即成著
甲護身
金剛座真言
唵跋馹囉一地瑟吒娜二鉢頭二合米三吽四
如是真言三遍加持其座乃坐於座
治地真言
唵入縛攞一鉢頭二合米二陀囉陀囉三吽四
如是真言三遍加持壇地畫壇敷座
治牀真言
唵鉢頭二合摩一室囉野嚕跛二者攞者攞三
吽四
如是真言三遍加持於牀乃坐臥之
治華真言
唵⿱寧立寧立切⿰飠養名養切鉢頭二合米二吽三
如是真言五遍加持於華敷獻供養

燒香真言
唵鉢頭二合麼米伽一上聲三去聲瞄囉米二吽三
如是真言五遍加持於香燒焯供養亦復燒
熏手熏衣
塗香真言
唵鉢頭二合摩健悌一濕縛二合哩二吽三
如是真言三遍加持塗香摩壇供養亦復塗
於手臂膚體
白芥子真言
唵鉢頭二合麼一跛囉二合枳喇鞨二陀囉抳縒
米三莎縛訶四
如是真言三遍加持稻穀華白芥子布散壇
上
香水真言
唵鉢頭二合麼惹黎一素健陀上聲韤底二吽三

如是真言三遍加持閼伽香水獻供養之
飲食真言
唵叔訖攞縛隸一囉娑去聲野娜戍悌二𤙖三
如是真言三遍加持一切飲食獻供養之
三白食真言
唵素嚕素嚕一禁俱蔭切瞻韈底二莎縛訶三
如是真言三遍加持三白飲食獻供養之
飯真言
唵鉢頭二合摩一室唎抳娑去聲陀上聲野二𤙖三
如是真言三遍加持諸飯獻供養之
果子真言
唵叵攞弭戍悌一跛囉二合縒囉二𤙖三
如是真言三遍加持一切果子獻供養之
華鬘真言
唵跛囉二合縛囉一補澀憏惹野二莎縛訶三

如是真言三遍加持一切華鬘獻供養之
飲食真言
唵入縛攞一入縛攞野二囉縒囉娑三去聲𧺆
哩二合抳四𤙖五
如是真言三遍加持一切飲食獻供養之
燈真言
唵鉢頭二合麼一你播野二入縛攞三𤙖四
如是真言三遍加持燈明獻供養之持法者
觀燭諸暗障
入壇真言
唵娑去聲麼鉢頭二合麼一步縛泥二跛囉二合縒
囉三𤙖四
如是真言三遍加持壇門入壇供養
禮拜真言
唵鉢頭二合暮一瑟抳灑二旖暮伽上聲姥你三

吽四

如是真言三遍讚誦五輪著地而禮拜之

行道真言

唵斫訖囉二合一曼拏隸二三曼攞三鉢頭二合米四吽五

如是真言三遍讚誦而行道之

散華真言

唵三去聲曼攞一跛囉二合紙虬異切喇拏二鉢頭二合米三三去聲噃囉四吽五

如是真言三遍加持於華授弟子散

教授真言

唵鉢頭二合麼縒麼一縒麼曜悉柅灑二摩訶暮伽上聲三三去聲麼野四吽五

如是真言執受法者三遍加持授三昧耶

整衣真言

唵三去聲曼攞一娑去聲馱囉拏二鉢頭二合米三吽怖四

如是真言三遍讚誦結跏趺坐整持儀服

數珠真言

唵旃播哩弭攞一入縛攞二鉢頭二合米三吽四

如是真言三遍加持數珠取珠持掐

轉念真言

唵捨攞一縒歌塞桑紇切囉二入縛理攞三鉢頭二合米四陀上聲囉陀上聲囉五吽六

如是真言三遍加持數珠乃當誦念

乞夢真言

唵三去聲曼攞一娜囉捨娜二鉢頭二合米三吽四

如是真言五遍讚誦乞夢加被

護身眞言

唵三去聲曼䩭落乞灑抳二鉢頭米三吽四

如是眞言五遍讃誦自護持身護他亦爾

列界眞言

唵三去聲曼䩭一米嚕䶗寧吉切哩茶上聲二塞桑紇切窒哩三吽四

如是眞言繞壇三帀誦三七遍即當結成金剛院界

然火眞言

唵三去聲曼䩭一入縛羅二摩攞孽𦙶三摩訶鉢頭二合麼入縛隷四吽五

如是眞言誦念然火及加持火

火食眞言

唵度嚕度嚕一跛囉二合縒囉二度縒哩三曼窒隷四莎縛訶五

如是眞言三遍加持火食燒供養之

神通眞言

唵三去聲曼䩭一娑無何切路枳䩭二俱呬曳二摩庚惹廢無計切四鉢頭二合麼廢倪魚枳切你五莎縛訶六

如是眞言讃誦七遍請一切諸佛菩薩眞言明神曼拏羅中現諸神變

器仗眞言

唵首䁟塞桑紇切怛囉一䭾哩抳二鉢頭麼二合步鸛三吽四

如是眞言都令運攝壇中所畫一切器仗讃誦七遍

攝法眞言

唵三去聲曼䩭一迦嘌灑抳二跛囉二合縒囉三俱呬曳四吽五

如是眞言都令運攝壇內一切法門如證解相通三七遍

請召觀世音菩薩眞言

那慕塞(桑乙切)窒(丁結切)哩步縛泥(去聲)濕縛(二合)囉野(一)路(輕呼)計濕縛(二合)囉摩醯(去聲)濕縛(二合)囉野(二)唵陀(上聲)囉陀(上聲)囉(三)三(去聲)曼軃婆(無何切)路枳軃(四)翳呬曳旃蘗捨(妹也切五)薄伽(上聲)畔(引六)地囉地囉(七)摩訶(去聲)地囉(八)麽抳迦娜迦囉惹軃(九)跋馹囉吠女(去聲)哩野(十)摩囉迦軃鉢頭(二合)麽(十一)邏倪(魚禮切)捺(奴乙切)囉(二合)你攞(十二)摩訶(去聲)穆訖底迦(十三)弭步使軃捨哩囉(十四)摩訶(去聲)鉢頭(二合)麽步惹(十五)旃暮伽(上聲)播捨馱囉(十六)婆(同上)囉娜婆囉(上聲)那(去聲)野迦(十七)入縛攞入縛攞(十八)三(去聲)曼軃縛路枳軃(十九)旃蘗捨旃蘗捨(二十)薄伽(上聲)畔(引二十一)旃趌囉(二合)鉡(彈舌呼之二十二)縒摩野摩拏塞(同上)麽囉(二十三)弭弭馱嚕播(二十四)廢(無計切)灑陀(上聲)囉(二十五)野麽婆(同上)嚕拏矩廢囉(二十六)那麽塞訖哩(二合)軃(二十七)繿濕縛(二合)囉(二十八)摩醯(去聲)濕縛(二合)囉(二十九)路(輕呼)計濕縛(二合)囉(三十)翳呬曳呬(三十一)薄伽(上聲)畔(引三十二)旃趌囉(二合)摩蘗捺(三十三)薩縛苾[亭/夜](亭夜切)曼拏攞(三十四)縒麽野(三十五)摩拏塞(同上)摩囉(三十六)那囉捨野莎縛(二合)路(輕呼)梵(輔甘切三十七)弭弭馱諦惹陀(上聲)囉(三十八)三(去聲)曼軃喇濕弭入縛攞(三十九)蘗皤捨哩囉(四十)摩訶迦(去聲)嚕抳迦(四十一)謀[糹養](名養切)穆佉(四十二)播哩布喇拏(四十三)戰捺(同上)囉(二合)曼拏攞穆佉(四十四)那縛戰捺(同上)囉惹吒陀(上聲)囉(四十五)旃弭跢皤耶(四十六)麽矩吒(上聲)陀囉(四十七)摩訶没囉(二合)歌麽廢(無計切)灑陀囉(四十八)窒哩(二合)路(輕呼)者娜(四十九)旃暮伽(上聲)婆(同上)囉娜(五十)覩嚕覩

嚕(五十一)摩訶(去聲)迦嚕抳迦(五十二)鉢頭麽播捨
婆(同上)路枳䏲(五十三)戍陀(上聲)薩埵婆囉那(上聲)野
迦(五十四)那謨窣覩羝(五十五)莎縛(二合)訶(五十六)

此請召真言加持香王燒啓請觀世音菩薩摩訶薩者縱有四重五逆十惡罪者亦得觀世音菩薩摩訶薩現身爲與滅害四重五逆十惡等罪與諸願滿何況淨信善男子善女人晝夜依法受持讀誦豈不現身授證諸法若一加持香王一燒熏大自在天像十千遍大自在天現身而來與諸願滿若加持香王燒熏那羅延天像十千遍那羅延天現身而來與願擁護若加持香王燒熏摩訶迦羅神像十千遍摩訶迦羅神領其眷屬一時現身敬護與願任爲役使若加持香王燒熏毗那夜迦像一百八遍一切毗那夜迦皆被拘縛不相嬈惱若加持香王燒熏天魔像一百八遍不爲一切天魔神鬼來相嬈亂若加持香王每日三時面向日天相續燒焯滿三十日得日天衆現前擁護與福加被若加持香王從月三日面向月天相續燒焯至十五日或十六日夜半月天現前祐護加被若加持香王燒熏毗沙門王像十千遍毗沙門王現身擁護奉施財寶得大富饒若加持香王燒熏功德天像十千遍功德天像動摇告語問善提事皆悉答之若加持安悉香燒熏新未壞米䏲羅一千八遍自起坐語問所求法悉皆答之若加持安悉香燒熏病者加持七遍是人自縛若加持安悉香燒熏𡵆播羅一千八遍得𡵆播羅動走自語所問皆答任爲使役若加持安悉香燒熏金剛杵一千八遍杵上

放光若加持安悉香燒熏輪一千八遍輪自摇轉若加持安悉香燒熏五色條一千八遍其狀如蛇蟠迴宛轉若加持安悉香燒熏新甕瓶鉢一百八遍乃自旋轉若加持安悉香燒熏淨𦁐一千八遍放出火光若加持安悉香燒熏螺七遍詣高望處吹之七聲衆生聞者除滅罪障若加持安悉香燒熏患瘧病人二十一遍便得除差若天無雨有龍湫邊加持安悉香燒煙不絶一千八遍則降大雨若雨多滯高山峯上加持安悉香燒煙不絶一千八遍其雨便止除諸災難若惡風雹災障數起面向起處加持安悉香燒一千八遍於四箇月止除風雹若加持安悉香燒熏身熏衣七遍著者所去之處無諸障難若加持安悉香庫藏中燒一千八遍則令財寶而不虛耗若加持安悉香燒熏一切華果飲食二十一遍與諸人食皆得除滅一切災障若加持安悉香燒熏華鬘與人頭戴加持是人便自縛之問者皆説若三七日加持香王燒焯供養金剛藏菩薩像真言聲聲不絶滿十萬遍金剛藏菩薩現身與所求願若加持安悉香燒熏藥叉女像一千八遍得藥叉女現身敬護與所求願任爲供使若加持安悉香燒熏磬子或熏大鐘大鼓三七遍者即便擊之聞者除滅一切罪障若於宅中以安悉香一真言一燒一百八遍一切災惡鬼神皆悉馳走若欲驗此請召真言者誦十萬遍即作諸法悉皆成就

發遣真言

唵旖暮伽(上聲)播捨(一)鉢頭(二合)暮瑟抳灑(二)鞞

囉鞞囉三旖縛哆囉覩四薄伽上聲畔引五孽揞
莎縛皤縛南六覩嚕覩嚕七摩訶鉢頭二合麽
步鞢八莎縛訶九
如是真言加持白芥子水七遍散壇十方一
切諸佛菩薩天神還散本宫

多羅菩薩護持品第三十九

爾時多羅菩薩從座而起合掌恭敬頂禮佛
足右繞三帀却住一面白佛言世尊是尊者
觀世音菩薩摩訶薩能善演此不空王根本
蓮華頂陀羅尼真言壇印三昧耶與於世間
持真言者作大利樂世尊我今亦有不空王
根本蓮華頂陀羅尼真言三昧耶若真言者
於三七日清淨如法精持誦念或常誦持此
真言者我願誓當隨逐守護種種示現三昧
神變與諸願果我欲佛前而演示之願垂納
受爾時釋迦牟尼如來告多羅菩薩言善哉
善哉汝當演說我已加被爾時多羅菩薩即
說不空王根本蓮華頂摩尼心陀羅尼真言
曰
那莫塞桑紇切窒都結切嚇二合拽特瞔肥以切二合迦
南一鞞詫誐跢南二舍枳野邏惹三旖地瑟
詫魑賈切娜四那莫塞同上訖哩跢南五那謨邏
怛娜怛囉耶野六那莫旖利耶七縛路輕呼枳
諦濕縛囉野八菩地薩埵野九摩訶薩埵野
十摩訶迦嚕抳迦野十一那莫塞同上鞞邏曳移難
切十二摩訶禰謎十三唵鞞囉抳鞞囉抳十四鞞隸
鉢頭二合麽十五弭步使跢鞞隸十六麽抳迦娜迦
十七弭質怛囉麽黎十八惹吒上聲麽矩吒十九曼抳
鞞鉢頭二合米二十度嚕度嚕二十一鉢頭二合麽播
捨步鞢二十二旖暮伽上聲播捨歌塞同上羝二十三

鞞囉野𤚥伽上聲縛底二十四摩訶悉地婆無可切
囉抳二十五覩嚕覩嚕二十六摩訶鞞囉抳二十七
婆囉泥𣳾去聲陀上聲野悉悌二十八旖暮伽上聲婆
同上囉泥二十九莎縛二合訶三十

摩尼大心陀羅尼眞言

唵旖暮伽上聲一鉢頭二合弭你鞞隸二莎縛二合
訶三

摩尼小心陀羅尼眞言

唵麽抳一鞞隸二吽三

世尊是摩尼心陀羅尼眞言與諸眞言者滿所求願塗飾壇塲置多羅像安悉香蘇合香塞畢嘌迦香如法和合以斯眞言晝夜如法加持香燒承事供養誦十萬遍我即現身與所求願除諸藥叉羅刹鬼神鬪諍災難世尊若眞言者每欲臥時像前燒香誦三七遍乃便寢臥我速夢中現是人前爲說過現未來一切事法令得一切知解圓滿福德成就爲滅一切災怪病惱當命終時我爲現身加與正念將往佛刹蓮華化生色相圓滿得宿住智爲諸如來授於記莂得金剛身住諸如來種族壇會乃至無上正等菩提更不退轉爾時釋迦牟尼如來告多羅菩薩言善哉善哉汝能說示不空王根本蓮華頂摩尼眞言護持一切行眞言者最勝悉地汝當加被最上願地而擁護之

大衆護持品第四十

爾時執金剛秘密主四天王大梵天那羅延天大自在天帝釋天摩訶迦羅神寶賢神滿賢神半支迦神那吒俱鉢羅神縛羅神大力神訶哩底神商企尼神毗摩夜神辯才天阿

努梵摩天功德天一髻羅剎女神華齒神及諸無量天龍八部皆從座起偏袒右臂一時合掌同聲白言世尊此經所在國土若有苾芻苾芻尼族姓男族姓女讀誦受持書寫之者我等一切諸天神衆亦如斯會湊視擁護與力加被遮止世間一切災怪乃至無上正等菩提常不放捨爾時佛告執金剛秘密主等善哉善哉汝斯大衆應當如是守護此經莫隱於地令住世間爲大明炬照諸有情而得解脫

不空羂索神變真言經卷第十九

音釋

枋府良切木名 瀑薄報切 躑躅躑直炙切躅直録切躑躅木名 圄魚巨切禁也 跌徒結切 搵烏困切手捺也 蓽茇蓽壁吉切茇北末切 繳古了切纏也 枲想里切 抳尼氏切 顫之膳切掉也 綰烏板切繫也 企詰利切 惃紕毗二音 趌居乙切音暨 韠丁可切音埵 怫音沛 㰤同呵 孽魚列切音臬 俁魚矩切音語 巂年題切音泥 旖倚可切阿上聲

不空羂索神變眞言經卷第二十

唐南天竺三藏法師菩提流志奉　詔譯

普遍解脫陀羅尼眞言品第四十一

爾時觀世音菩薩摩訶薩復從座起前禮佛足曲躬合掌而白佛言世尊復有一切如來溥遍平等秘密種族不空王神通解脫心陀羅尼眞言曼拏羅印三昧耶能大利益一切有情能大成顯一切不空羂索心王陀羅尼眞言廣大解脫蓮華曼拏羅印三昧耶惟願世尊慈哀納受世尊此法是一切如來秘密種族三昧耶蓮華種族三昧耶金剛種族三昧耶摩尼種族三昧耶白香象菩薩種族三昧耶一切佛刹菩薩摩訶薩種族眞言壇印三昧耶爾時釋迦牟尼如來告觀世音菩薩摩訶薩曰汝當演此一切菩薩摩訶薩不空王神通解脫心陀羅尼眞言曼拏羅印三昧耶我已隨喜而加被之過現十方九十九殑伽沙俱胝那庾多百千如來亦爲利益一切有情隨喜加被汝應演說今正是時爾時觀世音菩薩摩訶薩歡喜微笑便入一切如來溥遍平等秘密種族神通解脫心陀羅尼眞言曼拏羅印三昧耶顯現三摩地身放無量種種色光溥照三千大千世界一切天宮神宮龍宮阿素洛宮乾闥婆宮蘗嚕荼宮緊那羅宮摩呼羅伽宮虛空神宮地下神宮六返大動時諸天神一時發覺俱共往詣補陀洛山寶宮殿中遶佛作禮會座而坐是時觀世音菩薩摩訶薩覩衆集已觀念諸佛尋觀變示一切如來溥遍平等秘密種族不空王觀世音菩薩摩訶薩一面三目一十八臂身眞

金色顏貌熈怡相好殊特首戴寶冠冠有化阿彌陀佛二手當心合掌虛掌二中指頭相拄二大拇指二頭指二無名指二小指各微伸屈頭相去半寸一手把三叉戟一手持羂索一手執澡罐一手把如意珠一手持寶蓮華一手執如意寶幢一手把檏子枝柯葉果一手安慰仰垂雨寶一手捻數珠一手把鉤二手合掌大虛掌內二中指頭相拄二大拇指二頭指二無名指二小指頭相去三分二手當臍以右手背壓左手背以右大拇指叉入左小拇指岐間相叉以左大拇指叉入右小拇指岐間相叉二手合掌二中指二無名指二小指右壓左相叉屈入掌中二頭指頭相拄其二大拇指右壓左屈入掌中天諸妙綺羅縠衣服七寶瓔珞珠璫鐶釧種種莊嚴以白羂索衣上絡髆結跏趺坐寶蓮華座身放無量種種光明七多羅天神十波羅蜜菩薩瞻侍圍翼大梵天五帝釋天王焰摩王水天王俱廢羅天王伊首羅天王摩醯首羅天王大自在天王那羅延天王娑伽羅龍王難陀龍王優波難陀龍王各持水陸衆妙雜華天諸寶華前後圍繞恭敬供養散如來前合掌觀佛目不異顧爾時觀世音菩薩摩訶薩即於佛前諦觀一切說溥遍解脫心陀羅尼真言曰

娜莫塞(桑紇切)窒哩(二合)抳特婆(無賀切二合一)怒誐(銀迦切又音迦字斤邏切)韗跛囉(二合)底瑟恥諦瓢(毗藥切下同二)薩縛(無可切下同)勃陀菩地薩埵(得訖切)廢(無計切二合)瓢(三)娜莫塞(同上)諦瓢(四)韗詫誐踰俁(愚矩切)呬野(餘可切五)矩攞縒麼曳瓢(六)薩縛苾皸(亭夜切)囉惹

旖暮伽(上聲七)弭目訖灑(疎賈切下同)曼拏攞(八)矩
攞畒[穴*黠](寧吉切)[口*隸]瓢(九)娜莫薩縛跛囉(二合)諦迦
(斤邏切下同)勃陀哩野(十)室囉(二合)縛迦僧(去聲)祇(虬曳
切)瓢(毗遙切十一)底跢那(去聲)誐[耳*單](十二)跛囉(二合)窒(丁聿
切)半禰(寧禮切)瓢(十三)娜莫三(去聲下同)藐誐跢南(引十
四)那莫三(去聲)藐跛囉(二合)底半那(去聲)南(引十五)娜
莫舍囉特(能邑切)縛(二合)底素(蘇古切)[耳*單]野(十六)摩訶
(去聲)麼戴曳(十七)那莫旖唎耶(十八)梅窒哩(二合)野(十九)
跛囉(二合)畒契瓢(同上二十)菩地薩埵縛(二合)哩野(二十
一)誐拏縛[口*隸]瓢(二十二)娜莫旖唎耶(二十三)弭[耳*單]
皤(蒲飯切)野(二十四)[耳*單]詫誐跢耶(二十五)囉歌諦三
(去聲)藐三(去聲)勃陀(上聲)野(二十六)娜謨囉怛娜(二合)怛
囉(二合)耶野(二十七)娜莫旖唎耶(二十八)縛路枳諦
濕(攝口舌呼之)縛囉野(二十九)菩地薩埵野(三十)摩訶
(去聲)薩埵野(三十一)摩訶(去聲)迦嚕抳迦野(三十二)翳

瓢(同上)摩訶(去聲)哩使(三十三)旖唎耶誐拏婆(同上)[口*隸]
瓢(同上三十四)娜莫塞(同上)訖哩(二合)埵婆(同上二合三十五)
縊(烏枳切)給(年含切)旖唎耶(三十六)婆(同上)路枳諦濕
(同上)縛囉野(三十七)穆枯特祇(同上二合)唎諦(三十八)旖
暮伽(上聲)囉惹(三十九)弭目訖灑曼拏攞(四十)紇唎
(二合)娜焰(引四十一)[耳*單]詫誐跢三(去聲)穆坎(軀嚴切四十二)摩
訶(去聲)貉(多各切)鉢利訕末地曳(二合四十三)旖歌弭
[耳*單]你(四十四)摩轗[耳*單]以使曳(四十五)悉佃覩米麼
麼(四十六)薩縛苾敼(亭夜切四十七)曼拏攞(四十八)薩縛
迦唎耶抳(四十九)薩縛皤曳數(蹂古切)者米(五十)[口*落]
乞灑皤縛覩(五十一)怛[穴*他]詫(五十二)唵(喉中擡聲引呼)枮
囉柘囉(五十三)旨哩旨哩(五十四)主嚕主嚕(五十五)
摩訶(去聲)迦嚕抳迦(五十六)尾唎尾唎(五十七)比唎
比唎(五十八)旨哩旨哩(五十九)摩訶迦嚕抳迦(六十)
枲唎枲唎(六十一)弭哩弭哩(六十二)摩訶(去聲)鉢頭

摩二合歌塞嘽六十三迦攞迦攞六十四枳哩枳哩
六十五矩嚕矩嚕六十六摩訶去聲戍輸律切馱薩埵
六十七翳呬曳呬六十八勃皺勃皺六十九馱縛馱
縛七十迦拏迦拏七十一枳抳枳抳七十二矩努矩
努七十三播囉麼戍同上馱薩埵七十四迦囉迦囉
七十五枳哩枳哩七十六矩嚕矩嚕七十七摩訶去聲
塞同上他去聲麼播囉跛嘽七十八者攞者攞七十九
散者攞散者攞八十弭者攞弭者攞八十一翳縿
知賈切下同縿翳縿縿八十二播囉播囉八十三避唎
避唎八十四步嚕步嚕八十五翳呬曳呬八十六摩
訶去聲迦嚕抳迦八十七摩訶去聲鉢輪鉢底廢同上
囇陀上聲囉八十八馱囉馱囉八十九縒囉縒囉九十
柘囉柘囉九十一歌囉歌囉九十二歌歌歌歌九十
三呬呬呬呬九十四虎虎虎虎九十五唵同上迦囉
沒囉歌麼九十六廢同上灑陀上聲囉九十七馱囉馱
囉九十八地唎地唎九十九度嚕度嚕一百嘽囉嘽
囉一縒囉縒囉二播囉播囉三柘囉柘囉四
縛囉縛囉五囉濕弭舍嘽娑去聲歌塞同上囉六
跛囉二合底曼抳嘽舍哩囉七入攃口舌呼之下同縛
攞入縛攞八答播答播九薄伽上聲畔引下同十素
摩鞊寧吉切阤丁也切十一野摩婆同上嚕拏矩廢同上
囉十二沒囉二合歌米捺奴乙切囉二合十三禰同上縛嘌
使誐拏十四𡅅毗滅切吉嘽柘囉拏十五素同上嚕素
嚕十六主嚕主嚕十七補嚕補嚕十八畝嚕畝嚕十九
散捺矩麼囉二十論平聲細至入聲是彈舌呼捺囉二合娑同上
娑去聲縛二十一弭瑟努尼主切馱曩輕呼娜二十二禰
同上縛票使那去聲野迦二十三縛虎弭弭馱二十四
廢同上灑馱囉二十五陀上聲囉陀上聲囉二十六地唎
地唎二十七度嚕度嚕二十八詑囉詑囉二十九伽
上聲囉伽上聲囉三十野囉野囉三十一攞囉攞囉三十

二歌囉歌囉三十三麼囉麼囉三十四播囉播囉
三十五柘囉柘囉三十六縛囉縛囉三十七嚩囉那
去聲野迦三十八縒曼顰婆同上路枳顰三十九弭路
枳顰四十路鷄濕同上呼縛二合囉四十一摩醯去聲濕
同上縛二合囉四十二畝虎畝虎四十三畝嚕畝嚕四十
四畝野畝野四十五悶遮悶遮四十六薄伽上聲畔
引四十七旖唎耶四十八婆同上路枳諦濕同上呼縛二合
囉四十九喀訖灑喀訖灑麼麼某甲五十薩縛皤曳
瓢五十一薩菩鉢捺同上囉二合廢同上瓢五十二薩縛
莶囉二合醯去聲瓢五十三薩縛皺名夜切地瓢五十四
薩縛縛馱娜滿馱娜五十五顰拏娜囉惹注囉
五十六顰塞同上迦囉覩女去聲娜迦五十七弭灑舍
塞同上怛囉二合五十八㲈哩暮者迦五十九迦拏迦
拏六十枳抳枳抳六十一矩努矩努六十二柘囉柘
囉六十三印鞊哩二合野縛攞暴杖亭樣切誐六十四

者覩囉哩野六十五薩咃丁也切三去聲跛囉迦捨
迦六十六顰麼顰麼六十七娜麼娜麼六十八縒麼
縒麼六十九摩訶去聲顰悶馱迦囉七十苾馱麼迦
七十一殺播囉弭顰七十二播哩布邏迦七十三弭
理弭理七十四蹬縿縿縿七十五詫魑賈切下同詫詫
詫七十六徵上聲徵徵徵七十七拄知古切下同拄拄拄
七十八翳抳尼曳切野折磨七十九訖哩二合顰播哩
迦囉八十翳呬曳呬八十一縊同上濕同上縛二合囉八十
二摩醯去聲濕同上縛二合囉八十三摩訶去聲步跢誐八十
拏畔惹迦八十四矩嚕矩嚕八十五播囉播囉八十
六迦縿迦縿八十七麼縿麼縿八十八弭戍馱弭
灑野皤新八十九摩訶去聲迦嚕抳迦九十濕廢跢
搜腎饒去聲九十一播弭顰九十二喇怛娜麼矩縿
九十三麼羅馱囉九十四薩縛腎惹施囉枲九十五
訖哩二合顰惹縿摩矩縿九十六摩褐特步顰九十

七迦麼攞訖哩(二合)韗(九十八)迦囉韗攞(九十九)著(亭藥切)歌那縒麼地(二百)弭穆訖灑(一)跛囉(二合)劒牠(并也切二)娑(同上)虎薩埵散怛底(三)播哩播者迦(四)摩訶(去聲)迦嚕抳迦(五)薩縛羯磨娑(同上)囉拏(六)弭輸馱迦(七)薩縛飯地跛囉(二合)暮者迦(八)薩縛舍播哩布囉迦(九)薩縛薩埵三(去聲)摩濕縛(二合)縒迦(十)娜謨窣覩羝(十一)莎縛(二合)訶(二百一十二)

溥遍解脫心真言

唵(同上)沒囉(二合)歌麼(一)廢灑陀(上聲)囉(三)馱囉馱囉(三)地利地利(四)度嚕度嚕(五)縒曼韗入縛攞(六)畝佉鉡(七)莎縛(二合)訶(八)

溥遍解脫心一字真言

唵(同上)惡(輕呼一)莎縛(二合)訶(去二)

爾時觀世音菩薩摩訶薩說斯陀羅尼真言之時三千大千世界六返大動十方殑伽沙俱胝那庾多百千一切如來應正等覺於虛空中乘諸妙寶光雲臺殿一時顯現於虛空中紜雨諸天種種寶華寶冠衣服珠瓔環釧傘蓋幢旛奇諸寶香溥獻供養是諸如來觀世音菩薩摩訶薩并所會衆時諸如來一時讚言善哉善哉摩訶薩能善演此一切如來溥遍平等秘密種族神通解脫心陀羅尼真言曼拏羅印三昧耶攝諸如來溥遍平等秘密種族神通解脫心陀羅尼真言曼拏羅印三昧耶住斯陀羅尼真言三昧耶中一時顯現是陀羅尼真言三昧耶踰於三千大千世界百億日月作大明炬光照一切溥洽周徹又如一佛出現於世即令十方三千大千世界過現未來滿中塵數一切如來而亦出現

此解脱心陀羅尼真言一字真言能以一壇印三昧耶門圓入一切如來溥遍平等秘密種族神通解脱心陀羅尼真言壇印三昧耶門能盡攝持一切陀羅尼真言壇印三昧耶門爲一陀羅尼真言三昧耶門以斯義故説名不空羂索心王陀羅尼真言是一字真言亦爲一切如來心一字真言圍祐加被爾時釋迦牟尼如來謂觀世音菩薩摩訶薩曰善哉善哉大悲者能善説此不空王神通解脱心陀羅尼真言一字真言汝復説此解脱心陀羅尼真言一字真言壇印像法以少功績得成悉地爾時觀世音菩薩摩訶薩白佛言尊者薄伽梵若復説此解脱心陀羅尼真言壇印法時惟願如來神祐加被令諸有情但當念我我即現身與諸願滿得大成就爾時釋迦牟尼如來讚觀世音菩薩摩訶薩言善哉善哉汝應如是當溥度脱一切有情滿諸願故汝應當與諸真言者最勝之願大悉地門我已加被此溥遍平等秘密種族神通解脱心陀羅尼真言曼拏羅印三昧耶汝當説是廣大成就曼拏羅印三昧耶門

溥遍解脱心曼拏羅品第四十二

爾時觀世音菩薩摩訶薩歡喜觀佛白言世尊若真言者樂見一切諸佛菩薩摩訶薩者樂欲供養功德福田者樂欲利益一切有情者樂欲意生曼拏羅悉地成就者樂欲一切智地三昧耶與諸菩薩摩訶薩同刹會居者應於此不空王神通解脱心陀羅尼真言曼拏羅印三昧耶精勤修習觀置𭔋字一切智門隨字身量内外同等無分别心離諸境界

意生作業攝持有情安住心王同虛空相成就廣大現非現果出生一切聲聞獨覺一切菩薩摩訶薩位修行一切菩薩摩訶薩一切上願令悉滿足具種種業利益安樂一切有情以一切如來溥遍平等秘密種族不空王觀世音菩薩摩訶薩加持自身或以是印或以縛(無可切)字置入內心爲曼拏羅加持自身爲淨法界除諸有情自體不空王觀世音菩薩離諸垢過觀囉(彈舌呼)字門自體清淨周輪白光明照清淨最上無壞觀迦(斤邏切)字門因業性離爲是法教身日初色光遍一切害治諸垢超度生死觀麼字門無住寂靜爲菩提座身月光色除諸怖畏觀訶(上聲)字門最勝暴怒周輪光焰如壞劫火怖治衆惡降伏諸摩觀唵字門大空無生加持自體安住法界無有戲論無二行相於閑淨處縱廣五肘或復四肘淨治其地如法塗摩標式四門中圖三十二葉七寶蓮華臺上起畫不空王觀世音菩薩於四面圖開敷蓮華臺上起畫此族菩薩或畫此族菩薩種種印相或書此族菩薩名字四面如法列寶金剛界道一切莊嚴中置一十八臂不空王觀世音菩薩像隨時香華閼伽白栴檀香水塗香末香三白飲食酥燈油燈敷獻供養燒焯香王召獻結界當於白月八日潔滌塗香著淨衣服食三白食治建是壇晝夜六時西門作法趺座而坐觀蓮華處鬚蘂衆葉光焰香馥於臺面上觀縒字門爲圓明月光照有情如千日會自性加持縒字門現不空王觀世音菩薩身真金色居圓月中應諸方所如淨水月現有情前心性

如是行斯三昧首上頂會觀唵字門大空無垢如頗胝月寂靜法身一切所依於眼界中觀囉字門如日光明而觀心處心現等引清淨無垢相應善住神通解脫心陀羅尼眞言一字眞言一一字句縁起甚深無量三昧智類通達初十旬日如是觀置恭敬承事精進受持爲前方便次十旬日如法恭敬承事供養爲成正覺迴向菩提次十旬日無畏無間承事供養入持誦輪作成就法每白月八日斷食斷語如法誦念觀置聲韻隨法光遍調諜無間數發誓願勤加護持是眞實心名一切如來溥遍平等秘密種族神通解脫心陀羅尼眞言三昧耶心如來所說了心明道一切色法發光明淨以大悲心三種加持一切三昧滿一洛叉是業成熟於初夜時或後夜時或欲曉時持眞言者當聞鉡聲鼓聲雷聲悅意讚聲或見旃暮伽王神境智通悉地成就身膚肢分皆悉出現作諸佛事溥現其身或見不空王觀世音像忽自動搖放大光明遍照三千大千世界上至有頂下徹地獄皆六震動地獄劇苦一切有情皆得度脫上生天界水陸一切六趣有情遇斯光者捨此身後盡得除脫種種苦身或得證見觀世音菩薩眞金色身摩頂授與不空清淨海智莊嚴三摩地所有無始重罪業障則燼消滅獲得離障清淨心王莊嚴蘊身覩見九十九殑伽沙俱胝那庾多百千一切如來一時現身伸手摩頂閼伽供養當隨尋念一切諸佛菩薩摩訶薩觀世音菩薩本初無生復無作者知者見者加持自身了知三昧悉地果成所有

分別皆從意生分辯衆色悉從心起定心歡喜住內心觀遍體肢分觀𤙖字門加以等持品類相入自然獲得清淨菩提心三昧耶廣大功德善根相應謂爲世間一切人庶愛敬供養大梵天帝釋天那羅延天大自在天摩醯首羅天淨居天焰摩王水天俱廢羅天日天月天皆自現身周帀祐護爲滿諸願若不證見觀世音菩薩金色身者當知無始根本罪障皆不除滅又應六時倍復精進如法嚴治身器衣服塗飾供養依法持誦滿一洛叉是業成熟觀世音菩薩現金色身當知除滅無始一切根本重罪業障苦海若不現者復倍精進依法持誦滿二洛叉或三洛叉是業成熟當定觀世音菩薩現大真身執手指示西方淨土阿彌陀佛坐寶蓮華師子之座復得阿彌陀佛手摩其頭謂同彼國土一切菩薩福命功德捨此身後往於西方安樂國土上品蓮生具諸相好識宿住智得不退轉若有苾芻苾芻尼族姓男族姓女有災厄者淨浴身衣食三白食如法教語入壇散華澄心觀佛觀世音菩薩如住頂上正念不動持真言者應令一日不食誦持神通解脫心陀羅尼真言加持孔雀尾拂彼身上則滅一切恐怖災厄當爲如來觀世音菩薩諸天天衆之所祐護若命終後便得往生安樂國土蓮華化生世尊是不空王神通解脫心陀羅尼真言隨心承事供養曼拏羅三昧耶以甘松香泥白栴檀香泥摩塗壇地四面當心純白栴檀香泥畫開蓮華當心蓮華葉上以鬱金香泥白栴檀香泥相和畫金剛杵印臺上摩尼

珠印遶摩尼珠畫羂索印四面蓮華臺上畫金剛杵印四面界畔畫蓮華鬘中置一十八臂不空王觀世音像隨時所得華香香水飲食日日供養持眞言者應長淨浴著淨衣服每從後夜時至明晨時日沒時至三更時觀像輪印而趺坐之誦神通解脱心陀羅尼眞言一字眞言一百八遍午時子時消息諸事若常如是承事供養相續無間滿一千日世間所作一切自在無礙成辦蠲除八難無量大怖種種業障地獄傍生得大財寶爲人愛敬常夢覩見十方刹土一切諸佛或見觀世音菩薩補陀洛山日日當諸給事供養九十二殑伽沙俱胝那庾多百千一切如來善根福德修習相應捨此身後往安樂國上品蓮生得住一切如來具見地靜觀地具諸勝相以自莊嚴證不空神變光明三摩地以是三摩地力證餘無量百千三摩地常當遊往十方刹土供養諸佛於其食時還至本國世尊是不空王神通解脱心陀羅尼眞言灌頂滌垢曼拏羅三昧耶能滅一切罪障災厄得不空王廣大威德不爲一切鬼神怨難邪忤嬈惱身不夭壞爲人愛敬觀世音菩薩觀視加護一切天神而皆戴仰樂所擁護於閑淨處縱廣四肘淨塗壇地標郭四門内院畫大海水中畫三十二葉開敷蓮華華幹露現臺上畫輪遶輪輞刃畫火光焰四面四角畫開蓮華臺上畫寶羂索印如意珠印遶畫火焰外院四面畫青寶地上畫百八衆寶華樹果樹標列界道四面懸布雜綵幡華可當壇上安白傘蓋以白栴檀香鬱金香夜合華白芥子

蓮華鬚和爲香水滿盛甕中内置七寶上汎諸華淨帛蓋口置四門角依法獻置百種華果三白飲食燒焯香王請召結界而供養之誦神通解脱心陀羅尼眞言一字眞言加持水甕以奮怒王心眞言於浴室裏標淨結界其浴牀上敷白茅草結印護身於上趺坐以天門冬茴香華子甘松香苓陵香等數末治加持淨水和若稠酪遍塗身分却復揩去加持香水灌頂浴身結蓮華印加持護身著新淨服加持髮髻出入合掌遶壇行道門別禮拜燒香供養東門入壇大蓮臺面端身面西結跏趺坐時阿闍梨一手掐珠一手把杵誦奮怒王心眞言三遍加持頂上又誦奮怒王心眞言三遍加持白芥子水注灌頂上又結大灌頂印三遍加持頂上廣教懺悔發菩提心出壇四門復致禮拜當廣供養三寶飲食衣服珍財能常如是依不空王神通解脱心灌滌法者得大福聚爲諸如來之所加被一切諸天恒常愛敬速得一切不空羂索陀羅尼眞言最勝成就三業一切罪障災疾然燼消摩得身清淨心所求法皆得成辦

溥遍輪轉輪王阿伽陀藥品第四十三

世尊復有不空王神通解脱心陀羅尼眞言曼拏羅三昧耶阿伽陀藥成就三昧耶護持國邑無諸災難而說頌言

以弭惹耶惹耶藥　次以乾馱那俱利
旃皤野播抳那俱　印捺羅播抳多誐
乾馱畢刹陽愚藥　摩訶斫羯囉雌黄
斫羯囉藥蓮華鬚　弭瑟努訖蘭蟬藥
素摩囉爾素難那　白栴檀香那攞那

優鉢羅華欝金香　瞻蔔迦華龍華等
世黎野迦甘松香　舍麼迦香社麼迦
量等精治和合治　烏施囉香白檀香
合為香水和為丸　赤銅合盛密固治
清閑淨處淨治地　作四肘壇開東門
中畫一百八葉蓮　臺畫二手腕相著
礫開十指如開蓮　四面當畫開蓮華
臺上當畫金剛杵　弁羂索印遶火焰
諸蓮華間衆寶樹　其樹華果皆寶成
藤枝葉華繳樹上　標寶界道淨嚴飾
置不空王觀世音　以諸旛華香水食
燈明敷飾獻供養　藥合置大蓮華臺
帛覆其上當加持　真言者浴香塗身
著淨衣服西門坐　於諸有情發悲心
誦持神通解脫心　陀羅真言心真言

加持其藥現三相　是名成就伽陀藥
世尊是藥若得光相國王佩者除諸怨敵種種災疫若諸人佩得滅四重五逆十惡等罪增諸善夢所至無閡言論得勝王難賊難虎狼水火雷電霹靂一切災難皆得解脫不為一切龍蛇蠱毒毒藥夭害一切神鬼怖散馳走諸天善神愛敬擁護人相覩者悉當歡喜婦人佩者男女吉祥若置幢頭方圓百里無諸惡風雷雹蝗蟲一切等難常為一切天龍八部而皆擁護其藥便於壇內陰乾世尊復有不空王神通解脫心陀羅尼真言曼拏羅三昧耶雄黃成就三昧耶而說頌曰
縱廣四肘淨治地　白栴檀香泥塗飾
惟開東門當心畫　一百八葉開蓮華
白栴檀香泥為葉　欝金香泥為臺蘂

沉水香泥爲子實　白栴檀香紫檀香
欝金香等而爲泥　臺畫二手腕相著
十指磔開頭相離　四面圖畫開蓮華
白栴檀香泥爲葉　欝金香泥爲臺蘂
沉水香泥爲蓮子　廓列金剛界道相
置不空王觀音像　雜綵旛華諸香華
香水飲食果燈明　嚴飾加持獻供養
以好光明上雄黃　三兩精治銀合盛
置蓮華臺手印上　緋帛覆上法加持
時眞言者潔身服　晝夜六時燒香獻
西門趺坐輪手印　誦持神通解脫心
陀羅眞言心眞言　聯綿加持白芥子
打雄黃上恒不絕　上現熱煙增光相
於時像上放大光　是名成就雄黃法

世尊若得光相點眼之者則得神通證不空如意寶光明廣大智莊嚴三摩地不空羂索溥遍輪大眞言仙三摩地常爲九十九殑伽沙俱胝那庾多百千大仙圍遶爲伴遊於一切眞言明仙宮殿宮宅爲大明仙常歷十方一切佛剎阿彌陀佛恒住頂上而不放捨壽增億劫復得不空清淨毗盧遮那神通三昧耶於剎那頃周歷十方九十九殑伽沙俱胝那庾多百千佛土隨其佛土現作廣大不空供養一切如來身上常得放大光焰念願諸事皆得成就若得煙相點眼中者則證一切密行明仙大仙中仙三昧耶意欲遊幸一切天龍八部山窟湫潭宮殿中者住入無閡一切神鬼見自臣伏任爲策役而擁護之復見一切諸佛菩薩摩訶薩授與不空王光明具足三摩地足恒去地四寸而行若得熱相點

眼中者覩諸人衆皆得除滅一切災疾兩相致敬是黖藥者當所生處具宿住智獲得不空觀安住淨身得證一切不空如來溥遍平等三昧耶門得一切如來爲授灌頂菩薩地記與諸菩薩摩訶薩同一住地

溥遍輪轉輪王神通香品第四十四

世尊復有不空王神通解脱心陀羅尼真言曼拏羅三昧耶中溥遍輪轉輪王神通香成就三昧耶當與真言者最上供養一切諸佛菩薩摩訶薩召攝三千大千世界一切大梵天帝釋天那羅延天摩醯首羅天一切諸天摧伏一切藥叉羅刹毗那夜迦諸魔鬼神身皆痛裂怖走十方摧諸怨敵除諸災難若有苾芻苾芻尼信男信女澡浴清淨著淨衣服燒焯此香熏馥身者得滅一切重障災厄若常燒焯此香供養誦神通解脱心陀羅尼真言以斯陀羅尼真言神通香力三千大千世界蘇彌盧山一切天宫龍神八部鬼神宫殿大海江河十六地獄香氣悉至變作種種香光明雲一時照明皆復震動其諸地獄遇光照者一時變作蓮華之池其中衆生皆脱苦受上生天上或生人中傍生有情遇光照者捨此身後皆得脱離生天人中若患一切鬼病神病瘧病惡瘡疥癬諸病惱者皆淨澡浴燒香熏馥以斯神通解脱心陀羅尼真言神通威力即得除差當壽終已往生淨土蓮華化生脱衆苦故而説頌言

一百八分沉水香　乾陀羅娑安悉香

二香分各三十二　新鬱金香小甲香

此二種香各八分　苜蓿白膠蘇合香

娑欏枳香多誐羅　娜攞那香白檀香
惹莫迦香甘松香　如斯九香各三分
新乾陀鉢怛囉香　烏施羅香蓮華鬚
婆攞迦香夜合華　新好畢哩陽愚香
新薇苣囉娜佉香　翳羅香八各二分
龍腦麝香各三分　石蜜量香五分二
和白膠香銷和合　總先一一淨加持
精潔擇持而合治　首末真言常加持
瓷器銀器任盛置　合斯香者閑淨處
白月八日澡潔身　著淨衣服淨治地
作四肘壇如法塗　當開東門當心畫
三十二葉七寶蓮　臺畫二手腕相著
磔開十指如開蓮　遶二手上五色雲
四面當畫開蓮華　臺上畫諸手印相
於諸華間畫蓮鬘　四門蓮臺羂索印
四角空色畫風天　半身出現被天衣
四面種種色華鬘　幖幟金剛界嚴潔
香合置於大蓮臺　手印心上緋帛蓋
置不空王觀世音　持緋線索圍壇界
以諸旛華具莊飾　香華香水三白食
酥燈油燈敷供養　晝夜六時東門坐
燒香供養勤護持　時別輪印當誦念
不空神通解脫心　陀羅真言心真言
加持於香三七遍　奮怒王心真密言
加持香上一七遍　日日隨心獻供養
旃暮伽王觀世音　一切諸佛菩薩衆
四十九日作是法　或復一二三百日
要得香上現三相　乃得稱名神通香
世尊如是常恒六時於道場內於諸有情發大悲心自心觀心圓成縒字觀視縒字全變

出現不空王觀世音菩薩相好光明如日初
出結跏趺坐金剛臺座手執香鑪燒焯此香
誦神通解脫心陀羅尼真言一字真言加持
自身供養十方一切諸佛菩薩摩訶薩衆從
此身中觀置出現無量無邊不可說不可說
不空王觀世音菩薩身滿量十方一切佛刹
一一佛菩薩摩訶薩前誦神通解脫心陀羅
尼真言手持香鑪觀置出現無量無邊種種
雜色香光明雲幢旛寶蓋華冠瓔珞珠璫鐶
釧天妙衣服妙華雜拂宫殿樓閣寶座臺榭
供養一切諸佛菩薩摩訶薩結供養印誦持
真言讃禮諸佛菩薩摩訶薩假是不空王神
通解脫心陀羅尼真言廣大神通供養威力
溥於十方九十九殑伽沙俱胝那庾多百千
如來佛會等作無量無邊種種供養一切諸

佛菩薩摩訶薩衆彼等諸佛一時讃歎皆結
不空供養印誦不空王神通解脫心陀羅尼
真言俱以神通安慰加被與大福聚善根相
應隨一一佛得俱胝那庾多百千積集善根
相應復觀縒字法性無生復觀無量身復爲
一身合此一身而爲縒字字性無生復觀自
身身性自空若有苾芻苾芻尼族姓男族姓
女於一千日清淨如法隨心嚴潔曼拏羅隨
時以諸草華香水供養觀世音菩薩晝夜六
時燒焯此香懺悔發願如法修觀誦神通解
脫心陀羅尼真言一字真言自誓要期受菩
薩戒求於阿耨多羅三藐三菩提滿一千日
或二千日或三千日或四千日必定當得十
方九十九殑伽沙俱胝那庾多百千如來一
時現身爲授記莂證不空如意摩尼光廣大

智三摩地不空羂索溥遍輪大眞言仙三摩地不空清淨毗盧遮那神通三摩地不空十地神通三摩地當於淨土蓮華化生憶知俱胝所生宿命乃至無上正等菩提更不退轉若龍湫邊七日七夜加持此香燒獻作法誦神通解脫心陀羅尼眞言一字眞言滿一千遍則得龍王歡喜致敬降注大雨若城門首作法加持此香燒獻誦斯眞言一百八遍則令城邑除諸災疾令諸人衆快樂安住若大衆中作法加持此香燒獻誦斯眞言二十一遍令諸人衆歡喜致敬滅衆災障若眞言者加持此香燒熏自身常爲他人恭敬愛念若加持香燒熏一切病人七遍則得除差若加持香燒熏被毒之人七遍則得除差若遶一切果木田苗處誦念作法加持香燒一百八遍則當不爲一切惡風雹雨之所損壞果實繁多滋味具足若於一切城邑聚落伽藍宅内誦念作法加持香燒一百八遍令諸災怪一時除滅若燒此香熏身衣服所往處者無諸障難若高樓上燒此香熏螺裹眞言七遍大吹七聲四生有情聞螺聲者皆得滅諸罪障災怪若山頂上面向惡風雷雹起處誦念作法加持香燒一百八遍即得止禦一切除散若臨終人前燒焯此香誦神通解脫心陀羅尼眞言一字眞言滿七遍者捨此身後即往淨土蓮華化生見九十九殑伽沙俱胝那庾多百千如來應正等覺獲大善根若天寺中誦念作法加持此香稱天像名燒熏天像一千八遍即得一切天神悅護若於一切天龍八部形像作法者皆當奮怒怒目猛視誦

念作法一加持此香隨稱所天名一燒熏天像一千八遍令所天像吐噜地囉持真言者見時便取黚額黚眼口含塗身所作諸事皆得成就便得一切藥叉侍祐獲大身力一切鬼神畏敬擁護若誦念作法加持此香稱大梵天名燒熏大梵天像一千八遍大梵天像身手出乳持真言者見時便取塗身則得身如大梵天身若誦念作法一加持此香稱那羅延天名一燒熏那羅延天像一千八遍那羅延天像身出香水持真言者見時便取塗身則得身如那羅延天手執大輪騰空自在若誦念作法一加持此香稱大自在天名一燒熏大自在天像一千八遍大自在天像身出津汗持真言者見時便取塗身則得身如大自在天執三叉戟騰空自在如是一一於

諸天像凡作法者先用一字真言加持天像頭滿一萬遍便即作法則如所願世尊是不空王神通解脱心陀羅尼真言曼拏羅三昧耶九頭龍王成就三昧耶加持白栴檀香末蠟和圖揑龍王身量四把冠髻面目手脚指節貫帶衣服狀如天神嚴麗端好頭上頂後出九蛇頭其神頭身以金莊飾作曼拏羅中置龍王嚴設供養每日時别誦神通解脱心陀羅尼真言加持此香燒熏龍王二十一遍誦奮怒王心真言加持白芥子打龍王上七遍如是晝夜六時不絶令龍王像起變自行持真言者見起動時以迅怒心誦奮怒王心真言加持白芥子打龍王上令使陞空自在騰行持真言者見陞騰時心便思量變此壇地爲大湫池安置是龍大奮怒心誦奮怒王

心真言加持白芥子打此壇地一千八遍得難陀龍王變斯壇地爲大湫池二龍居止若有人民一切鳥獸飲斯水者或復浴者皆得除滅一切災病垢障重罪常得依時降大甘雨成熟果實具多滋味若於深山大洞門首舍香誦念作法一加持此香一燒滿千八遍則得洞門而自開坦入中無閡

不空羂索神變真言經卷第二十

音釋

澡鑵 澡子皓切洗滌也鑵古玩切瓶屬也 橖 音唐 縠 胡谷切縐紗也 馥 房六切香氣也 苜蓿 苜莫六切蓿息逐切苜蓿草名 幖幟 幖卑遙切幟昌志切幖幟猶標記也 禦 牛倨切止也

不空羂索神變真言經卷第二十一

唐南天竺三藏法師菩提流志奉　詔譯

如意阿伽陀藥品第四十五

世尊復有不空王神通解脫心陀羅尼真言曼拏羅三昧耶如意摩尼阿伽陀藥成就三昧耶所修諸法皆不空過能治蠱毒藥毒蟲毒種種病苦王難賊難虎狼等難水火刀杖皆不相害人民致敬怨敵諍論而皆得勝壽命長遠無諸中夭大梵天帝釋天那羅延天大自在天四天王天一切天龍八部眷屬常皆擁護一切諸佛觀察加祐一切罪障灾怪惡夢種種疫病皆令除滅藥住方處一踰膳那成大界護所有諸魔毗那夜迦種種鬼神悉皆馳散觀世音菩薩加被進給不空悉地佩是藥者一切鬼神魔衆人等皆不能害成此藥者應常清淨如法受持神通解脫心陀羅尼真言壇印三昧耶乃得盡斯贍部洲壽財寶豐盈人所相敬歡喜置信衆所稱譽而說頌曰

白栴檀香多誐羅　塞畢嘌迦青木香
翳攞婆魯丁香皮　樹上癬皮甘松香
惹麽迦藥翳羅藥　白香附子茅香根
青優鉢羅華胡椒　畢唎陽愚蓮華鬚
形俱鉢怛囉華茇　播哩閉攞縛乾薑
夜合華等量都等　精潔擇治和合治
奮怒王真言加持　龍腦麝香量都數
二十一中等四分　奮怒王真言加持
加持雨水和合治　以心真言撚丸藥
丸如酸棗銀合盛　合是藥時閑淨處
白月八日淨治地　作四肘壇開四門

標幟寶界當中畫　一百八葉寶蓮華
臺上二手腕相著　磔開十指如開蓮
繞手指上火光焰　一一葉上金剛杵
火光光焰周圍繞　四面模畫開蓮華
臺上置諸器杖印　印印上出火光焰
四門蓮臺如意珠　罥索印相遍圍繞
四角蓮臺如意瓶　口出妙好枝華葉
金剛杵頭瓶中出　置不空王觀世音
一切旛華閼伽瓶　香水香華三白食
塗香末香酥油燈　如法敷設獻供養
白栴檀香沉水香　長時燒焯獻一切
大蓮華臺手印上　置於藥合便加持
作斯法者淨沐浴　加以塗香瑩嚴體
著淨衣服食白食　於諸有情發悲心
東門燒香觀致禮　召請結界并讚歎
懺悔發願端趺坐　每時輪印勤加護
誦念神通解脫心　陀羅眞言心眞言
加持藥上二七遍　奮怒王眞言七遍
晝夜六時法不間　依法式持儀必已
觀世音像并藥上　一時放光悉明徹
是即成就無勝寶　其藥壇內便陰乾

世尊如是得斯相已佩茲藥者則得解除十惡五逆一切災障得大善根福蘊增長一切如來加祐擁護一切菩薩摩訶薩觀視讚歎一切種族眞言明仙同共頂禮一切天龍皆同護持是藥能攝如是福者皆由不空王觀世音菩薩神通威力通化如是又證一切如來陀羅尼眞言壇印三昧耶當為六十二殑伽沙俱胝那庾多百千如來應正等覺之所灌頂此藥名大無勝寶阿伽陀首所有諸法

悉無過者亦如觀世音而祐護故其佩藥人常淨澡浴著淨衣服心所願法皆悉圓滿若常晨朝誦神通解脫心陀羅尼真言加持此藥而服餌者得身意語智慧清淨證持一切不空如來秘密種族陀羅尼真言壇印大三昧耶觀世音菩薩大幻化三昧耶壽命無夭當證不空大真言仙髮變如螺身膚光潔如盛年者壽延十劫若藥塗身鬼神見者身分璺裂怖散馳走百踰膳那復得除滅無間重罪一切惡夢種種災橫國王大臣百官僚佐大婆羅門一切人民見皆歡喜致敬供養若患毒藥毒蠱蠱毒一切風疥濕癬惡瘡疔腫癩疾癲病瘧病之者以藥塗服皆得除差亦復不為一切鬼神水火虎狼種種災橫互相嬈害若常清淨如法護持以藥塗服所作諸法皆得願成復有不空王神通解脫心陀羅尼真言蓮華觀曼拏羅三昧耶阿伽陀藥三昧耶是諸如來毗盧遮那如來世間自在光如來摩訶摩尼悉地之藥是九十九殑伽沙俱胝那庾多百千如來同共讚說觀世音菩薩而常頂戴又是阿彌陀如來摩訶寶幢悉地三昧耶又是一切如來祕密會通心陀羅尼真言壇印三昧耶佩戴藥者當得三世殑伽沙俱胝那庾多百千如來受記福蘊除滅十惡五逆四重等罪種種災疫當得證住十不動地當如佩佛舍利制多當如觀世音手摩其頭滅諸憂愁八難大怖當於淨土蓮華化生次得轉生愛樂世界常得覩見不動如來福如須彌智慧如海諸惡障礙毗那夜迦懼不親近世間人民致敬愛樂一切諸天四

天王衆樂爲擁護寢常夢見補陀洛山七寶宮殿觀世音菩薩演此不空王心陀羅尼真言解脱蓮華曼拏羅印三昧耶一切會衆是故智者常應如法戴佩是藥則身不爲毒藥毒蟲之所損害軍陣鬪諍一切言論人皆和伏而說頌曰

以紅蓮華沉水香　優鉢羅華夜合華
白栴檀香牛膝根　娜弭嚕藥茅香根
上䘽趂囉娜佉藥　上迦娜迦叵羅藥
上栴檀娜叵羅藥　蓮荷子瓢樹上癬
曼爾瑟詫素迦哩　沬迦胝藥惹耶藥
弭惹耶藥米娜藥　上播哩閇攞縛藥
乾馱囉娑香弭囉　惹莫迦香小甲香
多誐囉香姥娑藥　阿靺鞸迦青木香
上零陵香丁香皮　迦鹹皤囉白芥子
畢哩陽愚畢㗚迦　翳囉麝香鬱金香
竹黄雄黄甘松香　蘇曼那華天門冬
薩跛訖使白胡椒　瞻蔔迦華茴香子
上龍腦香龍華鬚　如是藥量數等分
精潔擇治壇内合　真言加持和合治
以白栴檀濃香水　銷治石蜜量藥分
鍊治金粉十二分　真言加持當和合
重復加持杵千杵　藥丸丸如酸棗量
盛銀合中帛覆上　如法敷置觀音前
當以神通解脱心　陀羅真言心真言
加持其藥百八遍　奮怒王心真密言
加持其藥三七遍　又復加持白芥子
并加持水灑藥上　白月一日閑靜處
淨治五肘壇地量　端界階道爲二院
内院當總畫海水　中置七寶開蓮華

臺出二手腕相著　捧如意珠繞光焰
四面當置敷蓮華　臺出觀音頭冠髻
面熈三目繞光焰　四角模畫開蓮華
一一臺上依法置　羯磨金剛杵印相
并置七寶羂索印　一一印上繞光焰
外院四面周帀置　開敷蓮華具鬚蘂
上有如意寶珠印　繞出珠光火焰光
東門臺置蓮華鬘　南門臺置羂索印
西門臺置金剛杵　北門臺置三叉戟
四角臺上出二手　捧大寶珠繞火焰
建金剛杵寶界道　置不空王觀世音
旛華莊嚴嚴界護　藥器置蓮當像前
當誦神通解脫心　陀羅真言心真言
奮怒王心真密言　加持護藥光藥威
重復加持白芥子　并加持水護藥上
一切果子三白食　香華香水酥油燈
如法敷獻依時節　白栴檀香沉水香
燒焯供養諸賢聖　真言者常出入浴
著淨衣服食白食　毎時壇東如法坐
誦持神通解脫心　陀羅真言心真言
奮怒王心真密言　加持藥中放大光
真言者見光現時　當以右手執藥器
高聲迅誦心真言　一千八遍而便證
不空清淨神通變　廣大莊嚴三昧王
俱胝百千真言仙　一時致敬侍圍繞
遊往一切剎土中　種種神龍宮殿住
證解一切如來佛　種族印相三昧耶
常得禮事諸如來　合掌敬禮而問道
聽誦不空羂索心　王陀羅尼三昧耶
而便增踰世間壽　住七十二百千劫

遊行常得不空王　神通解脱寶蓮引
念念證諸陀羅尼　種種果地三昧耶

世尊此藥神通等於如來出世成就世間之法其藥置壇護祐陰乾若有佩者如佩諸佛舍利制多亦如觀世音親守護持滅諸重障當捨命後徃於淨土住不退地蓮華化生以斯三昧持眞言者應常正見精進盡捨内身頭目手足骨肉筋髓施上和尚闍棃求覓此法專勤修行何況外財種種珍寶穀帛衣服卧具湯藥爲此不空王神通解脱心陀羅尼眞言壇印三昧耶而不捨之常依師所求修學耶何以故此經能與末世一切有情作大佛事示行正業精進解脱三昧耶道捨是身後更不漂淪三界瀑海直至無上正等菩提

無垢光神通解脱壇三昧耶像品第四十六之一

世尊復有不空王神通解脱心陀羅尼眞言曼拏羅印三昧耶令修治者今身後身得大安樂十惡五逆四重之罪自然消滅關閉一切三惡趣門開現十方一切天門諸佛剎門見一切佛爲諸如來觀察憶念觀世音菩薩亦樂觀見若有見聞隨喜之者當生淨土得阿鞞跋致見阿彌陀佛其壇六肘淨治塗地規郭界院開廓四門内院當心四面四角開敷蓮華其心臺上罥索手印寶釧莊嚴一一葉上三股金剛杵印如意珠印四面臺上七寶冠印四角臺上金剛杵輪印次院四面開敷蓮華臺上劒印槊印金剛箭印三叉戟印寶幢印金剛杵印羯磨金剛杵印三角金剛杵印輪印螺印棒印鎚印罥索印鉞斧印二

手棒華印寶瓶印蓮華鬘印優鉢羅華鬘印雜華鬘印寶蓮華印優鉢羅華印繞上光焰次院四面除門除角開敷蓮華臺上寶鏡印龍索印鞜髆索印日天印月天印日幢印傘蓋印寶杖印焰魔王棒印數珠印期剋印毗日禀幡印安慰手印無畏手印與願手印合掌印持梵甲印錫杖印寶鉢印寶冠印摩尼珠索印如意珠索樹印七寶器印光聚印金剛鉞斧印五股金剛杵印不空王鉤印轉法輪印其手腕指寶珠環釧而莊嚴之四角蘇彌盧山山上種種寶華果樹下大海水四門海水中摩竭大魚頭印是諸印上繞上火焰種種莊嚴衆相具足其院之地青色寶地內外院界金剛標道此曼拏羅三昧耶壁上板上氎絹布上圖彩亦得令諸有情若見若聞若入壇者則得滅諸宿障重罪當超生死無明苦海蓮華化生見諸如來更不復受胎卵濕化一切之身獲得一切曼拏羅相應之法若有常能修治此曼拏羅三昧耶者當速陞證不退轉地獲得諸佛如來之智又當三世諸佛之所種諸善根今生後生大得福蘊旛華香鑪閼伽香水飲食華果乳酪酥蜜諸雜華鬘酥燈油燈如法獻供沉水香白栴檀香蘇合香安息香熏陸香娑邏枳香畢哷迦香羅娑香白膠香龍腦香塗散丸燒而供養之入壇門立三昧加持散華墮處歸事供養作是法時淨浴身服食三白食其諸法者亦復如是如餘灌頂曼拏羅法修行讚歎受三昧耶入此壇者等入一切毗盧遮那如來曼拏羅三昧耶得諸如來甘露之法灌頂受記爲

諸如來神通威德加被觀察證得毗盧遮那如來種族眞言壇印三昧耶相應又當於九十九殑伽沙俱胝那庾多百千諸如來所種植無量功德善根相應之法若命終後蓮華受生衆相圓滿身有光明壽命無量百千數劫證得一切不空無垢光明神通示現功德莊嚴三摩地由此三摩地能示種種神變幻化力三昧耶一切如來種族一切天神種族現前加被一切諸天龍神八部而祐護持一切諸佛菩薩壇神而祐護持耘除諸障爲衆人民恒樂供養恭敬讚歎

世尊復有不空王神通解脱心陀羅尼眞言護摩曼拏羅三昧耶會通一切眞實壇印三昧耶十方一切如來觀視歎祐神通擁護觀世音菩薩一切眷屬現前擁護爲成諸願其壇四肘淨治塗地規郭界院開廓四門内院當心圓穿一肘護摩爐坑坑底泥捏八葉開蓮臺上併字四面四角八葉開蓮東北角臺蓮華鬘印東南角臺金剛杵印西南角臺三叉戟印西北角臺輪印四面臺如意瓶印口出蓮華莖葉蒲萄朶葉三股金剛杵頭外院東南角火天神繞身火焰手把火炬南門焰摩王棒印西南角兩刃伏突印西門羂索印西北角白色旛印北門毗沙門棒印東北角三叉戟印東門金剛杵印四門兩側劒印螺印輪印槊印是等印上繞上火焰四角置香水瓮口插諸枝華葉箭旛香鑪一切名香乳酪酥蜜種種果子三白飲食白芥子諸雜色華塗香末香如法敷獻持眞言者淨浴身服食三白食杜仲木櫁木搆木端直斫截然火

若不具得隨取一木亦任作法以熏陸香白栴檀香白芥子粳米好酥時別西門敷白茅草依法而坐發四弘願依不空王觀世音相以一切法任持智印金剛身語心印入眞言字轉輪攝觀世音相觀自在智平等輪光三昧耶誦念神通解脫心陀羅尼眞言章句加持燒之午時夜時當誦種族通用眞言加持燒之則得會通一切護摩曼拏羅三昧耶具足成法此護摩三昧耶於諸⿰名也名也切娑仙婆私詑仙獨覺仙蘗伽仙窰履歌蹇桑色切跛底仙大梵天那羅延天摩醯首羅天護摩成就曼拏羅三昧耶而最第一此護摩三昧耶等諸金剛菩薩護摩曼拏羅三昧耶一切如來而常加被若一七日晝夜三時燒獻供養則得五通神仙一切諸天悉皆雲集與願擁護

一切諸佛菩薩摩訶薩歡喜讚歎夢覺現前過現一切宿障重罪灾疫怨敵盡皆除滅降伏一切藥叉羅刹毗那夜迦諸惡鬼神殃嬈人者皆使除散咸伏歡喜合掌恭敬國土人民悉皆安樂五穀豐稔無諸灾疾一切火天夢覺出現爲滿諸願瞻視隨護一切天神日天月天星天焰摩王水天四天王天各及眷屬日夜擁護如是成就神通解脫心陀羅尼眞言者淨浴身服白月十五日晝夜不食不語作法當取蓮華牛酥粳米每日三時加持護摩滿至七日則得成就縱造五逆無間重罪雖未懇悔亦得成就是眞言者如是不應心生疑網若欲成就一切如來種族壇印三昧耶者櫁木夜合木截之然火蓮華稻穀華白芥子牛酥每日三時加持護摩至滿七日

則得成就若有他賊侵亂國土淨浴身服以紫檀木銛鏺然火白芥子安息香牛酥蜜酪加持護摩滿至七日彼諸兵衆惡心退散又以薩跛皮供養殘華白芥子鹽黒芥子油加持護摩彼等兵衆當爲風雹損害退散若乞雨者一日一夜不食不語淨浴身服以諸香華如法供養白芥子茴香子一日一夜加持護摩而不斷絶則降大雨若不雨者七日如是作法不間的降大雨遍贍部洲若霖雨者以此乞雨灰高處向雲加持散之一百八遍其雨即止若欲火天而現身者淨浴身服一日一夜不食不語以蘇曼那木齊截然火粳米石蜜沙糖胡椒蓽茇每日三時加持護摩至滿七日火神鑪中而自涌現口吐火焰白眞言者今何所求我有甘露火焰光明令相

濟與此甘露光舍於暗中高聲稱件字則從口中出大火焰眞言者受後當如願若欲觀世音菩薩而現身者以白栴檀木截十萬段牛酥每日六時如法護摩加持燒盡則得觀世音菩薩現身滿願若欲除滅一切病者稻穀大麥小麥白芥子大豆胡麻白穀加持護摩滿於七日即得除差若欲貴人相恭敬者白粳米牛酥加持護摩則當如願若欲一切人民喜者白芥子稻穀華牛酥加持護摩見者歡喜若欲調伏一切藥叉羅刹者白芥子安息香牛酥加持護摩則皆歸伏

世尊復有不空王神通解脱心陀羅尼眞言曼拏羅畫像成就三昧耶顯現成就種種諸相陞入諸法無量福蘊積集善根見諸如來觀世音菩薩種種變像悉地三昧耶當以白

氎或絹布上方量八肘當中畫不空王觀世音菩薩三面十臂身真金色當中正面眉間一目三面熈怡首戴月冠冠有化佛右一手持羂索一手執蓮華一手把三叉戟一手持軍持左一手持如意珠一手把寶杖一手伸施無畏一手捻念珠二手當胷合掌被鹿皮衣頸白瓔珞寶璫環釧種種天衣而莊彩之結跏趺坐衆寶蓮華師子之座左濕廢多菩薩微少低頭二手合掌半跏趺坐右多羅菩薩微少低頭二手合掌半跏趺坐多羅菩薩後大奮怒王三面四臂正中大面眉間一目三面瞋怒首戴月冠冠有化佛一手把羂索一手執劒一手把三叉戟一手持鉞斧半跏趺坐濕廢多菩薩後大真言明王三面二臂三面熈怡首戴月冠冠有化佛一手執蓮華一手執如意珠半跏趺坐各以諸天羅縠衣服寶瓔璫釧種種莊嚴身佩光焰坐蓮華座大真言明王座後度底使者次辯才天商棄尼神阿弩跛摩神奮怒王座後一髻羅刹神施嚩度底神苗稼天神地天神是等天神狀如天女半跏趺坐各以本服而莊嚴之皆執器仗不空王觀世音頭上毗盧遮那如來世間自在王如來釋迦牟尼如來結跏趺坐寶師子座佛右淨居天大梵天那羅延天大自在天毗沙門天持諸天華佛左帝釋天大自在天兜伊首羅天王摩醯首羅天王焰摩王持諸天華左右日天子月天子四面二十八宿星天四面周帀置大月輪一一輪上金剛杵印金剛劒印如意珠印三叉戟印羂索印鉞斧印螺印輪印是等印上續火光焰又四

面周帀開敷蓮華臺上種種手印一一印上繞火光焰內一院界寶華鬘界次二院界金剛杵界火焰圍繞外三院界七寶街道當開四門內一院圓外二院方若有如法圖此曼拏羅像印三昧耶者則能除滅無始罪垢一切業障得陀羅尼眞言速疾成就會通一切種族曼拏羅印三昧耶十方過現一切諸佛菩薩摩訶薩一切毗盧遮那如來加祐擁護此曼拏羅三昧耶此三昧耶是不空羂索眞實祕密曼拏羅印三昧耶若有見聞隨喜之者當得解脫無始纏縛一切垢累證見九十九殑伽沙俱胝那庾多百千諸佛如來亦見一切毗盧遮那如來種族會通一切曼拏羅印三昧耶又見十方三世一切如來種族一切曼拏羅印三昧耶又見一切觀世音種族一切曼拏羅印三昧耶又見一切金剛種族一切曼拏羅印三昧耶又見一切摩尼種族一切曼拏羅印三昧耶當知是人從此生際常得往於十方淨剎蓮華化生更不隨受三塗諸趣一切身故此壇印法於諸法中爲最第一若有隨喜此三昧耶者則得最大無量福蘊資糧善根世尊復有不空王神通解脫心陀羅尼眞言白栴檀香像成就三昧耶量十六指眞言加持彫圖不空王觀世音菩薩三面四臂結跏趺坐正中大面眉間一目三面面目慈悲熈怡首上各戴衆寶月冠冠有化佛左一手持羂索一手執開蓮華右一手把三股金剛杵一手申施無畏紘雨衆寶天諸衣服珠瓔璫釧種種莊嚴坐寶蓮華師子之座身佩光焰左栴檀香多羅菩薩坐蓮華

座右栴檀香濕廢多菩薩坐蓮華座天諸衣服寶瓔璫釧而彫飾之當如法以蓮華鬚泥白栴檀香泥摩飾其壇以白栴檀香泥鬱金香泥沉水香泥當中畫三十二葉開敷蓮華四面四維開敷蓮華白栴檀香泥爲臺爲葉鬱金香泥爲鬚爲蘂沉水香泥爲其子實像置蓮臺前置閼伽散諸香華燒沉水香白栴檀香時眞言者常淨潔浴著新淨衣以大慈悲增發種種菩提勝行每從白月一日食三白食至十五日一日不食不語勤固護持結界結印自護護他如法觀像面東趺坐以不空王觀世音相以一切法任持智印金剛身語心印入眞言字輪輪攝觀世音相觀自在智平等輪光三昧耶誦持神通解脱心陀羅尼眞言調調不絕祈求像動放大光明蓋照壇上眞言者上觀世音菩薩便現其前伸手摩頂高聲讚言善哉善哉善男子汝能修此廣大供養今所作者乃是一切如來種族會通一切甚深秘密曼拏羅印三昧耶顯現不空王神通解脱心陀羅尼眞言之法得成就故汝何所求我爲滿足汝此生身則是佛刹所住生身更不墜墮胎卵濕生三惡趣門汝當生處是阿彌陀佛清淨報土蓮華化生常見諸佛證諸法忍壽命無量百千劫數直至阿耨多羅三藐三菩提不復退轉我常祐護是時復以大奮怒王眞言加持華冠自戴頭上即便迅誦大奮怒王眞言一千八遍觀世音菩薩密祐神通入住身中則證神通遊往十方一切佛土得大無垢不空王神通解脱心陀羅尼眞言曼拏羅印三昧耶最上成就

先世所造出佛身血破和合僧種種重罪我
爲除滅得淳淨身滿所世間願法成就離諸
障累捨身當證解脱光明清淨觀三摩地清
淨無垢光明曼拏羅三摩地若有有情覩此
人者亦得除諸垢障病惱若旃荼羅人作是
法者於四七日淨治諸漏念治不懈乃得成
就我爲現身住是人前謂爲現證無上諸願
何況清淨具信根者可不成就是淨信人但
常靜念而不斷絶我數現身爲最成就若修
行者受持是法不應生少疑惑之心世尊雖
彼旃荼羅重罪有情縱一二祈三四五祈具
作斯法精進修習不成就者由彼罪障我則
不得爲現於身爲成就法何以故爲罪蓋故
信力念力不堅淨故此輩由是乃至一生精
修此法始獲罪滅於當來世必盡成就無上

正等菩提種子世尊或有苾芻苾芻尼族姓
男族姓女雖持斯法多不持戒心常慳貪諛
諂兩舌破僧破法言辭穢惡不中不正不知
恩義譏説三寶不觀因緣貪諸財色不敬師
受盜諸真言明印文字經典種種諸法心常
猶豫惡心妬心毒心恚心我慢輕他常行倨
傲貪盜財色不實尊敬三寶形相不實恭敬
親教授法和尚闍梨復不恭敬此部經典及
餘經典世尊是輩有情邪心狠戾我實不得
爲得成就爲現於身作大救護世尊此輩性
甚媮害惡慧滋盛無明堅緻我亦常被輕賤
誹謗云擬出我肢體身血現在十方三世一
切如來種族會通一切甚深祕密陀羅尼真
言大曼拏羅印三昧耶亦皆毀謗慢譏過惡
如斯極惡旃荼羅種晝夜如是不自思諭但

欲滅壞十方三世一切如來一切菩薩摩訶薩甚深祕密陀羅尼真言大曼拏羅印三昧耶何猷得成世尊如是苾芻苾芻尼族姓男族姓女是真大賊旃荼羅種言行威儀相雖是善內懷所業悉皆腐敗常於晝夜思行種種十不善業行無毫分正修治心世尊此輩大賊旃荼羅種如是毀謗譏非過惡真是滅壞十方剎土過現未來一切如來種族會通一切甚深祕密陀羅尼真言大曼拏羅印三昧耶當知此輩常為十方三世一切如來一切菩薩摩訶薩之所棄捨此輩大賊旃荼羅種既能滅壞一切如來種族會通一切甚深祕密陀羅尼真言曼拏羅印三昧耶者應知此輩復能滅壞一切如來祕密心陀羅尼真言大曼拏羅印三昧耶復能滅壞一切菩薩摩訶薩祕密心陀羅尼真言大曼拏羅印三昧耶世尊是故顯說此等苾芻苾芻尼族姓男族姓女皆名大賊旃荼羅種此輩有情常為一切毗那夜迦諸魔鬼神之所攝受於諸真言一切妙法而皆退失一切善根並已燒盡復為一切陀羅尼真言明神曼拏羅神盡皆棄捨退失一切陀羅尼真言明出世世間三昧耶道如此等輩定是阿毗地獄住受無間劇苦之種世尊由是業因非於我過如此有情自已棄捨十方三世一切如來諸大菩薩一切種族壇印三昧耶自已棄捨十方三世一切金剛種族壇印三昧耶自已棄捨一切毗盧遮那如來種族祕密大壇印三昧耶矚知此輩恒為諸魔毗那夜迦藥叉羅剎一切鬼神種種業障之所攝受世尊如此有情

緣是業因非我過咎非我棄捨世尊是輩旃荼羅等業唯積畜貪瞋癡毒無明薪火焚燒一切祕密陀羅尼真言大曼拏羅印三昧耶種種善根復已焚燒一切如來種族壇印三昧耶諸行善根復已焚燒一切金剛種族壇印三昧耶諸行善根復已焚燒一切毗盧遮那如來種族祕密大壇印三昧耶諸行善根世尊是輩旃荼羅等現在未來曾無成就捨身當於十方無量微塵大劫大地獄中常受種種無間劇苦此輩旃荼羅人今世後世悉無安樂世尊是故智者欲求是真言不空羂索心王陀羅尼真言廣大解脫蓮華曼拏羅印三昧耶成就法者應於有情總敬謙下堅發大悲拔濟之心當住依持真實之心依止和尚闍梨瞻侍恭敬猶如如來及如我等踰過父母授學一一陀羅尼真言曼拏羅印三昧耶文字章句勿忘差錯所有身分骨肉筋髓盡皆供施諮求於法何況種種錢財衣服卧具房舍僕從飲食而不捨之為法供養若能如是修習法者則為常存供養於我此人一七二七三七乃至七七或復百日或復千日或復三四千日或復常事憶念我者我為現身冥密示逐而祐護之世尊譬如大海每時潮時一時潮浪周至淵際我亦如是隨念隨至冥住現住看護是人復如油滴投滴水中隨滴散覆我亦如是隨念隨覆若諸有情正智清淨若在人中若在地獄常憶念我我則執持羂索勝鉤鉤挽脫出一切劇苦得至天宮或至佛剎證於無上正等菩提受諸快樂加與無量大精進力於所願求盡為滿足

若有有情觀是像者即見我身何以故以我常住此壇像身中世尊是像所在方地則如佛塔則如佛身亦如一切如來種族會通一切真實祕密大壇印三昧耶處亦如一切諸天明神壇印三昧耶處亦如一切如來菩提道場轉大法輪破四魔軍現大涅槃七寶莊嚴宮殿會處世尊我今定於此說智者不應生毫疑心

不空罥索神變真言經卷第二十一

音釋

罥姑泫切 蠱公戶切 踰膳那梵語也此云限量膳時戰切 ⿱殹馬攞⿱殹馬壹計切攞勒可切 俁牛矩切 蓽茇蓽畢吉切茇北末切 撚乃殄切以指摵也 肘陟柳切二尺爲肘 磔陟革切張申曰磔 腕烏貫切手腕也 閼伽梵語也亦云阿伽此云水閼烏割切 焯職略切與灼同燒也 瑩烏定切絜也 殑伽梵語也此云天堂來河名也殑其陵切 餌忍止切食也 壘亡運切器破未離曰壘 疔音丁惡瘡也 癩落蓋切惡疾也 癲都年切狂病也 ⿰名夜名夜切 趌魚乙切 娜奴可切 佉丘迦切 瓤汝陽切瓜實也 叵普火切 詑丑嫁切 韎鞞韎亡達切鞞丁可切 皤薄波切 筋舉欣切 髓息委切骨中脂也 阿鞞跋致梵語也此云不退轉鞞駃迷切 槊所角切矛屬 鉞王伐切大斧也 ⿰革各髆⿰革各力各切髆補各切 氎徒協切細毛布也 捏奴結切捻也 ⿰合牛呼今切 瓮烏貢切甖也 糵魚傑切 ⿰可欠丘暇切 銛鏺銛息廉切鏺普活切 狠戾很胡懇切戾郎計切很戾不聽從也 嬒胡感切惡性也 緻直利切密也 瞫式荏切窺視也

不空羂索神變真言經卷第二十二

唐南天竺三藏法師菩提流志奉 詔譯

無垢光神通解脫壇三昧耶像品第四十六之二

世尊復有不空王示現一切幻化三昧耶像白栴檀香多誐囉香烏施羅香丁香畢㗚迦香惹覩嚕佉縛羅你迦香甘松香茅香根鬱金香龍腦香娜米嚕香畢㗚陽悉香熏陸香沉水香煎香蘇合香龍華蓮華鬚量等精治取吉宿日蠟和真言加持千遍塑不空王觀世音菩薩身量橫量十六指數三面六臂正中大面慈悲熈怡如大梵天面眉間一眼首戴天冠冠有化阿彌陀佛左面怒目可畏眉間一眼鬢髮聳竪首戴月冠冠有化佛右面顰眉努目狗牙上出極大可畏眉間一眼鬢髮聳竪首戴月冠冠有化佛一手持羂索一手執蓮華一手持三叉戟一手執鉞斧一手施無畏一手把如意寶杖結跏趺坐佩身光焰衆妙天衣珠瓔環釧種種莊嚴坐蓮華座左塑濕廢多白身觀世音菩薩半跏趺坐右塑多羅菩薩半跏趺坐華冠衣服寶珠瓔珞耳璫鐶釧如法莊嚴又右邊塑真言者胡跪而坐一手把蓮華一手掐數珠瞻仰菩薩三像以金彩色綺飾肉色頭冠瓔珞耳璫環釧衣服華座若飾像了於閑靜處清淨洗浴以香塗身著淨衣服以諸香泥如法摩壇白栴檀香泥沉水香泥鬱金香泥用調畫彩當中畫一百八葉開敷蓮華四面四角八葉蓮華金剛標界像置蓮臺香水香華種種飲食三白飲食敷獻供養晝夜六時西門趺坐依不

空王觀世音相以一切法任持智印金剛身語心印入眞言字輪輪攝觀世音相觀自在智平等輪光三昧耶誦持神通解脫心陀羅尼眞言奮怒王眞言加持不空王觀世音香像令現神通放大光明照燭道場壇地震動時眞言者於右肩上出大光明像出聲言善哉善哉大眞言者汝今得證不空王廣大悉輪三昧耶神變悉地獲諸最勝不空罥索悉地成就汝今堪爲時世人民作大灌頂阿闍梨師得證驗已淨處作壇安置香像加置不空王觀世音畫像一心供養恭敬承事誦念神通解脫心陀羅尼眞言時數不闕求出世間種種勝法便得觀世音菩薩語相教詔一切諸法此不空王香像曼拏羅三昧耶白栴檀香泥如法摩壇白栴檀香泥鬱金香泥沉水香泥當心圖畫一百八葉開敷蓮華四面四角八葉蓮華標幟界門臺上置不空王觀世音香像隨心敷飾種種供養壇西門外側南作一肘護摩壇白栴檀木寸截一千八十段和塗酥蜜一眞言一燒爐候無火勢收取是灰眞言千遍淨浴摩身著淨衣服以白芥子和灰加持七遍散撒十方則得觀世音容祐神變身心勇銳解界加持白芥子水散灑十方及灑身上即住餘法若加持此灰白栴檀香末和塗身者往屍陀林中作法則得大自在天一切眷屬藥叉羅刹一切鬼神悉皆敬伏樂爲僕從若復塗身結印印身默誦眞言入大衆中則得人民業障消滅敬事如佛恭敬供養若復塗身往有龍處大湫水中則得六十八千大龍王衆滅諸罪苦悉皆敬伏

樂爲祐護當任命事若復塗身往一切貴勝人所令得滅諸宿障罪惱供養恭敬乃至命終若復塗於病者身上便得滅除種種病惱身口意業蓋障重罪以斯因故閉地獄門當生淨土陞不動地此法唯除不中不正讒諂兩舌嫉妬忿恨盜竊一切真言明法大乘經法不知恩義不具正信不敬和尚闍梨父母師長旃荼羅苾芻苾芻尼族姓男族姓女等是輩亦不敬信我玆陀羅尼真言經典亦不敬信諸餘一切甚深陀羅尼真言經典但以我慢貢傲懱他恒自歎導毀非他善作諸魔業盜聽盜說一切真言文字章句不依稟師受持真言曼拏羅印三昧耶世尊如是旃荼羅輩盡爲十方三世一切諸佛菩薩摩訶薩常所棄捨一切種族真言曼拏羅神一切天神亦盡棄捨此旃荼羅輩生生受身修諸善業曽無成就過去今身一切善根皆悉燒燼後身善根亦巳壞爛以斯因故則非我咎世尊此旃荼羅輩若有能誡能悔無明黑暗貪瞋癡等衆惡業行專以無量善巧方便精勤不退至心憶念諸佛如來懇修淨行則得世間少分功德而便成就復有有情自性純善無諸惡見以法修心被大慈甲執大悲刀踞忍辱地於諸有情心常謙下敬事憐愍心不厭捨意樞猗適世尊此人我即許可成是不空王香觀世音像三昧耶復有有情諸見永寂法無相行於諸有情視之如佛聞所未聞陀羅尼經心不疑惑不疾彼好不讚巳利常相應心觀覩我之香像之者即如見我清淨法身功德無異又如等見九十四殑伽沙俱

胝那庾多百千諸佛無量功德世尊又法若苾芻苾芻尼國王大臣一切人民倖欲求見觀世音菩薩補陀洛山寶宮殿中十方三世一切諸佛菩薩摩訶薩苦行諸仙三十三天一切天神轉法輪會不退地者復欲樂見十方三世一切如來種族會通一切大曼拏羅印三昧耶者一切金剛種族會通一切大曼拏羅印三昧耶者又復求諸如來神通三昧耶示衆人民者應常精進持無間行忍辱無退内外清淨恒勤修行此三昧耶心不疑慮云我今所治是法者爲有成耶爲不成耶則得成就應當如法加持金造不空王觀世音菩薩三面六臂正中大面慈悲熙怡眉間一眼左面顰眉怒目可畏眉間一眼右面顰眉奮目狗牙上出極大可畏眉間一眼三首寶冠冠有化阿彌陀佛鬢髮聳竪一手持罥索一手執三叉戟一手持鉞斧一手把如意杖一手持澡罐口吐蓮華一手施無畏結跏趺坐佩身光焰衆妙天衣寶珠瓔珞耳璫環釧種種莊嚴像腹内空白栴檀末香龍腦末香和佛舍利一百八粒内像腹中滿塡如法左銀濕廢多菩薩半跏趺坐右銀多羅菩薩半跏趺坐華冠瓔珞環釧衣服金寶莊嚴又鑄阿彌陀佛釋迦牟尼佛結跏趺坐如法莊嚴坐蓮華樹其樹枝條華葉三十二枝三枝蓮上中不空王觀世音菩薩左濕廢多菩薩右多羅菩薩又二枝蓮上阿彌陀佛釋迦牟尼佛面側相向當於左右菩薩頂上二蓮華枝在二菩薩背後起上其蓮華樹芽莖枝葉華臺敷色種種莊巳白月八日方圓八肘淨治

壇地精潔摩飾規式界院内院當中毗盧遮那如來一切諸佛白香象種族菩薩摩訶薩坐蓮華座東面阿閦如來一切諸佛金剛種族菩薩摩訶薩坐蓮華座南面寶生如來一切諸佛摩尼種族菩薩摩訶薩坐蓮華座西面觀自在王如來一切諸佛蓮華種族菩薩摩訶薩坐蓮華座北面不空成就如來一切諸佛一切不空成就種族菩薩摩訶薩坐蓮華座次院東面一切諸天當門補陀洛山頂上多羅菩薩并諸侍者菩薩圍坐南面一切天仙當門蘇彌盧山上有三十三天七寶宮殿難陀龍王跋難陀龍王左右繳山腰上殿中半拏羅婆枲你白觀世音菩薩後一髻羅刹女神西面七商迦里金剛神當門雞羅婆山頂上旃努梵摩羅刹神及一切天神北面七多羅天女當門乾陀摩娜香醉山頂上毗俱胝金剛菩薩後七毗俱胝神侍者圍繞及一切乾闥婆神其四山上種種寶樹華果次院四面開敷蓮華臺上諸器仗印繞火光焰四角四天王神面目可畏執持器仗是諸天等趺座而坐四門閼伽寶瓶其内院界金剛標道外院標式七寶界道當上次第間畫衆色如意寶珠繞火光焰若圖飾已不空王觀世音菩薩金像置壇心上世尊是曼拏羅三昧耶能會一切毗盧遮那如來種族一切壇印三昧耶門由是說斯不空王種族壇印三昧耶爲令利益當令一切持眞言者得大成就此曼拏羅印三昧耶皆是毗盧遮那如來之所演說爲欲顯現成就此不空羂索心王陀羅尼眞言種種神通大三昧耶是故持眞

言者應常精勤不念世法智念實相堅等金剛善持威儀清潔澡浴以香塗身著淨衣服受持讀誦嚴治壇場敷設莊嚴每日時中如法新造百味飲食三白飲食諸雜果子種種塗香末香水陸雜華蜜漿沙糖漿蒲萄漿種種香水依法獻飾沉水香白栴檀香蘇合香熏陸香白膠香龍腦香鬱金香石蜜敷列供養一切金華銀華赤真珠華白真珠華青瑠璃華赤瑠璃華紅瑠璃華種種雜色華鬘華樹標飾嚴設五色瑠璃瓶金瓶銀瓶七寶瓶盛諸香水四門四角敷置供獻稻穀華白芥子隨法持用酥燈油燈二十八盞四面敷獻白月八日一日一夜不食不語請召結界結印護身九日當食三白飲食依不空王觀世音相以一切法任持智印金剛身語心印入真言字輪輪攝觀世音相觀自在智平等輪光三昧耶誦持神通解脫心陀羅尼真言種種供養請召發願若有國王大臣沙門婆羅門一切人民請三昧耶者皆淨洗浴著新衣服受持齋戒執鏡引入三時加持散華禮拜灌頂授三昧耶觀像行道出外跪坐發菩提心時真言者復誦神通解脫心陀羅尼真言作法加被誦奮怒王真言加持白芥子水灑壇內外結灌頂印加持頂上重以香華散敷壇上供養不空王觀世音菩薩多羅菩薩濕廢多菩薩一切諸佛菩薩摩訶薩一切天神一切山神內外諸神時真言者西門而坐殷重廣發四無量心澄心諦觀憶念十方一切諸佛現大神力加被是曼拏羅三昧耶依法結印誦持神通解脫心陀羅尼真言令壇震

動證此相時歡喜踊躍一切如來種族諸佛菩薩摩訶薩一切像上悉放光明出種種聲一時讚歎阿彌陀佛釋迦牟尼佛不空王觀世音菩薩多羅菩薩濕廢多菩薩一時空中現金色身觀瞻十方時真言者發菩提心法本無形正等無變心本無生自性空寂念真實相靜默長跪以閼伽水而復供養又誦神通解脫心陀羅尼真言一切如來伸手摩頂讚言汝今已證不空羂索心王陀羅尼真言曼拏羅印三昧耶記汝身住安樂世界證不空王陀羅尼真言明仙不退轉地得阿耨多羅三藐三菩提所會壇人亦當證不退轉地得受阿耨多羅三藐三菩提記若有旃荼羅苾芻苾芻尼族姓男族姓女會是壇者其像腹中則血流現發大吼聲是旃荼羅人特勿令見此曼拏羅像三昧耶縱得見者不得證見曼拏羅中種種變相唯加祐護持真言者夢見壇中神通諸相證獲相者則得世間一切福德成就相應是故當知持真言者應暉觀候所受法人具持戒行信見根正三業清淨於諸有情發大悲心精進修行一切正業恭敬三寶思惟一切陀羅尼種種教法亦不嫉妬譏嫌謗說一切大乘小乘法師種種過惡唯當恭敬和尚闍梨父母兄弟皆不輕意勞謙敬侍持真言者心無放逸精持內外金剛平等自性淨戒於諸經法行不違背亦常不食凡聖殘食自所殘食亦勿受於酤酒飲酒賣肉喫肉種賣五辛噉食五辛一切十惡律儀等家飲食衣服種種供養持真言者自常所食飲食亦不應作半出入食頗食語食

淨手受食所喫飲食亦常新淨作是清淨修治法者觀音金像腹不血現得觀世音壇內現身執手教詔自解廣大光明摩尼瓔珞與繫項上手摩其頭誥言汝今爲我真子證此相者得大神通三昧耶便得證於一切如來種族會通一切壇印三昧耶一切不空種族轉輪王三昧耶不空王最上大壇三昧耶不空廣大無垢光明神通大三摩地乃至菩提更不退失以此三摩地證見世間種種神變生死迷輪三昧耶獲得如來不空祕密三昧加被而得證解一切如來無等等神通大三昧耶如於如來修祈法已於寂靜處嚴潔寶座安置是像每日六時靜默不語燒焯香王如法誦持神通解脫心陀羅尼真言時數勿闕如法供養復得金像數放光明常得觀世音託祐此像夢相教語三世一切吉不吉事亦常教詔世間種種方便智慧世尊是法勿令一切無明貪瞋愚癡破和合僧讒諂兩舌持戒不完盜諸陀羅尼真言壇印三昧耶及盜一切佛法僧物大賊旃茶羅苾芻苾芻尼族姓男族姓女知聞我此像教語法何以故此輩大賊旃茶羅曾不一七二七三七乃至七七或復百日千日三四千日如法相應調伏身心依法修習受持此法但常宣說我證我解我是修道開道之者內所積業悉皆腐敗作諸惡業汙壞我法世尊是故此經一字一句勿令此輩大賊旃茶羅之所見聞讀誦受持是故持真言者應正依法護持我教速得證茲最勝解脫秘密大曼拏羅印三昧耶相應成就若有清淨梵行沙門婆羅門族姓

男族姓女性純和雅慈心謙下不違法律依不空王觀世音相以一切法任持智印金剛身語心印入眞言字輪輪攝觀世音相觀自在智平等輪光三昧耶信解受持讀誦修習此經典者時世人民常應恭敬而供養之如如來相或如我相當知是人則已恭敬給侍如來觀世音菩薩是故智者應常懇仰發大悲心深信恭敬此三昧耶若憶念我祈求諸願我即現身爲皆成辦則得證見如是之人我若不爲成是法者我則同彼旃荼羅輩是故智者守持淨戒發大悲心信心無礙顔貌喜悦心復柔和無以毫分妬詖之心譏嫉他過而生嚬蹙我則爲成無上之地解脱功德圓滿相應如海大潮一切動涌周旋遍至我亦如是若此有情心專存念我之名字我即隨至爲除罪惱復有衆生具大慈悲信見清淨暫持此法我亦加護是故智者應依我法修治六度樂行供養亦不起念慳貪嫉妬觀念色欲常觀一切如來清淨理法轉讀此經依法思惟無時間絶以斯縁故我愛是人歡喜觀視密祐加被不空王神通解脱心陀羅尼眞言像曼拏羅印三昧耶成就地故

大奮怒王品第四十七

爾時觀世音菩薩摩訶薩復白佛言世尊又有不空大奮怒王眞言大不思議一切無礙悉地三昧耶是法已諸大灌頂曼拏羅三昧耶中得授灌頂力能折伏諸惡藥叉羅刹種種鬼神衆惡人輩而皆敬信摧諸惡龍歸向信伏能除世間種種怖畏復能與於持眞言者不空罥索心王大三昧耶最勝成地顯現

十方三世一切如來種族會通一切大曼拏羅印三昧耶證是眞實不空王祕密神通解脫心陀羅尼眞言大曼拏羅印三昧耶爾時如來告言善哉善哉善男子當隨汝說爾時觀世音菩薩摩訶薩佛隨讚許則於佛前辭觀一切變示不空王觀世音菩薩相現大奮怒王姿偉可畏嚬眉奮目狗牙上出放大光焰振吼大奮怒王眞言曰

娜莫薩縛(無可切下同)䉶詑誐路(都箇切下同音)囉耶(餘箇切下同)一 婆(無何切下同)路(輕呼下同)枳諦濕縛囉二 跛馹囉陀(上聲)隸瓢(毗藥切)三 唵(喉中擡聲引呼)者囉(上聲)者囉四 主嚕主嚕五 摩訶(去聲)迦(斤邏切下同)嚕抳迦野六 旨履旨履七 弭囉弭囉八 摩訶(去聲)鉢頭(途邑切下同)麼歌(呼箇切下例同)塞(桑紇切下同)鞞九 迦攞迦攞十 矩嚕矩嚕十一 摩訶塞詑麼跛(北没切下同)囉跛鞞十二 者囉者囉十三 柘者囉十四 你舍切可柘隸濕縛(二合)囉十五 翳呬曳呬十六 勃皺(亭夜切)勃皺十七 陀(上聲)縛陀(上聲)縛十八 旣抳旣抳十九 播囉麼戍(輸律切)陀(上聲)薩埵二十 迦囉迦囉二十一 枳囉枳囉二十二 摩訶(去聲)鉢戍(去聲)鉢底廢(無計切)灑(跣賣切下同)陀囉二十三 歌歌呬呬虎虎二十四 唵(同上呼)迦囉没囉歌麼二十五 廢灑陀(上聲)囉二十六 縒囉縒囉二十七 縛囉縛囉二十八 囉濕弭舍鞞娑(去聲)歌塞囉(二合)二十九 跛囉(二合)底(丁以切)漫抳鞞三十 舍嚄囉三十一 入縛攞入縛攞三十二 素嚕素嚕三十三 姥嚕姥嚕三十四 縒捺矩麼囉三十五 嚕捺(奴乙切)囉弭瑟努三十六 婆縒縛陀(上聲)娜娜三十七 理使那(去聲)野迦三十八 婆虎弭弭陀廢灑陀(上聲)囉三十九 陀囉陀囉四十 縒曼鞞婆路枳鞞四十一 弭路枳鞞四十二 路計濕縛(二合)囉四十三 摩醯濕縛囉四十四 姥

耶姥耶四十五 悶遮悶遮四十六 縛陀上 畔陀娜
四十七 囉惹鞸塞迦攞四十八 旃近女去聲 塢娜迦
四十九 弭灑捨塞怛囉二合五十 播嚩暮者迦五十一 卜
迦拏迦拏五十二 縛攞曝杖途様切 誐五十三 柘覩
邏嚩野揚可切 薩阤丁也切五十四 叅跛囉二合 迦舍迦
五十五 鞸麼鞸麼五十六 縒麼縒麼五十七 麼縒麼
縒五十八 摩訶去聲 鞸悶陀上聲 迦囉五十九 跛囉二合
舍麼那六十 弭理弭理六十一 翳制尼例切 野折摩
六十二 播嚩迦囉六十三 翳呬曳呬六十四 麼縿知貫
切下同音 麼縿六十五 弭戍陀上聲 弭灑野皤枲囊輕呼
六十六 摩訶去聲 摩訶去聲 迦嚕抳迦六十七 濕廢無計
切 鞸六十八 拽移結切 胥饒去聲 播弭鞸六十九 喇怛
娜摩矩縿七十 摩羅陀羅七十一 薩縛胥惹始囉
枲七十二 訖嚩鞸惹縿摩矩縿七十三 摩訶去聲 特
步二合 鞸七十四 迦麼攞訖嚩鞸七十五 迦羅補縿

叅去聲 麼地七十六 弭目訖灑跛囉二合 劒牠并也切七
十七 殺播囉弭鞸七十八 播嚩布囉迦七十九 婆虎
二合 薩埵散怛底八十 鉢嚩播者迦八十一 薩縛摩
囉你訥瑟縿八十二 鉢羅二合 沫娜迦八十三 薩縛
悉䩦舍八十四 鉢理布囉迦八十五 旃鼻詵者覩
鉿牟合切八十六 薩縛鞸陀誐路鼻曬剡八十七 薄伽
上 畔八十八 旃暮伽上聲 囉惹𤙖怖八十九 南謨窣
堵羝九十 莎桑邑切 縛訶九十一

大奮怒王心眞言

唵同上呼 弭訖履二合 鞸一 鄧瑟吒知禮切 囉二 旃
暮伽上聲 縒麼耶三 旃鼻詵者四 薩縛那暮伽
上聲五 鼻曬迦六 𤙖𤙖七 弭履弭嚩八 莎上聲 縛
訶九

爾時觀世音菩薩摩訶薩說斯眞言時其補
陀洛山觀世音宮殿六反震動一切諸大龍

王種族悉皆惶懼一切諸天曼拏羅神皆大歡喜一切衆惡毗那夜迦藥叉羅刹種種鬼神爲火燒惱一切魔衆惡心俱息一切地獄有情受苦皆得解脱一切有情罪垢病苦盡皆消滅於虚空中雨於諸天衆妙寶華繽紛亂墜供養諸佛爾時十方刹土三世一切諸佛一切菩薩摩訶薩一切壇神一時歌讃觀世音菩薩摩訶薩曰善哉善哉大悲者能善説此大奮怒王真言三昧耶此三昧耶能會一切如來祕密種族真實大奮怒王三昧耶當願重説此大奮怒王真言曼拏羅印成就三昧耶爾時觀世音菩薩摩訶薩復白佛言世尊是大奮怒王真言曼拏羅三昧耶縱廣五肘如法圖飾標郭界院開廓四門彩色筆盞皆淨新好畫匠畫時出入淨浴著淨衣服

内院當中畫大金輪當輪心上寶蓮華座上釋迦牟尼如來作説法相面西而坐右大奮怒王觀世音菩薩左執金剛祕密主菩薩大奮怒王觀世音座後僑理菩薩手執蓮華次半拏羅婆徙你白衣觀世音菩薩手執蓮華次摩訶濕廢多白身觀世音菩薩一手執如意寶杖一手執澡鑵是諸菩薩而坐蓮座次一髻羅刹女神面目可畏蛇爲瓔珞身有六臂右一手執金剛杵一手持罥索一手持曲刀左一手持鉞斧一手持血鉢一手以大指捻無名指根下文其中指無名指小指急握大指作拳頭指直竪作期尅印半跏趺坐身披象皮次院開敷蓮華臺上一切諸印繞火光焰東門可畏眼金剛一手把杵一手揚掌半跏趺坐南門毗那夜迦頭金剛身有四臂

一手執杵一手持鉞斧一手執罥索一手持三叉戟半跏趺坐西門蓮華種族度底使者一手把白拂一手伸於膝上半跏趺坐北門金剛種族大頂金剛王一手執罥索一手把杵半跏趺坐如是諸神身出光焰次院一切天印繞火光焰四門四角寶閼伽瓶口出蓮華蒲萄朶葉金剛杵頭於其院界金剛標郭旛華莊嚴西門置七寶瓶滿盛白栴檀香鬱金香龍腦香水裏置七寶帛蓋其上依法加持香華香水飲食果子塗香燒香酥燈油燈供養諸佛菩薩眞言明神淨嚴身服食三白食結印護身西門作法召請結界依不空王觀世音相以一切法任持智印金剛身語心印入眞言字輪輪攝觀世音相觀自在智平等輪光三昧耶誦持神通解脱心陀羅尼眞言當請十方刹土三世一切如來攝受加被此曼拏羅印三昧耶誦大奮怒王眞言加持香水炁是眞言者教誨請法者三昧耶加持散華灌頂受三昧耶入是壇者當入一切如來種族灌頂曼拏羅三昧耶證見一切不空種族一切曼拏羅印成就三昧耶一切厄障盡皆消滅一切如來種種功德當得相應一切眞言明仙大轉輪王恭敬祐護一切天龍八部鬼神愛樂恭敬一切眞言明神常爲侍怙一切行惡天龍八部人非人等欲起障惱惡心自滅世尊是大奮怒王成就三昧耶者銀造大奮怒王觀世音菩薩身長横量十六指量三面四臂正中大面熈怡瞬目眉間一眼左面顰眉怒目可畏眉間一眼右面顰眉努目狗牙上出極大可畏眉間一眼三首寶

冠冠有化佛一手執蓮華一手把羂索一手持曲刀一手執三叉戟結跏趺坐蓮華座上身佩光焰天妙衣服寶珠瓔珞耳璫環釧種種莊嚴右銀多羅菩薩執持蓮華半跏趺坐左銀不空明王菩薩掌持七寶半跏趺坐華冠衣服瓔珞環釧種種莊嚴坐蓮華座觀世音右銀作眞言者長跪而坐一手把香爐一手執數珠瞻仰菩薩像造飾已如法當以白栴檀香泥摩壇潔飾白栴檀香泥鬱金香泥沉水香泥畫開蓮華像置臺上依法承事恭敬供養常依不空王觀世音相以一切法任持智印金剛身語心印入眞言字輪輪攝觀世音相觀自在智平等輪光三昧耶誦持神通解脫心陀羅尼眞言大奮怒王眞言加持銀像身現神通軀自瞻動放大光明伸手摩頂讚言善哉善哉善男子我今爲汝眞實成就一切勝願持眞言者於時身上亦出光明得此相者則證神通三昧耶當得不空無垢廣大光明大眞言仙稱歎三昧耶於六十八百千大眞言仙三昧耶而最爲最壽命七十二那庾多百千大劫受此劫終於夜曉時則得證成阿耨多羅三藐三菩提故其所世界欻然變如安樂國土復得增壽無量無邊阿僧祇劫闡揚不空神通解脫心陀羅尼眞言大曼拏羅印三昧耶種種法門又法精潔加持於身每日六時誦持大奮怒王眞言中無間闕滿三十六旬得觀世音現身與證世間眞言壇印之法印捺囉羅惹法工巧法戲弄人法縶縛法調伏法幻化法自護護他法安怛陀那法取伏藏法作金銀法騰空法履水

如地法禁火禁刀法起活故人法召日天月天法治諸病法呼召一切天龍藥叉羅刹人非人法止賊法除蓋障法皆得成就謂爲有情生諸福聚又法按像足上誦大奮怒王真言者所有過去積集善根盡皆來集當得富饒若每晨時瞻觀像面誦大奮怒王真言者得諸貴人恭敬供養若把像腰誦大奮怒王真言者當便省憶過去生事又把像腰誦大奮怒王真言者世人敬愛念如所願若加持寶冠戴置頂上當受一切如來大灌頂法若把像膝誦大奮怒王真言者一切金剛當自歸伏力如金剛若按像頂誦大奮怒王真言者當得夢見十方三世一切如來摩頂祐護不入三塗得不退地得諸如來功德蘊門若像右耳邊誦大奮怒王真言者便得世間富貴圓滿若像左耳邊誦大奮怒王真言者則得一切藥叉羅刹恭敬給侍若奮目瞷睛觀毗沙門像面誦大奮怒王真言者則得毗沙門王樂爲祐護若奮目瞷睛觀功德天面誦大奮怒王真言者則得功德天供養祐護若加持鉢滿盛飲食置文殊師利菩薩前以手按覆鉢上誦奮怒王真言加持當以飲食分爲四分一分供養文殊師利菩薩一分供養釋迦牟尼佛一分供養觀世音菩薩一分分爲二分一分自喫一分溥施一切沙門婆羅門一切人民食此食者皆得除滅十惡五逆一切蓋障世諸病惱盡皆消滅當生之處證宿命智若能日日作此法者速得除滅一切障累漸得聰悟解深法門口氣香潔如優鉢羅華福壽增圓無諸天疾當證菩提

一切種族壇印品第四十八之一
世尊復有不空王會通一切如來種族曼拏
羅三昧耶此三昧耶皆是毗盧遮那如來而
演說之亦是一切不空罥索一切曼拏羅印
三昧耶中爲最無上三昧耶若有見聞觸衆
垢障若有人能每日如法結此印者則得摧
壞一切藥叉羅刹毗那夜迦諸惡鬼神皆爲
火燒身心惶怖悶亂于地四散馳走當遠此
界常得十方三世一切諸佛菩薩摩訶薩三
十三天一切天衆而皆集護二十八部龍神
鬼等亦常會集結此印處則是一切諸佛制
多亦是一切諸佛轉大法輪金剛道場滅除
十惡五逆一切罪障增長一切菩提福聚威
德善根

不空罥索印

合腕仰掌以二頭指各屈捻大拇指頭上其
二中指二無名指竪頭相去三寸其二小指
各反捻在無名指中節背上此印三昧作修
諸法皆不空過所得福聚等見諸佛菩薩功
德

不空供養印

合腕以二中指二無名指二小指並屈合頭
相拄當開掌內二寸半量其二頭指各直竪
伸頭相去三寸其二大拇指各竪伸二頭指
裹頭去二頭指二中指三分之間此印三昧
供養十方三世一切諸佛菩薩摩訶薩則得
無上最勝供養福蘊之門

不空鉤印

合腕敀屈二無名指頭如鉤搏中指中節側
上相著頭不相著以二小指直伸頭相去三

寸其二中指合頭相拄二頭指二大拇指准前直伸此印三昧鉤證十方一切諸佛種種三昧菩提心法成就不空解脫果故

不空法界清淨印

准第三印唯改屈右頭指頭搏中指中節側上餘並准前此印三昧能動天地於虛空中雨種種華供養諸佛

不空大摧碎印

合腕屈二中指頭如鉤其二無名指豎頭相拄二大拇指二頭指二小指准前第三印直豎伸之此印三昧力能摧破一切地獄有情劇苦盡皆消滅

不空摩尼寶印

合腕二中指微屈頭相拄二無名指頭微屈相去寸半出二中指頭二大拇指側附頭指斜伸二頭指微少屈頭指相去三寸二小指向外豎伸頭相去四寸此印三昧出現無量種色光明供養十方一切諸佛菩薩海衆

不空禮拜印

合腕以二中指二無名指二小指相並合頭相著二頭指直伸相去二寸半二大拇指各頭指裏直豎伸之頭相去一寸此印三昧入壇禮拜請佛供養念誦行道皆以爲首供養諸佛菩薩海衆

不空結大界印

仰左手以大拇指頭橫壓頭指中指無名指小指甲上作孔覆右手以頭指中指無名指小指入左手五指虎口中其大拇指從左手下入掌中橫壓頭指中指無名指小指甲上兩相鉤握爲拳此印三昧結界護身力如金

剛不爲一切毗那夜迦之所損害

不空拳印

二手大拇指各捻無名指根文側上各以中指無名指小指握大拇指作拳各以頭指直伸各搏胷脅此印三昧力能堅固大菩提心慈悲相應一切如來加被祐護如是九印乃是不空大力印三昧耶能除一切五無間罪當入十方一切淨土能會十方三世一切如來種族印三昧耶而出現故此印是毗盧遮那如來之所說故觀世音觀護讃歎若有人常結此印者速得六波羅蜜相應圓滿

大奮怒王捧印

起斜立身以二手四指右壓左相叉入掌中急握作拳二大拇指雙壓二頭指中節側上以印頂上伸臂向上此印三昧摧伏一切大奮怒王悉皆壞散

大奮怒王期尅印

作丁字立二手大拇指各捻無名指根側文各以中指無名指小指急握大拇指爲拳頭指各直伸之以左手按腰側上頭指向前伸之右手當胷直竪以頭指面側向外作期尅勢此印三昧摧伏一切諸惡龍神藥叉羅刹阿素洛王毗那夜迦一切神鬼作障礙者皆當散壞亦能摧滅十惡五逆一切重罪盡皆蠲除

大奮怒王頂印

右手大拇指入左手虎口中與頭指中指無名指小指急握左手大拇指頭指中指無名指小指作拳其左手大拇指入右手虎口中與頭指中指無名指小指握右手大拇指頭

指中指無名指小指作拳此印三昧結界灌頂祐護於身會通一切諸法處用

不空羂索神變真言經卷第二十二

音釋

塑桑故切埏土像物也　掐苦洽切爪刺也　銳以芮切利也　湫即由切池也

懱莫結切輕易也　猗於羈切輕安也　澡鑵澡子皓切洗滌也鑵古玩切瓶屬

繳古了切纏也　掎於綺切　頰古協切面旁也　懇苦很切信也

誠彼義切佞也　顰蹙顰毗賓切蹙子六切顰蹙愁貌　僑巨驕切

欻許勿切忽也　縶陟立切繫也　瞤舒閏切目動也　抋蒲結切撥也

不空羂索神變眞言經卷第二十三

唐南天竺三藏法師菩提流志奉　詔譯

一切種族壇印品第四十八之二

大奮怒王入壇印

准前第十二印唯改右頭指向外直伸此印壇内作諸法用

大奮怒王召請印

二手頭指中指無名指小指右壓左掌内相叉相鉤急握伸二大指上下來去此印三昧請召一切眞言明神壇神會壇而住

大奮怒王見實相印

准前第十四印改擲十指節皆出節頭二大拇指右壓左屈如拳合腕相著此印三昧速見一切眞實法性見諸天人

大奮怒王供養印

二手合掌虛於掌内二大拇指各伸捻中指中節側文上二頭指各屈壓二大拇指甲上二頭指壓背相著此印三昧十方三世一切剎土能雨種種七寶衣服宮殿樓閣幢旛寶蓋水陸諸華一切奇香海雲一一佛會廣作供養彼諸一切諸佛菩薩摩訶薩故

大奮怒王安慰諸天印

右手五指並伸屈肘與髆齊掌面向外頭指捻大拇指頭上左手五指並伸垂下此印三昧安慰壇會一切天神皆使歡喜乞一切願

大奮怒王灌頂印

合掌各以頭指中指無名指小指並屈上節一節合頭相拄二大拇指直伸相並附頭指側此印三昧若灌頂者則得一切如來讚歎

大奮怒王發遣印

右手當胷仰掌屈中指如鉤其大拇指亦向掌屈與中指頭指相去半寸其頭指無名指小指各散微屈大拇指來去左手仰掌置左膝上此印三昧發遣一切諸佛菩薩真言明神修是十印速得一切悉地現前一切諸佛菩薩摩訶薩悉皆歡喜

大濕廢無計切下同多菩薩印

合腕開掌右手五指散屈如蓮華葉其五指間相去一寸左手大拇指捻無名指根文中指無名指小指握大拇指作拳頭指直伸微屈此印三昧助成諸法

大濕廢多菩薩鉤印

合腕開掌屈二中指如鉤各以大拇指頭指無名指小指總散磔開少微屈之其十指間相去一寸其二大拇指二中指二小指頭相去一寸此印三昧於諸法中自在成就

大濕廢多菩薩隨心印

又合腕二大拇指相並平伸二頭指二中指頭各微屈之頭相去一寸二無名指各直竪伸二小指各微屈之頭相去半寸其頭指中指間相去一寸此印三昧隨心修作一切諸法皆得成就

大濕廢多菩薩根本思惟印

結跏趺坐頭向右肩微低頭視屈右手向上仰掌頭指中指屈頭拄右耳門大拇指無名指小指散磔微屈左手仰伸置右膝上作思惟相此印三昧於一切印三昧耶而最為上

大濕廢多菩薩鉤諸法心印

右手側當心前大拇指捻無名指根文中指無名指小指握大拇指作拳頭指屈如鉤左

手大拇指捻無名指根文四指握大拇指作拳置左膝上如是五印甚爲希有若常結者速得十惡五逆一切罪障盡皆消滅成就一切功德福蘊得觀世音種族真言明印法皆成辦

多羅菩薩根本印

二手中指無名指小指各自作拳拳面相合二頭指各少屈頭相拄二大拇指並直伸壓二中指側上此印三昧助成不空王一切真言壇印三昧耶

多羅菩薩心印

准根本印改屈二頭指作拳二小指少屈合頭相拄二大拇指並伸壓頭指側上餘指准前此印三昧助祐不空羅惹法中而爲第一

多羅菩薩灌頂供養印

合腕以二中指直豎屈上第一節合頭相拄屈二頭指各壓中指中節側上如鉤二無名指各自作拳二大拇指並伸壓二無名指側上二小指豎伸合頭此印三昧能出無量種種色物供養海雲供養一切諸佛菩薩摩訶薩衆亦復以印灌頂護身

多羅菩薩降魔印

左手當心把右手腕右手中指無名指小指相並側豎擬前頭指大拇指向掌緊屈如鉤此印三昧摧伏一切諸惡藥叉羅刹毗那夜迦悉皆怖走無敢敵者如是四印助會成就不空王壇印三昧耶一切業障悉皆消滅一切行願速皆圓滿

蓮華孫那唎神大身印

二手十指入掌右壓左指面相鉤合掌相著

作拳其右大拇指壓左大拇指背上此印三
昧會祐不空王壇印三昧耶作一切法
摩訶半拏囉婆枲抳菩薩印
准孫那唎印改二頭指直豎微屈頭相拄二
大拇指急屈如鉤開掌三寸餘指准前此印
三昧助祐不空王壇印三昧耶隨作諸法
一髻羅剎女神印
准婆枲抳印改二大拇指壓二中指側上合
掌相著餘指准前此印三昧於茲不空王壇
會摧伏一切毗那夜迦作障礙者能助悉地
可畏眼神印
准羅剎印改開其掌二大拇指入掌各捻小
指側面頭上二頭指直豎合頭相拄二中指
二無名指准前相鉤頭拄二大拇指壓背側
上此印三昧助會不空王曼拏羅一切可畏
神印三昧耶
計利枳攞神印
合掌二中指二無名指二小指右壓左指面
相鉤作拳二大拇指並伸壓二中指側上二
頭指直豎相拄此印三昧會同成就一切計
利枳攞印三昧用
金剛頂印
准計利枳攞印改屈二頭指上節如鉤此印
三昧會通不空王壇印三昧耶一切金剛種
族印三昧耶
度底使者印
准計利枳攞印改二小指豎頭相拄此印三
昧會通不空王壇印法一切度底印三昧耶
大奮怒王結界印
准使者印改二小指入掌相叉作拳二頭指

直竪合頭此印三昧結十方界禁約一切毗
那夜迦
大奮怒王請召印
准結界印改二中指竪頭相拄二頭指頭捻
二中指背上節二大拇指壓二無名指側上
二頭指數數來去此印三昧召請發遣一切
諸佛菩薩金剛眞言明神
大奮怒王供養印
准召請印改二頭指各壓二中指中節側上
此印三昧加持一切供養之物敷置壇内而
供養之
大奮怒王灌頂浴印
合掌二小指二無名指並竪微屈頭相拄二
中指二頭指直竪微曲頭各相去一寸二大
拇指入掌雙屈如鉤此印三昧安置頂上使
人印上注瀉香水灌頂浴身
大奮怒王脱衣印
准灌頂印改屈二頭指如鉤此印三昧著脱
衣時加持衣服當著捨之
大奮怒王憶念眞言神印
合掌二小指各捻二大拇指甲上二無名指
直竪微屈合頭相拄二中指直竪微曲頭相
去一寸二頭指各屈如鉤此印三昧憶念一
切菩薩眞言明神祐護不捨
大奮怒王淨水印
右手大拇指與小拇指頭相拄中無名指並
相直伸頭指屈如鉤此印三昧取水點眼鼻
喉口耳額上淨身口業
大奮怒王香華印
右手頭指與大拇指頭相捻中指直竪微曲

無名指小指相並直豎此印三昧加持香華乃當供養
大奮怒王燈印
准香華印改中指直伸此印三昧加持燈上護摩食上
大奮怒王大輪印
右手大拇指頭指中指無名指小指各豎磔開以左手大拇指頭指中指無名指小指叉入右手頭指中指無名指小指歧間急握右手指背上其左大拇指壓右大拇指背第一節此印三昧右旋繞身三帀頭上身下各擲三遍即現大奮怒王觀世音種種大神變三昧耶相
大奮怒王摧伏毗那夜迦印
二手各以四指握大拇指上節頭作拳二拳面忍相合著此印三昧摧伏一切毗那夜迦不相惱害
大奮怒王伏諸神鬼印
准伏毗那夜迦印拳面相著改二大拇指並伸壓二頭指中節側上此印三昧摧伏一切藥叉羅刹諸神鬼等不相嬈害
執金剛菩薩身印
准伏諸神鬼印改二頭指直豎微屈頭相去一寸二大拇指並伸壓二中指側中節上此印三昧助祐不空王壇印三昧耶
執金剛菩薩心印
准前金剛身印拳面相著改左頭指豎伸右頭指緊屈如鉤此印三昧助祐不空王壇印三昧耶隨作諸法
三界天印

合掌十指各散磔開屈頭相拄十指岐間各相去半寸此印三昧是大自在天那羅延天大梵天印三昧耶能會三界一切天衆住不空王壇印三昧耶中

焰摩王印

准三界天印改屈右頭指大拇指各屈如鉤左頭指大拇指各微屈之此印三昧會祐不空王壇印三昧耶

水天印

准焰摩王印改屈左頭指大拇指如鉤勿與右頭指大拇指頭相著此印三昧名一切龍王心印會祐不空王壇印三昧耶

俱摩羅天印

准水天印改二頭指屈壓二中指側上節此印三昧會祐不空王壇印三昧耶

三世一切如來印

合腕右手五指竪開微屈五指岐間相去一寸左大拇指與小指頭相拄頭指中指無名指相並直竪此印三昧壇中結者則得一切如來神通而安慰之

大奮怒王供養印

側合掌二無名指二小指直竪合頭二中指屈當二無名指側上節頭相去半寸二頭指屈如鉤去二中指側一寸二大拇指各附二頭指微似屈之此印三昧曼拏羅會啓請一切如來當供養之

大奮怒王定壇門印

合腕開掌二大拇指二小指直竪微屈合頭二中指二無名指各屈如鉤頭相去四分二頭指竪伸微屈頭相去四分八指岐間相去

半寸此印三昧加持一切曼拏羅門是五十三印於不空大奮怒王觀世音種族曼拏羅印三昧耶力能成就悉地三昧耶如是諸印一切用者皆得成就如是諸印乃是三世一切諸佛大神通力加被說示若有修行如是印處其地方所則是諸佛舍利制多亦是金剛堅固之地若復有人而常修習是諸印者當知是人則已當得不退轉地

大奮怒王字輪壇真言三昧耶品第四十九

世尊是不空大奮怒王曼拏羅真言字印三昧耶能成一切悉地之法能除一切黑暗罪障能遮一切三惡道業若有能依一切如來金剛智印祕密法門修此曼拏羅印三昧耶者必令當得阿耨多羅三藐三菩提圓滿一切諸佛菩提種種行願方圓五肘淨治塗地規郭界院開廓四門內院青地心上千葉開敷蓮華臺上二手合腕相著仰開指掌中罥索印左右相盤其索兩頭作龍頭狀繞上火焰其蓮葉上次第當畫五十八器仗印真言繞字光焰四面四角開敷蓮華四面臺上金剛華鬘杵印寶蓮華鬘印繞上火焰四角臺上金剛摩尼珠印繞上火焰次院遍大海水四面蓮華一一臺上次第當書五十八手印真言繞字光焰四門臺上金剛摩尼珠印上火光焰四角臺上十字金剛杵印繞上火焰次院青地四面蓮華須彌座上寶幢旛蓋印種種寶華果樹印四門四角座上如意寶瓶口出蓮華莖葉四門海水內二院界金剛標界外寶地界上種種色摩尼寶珠繞上光焰種種旛華閼伽香水酥燈油燈一切飲食羅

設供養焼諸名香以諸雜華稻穀華白芥子種種末香散布壇上而爲供養是眞言者清潔身服依法作治令諸近士恭敬禮拜授灌頂法入此壇者當入諸佛種族壇印三昧耶得滅過去億劫一切垢累罪障一切願行速當成就

華鬘眞言

唵喉中擡聲呼下同一引鉢頭二合麼二摩𨽻三

華臂眞言

唵一鉢頭二合摩二步巂人制切三

金剛鬘眞言

唵一跋馹囉二摩𨽻三

三戟鬘眞言

唵一窒丁吉切嚩二合輸攞二摩㘑三

摩尼華眞言

唵一摩抳二鉢頭二合米三

金剛蓮華眞言

唵一跋馹囉二鉢頭二合米三

觀華冠眞言

唵一弭路迦斤邏切下同音二鉢頭二合米三

溥遍華眞言

唵一縒曼多上二鉢頭二合米三

最勝華眞言

唵一跛囉二合縛囉二鉢頭二合米三

大華眞言

唵一弭補攞二鉢頭二合米三

龍華眞言

唵一那去聲誐銀迦切又音迦字斤羅切二鉢頭二合米三

無邊華眞言

唵一旖灘多二鉢頭二合米三

精進華眞言

唵一弭啜野二鉢頭合二米三

蓮華甲眞言

唵一迦嚩者二鉢頭合二米三

散華眞言

唵一素嚕素嚕二鉢頭合二米三

勝華眞言

唵一惹野二鉢頭合二米三

無勝華眞言

唵一弭惹野二鉢頭合二米三

無等華眞言

唵一旖爾彈二鉢頭合二米三

無他勝華眞言

唵一旖播囉爾彈二鉢頭合二米三

蓮華檀眞言

唵一曼拏攞二鉢頭合二米三

劒華眞言

唵一渴誐二同上鉢頭合二米三

華鎚眞言

唵一没誐同上囉二鉢頭合二米三

三戟華眞言

唵一窒唎輸攞二鉢頭合二米三

華索眞言

唵一播捨塞桑乙切普縿智賈切二鉢頭合二米三

華輪眞言

唵一斫羯囉二合二鉢頭合二米三

華螺眞言

唵一傷佉步陀上聲娜二鉢頭合二米三

數珠眞言

唵一旖起沙上聲二鉢頭合二米三

警覺華真言

唵一跛囉二合步陀上聲娜二鉢頭二合米三

合掌華真言

唵一按惹理二鉢頭二合米三

期剋華真言

唵一怛惹野二鉢頭二合米三

金光華真言

唵一跋駬囉入縛攞二鉢頭二合米三

安慰華真言

唵一旃濕縛縒二鉢頭二合米三

與願華真言

唵一縛囉娜二鉢頭二合米三

勝慰華真言

唵一旃濕縛縒没陀上聲囉二鉢頭二合米三

月華真言

唵一戰捺囉二鉢頭二合米二

日華真言

唵一素嚩野二鉢頭二合米三

鉞斧華真言

唵一跛囉二合首二鉢頭二合米三

華棒真言

唵一誐同上音那去聲二鉢頭二合米三

軍吒利華真言

唵一軍拏理二鉢頭二合米三

華杖真言

唵一灘去聲拏二鉢頭二合米三

心華真言

唵一紇利二合娜野二鉢頭二合米三

受法華真言

唵一縒麼野二鉢頭二合米三

勝壇華眞言
唵一曼拏攞跛囉縛囉二鉢頭二合米三
請召華眞言
唵一你曼怛二合囉拏二鉢頭二合米三
啓法華眞言
唵一旃耶者娜二鉢頭二合米三
示現華眞言
唵一娜囉捨娜二鉢頭二合米三
加持華眞言
唵一旃地瑟詫聰貫切娜二鉢頭二合米三
頭冠華眞言
唵一摩矩縿二鉢頭二合米三
灌頂華眞言
唵一旃鼻曬迦同上二鉢頭二合米三
瞋面華眞言
唵一弭乞⿰口履鞞二鉢頭二合米三
瞋怒華眞言
唵一矩嚕陀上聲二鉢頭二合米三
奮怒王華眞言
唵一矩嚕陀上聲囉惹二鉢頭二合米三
攝怒華眞言
唵一矩嚕陀上聲迦囉沙上聲拏二鉢頭合米三
明王華眞言
唵一苾蔽囉惹二鉢頭二合米三
多羅華眞言
唵一鞞囉二鉢頭二合米三
白衣觀世音華眞言
唵一濕廢無計切多二鉢頭二合米三
白衣觀世音母華眞言
唵一半拏攞二鉢頭二合米三

羅刹華眞言

唵一翳迦惹縿二鉢頭合二米三

世尊如是不空大奮怒王三昧耶五十八器仗印眞言書畫曼拏羅心者則等通會書畫一切觀世音種族曼拏羅印三昧耶用此等眞言若有人能受持讀誦聽聞之者所得功德皆不空過復速得成一切如來執金剛性種種勝願

唵喉中擡聲引呼下同一旃暮伽上聲二弭麽黎吽三

唵一旃暮伽上聲二塞桑紇切普勢知例切吽三

唵一旃暮伽上聲二縒麽曳吽三

唵一旃暮伽上聲二曼拏黎吽三

唵一旃暮伽上聲二布惹米秖虬曳切吽三

唵一旃暮伽上聲二迦斤娜切縛制之西切吽三

唵一旃暮伽上聲二播勢吽三

唵一旃暮伽上聲二悉地吽三

唵一旃暮伽上聲二散娜隸捨你吽三

唵一旃暮伽上聲二入縛黎吽三

唵一矩嚕陀上聲二枳利枳利吽三

唵一矩嚕陀上聲二弭唎弭唎吽三

唵一矩嚕陀上聲二旨理旨理吽三

唵一矩嚕陀上聲二入縛隸二合普嚕普嚕吽三

唵一矩嚕陀上聲二悉悌吽三

唵一矩嚕陀上聲二縒麽曳吽三

唵一矩嚕陀上聲二避理避理吽三

唵一矩嚕陀上聲二捨你吽三

唵一矩嚕陀上聲二旨智旨智三吽莎蘇我切縛訶四

唵一矩嚕陀上聲二跛羅多三莎縛訶四

唵一鉢頭麽二合二鞞隸吽三

唵一弭補攞二鞞𡅊𤙖三
唵一跛囉合二縛囉鞞𡅊𤙖二
唵一旖暮伽上聲二鞞𡅊𤙖三
唵一縒麽野二鞞黎𤙖三
唵一濕廢無計切鞞二縛囉悌𤙖三
唵一濕廢同上鞞二步虁𤙖三
唵一濕廢同上鞞二縛捺悌𤙖三
唵一濕廢同上鞞讜倪魚枳切二𤙖三
唵一濕廢同上鞞二跋馹隷抳𤙖三
唵一鞊寧吉切下同履象途界切二𤙖三
唵一入縛攞二入縛攞𤙖二
唵一弭訖㗚合二羝二𤙖三
唵一弭濕縛二姥棄岐以切𤙖三
唵一澇驢教切鞊寧吉切㗚抳二𤙖三
唵一鄧瑟咤知里切囉迦囉理二嚕地囉畢隷
曳三姥嚕姥嚕𤙖四
唵一旖縛路枳你二惹曳𤙖三
唵一斫訖㗚合二抳二𤙖三
唵一跋馹羅二陀上聲理𤙖三
唵一藍暮娜理二𤙖三
唵一跋馹囉二目棄同上𤙖三
唵一室丁吉切㗚始埶二𤙖三
唵一縛攞野抳二麽詫你𤙖三
唵一縛塞同上怛囉二步虁𤙖三
唵一傷去聲迦同上理二𤙖三
唵一旖避灑罽二𤙖三
唵一入縛攞二那虎底𤙖三
唵一縒曼鞞曼拏隷二𤙖三
唵一縒曼多上聲二你虁𤙖三
唵一喀乞沙上聲抳二𤙖三

唵一縒曼多上聲度底丁禮切二縒囉縒囉𤙖三
唵一跋馹囉鞊𠼝荼二縒麽曳𤙖三
唵一窒上同隸路枳野二摩訶弭麽隸𤙖三
唵一縛嚕拏二轢底𤙖三
唵一野麽難妳奴皆切二𤙖三
唵一旨智旨智二𤙖三
唵一你理置二𤙖三
唵一細壤寧養切目契二矩摩囉惹曳𤙖三
世尊如是不空大奮怒王三昧耶五十八手印真言書畫曼拏羅者有大威德有大通力神變無量若能一一隨從諸印誦是真言者則令壇中所畫手印所結手印皆現種種通用神變光明晃爚能動大地蘇彌盧山大海涌沸一切天龍藥叉羅刹諸惡神鬼盡皆怖走一切毗那夜迦潛没於地一切罪障盡皆消除一切菩提理趣勝藏執金剛性自然圓滿所有一切真實秘密曼拏羅印三昧耶皆依此等如是真言便得成就

大奮怒王真言護持品第五十

洗浴真言

唵喉中擡聲引呼下同一弭麽攞二述輸律切下同悌𤙖三

淨身真言

唵一縒曼多上聲二播嚩訖沙上聲迦三俱呬野陀上聲隸四者囉者囉𤙖五

淨酥乳酪真言

唵一旖暮伽上聲二播捨述悌𤙖三

結絡髆索真言

唵一灘去聲拏輕播灘娜二素散捺陀上滿悌𤙖三

結髮髻真言

唵一麽抳入縛囉二始契許三

洗手面真言

唵一縒曼多播嚄二述悌許三

淨治水真言

唵一旖弭嘌多上聲二惹隷許三

淨衣著衣真言

唵一縒曼多上聲搘畄也切陀禰寧禮切二覩嚕覩嚕

許三

護身真言

唵一縒曼多上聲落訖沙上聲二弭嚄弭嚄許三

結外界真言

唵一素上聲二嚕素上聲嚕許三

結內界真言

唵一摩訶曼拏上聲二隷許三

供養華真言

唵一旖暮伽上補澀波一跋北沒切下同音囉縛隷

許三

供養香真言

唵一塞桑紇切下同普縿健悌去聲二塞普囉許三

塗香真言

唵一鞊寧吉切麽攞二述悌許三

燒香真言

唵一縒曼多上聲縛皤娑去聲二鉢頭米二合許二

禮拜真言

唵一室隷栰地迦二摩訶暮伽上聲三跋囉二合

拏麽許四

行道真言

唵一縒曼多上聲二播嚄迦隷許三

合掌供養真言

唵一薩縛鞞詑誐路二跋馹囉惹理三縒麽

曳吽四

每時入壇真言

唵一薩縛韈詫誐路二暮伽上聲曼拏羅三跛囉合二䏠捨野吽四

授教真言

唵一旖暮伽上聲縒麼耶二弭補攞三鉢頭合二米吽四

加持弟子真言

唵一旖暮伽上聲姤使耶二濕縛縒野吽三

數珠真言

唵一旖暮伽上聲鉢頭弭你二跛囉合二韈無過切韈野吽三

錫杖澡罐真言

唵一娜伽上聲步縛你二鉢囉合二娑囉三弭栗諦吽四

結髆瓔珞真言

唵一旖暮伽上聲播弭一怛囉合二目契吽三

結索真言

唵一旖暮伽二上聲超連合二地摩里鷄吽三

一切器真言

唵一旖暮伽上聲二縒没捺邏三縒隸吽四

安坐真言

唵一旖暮伽上聲跛騆羅二鉢頭忙縒娜三摩地瑟㡒跛野吽四

灌頂真言

唵一振韈麽抳二旖暮伽上聲鼻曬迦三鼻詵者引吽四

設火食真言

唵一旖暮伽上聲入縛隸二𪑶伽韈野三薩縛弭超娜設覩嚕彈舌呼四旨理旨理吽五

施鬼神食真言

唵(一)跛囉(二合)步多(上聲二)弭麽黎(三)參皤縛𤙖
(四)

閼伽瓶真言

唵(一)鉢頭(二合)麽伽攞𪇆(二)旖暮伽(上聲)䩭底𤙖
(三)

獻香水真言

唵(一)旖暮伽(上聲)⿱寧立(寧立切)⿱名也(名也切二)健馱跛囉(二合)
娑(去聲)𨽻𤙖(三)

水瓫真言

唵(一)縒曼多(上聲二)布囉野𤙖(三)

獻飲食真言

唵(一)旖暮伽(上聲)縒曼路(二)參皤縛𤙖(三)

召請真言

唵(一)縒曼多(上聲)步縛泥(二)旖暮伽(上聲三)伽唎
沙(上聲)拏(上聲)𤙖(四)

勸請諸佛菩薩真言

唵(一)薩縛韈詑誐路(二)菩地薩埵跛㘑述陀
(上聲三)塞(蘇色切)縛皤婆馽(陟立切)麽(四)述悌(去聲三)
(去聲)布囉野𤙖(五)

請加持真言

唵(一)旖暮伽(二)散底(三)瑟縿靚𤙖(四)

淨火真言

唵(一)旖暮伽(上聲)跛邏(去聲二合)縛𨽻(二)散入縛攞
步縛泥(三)(去聲)縒囉𤙖(四)

然燈真言

唵(一)旖暮伽(上聲)麽抳(二)入縛攞入縛攞𤙖(三)

三時供養真言

唵(一)室㗚弭訖囉(二合)麽(二)旖暮伽(上聲)散⿱亭夜(亭夜
切三)播⿱寧也(寧也切)𤙖(三)

降使者眞言

唵一旃暮伽上聲弭嚗矩微二上聲苾獨曠逢晃切縒野三度嚕度嚕吽怖四

降諸鬼神眞言

唵一旃暮伽二上聲迦嚗沙上聲野吽三

發遣眞言

唵一旃暮伽上聲三去聲布囉鞲人兮切二跛囉二合縒囉蘖擔三同上塞上聲縛皤縛南四旃弭嘌多五上聲布𨽻吽六

世尊如是眞言三昧耶於一切觀世音曼拏羅印三昧耶中隨諸物類三遍五遍加持作法則疾成就無諸障礙爾時觀世音菩薩摩訶薩復白佛言世尊如來聽說讀誦成就眞實一切不空如來祕密種族會通一切曼拏羅印三昧耶祕密法性無戲論性大樂不空金剛法故方便善巧成立勝智一切事業調伏世間溥遍三界自在最勝此三昧耶乃於一切無上菩提眞實解脫壇印法中揀擇詮出爲眞言者圓滿成就一切菩提滅諸蓋障若苾芻苾芻尼族姓男族姓女能依一切不空如來甚深智印善建立性金剛法門以大悲心恭敬供養受持讀誦書寫解說或復教人書寫受持如法思惟清淨修行無暫捨廢常依如是不空羂索心王陀羅尼眞言三昧耶中一一曼拏羅印三昧耶隨眞言法一一作法我當隨逐爲作擁護爲除無始垢障重罪爲速現與不空隨量成就法願世尊斯人我常不捨當與安住不退轉地乃至阿耨多羅三藐三菩提轉法輪處我常承事愛樂是人亦如阿難承事如來無暫懈怠如是承事

乃至涅槃收取舍利大以七寶起舍利塔以諸華香種種幢旛寶蓋衣服常作供養無時斷絕世尊我於此人如是愛樂恭敬尊重觀侍供養世尊若旃荼羅人受持此法不識恩義外示賢善內行腐敗竊盜一切陀羅尼眞言壇印三昧耶我慢貢高無菩提心不持淨戒不住慈悲諂曲嫉妬互相毀懱謗讟一切陀羅尼眞言壇印三昧耶亦不具信此陀羅尼眞言壇印三昧耶如斯人輩是眞惡族旃荼羅種世尊如是旃荼羅人我以種種方便神力欲脫此人少許厄難無能得濟由斯因緣修不成就非我過咎世尊復有苾芻苾芻尼諸族姓子身意恬寂持如來戒正見正信是不空羂索心王陀羅尼眞言廣大解脫蓮華曼拏羅印三昧耶具依衆法無諸妬心晝夜精勤受持讀誦恒不斷絕我隨愛樂肩負是人恒不捨離心所求法皆爲滿足爾時釋迦牟尼如來讚觀世音菩薩摩訶薩言善哉善哉大悲者汝發斯願爲最上願如是願者汝應爲之世間度脫一切有情皆令安住阿耨多羅三藐三菩提地爾時執金剛祕密主一切眷屬曼拏羅神四天王神一切天龍藥叉羅刹乾闥婆阿素洛蘖嚕荼緊那羅摩呼羅伽人非人等一時合掌恭敬瞻仰同聲讚觀世音菩薩摩訶薩言善哉善哉大悲者我等大衆同於世間隨逐尊者恭敬供養此不空羂索心王陀羅尼眞言廣大解脫蓮華曼拏羅印三昧耶此法眞是一切如來種族會通三昧耶我輩皆能常勤依法受持讀誦書寫聽聞恭敬供養求人成就職令不斷若見

有人常能依法受持讀誦恭敬供養我輩常護助成諸法聖者我輩知恩非不知故以堅固心願長守護不捨是法爾時觀世音菩薩摩訶薩告諸大衆善哉善哉汝能發是最精進願護持此法此法是眞一切如來種族會通三昧耶爾時執金剛祕密主一切眷屬聞法歡喜合掌旋繞辭還本宮

不空罥索神變眞言經卷第二十三

音釋

揔子公切𢷮也　枲想里切　抳尼氏切　瀉先野切傾也　晃爚晃胡廣切爚以灼切晃爚光明貌　揀古限切選也　詮此緣切註也　腐奉甫切朽也　恬徒兼切安靜也　孽魚桀切　馽陟立切

不空罥索神變眞言經卷第二十四

唐南天竺三藏法師菩提流志奉 詔譯

執金剛祕密主問疑品第五十一

爾時執金剛祕密主菩薩摩訶薩於自宮中乃與無量諸大眞言仙王前後圍繞端坐觀察思惟此法告諸仙言彼觀世音菩薩摩訶薩說此不空罥索心王陀羅尼眞言廣大解脫蓮華曼拏羅印三昧耶乃是一切菩薩摩訶薩共所合掌恭敬頂禮修治之處極為甚深祕密法藏我及梵釋一切諸天諸眞言仙一切魔衆沙門婆羅門人非人等盡皆迷惑非意思伺非度所測此法廣大極為甚深難解難入如是不空罥索心王陀羅尼眞言廣大解脫蓮華曼拏羅印像三昧耶無量無數已於佛前大衆中說等如大海云何得入此大法海三昧耶門修學受持我等猶如芥子擊動蘇彌盧山云何得動如以十方一切微塵諸佛刹土内芥子中云何得入若復有人樂欲書寫受持讀誦聽聞修者先不承事恭敬供養十方過現一切刹土殑伽沙俱胝那庾多百千諸佛一切深法讀誦聽聞何由得解此不空罥索心王陀羅尼眞言廣大解脫蓮華壇印三昧耶是一切菩薩摩訶薩共所合掌恭敬頂禮讚歎受持讀誦修習大祕密三昧耶得解脫處非我修法由是迷惑難解難入此大甚深祕密三昧耶又復有人受持一切諸佛法教證於出世最甚深法善巧智慧於此法中勇猛精進信解受持讀誦聽聞猶不得了何況今世當世苾芻苾芻尼族姓男族姓女受持讀誦聽聞修習此不空罥索

心王陀羅尼眞言廣大解脱蓮華壇印三昧耶種種神通求成就者當云何成我諸菩薩梵釋諸天一切諸衆有此疑惑事須問佛爲解衆所心之疑惑當令有情修治成就得滿諸願爾時執金剛祕密主菩薩摩訶薩當勑無量俱胝百千諸大眞言仙王大衆各以無量神通威力飾持種種幢旛寶蓋眞珠網縵雜寶華鬘天妙衣服水陸諸華天諸末香塗香燒香天諸妓樂頭冠瓔珞七寶條襻釵璫環釧一切色相摩尼寶珠前後圍繞執金剛祕密主菩薩摩訶薩而爲上首發宫殿中作大神通以此不空羂索心王陀羅尼眞言三昧耶神通威力從空來至補陀洛山觀世音菩薩摩訶薩寶宫殿中不空羂索心王陀羅尼眞言廣大解脱蓮華曼拏羅印三昧耶會

上正於如來大衆中下則便佛前恭敬作禮各以所持種種供具作大供養右繞如來數百千帀却退一面重禮佛足往觀世音菩薩摩訶薩前一時頂禮菩薩雙足復作種種廣大供養右繞七帀及遍周帀廣大供養一切菩薩摩訶薩大曼拏羅神并會大衆爾時執金剛祕密主菩薩摩訶薩與諸仙衆便於觀世音菩薩摩訶薩前僉然一面整理衣服合掌恭敬靜默瞻仰於須臾間執金剛祕密主菩薩摩訶薩輪弄持杵步如師子往詣佛前又復頂禮右繞三帀却退一面長跪叉手前白佛言世尊彼觀世音菩薩摩訶薩説此不空羂索心王陀羅尼眞言廣大解脱蓮華曼拏羅印三昧耶乃是一切菩薩摩訶薩共所合掌恭敬頂禮修治之處極爲甚深難解難

入踰過大海蘇彌盧山不可動搖特奇希有難爲受持讀誦修習此法中有無量無邊陀羅尼真言廣大解脫蓮華曼拏羅印三昧耶像成就之法無量如來現神通法無量不空王觀世音菩薩摩訶薩所有受持讀誦修習成就神通變現之法世尊我及一切菩薩摩訶薩梵釋諸天一切諸衆皆當疑惑云何受持讀誦聽聞修習云何令得成就是法一一陀羅尼真言曼拏羅印像三昧耶所供養法各別皆有無量無邊三昧耶門云何令於現在未來苾芻苾芻尼族姓男族姓女信解受持讀誦修習心不散緣心不迷惑依何法門而得成就唯願如來爲令解釋斷諸疑惑爾時釋迦牟尼如來謂執金剛祕密主菩薩摩訶薩言如是如是如是此法具有種種祕密輪攝

如來陀羅尼真言之行成就法門若有最上成就斯者則得無量大智海生獲大成就無量廣大六波羅蜜多福蘊善根成就相應爾時執金剛祕密主菩薩摩訶薩復白佛言世尊何者名得最上成就云何以此成就得諸成就爾時如來謂執金剛祕密主菩薩摩訶薩言若有苾芻苾芻尼族姓男族姓女有少宿植真菩提心善根種子如芥子者彼人則得最勝成就如是真實菩提心人隨其力辦當作金銅舍利制多於制多中置佛舍利恒常精進日日當以種種香水如法灌浴舍利制多置於壇內并置此經常以種種華香供養受持讀誦聽聞修習令不間斷則得最上成就之法所作諸法盡皆成辦以是受持供養功德日日則當承事供養九十九殑伽沙

俱胝那庾多百千佛所種諸善根復得此諸如來受記加被護念讃歎無量方便善根成熟復得一切菩薩摩訶薩共所修治恭敬頂禮無量不空羂索心王陀羅尼真言廣大解脱蓮華曼拏攞印三昧耶無量不空廣大明王真言曼拏羅印三昧耶處皆獲成就斯人由此受持供養舍利之福即身現前獲得無量功德稱歎得大成就執金剛祕密主我雖此説猶未了矣汝應復往觀世音前具所陳問彼復爲汝重更宣説爾時執金剛祕密主菩薩摩訶薩歡喜踴躍頂禮佛足往觀世音菩薩摩訶薩前合掌頂禮右繞三帀於一面立歡喜微笑輪弄持杵瞻仰菩薩目不暫捨爾時觀世音菩薩摩訶薩告執金剛祕密主菩薩摩訶薩言仁者瞻我請求何願我當相爲一一解釋令所願滿爾時執金剛祕密主菩薩摩訶薩即白觀世音菩薩摩訶薩言此不空羂索心王陀羅尼真言廣大解脱蓮華曼拏羅印三昧耶乃是一切菩薩摩訶薩共所恭敬頂禮學處深廣無量難解難入是法中有無量種陀羅尼真言廣大解脱蓮華曼拏羅印像三昧耶極爲甚深廣大無量踰過大海蘇彌盧山等如虚空無有限量此法廣大從何出生云何受持讀誦聽聞修習云何盡得一一解了云何了知證法成就云何大法而得成就云何地成就廣大解脱蓮華曼拏羅印三昧耶何者爲先何者爲中何者爲後是中無量陀羅尼真言各有無量壇印法則應云何作云何證解唯願聖者爲我解説除斷衆疑解此法中無量陀羅尼真言壇印

像法一切受持得大成就爾時觀世音菩薩摩訶薩告執金剛祕密主菩薩摩訶薩言仁者智慧甚爲速辯何故久已乃發斯問諦聽諦聽我即相爲一一解釋斷諸疑網譬如十方一切佛刹所有三世一切如來種種形相相好光明種種壽命種種寶師子座種種法會種種法門諸大神通説種種法種種調伏一切菩薩摩訶薩獨覺聲聞一切天龍八部人非人等而與授記一一名相而雖差别然是十方一切諸佛刹土三世一切如來一一法身報身化身形相壽命坐師子座轉大法輪説種種法而出現者盡皆同一法身報身化身相好光明一大乘法示現神通種種出現轉大法輪應化有情執金剛祕密主菩薩摩訶薩此不空罥索心王一切陀羅尼真言真實廣大解脱蓮華壇印三昧耶亦同其一我常以此不空罥索心王大幻化三昧耶力示現種種神通色法諸形相像相好光明隨上中下説法調伏一切有情皆令圓滿一切意樂所求願者皆由此一不空罥索心王大幻化三昧耶力示現一切大福德藴成熟善根復現一切如來憶念境界相應復現一切菩薩摩訶薩種種神通境界相應復現一切清淨陀羅尼三摩地勇猛三摩地金剛喻三摩地幢劍三摩地破諸諍論三摩地觀察三摩地神變三摩地放光三摩地離愛三摩地力嚴三摩地法觀察三摩地寶印手三摩地清淨光三摩地毗盧遮那藏三摩地日光三摩地寶藏三摩地月藏三摩地觀察光三摩地法炬三摩地一切如來觀察頂三摩地神

通溥遍嚴三摩地火炬三摩地禰楞惹那三摩地不退轉相三摩地滿月三摩地善住三摩地善覺三摩地行清淨三摩地日觀三摩地離垢三摩地溥印三摩地溥遍壇清淨三摩地相印觀三摩地溥圓清淨三摩地蓮華嚴三摩地不空觀三摩地不空清淨三摩地不空神變三摩地不空安慰廣大寶三摩地臂釧三摩地臂釧幢三摩地一切幢釧三摩地離一切障三摩地不空鉤三摩地蓮華鉤三摩地清淨鉤三摩地不空鉤攝受三摩地不空光鉤三摩地威德觀察三摩地清淨處三摩地分明觀三摩地周遍圓滿三摩地執金剛祕密主菩薩摩訶薩是五十二三摩地與諸三摩地而爲上首一一各有無量殑伽沙俱胝那庚多百千僕從三摩地此五十二

三摩地皆是不空羂索祕密心王陀羅尼眞言廣大解脱蓮華壇印三昧耶大幻化神通力加持出現勝相相應若有情信解受持讀誦修習此不空羂索心王陀羅尼眞言廣大解脱蓮華壇印三昧耶者當依一切如來金剛身語心印金剛法門入金剛定無動無壞晝夜六時以大悲心如法誦持是不空羂索心王陀羅尼眞言常數不闕應知此人則得證解如是三摩地復得不空廣大神通成就不空見諸佛相成就不空陀羅尼眞言三昧耶積聚功德福蘊成就不空如來神通境界變化成就不空菩薩心境界神變成就不空如來大神通變化加持成就不空六波羅蜜多圓滿相應成就不空坐菩提場轉大法輪成就不空不退地住成就不空智照溥遍

光成就不空最勝清淨甚深般若波羅蜜多增長菩提成就不空十波羅蜜多圓滿相應成就不空恭敬供養一切如來相應成就執金剛祕密主菩薩摩訶薩以是三摩地神通妙義我則意正廣令宣說此不空羂索心王陀羅尼眞言廣大解脫蓮華壇印三昧耶名不空羂索心王陀羅尼眞言三昧耶云何使得受持之者心神迷惑令復散亂若疑此法難解難入難爲受持無有是處執金剛祕密主菩薩摩訶薩十方所有一切剎土一切如來一切不空大智道智皆是此不空羂索心王陀羅尼眞言三昧耶智慧名字一切菩薩摩訶薩一切不空大智道智亦是此不空羂索心王陀羅尼眞言三昧耶智慧名字一切觀世音種族幻化三昧耶亦是此不空羂索心王陀羅尼眞言三昧耶智慧名字我所一切神通幻化三昧耶亦是此不空羂索心王陀羅尼眞言三昧耶智慧名字執金剛祕密主菩薩摩訶薩智慧即是不空羂索心王陀羅尼眞言三昧耶不空羂索心王陀羅尼眞言三昧耶即是智慧不空羂索心王陀羅尼眞言三昧耶即是一切佛心三昧耶一切佛心三昧耶即是不空羂索心王陀羅尼眞言三昧耶不空羂索心王陀羅尼眞言三昧耶即是我心我心即是不空羂索心王陀羅尼眞言三昧耶若我一切心所思惟願求一切甚深祕密廣大法者即便以此不空羂索心王陀羅尼眞言智慧一時攝來執金剛祕密主菩薩摩訶薩是故我今說此名不空羂索心王陀羅尼眞言廣大解脫蓮華壇印三摩

地若有有情得證之者云何使心迷惑散亂仁於此法發斯疑惑作如是問無有是處執金剛秘密主菩薩摩訶薩此受持者以此陀羅尼力復證此不空羂索心王陀羅尼真言廣大解脫蓮華曼拏羅印三昧耶中無量不空陀羅尼皆悉現前一一解了所謂不空海智陀羅尼不空鉤陀羅尼不空蓮華鉤陀羅尼不空善住陀羅尼不空盧舍那藏陀羅尼不空清淨毗盧遮那藏陀羅尼不空清淨蓮華陀羅尼不空光明影陀羅尼不空如意寶幢陀羅尼不空光明神變陀羅尼不空印陀羅尼不空金剛陀羅尼不空悉地陀羅尼不空安住陀羅尼不空廣大光明陀羅尼不空清淨光陀羅尼不空遍覺陀羅尼不空光焰印陀羅尼不空日月藏陀羅尼不空一切如來秘密菩提道場陀羅尼執金剛秘密主菩薩摩訶薩此受持者證獲如是陀羅尼者則得一切菩薩摩訶薩共所合掌恭敬頂禮修治一切不空羂索心王陀羅尼真言廣大解脫蓮華壇印三昧耶而皆現前以斯陀羅尼力則得一切不空智印秘密法門最上妙定心不迷惑心不失念心不下行下見下智心不癡亂心不怖懼心不動搖心不嫉妬心不慳貪心不障惑心無罪垢心無世間生死涅槃諸惡覺觀常令慧心顯現明照猶如無量百千日輪清淨法界亦如大海廣深無際踰過衆流執金剛秘密主菩薩摩訶薩獲得如是無量廣大積聚功德不空羂索心王陀羅尼真言云何使心迷惑失念此受持者復得旃暮伽王無量無數清淨色受想行識法清

淨眼耳鼻舌身意法清淨色聲香味觸法法清淨一切法界法執金剛秘密主菩薩摩訶薩以實清淨真菩提心信解受持讀誦修習此不空羂索心王陀羅尼真言三昧耶者證得如是清淨之法云何心神而有迷亂執金剛秘密主菩薩摩訶薩且待須臾我欲佛前現此一切菩薩摩訶薩共所合掌恭敬頂禮一切不空羂索心王陀羅尼真言廣大解脫蓮華壇印三昧耶種種神通威德相狀爾時執金剛祕密主菩薩摩訶薩聞斯不空王莊嚴功德大神通法已適然歡喜解心踊躍歎未曾有斷諸疑結解心清淨解法清淨心不疑惑此一切菩薩摩訶薩共所合掌恭敬頂禮一切不空羂索心王陀羅尼真言廣大解脫蓮華壇印三昧耶處爾時執金剛秘密主

菩薩摩訶薩便以溥遍清淨光大摩尼寶奉上供養觀世音菩薩摩訶薩已合掌頂禮恭敬讚歎右繞三帀便詣佛前退坐一面歡喜踊躍合掌恭敬瞻仰如來爾時觀世音菩薩摩訶薩以大悲心當爲度脫一切有情歡喜受持溥遍清淨光大摩尼寶便以此寶擲置空中展轉供養十方諸佛擲是寶時十方刹土三千大千世界六反大動放無量光一時溥照上至阿迦尼吒天下至阿毗地獄其光明踰俱胝百千日初出光以光神力此贍部洲三塗六趣一切有情遇斯光者皆得解脫種種罪苦當捨命後便徃淨土蓮華化生具衆相好而自莊嚴十六地獄爲光照時變成清淨蓮華之池是中有情皆盡解脫火湯地獄爲斯光照即現變成清涼水池是中有情

皆盡解脱寒氷地獄爲斯光照即現變成温暖水池是中有情皆盡解脱傍生一切有情之類爲斯光照便則捨命往兜率陀天而即受生一切牢獄繫閉有情爲斯光照則得杻械枷鎖灾難一時解脱一切盲聾瘖瘂跛躄病苦有情爲斯光照一時皆得見色聞聲解語能行病痾除差如是一切不完具者皆悉具足一切卉木藥草叢林百穀苗稼甘蔗蒲萄爲斯光照悉皆滋茂華實繁多光照十方一切佛土各九十九殑伽沙俱胝那庾多百千如來應正等覺隨諸如來一一現大光明寶帳方正廣博種種莊嚴時諸如來各陞帳中坐師子座各以無量菩薩摩訶薩大衆前後圍繞如法而坐於虚空中霔𩂯彌雨種種色寶妙莊嚴具海雲種種末香塗香燒香海

雲種種寶幢旛蓋海雲種種蓮華拘物頭華芬陀利華鉢頭摩華優鉢羅華婆利師迦華瞻蔔迦華阿底目多迦華阿叔迦華波吒羅華青蓮華迦曇婆華曼陀羅華摩訶曼陀羅華海雲一切諸天種種妓樂不鼓和鳴海雲周遍供養彼諸一一如來大衆我此釋迦牟尼如來亦現光明大寶帳中坐師子座是會無量菩薩摩訶薩大衆前後圍繞如法而坐其帳廣博方正四角純以無量衆寶嚴飾種種光明間錯交映以諸半月滿月寶鐸金鈴天衣旛蓋眞珠羅網四面懸列帳諸角上天妙雜拂具莊嚴之於虚空中霔𩂯彌雨一切寶幢旛蓋天妙衣服末香塗香燒香天諸寶華水陸雜華一切海雲一切諸天種種妓樂不鼓和鳴海雲供養釋迦牟尼如來會中大

衆執金剛秘密主菩薩摩訶薩如斯神通皆是不空羂索心王陀羅尼真言廣大解脱蓮華壇印三昧耶神通加持此不思議未曾神變得是示現

廣大明王央俱捨真言品第五十二

爾時觀世音菩薩摩訶薩現斯種種廣大莊嚴神通法已即從座起右繞如來百千數帀退一面立整理衣服瞻仰如來合掌頂禮長跪叉手復白佛言世尊復有不空羂索心王陀羅尼真言廣大解脱蓮華壇印三昧耶中三大明王秘密摩訶摩尼亦是一切菩薩摩訶薩共所合掌恭敬頂禮旖暮伽王陀羅尼真言廣大解脱蓮華曼拏羅印三昧耶一名不空廣大明王央俱捨真言二名不空大可畏明王央俱捨真言三名不空清淨蓮華明王央俱捨真言欲於佛前而演説之世尊此三大明王神通威力能現一切不空羂索心王陀羅尼真言廣大解脱蓮華壇印一切變像三昧耶盡皆現前若暫憶念受持讀誦聽聞修習則得一切不空羂索心王陀羅尼真言廣大解脱蓮華壇印三昧耶現前成就爾時釋迦牟尼如來謂觀世音菩薩摩訶薩言善哉善哉清淨者汝應演説是一切觀世音菩薩摩訶薩秘密心廣大明王央俱捨真言爲令利益修真言者及諸有情汝當宣説今正是時爾時觀世音菩薩摩訶薩得佛印讚還坐本座歡喜微笑奮迅神通瞻仰如來目不異顧即説不空廣大明王央俱捨真言曰

娜麽塞(桒紇切下同前)窒(丁結切)曬野(一)特(能邑切)婆(無何切下音同)努誐(銀迦切又音迦字斤攞切下同音)嚲(二)跛(北没切)囉

二合底瑟耻諦瓢毗藥切下同三薩縛無可切下同鞞詑他可
切誐跢多箇切下同音四勃陀上聲菩地薩怛得訖切下同音
廢無計切下同二合瓢毗遥切五那莫旖唎耶六跋駬囉
馱囉七摩訶去聲苾蒭亭夜切馱𡃤捺能訖切下同邏
二合八縒誐拏播嚩婆𡃤瓢入聲九那莫薩縛曼
拏上聲攞十苾蒭禰奴禮切下同縛謗瓢入聲十一薩縛
没捺邏二合曼怛囉二合十二播縿知櫃切下同音攞迦斤邏
切下同音粒楞邑切閉瓢入聲十三那莫薩縛跛同上囉二合
底曳二合迦十四勃馱嚩野十五失邏縛迦僧去聲祇
虬戟切瓢毗遥切十六底跢那誐鞞十七跛同上囉二合窒
丁聿切半禰瓢入聲十八那莫旖唎野梅窒𡃤野十九
跛同上囉二合母契瓢毗遥切二十摩訶去聲覩使鞞菩
提薩埵縛二合二十一誐拏平聲播嚩婆𡃤瓢入聲二十
二那莫旖唎耶弭多皤野二十三鞞詑誐跢耶
二十四縒歌素蘇古切佉上聲縛底二十五你婆枲禰

菩地薩埵縛二合誐拏上聲二十六播嚩婆邏野二十
七那謨娜舍素𥨊寧立切屈數二十八旖灘去聲跢
鉢嚩演諦數二十九路迦陀上聲覩數三十薩縛鞞
詑誐諦瓢入聲三十一縒俱呬虛以切野曼拏上聲攞
曼怛囉二合三十二没捺邏二合播縿攞迦粒同上音
閉瓢入聲三十三那謨囉怛娜二合怛囉二合耶野三十
四那莫旖唎耶三十五婆路枳諦濕縛二合囉野
三十六菩地薩埵縛二合野三十七摩訶去聲薩埵縛
二合野三十八摩訶去聲迦嚕抳迦野三十九薩縛苾
蒭曼拏上聲攞四十母喇盧訖切怛曳四十一薩縛薩
埵縛二合韈無遏切縒攞野四十二縒曼鞞暮伽上聲
四十三曼拏上聲攞苾蒭囉惹四十四那麽塞訖嚩
二合鞞野四十五薩縛弭起其乙切娜毗那去聲野迦
四十六訥瑟縿摩邏你四十七跛囉二合舍麽娜迦
邏野四十八摩訶去聲菩地薩埵縛二合四十九娑羅

蕩矩舍野五十怛𡨰寧也切他五十一唵喉中撞聲引呼旃
迦唎灑跢櫝切下同音野五十二鉢頭逵邑切麽二合歌塞
韈五十三摩訶去聲暮弶求亮切矩捨五十四者囉者
囉五十五柘者囉五十六散者囉五十七縒曼諦娜
五十八摩訶去聲播餉收亮切矩捨步惹五十九娑羅
娜步讓矩捨六十播捨陀上聲囉六十一陀上聲囉陀
上聲囉六十二縒曼多上聲沒捺邏二合曼怛囉二合六十
三播縿攞陀上聲囉六十四怏於亮切矩捨播勢那
六十五陀上聲囉野舒舒六十六摩訶去聲沒捺囉二合
歌麽二合六十七廢灑陀上聲囉六十八旃暮伽上聲嚕
謗引矩捨陀上聲囉六十九路囉路囉七十哆哆囉
七十一散路囉野七十二摩訶去聲沒捺同上邏二合曼
拏上聲攞七十三旃暮弶同上矩捨婆囉娜七十四摩
訶去聲迦嚕抳迦七十五室嚗路者娜七十六播輸
鉢底韈灑馱囉七十七繿伊異切濕縛囉七十八摩

醯濕縛二合囉七十九播囉麽迦嚕抳迦八十摩訶
去聲菩地濕縛二合囉八十一野麽娑嚕拏矩廢囉
八十二矩摩囉八十三那麽塞訖嚗韈八十四室隸
路枳野娑囉娜八十五那麽迦舍麽迦八十六舍
縒迦咯訖灑迦八十七摩訶去聲苾皺暮伽上聲八十
八曼拏上聲攞布爾弢八十九囉怛娜摩矩縿摩
囉陀上聲囉九十麼嚕麼嚕九十一摩航胡朗切矩舍
九十二乞灑陀上聲囉舒舒九十三皤囉皤囉九十四
三去聲皤囉三去聲皤囉九十五縒曼韈九十六沒捺
囉二合曼怛囉二合九十七曼拏上聲攞播縿攞九十八
布囉野布囉野舒舒九十九紇唎二合娜颰矩舍
一百旃縛路迦同上野紟牟含切一娑上聲陀上聲野悉沉
亭姪切二旃迦唎二合灑野三沒捺邏曼怛囉二合四
曼拏上聲攞播縿臨盧金切五舍麽野弭趁灘六跛
同上囉二合娑去聲陀上聲野摩囒彈舌呼七歌囉歌囉八

薩縛播皺枳粒同上二合弭灑九麼攞麼縒同上理焰十虎嚕虎嚕二十一麼航同上矩捨鉎鉎十二勃皺勃皺十三菩陀上聲野菩陀野十四覩嚕覩嚕十五摩訶去聲菩地薩埵途壙切望二合矩捨十六喇怛娜二合播捨陀去聲囉十七娜那去聲弭質怛囉二合皤囉弩上聲十八弭步使鞞十九旖弭鞞皤爾娜二十摩矩縿馱囉二十一陀上聲囉陀上聲囉二十二鉢頭奴邑切麼二合播餉同上矩捨陀上聲囉二十三薩縛苾皺曼怛囉二合二十四没捺邏二合曼拏上聲攞二十五跛囉二合縛囉二十六婆去聲陀上聲野婆去聲陀上聲野婆去聲陀上聲野二十七弭濕縛二合嚕播陀上聲囉二十八縒歌塞囉步惹二十九縒歌塞囉二合爾怛囉二合三十譟蘇告切[各+養]各養切母佉上聲播囉麼迦嚕抳迦三十一薩埵縛二合[革+幾]同上縒攞三十二薩縛曼怛囉二合没捺囉二合三十三跛囉二合縒陀上聲迦三十四摩訶入聲縛囉娜薩埵縛二合三十五那謨窣覩諦三十六旖暮弥矩捨三十七鉢頭麼二合步惹三十八莎縛訶去聲共一百三十九

爾時觀世音菩薩摩訶薩說是真言時其補陀洛山觀世音宮殿六反震動天雨衆華此一切菩薩摩訶薩共所合掌恭敬頂禮一切不空罥索心王陀羅尼真言廣大解脫蓮華曼拏羅印三昧耶一切文字秘密章句皆於閻浮檀金葉上以青瑠璃而爲文字白光圍繞一一文句行頌端正於虛空中一時顯現一切不空罥索心王陀羅尼真言廣大解脫蓮華曼拏羅印三昧耶種種圖像諸佛如來坐師子座一切菩薩摩訶薩一切觀世音菩薩摩訶薩一切真言曼拏羅神一切廣大奮怒明王隨法如法坐蓮華座俱虛空中一時

顯現三十三天梵釋諸天四天王神苦行諸仙一切使者一切龍神八部隨法如法次第而坐俱虛空中一時顯現一切廣大解脫蓮華曼拏羅印三昧耶種種形量院位所應一切圖像諸佛如來坐師子座一切菩薩摩訶薩一切執金剛菩薩摩訶薩一切觀世音菩薩摩訶薩一切廣大奮怒明王隨法如法坐蓮華座俱虛空中一時顯現一切真言曼拏羅神三十三天梵釋諸天一切天神一切使者及諸種族一切侍者執持器仗隨法如法次第而坐俱虛空中一時顯現一切手印一切器仗印乃至諸印種種相狀隨法如法蓮華臺上光焰圍繞俱虛空中一時顯現一切所圖宮殿樓閣須彌盧山一切小山寶樹華果藥草之類池泉溝壑江河大海一切禽獸各各形相隨法如法一切殊特端正妙好俱虛空中一時顯現十方無量殑伽沙俱胝那庾多百千剎土所有一切如來應正等覺俱虛空中一時顯現讚觀世音菩薩摩訶薩言善哉善哉觀世音汝能說此最上不空廣大明王央俱捨真言三昧耶門以斯真言三昧威力攝是一切菩薩摩訶薩共所合掌恭敬頂禮一切不空羂索心王陀羅尼真言廣大解脫蓮華曼拏羅印三昧耶一切文字祕密章句一切諸佛菩薩摩訶薩真言明神一切諸天形像一切曼拏羅印三昧耶相於虛空中一時顯現當斯會上廣大無量此不空廣大明王央俱捨真言與於今當苾芻苾芻尼族姓男族姓女作大寶聚爲歸依處若有能以一切如來金剛身語心印金剛法門大悲

之心恒於後夜晨朝夜時受持讀誦一七二七三七遍者應知是人則得一切旖暮伽罥索心王陀羅尼真言廣大解脱蓮華曼拏羅印像三昧耶皆當現前證大智海解此不空罥索心王陀羅尼真言廣大解脱蓮華曼拏羅印變像三昧耶爾時釋迦牟尼如來偈讃觀世音菩薩摩訶薩言

善哉善哉觀世音　大慈悲者汝身是
善演明王真言者　應當重説成就法

爾時執金剛秘密主菩薩摩訶薩見是廣大無量神變合掌歡喜深心踊躍歎未曾有爾時觀世音菩薩摩訶薩得佛告已又白佛言世尊若苾芻苾芻尼族姓男族姓女能以一切如來金剛身語心印金剛法門甚深秘密大三昧耶大悲之心信解受持讀誦修習恭敬供養是一切不空罥索心王陀羅尼真言廣大解脱蓮華曼拏羅印三昧耶者清潔洗浴著淨衣服一心寂默勿與他語面東合掌頂禮十方一切諸佛菩薩摩訶薩如法而坐加持衆香燒焯供養一切諸佛菩薩摩訶薩衆會乃當誦此廣大明王央俱捨真言頂禮十方一切諸佛如來菩薩摩訶薩衆菩提願燒香供養便誦廣大明王央俱捨真言如法作法晝夜六時而不間絶滿七七日或一百日或二三百日得觀世音補陀洛山所有一切觀世音種族一切菩薩一切天神一切曼拏羅神真言明神天龍八部悉皆歡喜湊會加被一時護念夢覺現身爲令證解一切菩薩摩訶薩共所合掌恭敬頂禮一切不空罥索心王陀羅尼真言廣大解脱蓮華壇印

變像三昧耶甚深諸法若一千日若二千日若三千日若四千日若常受持所求一切菩提勝法悉疾成就常得觀世音㝠夢現身護念加慰一切善相功德福藴口氣香潔聲音清徹舌相柔輭膚體光澤清淨無垢復當受持讀誦恭敬供養十方一切不空如來種族陀羅尼真言曼拏羅印三昧耶一切毗那夜迦諸天魔衆皆自敬伏過現所造阿毗地獄一切重罪盡皆消滅身器清淨舍宅清淨同伴清淨有三毒者得離三毒有愚癡者得離愚癡有貪欲者得離貪欲有垢障者得離垢障有魔障者得離魔障有惡心者得離惡心不持五戒八戒十戒菩薩戒者當於持戒不禪定者而當禪定不持齋者當於持齋不持梵行者當持梵行一切壇法不清淨者而得清淨無福德者而得福德不持二百五十戒五百戒者當持二部清淨戒品未入一切灌頂曼拏羅者當入一切灌頂曼拏羅三昧耶未證一切三摩地者當證一切三摩地不結手印者當結手印未見一切佛法僧寶者當見一切佛法僧寶未得一切菩薩觀察憶念者則得一切菩薩觀察憶念未種一切菩提善根者得種一切菩提善根不修布施波羅蜜多者當修布施波羅蜜多積集相應不修淨戒波羅蜜多者當修淨戒波羅蜜多積集相應不修安忍波羅蜜多者當修安忍波羅蜜多積集相應不修精進波羅蜜多者當修精進波羅蜜多積集相應不修靜慮波羅蜜多者當修靜慮波羅蜜多積集相應不修般若波羅蜜多者當修般若波羅蜜多積集相

應若昔退失一切陀羅尼眞言三昧耶者則不退失一切陀羅尼眞言三昧耶未得善知識教誡教授者當得善知識教誡教授相應未得時世人民信向恭敬供養者當得時世人民信向恭敬供養世尊此廣大明王央俱捨眞言如是威力能廣攝持一切廣大無等等量悉地成就又能攝持一切如來十力四無所畏四無礙解大慈大悲大喜大捨十八佛不共法三十七助道法眞如實際第一義法猶是威力即能剎那增長無等最極福聚諸大法蘊悉地成就如是廣大稱讚威德皆是觀世音菩薩摩訶薩心不空廣大明王央俱捨眞言不空能攝最大善根成熟相應

不空羂索神變眞言經卷第二十四

音釋

條襻 條他刀切編絲繩也 襻普患切衣系也

釵璫 釵楚佳切岐笄也 璫都郎切充耳珠也

杻械 杻敕久切 械胡戒切 杻械桎梏也

盲聾 盲莫耕切 聾盧紅切

瘖瘂 瘖於金切 瘂烏下切

跛躄 跛補火切足偏廢也 躄必益切足不能行也

痼 古暮切久病也

靉靆 靉烏改切 靆徒亥切 靉靆雲盛貌

不空羂索神變真言經卷第二十五

唐南天竺三藏法師菩提流志奉　詔譯

廣大明王摩尼曼拏羅品第五十三

世尊若苾芻苾芻尼族姓男族姓女樂見觀世音淨妙身者清潔洗浴以香塗身著淨衣服食酥乳酪飯戴七仙人其身各長一把量等當用金作或白栴檀木作或以銀作純金莊飾置於壇中如法供養廣大明王央俱捨真言加持相現以一仙人戴置頂上以一仙人佩置胷前以一仙人佩置背上以二仙人左右髆上以二仙人左右肘上當用緋繒作囊繫佩於閑靜處方圓五肘淨治其地起基四指以諸香泥填飾塗治規列界院開廓四門內院當心一百八葉開敷蓮華一一葉上央俱捨印繞火光焰臺上摩尼珠印光焰圍繞繞臺四緣火光光焰四面四角開敷蓮華臺上羂索印左右相盤其索兩頭當作鉤形次院四面開敷蓮華臺上諸印繞火光焰四角四天王神面目瞋怒執持杵槊繞身光焰東門須彌盧山頂上執金剛祕密主菩薩面目喜悅一手執金剛杵一手揚掌繞身光焰南門寶華樹樹華臺上廣大奮怒明王面目可畏一手執蓮華鬘一手揚掌繞身光焰西門須彌盧山頂上天帝釋面有三眼一手執金剛杵一手揚掌繞身光焰北門裿暮伽觀世音大奮怒王面目瞋怒坐蓮華座手執蓮華鬘一手揚掌繞身光焰次院四面開敷蓮華臺上諸印繞上火焰四門如意瓶印口出蓮荷華葉蒲萄朶葉四角蓮臺十字金剛杵印繞上火焰內外院地純白色地金剛標幟

置不空羂索觀世音像外四面界五色線圍旛華莊嚴敷置銀瓮閼伽牛乳金瓮閼伽沉檀香水銀香鑪燒香供養六十四分種種香華果子三白飲食或白瓷瓮閼伽香水四門香鑪隨燒諸香六十四燈廣大明王央俱捨眞言加持供物時華稻穀華種種華鬘而皆敷獻作是法者起白月八日食三白食大可畏明王央俱捨眞言加持白芥子香水淨治內外加持身上每十五日斷語絕食廣大明王央俱捨眞言加持白芥子散方結界一切諸惡天龍八部諸魔鬼神毗那夜迦怖散馳走一切諸善天龍八部護佛法者皆悉湊會四方擁護一切水天火天風天四天王天焰摩王各諸眷屬皆來湊會四維擁護一切地天皆悉來會下方擁護一切大梵天帝釋天那羅延天摩醯首羅天婆㡳夜天日天月天星天皆來湊會上方擁護如法結界壇東敷白茅草跏趺而坐每日時別誦母陀羅尼眞言一加持華一擲不空羂索觀世音像上大可畏明王央俱捨眞言一加持白芥子一拋像上廣大明王央俱捨眞言一加持香一燒請現又一加持白芥子一打壇中一百八葉蓮華臺上如法作法六時無間滿祈日夜五更之時像自動瞻當出種種微妙梵聲如緊那羅聲是眞言者倍復精懇發堅固心誦廣大明王央俱捨眞言聲聲不絕壇心蓮臺出種種光遍照十方是時壇內出諸天香氣多芬馥遍徹十方過於世間百千種香是香氣霧霞於壇上周圓廣大百千踰膳那狀如傘蓋青瑠璃色住空顯現不空羂索觀世音菩

薩摩訶薩中蓮臺上當復涌現三十二相八十妙好清淨色身如大梵天王身有四臂一手執蓮華一手執羂索一手執三叉戟一手施無畏首戴寶冠冠有化佛天諸衣服耳璫環釧衆寶瓔珞用莊飾身身放光明過百千日初出光明面目熙怡騰住空中看真言者遍觀十方高聲讃言善哉善哉大真言者則伸俱胝百千光手摩其頂上即證神通便隨菩薩昇空而坐授得不空廣大明王央俱捨廣大光嚴神通幻化解脱三摩地不空觀三摩地廣大寶藏稱讃三摩地無垢稱三摩地觀世音菩薩摩訶薩心不空明王央俱捨陀羅尼三摩地授得如是殑伽沙俱胝那庚多百千三摩地若證此三摩地者則得一切菩薩摩訶薩共所合掌恭敬頂禮一切不空羂索心王陀羅尼真言廣大解脱蓮華壇印變像三昧耶皆悉現前復得一切廣大蓮華種族陀羅尼真言壇印三昧耶復得一切如來種族陀羅尼真言壇印三昧耶復得一切金剛種族陀羅尼真言壇印三昧耶復得一切摩尼種族陀羅尼真言壇印三昧耶復得一切香象種族陀羅尼真言壇印三昧耶復得九十二殑伽沙俱胝那庚多百千真言明仙大真言仙三昧耶爾時觀世音菩薩摩訶薩又復語言更何所求我今爲汝皆得滿足是真言者心所願求出世一切菩提願行皆應乞之亦復教詔出世世間三世法故盡令悟解

廣大明王三三昧耶品第五十四

世尊是不空廣大明王央俱捨真言三昧耶

扇底迦三昧耶觀觀置縛無可切字從其地下金剛風際上有縛字文畫分明變現五股金剛杵狀出大火焰其焰熾徹焚自身盡耗爲白灰以斯白灰摩塗白色大曼拏羅周遍光徹變爲大海水白如乳清淨澄潔廣無涯浒中有種種黿鼉龜鼈摩竭大魚鯨鼇鯢魚一切龍魚鳧鴈鴛鴦白鶴孔雀一切禽獸寂然不動慈心相向海心觀現無量千葉素白蓮華光敷香馥幹上難陀龍王跋難陀龍王左右盤繳臺上觀釋迦牟尼如來身白金色結跏趺坐師子寶座右觀廣大明王央俱捨觀世音菩薩般若菩薩獨覺聲聞半跏趺坐白金蓮華左觀執金剛秘密主菩薩四果聲聞半跏趺坐白金蓮座如來座下觀白蓮華師子寶座上觀三部白光陀羅尼真言法藏流出三乘一切教法廣大明王右觀潔白身如聖者狀半跏趺坐持捻念珠觀想聖衆顏貌恬寂形體鮮白如法誦念時課數畢收所誦數觀世音聖衆啓白觀世音言付隱眉間白毫相中引呼唵字祐護真言結印加持若真言者恒常六時修是三昧中無間廢不久當得旑暮伽王蓮華種性靜慮解脫廣大成就若布瑟置迦三昧耶觀觀置縛字從其地下金剛風際上有縛字文畫分明變現五股金剛杵狀出大火焰光焰熾徹焚自身盡耗爲白灰摩塗金色大曼拏羅周遍光徹變爲大海水黃金色清淨澄潔廣無涯浒中有種種黿鼉龜鼈摩竭大魚鯨鼇鯢魚一切龍魚鳧鴈鴛鴦白鶴孔雀一切禽獸而皆歡喜慈心相向海心觀現無量千葉金色蓮華光敷香

覆幹上難陀龍王跋難陀龍王左右盤繳臺上觀現釋迦牟尼如來身檀金色結跏趺坐師子寶座説種種法右手揚掌左手伸施無畏放金色光右觀廣大明王央俱捨觀世音菩薩半拏羅婆棄抳觀世音母菩薩毗俱胝菩薩多羅菩薩大功德天獨覺聲聞半跏趺坐金蓮華座左觀執金剛秘密主菩薩十波羅蜜菩薩四果聲聞半跏趺坐金蓮華座如來座前觀金蓮華師子寶座上觀三部陀羅尼真言法藏流出三乘一切教法廣大明王右觀潔白身如聖者狀敷座而坐持捻念珠觀想衆聖顔貌熈怡形體金色如法誦念時課數畢收所誦數觀世音聖衆啓白觀世音言付隱眉間白毫相中引呼唵字祐護真言結印加持若真言者恒常六時修是三昧中無間廢不久當得旃暮伽王蓮華種性解脱曼拏羅印三昧耶廣大成就若旃毗柘嚕迦三昧耶觀觀廣大可畏奮怒明王膚色青烈形大可畏面目瞋吼狗牙上出蹲踞空輪執持青黒但荼渇伽放大火焰奮振聲相甚可怖畏威用無敵如是修治則獲成就若扇底迦三昧耶念聲軌式清和調勻聲靜自知若布瑟置迦三昧耶念聲軌式不大不小調喋捷利聲慈怒外聞若護身三昧耶念聲軌式緊捷旋利聲固外聞若旃毗柘嚕迦三昧耶念聲軌式奮怒瞋譺挫颰訶黖聲畏遠聞若扇底迦三昧耶每誦陀羅尼真言句末寂靜和稱莎縛訶字若布瑟置迦三昧耶每誦陀羅尼真言句末喜利緊稱吽字若旃毗柘嚕迦三昧耶每誦陀羅尼真言句末奮怒譺稱吽

怖字若扇底迦三昧耶識心寂靜依諸如來金剛法性類相瑜伽如所聖者面目凝視結跏趺坐若布瑟置迦三昧耶識心適悅依諸如來金剛法門類相瑜伽如所聖者面目熈怡跏趺而坐若旖毗栢嚕迦三昧耶識心婾懠依諸如來最勝自在奮怒金剛降伏法門類相瑜伽如所聖者面目皺視跪踞而坐若護身三昧耶識心任持一切如來金剛智法類相瑜伽如所三昧耶不爲諸心世尊若當降伏拷治一切瘧鬼神等或餘鬼神説誠實語誦念之時便觀自身奮怒無敵身出火焰涌在空住寄結鉤印索印看瘧鬼神或餘鬼神是男是女并及眷屬隨所在處輪擲其印御縛來著有疾病處種種命縛拷打形罰訶譴治語自云臣伏乞命乞去便復以印眞言約勒即速發遣若辯一切善惡相者加持安悉香於我像前護摩一百八遍即便寢睡當使夢見觀世音現國王身而住於前爲説一切善惡諸法得大威德精進無量令諸罪障盡皆消滅若欲大梵天現者潔浴身服加持杜仲木汁安悉香相和萬丸大梵天像前晝夜護摩滿一萬遍則得梵天現身而來爲滿衆願或乞此身如梵天身亦如所願令世人民樂恒恭敬若欲那羅延天王現者潔浴身服那羅延天像前加持蘇曼那木然火加持安悉香白芥子酥蜜晝夜護摩滿一萬遍則得那羅延天現身告言善哉善哉眞言者我今以不空廣大明王央俱捨眞言攝我至此今何所乞爲皆滿願心所求願即前乞之得如所願或乞如那羅延天身現種種身亦得

如願若欲大自在天現者淨治身服加持乾蓮華末安悉香牛酥大自在天像前晝夜護摩滿一萬遍則得大自在天現身而來爲滿衆願若欲摩訶迦羅神現者從黑月八日淨浴身服夜處屍陀林中斫治屍陀林柴然火加持乾蓮華末安悉香白芥子呼嚕地羅牛酥晝夜護摩滿一萬遍至十五日不食作法又以呼嚕地羅赤蓮華白秔米飯供養則得摩訶迦羅神領諸僕從一時現前讚言善哉善哉眞言者今此法者最爲第一今何所求我能滿足是眞言者當見之時香華香水又作供養前乞衆願皆如願滿處處隨逐作大擁護若欲種種色相天神現者黑月八日淨嚴身服櫁木然火加持兜樓婆香多誐羅香甘松香白芥子酥蜜酪晝夜護摩滿一萬遍至十五日不食作法以龍腦香白栴檀香香水新淨瓫子滿盛供養復以三箇新淨瓫子盛三白食并諸雜華而作供養燒龍腦香白栴檀香薰陸香供養復誦眞言一千八遍即得天神乘於宮殿一時現前是眞言者當見之時心所求願悉皆乞之若乞作母則得財寶任所充用若乞作姊作妹所欲一切莊嚴資具而爲滿足若乞作給侍人者常令隨心種種所使遠近皆去千由旬內使往取物於須臾間周迴而至使取種種伏藏珍寶亦爲將來隨所任用是眞言者倍復精進不暫慢墮懈怠放逸作諸非法若少違犯立即滅身或被擲置藥叉窟中爲彼噉食所欲使往十方世界天宮龍宮地下一切藥叉羅刹種種鬼神宮窟中者悉隨意去追縛取物一切皆

任無不稱遂當應每日以諸香水并諸雜華以爲供養勿有斷絶則得歡喜所有使役一切皆任無不通達若欲藥叉女現者淨栢木板方一肘半如法治飾上畫藥叉女像以諸瓔珞而莊嚴之嚴治壇場中置此像是眞言者淨浴身服以三白食赤華供養以躑躅木像前然火加持安悉香白芥子牛酥三日三夜護摩一千八十遍得藥叉女欲前現身白眞言者今何所求當便報言汝當隨我種種使役取諸珍寶任我所用時藥叉女即復答言當任所使說此語已即便不現若後使者加持安悉香白芥子燒一百八遍得藥叉女來至於前隨心所使取諸珍寶奉眞言者任如法用若欲阿脩羅女現者加持蠟作阿脩羅女以諸瓔珞而莊飾之如法作壇中置此像淨浴身服三日三夜不食不語坐於像前燒安悉香以三白食而爲供養一加持白芥子一打像上一千八十遍脩羅女如法現前當見之時心所求事即便使之至命未盡常任使役若欲羅刹子女現者加持安悉香牛乾忙縒屍陀林內夜中作法調調燒焯一千八十遍勿煙氣斷則得羅刹子女一時皆現任爲役使至命未盡每日給付銀錢十貫眞言者得錢分爲三分一分供養一切三寶一分自用一分溥施諸貧乏人是眞言者每日以麵麨生菜如法供養羅刹子女令不斷絶羅刹子女及其僕從盡皆歡喜常任使役不離於側若欲毗舍支神現者加持牛畢哆菓豆杜仲木汁安悉香十字道頭夜中作法調調燒焯一千八十遍勿煙氣斷并以餅飯而

供養之則得毗舍支神現身給侍任所策使常不捨離周迴千里來往役使取諸物等常於門外每日三時當以餅飯無問精麤而皆供養即恒歡喜每日手持一百銀錢奉真言者卧床頭上所得銀錢勿令積貯日日總用營諸功德盡即送來若欲娜羅鉢底并及眷屬歡喜之者潔浴身服加持乾蓮華仙陀婆鹽白芥子黑芥子護摩一千八遍又加持白芥子牛黃持往所詣門處皆悉散之令彼人民除諸災障歡喜珍敬若欲婆羅門歡喜敬者加持秔米大麥黑胡麻酥蜜酪護摩之者則彼喜敬若欲刹帝利種歡喜者加持白麻人秔米小豆酥蜜酪護摩之者則得喜敬若欲戍陀歡喜者加持稻穀糠鹽蕓薹子酥蜜酪護摩之者則得喜敬若欲一切惡人歡喜者加持甘草七種穀子酥蜜酪護摩之者得彼惡人歡喜尊敬若欲止他兵賊者加持棘針木然火加持稻穀華白芥子酥蜜酪護摩之者則止他賊若往他軍鬪陣勝者加持黑芥子安悉香大麻子酥蜜酪護摩了已往相鬪敵則皆得勝

廣大明王阿伽陀藥品第五十五

世尊是廣大明王阿伽陀藥除諸有情一切障疾說藥頌言

此三昧耶伽陀藥　熏點塗佩三差別
乾馱囉婆馬鞭草　散折囉婆注囉迦
藥訖灑母邏當歸　曼陀羅子稻穀糠
皤攞迦藥寄生草　金牙丁香石菖蒲
小栢橿黃安悉香　俱畢蹕藥蓖麻子
末擣畢蹕并雄黃　雌黃數等都齊量

眞言加持精合治　以牸犢子母髑羅
和調香水塗地合　廣大明王央俱捨
眞言加持藥千遍　燒熏鬼神瘧疾等
令所疾惱皆除差　三昧眼藥小栢煎
橿黄華茇白胡椒　乾薑商佉訶黎勒
鞞醯勒果餘甘子　青優鉢羅華雄黄
仙陀婆鹽欝金香　海末銀礦甘松香
數量等分精合治　加龍腦香麝香等
十六數中齊一分　重復和合精研治
廣大明王央俱捨　眞言其藥數千遍
以藥點眼得無畏　不爲一切鬼神嬈
眼中瞖膜冷熱淚　風赤雀目皆除差
眼目精明滅衆罪　若所去處喜如願
亦復不爲諸灾横　禁閉刑罰水火難
一切惡獸蛇毒蟲　一切不相起灾害
最勝三昧伽陀藥　兜樓婆香青木香
彈誐攞香樹癬皮　鉢得羅惹香莫迦
欝鉢羅華奢彌葉　訶黎勒果茅香根
阿摩勒果白胡椒　華茇乾薑鞞醯勒
曼爾瑟託翳羅藥　小栢橿黄素迦唎
畢嘌迦香白膠香　堅沉水香欝金香
數量齊分石蜜丸　清淨塗壇而合治
眞言加持數千遍　令使陰乾佩戴之
所往去處皆歡喜　除諸灾障鬼神怖
箏笛箜篌琵琶鼓　塗擊作樂人聞者
一切惡夢灾障除　一切鬼神聞皆怖
飢儉厄難十惡罪　悉皆除滅吉清淨
是諸人等捨身已　或生淨土或生天
燒熏衣著所去處　常爲人民愛恭敬
無諸病苦加善相　福德精進自增倍

口舌惡相自消滅　佩此藥者除諸障
不爲鬼神所嬈亂　一切瘡腫疾病者
藥和水研塗得差　腹中一切疾病者
暖水研服令除差　共他談論皆敬愛

廣大明王央俱捨罥索曼拏羅品第五十六

爾時觀世音菩薩摩訶薩復白佛言世尊是不空廣大明王央俱捨眞言中有不空廣大蓮華央俱捨曼拏羅印三昧耶此曼拏羅印三昧耶乃是一切如來同所加被大三昧耶成就之處若有見聞隨喜受持讀誦則得不空一切神變廣大蓮華壇印三昧耶陀羅尼眞言像法成就又得會入一切如來種族曼拏羅印三昧耶一切如來加持擁護我欲佛前當爲憐愍修眞言者當得最勝成就故說亦爲饒益一切有情得安樂故說亦爲一切沙門婆羅門刹帝利毗舍戍陀童男童女滅蓋障故說爾時釋迦牟尼如來謂觀世音菩薩摩訶薩言善哉善哉清淨者具大慈悲順利一切持眞言者沙門婆羅門毗舍戍陀童男童女得法寶藏安處菩提汝當說是廣大蓮華央俱捨曼拏羅印三昧耶及說一切平等種族成就三昧耶此壇印法一切如來神通威力悉已加被我以神通亦已加被爾時觀世音菩薩摩訶薩又白佛言世尊此不空廣大明王央俱捨眞言中眞實最勝成就不空廣大蓮華央俱捨曼拏羅印三昧耶縱廣八肘或復五肘方圓穿去惡土瓦石骨木塡淨好土香水灑和堅築平塡起基五指香泥塗摩規廓界院內院當心畫百八葉白敷蓮華一一葉上罥索印金剛鉤印上火光焰臺

上二手合腕相著一手持金剛鉤一手執七寶羂索其鉤頭狀作龍頭相柄頭寶珠相其索兩頭作蛇頭相繞鉤索上火光明焰四面四角寶須彌座南面多羅菩薩印北面白身觀世音母菩薩印西面馬頭觀世音印東面毗俱胝觀世音印東北角一切觀世音蓮華種族印東南角戰多菩薩印西南角耶輪末底印西北角一車三般底成就印繞火光焰次院四面開敷蓮華臺上月輪四門月輪上如意珠印四角月輪上金剛杵印四面月輪上羂索印金剛鉤印金剛杵印華鬘印金剛三昧耶印一切金剛種族印金剛拳印一切金剛鎖印大衆金剛印繞上火焰次院四面開敷蓮華臺上月輪於月輪上置此部中一切手印四門如意寶瓶印四角金剛鉤印繞火光焰次院四面寶須彌座座上諸器仗印繞火光焰東門執金剛秘密主菩薩持金剛杵半跏趺坐南門一髻羅剎女神手持器仗半跏趺坐西門執金剛鎖神持金剛鎖半跏趺坐北門度底使者手持器仗半跏趺坐四角四天王執持鉤槊半跏趺坐是八神身佩火光焰內外院地青色寶地其院標界金剛寶地上種種色如意寶珠火焰圍繞外四面界標白界道開廓四門種種旛華而莊嚴之四門四角釘佉陀羅木橛結持方界五色線索外畔圍界界上間錯布諸金華銀華真珠華青瑠璃珠華白瑠璃珠華赤瑠璃珠華黄瑠璃珠華緑瑠璃珠華及諸色螺諸色華鬘四門四角銀閼伽香水瓮口插諸華枝葉五色繒綵繫其項上以金器銀器瓷器盛諸飲

食乳酪果子如法敷設散布諸華而爲供養外八方置燈樹臺燒香油燈門置香鑪沉水香白栴檀香蘇合香畢栗迦香龍腦香如法合治四門燒焯外四面布一百六十四燈作大光鬘於外四角燒安悉香薰陸香薩攞枳香眞言者伴所請法者清潔澡浴以香塗身著淨衣服其眞言者東門誦大可畏明王央俱捨眞言作法結護誦廣大明王央俱捨眞言發願讃歎加持牛酥乳酪請法者服爲作護身又復結界而燒焯香誦廣大明王央俱捨眞言啓請阿彌陀佛釋迦牟尼佛觀世音菩薩種族大衆及請十方一切諸佛菩薩摩訶薩一切金剛會壇供養復請十方一切諸天龍神八部會壇本位又重結界白諸聖衆整持威儀位座而坐以諸香華遍散供養禮讃行道作種種法於西門首教請法者散華禮拜授三昧耶又重禮拜發四弘願出於南門東廣設護摩作大供養若眞言者作護身法澡浴法數珠法羂索法安隱法豐饒法調伏一切人非人法請召法發遣法結界法警覺十方一切諸佛菩薩金剛諸天龍神法淨諸供物淨白茅草所作諸法皆以廣大明王央俱捨眞言作法成就世尊此廣大明王央俱捨眞言十方一切諸佛菩薩金剛以大神通常加被之觀世音菩薩摩訶薩及種族一切菩薩摩訶薩皆以一切神通威力亦常加被與大不空悉地成就若有一切沙門人民會此壇者得除身中無始劫業十惡罪障一切病惱當知斯人今世後世得大福蘊安處大寶若命終時身心安樂無諸痛惱當往淨

土蓮華化生證宿命智得俱胝那庾多百千佛刹一時門開遊斯佛刹聽聞一切甚深之法皆得悟解復得此諸佛刹如來摩頂安慰爲授阿耨多羅三藐三菩提記一時告言汝今此身爲最後身乃至菩提坐於道場轉大法輪常不退轉時世人民恭敬供養一切財寶自然資長大梵天那羅延天摩醯首羅天伊首羅天三十三天一切天衆焰摩王等而常守護恭敬讃歎是人又當承事供養九十二殑伽沙俱胝那庾多百千諸佛於諸佛所種植善根而得成熟若有暫以一華果一塗香一燒香供養此曼拏羅者當以天諸牛頭栴檀沉水之香燒焯供養十方一切刹土中九十九殑伽沙俱胝那庾多百千諸佛廣大福聚復得十方一切如來讃言善哉善哉善男子往昔一切如來亦已供養此曼拏羅得六波羅蜜多福蘊成就相應復得一切菩提法蘊成就相應復得不空廣大明王央俱捨眞言一切勝法成就相應此人言說人皆信納應知此壇爲諸如來之所加護猶如制多若有衆生親近隨喜者亦滅災疾等見一切如來深法當得出世世法成就衆橫怨難盡皆除滅捨身當生西方淨土蓮華化生見此壇者或生天上乃至菩提更不墮受三塗等身

廣大明王圖像品第五十七

世尊此不空廣大明王觀世音像能除有情一切罪障及諸鬼神災疫厄難毒蟲毒藥一切怖懼施利衆生得無畏願圓滿資生一切善根福德增長令諸財寶自然盈滿一切眞

實菩提衆行十波羅蜜圓滿相應若有見聞憶念之者得大福蘊善根增長脫諸地獄一切苦果以少功行獲大果報當得種族圓滿相應皆具正見一切沙門婆羅門及諸人民恭敬供養以細白氎或絹細布量方二肘三肘或四五肘隨力任得白月十五日起首圖畫彩色色盞新淨好者勿用皮膠畫匠畫時一出一浴著淨衣服圖不空廣大明王觀世音菩薩結跏趺坐三面六臂身眞金色正面熙怡右面嚬瞋狗牙上出左面大瞋三首月冠冠有化佛三頭鬢髮髮焰赤聳左第一手執金剛鉤并持蓮華右第一手執三叉戟并持金剛棒左第二手執羂索并持金剛鉤右第二手執金剛杵并持金剛鉤左第三手伸雨衆寶右第三手向外揚掌安慰摩頂寶珠瓔珞耳璫環釧天諸衣服種種莊嚴坐寶蓮華師子座上佩火焰光光如鉤相左多羅菩薩顔貌熙怡首戴寶冠冠有化佛半跏趺坐右濕廢多菩薩顔貌熙怡首戴寶冠半跏趺坐各執寶華瞻仰菩薩珠瓔環釧天諸衣服種種莊嚴坐寶蓮座佩火焰光菩薩背後一一寶華果樹樹上鸚鵡舍利白鶴孔雀迦陵頻伽共命之鳥是諸鳥頸衆寶瓔珞多羅菩薩後一髻羅剎女神面目瞋怒手執器仗半跏趺坐濕廢多菩薩後執金剛祕密主菩薩顰眉努目急咬下脣狗牙上出首戴寶冠繞冠鬢首赤焰聳髮右手掌弄大金剛杵左手仰伸胜上珠瓔環釧天諸衣服種種莊嚴半跏趺坐瞻仰菩薩一髻羅剎女座下焰摩王水天風天火天提頭賴吒天王毗樓勒叉天

王執持器仗半跏趺坐執金剛秘密主菩薩座下難陀龍王娑伽羅龍王優波難陀龍王毗樓博叉天王毗沙門天王執持槊索半跏趺坐菩薩頂上左帝釋天伊首羅天摩醯首羅天淨居天俱摩羅天日天乘衆色雲半跏趺坐捧持寶華瞻仰供養菩薩頂上右大梵天那羅延天大自在天俱廢羅天月天乘衆色雲半跏趺坐捧持寶華瞻仰供養菩薩座下左真言者胡跪而坐一手執寶華果枝一手執數珠香鑪像外四邊遍大山水山上種種華果樹林一切鳥獸宮槃荼鬼種種宮殿苦行仙衆如法畫已置曼拏羅中是真言者發菩提心以沉水香白栴檀香薰陸香龍腦香蘇合香并諸香華種種飲食而爲供養每日觀像誦廣大明王央俱捨真言一百八遍速淨蠲除阿毗地獄五無間罪謗正法罪一切劇苦更不重受諸惡趣身常得覩見一切諸佛菩薩摩訶薩等當得出世世間一切真言悉地成就一切貪瞋嫉慢垢業亦皆消滅一切天神而皆護念若有信心觀此像者如見我身若以華香供養之者則當供養十方三世一切佛刹九十九殑伽沙俱胝那庚多百千如來應正等覺隨得無量大福德藴善根積集成熟相應當證一切如來不退轉地相應復得清淨大善知識而自相應世尊是像當與諸真言者廣大三昧悉地成就利益有情除諸宿障而得清淨受勝安樂

不空罥索神變真言經卷第二十五

音釋

湊倉奏切趣也　沜普半切水涯也　黿愚袁切　鼉徒何切　鯨渠京切　鼇五勞切　鯢五稽切魚名　鳧逢夫切野鵞也　蹲徂尊切　踞居御切　喋徒協切利口也　捷疾葉切斂捷也　謑戶禮切謑詬小人怒也　挫麤臥切摧也　颲力折切與烈同暴烈也　黜丑律切擯逐也　懠在計切怒也　褷所戒切斜也　拷苦浩切打也　躑躅躑直炙切躅直錄切躑躅花木名　縒七何切　麨尺沼切乾糧也　蕓薹蕓王分切薹徒哀切蕓薹菜名　蓖邊芳切蓖麻也　橿居良切橿黃藥名　撦昌者切　牸疾二切　骴都沒切　礦古猛切金銀朴也　瞖膜瞖一計切目疾也膜末谷切胲膜也　橛其月切杙也　瓷疾之切丸器總名　䏶傍禮切股也

不空罥索神變眞言經卷第二十六

唐南天竺三藏法師菩提流志奉　詔譯

大可畏明王品第五十八

爾時觀世音菩薩摩訶薩復白尊者薄伽梵言此不空罥索心王陀羅尼眞言廣大解脫蓮華曼拏羅印三昧耶中不空大可畏明王央俱捨眞言大曼拏羅印三昧耶能與一切修行眞言者大可畏明王央俱捨眞言最勝法句能證一切旃暮伽王諸勝願行無等等法能摧一切諸惡天龍藥叉羅刹乾闥婆阿素洛蘗嚕荼緊那羅摩呼羅伽人非人等而皆導伏敬護斯法能摧一切諸惡毗那夜迦欲界魔王一切眷屬誓伏佐護能摧一切怨邪惡人治罰禁繫種種調弄起大信見今欲佛前演示此大可畏明王央俱捨眞言當爲發護一切曼拏羅印三昧耶以大可畏明王央俱捨眞言大威德力於一切處若治若罰一切諸惡姤喬鬼神皆使護持向茲廣大解脫蓮華曼拏羅印三昧耶住令生敬淑尊重守護崇仰是法助持諸法速疾成就唯願世尊以大神力垂哀加被廣爲利益一切有情修善法者得勝安樂爾時釋迦牟尼如來謂觀世音菩薩摩訶薩曰善哉善哉善男子我已加被印汝法門過現所有一切如來應正等覺亦已加被印汝法門一切執金剛菩薩摩訶薩執金剛祕密主菩薩摩訶薩亦以神通加被汝斯大可畏明王央俱捨眞言三昧章句一切天龍藥叉羅刹乾闥婆阿素洛蘗嚕荼緊那羅摩呼羅伽隨喜恭敬尊渴斯法汝當演說廣令利益今當一切修治善者證

成最勝無等等法悉地成就爾時觀世音菩
薩摩訶薩承佛告慰瞻仰如來歡喜微笑於
世尊前諦觀大衆竦變神通姿量可畏放大
火光顰眉奮目狗牙上出振吼不空大可畏
明王央俱捨真言曰
那莫塞(桑紇切)窒(丁吉切)隸(二合)野(楊可切)一特(能邑切)和
(胡過切)努誐鞞(比沒切下同)跛囉(二合)底瑟恥諦瓢(毗藥
切下同)二那莫薩縛(無可切下同)鞞(都可切)詑(他可切)誐(銀迦
切又音迦字斤攞切下同)底瓢(毗遙切)三那莫薩縛勃陀(上聲)菩
地薩埵縛(二合)嚩野(二合)四跋駬(兒質切下同)羅陀(上聲)
羅五摩訶(去聲)曼拏攞(盧鞞切下同)禰(奴禮切)縛諦瓢
(毗遙切)六那莫薩縛跛囉(二合)底曳(二合)迦(斤邏切下同)勃
陀(上聲)嚩野(二合)七室邏(彈舌呼之下同)縛迦僧(去聲)祇(虬曳
切)瓢(毗遙切)八底(丁以切)鞞娜誐跢(多箇切下同)跛囉(二合)
窋(丁聿切)半禰(同上)瓢(入聲)九那莫三(去聲)藐誐跢南

十那莫三(去聲)藐跛囉底半那(去聲)南十一那莫舍
囉(二合)特(同上)縛底(丁異切)跛鞞囉(二合)野十二摩訶(去聲)
麽鞞曳(二合)十三那謨摩訶(去聲)嚩使誐勵(尼曳切)瓢
(毗遙切)十四那謨梅窒(同上)隸(二合)野十五庚縛囉惹避
使訖鞞(二合)十六跛囉(二合)目契瓢(入聲)十七薩縛菩地
薩埵嚩(二合)誐勵(同上)瓢(毗遙切)十八那莫塞(同上)窒(同上)
隸(二合)路迦(吉那切)地播鞞曳十九摩訶(去聲)迦攞摩
窒(同上)嚩(二合)嚩誐拏二十播嚩縛邏野二十一那謨
旖弭鞞皤野鞞詑誐路野二十二那莫矩嚕陀
(上聲)囉惹野二十三摩訶(去聲)惹(亭夜切)囉惹誐拏
(上聲)鉢嚩縛囉野二十四那謨囉怛娜(二合)怛囉(二合)
耶野二十五那莫旖(上聲)唎耶縛路枳諦濕縛囉
野二十六菩地薩埵縛(二合)野二十七摩訶(去聲)薩埵
縛(二合)野二十八摩訶迦嚕抳迦野二十九怛𪘨(寧也
切)他三十唵(狭中撞聲引呼)三十一弭訖嚩(二合)鞞縛陀(上聲)

娜三十二摩訶去聲矩嚕陀上聲囉惹皤孕迦囉三十三摩訶去聲鄧瑟吒知禮切囉吒歌縒三十四入口攃舌呼下同縛攞入縛攞三十五摩訶去聲入縛攞麽攞三十六摩訶去聲澇盧告切捺奴訖切囉嚕播皤孕迦囉三十七歌那歌那三十八薩縛訥瑟吒藥趚灑羅趚灑珊蘇干切三十九䭾訶去聲䭾訶去聲四十薩縛訥瑟吒那去聲虔四十一播者播者四十二薩縛訥瑟吒比趚那弭那去聲野乾四十三播𩏑野播𩏑野四十四薩縛訥瑟吒薩端曝曝四十五摩訶去聲矩嚕陀上聲囉惹麽抳迦娜迦四十六跛馹囉廢無計切下同女去聲嚩耶四十七㗚上聲訖嚩𩏑捨嚩囉四十八跛馹羅播囉首播捨歌塞𩏑四十九摩訶去聲鉢頭塗邑切麽合二矩捨步惹五十摩訶去聲鉢頭同上麽合二縒娜五十一摩訶去聲鉢頭同上麽合二弭迦者蘖皤五十二旃暮伽上聲跛囉合二底歌𩏑五十三縛

攞播羅訖囉合二摩五十四婆歌塞同上囉弭嚩野五十五薩縛步𩏑皤孕迦囉五十六薩縛禰縛婆皤那劒布頭入聲皤婆五十七摩訶去聲弭訖嚩合二𩏑婆陀上聲曩五十八那囉僧思孕切歌目佉五十九陀上聲囉陀上聲囉六十跛馹囉入縛攞陀上聲囉六十一度嚕度嚕六十二摩訶去聲但荼廢伽上聲陀上聲囉上聲六十三柘囉柘囉六十四柘柘羅柘柘囉六十五你舍柘隸濕縛合二囉六十六苾嚩合二俱胝目佉六十七許特牛合口聲短呼之下同許六十八怖怖六十九縒囉縒囉七十跛囉縒囉跛囉縒囉七十一薩縛播波枳嚩合二弭灑歌囉七十二摩訶去聲麽抳底惹陀上聲囉七十三鉢頭摩合二歌塞同上𩏑七十四唵同上呼鉢頭摩合二矩捨步惹𩏑囉耶鉿牟含切七十五怛囉合二縒野弭趚灘七十六舍縒野訥瑟吒知奼切七十七那舍野薩縛播波七十八縛囉合二拏你許怖

七十九莎縛訶去聲八十播舍歌塞同上路野八十一莎縛訶去聲八十二鉢頭摩一合陀上聲囉野八十三莎縛訶去聲八十四娑去聲摩濕縛二合縒迦野八十五莎縛訶去聲八十六旖暮伽上聲縛囉那去聲野八十七莎縛訶去聲八十八矩嚕陀上聲囉惹皤孕迦囉野八十九莎縛訶去聲九十沒囉二合歌摩廢灑陀囉野九十一莎縛訶去聲九十二窒隸二合路枳野布爾鞞野九十三莎縛訶去聲九十四野麼婆同上嚕拏上聲矩廢囉去聲上聲九十五那莫塞訖嚫二合鞞野九十六莎縛訶去聲九十七跋馹囉陀上聲囉布爾鞞野九十八莎縛訶去聲九十九摩訶去聲迦攞摩窒嚫二合誐拏一百蔓無繁切你鞞布爾鞞野一莎縛訶去聲二禰同上縛誐拏上聲蔓你鞞耶二莎縛訶去聲四那誐迦嚫灑拏野五莎縛訶去聲六唵同上呼七皤囉皤囉八避利避利九步嚕步嚕十薩縛漫拏上聲攞地瑟恥鞞縒摩耶野十一莎縛訶十二薩縛畝捺輕邏地瑟恥鞞畝捺邏二合野十三莎縛訶十四旖暮伽上聲縛囉那十五摩訶去聲鄧瑟吒知禮切囉矩捨十六跋馹囉鉡同上呼十七摩訶去聲鉢頭摩二合濕縛二合縒陀上聲囉十八那謨窣覩羝旖暮伽上聲矩捨十九鉡同上怖二十莎縛訶去聲共一百二十一

爾時觀世音菩薩摩訶薩說是眞言之時三千大千世界蘇彌山王一切天宮日宮月宮星宮龍宮一切神宮六大震動一切泉源江河大海一時火起波濤涌沸一切諸惡妬猰天龍藥叉羅刹乾闥婆阿素洛孽嚕荼緊那羅摩呼羅伽毗舍遮鬼毗那夜迦孽囉訶鬼俱時熱惱悶絕躃地一切大力藥叉羅刹諸天神鬼奪人精氣食噉之者皆爲火燒大聲呌唱苦哉苦哉悶絕于地或便馳走遍體火

然四天王天大自在天三十三天帝釋天大梵天梵輔天梵衆天一切諸天眷屬宮殿一時火起身聳毛竪顫怖不安難陀龍王跋難陀龍王優波難陀龍王娑伽羅龍王并及無量百千龍王一切眷屬所有宮殿一時火起顫懼不安水陸一切有情之類火逼熱惱悉皆惶怖在斯會者身顫毛竪悚懼不安向補陀洛山於虛空中如來頂上雨列諸天種種寶華衆寶瓔珞天諸衣服繽紛亂墜光潔奇特現衆神變雨於諸天牛頭栴檀香水灑散大衆香氣氛馥廣供養佛并及會衆爾時執金剛祕密主菩薩摩訶薩復從座起旋姿瞬目諦觀一切輪擲舞杵放大光明如師子王威德無量詣觀世音菩薩摩訶薩前合掌恭敬頭體作禮解持寶冠捧上白言大慈悲者願垂哀愍納受此大清淨月光寶華天冠常護顯此不空大可畏明王央俱捨眞言章句三昧耶威德無極令此三千大千世界六大震動擊罰一切諸惡天龍八部藥叉羅刹種種鬼神宮殿火起悉爲火燒悶亂躃地叫呼大喚唱言苦哉苦哉盡無生路白言聖者我最尊此不空大可畏明王央俱捨眞言誓爲有情頂戴受持恭敬供養廣大宣說若有苾芻苾芻尼族姓男族姓女清淨信解如法書寫受持讀誦聽持修行我常擁護頂戴恭敬擔負是人若求衆願諸大悉地我爲滿足一切毗那夜迦諸惡鬼神作障難者我皆遮止不令嬈惱復爲此人夢覺現身而恒擁護資生財寶恒無乏少令得威德福慧無量無諸怨難以尊法心憐愛長育如實我子爾時觀

世音菩薩摩訶薩告執金剛秘密主菩薩摩訶薩言善哉善哉發此願者爲最大願我爲仁者受是寶冠伸手受已便以寶冠擲置空中爲令一切諸佛菩薩得受用故爲令一切諸大天神住曼拏羅者得受用故爲於一切樂修衆善天龍藥叉羅刹乾闥婆阿素洛蘗嚕荼緊那羅摩呼羅伽人非人等修此不空羂索心王陀羅尼眞言廣大解脫蓮華曼拏羅印三昧耶者得受用故擲寶冠時此三千大千世界六大震動一切諸惡天龍八部種種鬼神一切宮殿便大火起是中一切諸惡之輩爲火燒惱悶絶躃地或怖馳走叫呼大喚而皆唱言苦哉苦哉我等今日無措生路是時寶冠當佛頂上住虛空中變成種種寶華傘蓋此蓋純以衆寶所成種種莊嚴衆色交皎光明晃曜現衆神變以執金剛祕密主菩薩摩訶薩神通威力以不空大可畏明王央俱捨眞言神通威力十方一切刹土一一諸佛菩薩頂上各見有此衆寶傘蓋在會一切菩薩摩訶薩一切觀世音種族菩薩摩訶薩亦於頂上各見有是衆寶傘蓋其諸傘蓋一一四邊各有無量焰摩王水天王四天王天難陀龍王跋難陀龍王優波難陀龍王娑伽羅龍王伊首羅天王摩醯首羅天王帝釋天王大梵天王那羅延天王大自在天王淨居天王一切諸天各持白拂恭敬圍繞在會一切天龍八部各見頂上有是寶蓋仰觀喜歎合掌恭敬是諸寶蓋純以衆寶種種莊嚴光皎妙好量虛空中雨於諸天種種色蓮華拘物頭華奔拏利華曼陀羅華摩訶曼陀羅

華海雲雨於諸天末香塗香燒香海雲雨一切天諸妙色相衣服瓔珞寳莊嚴具海雲雨一切諸天妓樂歌讃種種妙聲海雲供養於佛所會大衆而亦供養爾時釋迦牟尼如來讃觀世音菩薩摩訶薩言善哉善哉善男子汝今善說此未曾有大可畏明王央俱捨眞言成就一切修治善者摧伏一切惡毗那夜迦摧滅一切十惡五逆蓋障山壞如是眞言當今之世若諸垢重薄福有情長能每日如法誦持一七二七三七遍者或七七遍者或一百八遍者則能成辦所希求法得觀世音菩薩摩訶薩夢覺現身所念衆法皆得成驗當得證成出世菩提種種資粮諸大法門由是眞言神通威力須臾攝逐須彌山下大海中住大可畏笑大藥叉將并及眷屬迅疾須臾至補陀洛山觀世音宮殿會中是大可畏笑大藥叉將號名然頂以無量百千俱胝藥叉而爲眷屬有大威力能以一手動須彌山一切天宮常於大海現威摧伏一切大藥叉將一切軍衆是大可畏笑大藥叉將然頂并及眷屬爲火燒惱忙怖慞惶合掌恭敬繞佛三帀頭頂禮佛前白佛言世尊彼觀世音菩薩摩訶薩說此大可畏明王央俱捨眞言我及無量百千俱胝眷屬并住宮殿皆爲火燒受諸劇苦悶亂于地周慞惶怖世尊我今應云何住云何所作云何依止誰能救者我及眷屬命在須臾極受苦惱唯願如來慈悲救護爾時釋迦牟尼如來告大可畏笑大藥叉將然頂言而勿怖懼應常隨順彼觀世音菩薩摩訶薩大可畏明王央俱捨眞言大秘密

壇印三昧耶住乃能使汝及所眷屬則得安隱常無惱亂大可畏笑大藥叉將然頂當詣彼觀世音菩薩摩訶薩求歸依處於是大可畏笑大藥叉將然頂承佛告勑領其眷屬合掌至心叫呼求救詣觀世音菩薩摩訶薩前頂禮雙足白言大慈悲者願垂救護我及無量百千俱胝眷屬今爲火燒受諸苦痛餘命無幾我身所有威猛大力總皆頓盡唯有骨鎖筋肉相連爾時觀世音菩薩摩訶薩謂大可畏笑大藥叉將然頂言且忍須臾諦聽諦聽大可畏笑大藥叉將然頂汝性愚癡毒惡頑嚚媥害滋弊常則吸噉欲界一切修善善男子善女人等或童男童女福德精氣長無休息若有一切修善衆生居住屋宅伽藍方處皆汝虛耗故作破壞一切祕密曼拏羅印三昧耶所作不成是汝遮障虛耗破壞一切善男子善女人修治一切有爲之行及諸禪定福業功德諸善法門汝作破壞皆無成就若有衆生正命自活常不殺戮汝作灾疾傷命夭壽若有衆生常業殺害汝作加護一切成就福命增壽若有衆生常修淨戒正行正業便則捨離作灾不遂若有衆生破犯淨戒邪命諛諂慳貪嫉妬汝與和合所作諧偶世所惡道一切殺法種種業果是汝爲本悉皆增熾當知一切惡不善業是汝滋增種種成就佛有一切勝道菩提善法業果是汝遮障盡皆隱没諸修善者種種殃疾横病横死横遭灾禍無量惱亂皆是汝作汝於三界人天善法惡中之惡極爲可畏極爲大過汝以是因獲斯苦報大可畏笑大藥叉將然頂今於

我前歸投三寶處衆懺悔受佛淨戒我則爲汝除此一切眷屬宫殿火燒苦惱便即離身脱諸熱惱即使汝身并及眷屬安隱而住常令修趣大菩提道於是大可畏笑大藥叉將然頂及其眷屬一時合掌頭面頂禮觀世音菩薩摩訶薩足大誓是言我從今去常住佛法歸依三寶常當擁護大可畏明王央俱捨眞言大秘密曼拏羅印三昧耶若有苾芻苾芻尼族姓男族姓女以眞正心或以諸心清淨信解如法修行受持讀誦書寫供養我及無量百千俱胝眷屬周帀十方加被擁護常與增長無量色力若此眞言所在國土受持之者則無一切惡星變怪兵賊灾横種種疫病諸惡蟲獸邪夢魍魎饑饉惱障一切衆惡毗那夜迦大力鬼神噉人精氣悉皆除散恒令國土一切豐稔若有苾芻苾芻尼族姓男族姓女正行正業正戒精進修持之者我倍守護身負荷擔加與眞實一切大願若有衆生造諸惡業我誓遮止逼令修善與諸願滿爾時觀世音菩薩摩訶薩告大可畏笑大藥叉將然頂言善哉善哉應如是作利益世間一切衆生得大安樂汝常護持此眞言者大可畏笑大藥叉將然頂至誠諦聽我今爲汝授三歸戒授如來大秘密曼拏羅印三昧耶并授一切種族曼拏羅印三昧耶爾時大可畏笑大藥叉將然頂并及眷屬合掌恭敬五輪著地頂禮觀世音菩薩摩訶薩已歡喜受教便得安隱爾時釋迦牟尼如來告觀世音菩薩摩訶薩言善哉功德海善哉慈悲者能以最勝大三昧耶安置大可畏笑大藥叉將

然頂身及眷屬汝今已得十方一切諸佛大
三摩地印印持加被汝復以大神通威力不
思議力常加密祐大可畏明王央俱捨真言
於當來世有修善者每日承事誦之七遍或
三七遍即得成就種種事法於是觀世音菩
薩摩訶薩承佛教旨又白佛言世尊若有沙
門婆羅門族姓男族姓女修治斯法願欲成
就大可畏明王央俱捨真言者承事供養每
白月十五日夜五更時澡浴清淨著淨衣服
食秔米飯乳酪酥物觀世音菩薩摩訶薩像
前以諸香華飲食果子而為供養面東趺坐
一日一夜勿共人語勿思異法大可畏明王
觀誦念大可畏明王央俱捨真言以清香水
秔米相和手掬水米一加持一置觀世音菩
薩摩訶薩前鉢中滿一百八遍和乳煑粥真
言者服以此少功獲得最勝一切曼拏羅印
三昧耶速疾成就後隨舉心誦念之者救治
世苦一切稱遂若欲成就一切不空羂索心
王廣大解脫蓮華曼拏羅印三昧耶者若欲
修諸禪行三摩地者每先誦此真言三遍五
遍或一七遍勑治摽界則周十方一踰膳那
成大可畏明王央俱捨火光明焰山城光界
山城界外三踰膳那亦成結界不為一切諸
惡天龍八部鬼神毗那夜迦人非人等作諸
障惱假令一切毗那夜迦盡起種種神通大
力欲壞城界無能踰壞豈有其餘諸小鬼神
能壞界者無有是處當知如是此真言者所
作諸法恒無障礙速令增遂若有衆生為惡
神鬼作嬈患者加持安悉香白芥子燒熏病
者并加持白芥子打其病者結期剋印擬便

除差若摩訶迦羅神羅睺羅阿素洛神羅刹神等各皆變示種種鬼形作諸病者亦皆調伏盡殃除遣何況諸小魍魎神鬼而不壞散若一切步多鬼作諸病者加持屍陀林燒死人灰散病者頭則令除愈是大可畏明王央俱捨真言受持讀誦所得功德成就之者於諸願法隨念隨成所謂召集一切大奮怒王真言三昧耶神通威力破衆垢障發起一切無信根人入於正道亦能遣除一切灾怪疫疾諸病恐怖不祥是真言者或爲毒中亦不傷害若婆脩吉龍王毒德叉迦龍王毒諸蟲蛇毒亦不能害刀杖水火一切虎狼野象怨賊亦不相害又復不爲一切步多鬼藥叉鬼毗舍遮鬼宮槃茶鬼茶枳尼鬼雷電霹靂而作嬈害諸瘧神鬼怖不相嬈又常不爲一切灾厄枷鎖禁閉刑罰之苦常得一切執金剛菩薩摩訶薩四天王神伊首羅天摩醯首羅天大自在天大梵天帝釋天那羅延天水天風天日天月天閻羅大王一切龍王藥叉羅刹乾闥婆阿素洛蘗魯茶緊那羅摩呼羅伽等晝夜擁護歡喜儆策除衆障難喜順諸道

然頂香王成就品第五十九

復告執金剛祕密主菩薩摩訶薩言此大可畏明王央俱捨真言然頂香王三昧耶成就世間一切三昧耶而説頌言

黒沉水香安悉香　乾陀羅娑香甲香

一數各一百八分香　縛攞迦香白膠香

蓮華鬚藥蘇合香　茅香藿香苓陵香

丁香數八各五分　新鬱金香量八分

麝香龍腦各四分　小栢檀黄形愚藥

青木雄黄白芥子　安怛襧陀摩度羅
白栴檀香薰陸香　如是數十各十分
用上好者而合治　大可畏明王眞言
一時加持百八遍　煎安悉香汁爲丸
壇中加持現三相　煖煙光現便陰乾
是香燒時三千大千世界一切山神江河海
神諸天神龍藥叉羅刹乾闥婆阿素洛孽嚕
茶緊那羅摩呼羅伽一切毗那夜迦悉皆怖
畏諸惡神鬼身膚碎裂一切蟲毒蛇毒龍毒
以香塗熏皆得除差若有疔瘡熱腫風濕疥
癬瘻病以香塗熏亦得除差若有痃癖癥塊
心痛頭痛病者以香和水空腹煖服或服塗
熏或灌鼻中皆得除愈若霖雨者若亢旱者
若有非時惡風雹雨雷電霹靂者誦念燒香
誓諸願言須晴即晴須雨即雨并止一切惡
風雹雨雷電霹靂國土人民利益安樂苗稼
增盛若患那羅延天神瘧者或患一切可畏
天神瘧風瘧痰瘧癀瘧寒熱之瘧一日一發
二日一發三日一發四日一發并諸神鬼顛
癇之病皆淨洗浴燒香熏之加持病者皆得
除差若往聚落一切人民善不善家香和香
湯澡浴清淨復燒熏身并點頭眼則乃往之
爲人見遇歡喜樂處財寶自然一切灾怪皆
自除滅一切大藥叉將四天王神一切眷屬
觀祐護持若諸沙門婆羅門一切人民沐浴
熏身及熏衣服或酥乳酥和施與食或戴頭
上髆上腰上皆害一切病惱灾厄速令除差
是眞言者亦如是佩滿衆勝願此香名大可
畏明王央俱捨眞言然頂香王若於戌時當
大門中門堂門燒焯此香誦是眞言三遍五

遍則逐一切牛頭獄卒大藥叉羅刹布單那
鬼及諸神鬼一時身皆爲火所燒忙怖馳走
一切災障自然消散便得諸善天龍八部而
皆擁護

不空羂索神變眞言經卷第二十六

音釋

裔羊制切　竦息拱切動也　繄乙黠切與猰同猰貐獸名　竪神庾切立也　顫之膳切寒掉也　悚息勇切怖也　戮力竹切刑也　魍魎魍文兩切魎良蔣切魍魎山川精物也　儆居影切儆戒也　藿虛郭切香草　癥陟陵切腸病也　痃癖痃胡田切癖普擊切痃癖腹病也

不空罥索神變眞言經卷第二十七

唐南天竺三藏法師菩提流志奉　詔譯

黙藥成就品第六十

執金剛秘密主菩薩摩訶薩是大可畏明王央倶捨眞言神通阿伽陀藥三昧耶光明威德破諸黒闇如如意樹處空顯現得觀世音菩薩摩訶薩加被擁護塗壇結印召請誦念祈顧圖像皆爲成就而説頌曰

法當十二月　一日十三日　嚴身淨沐浴
塗香體鎣馥　貫著新淨衣　牛黄鬱金香
緊倶瑟詫藥　等量鮮好者　塗壇各別置
大可畏明王　央倶捨眞言　一時溥加持
一百八遍數　如法治和合　以天雪水丸
置曼拏羅中　大可畏明王　央倶捨眞言
晝夜加持藥　三相現陰乾

祕密主黙佩藥者則得福德而自相應一切眞言明神樂觀祐護一切人民恭敬供養梵釋諸天同觀攝護福壽增安無諸災厄罪障消滅所遊往處常得勝利人民畏敬若常黙藥眞言加持白芥子打阿素洛窟門或打那伽窟門滿十二千遍藥黙額上心上髆上二手掌上高聲誦大可畏明王央倶捨眞言直入窟中遇一童女端嚴殊妙微笑徐行來前迎逆手執金盤滿盛七寶奉眞言者特勿觀視貪愛他寶又更加持白芥子打女身上打時啼哭叫喚瞋怒顰眉努眼狗牙上出髮變赤黄聳豎句上當是之時作大瞋聲誦大可畏明王央倶捨眞言加持白芥子打是女頭乃至怖畏宛轉于地告言曹主我今定死何故如是苦無慈心當看是女口吐凍沫便手

承取和藥加持塗腳掌上脞上兩手掌上額上頸上則得昇空乘七風輪爲大風仙以九十九億俱胝百千風仙爲伴於一時中周遊三千大千世界騰躍自在還歸本土當以湊沫和藥加持服即變身狀如童子形顔膚色猶若蓮華得增壽命七十二千歲與九十二億俱胝百千真言明仙而爲伴侶常遊一切真言明仙宫殿中住又得秘密真言明仙三昧耶所入一切神龍宫殿悉無障難一切藥叉羅剎神鬼樂爲命者而皆順伏任爲策役復於此諸神鬼宫殿皆亦居住點眼藥者得三十三天悉皆迎致恭敬供養與諸天衆遊天園苑受種種樂壽命千歲加點臍中入龍湫中得諸龍王一切眷屬一時迎致詣諸宫中便前白言有何所作我等眷屬悉能作之盡千年中珍寶衣食任自豐足若有雨澤不依時者我今順時我常頂戴恭敬仁者加點兩髆與一切人捔力戲謔或與阿素洛相陣敵者悉皆得勝加點肚上日日當食諸天甘膳加點頂上見諸貴人則得歡喜恭敬供養若犯觸人彼即歡喜若叩諸門一切神鬼則便馳散人皆愛敬若打藥叉窟門則得一切藥叉歡喜出現任爲策使若屍陀林中則得林中一切神鬼自現身來住立於前隨意使役是諸神鬼宫門自開當亦觀見若大山林中則得一切草木藥精悉皆現身任爲採取若以藥塗功德天像兩嬭房上加持三遍努目觀視功德天像加持安悉香燒熏功德天像則便説語爲滿諸願所樂豐盈功德天神常不離側若加持人乳和藥點眼則得覩見

一切伏藏夜視如晝若加持牛乳和藥含者口氣香潔共他談說聞悉敬讚若諸神鬼作癲癇病者或諸病者以藥點額則令神鬼四散馳走或有自縛若有怖畏當令點藥則無怖畏若加持黃丹和藥塗鉢上澡罐上或刀劒鉞斧鉤杵戟輪胷索弓箭諸器仗上加持七遍便出火光若塗螺中高山樓上加持七遍大吹七聲所有一切人畜聞者皆得除滅灾疫罪障若面十方吹七聲者則除十方一切惡風雹雨灾變若城四門吹七聲者則令一切藥叉鬼羅刹鬼塞揵陀鬼布單那鬼一切瘧鬼諸惡疫病悉皆除滅若於宮門吹七聲者則除宮內一切灾疫謀叛惡人若天無雨往湫池邊大瞋怒聲加持七遍吹螺七聲則令雨下若雨多者向上看雲吹之七聲則當晴止若結界者遶壇十方各吹三聲則成結界又繞壇行道三帀於十方面各吹七聲則集一切真言明神守護壇界

護摩祕密成就品第六十一

執金剛祕密主菩薩摩訶薩是大可畏明王央俱捨真言護摩安隱三昧耶杜仲木搆木斫截然火白芥子大麥牛酥加持護摩一千八遍一踰膳那除諸灾障疫疾病等又護摩一千八遍三十二踰膳那除諸障癘惡星灾難令諸有情不為種種疫疾所惱溥得安隱若豐饒三昧耶白芥子秔米石蜜酥蜜加持護摩一千八遍一踰膳那令諸有情皆得豐樂又護摩一千八遍三十二踰膳那令諸有情皆得豐樂又護摩二千遍令諸龍王一千踰膳那降大甘雨順時成熟五穀豐饒人民

安樂若調伏三昧耶酸棗木苦楝木然火糖
鹽蔓菁油加持稱彼者名護摩一千八遍即
得彼者及惡神鬼悉自降伏而生愛敬若杜
仲木櫨木構木斫截乾蓮荷莖葉然火稻穀
華白芥子酥蜜酪加持護摩一千八遍即得
大可畏明王央俱捨眞言三昧耶成就又護
摩一千八遍即得不空廣大明王央俱捨眞
言三昧耶成就又護摩一千八遍則得不空
罥索心王毋陀羅尼眞言三昧耶成就又護
摩一千八遍則得一切如來種族眞言三昧
耶摩尼種族眞言三昧耶蓮華種族眞言三
昧耶金剛種族眞言三昧耶及百千大奮怒
王種族眞言三昧耶一時成就又胡麻秔米
酥酪蜜加持護摩一百八遍淨行婆羅門而
自信伏又護摩一百八遍刹帝利種而皆信
仰又護摩一百八遍一切人民悉皆信受又
護摩一千八遍天帝釋四大天王日天月天
并諸眷屬皆悉敬護又大麥小麥白穀大豆
小豆胡麻稻穀酥蜜加持護摩一百八遍則
得人民見聞信向又稻穀胡麻白芥子安悉
香酥蜜酪加持護摩一百八遍一切藥叉羅
刹悉皆敬伏又白芥子龍華酥酪蜜加持護
摩一千八遍龍王歡喜降大甘雨潤澤一切
若雨多者取鑪中燒火食灰逆雲加持散於
空中一百八遍雨即晴止又黑芥子酥蜜加
持護摩一千八遍則無他賊來相侵境若已
來者即令退散又入豆酥蜜酪加持護摩一
百八遍即除家內一切疫病又稻穀胡麻白
芥子蓮荷莖葉酥蜜酪加持護摩一千八遍
則得除滅十惡五逆一切重罪若大成就大

可畏明王央俱捨真言者紫檀木長一磔手截然火白芥子安悉香酥加持護摩一千八遍即於一切真言三昧耶中最勝成就又能攝集一切大奮怒王真言住此真言中若能每遍莎縛訶字後高聲稱𤙖字七聲一切大奮怒王真言神悉皆住前為成種種事法圓滿若欲觀世音菩薩大奮怒王現者清淨澡浴著新淨衣栢木櫁木然火稻穀華蓮華優鉢羅華白芥子白栴檀香酥蜜酪加持護摩滿十千遍即得觀世音菩薩大奮怒王現前摩頂讚言善哉善哉汝所求願我為滿足其真言者若有先業重罪宿障則為夢中現身摩頂一切大願為皆圓足所謂真言法曼拏羅法印法像法大三昧耶悉皆成就若素囉娑子秔米酥酪蜜加持護摩一千八遍速得財帛若人根草三寸截之酥酪蜜加持護摩一百八遍所見人民而相尊敬若蓖麻子仁酥酪蜜加持護摩滿十千遍諸佛尊記若進官者天門冬酥蜜護摩滿十千遍即如所願若祕密無礙三昧耶者黑芥子酥鹽如是護摩即如其願若麻子鹽如是護摩一切惡人而自相敬若茴香華子酥蜜如是護摩當得神驗自在無礙若丁香白栴檀香沉水香蘇合香胡麻油加持護摩滿十千遍則得夢見一切諸佛摩頂讚歎成大悉地所往之處人皆供養若命終已直往西方安樂國土蓮華受生得宿命智若稻穀糠如是護摩則見伏藏若白芥子蛇皮加持護摩一千八遍彼所怨人自慚悔謝若芭蕉皮寸截如是護摩自然衣服若酥白芥子相和如是護摩則得增

壽若生酥黑芥子如是護摩則得除諸橫病之厄若迦囉惹子如是護摩則解禁閉枷鎖解脫

斫芻眼藥成就品第六十二

執金剛祕密主菩薩摩訶薩是大可畏明王央俱捨眞言斫芻阿伽陀藥三昧耶一切所作速皆成辦衆惡重罪亦皆除滅不爲世間一切病惱而相災害眼根清淨人所見者悉相愛敬一切山野蘭若龕窟獨入無畏一切江河龍湫大海入無畏礙一切天龍藥叉羅剎阿素洛蘖魯茶乾闥婆緊那羅摩呼羅伽等之宮殿入皆無礙一切伽藍天寺剎帝利婆羅門種種人家去皆喜敬得祕密大慈三昧耶入於一切鳥獸羣內互不驚怖如是一切自在遊往不爲他人而相識說一切事業速得成就而說頌曰

雄黃牛黃鉢怛囉　海沫胡椒鬱金香
紅蓮華鬚胡乾薑　青鬱鉢囉華蓽茇
白栴檀香商佉末　橿黃根藥小栢煎
斯藥鮮上數等量　散惹那汁亦等量
石蜜麝香龍腦香　多前藥分三分量
塗曼拏羅各別置　大可畏明王眞言
首末加持勿間絕　精潔相和而合治
盛置波斯瑠璃器　曼拏羅中像前置
白月吉宿王日作　沐浴清潔著淨衣
食三白食修是法　種種香華飲食獻
面西觀像跏趺坐　大可畏明王眞言
調調加持斫芻藥　暖煙光現三相成
則能作現世出世　一切諸法皆成驗

祕密主若常點眼眼根清淨當得天眼最上

無譬則得三世一切諸佛菩薩金剛加被擁護復得一切天龍八部風神水神苗稼神華果神精氣神等常住斯人六根肢節同作守護滅諸罪障若命終已往生西方淨妙剎土得淨五眼識宿住智當見百千俱胝殑伽沙等諸佛如來坐菩提座成等正覺常不見於一切惡相其眼漸通見無障礙若有人民患諸眼病於七日夜以藥點眼無問遠近所患眼疾皆得除差眼目清明若三七日夜皆點者青盲雀目亦令除差爲人愛敬罪障除滅

神變阿伽陀藥品第六十三

執金剛祕密主菩薩摩訶薩是大可畏明王央俱捨真言神變阿伽陀藥三昧耶能動一切大地山河能令一切人民神鬼悉皆敬伏而說頌曰

以生牛黄白芥子　盛淨器中密固護
起曼拏羅置像前　大可畏明王真言
晝夜加持三相現　證相成就加持用
清潔澡浴著淨服　執持斯藥作諸法

祕密主若欲縛人先自沐浴著淨衣服塗曼拏羅布粉界道置香水瓶飲食華香燒安悉香而爲供養末香塗手結印誦念縛人淨浴著淨衣服華鬘嚴頂令坐壇側手捧鉢盂滿盛飲食持藥散身言縛即縛所問三世一切之事悉皆具說若縛病人散病者頂言縛即縛問作鬼病而皆說之放如故者以水灑之若轉鉢者置鉢淨處或置壇內散藥鉢上誦念彈指言轉即轉澡罐大瓮亦任轉之若散刀上劒上金剛杵上三叉戟上輪上索上鉞斧上棒上誦念彈指亦即動轉加持水灑還

復如故若散蓮池者華則茂盛若散衆中著身上者即便被縛若散城門中經踐過者除諸厄難若散華果樹上華果增好或俱自落若山頂上大瞋怒聲誦念散藥其山摧坼若散村坊門地又加持手拍村坊門三五七下村中人民見者除障若散寺門底者破戒沙門經踐過者即狂裸走或復被縛若欲放者乳和香水加持浴身還復如故若散河池一切魚蛇龜鼈之類皆出岸上散馬羣中馬無疫疾或俱驚走又加持白芥子和水散之即不驚走若散酒家及散酒瓮是時酒瓮亦當轉動若如故者加持土散若散羊羣中羊無疫疾或復驚走又散牛尿即不驚走散牛羣中牛無疫疾或復驚走又加持鬱金香水散之即不驚走散倉窖中倉中穀麥當自涌動若如舊者蜜水散之散食廚中諸飲食上食者障滅散天寺舍中并持藥置天像口中使諸天像一時眩動發聲大吽若置摩訶迦羅像口中者令像吽吼發吼聲時大地山林一時震動散山窟中使中神鬼皆發吽聲若於戌時十字道中瞋怒誦念散藥四方使諸藥叉羅刹鬼神悉皆雲集任爲策使常作給侍若向諸刹天散者則令一切諾刹怛羅而自觀護若捉賊者以瞿摩夷和土泥塗壇粉布界道當壇中心書所心疑盜物者名布散諸華香水供養燒安悉香誦斯眞言加持散藥彼名字上一百八遍令彼盜者無問遠近被攝馳來自說盜物若得物已散水解放若往山野止宿住者四方散藥一切虎狼毒蛇盜賊不相劫害壇念誦處散藥四方不爲一切

毗那夜迦作諸嬈亂又便舍藥散藥水中當與人飲令縛即縛若解散者努眼視之

召請諸天密護品第六十四

執金剛秘密主菩薩摩訶薩是大可畏明王央俱捨眞言三昧耶亦能導攝一切天龍八部沙門婆羅門刹帝利及諸人者加持一切香果飲食衣服施獻喫著即自恭敬若加持蓮華一切香華供養諸天時諸天等常當歡喜恭敬擁護若加持龍華白芥子散龍湫裏召請龍王一切眷屬來護命使若加持安悉香白芥子酥燒獻一切藥叉像者召眞藥叉歡喜恭敬任爲驅使若河沂上加持鬱金香白栴檀香稻穀華水供養乾闥婆緊那羅摩呼羅伽誦念稱名寫香華水河中供養悉皆歡喜來敬護持任爲命使若加持種種香水秔米飯沙糖種種雜華供養阿脩羅像誦念稱名奉請恭敬而自敬護若加持乳飯供養薜嚕茶像誦念稱名奉請恭敬任爲所使若加持飯施毗舍闍鬼奉敎喜躍而敬護之若加持水稻穀華骨嚕草散施餓鬼奉敎喜躍而恭敬之若加持酥油石蜜乳酪種種飲食果蓏施諸沙門婆羅門及諸人民而所食之眞言威力深相敬愛若加持香華施刹帝利種眞言敎導來相供養若加持蘇曼那華供養功德天像奉請歡喜而擁護之若加持香水浴毗沙門像奉請歡喜來敬護之若加持胡椒向日天散請召日天歡喜觀護若加持牛乳向月天散之請召月天歡喜觀護若加持櫁木栢木然火護摩請召火天歡喜祐護若瞋怒心加持白芥子散打樹上其樹即曲

又瞋怒心加持白芥子散於樹上其樹根出以水散之即便如故若作餘法一皆准此

大可畏明王像品第六十五

爾時觀世音菩薩摩訶薩復白佛言世尊大可畏明王觀世音菩薩像若有有情見者合掌禮敬供養所有過現黒暗業障便令消滅若常供養則得最勝成就大可畏明王眞言三昧耶種種解脱功德福蘊通達一切眞言三昧耶亦當日日恭敬供養承事九十九殑伽沙俱胝那庚多百千如來應正等覺福蘊善根又得十方一切諸佛菩薩諸天善神而常憶念圖像當用白氎或絹勿截兩頭方量三肘畫匠畫時常淨洗浴著新淨衣受八戒齋勿以皮膠調和彩色當中畫大須彌盧山處山頂上七寶蓮華於華臺上不空大可畏明王觀世音菩薩結跏趺坐三面六臂身檀金色當中正面熙怡微笑首戴寶鬘左面瞋怒齒咬下脣右面可畏狗牙上出三首寶冠冠有化佛鬢焰赤聳當中頭上出大可畏明王半身一面兩臂面狀青色作大笑面狗牙上出首戴寶冠冠有化佛髮髻赤色鬢焰赤聳一手持劒一手執鎚繞劒鎚上出火光焰天妙衣服珠瓔瓃釧具莊嚴身遍身火焰右第一手持開蓮華鬚屈如鉤右第二手伸施無畏雨下衆寶右第三手持三叉戟左第一手持鉤左第二手執索左第三手執把金輪是六手上放種種光衆妙華綵羅縠天衣珠瓔瓃釧具莊飾之身放火光又明王右多羅菩薩身黄白色面目熙怡手執青優鉢羅華微少低頭半跏趺坐後觀世音母菩薩身素

白色面目熈怡手執蓮華微少低頭半跏趺坐是二菩薩以諸羅穀天妙衣服珠瓔璫釧而莊飾之坐蓮華座次下一髻羅刹女面目可畏首戴髑髏身眞青色而有六臂一手執蓮華一手持曲刀一手持三叉戟一手執鉞斧一手持羂索一手揚掌衣服瓔珞具莊嚴身半跏趺坐瞻仰聖者後毗樓博叉天王多聞天王焰摩王半跏趺坐捧諸寶華又明王左大然頂藥叉王面極瞋怒身紫黑色首髮赤竪曲躬長跪二手當胷握持曲刀鉞斧恭敬瞻仰遍身火然後大然頂藥叉王眷屬僕從合掌長跪遍身火然後提頭賴吒天王毗樓勒叉天王半跏趺坐捧諸寶華明王頂上左大梵天那羅延天水天火天日天半跏趺坐捧諸寶華明王頂上右帝釋天摩醯首羅

天淨居天風天月天半跏趺坐捧諸寶華明王背後兩側七寶華樹明王座左持眞言者長跪而坐一手把諸枝葉華果一手把念珠仰觀聖者明王座右天女使者面目可畏曲躬而立正拱二手當胷握劒天衆妙衣珠瓔環釧具莊嚴身仰觀聖者其山半腰難陀龍王跋難陀龍王左右相繳繳須彌山山下大海中有種種魚獸鳧鴈鴛鴦白鶴孔雀種種蓮華優鉢羅華畫飾竟已於閑靜處清淨洗浴著淨衣服隨其心量作曼拏羅中置是像以諸華香新白飲食承事供養面東觀像結跏趺坐不空大可畏明王觀世音菩薩觀誦大可畏明王央俱捨眞言字句相應滿一萬遍每月八日不食不語以諸華香飲食供養誦大可畏明王央俱捨眞言一百八遍常則

所作一切世法皆得隨念便護世間最勝成驗若有有情信心清淨日日合掌觀瞻禮者斯人所有四重五逆十惡諸罪灾恠疫疾種種身病悉皆消滅若有苾芻苾芻尼族姓男族姓女每白月八日能淨塗壇或但灑掃獻時華果燒諸名香合掌觀像誦斯真言者則等承事九十九殑伽沙俱胝那庾多百千諸佛種種施會恭敬供養成熟福蘊六波羅蜜善根圓滿復爲十方一切諸佛菩薩摩訶薩憶念觀察捨此身已西方淨土蓮華化生證宿命智便得不空羂索心王陀羅尼真言廣大解脱蓮華曼拏羅央俱捨真言三昧耶盡皆現前亦得一切如來祕密曼拏羅印三昧耶一時現前常遊十方一切佛刹覲諸如來種種相貌福德善根復爲世人恭敬供養凡説言詞人皆頂受心所求法即便增遂

大可畏明王壇品第六十六

世尊是大可畏明王央俱捨真言曼拏羅三昧耶方量六肘或復八肘𦟛去惡土瓦石骨木淨土香水和築平治基高四指香泥塗拭規郭界院開廓四門七寶街道内院當中三十二葉七寶開敷蓮華一一葉上互相間置三叉戟印金剛鉤印火焰圍繞於華臺上出現大可畏明王半身面西奮目瞋怒狗牙上出首戴寶冠鬢焰赤聳一手持劒一手執鉞斧劒柄斧柄羂索纏繞天諸衣服珠瓔環釧莊嚴其身放大光焰四面置列開敷蓮華東面蓮上佛頂種族印北面蓮上金剛種族印西面蓮上摩尼種族印南面蓮上觀世音種族印四角蓮上如意瓶印口出奇 華條葉金

剛杵頭外院除門四面周帀開敷蓮華臺上間置三叉戟印羂索印劒印曲刀印金剛印兩頭三叉戟印螺印棒印輪印鉢置娑印鎚印槊印摩尼三叉印度麽羅印羯磨金剛印五股金剛杵印金剛鉞斧印三股金剛杵印三股金剛蓮華印一切手印是諸印上繞火光焰四門蘇彌盧山東門山上佛種族大奮怒王身赤黃色面目瞋怒左手執棒右手按髀半跏趺坐北門山上金剛種族大奮怒王身赤黃色面目瞋怒左手執棒按於脇上右手作拳屈當胷側半跏趺坐西門山上摩尼種族大奮怒王身赤黃色面目瞋怒左手執索屈當胷側右手作拳側按髀上半跏趺坐南門山上蓮華種族大奮怒王身赤黃色面目瞋怒左手執劒屈當嬭上右手按髀半跏

趺坐如是四神以妙華鬘珠瓔環釧天諸衣服而莊嚴之坐蓮華座佩火焰光四角蓮上置如意瓶口出奇華條葉金剛杵頭内外院地遍作青色中置不空大可畏明王觀世音菩薩像面西竒妙旛華五色線索莊嚴圍界像前四角閼伽香水裏置七寶蜜漿石蜜漿砂糖漿乳酪秔米飯乳粥酥油餅食一切果子五穀子如法敷獻四面然布酥燈胡麻油燈四門四角置列香爐以沉水香白栴檀香塞畢哩迦香蘇合香室哩吠瑟吒迦香安悉香薰陸香如法和合燒獻一切諸佛菩薩摩訶薩一切天神召請結界結印眞言護身護伴護給侍者令入壇者澡浴清淨著新淨衣於龍方入瞻禮行道門別禮拜授三昧耶告言汝今會此壇者所作三昧悉皆成辦汝從

今去得作曼荼羅阿闍棃隨後同伴給侍人入害諸罪障解諸怨疾當生天上或生西方極樂國土蓮華化生以諸相好瓔服莊嚴如是得會大可畏明王出世世間一切解脫成就秘密曼拏羅三昧耶者從斯所作一切諸法皆得成辦常得世間一切人民恭敬瞻歎所發言論人皆信受三十三天一切諸天而常守護一切執金剛秘密主菩薩摩訶薩共皆護持不令世間一切病惱灾疾夭横一切諸佛菩薩摩訶薩恒常憐愍加被讃歎愛之如子於所生處具宿命智常覩諸佛甚深諸法令此身者是後胎身乃至菩提不墮餘趣

不空羂索神變真言經卷第二十七

音釋

鎣 烏定切飾也 淲 弋皮切涕也 嬭 奴買切乳也 癘 力制切疫癘也

蔓菁 蔓母官切菁子丁切蔓菁菜名 窖 古孝切土藏也 眩 黄絹切亂也

蓏 郎果切 ⿰角厥 其月切以角發物也 秔 古行切稻名 餜 音果餅餜食也

不空羂索神變眞言經卷第二十八

唐南天竺三藏法師菩提流志奉　詔譯

清淨蓮華明王品第六十七

爾時觀世音菩薩摩訶薩說此大可畏明王央俱捨眞言時便復合掌瞻仰如來熙怡微笑身放億俱胝百千色光照耀十方三千大千佛之世界以光神力能令十方三千大千諸佛世界滿虛空際靉靆彌雨天諸衆妙寶雨海雲天諸殊特牛頭栴檀末香塗香海雲廣大清淨薩頗胝迦寶香海雲放斯光時眉間白毫出甘露滴如大星流其色明踰頗胝迦寶清淨瑩徹從空墜下正住佛前變成衆寶千葉蓮華其華純以瑠璃爲莖有大光明超億千日初出色光磐礴高大如菩薩等爾時執金剛祕密主菩薩摩訶薩見此露滴變成衆寶千葉蓮華瑠璃爲莖光明赫弈踊躍歡喜得未曾有即起合掌頭面禮足白言聖者今所神變實難思議我今思念本未曾識唯願聖者速爲解釋爾時觀世音菩薩摩訶薩告執金剛秘密主菩薩摩訶薩言我有不空羂索心王名清淨蓮華明王央俱捨眞言大曼拏羅印三昧耶我欲佛前當正宣說以此明王央俱捨眞言神通威力故現斯瑞如是明王我白毫中而出現之具大周廣神通威德爾時執金剛秘密主菩薩摩訶薩聞斯說已合掌恭敬頭面頂禮右繞三帀乃往佛前於一面立手持白拂揮拂如來一切智身爾時釋迦牟尼如來謂觀世音菩薩摩訶薩言汝今當說不空羂索心王清淨蓮華明王央俱捨眞言大曼拏羅印三昧耶若演說者

則得一切如來種族秘密心陀羅尼眞言壇印三昧耶顯現開廓無諸翳障如是一切陀羅尼眞言壇印三昧耶隨是明王法中住現一切最勝眞實解脫曼拏羅王三昧耶及諸天神壇印三昧耶皆顯現之如是明王央俱捨眞言常爲一切天神壇神而守護之恒不放捨於世諸法疾得成就爾時觀世音菩薩摩訶薩承佛告語爲於世間一切垢重尠福有情持陀羅尼眞言者仰觀如來歡喜奮迅即說清淨蓮華明王央俱捨眞言曰

娜莫塞(桑紇切)窒(丁結切)[口*隸](二合)野(楊可切下同)特(能邑切)婆(無可切二合)努誐(銀迦切又音迦字斤攞切下同)韈(一)跛囉(二合)底(丁枳切)瑟恥諦瓢(毗藥切下同二)薩縛(無可切)勃陀(上聲)菩地薩埵縛(二合三)跛囉(二合)嗟囉韈詑(他可切)誐跢(多箇切下同)倶(愚矩切)唎野(四)漫拏攞畝眤(能乙切)囉(二合五)曼怛(登乙切)囉跛囉(二合一)嗟囉娑(去聲)沒捺(輕)嚟瓢(六)娜莫旖唎野跋馹囉(二合)陀(上聲)囉(七)薩縛矩攞倶唎野(八)苾皺(亭夜切)陀(上聲)[口*覆]捺(上同)囉(二合)跛囉(二合)底(上同)瑟恥諦瓢(毗逝切九)娜莫薩縛跛囉(二合)底曳(二合)迦(斤邏切)勃陀(上聲)[口*覆]野(十)室邏縛迦僧(去聲)祇(虬曳切)瓢(毗逝切十一)底跢娜誐韈跛囉(二合)窋(丁聿切)半禰(奴禮切)瓢(十二)那莫薩縛漫拏攞倶唎野(十三)摩訶苾皺(上同)囉惹娑(去聲)陀(上聲)娜悉悌瓢(毗逝切十四)娜謨囉怛娜(二合)怛囉(二合)耶野(十五)娜莫旖唎耶縛路枳諦濕縛(二合)囉野(十六)菩地薩埵縛(二合)野(十七)摩訶薩埵縛(二合)野(十八)摩訶迦嚕抳迦野(十九)薩縛苾皺(上同)漫拏羅囉惹(二十)摩訶暮伽(上聲)弭矩沒(盧骨切二合)縛拏悉悌瓢(二十一)薩縛畝[宀*鞊](寧吉切)[口*隸]瓢(二十二)怛[宀*䩛](寧也切)他(二十三)唵(喉中擡聲引呼二十四)弭麽[口*隸]弭麽攞蘗脞(二十五)

弭麽濫畝惹鉢頭二合米素履野㦰無遏切者栖二十六娑去聲歌塞上同囉囉濕弭計囉鑴如例切二十七摩訶囉濕弭入縛攞縛皤徙諦二十八柘囉柘囉二十九柘柘囉三十散者囉鉢頭暮二合彈履三十一鉢頭麽二合蘖陛三十二鉢頭麽二合步鑴三十三素窫寧吉切麽囉濫暮惹弭麽黎三十四摩抳迦娜迦三十五跋馹囉廢無計切女去聲履曳捺囉二合你攞三十六摩囉迦彈鉢頭二合摩邏誐三十七弭弭陀上聲摩訶摩抳喇怛那三十八楞去聲訖履彈捨履隸三十九陀囉陀上聲囉四十摩訶鉢頭二合麽馱隸四十一播囉播囉四十二播囉首播捨陀上聲隸四十三娑去聲囉娑去聲囉四十四縒曼彈廢無計切嚕者泥四十五薩縛彈詑誐路俱呬耶四十六地瑟恥底丁禮切句攞娑去聲麽野四十七播履布囉抳四十八陀上聲囉陀上聲囉四十九跋馹囉入縛攞

五十摩羅蘖陛跋馹囉跋馹隸五十一跋馹邏地瑟恥彈鉢頭二合米五十二鉡鉡五十三麽抳麽抳五十四摩訶麽抳振彈麽抳五十五播捨陀上聲囉五十六虎嚕虎嚕五十七鉢頭二合米鉢頭二合麽憍舉照切嚟五十八鉢頭二合麽播抳婆同上囉泥五十九掎暮伽上聲鉢頭二合米六十唵上聲鉢頭二合弭你六十一鉢頭二合摩麽抳六十二跋馹囉陀上聲隸六十三薩縛彈詑誐路矩攞六十四娑去聲麽𡰥尼也切縒麽耶六十五地瑟恥諦六十六摩訶弭補攞步鑴六十七皤囉皤囉六十八參去聲皤囉六十九步嚕步嚕七十步囉抳七十一避履避履七十二縒曼彈娑路枳彈苾隸同上囉鑴七十三跛囉二合縒囉跛囉縒囉七十四縒曼彈弭麽黎七十五薩縛苾隸同上漫弩攞禰縛彈七十六那麽塞訖履羝七十七彈囉彈囉七十八跢囉野跢囉野七十九縒曼彈舍

播嚩布囉抳(八十)薩縛菩地薩埵(二合)縛避灑者你(八十一)薩縛韈詑誐哆暮伽(上聲)旖避使訖羝(二合八十二)旖避詵旨野(二合)鉿(牟含切八十三)薩縛苾蘱(同上)漫拏攞(八十四)矩攞縒麽耶避灑階(八十五)薩縛韈詑誐跢播抳縛囉泥(八十六)鉢頭(二合)麽嶠(舉照切)隸(八十七)鉢頭麽(二合)跛囉(二合)膣(八十八)鉢頭(二合)麽弭迦瞻畝惹蘗膣(八十九)訏訏(九十)跋駬隸跋駬隸(九十一)伐折羅鉢頭(二合)米(九十二)韈詑誐跢矩羅地瑟恥諦(九十三)旖暮伽(上聲)縛囉泥(九十四)薩縛舍播嚩布囉抳(九十五)薩縛播野耨(輕呼)佉(七聲九十六)鉢囉(二合)舍麽你(九十七)旖暮伽(上聲)紇嚩(二合)娜野悉地(九十八)娑(去聲)陀(上聲)野弭麽黎(九十九)訏怖(一百)唵(同上)縛囉泥鉢頭(二合)麽步鸛(一)娜謨窣覩羝鉢頭(二合)麽補嚐(知西切二)莎(去聲)縛訶(一百三)

爾時觀世音菩薩摩訶薩說是明王眞言之時光明普照一切如來種族祕密心陀羅尼眞言曼拏羅印三昧耶佛前蓮華即自開敷臺中出現不空羂索心王清淨蓮華明王三面四臂首戴寶冠冠有化佛當中正面圓滿熈怡眉間一目左右二面如不空羂索觀世音左右面目一手持開蓮華一手執羂索一手持寶幢一手把三叉戟衆寶瓔珞耳璫環釧天諸衣服種種莊嚴相好殊特踰於諸天無量億千蓮華臺上結跏趺坐放億俱胝百千光明放斯光時從座而起整理衣服合掌恭敬頂禮雙足遶佛三帀却還本座曲躬而立瞻仰尊顏目不異顧爾時釋迦牟尼如來謂清淨蓮華明王言善哉殊特何故前立瞻視我好欲求何願爾時清淨蓮華明王前白

佛言今於如來請授一切如來種族祕密心陀羅尼真言曼拏羅印三昧耶總持明門最上第一佛復告言汝欲十方一切如來毗盧遮那如來一切種族祕密心陀羅尼真言曼拏羅印三昧耶灌頂受記者汝當善聽我授與汝稱汝第一汝今授名多羅菩薩亦名濕廢多白身觀世音菩薩亦名毗俱胝觀世音菩薩亦名蓮華端嚴首菩薩亦名計剌枳利大天神亦名金剛度底天神亦名毗摩羅迦履天神亦名蓮華眼天神亦名金剛鎖天神亦名毗利金剛天神亦名蓮華光明天神亦名成就業行天神亦名大真言王天神亦名不空首王天神亦名暴伽韈多天神亦名功德天神亦名毗摩羅天神亦名無譬喻天神亦名辯才天神亦名一髻天神亦名千眼天神亦名千臂天神亦名千頭天神亦名不空蓮華天神亦名大寶天神亦名出一切寶天神亦名世間自在天神亦名大明密號自在王天神亦名大海天神亦名大天女天神亦名一切種族壇天神亦名誦念安隱大天神亦名種族大天神亦名端正金剛天神亦名執輪天神亦名執鉞斧天神亦名執劍天神亦名奮怒天神亦名奮怒王天神亦名破黑暗天神亦名瞋面天神亦名狗牙天神亦名赤黃色天神亦名金髮天神亦名執寶手天神亦名大地輪天神亦名持一切物天神亦名供養水器天神亦名種種飲食天神亦名一切最大天神亦名塗香末香華鬘天神亦名一切遍行天神亦名一切自在天神亦名示女相天神亦名度脫一切天神亦名持真

言天神亦名囉惹天神亦名一切如來大種族天神亦名大丈夫眞言王天神亦名觀世音菩薩白毫上出現天神亦名寶甘露天神亦名大星光天神亦名種種相貌天神亦名種種事業天神清淨蓮華明王所授汝諸名等若有人民每日晨朝信解受持讀誦之者速得一切如來種族祕密心陀羅尼眞言壇印三昧耶現前成就是諸名等通入一切種族陀羅尼眞言壇印三昧耶一切天神壇神住護一切如來毗盧遮那如來釋迦牟尼如來一切種族祕密心陀羅尼眞言曼拏羅印三昧耶中所說名字觀世音菩薩處處護持是故說汝最勝第一汝復授名金剛大悉地王大蓮華最勝悉地王如來種族悉地王大曼拏羅種族悉地王大摩尼種族悉地王不空一切曼拏羅最勝心悉地王大金剛種族頂悉地王金剛底極悉地王金剛鬘部悉地王金剛勝錐悉地王蓮華端正殊勝悉地王清淨蓮華明王所授汝諸悉地王名若有人民信解受持讀誦之者速得此諸陀羅尼眞言一切悉地王執金剛祕密主菩薩摩訶薩十執金剛神大自在執金剛神觀守護持以是義故常令如法受持讀誦此悉地王名者一切如來毗盧遮那如來釋迦牟尼如來一切諸大菩薩摩訶薩衆亦常觀察加被擁護

爾時釋迦牟尼如來與是明王授記莂時十方大地六變震動於虛空中靉靆彌雨月光清淨華盧遮華摩訶盧遮華曼陀羅華摩訶曼陀羅華鉢頭摩華拘物頭華芬陀利華青優鉢羅華赤優鉢羅華阿萩迦華波吒羅華

芬那誐華乾陀婆利師迦華君那利華阿底木多迦華波羅奢華一切金華銀華寶華種種雜華海雲雨種種寶雲寶雨海雲雨牛頭栴檀香沉水香龍腦香鬱金香種種香氣海雲雨種種香水細雨海雲雨種種奇妙音聲不鼓自鳴海雲雨諸衣服寶冠珠瓔耳璫環釧華鬘寶莊嚴具海雲雨三十三天大梵天帝釋天大自在天俱摩羅天四天王天水天伊首羅天摩醯首羅天乃至九十九億百千天子所有宮殿衣服冠瓔寶珠環釧塗身末香七寶傘蓋海雲滿於十方霎靆彌布大作供養釋迦牟尼佛觀世音菩薩清淨蓮華明王諸大菩薩執金剛祕密主菩薩摩訶薩并會大衆十方所有一切刹土一切如來一切菩薩摩訶薩一切大衆皆於空中作大神通種種變現成就之相是諸如來一切祕密心陀羅尼眞言壇印三昧耶一時顯現十方一切諸天宮殿亦皆顯現爾時執金剛祕密主菩薩摩訶薩從座而起合掌恭敬繞佛三帀頭頂禮足於一面立熈怡微笑旋金剛杵復白佛言世尊觀斯神通極空顯現甚爲廣大如斯神通亦皆溥洽持眞言者得大成就三昧耶門復有一切天龍八部緣此種族清淨蓮華明王神通顯現皆來集會覩彼觀世音菩薩摩訶薩清淨蓮華明王神通威德出過十方盡空顯炫如斯變相以何法力欻能十方作是顯現唯願如來哀愍我等當爲解釋除斷所疑爾時釋迦牟尼如來告執金剛祕密主菩薩摩訶薩言諦聽諦聽爲汝解說此大神通因緣現相是彼觀世音菩薩摩訶薩

大幻化三摩地門金剛總持等持三摩地力勇猛支三摩地門以如是等九十九俱胝那庾多百千三摩地門常隨於身神通變現滿十方界此等三摩地亦是不空羂索心王清淨蓮華明王央俱捨真言大曼拏羅印三摩地力神通變現示現如是神通威德廣大顯現三摩地力當廣溥洽一切有情修是清淨蓮華明王央俱捨真言名字法門但令信解受持讀誦當見九十二殑伽沙俱胝那庾多百千微塵如來應正等覺承事供養種種善根等念此諸如來名號等入此諸如來種族祕密心陀羅尼真言大曼拏羅印三昧耶會亦等受持此諸如來種族祕密心陀羅尼真言大曼拏羅印三昧耶品等入三世一切如來祕密心陀羅尼真言大曼拏羅印三昧耶

成就之門執金剛祕密主菩薩摩訶薩今何因緣說此清淨蓮華明王具大威力所有三世一切如來祕密心陀羅尼真言壇印法品皆隨入此明王法中如水乳合同一體相更無別異由斯因緣說是清淨蓮華明王名號通入一切如來種族祕密心陀羅尼真言壇印三昧耶有大威德若苾芻苾芻尼族姓男族姓女信解受持此清淨蓮華明王央俱捨真言者則等受持三世諸佛如來種族祕密心陀羅尼真言壇印三昧耶當得三世諸佛如來戒蘊定蘊慧蘊解脱蘊成熟善根爲於三世諸佛如來而常讚歎與不空最大成就三昧耶悉地相應得一切如來種族祕密平等三昧耶悉地相應得一切菩薩摩訶薩神通真言明心大三摩地神變境界相應得大

菩提心六波羅蜜莊嚴相應得一切眞言明王大曼拏羅印三昧耶隨順相應此清淨蓮華明王央俱捨眞言神通威德又復常得一切如來神通三摩地加被一切菩薩摩訶薩神通三摩地加被以斯因故說是清淨蓮華明王央俱捨眞言有大威德有大神力若有暫以華果塗香音聲供養讀誦處者則當承事供養三世一切如來一切種族祕密心陀羅尼眞言大曼拏羅印三昧耶受持讀誦是清淨蓮華明王央俱捨眞言者一切藥叉羅剎毗那夜迦作障難者盡皆馳散一切諍論灾怪疫疾憎謗諛諂十惡五逆一切業障盡皆消滅一切諸佛菩薩摩訶薩衆安慰護念執金剛祕密主菩薩摩訶薩十大執金剛藥叉將大自在執金剛藥叉將一切天神四天王神并諸眷屬恭敬守護當得一切如來種族祕密心陀羅尼眞言曼拏羅印三昧耶最勝成就得不空解脫祕密心陀羅尼眞言廣大解脫蓮華大曼拏羅印三昧耶最大成就得不空眞實最上成就一切天龍藥叉羅剎乾闥婆阿脩羅緊那羅蘖嚕荼摩呼羅伽來守擁護復於世間得大供養一切願行增長圓滿一切呪詛蠱毒毒藥毒螫諸惡鬼神不相害惱又復不患一切風痰寒熱瘧病瘺瘻疥癬頭痛癰腫痔痢諸病唯除宿報現世輕受執金剛祕密主菩薩摩訶薩此不空羂索心王清淨蓮華明王央俱捨眞言名三世一切如來祕密心陀羅尼眞言總持等持三昧耶亦名一切執金剛祕密心神通普遍總持等持三昧耶爾時執金剛祕密主菩薩摩訶

薩聞佛稱説此妙吉祥祕密清淨蓮華明王央俱捨真言神通功德歡喜踊躍前白佛言世尊是清淨蓮華明王央俱捨真言奇特希有具有一切菩提功德能滿衆願成熟一切菩提善根圓滿一切壇印三昧耶無量功德最勝成就世尊此清淨蓮華明王央俱捨真言特希難見如於如來所現方處坐菩提樹下轉大法輪是清淨蓮華明王央俱捨真言豈不於彼觀世音菩薩摩訶薩白毫出現當爲利益持真言者得真解脱成就法門非少善根得值見聞已於無量阿僧祇劫一切佛所積集善根乃得見聞恭敬供養信解書寫受持讀誦具足修治若暫忘念是真言者當知則失無量無邊一切菩提功德善根何况一日一夜一月一年乃至多百千日而盡廢忘應知此人則已永失十方三世諸佛菩薩摩訶薩一切菩提功德福蘊資粮善根大三昧耶爾時釋迦牟尼如來復謂執金剛祕密主菩薩摩訶薩言如是如是如汝所説此之有情若不多劫供養承事九十九殑伽沙俱胝那庾多百千諸佛如來大曼拏羅印三昧耶積集善根則不見聞此明王真言三昧耶受持讀誦此之有情昔不積善弗可見聞此明王真言大曼拏羅印三昧耶復有有情已於無量阿僧祇劫供養承事十方過現一切如來種族大曼拏羅印三昧耶甚深諸法并復禀受聽聞修學積集善根乃得具足見此明王真言種族大曼拏羅印三昧耶受持讀誦明解一切依持律行種種成就則得作大阿闍梨於諸真言者爲最第一得爲三世一

切如來曼拏羅印三昧耶中大法之子三世一切如來爲授記莂當知斯人得大堅固成就福聚善根資粮應知得此明王眞言大曼拏羅印三昧耶受持讀誦圓滿修治一切佛刹菩提功德具足善根執金剛秘密主菩薩摩訶薩汝又觀彼觀世音菩薩摩訶薩廣大神變三摩地力陀羅尼力壇印法力不空冐索心王清淨蓮華明王央俱捨眞言三摩地悉地威德示現之力是一切如來心大神通力圓滿一切菩提願行是觀世音菩薩摩訶薩與一切願成就之處如是明王眞言與於世間一切垢障尠福有情作大佛事照破諸暗爲大津梁摧諸魔處風雨以時苗稼滋盛無諸饑饉惡星變怪使受持者壽命長遠無灾夭疾多饒財寶若有有情常潔身服法瑜伽觀以大悲心如法誦持清淨蓮華明王央俱捨眞言恒不間廢即當成就一切善根持比清淨蓮華明王央俱捨眞言之處一切曼拏羅神一時湊集而守護之一切種族眞言壇印神宮殿俱時來集供養清淨蓮華明王央俱捨眞言一切如來種族觀世音種族金剛種族摩尼種族等眞言壇印宮殿神俱時來作恭敬供養清淨蓮華明王央俱捨眞言能令眞言者獲七善夢第一夢見得入曼拏羅宮殿會中受用三昧耶第二夢見入一切諸佛菩薩種族曼拏羅宮殿三昧耶會得諸如來爲授灌頂眞言印三昧耶成就第三夢見入一切金剛灌頂曼拏羅印三昧耶會得諸金剛王爲授一切金剛灌頂眞言印三昧耶成就第四夢見入一切摩尼種族灌頂曼

拏羅印三昧耶會得諸摩尼寶王爲授一切摩尼寶大灌頂眞言印三昧耶成就第五夢見入補陀洛山觀世音菩薩摩訶薩七寶宮殿不空羂索廣大解脫蓮華曼拏羅印三昧耶會見一切諸佛菩薩摩訶薩大明明王一切天神觀世音菩薩摩訶薩執手引入灌頂壇內而爲灌頂種種教告諸眞言曼拏羅印三昧耶品成就第六夢見入千手千眼觀世音菩薩摩訶薩曼拏羅印三昧耶會得千手千眼觀世音爲授灌頂曼拏羅印三昧耶成就第七夢見如來菩提樹下坐金剛座轉大法輪降伏魔軍見毗盧遮那如來伸手摩頂爲授灌頂曼拏羅印三昧耶品并是十方一切佛剎一切如來爲授種族眞言壇印出世世間三昧耶品成就若命終時心不失念直往西方蓮華化生爲此不空大眞言仙常覩九十九億俱胝那庾多百千諸佛如來是諸佛等爲現種種佛剎一切如來三身一體皆等毗盧遮那佛身相好得宿住智能知過去百千大劫所受生死一切如來神通威德灌頂眞言印三摩地門盡皆現前亦見過去所生積集福蘊善根淸淨業成今此明王眞言但常晝夜誦持不忘的獲如是諸大功德并得一切衆生意樂恭敬法門若淨澡浴著淨衣服淨治室內香華供養誦持淸淨蓮華明王央俱捨眞言恒不斷絕當後夜時乃得過往十惡五逆四重諸罪一切業障一時現前告眞言者言往昔罪報應受五道種種劇苦以眞言力燼然銷滅一切善根今已圓滿若患瘧病當加持白線二十一結病者繫佩

即得除差若鬼病神病加持刀劒或加持孔雀尾或加持箭一七遍病者身上拂搵加持則令除愈或加持五色線一百八結繫其項上加持安悉香病者前燒當加持病者得作病鬼現身而來所問皆說亦任役使病則除差若欲往向言論諍處令歡喜者加持手一七遍摩捫面上往見彼者歡喜和解若毒藥中者牛乳石蜜和加持之或加持淨水一七遍令飲毒除若毒蟲螫者加持孔雀尾一七遍拂之并加持黃土泥或加持雄黃數數厚附或加持煑豆并汁豆中蘸之皆得除滅若被厭禱呪詛蠱毒者五日每日以新淨瓮滿盛香水加持一百八遍當洗浴身即得除差若傳屍伏連少身力者三設五設七設每設長流河邊隨時塗壇以白穀稻穀大麥小麥大豆小豆白芥子茴香子天門冬等分和末加持水和油如麵糊先加持生酥遍身濃塗乃以藥糊遍身厚附却淨揩取捏作人形加持鑌鐵刀截分八段於壇四角四面置淨盆子各於盆中盛一段藥於壇中心置香水瓮加持白芥子置於瓮中以諸華枝葉插瓮口中面東跪坐加持水瓮一百八遍及加持藥盆一百八遍以八盆中藥段擘散各擲當方壇中香水溫與病者清淨澡浴著新淨衣以諸華香飲食供養觀世音菩薩及請衆僧設大施會病者所苦當即除差諸惡鬼神無能嬈害亦令業障而得消滅若命終後即生西方淨妙剎土證宿命智乃至菩提更不退墮諸惡趣故若患眼者加持甘草汁或加持供養殘水一七遍當用洗眼即令除差若患頭

痛以生酥胡麻油茴香子加持一七遍微温塗頭當即除差若患齒疼加持石榴枝一七遍當用揩齒速令除着若患耳疼加持茴香子胡麻油和煎二三十沸濾去其滓後當微温瀝於耳中當即除差若患口瘡加持豌豆菉豆煎汁和酥加持一七遍含之經日當即除差若患腹痛加持仙陀婆鹽作湯服當除差若加持烏鹽阿慈而土青木香等分和水二大升煎取九合加持二十一遍當飲服之一切腹痛心痛痃癖痔痳病等皆當除差若加持白芥子二十一遍散一切公門底者一切僚佐見皆歡喜若加持白胡椒一百八遍口中含之與他談說聞皆信受若有惡風雹雨數數起者加持石榴枝一百八遍詣高望處四方擬之即皆除散若有龍湫邊作一火壇以端直搆木櫰木然火以酥蜜酪白芥子一加持一燒一千八遍如是相續至滿七日則得天下溥降甘雨若以稻穀華白芥子酥加持燒之一千八遍滿於七日當得財寶若令訥瑟吒生信伏者加持稻穀糠鹽黑芥子油燒稱彼名字一千八遍即得如願若加持此所燒糠鹽灰二十一遍散訥瑟吒門底者即不安住若加持白芥子一百八遍散於軍陣鬪打處者兵衆惡人兩俱和解若加持雄黃令現煖煙相已點心上額上者即得祕密三昧耶不爲一切藥叉羅刹目視此人若加持牛黃令現煖煙相已點額上心上往入一切山野窟澤無所障礙及爲人民恭敬供養若爲王公請者用塗二手掌上加持手七遍至王公門叩門而入所見人民悉皆歡喜愛

敬供養如是明王眞言所作諸法一切成就

灌頂眞言成就品第六十八

爾時觀世音菩薩摩訶薩見此清淨蓮華明王蓮華臺上放大光明於如來前請授一切如來種族祕密心陀羅尼眞言曼拏羅印三昧耶時當爲供養一切如來毗盧遮那如來釋迦牟尼如來即說不空思惟寶光眞言曰

唵喉中擡聲引呼一旃暮伽上聲振覉麽抳二縛無可切囉陀上聲鉢頭米二合三入縛攞入縛攞那四步鸔人兮切吽五

是觀世音菩薩摩訶薩說此眞言供養佛已念釋迦牟尼如來唯垂加授清淨蓮華明王灌頂三昧耶演斯眞言時清淨蓮華明王曲躬合掌恭敬重復瞻仰如來目不暫捨爾時釋迦牟尼如來即伸右手摩清淨蓮華明王頂時十方三千大千諸佛世界大地山林六變震動大海江河一時涌沸量虛空中所有十方一切刹土過現未來一切如來毗盧遮那如來應正等覺一時皆現同聲讚釋迦牟尼如來曰善哉善哉如是灌頂甚爲希有我等十方一切刹土三世一切如來毗盧遮那如來亦同授與清淨蓮華明王灌頂三昧耶爾時十方一切刹土三世一切如來毗盧遮那如來一時皆伸右無畏手摩清淨蓮華明王頂同說不空大灌頂光眞言曰

唵喉中擡聲引呼一旃暮伽上聲廢無計切嚕者娜二摩訶畒捺能一切囉麽抳三鉢頭麽二合入縛攞四跛囉二合韈覉野吽五

爾時十方一切刹土三世一切如來毗盧遮那如來說此眞言灌明王頂一時重讚釋迦

牟尼如來
快哉牟尼尊 善授於明王 真言大威力
光王灌頂法
爾時十方一切刹土三世一切如來毗盧遮那如來一時説斯灌頂真言而爲清淨蓮華明王各以種種種族一切神通大如意寶大灌頂祕密曼拏羅印三昧耶灌頂授一切種族大如意寶大灌頂祕密曼拏羅印三昧耶灌頂成就爾時十方一切刹土三世一切如來毗盧遮那如來謂執金剛祕密主菩薩摩訶薩言此灌頂光真言若有如法清潔身器常勤精進發大悲心佛瑜伽觀以諸華香隨時供養受持讀誦中不間闕滿千萬遍亦得成就是灌頂三昧耶第一夢見入我十方一切刹土三世一切如來毗盧遮那如來大如意寶大灌頂祕密曼拏羅印三昧耶會我等一切如來爲授灌頂曼拏羅印三昧耶品我諸如來一時同聲讚言善哉善哉善男子汝得十方一切佛刹一時門開任汝遊往彼諸刹土各有九十九億殑伽沙俱胝那庚多百千一切如來憶念加被第二夢見入我十方一切刹土三世一切如來坐蓮華種族大摩尼寶曼拏羅印三昧耶宫殿會中我諸如來爲授大蓮華種族大摩尼寶灌頂曼拏羅印三昧耶品及得一切如來大摩尼印灌頂曼拏羅印三昧耶品現前我諸如來同聲讚言善哉善哉善男子汝得大蓮華種族灌頂壇印三昧耶品爲諸如來攝受加被大摩尼印三昧耶第三夢見入我十方一切刹土三世一切如來大金剛種族大摩尼寶曼拏羅印

三昧耶中我諸如來爲授金剛種族大摩尼寶灌頂壇印三昧耶品及授我等一切如來金剛種族母陀羅尼三昧耶品一切金剛同聲讃言善哉善哉善男子汝得一切如來金剛種族大摩尼寶壇印三昧耶品得諸金剛攝受加被大摩尼寶金剛印三昧耶第四夢見入我十方一切刹土三世一切如來大摩尼寶種族大灌頂壇印三昧耶中我諸如來爲授大摩尼寶種族大灌頂壇印三昧耶品見我一切如來大摩尼寶種族大摩尼寶灌頂壇印祕密成就三昧耶時諸如來同聲讃言善哉善哉善男子汝今得我一切如來大摩尼寶種族灌頂壇印祕密心品現前加被此灌頂法是我一切如來大如意寶種族祕密心眞言三昧耶品第五夢見入我十方一切刹土三世一切如來不退轉大灌頂祕密曼拏羅印三昧耶中我諸如來爲授不退轉大灌頂祕密曼拏羅印三昧耶品我諸如來同聲讃言善哉善哉善男子汝今得我十方一切刹土三世一切如來不退轉大灌頂祕密壇印三昧耶品第六夢見我等十方一切刹土三世一切如來往菩提場坐金剛座現等正覺作大法王灌頂地法盡見十方一切刹土三世一切如來坐師子座爲授一切如來不退法王灌頂地法時諸如來同聲讃言善哉善哉堅固者今得一切如來不退法王灌頂護念堅持不捨第七夢見釋迦牟尼如來菩提樹下坐金剛座放大光明轉大法輪然大法炬雨大法雨建大法幢吹大法螺擊大法鼓摧大魔軍并見十方一切刹土三世

一切如來菩提樹下坐金剛座轉大法輪摧大魔軍最勝大灌頂祕密壇印三昧耶品得諸如來爲授轉法輪大灌頂祕密壇印三昧耶品時諸如來同聲讚言善哉善哉善男子汝得真實堅固解脱轉法輪大灌頂祕密曼拏羅印三昧耶如是如法常勤精懇作瑜伽觀受持讀誦恒不間廢則獲如是七大善夢證我一切不空如來不空毗盧遮那如來大光明印真言神變之法當入十方一切剎土三世一切不空如來不空毗盧遮那如來大曼拏羅印三昧耶會入一切處三昧耶門得見十方一切剎土三世一切不空如來不空毗盧遮那如來微妙色身恭敬供養當持十方一切剎土三世一切不空如來不空毗盧遮那如來一切名號當得十方一切剎土三

世一切不空如來不空毗盧遮那如來爲授母陀羅尼印三昧耶神通法品而最第一若有過去一切十惡五逆四重諸罪燼然除滅若有衆生隨處得聞此大灌頂光真言二三七遍經耳根者即得除滅一切罪障

若諸衆生具造十惡五逆四重諸罪猶如微塵滿斯世界身壞命終墮諸惡道以是真言加持土沙一百八遍屍陀林中散亡者屍骸上或散墓上塔上遇皆散之彼所亡者若地獄中若餓鬼中若脩羅中若傍生中以一切不空如來不空毗盧遮那如來真實本願大灌頂光真言加持沙土之力應時即得光明及身除諸罪報捨所苦身往於西方極樂國土蓮華化生乃至菩提更不墮落

復有衆生連年累月瘵黄病惱苦楚萬端是

病人者先世業報以是眞言於病者前一二三日每日高聲誦此眞言一千八十遍則得除滅宿業病障

若爲鬼嬈魂識悶亂失音不語持眞言者加持手一百八遍摩捫頭面以手按於心上額上加持一千八十遍則得除差

若摩訶迦羅神作病惱者亦能治遣

若諸鬼神魍魎之病加持五色線索一百八結繫其病者腰臂項上則便除差

若諸瘧病加持白線索一百八結繫頭項上及加持衣著即令除差

若加持石菖蒲一千八十遍含之與他相對談論則勝伏他

若以胡椒多誐囉香青木香小栢檀黃羅娑惹娜（此云小栢汁）等數末治水丸如棗加持十萬遍便當陰乾若患一切鬼神病種種瘧病或毒藥中或失音者皆當以藥和水研之加持一百八遍數點兩眼額上心上當怒加持則便除差作病鬼神若不放捨即當頭破如阿梨樹枝

若諸毒蟲蛇蝎螫者以藥塗眼即便除差

又法以新米嚲羅澡浴清淨著淨衣服以藥和水研加持一百八遍點米嚲羅眼中奮怒加持一千八十遍則便起坐所作皆答若欲放者加持白芥子水二十一遍散米嚲羅上則便如舊

若爲貴人相請喚者以藥點眼當往見之則相賓敬

不空罥索神變眞言經卷第二十八

音釋

磐礴　磐蒲官切礴傍各切磐礴閑定貌　尠　息淺切少也　炫　黄絹切炫燿也　瘧　魚約切寒熱病也　瘻　盧候切漏病也　疥癬　疥古隘切癬息淺切　癰腫　癰於容切腫之隴切　痔痢　痔直里切痢力置切　飢饉　飢居衣切穀不熟也饉渠各切菜不熟也　攇　於靳切搣也　螫　施隻切蟲行毒也　蘸　莊陷切以物淬水中也　揩　苦皆切拭也　鑌　必隣切鐵中之最利者　擘　補革切鈲也　滓　側氏切澱也　濾　良據切漉也　豌　一丸切豆名　木櫁　櫁美畢切木櫁香木也　痿　於爲切濕病也

不空罥索神變真言經卷第二十九

唐南天竺三藏法師菩提流志奉　詔譯

灌頂曼拏羅品第六十九

爾時清淨蓮華明王得諸如來作灌頂已繞佛三帀却於佛前合掌恭敬一面而立覆復低頭思惟如來何不加我一切諸佛金剛種族曼拏羅印三昧耶爾時釋迦牟尼如來知心所念即説不空金剛灌頂真言曰

唵(喉中擡聲引呼之一)旖暮伽(上聲)曼拏攞(二)鉢頭(二合)摩鼻囇迦(斤邏切三)麽抳跋馹㘑(四)薩縛䩭詑識爹鼻囇鷄(五)𤙖(六)

爾時如來演斯真言時以大神力十方三千大千諸佛世界大地一時變成金剛壇地方圓光皎周重界位涌現一切如來種族蓮華種族金剛種族摩尼種族所有一切廣大解脱曼拏羅印三昧耶會種種形像一時顯現亦現一切天神各自大小善根威力種種身相真言壇印三昧耶一切神變亦現大不思議不空罥索心王種族一切三昧耶種種神變一時具授清淨蓮華明王大曼拏羅印三昧耶中盡顯現之爾時釋迦牟尼如來謂執金剛祕密主菩薩摩訶薩言今此真言若有精勤恒起無量大慈悲心佛瑜伽觀如法誦持此金剛灌頂真言千萬遍者當入十方一切刹土三世一切如來大蓮華灌頂曼拏羅會當入十方一切刹土三世一切如來大摩尼寶蓮華灌頂曼拏羅會十方一切刹土三世一切如來於其夢中示妙色身入曼拏羅宮殿種種神變三十三天一切天神神變明王曼拏羅神變復次夢見一切如來種族大

曼拏羅蓮華種族大曼拏羅金剛種族大曼拏羅摩尼種族大曼拏羅不空羂索心王廣大解脫蓮華曼拏羅印三昧耶毗盧遮那如來法身大悲出生藏曼拏羅印三昧耶種種種族僕從曼拏羅印三昧耶一切神變復次夢見一切菩薩所有因地發行行化乃至菩提轉大法輪摧諸魔軍復次夢見十方一切刹土三世一切如來大灌頂曼拏羅會得諸如來爲授一切最勝大灌頂曼拏羅三昧耶真言者夢中身心歡喜倍增精勇得此不空羂索心王廣大解脫蓮華曼拏羅印三昧耶灌頂三摩地時諸如來一時讚言善哉善哉真言者汝今得我十方一切刹土三世一切如來等用大灌頂三昧耶得入十方一切刹土三世一切如來大灌頂祕密壇會爲諸如來大法王子一切法光一時照明忽使覺悟獲大功德一切天人種種稱讚而爲第一若善男子善女人等求大福蘊成熟善根者每日以華鬘頭冠或諸妙綺袈裟衣服加持一千八遍貫戴佛上觀世音菩薩上作大供養真言威力則令十方一切刹土三世一切諸佛菩薩各各貫戴七寶天冠袈裟衣服彼諸華冠袈裟衣服各放無量百千光明展轉供養十方一切刹土三世一切諸佛菩薩摩訶薩衆皆以光曜而自莊嚴作斯供養當以諸珍百味飲食供養十方一切刹土三世一切諸佛菩薩摩訶薩一切天神亦當供養一切大灌頂曼拏羅會又得銷鑠身口意業一切罪障得大福聚善根成就所住之處恒無障礙爲人恭敬所出言詞如栴檀香人皆愛仰

若常精勤誦持真言不曾間廢口氣香潔如鬱鉢羅華香得諸願滿命不中夭無諸惱疾摧伏一切毗那夜迦藥叉羅刹信向護持觀世音菩薩摩訶薩明王觀察擁護得作一切大曼拏羅阿闍棃復得成就不空最勝曼拏羅三昧耶

不空摩尼供養真言品第七十

爾時清淨蓮華明王授斯廣大神通一切大曼拏羅印三昧耶已合掌恭敬繞佛三帀前禮雙足還坐本座合掌瞻仰觀世音菩薩摩訶薩念言尊者何不與我不空供養一切如來摩尼金剛灌頂曼拏羅神通三昧耶爾時觀世音菩薩摩訶薩見是廣大神通一切大曼拏羅印三昧耶神變威德滿十方刹一時出現授清淨蓮華明王已即說不空摩尼供養真言曰

唵喉中擡聲引呼 旃暮伽上聲布惹麽抳二 鉢頭二合摩跛馹隸三 鞞詑誐跢四 弭盧枳諦五 縒漫多上聲跛囉二合縒囉六 吽七

爾時觀世音菩薩摩訶薩演斯真言時於虛空中一時顯現無量無邊種種神通廣大威德一切天諸供養之物一切不空如來種種廣大神通真言明王大曼拏羅神變莊嚴三昧耶亦皆出現授與清淨蓮華明王大曼拏羅印三昧耶中盡顯現之量等十方一切佛刹靉靆彌雨不可說曼陀羅華摩訶曼陀羅華曼殊沙華摩訶曼殊沙華鉢頭摩華拘物頭華奔拏李迦華宮殿樓閣種種臺榭華冠瓔珞一切莊嚴具海雲雨不可說種種七寶衆華宮殿樓閣種種臺榭花冠瓔珞一切莊

嚴具海雲雨不可説娑羅寶華瞻蔔迦寶華
阿底木多迦寶華褕禰迦寶華蘇曼那寶華
宫殿樓閣種種臺榭華冠瓔珞一切莊嚴具
海雲雨不可説水陸山林一切種華宫殿樓
閣種種臺榭華冠瓔珞一切莊嚴具海雲雨
不可説種種國土一切寶飾衣服色相海雲
雨不可説種種七寶頭冠瓔珞釵璫環釧海
雲雨不可説種種刹土一切天諸雜寶衣服
宫殿樓閣種種臺榭海雲雨不可説一切色
相迦詩迦衣服宫殿樓閣種種臺榭海雲雨
不可説種種色相繒帛衣服宫殿樓閣種種
臺榭海雲雨不可説種種七寶妙莊嚴具海
雲雨不可説金繩七寶間雜瓔珞莊飾海雲
雨不可説金縷袈裟衣服海雲雨不可説半
滿月色光衣服日初出色光衣服吠瑠璃色

光衣服紺瑠璃色光衣服及種種色光衣服
海雲雨不可説種種牛頭栴檀香沉水香一
切天諸塗香末香及無量億種香海雲雨不
可説寶幢旛蓋真珠網縵衆寶鈴鐸海雲雨
不可説蘇合香油燈樹瞻蔔迦香油燈樹優
曇那香油燈樹蘇曼那香油燈樹阿底木多
迦香油燈樹沉水香油燈樹白栴檀香油燈
樹及種種香油燈樹海雲雨不可説一切天
諸甘露百味飲食海雲雨不可説一切諸天
種種音樂歌詠讃唄海雲如是不可説種種
供養一切色相莊嚴海雲皆具無量光明色
相種種莊嚴甚可愛樂溥雨十方一切刹土
一切如來種種種族祕密曼拏羅會及諸所
有轉法輪會廣大供養一切諸佛一切菩薩
摩訶薩會一切執金剛菩薩摩訶薩一切天

神一切眞言明神一切使神皆作無量無邊周帀供養海雲爾時觀世音菩薩摩訶薩謂執金剛祕密主菩薩摩訶薩言此摩尼供養眞言若常晨朝法瑜伽觀觀自在相誦持供養滿千萬遍不間廢者長得如是不可說一切供養海雲廣大功德如是眞言具有種種神通如摩尼樹能出無量種種最勝上物海雲常無斷盡如是眞言是觀世音菩薩摩訶薩心神通力大幻化三昧耶加被出現與眞言者不思議界最勝福聚作大父母拔衆苦際滿諸意願除諸厭蠱呪詛厄難一切吉祥福德勝願日日增長警覺十方一切諸佛菩薩摩訶薩衆安慰十方一切菩薩摩訶薩等召集一切曼拏羅天神示現一切如來祕密曼拏羅印三昧耶召集一切天龍八部種種

神鬼摧伏一切藥叉羅刹毗那夜迦除諸有情種種怖懼得大解脫爲歸依處持此眞言者不齋與齋無梵行者與持梵行不清淨者與等清淨不依法者與等依法不寂靜者與等寂靜不行正法與行正法不安隱者與得安隱貧者與實裸者與衣飢者與食渴者與飮失道者與道短命者與等長命眼未淨者與於眼淨聾者與聽憂惱者與除憂惱失念者與於正念樂惡法者與於善法不修布施與得布施不修淨戒與得淨戒不修忍辱與得忍辱不修精進與得精進不修靜慮與得靜慮不修般若與得般若未授三昧耶與授三昧耶未授手印與授手印未得眞言明與得眞言明住邪道者得住正道無菩提善根與菩提善根未越生死大海與越生死大海

住黒暗障與破黒暗障垢障纏者與解垢障有無間業與破無間業未得涅槃與於涅槃未得受記與於受記未獲善夢與得善夢癩疾得除病者得差不調柔者與於調柔種族未集會者與等集會無光明者與等光明失國位者與等國位有怨念者令發慈心多婬欲者與除婬欲多瞋恚者與除瞋恚爲他輕賤與得尊敬未遇佛菩薩與遇佛菩薩未聞正法與聞正法不樂恭敬供養得樂恭敬供養不具六根等具六根未見佛菩薩與見佛菩薩一切天神不攝受者與得一切天神攝受執金剛秘密主菩薩摩訶薩如是獲大無邊功德者皆是不空摩尼供養眞言是觀世音菩薩摩訶薩爲當利益一切有情説此摩尼供養眞言廣雨種種寶色海雲供養十方一切剎土一切諸佛菩薩摩訶薩種種種族曼拏羅三昧耶會恒一切處示現三世一切如來最勝祕密曼拏羅印三昧耶種種神變一切悉地三昧耶作大供養

祈雨法品第七十一

復告執金剛祕密主菩薩摩訶薩言若天旱時持眞言者清潔沐浴著淨衣服當靜寂黙於諸有情發大悲心舍利塔前或佛殿中或高樓上或高山上或大林中或園苑中或蓮池邊或龍湫邊或王宫殿中或天寺中或神廟中揀擇勝地作四肘壇以瞿摩夷黄土泥塗飾壇上復以白栴檀香泥塗飾壇上規郭界院開廓四門遍畫海水内院中心加持鬱金香泥畫大龍王狀如天神顏貌熈怡面西如法結跏趺坐一手掌寶珠一手把龍索印

其神頭上出九龍頭四面四角圖諸小龍而爲僕從頭皆向内瞻附龍王外院四角畫不空羂索印四面圖畫種種諸印繞火光焰皆蓮臺上如法畫之以諸飲食乳酪酥蜜沙糖漿石蜜漿種種華香敷設供養外四角置香水瓷口揷諸華枝葉四門香鑪燒斯龍香供養一切結護請召西門作法每時先誦母陀羅尼眞言祕密心眞言七遍次奮怒王眞言次廣大明王央俱捨眞言次大可畏明王央俱捨眞言次清淨蓮華明王央俱捨眞言各誦三遍摩尼供養眞言一千八遍呼召龍王并龍僕從加持作法令降甘雨而說頌曰

那伽龍華安悉香　二各一百八兩量
多誐羅香茅香根　二各三兩上好者
白栴檀香數四兩　白芥子量取二兩
眞言加持百八遍　擣治石蜜而和合
龍王臍上置香鑪　燒焯此香當供養
供養眞言遍遍後　稱娑伽羅龍王名
或稱難陀龍王名　優鉢難陀龍王名
或娑脩吉龍王名　或德叉迦龍王名
或紺畝囉龍王名　或婆嚕拏龍王名
或摩那斯龍王名　翳邏鉢怛囉龍王
叁曼多跋嘿迦羅　掣怛囉龍王名字
此諸龍名隨稱一　是眞言者每先稱
如是諸龍名字等　高聲白言我今爲
贍部洲界衆生類　溥遍乞請大甘雨
願諸龍王領眷屬　贍部洲降大甘雨

每時燒香如法請召𢹂白芥子一加持稱龍王名一打龍王心上若一日打則二日雨若二日打則三日雨若三日打則七日雨三日

七日決定方圓千踰繕那降大甘雨又以白氎或以絹上方圓一肘畫青身觀世音菩薩面目瞋色身有四臂首戴寶冠冠有化佛一手持曲鉞刀一手執三叉戟一手執羂索一手執蓮華以諸衣服寶珠瓔珞耳璫環釧而莊嚴之身圓光焰結跏趺坐寶蓮華座蓮華下畫大水池水中畫種種色蓮華菩薩兩側畫大龍王狀如天神長跪合掌瞻仰菩薩各於頭上有九龍頭置像壇中像面向西每日對像法瑜伽觀把白芥子一加持一打左右龍王各一千八下三日七日縱旱千年作斯法者勑其龍王必降大雨若惡風雹雨數起灾者高山頂上或仰樓上安置其像面向起方像前誦摩尼供養真言一千八遍即便遣移惡風雹雨大山海下又法於龍湫泝作四肘壇如法泥塗置像壇中像前加持七枚歡喜團一千八遍擲置湫中准前稱龍王名誦念真言一千八遍則得龍王變作童子半身出現合掌禮像白真言者令何所作真言者答龍當溥觀此贍部洲則便遍觀童子觀時復便報言所有世間吉不吉事盡皆說之重復告言爲我溥遍贍部洲中降大甘雨令諸苗稼溥大滋澤一切衆生得大安樂是時童子白真言者與我延年甘露上藥真言者語汝當受取延年上藥於時童子向真言者合掌瞻住重復語言諦聽諦聽今爲汝說甘露上藥當說十二因緣法四聖諦法十八佛不共法八聖道法六波羅蜜法不空羂索神變真言經法說法之時童子身上起大雲霧遍贍部洲溥降甘雨唯當湫上而不雨下童子

歡喜供養於像童子重復白真言者入我宮中我宮乃是真言者宮時真言者告言汝當爲我受佛十戒我則入汝宮殿中去童子若受十善戒者則變是身如本龍身以諸瓔珞七寶頭冠而莊嚴身若不肯受便没水去更不復現若欲見大龍王者赤銅葉上如法刻鏤摩尼供養真言金色文字加持白蜜一百八遍濃塗字上加持白芥子一百八遍散覆蜜上又加持一千八遍擲湫眼中加持龍香當燒供養如法誦持真言燒此香時則得娑伽羅龍王變作淨行婆羅門身湫岸上立揖敬相問真言者言得安隱不真言者答令受持此不空羂索心王陀羅尼真言神通章句身甚安樂長壽無病重復告言龍今諦聽龍當護持一切佛法常住世間時婆羅門則大歡喜時真言者爲說七佛名字八大菩薩名字四大聲聞名字時婆羅門聞此名字倍增歡喜讃真言者善哉善哉今所說此諸佛菩薩聲聞名者極大吉祥甚能善說此諸名等難遇難聞與真言者最希相逢得見聞此不空羂索心王陀羅尼真言神通章句復難中難今所受持亦復甚難爲他說者覆復最難時婆羅門說此語已便變其形現娑伽羅龍王之身白真言者今求何願當爲我說與相滿足爾時行者心所求願則便具白時龍聞已則爲滿足令諸龍王及龍僕從皆作恭敬任爲命事是修學者依法精進於我說法莫生猜慮晝夜不懈受持讀誦此真實法獲大成就又法以像張羂竿頭恭敬執持誦念真言遊往園苑田野作法所至之處除諸灾障

蝗蟲毒蟲惡獸等難果實滋茂五穀豐熟人衆安樂

清淨蓮華明王成就法品第七十二

復告執金剛祕密主菩薩摩訶薩言又以白氎或用絹上隨其大小方圓當中圖畫清淨蓮華明王左大功德天右大辯才天四角四天王神如法畫已像置竿上執持誦念往至城邑田澤山河所至之處有情見者則除種種怖畏罪障厭蠱呪詛毒蟲之類行者諸人不應生疑是真實法利益有情摧伏一切衆惡神鬼作障亂者盡皆除散解諸怨家一切惡夢種種厄難悉皆散壞令諸有情盡修十善更相憐愍得大安樂正月白月一日是真言者淨浴身服不食餘雜百味飲食唯食乳酪粥飯酥蜜清淨隨心塗曼拏羅中置此像像面向西以諸香華香水燈明如法供養淨心觀像法瑜伽觀誦清淨蓮華明王央俱捨真言摩尼供養真言至九月白月八日乃至十五日空食乳酥加飾壇場廣以香華飲食果子諸香油燈作大供養晝夜不懈不出道場如法誦念念聲不絕至十五日初夜之時或中夜時或五更時或日初出時像放無量百千色光明當不作法誦持無量殑伽沙俱胝那庾多百千數遍行者見時身心清淨歡喜無量身出光明空中讚言善哉善哉持真言者汝得最勝不空羂索心王廣大解脫蓮華壇印三昧耶悉地成辦爲諸菩薩而相敬禮得入不空摩尼供養真言三昧耶成就一切如來祕密曼拏羅印三昧耶汝求何願與我宣說令汝滿足種種陀羅尼真言壇印三

昧耶并諸種族陀羅尼真言壇印三昧耶祕
密仙法種種變身法起神通法往諸天宮日
宮月宮龍神八部宮殿之法種種工巧法取
伏藏法一切罥索法一切藥法一切人民恭
敬法大力法移物法入水法入火法乞雨法
止雨法止諸惡風雷電法證真言仙法見諸
佛剎法雄黃法劒法三叉戟法輪法螺法金
剛杵法⿰鬲寸鎚法鉞斧法磬子法長年藥法起
米韠羅法縛人法縛神鬼法岌播羅問諸事
法轉瓶瓮法蓮華法起諸器仗法鏡中現諸
色像法如是之法任汝所取出世世事悉得
圓滿汝捨身已得不退住得諸如來授於記
莂汝今此身是最後身一切如來陀羅尼真
言壇印三昧耶現前得證乃至菩提更不退
轉作是說已像於眉間復放光明溥遍照曜

入真言者身面門中印證無量百千不退轉
三摩地毗盧遮那如來三摩地溥遍門三摩
地溥遍光輪三摩地廣大廣輪三摩地不空
神變三摩地不空摩尼供養三摩地不空如
意寶三摩地光明成就三摩地觀照三摩地
無量品三摩地大曼拏羅祕密三摩地不空
陀羅尼三摩地摩尼觀王三摩地隨順微細
三摩地鉢頭畝怛囉三摩地蓮華觀名三摩
地安住播捨三摩地常覺知三摩地勝光明
三摩地星宿觀三摩地無垢光明成就三摩
地溥遍摩尼光三摩地自在威德無垢三摩
地照曜光明三摩地覺持三摩地分明警覺
三摩地印觀三摩地蓮華印觀三摩地常雨
三摩地無垢胎藏三摩地成就廣大三摩地
有華三摩地陀羅尼真言觀三摩地溥遍成

持三摩地舌具上三摩地文詞清淨三摩地勝成持三摩地具威德三摩地廣持三摩地覺攝三摩地蓮華海三摩地變化嚴三摩地陀羅尼無垢清淨三摩地身分光明三摩地一切處清淨三摩地得證如是無量百千三摩地今略説耳若有有情如法信解但常讀誦此三摩地名者亦得成就此明王眞言神變三摩地執金剛祕密主菩薩摩訶薩復證餘別超出世間一切如來種族祕密陀羅尼眞言壇印等持神變三摩地觀如來頂陀羅尼眞言壇印三摩地猶此一切如來陀羅尼眞言壇印三摩地一時顯現若命終後於所生處復證不空智嚴三摩地幻化神變三摩地勇猛肩三摩地臂幢莊嚴三摩地總持主三摩地善開清淨三摩地灌頂三摩地師子遊戲三摩地火炬三摩地具足光明三摩地寶處三摩地陀羅尼印三摩地光明藏三摩地清淨光三摩地大摩尼寶雨三摩地不空清淨主三摩地不空甚深雷音三摩地不空成就索三摩地不空幢三摩地如意寶光無垢三摩地得證如是無量百千出世三摩地一時現前若有有情如法信解但常讀誦此三摩地名者亦得成就此大稱讚神通功德神變三摩地如斯三摩地皆是不空廣大明王央俱捨眞言亦是清淨蓮華明王央俱捨眞言三昧耶中不空摩尼供養眞言亦是觀世音菩薩摩訶薩不空羂索心王母陀羅尼眞言如是説者爲諸有情得大安樂種植善提廣大善根滅除十惡五逆諸惡罪垢示此明王眞言心三摩地門若有有情潔治身服

但常六時以大悲心受持讀誦如是真言恒無斷廢每白月八日十五日不食不語法瑜伽觀誦念真言亦證如是真實廣大稱讚三摩地多饒財寶復得廣大莊嚴觀祕密三摩地陀羅尼大摩尼樹神通圓滿莊嚴陀羅尼大摩尼寶溥遍觀幢祕密成就陀羅尼不空溥遍金剛幢陀羅尼不空展轉莊嚴觀陀羅尼一切如來頂相觀幢神通陀羅尼一切如來祕密心陀羅尼真言曼拏羅觀悉地三昧耶一切廣大解脫蓮華曼拏羅印悉地三昧耶獲得如是廣大神通讚歎功德加持莊嚴及得一切如來神力加持莊嚴若受持者獲此廣大不空功德神通稱讚

功德成就品第七十三

爾時執金剛祕密主菩薩摩訶薩聽聞是法歡喜踊躍復從座起合掌恭敬頂禮佛足白言世尊如是真言極爲希有實是真實大如意寶具大威德具大稱讚具大神通種種示現若苾芻苾芻尼族姓男族姓女受持讀誦者獲得幾許福聚功德得滅何罪得何世法則獲成就得何出世清淨法門得何如來常念觀護彼觀世音菩薩摩訶薩當與何願唯願如來速爲解釋令大驚疑心不安定爾時釋迦牟尼如來讚執金剛秘密主菩薩摩訶薩言善哉善哉今發斯問爲最上問諦聽諦聽我今爲汝如實分別此清淨蓮華明王央俱捨真言摩尼供養真言是彼廣大明王央俱捨真言神通加持出現是故智者以大悲心法瑜伽觀觀自在相但常信解清淨如法精勤受持讀誦之者則得觀世音憶念現前

種種安慰若現前時作何相狀令真言者一一察知所謂得清淨法性祕密陀羅尼心現或得不空心性相現或得不空三摩地性現或得不空譬喻神變陀羅尼三摩地現或得觀世音菩薩自性慈悲相現或得十一面觀世音菩薩現或得觀世音菩薩種種性現或得觀世音菩薩種種變化雲現或得那羅延天青項禰攞建詑現或得三世智現或得馬頭觀世音菩薩現或得廣大解脱蓮華祕密壇現或得一切如來供養雲現或得大金剛藏現或得大頂藏現或得一切色性相現或得不空神通相現或得不空罥索一切相現或得不空摩尼供養心現或得不空罥索觀世音菩薩摩訶薩真實身性現如是但當法瑜伽觀觀自在相常勤精進受持讀誦獲得如是名字功德性相現前得名十方一切剎土三世一切如來一子地身復得十方一切剎土三世一切諸佛平等法清淨身復得十方一切剎土三世一切如來藏識體身復得十方一切剎土三世一切如來授記不退無上菩提身復得一切菩薩相會處身復得一切天神恭敬讚慰身復得摧伏一切天魔藥叉羅剎種種鬼神身復得世間上妙藥王害除諸病一切罪障瑩如頗胝迦寶內外明淨身復得時世人民信向歸依身復得一切陀羅尼真言曼拏羅成就身復得一切婆羅門剎帝利種及諸人民恭敬供養福田利益身復得出生世間一切功德財寶身復得圓滿種種願身復得不怖世間一切水火刀風雷雹霹靂虎狼崖岸蠱毒呪詛枷鎖禁閉杖捶

怨苦身復得如來世間廣大稱讚身復得往生西方極樂國土身復得臨命終時見九十二殑伽沙俱胝那庾多百千如來現前安慰身復得隨諸如來往諸淨土蓮華所生種種衣服環釧瓔珞莊嚴身復得到彼淨土見佛聞法具宿命智乃至菩提不退轉身復得不空羂索心王廣大解脱蓮華祕密曼拏羅印三昧耶現前身復得一切如來種族祕密曼拏羅印三昧耶現前身復得金剛種族祕密曼拏羅印三昧耶現前身復得大摩尼種族祕密曼拏羅印三昧耶現前身如是但當法瑜伽觀觀自在相常勤精進受持讀誦則得如是一切剎土一切如來授記諸法乃至菩提正覺涅槃恒不忘失今所稱讚此出世法若受持者則得除滅百千大劫諸所積造五無間罪等身毛數一一罪累如須彌山應受阿毗地獄七大地獄十六地獄種種劇苦燼然消滅若每白月八日至十五日淨治身服默無談説法瑜伽觀觀自在相誦念真言念無間者或夢或覺見入十方一切剎土三世一切如來種族曼拏羅印三昧耶蓮華種族曼拏羅印三昧耶金剛種族曼拏羅印三昧耶摩尼種族曼拏羅印三昧耶不空羂索心王廣大解脱蓮華祕密曼拏羅印三昧耶得諸如來觀世音菩薩摩訶薩執手授諸種族曼拏羅印三昧耶一切曼拏羅神種種真言明神功德天毗沙門天愛敬擁護樂同侍會若常依法於諸有情大悲心觀誦此真言得身業淨無諸疾病不畏世間一切非人諸惡猛獸而作灾難若命終後舌相不壞猶如金

剛赤紅蓮華往諸淨土坐蓮華座一切諸天而相爲伴體膚柔輭色如金色身氣香潔如栴檀香口氣芬馥如欝鉢羅華香目淨廣長面貌方圓髮青右旋身無垢膩臭氣垒穢言詞美妙清徹遠聞如緊那羅迦陵頻伽之聲行如牛王德如師子手指纖長無衆怖懼爲諸天尊凡所言説天皆信仰種種相好衆寶瓔珞耳璫環釧天諸衣服自莊嚴身具宿住智一切如來而爲灌頂授於阿耨多羅三藐三菩提記得諸如來種種神通密祐持身如是但當法瑜伽觀觀自在相常勤精進受持讀誦則得如是福德資粮執金剛祕密主菩薩摩訶薩若有有情日日三時滿三千大千世界中三世一切如來前廣以七寶諸華内外財寶甘露飲食一一如來前敷設供養皆滿三千大千世界作是供養所得功德十六分等不及彼人法瑜伽觀觀自在相受持讀誦如是摩尼供養真言等所得功德一分之一乃至俱胝數倍所得功德亦不及一何以故此摩尼供養真言等能等出生種種廣大無量寶物供養海雲等遍十方一切剎土三世一切如來種種法會靉靆彌布作大供養乃至阿耨多羅三藐三菩提出無斷盡具大威德善根蔓莚出世世間悉地成就六波羅蜜盡周圓滿是故但當法瑜伽觀受持讀誦得大稱讚神通捨施出生神變供養海雲讚歎功德最勝之法運運滋長乃至菩提是故智者應常精勤誠懇修習無令廢忘一切諸佛菩薩摩訶薩樂恒觀察加與福祚相應善根執金剛祕密主菩薩摩訶薩此摩尼供養

真言等若有如法以紙素竹帛絹上板上書寫之者則得過去所有積集五無間業消滅無餘若有有情若見若聞如是真言亦得滅除垢障罪惱是書寫者若命終後則生西方極樂國土乃至菩提更不墮受胎卵濕化居諸佛剎蓮華受生得宿住智爾時執金剛祕密主菩薩摩訶薩復白佛言世尊是真言經若書寫者生何功德成何善根爾時釋迦牟尼如來謂執金剛祕密主菩薩摩訶薩言若有清淨如法書寫此經典者應知是人則得不空無量無數功德蘊生長獲得不空無量無邊神通功德稱歎善根譬四大海闊狹縱廣水陸深量穿其大坑以於毛端滴四海水盡入此坑尚可數知彼書寫者若真實心如法書寫此經典者所獲福聚無以喻計筭數得知又以須彌山王碎末爲塵尚可數知真實書寫此經功德不可筭數不可度量乃至當以一切佛眼喻計筭數亦不得知少分功德當知得種如是廣大菩提功德積聚善根爾時執金剛秘密主菩薩摩訶薩復白佛言世尊此真言經云何名字若書寫者云何應法佛復謂執金剛祕密主菩薩摩訶薩言諦聽諦聽如是不空羂索心王母陀羅尼真言乃至清淨蓮華明王央俱捨真言摩尼供養真言總名觀世音菩薩摩訶薩心大神通輪曼拏羅印大輪龍索神變真言經若書寫者三業清淨恭敬尊重一心無亂白月八日或十五日於閑靜處清淨如法香泥塗壇復以白栴檀香泥模畫壇界壇中置於五綵高座種種旛華飲食酥蜜乳酪果子敷列供養散

諸香華燒衆名香其書寫人出入淨浴以香塗身著淨衣服受持齋戒當請一切如來種族蓮華種族金剛種族摩尼種族作大供養然後登座如法書寫以諸財寶隨心布施若盡依法而書寫者則等書寫一切如來種族蓮華種族金剛種族摩尼種族一切祕密大曼拏羅印三昧耶毗盧遮那如來大悲出生藏種種種族大曼拏羅印三昧耶喻如一切江河泉源皆歸於海同一味相亦如日月同一光明如是不空罥索心王母陀羅尼真言乃至不空廣大明王央俱捨真言大可畏明王央俱捨真言清淨蓮華明王央俱捨真言摩尼供養真言觀世音菩薩摩訶薩心大神通輪曼拏羅印大輪龍索神變真言經皆等同入毗盧遮那如來心印三昧耶同是十方

一切刹土三世一切如來種族神通供養海雲出生又是十方三世一切微塵刹土一切如來同共真實宣說出生又是毗盧遮那如來所說一切祕密陀羅尼真言壇印三昧耶同一三昧耶加持出生是故得此廣大不空罥索不空業成就神通威德悉地之名是書寫者得大福聚稱望善根則同書寫一切如來種族祕密大曼拏羅印三昧耶由是得名一切如來不空罥索心王廣大明王央俱捨真言神通加持出現是故智者如法信解常應精勤如法書寫受持讀誦恭敬供養如是真言壇印之法復應爲人隨力解釋讚歎書寫無量祕密不空罥索心王廣大解脫蓮華曼拏羅印三昧耶中二大寶真言謂是一切如來祕密陀羅尼真言壇印三昧耶加持出

生一名不空清淨蓮華明王央俱捨真言二名不空摩尼供養真言此二大寶真言復是彼觀世音菩薩摩訶薩心大神通輪曼拏羅印大輪龍索神變真言所化出生此二大寶真言是大不空大如意樹大供養海雲亦是十方一切刹土一切如來祕密不空罥索心王廣大明王央俱捨真言神通亦是十方一切刹土一切如來常加被處亦是彼觀世音菩薩摩訶薩真實心王不空思惟大如意寶亦是不空王大神變幻化三摩地大神通力是故智者如法信解書寫受持所獲功德無以校計筭數其量爾時執金剛祕密主菩薩摩訶薩及一切種族陀羅尼真言明神曼拏羅神無量百千諸真言明神無量百千大梵天帝釋天那羅延天伊首羅天摩醯首羅天無量百千淨居天焰摩王水天四天王神無量百千龍神八部俱時聞斯是二大寶真言三昧耶已一時歡喜從座而起執持種種幢旛寶蓋衣服瓔珞天諸妓樂奇諸雜華塗香末香俱共右繞如來觀世音菩薩摩訶薩清淨蓮華明王百千數帀却住一面同作種種敷設供養奏諸妓樂歌讚如來讚不空罥索心王廣大解脫蓮華曼拏羅印三昧耶中清淨蓮華明王央俱捨真言最上希有甚難可遇世尊彼觀世音菩薩摩訶薩以大慈悲於贍部洲當廣流布此二大寶真言是諸佛等俱以無量廣大神通加被護持此清淨蓮華明王央俱捨真言復是十方一切刹土三世一切如來祕密堅實無等等一切壇印三昧耶復是十方一切刹土三世一切如來神通

變化供養海雲最難得法今已見聞世尊我輩一切眞言明神乃至諸天天神龍神八部誓一切處隨逐給護清淨蓮華明王央俱捨眞言我輩諸天一切神衆誓當書寫受持讀誦爲衆解說恭敬供養是眞言經世尊若沙門婆羅門族姓男族姓女信解書寫受持讀誦是眞言經者我等神衆加被擁護不相捨離是人若有世間一切蓋障厄難諸惡鬼神欲競侵擾我誓遮止不令惱亂常令身心得大安樂無諸怖懼加助衆願唯願世尊重爲我輩宣說此法爾時釋迦牟尼如來溥告執金剛祕密主菩薩摩訶薩一切種族眞言明神諸天八部言善哉善哉汝等大衆應如是作處處書寫受持讀誦恭敬供養如是經典得滿衆願我今以此經典付囑汝等擁護受持若沙門婆羅門族姓男族姓女如法書寫受持讀誦此經典者我亦付囑汝諸大衆加被護持

不空羂索神變眞言經卷第二十九

音釋

鑠 書藥切銷也 榭 辭夜切臺上有屋曰榭 縵 莫貫切 鐸 徒各切 唄 蒲拜切梵誦也 警 居影切寤也 攥 子活切手把也 鏤 盧候切雕刻也 猜 倉才切疑也 斛 古禾切三足器也 芬馥 芬撫文切馥房六切芬馥香氣也 蔓莛 蔓無販切莛音廷蔓莛相連貌也 祚 昨誤切福祿也

不空罥索神變眞言經卷第三十

唐南天竺三藏法師菩提流志奉　詔譯

供養承事品第七十四

爾時釋迦牟尼如來謂觀世音菩薩摩訶薩言汝當重爲修眞言者説此清淨蓮華明王央俱捨眞言摩尼供養眞言於諸明王眞言章句最勝秘密一切眞言心清淨蓮華明王央俱捨眞言摩尼供養眞言總持等持成就法門爾時觀世音菩薩摩訶薩又白佛言世尊是不空廣大明王央俱捨眞言三昧耶中清淨蓮華明王央俱捨眞言摩尼供養眞言曼拏羅印三昧耶清閑靜處淨治飾地方圓五肘瞿摩夷塗黄土泥塗白栴檀香泥塗規郭界院内院當心置百千葉開敷蓮華其華葉上置諸色相摩尼寶珠臺上二手合腕相著開十指頭捧如意寶珠手上珠上蓮華葉上發火焰光四角如意寶珠次院四面開敷蓮華於華臺上置諸手印諸器仗印一一印上繞火光焰其衆華間瞻蔔迦華蘇曼那華四門四角須彌寶山其山頂上置寶宫殿諸寶華樹山下海水次院四面開敷蓮華於華臺上有諸寶冠瓔珞耳璫環釧天諸衣服種種華果種種光雲種種色摩尼寶珠繞火光焰諸蓮華間有種種華四門四角蓮華臺上置七寶瓶口中出諸奇華枝葉蒲萄枝朶内外院地遍大海水其院界上種種色蓮華曼陀羅華阿底木多迦華婆利師迦華瞻蔔迦華蘇曼那華波吒羅華揄地迦華迦擔婆華作華鬘界中置觀世音清淨蓮華明王像面西外置香水壜口揷諸枝華葉列種種旛以

五色線圍繫外界種種飲食乳酪酥蜜酥燈油燈四門香鑪燒百和香敷獻供養持真言者淨浴香塗著淨衣服以牛二淨瀸灑身服西門作法結護啓請一切諸佛菩薩種族天神結跏趺坐每日當誦清淨蓮華明王央俱捨真言七遍摩尼供養真言一千八十遍加持法瑜伽觀曼拏羅中一切供物皆出無量無邊大曼拏羅種種宮殿海雲諸天種種衣服海雲諸天種種頭冠瓔珞釵璫環釧海雲諸天種種牛頭栴檀沉水諸香末香塗香燒香海雲諸天種種甘露飲食海雲諸天種種甘味寶果海雲諸天種種寶香油燈光明海雲諸天種種寶幢幡蓋真珠網縵海雲諸天種種衆寶蓮華海雲諸天種種摩尼寶珠寶器寶樹海雲諸天種種妓樂歌唄讚歎海雲溥遍十方一切微塵刹土所有三世一切如來諸法會中作此大曼拏羅印三昧耶種種供養海雲供養彼諸一切如來諸法會中一切諸佛菩薩摩訶薩大衆如是至心法瑜伽觀誦念真言勿雜漏念如是隨心種種供養承事之者則得成此廣大供養海雲功德善根若苾芻苾芻尼族姓男族姓女作此壇者得大福蘊六波羅蜜善根圓滿則當承事供養九十九殑伽沙俱胝那庾多百千如來一切善根一切重罪灾厄病惱悉自消除於諸有情最尊上故臨命終時得九十二殑伽沙俱胝那庾多百千諸佛現前安慰語言汝往西方淨土蓮華受生住不退地以寶瓔珞而莊嚴之得宿住智得此不空一切真言壇印三摩地盡皆現前又得一生補處菩薩同會

而住若有有情見此壇者禮拜讚歎亦得六波羅蜜善根滿足捨此身後亦得徃生十方刹土住不退地何況持者而不解脫如是無量供養功德壇法皆是不空羂索心王清淨蓮華明王央俱捨真言摩尼供養真言神通威德曼拏羅印三昧耶稱歎法品所出生故

明王曼拏羅像品第七十五

世尊此清淨蓮華明王像成就三昧耶利益有情除滅一切罪障病惱成滿衆願氎上絹上方量四肘於清淨處而圖畫之其彩色中勿用皮膠彩色色盞皆淨好者畫匠畫時出入淨浴以香塗身著淨衣服每日受持八關齋戒四面畫山當心寶殿其殿左右七寶樓閣繞殿樓閣遍大海水水中亦有蓮荷華葉梟鴈鴛鴦白鶴孔雀共命之鳥種種魚獸殿中釋迦牟尼如來作說法相結跏趺坐衆寶蓮華師子之座下右難陀龍王左跋難陀龍王各一手掌寶華盤一手散華佛左不空羂索觀世音菩薩身色相好如大梵天面有三目首戴寶冠冠有化佛身有四臂一手執三叉戟一手把羂索一手執蓮華一手揚掌半跏趺坐佛右清淨蓮華明王菩薩面色形貌如多羅菩薩首戴寶冠冠有化佛當中正面眉間一目左右面目如不空羂索觀世音菩薩左右面相身有四臂一手執羂索一手執劒一手執蓮華一手執寶幢半跏趺坐觀世音後多羅菩薩顏貌熈怡左手執優鉢羅華右手屈仰揚掌微斜低頭半跏趺坐多羅菩薩後白衣觀世音母菩薩顏貌熈怡左手執蓮華右手仰伸髀下半跏趺坐白衣觀世音

後大可畏明王菩薩半跏趺坐清淨蓮華明王後吉祥觀世音菩薩顏貎熈怡左手執蓮華右手仰伸胜上半跏趺坐瞻仰如來吉祥觀世音後濕廢多白身菩薩顏貎熈怡左手執蓮華右手側揚掌半跏趺坐濕廢多白身菩薩後廣大明王菩薩半跏趺坐是諸菩薩寶冠瓔珞耳璫環釧天諸衣服種種莊嚴坐蓮華座廣大明王菩薩後一髻羅刹女身真青色面目瞋怒狗牙上出髮髻紫赤瓔珞嚴頸首戴髑髏身有八臂一手執曲刀一手把鉞斧一手執劒一手把索一手執三叉戟一手把金剛杵一手把紅蓮華右手以中指無名指小指握大拇指作拳頭指直豎作期剋印衣服莊嚴半跏趺坐瞻仰如來大可畏明王菩薩後度底使者身真青色面目瞋怒狗牙上出首戴髑髏身有八臂一手持劒一手把杖一手執青蓮華一手執金剛杵一手把三叉戟一手期剋印一手持鉞斧一手執羂索衣服莊嚴半跏趺坐瞻仰如來殿上空中七佛阿彌陀佛當中各坐寶座乘五色雲七佛左日天大梵天那羅延天伊首羅天乃至諸天持華供養七佛右月天帝釋天摩醯首羅天淨居天乃至諸天執華供養觀世音座前執金剛秘密主菩薩左手執金剛杵右手執白拂半跏趺坐坐蓮華座清淨蓮華明王座前大奮怒王面目瞋怒左手執金剛杵右手仰伸齋下半跏趺坐坐蓮華座大奮怒王後四天王神各執器仗執金剛秘密主後焰摩王水天王風天王火天神執本器仗佛下左持真言者長跪而坐一手執香鑪一手執

數珠瞻仰如來四面山上種種寶華果樹種種禽獸山澗河泉山上天宮龍宮一切天神龍神一切真言明仙圖畫飾已置道場中像面面西以諸華香如法供養持真言者清潔淨浴著淨衣服食三白食盡斷語論像前如法趺坐而坐燒諸名香法瑜伽觀觀世音相誦持不空羂索心王母陀羅尼真言廣大明王央俱捨真言大可畏明王央俱捨真言清淨蓮華明王央俱捨真言各一萬遍摩尼供養真言滿千萬遍像放種種色光明照十方種種刹土壇地震動令真言者明朗勇悅見是相時則獲毋陀羅尼真言廣大明王央俱捨真言大可畏明王央俱捨真言清淨蓮華明王央俱捨真言摩尼供養真言出世世間一切悉地皆得成就若沙門婆羅門族姓男

族姓女見像光者亦得除滅十惡五逆四重等罪獲大福蘊資粮善根此清淨蓮華明王曼拏羅像三昧耶能成種種希求法願能入一切種族壇印三昧耶一切如來種種神通而加被之又是十方一切刹土三世一切如來金剛道場轉法輪處復是十方一切刹土三世一切菩薩入不退地處復是十方一切刹土三世一切如來秘密曼拏羅印三昧耶甚深之藏能會一切諸佛菩薩金剛壇印三昧耶能攝一切佛刹所有一切如來一切曼拏羅印三昧耶作是壇處寺內蘭若山間王宮林泉海浙蓮荷池邊城邑之地任擇勝地縱廣五肘淨治嚴地起基三指以瞿摩夷黃土泥香泥塗飾規郭界院標廓四門衆寶界道內院當中三十二葉七寶開敷蓮華其華

臺上清淨蓮華明王結跏趺坐三十二葉一一葉上白紅開敷蓮華一一臺上互相間置一天男座一天女座半跏趺坐勿令天男天女併在一處天女面慈輭相執寶蓮華天男面瞋畏相把諸器仗印天男天女皆以華鬘寶珠瓔珞天諸衣服而莊嚴身次院四面開敷蓮華其華臺上三叉戟印羂索印金剛鎖印金剛杵印轉法輪印金剛座印青優鉢羅華印金剛鉤印吉祥蓮華鬘印光焰藏印摩尼珠印螺印一切諸印繞火光焰四角四天王神面目可畏半跏趺坐各執刀槊次院四面開敷蓮華於華臺上諸器仗印及諸手印繞火光焰四角須彌寶山山上天宮龍宮神宮寶華果樹種種色藤華蔓葉諸藥草華山下海水四門如意寶瓶口出蓮華枝葉蒲萄朶葉東門恒河水神徒陀河神南門耶畝那神毗摩大神西門阿努跛摩神摩尼跋陀羅神北門計利枳邏神毗迦吒娜神如是八神顏貌熈怡手皆執持刀鉤棒槊半跏趺坐如法畫已布諸天旛繒綵旛華置香水壜口揷諸華枝葉以諸飲食乳酪酥蜜果子沙糖漿石蜜漿蒲萄漿一切香華稻穀華白芥子如法供養燒諸名香然酥油燈以諸寶器而爲供養如是供養能加者上持眞言者作是法時潔滌香塗著淨衣服食三白食結界護身及護同伴請召一切諸佛菩薩眞言明神供養禮拜結跏趺坐作數珠印法瑜伽觀而誦念之其授法人淨沐身服合掌禮拜散華灌頂每日供養誦念作法課數終日夜欲曉時壇地震動清淨蓮華明王像上放大光明持

真言者見斯相時身意愉朗得身心通三昧耶像復出聲讚言善哉善哉今已成就出世世間一切法願若有沙門婆羅門族姓男族姓女入是壇者捨此身已當證阿鞞跋致授菩提記不久當得轉大法輪成等正覺若有有情見此壇者則得滅害十惡五逆一切重罪於當生處常得覩見諸佛菩薩從此生已乃至菩提更不墮於一切惡趣

畝捺羅印品第七十六

世尊復有不空羂索心王陀羅尼真言廣大解脫蓮華曼拏羅印三昧耶中不空廣大明王央俱捨印不空大可畏明王央俱捨印不空清淨蓮華明王央俱捨印如是之印能等成就會通一切如來種族一切壇印三昧耶能摧一切諸惡藥叉羅剎阿脩羅王毗那夜迦欲界魔王悉皆惶怖四散馳走能溥振動十方大地能雨諸天一切寶華寶冠珠瓔天諸衣服種種海雲亦能警覺十方一切剎土三世一切諸佛菩薩摩訶薩亦能請召十方一切剎土三世一切諸佛菩薩摩訶薩一切天神一時來會亦能安慰十方一切剎土三世一切菩薩摩訶薩衆亦能召攝一切明王種族壇印真言明神一時來會亦能增進極喜安樂不退轉地當令速詣菩提道場成等正覺轉大法輪然大法炬吹大法螺擊大法鼓建大法幢演大法義亦能翕集一切陀羅尼真言之藏一切印法速疾成就所求願滿亦能會入一切如來種族祕密曼拏羅印三昧耶亦能會入過現未來一切毗盧遮那如來祕密曼拏羅印三昧耶亦能輪壞過去一

切十惡五逆重罪宿障亦能越度生死大海亦能作大法橋船舶度諸魔羂亦能解脫生老病死愁歎苦惱亦能與於布施淨戒安忍精進靜慮般若波羅蜜多速疾圓滿亦能現作六波羅蜜多大寶聚故亦能溥遍供養十方一切剎土三世一切諸佛菩薩金剛一切天神亦能示現一切如來廣大神通所加持處亦能示現一切正幻化三昧耶力處亦能示現一切三摩地處亦能示現一切如來種種神通威德變現處亦能示現一切法界毗盧遮那如來大悲出生藏處亦能摧壞五趣一切業報怨敵蠱毒厭蠱呪詛災變悉皆除滅

如意央俱捨印

以右手背壓左手背上二大拇指各屈壓頭指根下側文各屈頭指如鉤二中指二無名指二小指各相並伸著手背腕上以印當心

印真言曰

唵(喉中擡聲呼一)旃暮伽(上聲二)央矩捨(三)入縛攞(二合四)吽(五)

此印結者當結俱胝百千一切如來種族印一切蓮華種族印一切金剛種族印一切大摩尼華族印等各俱胝百千印此印是諸如意寶積福蘊之門能滿真言者一切願故此印亦是十方三世一切如來最勝祕密心法聚門亦是一切種族祕密一切印三昧耶亦是觀世音菩薩不空心印於諸法門恒不空過若常結者一切悉地速皆成辦

奮怒央俱捨印

准前印改二頭指伸著手背二大拇指各入

掌中横屈如鉤二中指各屈向掌如鉤以印當心印眞言曰

唵同上呼一旃蓿伽上聲矩嚕馱二鄧瑟吒知禮切隸二合三吽四

此印結時顰眉努目怒聲稱吽字三五聲者當結俱胝百千一切如來種族奮怒印蓮華種族奮怒印金剛種族奮怒印大摩尼種族奮怒印摧壞一切藥叉羅刹阿脩羅王毗那夜迦焰摩王等及諸神鬼四散馳走此印於諸印中最為上首能壞百千蘇彌盧山能涸百千海水枯竭能伏一切諸惡天龍神鬼惡人歡喜恭敬亦令一切壇印三昧耶悉皆成就

明王眞言印

准前印屈二頭指如鉤二中指微屈二大拇指與二無名指頭平屈相拄二小指各直伸之以印當心印眞言曰

唵同上呼一苾𩌏亭夜切引邏若二鉢頭二合米三入縛攞二合四吽五

此印通會一切如來種族印三昧耶於一切如來種族印蓮華種族印金剛種族印摩尼種族印皆為上首於清淨蓮華明王曼拏羅印亦最為首此印結者當結如是種族中俱胝百千印等除諸業障當得一切如來為授阿耨多羅三藐三菩提記當種百千福聚善根一切如來憶念觀歎一切菩薩歡喜與願一切天神而常擁護

摩尼灌頂印

右手當心仰伸屈頭指向掌其中指微屈與頭指相去一寸大拇指斜竪屈無名指頭與

大拇指上第一節文相當相去一寸半許屈小指頭向掌過無名指頭一寸許覆左手屈無名指頭與右中指頭相拄左中指直斜伸與右大拇指頭相去二寸半許左大拇指頭指小指各散斜伸印眞言曰

唵同上呼一 弭弭陀二上聲 旖暮伽上聲 振鞞麼抳三 跋北没切囉二合 縛嘌二合 沙工聲 野四 𤙖五

此印每時輪結誦摩尼供養眞言二三七遍遍遍觀置十方三世一切微塵佛刹一切佛會當雨諸天種種塗香末香燒香海雲諸天種種衣服海雲諸天種種寶冠瓔珞釵璫環釧海雲諸天種種甘露飲食一切果蓏海雲諸天種種七寶宮殿海雲諸天種種寶幢旛蓋海雲諸天種種雜寶衆華果樹海雲供養十方三世微塵佛刹一切諸佛菩薩摩訶薩衆以印眞言力溥於十方三世微塵佛刹一切佛會皆雨如是種種供養海雲廣作供養而最爲勝是故眞言者常結此印誦摩尼供養眞言者速得圓滿六波羅蜜常於十方三世微塵佛刹一切佛會雨所思惟種種如意寶樹出生一切寶供養一切諸佛菩薩摩訶薩衆以眞言印力則得無量供胝百千須彌山王七寶積聚海雲等於十方三世微塵佛刹三千大千世界須彌山王七寶積聚廣大供養一切諸佛菩薩摩訶薩衆種種供養最勝福聚出生功德如是種種廣大供養皆是觀世音菩薩不可思議無量神通加持供養印眞言力三昧耶

顧成就印

准前第四印改左手無名指直伸屈左頭指

與右中指頭相拄餘四指准前散伸印真言
曰
唵同上呼一旆暮伽上聲薩縛怛登乙切囉二合二縒陀
上聲野始廢無計切三鉢四
若召請結界受法灌頂燒香塗香散華摩壇
供養飲食澡浴洗手洗面漱口著脫衣服梳
結髮髻自護護他坐時行道時設大食時請
餘部真言時解界時一切處時皆結此印作
一切事速疾成就於諸法中皆得不空功德
法成又得集會不空果願一切種族印三昧
耶如是五印昔所未說今所說之一一皆能
真實示現種種神通無量功德若有見聞此
五印者亦得一切不空功德此五印復是不
空積聚一切功德法處亦是不空能破無量
煩惱處亦是不空示現十方三世一切佛剎
處亦是不空轉業之處亦是觀世音菩薩真
實大悲心處亦是一切有情得安樂處亦是
真言者得成就處亦是除滅一切殃咎處亦
是最勝解脫處亦是無量大涅槃處亦是成
就不空種種真實法處是故真言者日夜六
時結斯五印速得如是最勝福聚示現法門

密儀真言品第七十七

世尊復有威儀真言成諸事法護持一切入
一切處得大安樂

結界真言

唵同上呼一旆暮伽上聲漫拏上聲𪓐二鉢三

淨治地真言

唵同上呼一縒曼多上聲首胜二畢嚄二合底丁以切尾
引縒歌三鉢四

掃治壇真言

唵(同上呼一)旖驀伽(上聲)播囉戍(書出切)陀(上聲)你(二)𤙖
三

淨瞿摩夷土真言

唵(同上呼一)畢囉底(丁以切)尾(二引)邏惹塞(桑紇切下同)陀
隸(三)𤙖(四)

淨水真言

唵(同上呼一)旖驀伽(上聲)惹攞(二)跛(北没切)囉塞(同)囉
縛孃(三)𤙖(四)

灑地水真言

唵(同上呼一)旖驀伽(上聲)没囉(二合)韈縛隸(二)莎(去聲)縛
訶(三)

淨繩界真言

唵(同上呼一)旖驀伽(上聲)弭薄(蒲各切)訖韈(二)娑皤娜
縛犁(三)𤙖(四)

淨彩色真言

唵(同上呼一)那(去聲)那囉韈娜(二)縛隸入縛攞(三)𤙖
四

淨浴水真言

唵(同上呼一)惹攞弭麽㘑(二)旖驀伽(上聲)輸(書出切)悌
三𤙖(四)

洗手面口真言

唵(同上呼一)勃地惹隸(二)旖驀伽(上聲)勃地(三)𤙖(四)

取衣著衣真言

唵(同上呼一)旖驀伽(上聲)縛悉窒隸(二)檜(嵒也切)娜野
三𤙖(四)

梳髮髻真言

唵(同上呼一)旖驀伽(上聲)麽抳(二)𤙖(三)

護身真言

唵(同上呼一)旖驀伽(上聲)嵘訖沙(上聲)拏(二)縛囉娜(三)
𤙖(四)

護同伴眞言

唵(同上呼一)薩縛薩埵縛(二)落訖沙(上聲)抳(三)旖暮伽(上聲)鄧瑟吒(知禮切)隸(四)吽(五)

入壇眞言

唵(同上呼一)旖暮伽(上聲)跛(同上)囉(二合)弭捨(二)步縛泥三吽(四)

禮拜眞言

唵(同上呼一)旖暮伽(上聲)縛底(二)吽(三)

行道眞言

唵(同上呼一)旖暮伽(上聲)斫羯隸(二)吽(三)

受法眞言

唵(同上呼一)縒麽野悉悌醯(二合二)旖暮伽(上聲)縛底三吽(四)

淨華塗香燒香眞言

唵(同上呼二)旖暮伽(上聲)補澀踶(晡兮切二)跛(同上)囉縛囉健地你(三)惹野惹野(四)莎(去聲)縛訶

飲食果子眞言

唵(同上呼一)旖暮伽(上聲)縒囉三(去聲)布囉抳(二)囉縒(三)趣囉縛底(四)吽(五)

燈油眞言

唵(同上呼一)旖暮伽(上聲)覩微(二)莎(去聲)縛訶(三)

此諸眞言各依本法誦之三遍或誦五遍淨治諸物而作供養得一切法吉祥成就不爲一切魔族神鬼毗那夜迦侵逐壞法

明王眞言

唵(同上呼一)旖暮伽(上聲)縛底(二)者囉弭者囉(三)散者囉(四)莎(去聲)縛訶(五)

此明王眞言行住坐臥喫食飲水發遣聖衆折伏神鬼皆誦三遍或誦七遍得一切法吉祥成就

囑累品第七十八

復謂執金剛秘密主菩薩摩訶薩言是不空廣大明王央俱捨眞言不空廣大可畏明王央俱捨眞言不空清淨蓮華明王央俱捨眞言各自互作一切法故不以餘眞言令相共助持是法者勿念妄語嬉戲綺語雜離間語慳貪嫉妬瞋恚忿惱舉他過惡説導三乘三寶互相是非盡不應作但修是法於一切時隨力所辦香華淨水長作供養能令不空布施波羅蜜多速疾圓滿恒於一切受想行識守持一切清淨禁戒能令不空淨戒波羅蜜多速疾圓滿於一切事修行安忍能令不空安忍波羅蜜多速疾圓滿於一切時修行精進能令不空精進波羅蜜多速疾圓滿於一切境修治靜慮能令不空靜慮波羅蜜多速疾圓滿觀一切法思修正慧能令不空般若波羅蜜多速疾圓滿於一切時虔敬三寶心行正道言不誑諂遵奉一切陀羅尼眞言之門樂敬一切佛像菩薩像金剛神像於諸有情發大悲心樂行六度爲諸有情受持讀誦恭敬供養此不空羂索神變眞言經三昧耶句逗分明應自書寫敎他書寫審自通解敎理文義亦復敎他解釋文義莫令斷絶此大眞實不空羂索心王廣大解脱蓮華壇印三昧耶此法常爲一切菩薩摩訶薩合掌恭敬頂禮護持此法亦是一切如來種族通用祕密大曼拏羅印藏三昧耶處亦是一切有情趣大菩提出生死處亦是觀世音菩薩最極甚深祕密法藏處爾時觀世音菩薩摩訶薩説是經已爾時釋迦牟尼如來及十方九十

九殑伽沙俱胝那庾多百千一切如來應正等覺讚觀世音菩薩摩訶薩言善哉善哉大悲者能善說此不空羂索心王陀羅尼真言深妙章句種種之法當與有情作大光明破諸暗障爲最不空如意寶聚作大利樂開發菩提我等諸佛亦常讚歎宣說流布爾時會中九十九億俱胝那庾多百千菩薩摩訶薩衆執金剛秘密主菩薩摩訶薩而爲上首俱從座起繞佛三帀退坐一面合掌向佛同以偈讚觀世音菩薩摩訶薩曰

大慈淨妙身　光溥現衆色　清淨猶蓮華
神通具嚴飾　慈善力莊嚴　相好盡圓滿
光明無與等　明踰衆月輪　梵音甚清徹
震吼大悲門　備顯諸神變　超勝迦陵頻
種種導化相　具等淨無垢　大智踰衆日
功德等虛空　放光滿十方　佛會皆供養
愛染燼無餘　法炬輪三趣　濟拔諸有情
現在未來者　爲說不空法　種種真言門
復是牟尼尊　殑伽一切佛　毗盧遮那佛
印持神通力　不空寂靜法　能現甘露義
導化甘露城　令受菩提樂　常於大苦海
解脫諸有苦　皆獲無畏樂　陞住安隱道
德海常深廣　譬喻莫能知　三界起大悲
精懇常無息　不空功德海　悲利無邊際
書持之功德　佛演佛智力　設於多劫中
莫能知少分　我等如是讚　如海之滴水
我之衆菩薩　總敬不空法　常隨安隱住
解脫真言門　等與大悲者　不空心法中
隨方興流處　同助持宣說

爾時一切種族曼拏羅神及無量百千諸真

言仙神大梵天帝釋天那羅延天伊首羅天摩醯首羅天無量百千淨居天焰摩王水天日天月天星天風天火天四天王天乃至三十三天諸真言女仙無量百千龍神藥叉羅刹阿脩羅乾闥婆孽魯荼緊那羅摩呼羅伽人非人等聞是法已歡喜踊躍一時而起合掌頂禮繞佛三帀却住一面曲躬而立瞻仰如來目不暫捨一時偈讃觀世音菩薩摩訶薩曰

大智牟尼尊　殑伽俱胝佛　毗盧遮那佛
同以大神通　勝智之法印　加持大悲尊
大悲摩訶薩　大樂不空法　最勝陀羅尼
種種之神變　壇印三摩地　復是大悲尊
種種實法行　慈善之根力　然火不空炬
常輪三有海　陞濟諸有情　不空真實地
不空真實城　安處無上道　我等誓護持
大悲觀世音　大悲爲甲冑　輪環諸欲海
我等誓護持　不空真言壇　資糧菩提滿
常住滿世間　我等誓護持　不空奮怒王
折伏三界魔　由伏諸魔論　我等誓護持
不空羂索經　一切真言等　勝妙三昧門
流布滿世間　不令暫隱没　我等誓護持
贍部洲當來　隨在方國邑　苾芻苾芻尼
族姓諸男女　受持此經者　不隨魔業行
伏斷諸煩惱　依法如法持　我等誓護持
諸佛陀羅尼　種種神通法　解脱乘三昧
無量總持門　皆於此經顯　由此不思議
我等誓書寫　受持爲衆説

爾時釋迦牟尼如來見諸菩薩人天大衆歡喜踊躍一時偈讃觀世音菩薩摩訶薩不空

罥索神變真言經流通擁護樂自書持告言
善哉善哉汝等能守觀世音菩薩摩訶薩不
空罥索神變真言經久住世間虔誠流布遍
贍部洲隨諸方處無令散滅隱沒於地如是
敬護即當皆得無量功德福聚之門說不可
盡若苾芻苾芻尼族姓男族姓女受持讀誦
書寫流通爲他解釋所感功德皆亦如是以
斯義故汝之大衆應勤修習隨方擁護爾時
大衆得佛教告歡喜信受頂戴奉行
不空罥索神變真言經卷第三十
音釋
墁(徒含切大罌也)瀐(子結切水灑也)愉(羊朱切樂也)漱(蘇奏切蕩口也)

千眼千臂觀世音菩薩陀羅尼神咒經

唐總持寺三藏沙門智通譯

清刻龍藏佛說法變相圖

千眼千臂觀世音菩薩陀羅尼神呪經序

沙門波崙製

惟夫聖力難逢靈文罕究六神通之妙業八自在之玄功持芥實而納崇山析毫端而容大海豈止分身百億現影三千而已乎千眼菩薩者即觀世音之變現伏魔怨之神迹也自唐武德之歲中天竺婆羅門僧瞿多提婆於細氎上圖畫形質及結壇手印經本至京進上太武見而不珍其僧悒而旋轡至貞觀年中復有北天竺僧齎千眼千臂陀羅尼梵本奉進　上帝文武聖帝勅令大總持寺法師智通共梵本僧翻出呪經并結壇手印等智通法師三復既了即祈心懇切佇流徵應於是感慶喜尊者之俯降形儀通悲喜驚嗟投身頂謁蒙在慰喻問欲何求通曰擣昧庸

心輒此詳譯不審情詣稍符聖旨以否黙而印許竊表深衷便録本進上帝委問由緒通具以事述咸愜帝心於是齎藁本出内將顯弘福大德玄謩法師一見此文嗟稱不已有人云勑未流行何因忽茲漏洩其本遂寢不復弘揚又有西來梵僧持一經篋以示智通通翻出諸餘不殊舊本唯闕身呪一科有常州正勤寺主慧琳法師功德爲務定慧是崇深入總持周窮藝術歷遊京邑栖遲實際伽藍思廣異聞希誠脱簡爰有北天竺婆羅門僧名蘇伽陀常持此法結壇手印朝夕虔祈琳罄祈諮詢每致艱阻後同之洛下漸示津途即請一清信士李大一其人博學梵書玄儒亦究紆令筆削潤色成章備盡梵音身呪具足至神功年中有一仁者自京都至將通師所翻後本有上下兩卷唯闕身呪琳參入其中事若一家宛而備足又佛授記寺有婆羅門僧達摩戰陀烏伏那國人也善明悉陀羅尼呪句甞每奉制翻譯於妙氎上畫千臂菩薩像并本經呪進上神皇或令宫女繡成或使匠人畫出流布天下不墜靈姿波崙又於婆羅門真諦律師聞此像由來云有大力鬼神毗那翼迦能障一切善法不使成就一切惡業必令增長雖有妙力通心無制伏者觀音菩薩現作千眼千臂之形以伏彼神及有呪印用光不朽將來好事者佇無惑焉

千眼千臂觀世音菩薩陀羅尼神呪經序竟

音釋

析先擊切分也 悒乙及切不安也 暮莫胡切 紆哀俱切詘也

千眼千臂觀世音菩薩陀羅尼神呪經卷上

上下同卷

唐 總持寺三藏沙門 智通 譯

爾時觀世音菩薩摩訶薩白佛言世尊是我前身不可思議福德因緣今蒙世尊與我授記欲令利益一切衆生起大悲心能斷一切繫縛能滅一切怖畏一切衆生蒙此威神悉離苦因獲安樂果若有善男子善女人於我滅後五百歲中能於日夜六時依法受持此陀羅尼神呪法門者一切業障悉皆消滅一切陀羅尼法悉皆成就令我念報世尊恩德隨在何等乃至村城國邑聚落或在山野林間我常隨逐擁護是人不令一切神鬼之所嬈害爾時觀世音菩薩又白佛言世尊後五百歲中衆生垢重薄福者多不能專念設有受者或被鬼神之所侵害今我以佛威神之力廣爲饒益一切衆生安樂天人阿脩羅等爲說陀羅尼法我於過去無量劫中已曾親近供養如是陀羅尼法乃至過去未來現在諸佛皆因此陀羅尼法門得成阿耨多羅三藐三菩提若有善男子善女人等專念受持此陀羅尼法門者此人現世口說流利無所質礙慧辯通達於一切天人大衆中最爲第一聞者歡喜悉皆稽首在所生處常得見佛法僧有所言說人皆信受當知此是諸佛威神之力非我自力爾時世尊讚歎觀世音菩薩言善哉善哉汝能如是利益安樂天人阿脩羅等及淨業道我今以智印印之令汝永不退轉爾時觀世音菩薩又白佛言世尊我念過去無量劫中持此陀羅尼法門在布怛

羅山中乃逢魔王領諸魔衆惱亂我法令使呪句不成爾時我以此陀羅尼法降伏是魔悉皆退散當知此陀羅尼力不可思議爾時觀世音菩薩慈悲故利益故安樂天人故即說姥陀羅尼法

根本大身呪用後總攝身印

那麼薩囉婆二合若爾那切耶一娜謨喝囉怛那一合多羅二合夜引也二娜謨阿弭陀婆重平耶怛他揭多耶三阿囉訶羝三藐三菩陀耶四娜謨阿唎耶二合跛路枳帝五濕嚩二合囉耶六菩提薩埵耶七摩訶薩埵耶八摩訶迦嚕尼去聲迦耶九娜謨摩訶薩他摩二合波羅二合鉢多二合耶十菩提薩埵耶十一摩訶薩埵耶十二摩訶迦嚕尼迦耶凡迦字皆嶋耶切十三娜謨毗補羅毗麼那十四素上聲鉢喇二合底丁枳切瑟恥二合多去聲十五僧棄長耶素引唎耶二合舍多娑訶薩囉二合阿羝唎引迦十六鉢囉二合婆重平聲阿嚩皆肥麽切婆重平聲悉多短慕引嘌怛重去聲短二合曳十七摩訶末尼去聲摩矩吒軍荼囉陀嘌泥去聲十八薄伽伐底丁里切鉢頭摩二合波引拏上聲曳十九薩囉婆二合路迦阿阿字是上聲迦字上聲長緣此句內有阿字更不須迦引聲跛長聲去耶二十奢去聲麽那去聲長耶二十毗毗去聲陀毒長佉三摩鞞去聲引舍吠瑟吒二合二十二薩婆薩埵跛哩慕者那去聲引耶二十三怛姪他二十四唵二十五勅重部長皤伏訛切二十六摩訶路迦羯羅短赦二十七那哆丁舸切麽二十八悉底丁里切二合弭短囉二十九鉢吒囉三十毗那舍娜引迦囉耶三十一囉伽隧二合引沙摩訶慕引訶闍引羅三十二奢摩去聲迦三十三奢婆迦三十四囉訖叉迦三十五薩婆波耶突唎揭二合底平聲三十六鉢囉二合舍麽迦

那羯囉耶三十七薩婆怛他揭哆三十八三摩縛
馱重引那羯囉短三十九醯醯重道努氣四十摩訶菩提薩
埵縛囉馱四十一鉢頭摩二合路引迦三步重陀
四十二摩訶迦嚧尼迦四十三折植列切引吒上聲麽矩
吒長聲上楞近冷切訖嘌哆二合四十四舍唎蘭摩尼
羯那上聲迦囉闍哆跛折囉二合吠佳嚩耶二合四十
五楞訖嘌引多舍利囉四十六阿弭哆引婆視
那短四十七上聲迦摩囉楞訖嘌哆四十八鉢囉二合引
皤去聲引囉那囉哩者那四十九摩訶社那娜囉
短那長唎五十舍哆婆訶薩囉二合阿毗重平聲囉
使哆迦耶五十一摩訶菩提薩埵五十二毗馱摩
毗馱摩五十三毗那舍耶毗那舍耶五十四摩訶
引演覩魯二合訖隸二合引奢迦皤去聲吒皤去聲畔
哆僧娑囉迦上聲五十五短波羅迦囉二合摩他那五十
六布嚧沙鉢頭摩二合五十七布嚕沙那伽五十八

布嚕沙婆伽囉五十九毗囉毗羅闍耶六十素誕
多素誕跢六十一鉢哩筏哩重二合多六十二馱摩
馱摩六十三些摩些摩六十四度重嚧度嚧六十五
鉢囉二合奢引薩短耶六十六鉢羅二合奢引薩耶六十
七祁重去聲離祁離六十八毗離毗離六十九只
離只離七十姥音母嚧姥嚧七十一姥庚姥庚七十二
悶遮悶遮七十三度那度那七十四毗近佛音度那
毗度那七十五度嚕度嚕七十六伽去聲引耶伽耶
七十七伽馱耶伽馱耶七十八喝娑喝娑七十九鉢
囉二合訶娑鉢囉訶娑八十毗去聲毗上聲馱八十一羯
隸二合奢去聲八十二嚩去聲引薩短那麽麽寫其甲八十
三荷囉去聲荷囉八十四僧司孕切荷囉僧荷囉八十
五別入觀重嚕徵知智切八十六觀嚕徵摩訶曼荼去聲
短羅八十七迦囉拏八十八舍哆鉢囉二合細迦八十
九皤婆重娑九十毗娑那長舍麽迦九十一摩訶

菩提薩埵(九十二)皤囉馱(九十三)莎訶(九十四句)

此陀羅尼名薄伽梵蓮華手嚴飾寶仗世尊於大金剛歡喜殿說為尊勝菩薩及無量天龍緊那羅之所讚歎為摧壞廣大業障山故若有得聞者若讀若誦若得覩視者此人所有一切煩惱業障悉得消滅若有人於晨朝時生尊重心誦此陀羅尼者常為觀世音菩薩恒常隨逐擁護是人所思念事皆得成就若有求願使得成就者當獨坐靜處心念觀世音菩薩更勿餘緣誦此陀羅尼七遍無願不果又得一切眾生之所愛樂不墮一切惡趣之中若坐若行若住常念佛如對目前者是人於無量百千俱胝生所有積集諸惡罪業皆得消滅是人當得具足千轉輪王之福生生常得與觀世音菩薩同時出生生生貴姓家若以一掬香華散於觀世音菩薩前誦此陀羅尼七遍者得大千功德大悲法性彼人於世間得大力成就若至心看菩薩面誦此陀羅尼者即得見觀世音菩薩微笑相見已即得離垢地能照耀世間即於此生當得見佛臨命終時如入禪定生生之處得宿命智所有罪障皆悉消滅若欲受持此陀羅尼者當於白月十五日受持八戒齋著白淨衣於有舍利塔前及有舍利處諸佛前並得用白檀作壇(其白檀於石上磨取末用塗地)以種種華散彼壇內佛前燒香然燈於佛所生恭敬心觀世音菩薩而來入是壇內當誦此陀羅尼一百八遍是人所有一切罪障五逆重罪悉皆消滅身口意業皆得清淨得佛三昧力灌頂力波羅蜜地力殊勝智力悉皆成就若須雨時當視

天誦此陀羅尼甘雨應時即下若視地誦此陀羅尼者能令百穀皆得成熟若於枯池河泉邊誦此陀羅尼者即得水還盈滿若一切病患當誦此陀羅尼以手摩之即得除差於失念者邊誦此陀羅尼還得正念若於飢渴人邊當視其面誦此陀羅尼所有飢渴悉皆消滅若欲結界當入池水中寫比陀羅尼繫著幢上一百由旬内無諸衰患即成結界擁護成就

總攝身印第一

先起立端身並脚齊立右脚微曲少許先以左手舒下以中指無名指並屈著掌中小指食指以大母指散舒仰掌向上次以右手亦然屈肘與髆齊掌向前此是總攝身印若欲降伏魔怨及諸外道邪見稠林令入正道者當作此印誦陀羅尼二十一遍必如所願呪曰

那上聲謨曷囉合二怛囉夜耶一那謨阿唎耶二婆路咭帝攝伐合二囉耶三菩提薩埵跛耶二四合摩訶薩埵跛耶五摩訶迦嚕尼迦耶六怛姪他七阿去聲跋陀阿跋陀八跋唎跋帝九堙醯夷醯十莎訶十一

總持陀羅尼印第二

準前身印上合掌當心以五指相叉左壓右以二頭指直竪頭相拄以大母指附頭指壓第一文上掌少開此印名總持陀羅尼法若人作此印者誦呪二十一遍能滅無量劫生死業障當來往生十方淨土往昔釋迦牟尼佛臨欲成道爲魔王所惱作此總持陀羅尼印獲得禪定呪曰

哆姪他薩婆陀羅尼一曼荼羅耶二堙醯夷醯三鉢囉麽輸馱四薩跢跛耶五莎訶

解脫禪定印第三

先偏袒右肩右膝著地合掌頂上屈二頭指以頭相拄二大指附頭指第二文上此法印名解脫禪定印過去諸佛同修此法得禪定解脫同前呪

千眼印呪第四

起立並足先以二中指無名指小指各以甲背相著其二頭指竪頭相拄其二大母指側搏附頭指第二文上側腕開五寸許置於眉間此名千眼印作此印呪法門者即得觀見百千萬億世界諸佛剎淨妙國土一一佛國各得百萬四千菩薩與行者爲同伴侶若未經三曼荼羅者必不得見此印法門通作此法印親驗菩薩授法與智通凡有所願悉皆滿足呪曰

唵一薩婆斫芻伽囉耶二陀羅尼三因去聲地丁涅切唎耶四莎訶五

千臂總攝印第五

起立並足先仰右手掌五指各相附後以左手掌仰壓右掌上當心著此名總攝千臂印此印能伏三千大千世界魔怨呪曰

怛姪他一婆盧枳帝二攝伐囉耶三薩婆咄徒訥切瑟吒四烏訶耶彌五莎訶六

通達三昧印第六

起立以脚跟相拄先以左手竪五指相搏屈肘向前托次以右手亦然屈肘向内托此名通達三昧印此印能令通達一切三昧智印莊嚴八萬四千法門皆因此法得阿耨多羅

三藐三菩提用前大身呪

呼召天龍八部神鬼集會印第七

起立並足先以左手無名指捻大母指甲上次以右手亦如是作二小指及中指直竪頭相拄合腕以頭指來去呪曰

唵一薩婆提婆那伽二阿去聲那唎三莎訶四

呼召大梵天王及憍尸迦來問法印第八

準前印上開腕以手側相拄仰掌以頭指來去呪曰

唵一魔訶梵摩去聲耶二堙醯夷醯三莎訶四

此印呪法能攝無量無數陀羅尼印法門悉皆來集若日月蝕時呪酥二十一遍以印印酥食者令人聰明日誦萬偈此印法門日藏如來授與觀世音菩薩

歡喜摩尼隨意明珠印第九

起立合掌當心以二大母指雙屈入掌中餘四指直竪合掌當心誦前大身呪二十一遍決定得入諸天宮殿遊歷十方諸佛國土百千珍寶隨心皆得供養諸佛菩薩金剛一切聖衆若有人能作此法門者晨朝早起清淨澡漱作此印法面見十方恒河沙國土諸佛滅除無量劫來生死惡業重罪是故讚歎如是功德

乞願隨心印第十

準前印屈二頭指壓二大母指甲上其頭指甲背相著用前身呪若人隨所求願皆悉滿足必定不退菩提之道

入滅盡定三昧印第十一

準前印直竪散頭指大母指開掌此印我在因地時恒河沙諸佛授我此法令我得證菩

提之道誦前大身呪

請佛三昧印第十二

準前印合掌當心頭指來去呪曰

唵一薩婆勃陀三摩去聲耶二 堙醯夷醯三鉢羅摩輸陀薩埵四莎訶五

千眼千臂觀世音菩薩十肘曼荼羅法門

凡作一切曼荼羅法門時謹案梵本云此國土無有作曼荼羅地如彼天竺皆取上勝福德之地以爲壇場婆羅門國別有擇地方法不能廣說且論漢地第一山居閑靜之處在山頂上有形勢處掘地去其石礫及瓦器惡物然始平治以瞿摩夷和香塗地縱廣一丈六尺起基十二指乃至十六指一肘以爲勝上第一取白栴檀香於其石上磨取末塗曼荼羅上以五色粉謨界其壇安四門東門安提頭賴吒天王 南門安毗樓勒叉天王 西門安毗樓博叉天王 北門安毗沙門天王 次安天王左右及眷屬各居本位其曼荼羅中心安千眼千臂觀世音菩薩像像前置案案上置呪法燒種種香安種種飲食散種種華以爲供養唯除雜物葷辛酒肉自外日別造香鮮者華香果子於像前著三白食乳酪酥蜜燒檀香沉香蘇合龍腦等香每日三時洗浴受三律儀至心誦呪供養千眼觀世音菩薩晨朝午時日暮供養日別不闕如是乃至三七日盡意供養其呪師面向東方誦呪作前第一第二第三乃至十二請佛三昧印作前印一遍各誦呪七遍乃至第十二印畢當自發不退堅固意但作法呼召一切皆來令發菩提決定心端坐想一切

呪神在其眼前一無障難不得異境誦前大身呪滿一千八十遍爾時觀世音菩薩現阿難身相貌來問行者所須何法求何願耶行者白言爲求無上菩提陀羅尼法

又願一切法壇皆悉成就一切鬼神悉皆順伏得如願已但自知之不得向人傳説

又法若欲得求一切願者當作四肘水曼荼羅法燒沉水香誦前身呪一百八遍作前第十乞願印即得一切如願滿足稱心

又法若欲得一切歡喜者作前第九歡喜摩尼隨意明珠印誦身呪呪烏麻二十一遍火中燒之即得如意獲得歡喜如意稱心

又法若欲令曷羅二合闍歡喜者當取曷囉二合闍園内樹枝呪二十一遍擲置園中即得歡喜

又法若欲降伏惡人怨家者當呪苦楝木二十一遍一呪一燒即得歸伏

又法若有神鬼難調伏者取安悉香及白芥子呪二十一遍擲火中燒一切神鬼病者自然降伏若有疫病流行當作四肘水曼荼羅取好牛酥呪一百八遍火中燒之一切災疫悉皆消滅又取酥少分與疫病人食之立即除愈昔罽賓國有疫病流行人得病者不過一二日並死有婆羅門眞諦起大慈悲心施此法門救療一國疫病應時消滅時行病鬼王應時出離國境故知有驗耳

又法他國侵撓盜賊逆亂起來作前第一總攝身印呪一百八遍一切盜賊自然殄滅

又法若一切業報衆生命根盡者作前滅盡定印日日供養燒沉水香誦呪滿一千八十

遍即得轉其業障昔波羅柰國有一長者唯有一子壽年合得十六至年十五有一婆羅門巡門乞食見其長者愁憂不樂夫妻憔悴面無光澤婆羅門問曰長者何爲不樂長者說向因緣婆羅門答曰長者不須愁憂但取貧道處分子得壽年長遠于時婆羅門作此法門一日一夜得閻羅王報云長者其子壽年只合十六今已十五唯有一年今遇善緣得年八十故來相報爾時長者夫妻歡喜踊躍罄捨家資以施佛法衆僧當知此法不可思議具大神驗以曾入大都會三曼荼羅金剛大道場者不須作曼荼羅唯結印誦呪無願不果速當成佛

又法若有女人臨當產時受大苦惱呪酥二十一遍令彼食之必定安樂所生男女具大相好衆善莊嚴宿植德本令人愛敬常於人中受勝快樂

又法若有衆生眼若痛者以菩薩千眼印呪二十一遍以印印眼眼即除愈以此大因緣其人獲得天眼光明徹見上界諸天受勝快樂

又畫千眼千臂觀世音菩薩像法謹案梵本造像皆用白氎廣十肘此土一丈六尺二十肘此土三丈二尺菩薩身作檀金色面有三眼一千臂一一掌中各有一眼彩色中不得著膠以香乳和彩色菩薩頭著七寶天冠身垂瓔珞又一本云此無好大白氎但取一幅白絹菩薩身長五尺作兩臂依前第五千臂印法亦得供養不要千眼千臂此亦依梵本唯菩薩額上更安一眼即得若欲供養此法

門者先須畫像其畫像法必須作曼荼羅如法令匠者受八戒齋出入一上廁一洗浴其像作成其畫匠及呪師恐多不如法對像懺悔罪過即安置曼荼羅中即須作法廣設供養滿三七日其千眼千臂觀世音菩薩像放大光明過於日月無量無邊普照三千大千世界皆悉大明一切衆生極大重罪一時消滅咸得清淨作此法門者除不至心其千眼千臂觀世音菩薩像法過去毗婆尸佛亦現作降魔身千眼各出一佛以爲賢劫千佛也千臂各各化出一輪王爲千代轉輪聖王此菩薩降魔身中最爲第一爾時世尊告觀世音菩薩我以佛神力窮劫廣說不能得盡爾時觀世音菩薩聞佛說已歡喜信受作禮而退

灌頂印

先二大母指屈於掌中捻無名指無名指中節相背二小指頭相拄二中指直竪頭相拄二頭指屈各捻中指背上即呪曰

唵一 步三末囉二 蘇摩鹽莎訶三

誦呪二十一遍自灌其頂還復如故若欲續驗每日平旦於盆上結印誦呪持呪之人犯欲及五辛等穢當誦此呪解之

千眼千臂觀世音菩薩陀羅尼神呪經卷上

千眼千臂觀世音菩薩陀羅尼神呪經卷下

唐總持寺三藏沙門　智通　譯

爾時觀世音菩薩說是呪時三千大千世界乃至非想非非想天六反震動色究竟天摩醯首羅戰慄不安皆大恐懼一切惡鬼皆大叫喚受大苦惱東西散走莫知所趣爾時化身語諸大衆及諸惡鬼神等若不隨順我呪者違逆者頭破粉碎此呪能摧碎諸山乾竭大海此呪能摧伏阿脩羅軍護諸國土此呪能摧伏一切諸惡鬼神一切諸病一切惡毒一切惡人此呪能摧破三十三天皆令降伏若善男子有能誦持此呪者其人威力說不可盡此呪能令誦持之者豪貴自在亦能令國王終身愛念稱意所求悉皆滿足若欲降伏魔怨者當燒求羅香誦我身呪二十一遍若欲令一切人愛已者呪楊枝二十一遍口中嚼之即得愛敬若欲令自身辯才智慧者呪菖蒲一千八遍塗其心上即得辯才無礙作姥陀羅尼心印

辯才無礙印呪第十三

以兩手相背合掌大母指向前舒此印能自護護他當須結界隨所遊方或呪淨水或呪淨灰各呪七遍所在住處以手掬水掬灰先灑自身然後向於四方四角如法散灑若有善男子善女人被諸惡鬼衆邪魍魎之所惑亂者取石榴枝及柳枝陰誦此呪輕打病人無病不差呪曰

南無薩婆佛陀達摩僧祇比耶　南無阿利耶婆盧吉低攝伐羅嚩　菩提薩多跛寫

南無跋折羅波尼寫菩提薩多波寫　跢姪

他　徒比徒比迦耶　徒比婆羅闍婆羅尼
馺皤訶
此呪印能降伏諸邪見外道若有善男子善
女人於晨朝時日三時各誦一遍者即與種
種供養十億諸佛無有異也永不受女身命
終之後永離三塗即得往生阿彌陀佛國如
來授手摩頂汝莫怖懼來生我國現身不被
橫死不爲鬼神之所得便
破三千大千世界滅罪印第十四
起立以左手向前展臂五指向前散托竪五
指次以右手大母指屈在掌中以四指把拳
當右耳上當誦身呪頭指來去此印巳別須
三時一時誦七遍能滅五逆四重罪於一切
衆生生慈悲心即能燒一切罪根此身滅後
即得值佛於彼佛土得作轉輪聖王復得陀
羅尼名曰無盡藏復得三昧名智等復得身
中二十八種相現現身不患眼舌耳鼻等病
乃至身中一切疾病悉能消滅若有先業罪
者亦得消滅若見天旱時取烏麻子和莵麻
子脂作丸呪一百八遍擲著湫水中即得雨
若雨過多取稻穀炒作華取蔓菁子脂和作
丸呪之一百八遍擲著湫水中雨即止
降伏三千大千世界魔怨印第十五
以五指相叉左壓右急把拳當頂上著誦身
呪即降伏若作此法向舍利塔前二十九日
夜取白檀香作末塗地作曼荼羅其中散種
種華澡浴清淨著新淨衣手把香鑪燒沉水
香面向東坐呪一千八遍此是最初功能又
取芥子烏麻著一處檮爲末以三指撮取少
許呪之一遍擲著火中如是七日日別誦一

百八遍然後所作皆悉成就

廣大無畏印第十六

起立並足先以右手仰垂左肘膝頭左手亦如之於舍利像前誦身呪一百八遍即得無畏施於衆生又取槐香白芥子菖蒲搶多婆利（外國藥名）以此等物内火中燒之燒火之時應於佛前或在淨處誦呪三十二遍以香華供養呪法悉皆成就所爲之者皆悉剋果若餘呪無驗以此呪呪之亦皆成就若欲乞夢誦此呪并作印眠即有夢隨所欲見皆得見之若人無福所向不諧者日誦三遍呪滿七日諸有所求一切皆得爾時菩薩在婆竭羅龍宮海會說法見諸龍衆受大苦惱愍諸龍衆爲度苦惱衆生悉得離苦無諸怨害爾時龍女獻一寶珠價直娑婆世界爲求法故吾爲廣說離諸苦難

水精菩薩護持千眼印呪第十七

爾時水精菩薩爲欲利益護持此呪而說呪曰

毗摩隷　摩訶毗摩隷　郁呵隷　摩訶郁呵隷　休摩隷　摩訶休摩隷　薩訶隷止隷睇　駁婆訶

若有善男子善女人在所遊方受持此千眼千臂菩薩法者我當常隨衛護乃至諸魔眷屬無惱亂者若人急難他國相侵盜賊逆亂當取五色縷結誦呪二十一遍一遍一結繫於左臂又以左手無名指中指頭指把拳大毋指壓上展小毋指指所至賊方誦呪七遍悉皆退散不能爲害爾時觀世音菩薩在雪山中說法觀見夜叉羅刹國中人民唯食衆

生血肉無有善心菩薩爲欲利益方便教化衆生以神通力尋至彼國現千眼千臂降魔身説成就姥陀羅尼法爾時羅刹國王來至我所求哀頂禮我以成就印印之即得成無上道

成就印第十八

起立並足合掌當心以小指相叉左壓右誦身呪二十一遍種種皆得成就若救六道苦難衆生當用輪印以十指頭各相拄開腕掌中使開其指間各相去一寸許即是菩薩在六道循環度諸苦難以此印輪迴悉得離苦此印法拔吒那羅延長年師纔翻便即歸國并將所翻之本智通畢竟尋逐不得遇於一僧邊得梵本譯出在外無本

成等正覺印第十九

結跏趺坐先以左手舒五指仰掌在左膝上次以右手舒五指覆手捺右膝上此與滅盡印法同過去未來現在諸佛皆同此印得佛菩提此印能除一切業障若坐禪諸法不現前者當七日七夜於阿練若處誦此陀羅尼并此印法至心念佛晝夜六時懺悔即得諸法現前及所得福無量無邊不可稱計

呼召三十三天印第二十

先以左手四指把拳次以右手握左手大母指亦如把拳令左手大母指在右手虎口中出頭以右手頭指來去呪曰

唵一俱智俱智二俱耶利三遮利遮利四遮犁隸五蘇婆訶

此陀羅尼印呪不可思議若善男子善女人臨欲眠時誦此呪一百八遍心中所願於夢

寐中悉得知見若能日日誦此呪者亦能滅一切罪不失菩提心其人晝夜寐夢漸漸增廣皆得吉祥乃至夢見如來在菩提樹下授記成道乃至釋梵諸天常來侍衞

呼召天龍八部鬼神印第二十一

起立並足先以左手大母指屈在掌中四指把拳當心上著次以右手亦如之以右手在右耳邊以頭指來去呪曰

南無尼健陀一上聲 南無阿利闍波陀二去聲 駁婆訶三南無阿利闍羅駁婆訶四 堙醯夷醯五 駁婆訶

此呪印若善男子善女人受持讀誦者知七世宿命毒蛇不敢螫毒藥自然除刀不能害王亦不能瞋永劫不受地獄苦若誦此呪時二十八部鬼神來詣誦呪人邊坐聽誦呪若善男子善女人爲鬼魅所著以白縷爲呪索一遍一結如是四十九結繫其咽下其病即除若國內災疫流行國人死亡多者當取國王園池中蓮華一百八莖一華各呪一遍擲著火中燒令蕩盡災疫即除

解脫印第二十二

結跏趺坐先以左手中指與大母指頭相捻仰掌向上餘三指散展置於左膝上次以右手亦如之覆手置於右膝上誦身呪二十一遍所願悉皆滿足諸有苦惱悉皆解脫若善男子善女人具造十惡五逆等罪如閻浮提履地變爲微塵一一微塵成於一劫是人造若干等罪應墮地獄歷劫受苦永無出期是善男子善女人能於舍利及佛像前白月十五日一日一夜不食結印誦呪滿一百八遍

如上諸罪苦惱悉皆消滅若不滅者無有是處此印智通本上先無智通於涼州逢一婆羅門僧有此梵本遇會勘之更有此印自得受持大有功効不可思議

自在神足印第二十三

起立先以左手握右脚大母指如把拳次以右手握左手腕背上誦身呪七遍欲進千里不以爲難誦呪之時勿令聲出

神變自在印第二十四

先以左手大母指捻小指甲上次以右手亦如之餘三指各散竪合腕相著置於頂上誦身呪二十一遍皆得遊行自在昔有罽賓國僧闍提於北天竺求得此梵本未曾翻譯自得受持威力廣大不敢流傳智通於此僧弟婆伽伽邊得本依法受持功効不少唯不流行於世此本絕無後同學得者願同功力

王心印呪第二十五

兩手合掌虛掌内合腕二頭指來去呪曰

唵一阿嚕力帝囉路迦夜去聲毗社時賀切耶二薩婆鑠覩嚧二合鉢囉麼馱那三迦囉耶許泮莎訶

爾時觀世音菩薩告諸大衆言若佛滅後於末法時五百年中閻浮提人忽眼見及耳聞我此法印陀羅尼法門者當知此人過去已曾供養無量諸佛今得值遇得我此法印陀羅尼抄寫受持讀誦如法修行者即得初地速成佛果得阿耨多羅三藐三菩提爾時觀世音菩薩聞佛說已歡喜信受作禮而去

千眼千臂觀世音菩薩陀羅尼神呪經卷下

音釋

嬈而沼切亂也 差楚戒切與瘥同病除也 腕烏貫切臂也 曼荼羅梵語也此云壇曼母官切荼與茶同 澡漱澡子皓切澡手也漱蘇奏切蕩口也 罽居刈切 疫縈隻切瘟疫也 療力嶠切治也 撓女巧切擾也 慄力質切竦縮也 掬居六切手捧也 兩魍魎魍文紡切魎良蔣切魍魎山川精物也 蓖邊迷切 湫將由切池也 蔓菁蔓謨官切菁子盈切蔓菁菜名 捺奴葛切按也 魅明祕切精魅也

千手千眼觀世音菩薩姥陀羅尼身經

唐南天竺三藏法師菩提流志譯

清刻龍藏佛說法變相圖

千手千眼觀世音菩薩姥陀羅尼身經

唐南天竺三藏法師菩提流志譯

爾時觀世音菩薩摩訶薩合掌恭敬白言世尊應正遍知是我前身不可思議福德因緣令蒙世尊與我受記欲令我身起以大慈悲拔導心當爲利益一切衆生斷諸繫縛滅八怖畏令我欲說姥陀羅尼末世衆生蒙是姥陀羅尼威神力故皆離苦因獲安樂果世尊後五百歲中隨在國土城邑聚落山林樹下有諸苾芻苾芻尼諸善男子善女人等常能日夜六時依法讀誦受持姥陀羅尼最勝法門者我以念報如來恩德恒皆隨逐擁護是人而不放捨不使一切姤弊鬼神競侵嬈害復令一切宿重業障一切銷滅隨得一切陀羅尼神呪壇印種種法門速皆成就復白佛

言世尊後五百歲衆生垢重薄福者多不能專念設有持者或被鬼神之所侵害令我持以佛威神力自在通力廣爲饒益一切衆生安樂諸天阿修羅等謂當說是姥陀羅尼法三昧耶門我於過去無量劫中已曾親自供養受持如是陀羅尼法復見過去未來現在諸佛世尊亦等皆因此姥陀羅尼法三昧耶門得成阿耨多羅三藐三菩提有善男子善女人等能常專念讀誦受持此姥陀羅尼最勝法門者此人現世口說流利無所質礙慧辯通達於一切天人大衆之中最爲第一聞者歡喜悉皆稽首在所生處常得恭侍瞻佛法僧有所言說人皆信受當知即是諸佛威神自在之力非我自力爾時世尊讚觀世音菩薩摩訶薩言善哉善哉汝能如是利益安樂一切天人阿修羅等及淨業道我今以智印印之令汝永不退轉種種大慈大悲方便等心是時觀世音菩薩摩訶薩重白佛言世尊我念過去無量劫中初持此姥陀羅尼法門在補陀落山中乃逢魔王領諸魔衆惱亂我法令使呪句不得成就時我即以此姥陀羅尼降伏衆魔悉皆退散當知此陀羅尼力不可思議是時觀世音菩薩摩訶薩以大慈悲爲當利益安樂諸天時世人故即於佛前宣說千手千眼姥陀羅尼大身呪曰(用後總攝身印)

娜謨薩婆(二合)若(爾那切)耶(一)娜謨喝囉(二合)怛那(二合)多囉(二合)也(引)耶(二)娜謨阿弭陀婆(重平聲)耶怛他揭哆耶(三)阿囉訶羝三藐三悖陀耶(四)娜謨阿利(二合)耶嚩路枳帝(平聲)(五)濕嚩(二合)囉耶(六)菩提薩埵(二合)耶(七)摩訶薩埵(同上)耶(八)摩訶

迦嚕尼去聲迦耶九娜謨摩訶薩他摩二合跛囉
二合鉢哆二合耶十菩提薩埵耶十一摩訶薩埵耶
十二摩訶迦嚕尼迦凡迦字皆鳩那切耶十三娜謨毗補
羅毗麽那十四素上聲鉢喇二合底丁枳切瑟恥心去聲哆
十五僧棄長耶上聲素上聲引唎耶二合舍哆娑呵薩
囉二合阿羝唎引迦十六鉢囉二合婆重平聲阿嚩皆肥
麽切婆重引悉多短慕引嘌怛二合重引短曳十七摩訶
末尼去聲摩俱吒軍去聲荼羅陀嘌泥去聲十八薄伽
筏底丁里切鉢頭摩二合波引拏上聲曳十九薩囉婆
二合路伽阿阿字是上迦字是長緣此句內有阿字更不須迦字上引聲跛
去聲長耶二十奢去聲麽那去聲長耶二十一毗毗上去聲陀
毒長佉三摩鞞去聲引舍吠瑟吒二十二合薩婆
薩埵二合跛哩慕者那去聲引耶二十三怛姪他二十
四唵引二十五勃重部長嚩伏訛切二十六摩訶路迦羯
囉短祓二十七那哆丁舸切麽二十八悉底二合弭短

囉二十九鉢縿囉三十毗那舍娜引伽囉耶三十一
囉伽墜引二合癈灑蘇買切摩訶慕引訶闍引囉
三十二奢去聲麽迦三十三奢娑迦三十四囉叉迦三十
五薩婆跛耶突唎揭二合底平聲三十六鉢囉二合舍
麽迦那羯囉耶三十七薩婆怛他揭哆三十八三
摩嚩重引馱那羯囉短三十九醯醯重努氣云摩訶
菩提薩埵二合嚩囉馱四十一鉢頭摩二合路迦三
步重陀四十二摩訶迦嚧尼去聲迦四十三同上聲折吒
上聲麽規吒長二楞近冷音呼訖嘌二合多四十四舍唎蘭
摩尼羯那上聲迦囉闍多跋折囉二合吠住哩耶
二合四十五楞訖嘌二合多舍唎引囉四十六阿弭多
引婆重視那短四十七迦麽囉楞訖嘌二合多四十八
鉢囉二合上聲皤引去聲囉那羅哩者那摩訶度那
娜囉短那唎四十九舍多婆訶薩囉二合阿毗重平
聲攞使多迦耶五十摩訶菩提薩埵二合五十一毗

馱摩毗馱摩五十一毗那舍耶毗那舍耶五十三摩訶演引怛囉二合訖隸二合引奢迦皤去聲吒皤去聲畔馱僧娑引羅遮囉迦上聲短五十四鉢囉二合迦囉摩他那五十五布嚧灑鉢頭摩二合五十六布嚕灑那上聲伽五十七布嚕灑娑伽囉五十八毗引囉毗囉闍耶五十九素誕長跢得舸切素誕跢六十鉢哩筏哩二合多六十一馱摩馱摩六十二綖摩綖摩六十三度重嚕度嚕六十四鉢囉二合奢引薩短耶六十五鉢囉二合奢引薩耶六十六祁重去聲嚌祁嚌六十七毗囉毗囉六十八只囉只囉六十九姹嚕姹嚕七十姹庾姹庾七十一悶遮悶遮七十二度那度那七十三毗覩那毗覩那七十四度嚕度嚕七十五伽去聲引耶伽耶七十六伽引馱耶伽馱耶七十七喝娑喝娑七十八鉢囉二合訶娑鉢囉訶娑七十九毗去聲馱毗上聲馱八十羯隸二合奢去聲八十一縛去聲引

薩短那八十二麼摩寫八十三荷囉荷囉八十四僧司孕切荷囉僧荷囉羅字皆近八十五覩嚕徵覩嚕徵八十六知里切摩訶漫拏去聲短羅八十七覩魯徵迦囉拏八十八舍哆鉢囉二合細引迦八十九皤婆重娑九十毗灑那舍麼迦九十一摩訶菩提薩埵二合九十二皤囉馱九十三莎嚩訶九十四

爾時觀世音菩薩摩訶薩說此薄伽梵大蓮華手嚴飾寶杖姹陀羅尼時三千大千世界乃至非想非非想天皆六反震動天雨寶華繽紛亂墜色究竟天摩醯首羅天戰掉不安大恐懼一切諸惡藥叉羅剎姤弊鬼神受大痛惱叫呼求活四維馳走莫知所趣是時化身觀世音菩薩語於大衆及一切惡鬼神等若不隨順違我呪者皆使支節熱惱疼痛身分碎裂汝輩鬼神應知此呪力能摧破一切

諸山乾竭大海亦能摧壞阿修羅軍護諸國邑摧滅一切鬼病神病藥毒蟲毒邪惡人等復能摧伏三十三天悉令順伏爾時世尊在大金剛歡喜勝殿及尊勝菩薩無量天龍藥叉羅刹緊那羅衆住佛法者一時種種歌詠讃歎觀世音菩薩摩訶薩故於時菩薩重白佛言世尊是呪亦能摧壞一切有情廣大蓋障黑暗山故當有有情信聽讃誦依法受持覩見聞者彼之人等一切煩惱黑障悉皆銷滅若復有人每於晨朝生尊重心若讀若誦此姥陀羅尼三七遍者則常爲於觀世音菩薩摩訶薩隨攝擁護若人有所思念一切大願大三摩地門而欲趣求速成就者當唯獨坐清閑靜處想念觀世音菩薩暫勿異緣每誦此陀羅尼百八遍者無願不果又得一切衆生之所愛樂當生不墜一切惡穢趣界若坐行住能常想佛如在頂者此人已於無量百千俱胝所生積集諸惡罪業皆得銷滅是人當得具足壽千轉輪王廣大福蘊又於生生常與觀世音菩薩同時出生生貴族家若恒持以滿掬香華先散觀世音菩薩像前乃誦此陀羅尼三七遍者即得大千功德大悲法性彼人漸於世間速得大力成就若每日時瞻菩薩面誦此陀羅尼一百八遍者速得觀世音菩薩示微笑相見已即證離垢初地念佛三昧光照世間若命終時如入禪定於所生處得宿命智所有罪障皆盡銷除若欲受持此陀羅尼者每以正月五月九月一日至十五日受持齋戒著白淨衣食三白食於舍利塔前或舍利像前以白檀香泥塗一四

肘方壇取種種華香散於壇內佛前燒香然燈於佛菩薩所生恭敬心每誦此陀羅尼一千八遍至十五日夜得觀世音菩薩而來入是壇內是人見已所有一切蓋障五逆重罪隨盡銷滅身口意業皆得清淨又得隨證佛三昧力灌頂地力波羅蜜地力殊勝智力世尊若須雨時詣高望處當仰視天誦此陀羅尼一千八遍甘雨應時普洽充足若視地誦此陀羅尼滿一千八遍能令百穀皆得成熟若於枯池河泉邊誦此陀羅尼一千八遍水即盈滿若以此陀羅尼呪手七遍摩捫一切病人身者即得除差若攝視失念人面身誦此陀羅尼一百八遍還得正念若視飢渴人面誦此陀羅尼一百八遍所有飢渴惡相悉皆銷除若欲結界當入池水中如法書寫此陀羅尼繫置幢頭令百由旬無諸衰患便成結界而擁護之復有善男子善女人等能常日日誦此陀羅尼一百八遍者其人福聚説不可盡能加位漸豪貴自在又爲一切人民愛念恭敬所求如願得滿足故若欲降伏衆魔怨者當以姥陀羅尼呪安悉香二七遍乃持一呪一燒滿一百八遍則得除滅若欲一切人類不識愧者每日呪楊枝二十一遍口中嚼之即得遵敬欲令自身得大辯才智慧文者以石菖蒲一十二兩擣爲細末溲和酥蜜以姥陀羅尼呪令現三相所爲煖煙光等得此相已日服七丸丸如藥丸并塗心上服滿百日即得解慧辯才無礙并日日誦姥陀羅尼一百八遍隨結一十二印擁護身故

總持身印第一

先起立端身並脚齊立右脚微曲少許先以左手舒下以無名指中指並屈著掌中小指食指以大母指散舒仰掌向上次以右手亦然當屈肘臂而與髆齊掌面向前若欲降伏魔怨諸輩外道邪見稠林入正道者當作此印誦姥陀羅尼二十一遍必如所願呪曰

那上聲謨曷囉二合怛那二合跢囉二合夜耶一 那謨阿利耶二 婆路枳帝攝伐二合囉耶三 菩提薩埵耶四 摩訶薩埵耶五 摩訶迦盧抳迦耶六 怛姪他七 阿去聲跋陀阿跋陀八 跋唎跋帝九 堙醯夷醯十 莎訶十一

總持陀羅尼印第二

準前身印上合掌當心以五指相叉左壓右以二頭指直竪頭相拄其二大母指附頭指壓第一文上掌開少許若善男子善女人等作此印者隨得滅除無量生死劫來惡業罪障一時銷滅當來往生十方淨土令釋迦牟尼佛往昔初坐菩提樹下爲諸魔王之所惱亂亦作此印獲得安樂

解脱禪定印第三

先偏袒右肩右膝著地合掌頂上屈二頭指以拄二大指附頭指第二文上此印所有過去諸佛亦盡同修如是法門皆得禪定解脱三摩地故若常結此定印而供養者速見十方一切諸佛禪定呪曰

跢姪他薩婆陀羅尼一 曼荼羅耶二 堙醯夷醯三 鉢囉麽輸馱四 薩跢跋耶五 莎訶六

千眼印呪第四

起立並足先以二中指無名指小指各以甲背相著其二頭指竪頭相拄其二大母指側

搏附頭指第二文上側腕開五寸許置於眉間若常結作此印咒法門者漸得觀見百千萬億世界諸佛淨妙國土一一佛土各得百萬四千菩薩與其行者同爲伴侶若未經三曼拏羅法門者必勿見此印法門故咒曰

唵一薩婆所舸伽羅耶二陀羅尼三因去聲地丁涅切唎耶四莎訶五

千臂總攝印第五

起立並足先仰右手掌五指各相附後以左手掌仰壓右掌上當心著此印力能摧伏三千大千世界一切魔怨咒曰

妲姪他一婆盧枳帝二攝伐羅耶三薩婆咄徒訥切瑟吒四烏訶耶彌五莎訶六

通達三昧印第六

起立以脚跟相拄先以左手竪五指相搏屈肘向前拓次以右手亦然屈肘向内拓之此印能令通達一切三昧智印莊嚴八萬四千法門皆因此法明見三藐三菩提故用大身咒

呼召天龍八部神鬼集會印第七

起立並足先以左手無名指捻大母指甲上次以右手亦如是作二小指及中指直竪頭相拄合腕以頭指來去咒曰

唵一薩婆提婆那伽二阿上聲那唎三莎訶四

呼召大梵天王及召憍尸迦來問法印第八

準前印上開腕以手側相拄仰掌以頭指來去咒曰

唵一摩訶梵摩去聲耶二堙醯夷醯三莎訶四

此印咒法能攝無量無數陀羅尼印諸支法門悉皆來集若日月蝕時咒酥一百八遍以

印印酥食者令人障滅聰明於當生身日誦萬偈此印法門日藏如來授與觀世音菩薩摩訶薩故

歡喜摩尼隨意明珠印第九

起立合掌當心以二大指雙屈入掌中餘四指直竪合掌當心誦前大身呪三七遍決定當往諸天宮殿遊歷十方諸佛國土百千珍寶隨心皆得供養諸佛菩薩金剛一切聖衆若有欲作是法門者當每晨朝清淨澡漱作此印法則令當得面見十方恒河沙數國土諸佛亦得滅除無量劫來生死惡業重罪是故讚歎如是功德

乞願隨心印第十

準前印屈二頭指壓二大母指甲其頭指甲背相著用前身呪若人隨所求諸願者皆悉滿足必定不退菩提之道

入滅盡定三昧印第十一

準前印直竪散頭指大母指開掌此印我在因地之時乃有恒河沙諸佛如來授我此印令我得證阿耨多羅三藐三菩提之道用大身呪

請佛三昧印第十二

準前印合掌當心頭指來去呪曰

唵一 薩婆勃陀三摩去聲耶二 堙醯夷醯三 鉢囉摩輸陀薩埵四 莎訶五

千手千眼觀世音菩薩畫壇法

復次白言世尊是廣大神變姥漫拏攞呪印法門能於後末世時與諸呪者速得明見一切如來種族呪壇平等無等三昧耶故其持法人常密秘口誡諸誂論亦勿妄演是陀羅

尼中種種神通三昧警相淨心進止念無暫亂眩惑於他貪利求說外示異相滅斯惡作則得成就若不以此眞淨法心而修習者唐捐其功虛受衆苦永無成辦世尊當知是人應常精進守持淨戒齋法清淨不食五辛酒肉殘食亦不作離間語諂誑語嫉妬語及盜諸部壇印呪法句故若犯斯過即爲一切諸佛菩薩之所棄捨我亦棄捨不樂觀攝世尊當知是人則已破於一切諸佛淨戒毀滅一切三寶正法諸支善相如此之人常與一切天魔鬼及諸外道毗那夜迦同一界攝同一業住永無依護聖不救脫恒爲一切諸佛菩薩賢聖天仙共所毀呰如斯汙道匱法之人雖於晝夜常念此之陀羅尼者世尊我見是人永無成就如是不成非我所咎自是他過

以斯義故不應以此陀羅尼法及諸陀羅尼法當使是人見聞經卷讀誦受持應與持淨梵行心具慈悲憐愍衆生行儀無諂求菩提人書寫讀誦如法受持則得成就姥陀羅尼漫拏攞故此法乃是觀世音菩薩摩訶薩最尊最上秘密心王是故呪者應以眞實大精進心盡捨身分支節骨肉筋髓頭目悉施於他求覓此法常勤修行何況種種珍寶穀帛衣服卧具湯藥外財謂此解脫姥陀羅尼漫拏攞印像等法而不捨乎至常依師求修學耶何以故此解脫法能與末世四生有情作大佛事成於正行正業正精進正見趣分解脫道處當有持者於此身後乃至無上正等菩提更不退故其漫拏攞當於寺內或向山間或湫泉林邊方圓八肘穿去根木惡土瓦

石骨等然以好土堅築平治起基一肘復以瞿摩夷香水和黄土泥如法塗摩分爲四院其内外院各開四門當中一院方闊三肘當於心上畫一方圓二肘一百八輻寶輪又於寶輪心上畫一肘三十二葉大開敷七寶蓮華又繞輪外四邊遍畫火焱次於院四角角别各畫一開敷蓮華四華臺上皆畫一如意珠於四珠上遍畫火焱又於三十二葉大蓮華臺上置一白栴檀觀世音菩薩摩訶薩像次分第二院令闊一肘四面共分八隔四角隔各畫一開敷蓮華又於一一蓮華臺上各畫一三級寶須彌座先於東北角座上畫坐大自在天王次於東南角座上畫坐那羅延天王次於西南角座上畫坐大梵天王次於西北角座上畫坐帝釋天王復於四面隔間共畫十六寶華華鬘次分第三院當闊二肘唯畫青色金繩界道金華莊嚴次分第四院亦闊二肘復於四面共分二十八隔於一一隔皆畫開敷蓮華又次第於一一蓮華臺上各各别畫金剛杵印三戟叉印鉞斧印刀印劒印螺印伏突印羂索印棒印槌印傘蓋印如意珠印閻羅王棒印毗那夜迦棒印槊印輪印及種種手印是諸印上皆繞遍畫火焱又當南門隔中畫焱摩王次當西門隔中畫水天神次當北門隔中畫俱廢(無計切)囉天神次當東門隔中畫俱摩羅天神次於四角各依本位畫四天王神皆令面目大瞋怒相并畫神僕從次分第五院亦闊一肘於其四面共畫一百八箇種種果樹華樹寶樹又於四角各畫一寶須彌山於其四門中亦各畫四

大海水其壇内外院地皆作青色壇内外界等闊三寸遍於界上皆竪頭畫金剛杵印頭刃相次復於西門南堦側壁開一門呪者出入復次以千手千眼觀世音像當壇中心面東懸置復以千手眼經置於三十二葉蓮華上白檀像前復以白檀香水十六椀種種三白飲食果子共二十五盤一斗香水瓮二十五箇并於口揷諸綵華樹及種種華鬘共二十箇酥燈油燈共二十八盞塗香末香及諸香等共布十疊菩薩神旛五色繒旛都共二十五道如是供養疊器瓮等皆用金器銀器銅器故如無眞者假者亦充如是等物都内外院四面如法羅列懸諸旛華復以稻穀華白芥子并諸雜華散於壇上是諸飲食每日清潔造新好者持列供養其呪法師每日出入澡浴清淨以香塗身著新衣服食三白食燒梅檀香沉水香蘇合香龍腦等香日日三時供養千手千眼觀世音菩薩像又於内第三院像前一時自誓受菩薩三律儀戒於其晝時夜時皆於外院西門結跏趺坐共誦姥陀羅尼一千八遍日常不闕於三七日盡意供養復於六時從壇西側門入於壇内第三院西門住立結前第一第二第三乃至十二請佛三昧耶印作前印遍各誦呪七遍乃至十二印畢當唯自誓發趣不退堅固大菩提願但當至誠作法呼召一切皆來應正端坐以決定心想一切呪神如在眼前一無隔障不得異境誦前大身呪滿三七日夜於其像上放大光明又得觀世音菩薩必定現身若見身來當謂化現阿難身相面貌熙怡來問

行者所須何願呪者詳候乃仰白言聖者爲求無上正等菩提姥陀羅尼三摩地法復願一切壇印呪法皆悉成就一切鬼神悉盡順伏得如願已但自知之勿泄向人輒妄傳說得是證已斯人乃可起以大悲治救世間此一壇法於白氎上或細布上畫之亦得若欲求一切願者當作四肘水曼拏攞心畫蓮華燒沉水香誦前身呪一千八遍作前第十乞願印即得一切願滿稱心若欲一切人歡喜者作前第九歡喜摩尼隨意明珠印誦大身呪呪烏麻二十一遍又一呪一燒滿一千八遍即得一切歡喜如願若欲囉惹歡喜者當取羅惹園內樹枝呪二十一遍擲置園中即得歡喜若欲降伏惡人怨家者當呪苦楝木二十一遍乃持一呪一燒滿一百八遍即得歸伏若有神鬼難調伏者取安悉香和白芥子呪二十一遍又一呪一燒滿一百八遍者能使自然臣伏若有方邑疫病流行當作四肘水曼拏攞取好牛酥呪一百八遍乃至持一呪一燒滿一千八遍者即得一切災疫悉皆銷滅又取酥少分與疫病人食之隨即除愈昔罽賓國乃疫病流行人有得病不過一二日即已命終有婆羅門眞帝起以大慈施此法門救療一國疫病之者應時銷滅其行病鬼應時出國當知驗耳若有他國侵擾盜賊逆亂而起來者作前第一總攝身印呪一百八遍已令一切盜賊自然殄滅若有男子女人一切業報命根盡者作前滅盡定印日日供養燒沉水香誦呪一呪一稱所爲人名字滿一千八遍即得轉其業障昔波羅柰國

有一長者唯有一子壽年只合十六至年十五長者夫妻愁憂憔悴面無光澤有婆羅門巡門乞食遇見長者問曰何謂不樂長者具說上因緣婆羅門答言長者不須愁憂但取貧道處分法謨子得壽年長遠無夭于時婆羅門作此法門滿七日夜得閻羅王報云長者其子命根只合十六今已十五唯有一年命遇善緣得年八十故來相報爾時長者夫妻歡喜踊躍罄捨家資施佛法僧當知此法不可思議具大神驗先已曾入都會三曼拏攞金剛大道場者不須作大曼拏攞唯作水壇結印誦呪無願不果速當成佛若有女人臨當產時受大苦惱當呪酥二十一遍令彼食之必定保命安樂產生所生男女具大相好衆善莊嚴宿植德本衆人愛敬常於人中受勝快樂若有衆生患眼痛者是呪法師結菩薩千眼印呪二十一遍以印印眼即痛愈以此因緣其人當獲無邊天眼徹見諸天受天快樂若畫千手千眼觀世音菩薩摩訶薩像變者當用白氎縱廣十肘或二十肘是菩薩身作閻浮檀金色面有三眼臂有千手於千手掌各有一眼首戴寶冠冠有化佛其正大手有十八臂先以二手當心合掌一手把金剛杵一手把三戟叉一手把梵夾一手把寶印一手把錫杖一手掌寶珠一手把寶輪一手把開敷蓮華一手把羂索一手把楊枝一手把數珠一手把澡罐一手施出甘露一手施出種種寶雨施之無畏又以二手當臍右壓左仰掌其餘九百八十二手皆於手中各執種種器仗等印或單結手印皆各不同

如心經說手腕一一各著環釧身服天妙寶衣咽垂瓔珞其彩色中勿銷皮膠水以相和當用香乳香膠調和又一本云此土無好白氎者但取一幅白綃亦得圖畫其菩薩身當長五尺而有兩臂依前第五千臂印法亦得供養不要千手千眼此依梵本唯菩薩額上復安一眼若欲受持此姥陀羅尼大法門者先須畫像若畫像時必先如法淨飾室内方圓以白檀香水摩塗其地作曼拏攞畫匠畫時出入澡浴清潔身著新淨衣每日日時受八齋戒如畫像訖若呪法師畫匠人等恐多汙觸不如法者又應如法作一四肘隨心曼拏攞以種種旛華飲食三白淨食果子香水雜華周遍羅列廣設供養是呪法師畫匠人等應當日別三時像前懺悔罪過滿三七日夜其千手千眼像上乃放大光明踰日月無量無邊等照十方三千大千佛之世界皆悉大明其呪法師畫匠人等及諸衆生遇斯光者極大重罪一時銷滅咸得清淨世尊作此法者除不至心我亦曾見過去毗婆尸佛現斯千手千眼大降魔身世尊我今復現是千手千眼大降魔身於千臂中各現化出一轉輪王爲同賢劫千代轉輪聖王於千手千眼中各現化出一佛亦同賢劫千佛等出現故世尊菩薩降魔身中此身爲最爲上爾時世尊告觀世音菩薩摩訶薩曰善哉善哉我以神力盡當來際加被汝之姥陀羅尼故爾時觀世音菩薩摩訶薩聞佛讃已歡喜踊躍合掌瞻佛白言世尊復有千手千眼姥陀羅尼成就印法我復欲說於時世尊告觀世音菩

薩摩訶薩曰我已隨喜汝當說之時觀世音
菩薩即說示千手千眼觀世音菩薩成就法
印故
辯才印第十三
以兩手相背合掌大母指向前舒此印能自
護護他當須結界隨所遊方持以淨水或以
淨灰各呪七遍所在住處以水以灰先自灑
身然後向於四方四角如法散灑即成結界
若有善男子善女人被諸惡鬼衆邪魍魎所
惑亂者取石榴枝柳枝等陰誦此呪輕打病
人無病不差呪曰
南無薩婆勃陀達摩僧祇比(二合)耶南無阿利
耶 婆盧枳低攝伐羅嗚菩提薩多 跛寫
南無跋折囉跛尼寫 菩提薩多跛寫跢
地他徒比徒 比迦耶 徒比婆羅闍婆羅尼
馺皤訶
此呪印力能降伏一切邪見外道若有善男
子善女人能常日初出時午時日暮時各誦
二十一遍者即當種種珍寶華香飲食供養
十億諸佛無有異也若命終後永離三塗不
受女身隨得往生阿彌陀佛國如來授手摩
頂告語汝莫怖懼來生我國現身不被橫死
不爲鬼神之所得便
碎三千大千界滅罪印第十四
起立以左手向前展臂五指向前散拆竪五
指次以右手大母指屈在掌中以四指把拳
當右耳上當誦身呪頭指來去有能日別三
時結此印誦姥陀羅尼七遍者能滅五逆四
重等罪又於一切衆生之上起慈悲心即得
焚燒一切罪根此身滅後復得值佛於彼佛

土得作轉輪聖王復證陀羅尼名曰無盡藏三昧智復得身具三十八相現身不患眼舌等痛乃至身中一切疾病及先業等罪盡皆銷滅若天旱時取烏麻子和蓖麻子油作丸呪一百八遍擲置湫水即降大雨若雨多者當取稻穀炒之作華以蔓菁油和作丸呪一百八遍擲置湫水其雨即止

降伏三千大千界魔怨印第十五

以五指相叉左壓右急把拳當置頂上誦大身呪即得一切怨人而自降伏若作此法二十九日夜於舍利塔前持以白檀香泥摩塗其地作二肘壇於中散雜色華澡浴清淨著新淨衣手把香爐燒沉水香面東趺坐想千手千眼觀世音菩薩如在頂上誦大身呪滿一千八遍此是最上趣證悉地初之功能又取芥子烏麻一處和擣爲末以三指撮取少許一呪一擲火中至滿七日日別一千八遍然後所作皆悉成就

廣大無畏印第十六

起立並足先以右手仰垂左肘膝頭左手亦然若常於舍利像前誦大身呪一千八遍者速得無畏施利衆生三昧耶門又取茴香白芥子菖蒲捨多婆利(外國藥名)以此等物應於佛前或在壇處以大身呪一呪一燒滿一千八遍復以香華供養呪經所爲之願皆悉剋果若諸餘呪而無驗者以此呪呪之亦皆成就若欲乞夢則誦此呪并結印印眼令所念事隨夢見之若人無福所向不諧者日誦一百八遍至滿七日諸有所求一切皆得於時觀世音菩薩摩訶薩復白佛言世尊往在娑竭

羅龍宮大海法會見諸龍衆受大苦惱念諸龍等及諸衆生欲說此法令得離苦無諸怨害時有龍女獻我一大如意寶珠價直娑婆世界爲求此法我亦爲彼廣說是姥陀羅尼法離諸苦故爾時水精菩薩白佛言世尊我亦當爲利益護持此呪而說護持千眼印呪

水精菩薩印呪第十七

毗摩隸　摩訶毗摩隸　郁訶隸　摩訶郁訶隸　休摩隸　摩訶休摩隸　薩訶隸止隸滲　馺婆訶

世尊若有善男子善女人在所遊方受持此千手千眼菩薩法者我當常隨衞護不令諸魔眷屬而作惱亂若人急難他國相侵盜賊逆亂當取五色縷以此呪一呪一結滿二十一結繫於左臂又以左手無名指中指頭指把拳大母指壓上展小母指指所賊方誦呪一百八遍者悉皆退散不能爲害爾時觀世音菩薩在雪山中說法之時乃遠觀見夜叉羅刹及國人民唯食衆生血肉無有善心菩薩爲欲利益方便教化以神通力尋至彼國現千手千眼大降魔身說成就姥陀羅尼印是時羅刹國王來至我所求哀頂禮我以成就印印之即得成無上道法

成就印第十八

起立並足合掌當心以小指相叉左壓右誦大身呪二十一遍種種念法速得成就若救六道若難衆生當用輪印以十指頭各相拄開腕掌中使開其指間各相去一寸許是我常所循環六道度諸衆生種種苦難皆結此印輪迴諸趣所遇衆生悉得離苦故

成等正覺印第十九

結跏趺坐先以左手舒五指仰掌在左膝上次以右手舒五指覆手捺右膝上此印與滅盡印法法同所有過去未來現在諸佛皆同修持宗尊此印得佛菩提是印能除一切業障若坐禪人修諸三昧不現前者當七日七夜於阿練若處誦此陀羅尼并作此印晝夜至心唯一想佛六時懺悔即得諸法現前及得大福聚無量無邊不可稱計

呼召三十三天印第二十

先以左手四指把拳次以右手握左手大母指亦如把拳令左手大母指在右手虎口中出頭以右手頭指來去呪曰

唵一俱智俱智二俱耶利三遮利遮利四遮利隷五蘇婆訶六

此印呪若善男子善女人臨欲眠時當結此印誦以此呪一呪印一心上滿一百八遍者心中所願於夢寐中悉得知見若常日日結印誦者速能除滅一切罪障不失菩提之心其人昏夜寐夢漸漸增廣皆得吉祥乃至夢見如來在菩提樹下受記成道及得釋梵諸天常來侍衛

呼召天龍八部鬼神印第二十一

起立並足先以左手大母指屈在掌中四指把拳當心上著次以右手亦如之以右手在右耳邊以頭指來去呪曰

南無尼乾陀一南無阿利闍波陀二駁婆訶三南無阿利闍羅駁婆訶四堙醯夷醯五駁婆訶六

此印呪若善男子善女人受持讀誦者速知

七世宿命之事蛇毒藥毒不相災害刀不能害王不生瞋永劫不受地獄之苦若每日日誦此呪時能令二十八部鬼神來詣誦呪人邊坐聽誦呪若善男子善女人等爲鬼魅著當以白縷一呪一結如是滿四十九結繫其咽下即當除差若國内疫癘流行國人死亡者多當取王園池中蓮華一千八莖復以蓮華一呪一擲火燒令盡災疫即除

解脱印第二十二

結跏趺坐先以左手中指與大母指頭相捻仰掌向上餘三指散展置於左膝上次以右手亦如之覆手置於右膝上常結此印誦大身呪二十一遍所願漸令自悉滿足諸有苦惱皆得解脱善男子善女人具造十惡五逆等罪如以閻浮里地盡以爲塵一一微塵爲一大劫是人具造若干微塵等罪應墮地獄歷劫受苦永無出期者是人能於白月十五日一日一夜不語不食舍利像前結印誦呪滿一千八遍者如上劫苦悉皆銷滅若不滅者無有是處世尊此印若受持者具大功効不可思議

自在神足印第二十三

起立先以左手握右脚大母指如把拳次以右手握左手腕背上誦大身呪呪印七遍以印呪力當獲神通住不退地乃至菩提誦呪之時勿令聲出

神變自在印第二十四

先以左手大母指捻小指甲上次以右手亦如之餘三指各散磔竪合腕相著置於頂上誦大身一百八遍則同隱行飛仙遊行自在

昔罽賓國有僧闍提於此天竺求得此甲梵本未曾翻譯自得受持威力廣大不敢流傳智通於此僧弟婆伽邊得本依法受持功効不少唯不流行於世此本絕無後學得者頗同功力請千眼觀音王心印呪此印是第一根本啓請印兩手合掌虛掌内合腕二頭指來去

唵阿嚕力　帝囉路迦吉夜切毗社時賀切耶薩婆鑠觀盧二合鉢囉麽馱那　迦囉耶鉡泮莎訶

千手千眼觀世音菩薩姥陀羅尼身經

音釋

縿竹下切　縒千可切　⿰口离力支切　譏居依切誚也　懱莫結切輕侮也　溲所鳩切調也　拄冢庾切撐也　拓他各切開也　誂徒了切弄也　眩黃絹切　鉞王伐切大斧也　羂古泫切罟也　鑵古玩切與鑵同　臍徂奚切　馺先合切　磔陟華切申開也　豎臣庾切立也

千手千眼觀世音菩薩廣大圓滿無礙大悲心陀羅尼經

唐 西天竺沙門伽梵達摩譯

清刻龍藏佛說法變相圖

永樂御製大悲總持經呪序

朕聞觀自在菩薩誓願入微塵國土拯拔一
切有情離諸苦趣故說是無量功德總持經
呪世間善男子善女人一切衆生秉心至誠
持誦佩服此經呪者種種惡趣種種苦害咸
相遠離咸得圓融超登妙道若此海波霑濡
下風吹觸業釋障消獲是勝果非但耳之所
聞實目之所覩明效大驗者也若智慧福德
之士根器深厚堅持佩誦勤行不輟又能廣
爲演說是經呪功德不可思議若薄福不信
者亦心生信解亦得同超佛境眞實不虛夫
觀世音誓願弘深發大悲心以濟度羣生朕
君臨天下閔衆情之昏瞀墮五濁而不知以
此經呪用是方便覺悟提撕俾一切庶類皆
超佛域又況如來化導首重忠孝凡忠臣孝

子能盡心以事君竭力以事親所作所爲無私智陂行廣積陰功濟人利物又能持誦是經呪則跬步之間即見如來若彼不忠不孝不知敬畏則鬼神所録陰加譴罰轉眄之間即成地獄蓋善惡兩途由人所趨凡我衆庶宜慎取舍書此以爲勸

永樂九年六月　日

千手千眼觀世音菩薩廣大圓滿無礙大悲心陀羅尼經

唐西天竺沙門伽梵達摩譯

如是我聞一時釋迦牟尼佛在補陀落迦山觀世音宫殿寶莊嚴道場中坐寶師子座其座純以無量雜摩尼寶而用莊嚴百寶幢旛周帀懸列爾時如來於彼座上將欲演說總持陀羅尼故與無央數菩薩摩訶薩俱其名曰總持王菩薩寶王菩薩藥王菩薩藥上菩薩觀世音菩薩大勢至菩薩華嚴菩薩大莊嚴菩薩寶藏菩薩德藏菩薩金剛藏菩薩虛空藏菩薩彌勒菩薩普賢菩薩文殊師利菩薩如是等菩薩摩訶薩皆是灌頂大法王子又與無量無數大聲聞僧皆行阿羅漢十地摩訶迦葉而爲上首又與無量梵摩羅天善吒梵摩而爲上首又與無量欲界諸天子俱瞿婆伽天子而爲上首又與無量護世四王俱提頭賴吒而爲上首又與無量天龍夜叉乾闥婆阿脩羅迦樓羅緊那羅摩睺羅伽人非人等俱天德大龍王而爲上首又與無量欲界諸天女俱童目天女而爲上首又與無量虛空神江海神泉源神河沼神藥草神樹林神舍宅神水神火神地神風神土神山神石神宫殿等神皆來集會時觀世音菩薩於大會中密放神通光明照曜十方刹土及此三千大千世界皆作金色天宫龍宫諸尊神宫皆悉震動江河大海鐵圍山須彌山土山黑山亦皆大動日月珠火星宿之光皆悉不現於是總持王菩薩見此希有之相怪未曾有即從座起叉手合掌以偈問佛如此神通

之相是誰所放以偈問曰

誰於今日成正覺　普放如是大光明
十方刹土皆金色　三千世界亦復然
誰於今日得自在　演放希有大神力
無邊佛國皆震動　龍神宫殿悉不安
今此大衆咸有疑　不測因緣是誰力
爲佛菩薩大聲聞　爲梵魔天諸釋等
唯願世尊大慈悲　説此神通所由以

佛告總持王菩薩言善男子汝等當知今此會中有一菩薩摩訶薩名曰觀世音自在從無量劫來成就大慈大悲善能修習無量陀羅尼門爲欲安樂諸衆生故密放如是大神通力佛説是語已爾時觀世音菩薩從座而起整理衣服向佛合掌白佛言世尊我有大悲心陀羅尼呪今當欲説爲諸衆生得安樂故除一切病故得壽命故得富饒故滅除一切惡業重罪故離障難故增長一切白法諸功德故成就一切諸善根故遠離一切諸怖畏故速能滿足一切諸希求故唯願世尊慈哀聽許佛言善男子汝大慈悲安樂衆生欲説神呪今正是時宜應速説如來隨喜諸佛亦然觀世音菩薩重白佛言世尊我念過去無量億劫有佛出世名曰千光王靜住如來彼佛世尊憐念我故及爲一切諸衆生故説此廣大圓滿無礙大悲心陀羅尼以金色手摩我頂上作如是言善男子汝當持此心呪普爲未來惡世一切衆生作大利樂我於是時始住初地一聞此呪故超第八地我時心歡喜故即發誓言若我當來堪能利益安樂一切衆生者令我即時身生千手千眼具足

發是願已應時身上千手千眼悉皆具足十方大地六種震動十方千佛悉放光明照觸我身及照十方無邊世界從是已後復於無量佛所無量會中重更得聞親承受持是陀羅尼復生歡喜踊躍無量便得超越無數億劫微細生死從是已來常所誦持未曾廢忘由持此呪故所生之處恒在佛前蓮華化生不受胎藏之身若有比丘比丘尼優婆塞優婆夷童男童女欲誦持者於諸衆生起慈悲心先當從我發如是願

南無大悲觀世音　願我速知一切法

南無大悲觀世音　願我早得智慧眼

南無大悲觀世音　願我速度一切衆

南無大悲觀世音　願我早得善方便

南無大悲觀世音　願我速乘般若船

南無大悲觀世音　願我早得越苦海

南無大悲觀世音　願我速得戒定道

南無大悲觀世音　願我早登涅槃山

南無大悲觀世音　願我速會無爲舍

南無大悲觀世音　願我早同法性身

我若向刀山　刀山自摧折　我若向火湯

火湯自消滅　我若向地獄　地獄自枯竭

我若向餓鬼　餓鬼自飽滿　我若向脩羅

惡心自調伏　我若向畜生　自得大智慧

發是願已至心稱念我之名字亦應專念我本師阿彌陀如來然後即當誦此陀羅尼神呪一宿誦滿五遍除滅身中百千萬億劫生死重罪觀世音菩薩復白佛言世尊若諸人天誦持大悲章句者臨命終時十方諸佛皆來授手欲生何等佛土隨願皆得往生復白

佛言世尊若諸衆生誦持大悲神呪墮三惡道者我誓不成正覺誦持大悲神呪者若不生諸佛國者我誓不成正覺誦持大悲神呪者若不得無量三昧辯才者我誓不成正覺誦持大悲神呪者於現在生中一切所求若不果遂者不得爲大悲心陀羅尼也唯除不善除不至誠若諸女人厭賤女身欲成男子身誦持大悲陀羅尼章句若不轉女身成男子身者我誓不成正覺生少疑心者必不果遂也若諸衆生侵損常住飲食財物千佛出世不通懺悔縱懺亦不除滅今誦大悲神呪即得除滅若侵損食用常住飲食財物要對十方師懺謝然始除滅今誦大悲陀羅尼時十方師即來爲作證明一切罪障悉皆消滅一切十惡五逆謗人謗法破齋破戒破塔壞寺偷僧祇物汙淨梵行如是等一切惡業重罪悉皆滅盡唯除一事於呪生疑者乃至小罪輕業亦不得滅何況重罪雖不即滅重罪猶能遠作菩提之因復白佛言世尊若諸人天誦持大悲心呪者得十五種善生不受十五種惡死也其惡死者一者不令其飢餓困苦死二者不爲枷禁杖楚死三者不爲怨家讎對死四者不爲軍陣相殺死五者不爲虎狼惡獸殘害死六者不爲毒蛇蚖蠍所中死七者不爲水火焚漂死八者不爲毒藥所中死九者不爲蠱毒害死十者不爲狂亂失念死十一者不爲山樹崖岸墜落死十二者不爲惡人厭魅死十三者不爲邪神惡鬼得便死十四者不爲惡病纏身死十五者不爲非分自害死誦持大悲神呪者不被如是十五

種惡死也得十五種善生者一者所生之處常逢善王二者常生善國三者常值好時四者常逢善友五者身根常得具足六者道心純熟七者不犯禁戒八者所有眷屬恩義和順九者資具財食常得豐足十者恒得他人恭敬扶接十一者所有財寶無他刼奪十二者意欲所求皆悉稱遂十三者龍天善神恒常擁衛十四者所生之處見佛聞法十五者所聞正法悟甚深義若有誦持大悲心陀羅尼者得如是等十五種善生也一切天人應常誦持勿生懈怠觀世音菩薩說是語已於衆會前合掌正住於諸衆生起大悲心開顏含笑即說如是廣大圓滿無礙大悲心大陀羅尼神妙章句陀羅尼曰

南無喝囉怛那哆囉夜㖿一 南無阿唎㖿二 婆盧羯帝爍鉢囉㖿三 菩提薩跢婆㖿四 摩訶薩跢婆㖿五 摩訶迦盧尼迦㖿六 唵上聲七 薩皤囉罰曳八 數怛那怛寫九 南無悉吉利埵伊蒙阿唎㖿十 婆盧吉帝室佛囉楞馱婆十一 南無那囉謹墀十二 醯唎摩訶皤哆沙咩羊鳴十三 薩婆阿他豆輸朋十四 阿逝孕十五 薩婆薩哆那摩婆伽十六 摩罰特豆十七 怛姪他十八 唵阿婆盧醯十九 盧迦帝二十 迦羅帝二十一 夷醯唎二十二 摩訶菩提薩埵二十三 薩婆薩婆二十四 摩囉摩囉二十五 摩醯摩醯唎馱孕二十六 俱盧俱盧羯懞二十七 度盧度盧罰闍耶帝二十八 摩訶罰闍耶帝二十九 陀羅陀羅三十 地利尼三十一 室佛囉耶三十二 遮羅遮羅三十三 摩摩罰摩囉三十四 穆帝隸三十五 伊醯移醯三十六 室那室那三十七 阿囉嘇佛囉舍利三十八 罰沙罰嘇三十九 佛羅

舍耶四十呼嚧呼嚧摩囉四十一呼嚧呼嚧醯利四十二娑囉娑囉四十三悉利悉利四十四蘇嚧蘇嚧四十五菩提夜菩提夜四十六菩馱夜菩馱夜四十七彌帝利夜四十八那囉謹墀四十九地唎瑟尼那五十波夜摩那五十一娑婆訶五十二悉陀夜五十三娑婆訶五十四摩訶悉陀夜五十五娑婆訶五十六悉陀喻藝五十七室皤囉耶五十八娑婆訶五十九那囉謹墀六十娑婆訶六十一摩囉那囉六十二娑婆訶六十三悉囉僧阿穆佉耶六十四娑婆訶六十五娑婆摩訶阿悉陀夜六十六娑婆訶六十七者吉囉阿悉陀夜六十八娑婆訶六十九波陀摩羯悉哆夜七十娑婆訶七十一那囉謹墀皤伽囉耶七十二娑婆訶七十三摩婆利勝羯囉夜七十四娑婆訶七十五南無喝囉怛那哆囉夜耶七十六南無阿唎耶七十七婆嚧吉帝七十八爍皤羅夜七十九娑婆訶八十唵悉殿都曼哆囉鉢馱耶八十一娑婆訶八十二

觀世音菩薩說此呪已大地六變震動天雨寶華繽紛而下十方諸佛悉皆歡喜天魔外道恐怖毛竪一切衆會皆獲果證或得須陀洹果或得斯陀含果或得阿那含果或得阿羅漢果者或得一地二地三地四地五地乃至十地者無量衆生發菩提心

爾時大梵天王從座而起整理衣服合掌恭敬白觀世音菩薩言善哉大士我從昔來經無量佛會聞種種法種種陀羅尼未曾聞說如此無礙大悲心大悲陀羅尼神妙章句唯願大士為我說此陀羅尼形貌狀相我等大衆願樂欲聞觀世音菩薩告梵王言汝爲方便利益一切衆生故作如是問汝今善聽吾

爲汝等略說少耳觀世音菩薩言大慈悲心是平等心是無爲心是無染著心是空觀心是恭敬心是卑下心是無雜亂心無見取心是無上菩提心是當知如是等心即是陀羅尼相貌汝當依此而修行之大梵王言我等大衆今始識此陀羅尼相貌從今受持不敢忘失觀世音言若善男子善女人誦持此神呪者發廣大菩提心誓度一切衆生身持齋戒於諸衆生起平等心常誦此呪莫令斷絶住於淨室澡浴清淨著淨衣服懸旛然燈香華百味飲食以用供養制心一處更莫異緣如法誦持是時當有日光菩薩月光菩薩與無量神仙來爲作證益其効驗我時當以千眼照見千手護持從是以往所是世間經書悉能受持一切外道法術韋陀典籍亦能通達誦持此神呪者世間八萬四千種病悉皆治之無不差者亦能使令一切鬼神降諸天魔制諸外道若在山野誦經坐禪有諸山精雜魅魍魎鬼神横相惱亂心不安定者誦此呪一遍是諸鬼神悉皆被縛也若能如法誦持於諸衆生起慈悲心者我時當勑一切善神龍王金剛密跡常隨衛護不離其側如護眼睛如護己命說偈勑曰

我遣密跡金剛士　烏芻君荼鴦倶尸
八部力士賞迦羅　常當擁護受持者
我遣摩醯那羅延　金毗羅陀迦毗羅
常當擁護受持者　我遣婆馺娑樓羅
滿善車鉢眞陀羅　常當擁護受持者
我遣薩遮摩和羅　鳩蘭單吒半祇羅
常當擁護受持者　我遣畢婆伽羅王

應德毗多薩和羅　常當擁護受持者
我遣梵摩三鉢羅　五部淨居炎摩羅
常當擁護受持者　我遣釋王三十三
大辯功德婆怛那　常當擁護受持者
我遣提頭賴吒王　神母女等大力衆
常當擁護受持者　我遣毗樓勒叉王
毗樓博叉毗沙門　常當擁護受持者
我遣金色孔雀王　二十八部大仙衆
常當擁護受持者　我遣摩尼跋陀羅
散支大將弗羅婆　常當擁護受持者
我遣難陀跋難陀　婆伽羅龍伊鉢羅
常當擁護受持者　我遣脩羅乾闥婆
迦樓緊那摩睺羅　常當擁護受持者
我遣水火雷電神　鳩槃荼王毗舍闍
常當擁護受持者

是諸善神及神龍王神母女等各有五百眷屬大力夜叉常隨擁護誦持大悲神呪者其人若在空山曠野獨宿孤眠是諸善神番代宿衞辟除災障若在深山迷失道路誦此呪故善神龍王化作善人示其正道若在山林曠野乏少水火龍王護故化出水火觀世音菩薩復爲誦持者說消除災禍清涼之偈

若行曠野山澤中　逢值虎狼諸惡獸
蛇蚖精魅魍魎鬼　聞誦此呪莫能害
若行江湖滄海間　毒龍蛟龍摩竭獸
夜叉羅刹魚黿鼈　聞誦此呪自藏隱
若逢軍陣賊圍繞　或被惡人奪財寶
至誠稱誦大悲呪　彼起慈心復道歸
若爲王官收録身　囹圄禁閉杻枷鎖
至誠稱誦大悲呪　官自開恩釋放還

若入野道蠱毒家　飲食有藥欲相害
至誠稱誦大悲呪　毒藥變成甘露漿
女人臨難生產時　邪魔遮障苦難忍
至心稱誦大悲呪　鬼神退散安樂生
惡龍疫鬼行毒氣　熱病侵陵命欲終
至心稱誦大悲呪　疫病消除壽命長
龍鬼流行諸毒腫　癰瘡膿血痛叵堪
至心稱誦大悲呪　三唾毒腫隨口消
衆生濁惡起不善　厭魅呪詛結怨讎
至心稱誦大悲呪　厭魅還著於本人
惡生濁亂法滅時　婬欲火盛心迷倒
棄背妻壻外貪染　晝夜邪思無暫停
若能稱誦大悲呪　婬欲火滅邪心除
我若廣讚呪功力　一劫稱揚無盡期

爾時觀世音菩薩告梵天言誦此呪五遍取五色線作索呪二十一遍結作二十一結繫項此陀羅尼是過去九十九億恒河沙諸佛所說彼等諸佛爲諸行人修行六度未滿足者速令滿足故未發菩提心者速令發心故若聲聞人未證果者速令證故若三千大千世界内諸神仙人未發無上菩提心者令速發心故若諸衆生未得大乘信根者以此陀羅尼威神力故令其大乘種子法芽增長以我方便慈悲力故令其所須皆得成辦又三千大千世界幽隱闇處三塗衆生聞我此呪皆得離苦有諸菩薩未階初住者速令得故乃至令得十住地故又令得到佛地故自然成就三十二相八十隨形好若聲聞人聞此陀羅尼一經耳者修行書寫此陀羅尼者以質直心如法而住者四沙門果不求自得若

三千大千世界内山河石壁四大海水能令涌沸須彌山及鐵圍山能令搖動又令碎如微塵其中衆生悉令發無上菩提心若諸衆生現世求願者於三七日淨持齋戒誦此陀羅尼必果所願從生死際至生死際一切惡業並皆滅盡三千大千世界内一切諸佛菩薩梵釋四天王神仙龍王悉皆證知若諸人天誦持此陀羅尼者其人若在江河大海中沐浴其中衆生得此人浴身之水霑著其身一切惡業重罪悉皆消滅即得轉生他方淨土蓮華化生不受胎身濕卵之身何況受持讀誦者若誦持者行於道路大風時來吹此人身毛髮衣服餘風下過諸類衆生得其人飄身風吹著身者一切重障惡業並皆滅盡更不受三惡道報常生佛前當知受持者福德果報不可思議誦持此陀羅尼者口中所出言音若善若惡一切天魔外道天龍鬼神聞者皆是清淨法音皆於其人起恭敬心尊重如佛誦持此陀羅尼者當知其人即是佛身藏九十九億恒河沙諸佛所愛惜故當知其人即是光明身一切如來光明照故當知其人是慈悲藏恒以陀羅尼救衆生故當知其人是妙法藏普攝一切諸陀羅尼門故當知其人是禪定藏百千三昧常現前故當知其人是虛空藏常以空慧觀衆生故當知其人是無畏藏龍天善神常護持故當知其人是妙語藏口中陀羅尼音無斷絶故當知其人是常住藏三災惡劫不能壞故當知其人是解脱藏天魔外道不能稽留故當知其人是藥王藏常以陀羅尼療衆生病故當知其

人是神通藏遊諸佛國得自在故其人功德讚不可盡善男子若復有人猒世間苦求長生樂者在閑淨處清淨結界呪衣著若水若食若香若藥皆呪一百八遍服必得長命若能如法結界依法受持一切成就其結界法者取刀呪二十一遍劃地爲界或取淨水呪二十一遍散著四方爲界或取白芥子呪二十一遍擲著四方爲界或以想到處爲界或取淨灰呪二十一遍爲界或呪五色線二十一遍圍繞四邊爲界皆得若能如法受持自然剋果若聞此陀羅尼名字者尚滅無量劫生死重罪何況誦持者若得此神呪誦者當知其人已曾供養無量諸佛廣種善根若能爲諸衆生拔其苦難如法誦持者當知其人即是具大悲者成佛不久所見衆生皆悉爲誦令彼耳聞與作菩提因是人功德無量無邊讚不可盡若能精誠用心身持齋戒爲一切衆生懺悔先業之罪亦自懺謝無量劫來種種惡業口中駁駁誦此陀羅尼聲聲不絶者四沙門果此生即證其利根有慧觀方便者十地果位剋獲不難何況世間小小福報所有求願無不果遂者也若欲使鬼者取野髑髏淨洗於千眼像前設壇場以種種香華飲食祭之日日如是七日必來現身隨人使令若欲使四天王者呪檀香燒之由此菩薩大悲願力深重故亦爲此陀羅尼威神廣大故佛告阿難若有國土災難起時是土國王若以正法治國寛縱人物不枉衆生赦諸有過七日七夜身心精進誦持如是大悲心陀羅尼神呪令彼國土一切災難悉皆除滅五

穀豐登萬姓安樂又若爲於他國怨敵數來侵擾百姓不安大臣謀叛疫氣流行水旱不調日月失度如是種種災難起時當造千眼大悲心像面向西方以種種香華幢旛寶蓋或百味飲食至心供養其王又能七日七夜身心精進誦持如是陀羅尼神妙章句外國怨敵即自降伏各還政治不相擾惱國土通同慈心相向王子百官皆行忠赤妃后婇女孝敬向王諸龍鬼神擁護其國雨澤順時果實豐饒人民歡樂又若家内遇大惡病百怪競起鬼神邪魔耗亂其家惡人横造口舌以相謀害室家大小内外不和者當向千眼大悲像前設其壇場至心念觀世音菩薩誦此陀羅尼滿其千遍如上惡事悉皆消滅永得安隱

阿難白佛言世尊此呪名何云何受持佛告阿難如是神呪有種種名一名廣大圓滿一名無礙大悲一名救苦陀羅尼一名延壽陀羅尼一名滅惡趣陀羅尼一名破惡業障陀羅尼一名滿願陀羅尼一名隨心自在陀羅尼一名速超上地陀羅尼如是受持阿難白佛言世尊此菩薩摩訶薩名字何等善能宣說如是陀羅尼佛言此菩薩名觀世音自在亦名撚索亦名千光眼善男子此觀世音菩薩不可思議威神之力已於過去無量劫中已作佛竟號正法明如來大悲願力爲欲發起一切菩薩安樂成熟諸衆生故現作菩薩汝等大衆諸菩薩摩訶薩梵釋龍神皆應恭敬莫生輕慢一切人天常須供養專稱名號得無量福滅無量罪命終往生阿彌陀佛國

佛告阿難此觀世音菩薩所説神呪眞實不虛若欲請此菩薩來呪拙具羅香三七遍燒菩薩即來拙具羅香安息香也若有猫兒所著者取弭哩吒那死猫兒頭骨也燒作灰和淨土泥捻作猫兒形於千眼像前呪鑌鐵刀子一百八遍段段割之亦一百八段遍遍一呪一稱彼名即永差不著若爲蠱毒所害者取藥刼布羅龍腦香也和拙具羅香各等分以井華水一升和煎取一升於千眼像前呪一百八遍服即差若爲惡蛇蠍所螫者取乾薑末呪一七遍著瘡中立即除差若爲惡怨横相謀害者取淨土或麵或蠟捻作本形於千眼像前呪鑌鐵刀一百八遍一呪一截一稱彼名燒盡一百八段彼即歡喜終身厚重相愛敬若有患眼睛壞者若青盲眼暗者若白暈赤膜無光明者取訶梨勒果菴摩勒果鞞醯勒果三種各一顆擣破細研當研時唯須護淨莫使新産婦人及猪狗見口中念佛以白蜜若人乳汁和封眼中著其人乳要須男孩子母乳女母乳不成其藥和竟還須千眼像前呪一千八遍著眼中滿七日在深室慎風眼睛還生青盲白暈者光奇盛也若患瘧病著者取虎豹豺狼皮呪三七遍披著身上即差師子皮最上若被蛇螫取被螫人結聹呪三七遍著瘡中即差若患惡瘧入心悶絶欲死者取桃膠一顆大小亦如桃顆清水一升和煎取半升呪七遍頓服盡即差其藥莫使婦人煎若患傳屍鬼氣伏屍連病者取拙具羅香呪三七遍燒熏鼻孔中又取七丸如兎糞呪三七遍呑即差慎酒肉五辛及惡罵若取摩那屎羅雄黃是也

和白芥子印成鹽呪三七遍於病兒牀下燒其作病兒即魔掣迸走不敢住也若患耳聾者呪胡麻油著耳中即差若患一邊偏風耳鼻不通手脚不隨者取胡麻油煎青木香呪三七遍摩拭身上永得除差又方取純牛酥呪三七遍摩亦差若患難産者取胡麻油呪三七遍摩産婦齊中及玉門中即易生若婦人懷妊子死腹中取阿波末利伽草（牛膝草也）一大兩清水二升和煎取一升呪三七遍服即出一無苦痛胎衣不出者亦服此藥即差若卒患心痛不可忍者名遁屍疰取君柱魯香（薰陸香）乳頭成者一顆呪三七遍口中嚼咽不限多少令變吐即差慎五辛酒肉若被火燒瘡取熱瞿摩夷（烏牛屎也）呪三七遍塗瘡上即差若患蛔蟲齩心取骨魯末遮（白馬屎也）半升呪三七遍服即差重者一升蟲如綟索出來若患丁瘡者取凌銷葉擣取汁呪三七遍瀝著瘡上即拔根出立差若患蠅螫眼中骨魯怛佉（新驢屎也）濾取汁呪三七遍夜卧著眼中即差若患腹中痛和井華水和印成鹽三七顆呪三七遍服半升即差若患赤眼者及眼中有努肉及有翳者取奢奢彌葉（苟杞葉也）擣濾取汁呪三七遍浸青錢一宿更呪七遍著眼中即差若患畏夜不安恐怖出入驚怕者取白線作索呪三七遍作二十一結繫項恐怖即除非但除怖亦得滅罪若家内横起災難者取石榴枝寸截一千八段兩頭塗酥酪蜜一呪一燒盡千八遍一切災難悉皆除滅要在佛前作之若取白菖蒲呪三七遍繫著右臂上一切鬬處論義處皆得勝他若取奢奢彌葉枝

柯寸截兩頭塗眞牛酥白蜜牛酥一呪一燒盡一千八段日別三時時別一千八遍滿七日呪師自悟通智也若欲降伏大力鬼神者取阿唎瑟迦柴木患子也呪七七遍火中燒還須塗酥酪蜜要須於大悲心像前作之若取胡嚧遮那牛黄是也一大兩著瑠璃瓶中置大悲心像前呪一百八遍塗身點額一切天龍鬼神人及非人皆悉歡喜也若有身被枷鎖者取白鴿糞呪一百八遍塗於手上用摩枷鎖枷鎖自脱也若有夫婦不和狀如水火者取鴛鴦尾於大悲心像前呪一千八遍帶彼即終身歡喜相愛敬若有被蟲食田苗及五果子者取淨灰淨沙或淨水呪三七遍散田苗四邊蟲即退散也果樹兼呪水灑著樹上蟲不敢食果也佛告阿難若爲當饒種種珍寶資具者當於如意珠手若爲種種不安求安隱者當於羂索手若爲腹中諸病當於寶鉢手若爲降伏一切魍魎鬼神者當於寶劍手若爲降伏一切天魔神者當於跋折羅手若爲摧伏一切怨敵者當於金剛杵手若爲一切處怖畏不安者當於施無畏手若爲眼闇無光明者當於日精摩尼手若爲熱毒病求清涼者當於月精摩尼手若爲榮官益職者當於寶弓手若爲諸善朋友早相逢者當於寶箭手若爲身上種種病者當於楊枝手若爲除身上惡障難者當於白拂手若爲一切善和眷屬者當於胡瓶手若爲辟除一切虎狼犲豹諸惡獸者當於旁牌手若爲一切時處好離官難者當於鉞斧手若爲男女僕使者當於玉環手若爲種種功德者當於白蓮華

手若爲欲得往生十方淨土者當於青蓮華手若爲大智慧者當於寶鏡手若爲面見十方一切諸佛者當於紫蓮華手若爲地中伏藏者當於寶篋手若爲仙道者當於五色雲手若爲生梵天者當於軍遲手若爲往生諸天宮者當於紅蓮華手若爲辟除他方逆賊者當於寶戟手若爲召呼一切諸天善神者當於寶螺手若爲使令一切鬼神者當於髑髏杖手若爲十方諸佛速來授手者當於數珠手若爲成就一切上妙梵音聲者當於寶鐸手若爲口業辭辯巧妙者當於寶印手若爲善神龍王常來擁護者當於俱尸鐵鉤手若爲慈悲覆護一切衆生者當於錫杖手若爲一切衆生常相恭敬愛念者當於合掌手若爲生生之處不離諸佛邊者當於化佛手若爲生生世世常在佛宮殿中不處胎藏中受身者當於化宮殿手若爲多聞廣學者當於寶經手若爲從今身至佛身菩提心常不退轉者當於不退金輪手若爲十方諸佛速來摩頂授記者當於頂上化佛手若爲果蓏諸穀稼者當於蒲萄手如是可求之法有其千條今粗略說少耳

日光菩薩爲受持大悲心陀羅尼者說大神呪而擁護之

南無勃陀瞿上聲那上聲迷一 南無達摩莫訶低二 南無僧伽多夜泥三 底丁以切哩部畢薩僧沒切咄登沒切擔納摩

誦此呪滅一切罪亦能辟魔及除天災若誦一遍禮佛一拜如是日別三時誦呪禮佛未來之世所受身處當得一一相貌端正可喜

果報

月光菩薩亦復爲諸行人說陀羅尼呪而擁護之

深低帝屠蘇吒一阿若蜜帝烏都吒二深耆吒三波賴帝四耶彌若吒烏都吒五拘羅帝吒耆摩吒六沙婆訶

誦此呪五遍取五色線作呪索痛處繫此呪乃是過去四十恒河沙諸佛所說我今亦說爲諸行人作擁護故除一切障難故除一切惡病痛故成就一切諸善法故遠離一切諸怖畏故佛告阿難汝當深心清淨受持此陀羅尼廣宣流布於閻浮提莫令斷絕此陀羅尼能大利益三界衆生一切患苦縈身者以此陀羅尼治之無有不差者此大神呪呪乾枯樹尚得生枝柯華果何況有情有識衆生身有病患治之不差者必無是處善男子此陀羅尼威神之力不可思議不可思議歎莫能盡若不過去久遠已來廣種善根乃至名字不可得聞何況得見汝等大衆天人龍神聞我讚歎皆應隨喜若有謗此呪者即爲謗彼九十九億恒河沙諸佛若於此陀羅尼生疑不信者當知其人永失大利百千萬劫常淪惡趣無有出期常不見佛不聞法不覩僧一切衆會菩薩摩訶薩金剛密跡梵釋四天龍鬼神聞佛如來讚歎此陀羅尼皆悉歡喜奉教修行

千手千眼觀世音菩薩廣大圓滿無礙大悲心陀羅尼經

畨大悲神呪

捺麼囉得捺二合得囉二合牙引牙捺麼阿嘌牙
二合啞斡盧雞帝説囉引牙布提薩咄引牙麼
曷引薩咄引牙麼曷引葛引嚕襧葛引牙怛
爹塔唵薩嘌斡二合极塔捺妻達納葛囉引牙
薩嘌斡二合巴引鈸薩麼度嚕二合束攝納葛囉
引牙薩嘌斡二合月引提不囉二合攝麻捺葛囉
二合牙薩嘌斡二合咿帝烏巴特囉二合斡月捺引
攝捺葛囉引牙薩嘌斡二合杷宜熟舌腭得囉二合
引捺舌腭引牙怛薛捺麻思屹哩二合撍咿撍啞
引嘌牙二合啞斡二合嚕結帝説囉怛斡襧引辣
竿剎捺引麻紇哩二合達巖啞引斡嘌怛二合葉
沙引咩薩嘌斡二合啞嘌塔二合薩塔納束平聲婆
疾怛捺薩哩斡二合薩哆引喃巴引鉢麻引嘌
葛月束塔葛怛爹塔引啞斡嚕吉嚕葛麻疊

嚕葛葛爹伊奚歇麻曷布提薩咄兮布提薩
咄兮麻曷布提薩埵兮不哩二合牙布提薩埵
兮葛嚕襧舌腭葛思麻二合囉吭紇哩二合達巖伊兮
歇啞引嘌牙二合啞斡嚕結帝説囉巴囉麻埋
引得哩二合引即舌腭怛葛引嚕襧舌腭葛孤嚕孤
嚕葛嘌末二合薩塔牙薩塔牙微店帝兮帝兮
迷啞曩葛莽曷末月旅葛末席塔由吉説囉
哆呼哆呼尾引嘌顏帝麻曷引尾引嘌顏帝
塔囉塔囉塔囉襧説囉嘬辣嘬辣尾麻辣啞
麻辣摩引嘌帝啞嘌牙啞斡嚕結帝説囉屹
哩二合室捺舌腭二合唧捺摻劄麻孤劄啞郎屹哩
二合怛攝哩囉嵐鉢不囉嵐鉢月嵐鉢麻曷引
席塔熟塔塔囉巴辣巴辣麻曷巴辣末辣麻
辣麻曷末辣嘬辣嘬辣麻曷嘬辣屹哩二合室
捺舌腭二合巴徹二合屹哩二合室捺舌腭二合斡嘌納二合

屹哩(二合)室納(二合)巴(引)賒聶嘌渴(平聲二合)怛納兮
巴得末曷思達拶牙葛囉𠼪攝(引)拶哩(二合)說
囉屹哩(二合)室納(二合)薩嘌巴(二合)屹哩(二合)怛牙鈌
(切身)巴尾(引)怛伊兮歇吒囉(引)曷麻渴得哩(二合)
布囉達曷𠼪(引)說囉捺(引)囉牙捺(舌腭)巴辣嚕
鉢微攝塔哩兮𠼪辣竿剎兮麻曷(引)曷辣(引)
曷辣月攝𠼪嘌唧(二合)怛盧葛薛囉(引)葛微攝
納攝納(引)堆攝微攝納攝納(平聲)模曷微攝捺
攝捺你哩(二合)木克(二合)徹納呼盧呼盧門拶門
拶摩呼盧摩呼盧曷辣(引)曷辣麻曷巴特麻
(二合)捺(引)潑薩囉薩囉席哩席哩蘇嚧蘇嚧勃
鐵勃鐵布塔牙布塔牙布塔牙咩怛斡𠼪(引)
辣竿剎夷兮歇(引)𠼪(引)辣竿剎夷兮歇吒麻
思貼(二合)怛辛曷麻渴曷薩曷薩門拶門拶麻
曷劄劄哈薩(引)𠼪嘌捺爹你伊兮歇蒲蒲麻

曷悉塔由吉說囉(引)班塔班塔吒咱薩塔牙
薩塔牙微店思麻囉思麻囉喘(合口呼)兮把葛
頑嚕葛月魯葛思端(二合)怛塔葛達怛達歇迷
怛哩賒喃不囉薩塔牙迷莎訶席塔牙莎訶
麻曷席塔牙莎訶席塔由吉說囉牙莎訶𠼪
(引)辣竿剎牙莎曷吒囉曷摩渴牙莎曷辛曷
摩渴牙莎(引)曷麻曷(引)捺囉辛曷摩渴(引)牙
莎(引)曷(引)席塔(重)微疊塔囉(引)牙莎曷(引)巴
特麻(二合)曷思塔(引二合)牙莎(引)曷(引)麻曷(引)巴
特麻(二合)曷思塔(引二合)牙莎(引)曷(引)斡唄囉(二合)
曷思怛(引二合)牙莎(引)曷麻曷斡唄囉(二合)曷思
怛(引二合)牙莎(引)曷(引)屹哩(二合)室納(舌腭二合)薩嘌
巴(二合)屹哩(二合)怛牙鈌(切身)巴尾(引)怛牙莎(引)曷
麻曷(引)葛(引)辣麻孤劄塔囉牙莎(引)曷拶屹
囉(引二合)由塔塔囉(引)牙莎(引)曷(引)商渴攝鈸

達二合禰嘌捺二合引怛捺葛囉牙莎引曷引布
塔捺葛囉牙莎引曷引吮末引思竿二合塔低
攝思鐵怛屹哩二合室捺二合舌腭啞唧捺引牙莎
引曷吮末訶思怛二合月仡囉二合重抄嘌麻二合
禰斡薩捺引牙莎引曷引盧雞說囉二合牙莎
引曷引麻曷盧雞說囉牙莎曷引薩里斡席
梯說囉牙莎曷囉克徹二合囉克徹二合慢閉口呼
莎曷孤嚕孤嚕囉克徹二合舌腭麼嘌帝二合哺莎
曷捺麼發葛吮諦呵哩二合牙啞斡盧吉帝說
囉牙布提薩埵牙麻曷薩埵牙麻曷葛嚕禰
舌腭葛牙席甸都迷滿特囉二合巴達引禰莎引
曷引

番大悲神咒

音釋

序

輟陟劣切止也　瞀莫候切目不明也　跬丘癸切半步也　譴去戰切責也　眄莫甸切視也

經

蠍許謁切毒蟲也　蠱公戶切蟲毒也　囹圄囹郎丁切圄魚巨切囹圄獄名　杻械杻敕久切械胡戒切杻械桎梏也　叵普火切不可也　劃胡麥切截止也　撚奴典切搣也　鑌音賓鐵中最利者曰鑌鐵　暈王問切　螫施隻切蟲行毒也　聹乃頂切耳中垢也　妊汝鴆切孕也　痓之成切　蛔戶恢切腹中蟲也　齩五巧切齧也　綟郎計切　瀝郎擊切滴也　濾郎倨切漉也　蓏郎果切蔓實也

觀世音菩薩祕密藏神呪經

唐于闐三藏實叉難陀譯

觀世音菩薩如意摩尼陀羅尼經

唐北天竺三藏法師寶思惟譯

觀自在菩薩如意心陀羅尼呪經

唐三藏法師義淨奉詔譯

清刻龍藏佛說法變相圖

三經同卷

觀世音菩薩祕密藏神呪經

觀世音菩薩如意摩尼陀羅尼經

觀自在菩薩如意心陀羅尼呪經

觀世音菩薩祕密藏神呪經

唐于闐三藏實叉難陀譯

祕密藏神呪除破一切惡業陀羅尼品第一

如是我聞一時佛在伽栗斯山與大菩薩衆俱爾時觀世音菩薩摩訶薩即從座起整衣服胡跪合掌白佛言世尊我有大陀羅尼法名摩訶波頭摩栴檀摩尼心輪能於一切事所求皆得成就若如來大慈悲許我說者我當承佛神力爲饒益一切衆生故說所以者何世尊此陀羅尼有大神力猶如摩尼寶亦

如如意樹能滿一切願爾時世尊讚觀世音
菩薩言善哉善哉汝已慈悲故爲衆生能如
是問聽汝無障礙說此陀羅尼觀世音菩薩
既蒙聽許即起合掌作禮還坐本處諦觀衆
會具大慈心即說呪曰

那謨喝囉怛那(二合)怛囉(二合)夜耶(一)那謨阿唎
耶(二合)婆嚧枳帝捨鞢(亡箇切二合)囉耶(二)曝地(陀異
切)薩怛鞢(亡箇切二合)耶(三)摩訶薩怛鞢(同上二合)耶
(四)摩訶箇嚕尼(上聲)箇耶(五)怛姪他(六)嗚吽(二合)
(七)斫箇囉(二合)筏底(多以切八)振多末尼(九)摩訶播
特迷(二合十)嚕嚕底(多以切)瑟吒(二合十一)闍鞢(亡箇切二
合)囉(十二)阿箇哩沙(二合)耶(十三)虎(河古切)泮吒(短聲)薩
鞢(二合)訶(已上根本身呪)
烏吽(二合)播特摩(二合)振哆末尼闍鞢(二)囉虎吽
(二合已上心呪)

烏吽(二合)筏囉陀耶播特迷(二合)虎吽(二合已上心中心呪)
爾時觀世音菩薩說此如意輪陀羅尼已大
地六種震動天龍夜叉乾闥婆阿修羅迦樓
羅緊那羅摩睺羅伽等宮殿悉皆震動魔王
及諸魔衆生大驚怖魔王宮殿皆悉火起自
餘衆類夜叉惡鬼並皆惶懼仆面倒地一切
地獄門開罪人解脫受天勝樂爾時天雨寶
華及種種寶莊嚴具諸天音樂在虛空中出
種種聲供養如來爾時世尊以梵音聲說偈
讚觀世音菩薩摩訶薩言善哉善哉汝善男
子愍念衆生說陀羅尼能令衆生得大勝益
爾時世尊復告觀世音菩薩言善男子能爲
諸衆生故說此大神通王陀羅尼法時觀世
音菩薩白佛言若有善男子善女人比丘比
丘尼優婆塞優婆夷童男童女於此生中欲

求現報當於晝夜一心精勤不忘此陀羅尼者亦不揀擇時日淨與不淨若誦得已即有成驗凡所求事當誦一百八遍即百千事成更無別有神呪及此如意輪王陀羅尼者所以者何過去現在惡業重障悉能破壞若能誦此陀羅尼應墮阿鼻地獄即得解脫五逆等罪亦悉除滅何況其餘惡業及諸厄難一切疾病若熱病一日二日三日四日若晝若夜若風黃腦黃痰癊等病誦此呪者悉得除愈若被蠱毒厭禱丁瘡疥癩瘺痒風狂頭痛及耳鼻脣舌牙齒咽喉口面頂腦胷脇心腹腰背脚手頭足等痛悉得除瘥但是身中有病皆悉治之若夜叉羅刹毗那夜迦惡魔鬼神悉不能害亦不畏刀兵水火惡風雷雹惡家劫盜惡王惡賊終不能害亦不橫死及諸惡夢蚖蛇蝮蠍守宮百足蜘蛛諸惡毒獸師子虎狼悉不能害兵鬪戰陣皆得勝利若有官事諍訟皆得和解若讀誦此陀羅尼一遍如上等事悉得隨意若日日誦此陀羅尼一百八遍見觀世音菩薩告言汝善男子汝等勿怖欲求何願一切施汝阿彌陀佛自現其身見極樂世界莊嚴之事如經中說亦見極樂世界諸菩薩衆亦見十方一切諸佛亦見觀世音菩薩所居住處補怛羅山即得自身清淨常爲諸王公卿宰相恭敬供養衆人愛敬所生之處不處母胎生蓮華上微妙莊嚴在所生處常得宿命始從今日乃至成佛終不墮惡道常生佛前

秘密藏一切愛樂法品第二

爾時觀世音菩薩憐愍衆生復說秘密如意

心輪陀羅尼但有所須皆悉自來有二種財一者世間財二者出世間財世間財者金銀等寶出世間財者福德智慧具三莊嚴身心悅豫衆人愛敬能救一切衆生苦慈心增長能與智者樂具資生增益能加勢力唯此秘密藏境界不得向餘人說若欲得此如意輪陀羅尼求最勝驗者至心一切時一切處淨與不淨常應誦持一無過失所誦課充復應稱觀世音菩薩名及如意輪陀羅尼并稱彼人名字或時思念若王王子妃后公主婆羅門刹利毗舍首陀若男若女童男童女種種外道但欲親覲者應稱彼人名每至五更使得課充若求最勝驗者或親覲國王於七日中每至五更誦一千八遍即得相見若欲親覲妃后應誦九百遍若欲親覲王子誦八百遍若親覲內宮誦七百遍若欲親覲公主誦六百遍若欲親覲婆羅門誦五百遍若欲親覲刹利誦四百遍毗舍誦三百遍比丘比丘尼一百遍優婆塞優婆夷九十遍童男童女誦六十遍此名親覲課法能成辦一切事財物奴馬一切樂具有所愛樂者或在遠處意所求之如風疾至凡欲爲事但得課充其事即成若欲見觀世音菩薩誦一千八遍即見眞身一切成滿若欲見金剛應誦一萬遍即現其前憐念其人如父愛子心所願事悉能與之若欲見諸佛及諸大衆誦一萬三千遍即見若七日七夜相續誦凡所持呪神皆悉現前各各自將已呪功能施與其人常隨擁護第七日三千大千世界主及天帝釋與諸眷屬俱來皆與其願能依如前所說誦課法

滿者所求之願皆得滿足
觀世音陀羅尼和阿伽陀藥法令人愛樂品
第三
觀世音菩薩復爲憐愍衆生故說愛樂藥法
令人見者生歡喜心和合既了身上帶行最
勝成就一切皆得遂意
牛黄　白檀　鬱金香　龍腦香　麝香
豆蔻子　丁香　迦俱羅　蓮華　青蓮華
金薄
各等分白蜜與藥亦等分擣和誦前呪一千
八遍用香或熏身熏衣或塗眼胞上或點額
塗身之時若王及夫人太子百官宫人男子
女人等愛樂欽羡道法發菩提心身力財物
皆悉不惜並能施與爲其給使說不可盡猶
如日月一切悉欲樂見諸事皆能成辦若人
帶持此藥罪障消除一切厄難皆得解脫若
王勢力强奪水漂火燒種種刀杖諸毒藥繫
縛煩惱皆得解脫唯須至心然此藥不得輙
内口中毒故
觀世音如意輪含藥品第四
觀世音菩薩憐愍衆生復說口含藥法令一
切愛樂　龍腦香　麝香　鬱金香
細擣和牛黄以上三呪各誦一千八遍以淨
水和之作丸如梧桐子大復誦三呪各一百
八遍陰乾莫令風日到是一一丸各誦前三
呪各七遍即著一丸内口中若王輔相大衆
等類共一人語時即生恭敬財寶不惜但所
須者一切人皆與之凡所說言一切信受有
所願處並悉剋從著藥口中時常須誦呪觀
世音菩薩即與其願應以觀世音菩薩像前

香水作方壇縱廣四肘用種種華置壇中草木華但求可得者燒白檀香取前丸藥著壇中竪四幢張白幰蓋壇上懸四白旛供養觀世音菩薩然後誦心呪心中心呪各誦一百八遍誦身呪一百八遍然白梅檀香散華爾時求願一切皆獲取壇中藥帶所向之處欲求皆得有所言說亦悉信受一切事皆得成就除不志心

梅檀摩尼心輪眼藥法品第五

時觀世音菩薩憐愍衆生故說眼藥法令一切人見皆生愛樂心歡喜

慢室迦拘竪　紅蓮華　青蓮華　海水沫或烏賊魚骨　牛黃　鬱金香　漢鬱金華茇　胡椒　乾薑

並等分擣細篩訖前藥有一兩即著麝香龍腦香半兩細研觀世音菩薩像前和合其前三呪各誦一千八遍於一切衆生邊皆起慈悲心著此藥置觀世音菩薩足下然後觸著即得用銅筯點著眼頭治眼一切病翳障白暈流淚赤瘼青盲頭痛每日一度著此藥置眼中一切眼病皆得除差二日著治身中一切病三日著治八十四種癎四日著内外一切障不能障五日著一切怨賊兵甲鬭戰皆得勝利六日著一切惡業煩惱四重五逆惡夢蠱道悉能破壞終不墮三惡道七日著國王宰相一切大衆皆順恭敬信受愛樂二七日著得大自在三七日著則與國王宰相得相親覲四七日著所有夜叉并諸眷屬爲其給使五七日著阿修羅諸龍夜叉羅刹皆爲給使六七日著有大功能飛空羅刹厭魅蠱

道乃至成佛常隨逐衛護七七日著摩訶迦羅神乃至八部神皆來隨從爲其給使八七日著衆人不見九七日著悉見一切伏藏十七日著阿修羅宮門自然開闢宮中所有悉見出入無礙十一七日著所有一切諸藥猶如火狀對治悉皆現前若求長命及大力者即得十二七日著衆山開闢寶物出現隨意取用十三七日著龍宮自然開闢寶物出現隨所見悉皆無障礙十四七日著欲界諸天宮殿無不開者皆悉得見十五七日著夜黑闇中猶如白日十六七日著地下金地金剛地水輪風輪空輪悉見十七七日著四天下所有地獄中衆生悉見已得見彼力故諸受苦衆生皆得解脫十八七日著其人得力如日十九七日著見金剛眞身諸願皆滿二十七日著見大慈悲觀世音菩薩一切願皆得滿足二十一七日著飛騰虛空見色界諸天宮殿皆悉開闢復見十方諸佛菩薩及佛淨國若一年著得五種清淨眼若能修此法者應當深信此教憐愍衆生不得生疑一切成就如前所說

火唵陀羅尼藥品第六

觀世音菩薩憐愍衆生故說火唵吉祥法能成一切事能破一切煩惱罪障惡業若有怨敵皆悉降伏微建毗那夜迦瞋心即自歇息不復能爲害衆人普生愛敬穿地作爐辟方一肘摩梨枝摩練遮白芥子酪蜜酥等分和合沉檀香木柴各長十二指橫量指截著爐中燒以手抄取少許藥呪一遍放火中燒如是滿一千八遍能破一切業障壽命延長年

一百二十歲相續七日能作唵法壽命一千歲身即清淨若能二七日作法國王太子輔相凡庶歸心恭敬

三七日作法三十三天及諸眷屬并日月四天王與其眷屬悉來爲作衞護勒叉金剛與大効驗觀世音菩薩滿其大願

若國土少雨白芥子及酥以次呪之三日火中燒即降雨時若雨多不止取此爐中灰呪一百八遍向四方上散之其雨即止

若惡雹下暴風卒起還用此爐灰呪一百八遍向有雲處遙散即止

若常誦呪力如那羅延捨此身已即生極樂世界所在生處常得宿命即至成佛爾時觀世音菩薩白言世尊此栴檀心輪陀羅尼如我所説若比丘比丘尼優婆塞優婆夷若男若女受持者必得成就勿生疑心所憶念一切事皆須深敬不得生疑爾時佛讃觀世音菩薩言善哉善哉大慈悲觀世音菩薩摩訶薩乃能説此微妙如意輪陀羅尼法現閻浮提利樂諸衆生等若發心口誦即得効驗雖然汝依我教與諸衆生數數勤加策勵示誨便得効驗爲現其身莫違我語我當隨喜爾時觀世音菩薩白佛言世尊我於無量劫來以慈悲心受寄衆生常作衞護與其効驗佛自證知爲衆生故説此如意輪陀羅尼若有受持常自作課誦者諸願皆得我承佛力如是救苦衆生爾時觀世音菩薩摩訶薩説此如意輪陀羅尼經已一切大衆皆大歡喜信受奉行

火唵吉祥陀羅尼

那謨阿囉那哆囉　夜耶　那謨彌陀婆耶
怛他揭哆耶　那謨曷耶　跋嚧枳帝攝拔
囉耶　菩提薩哆縛耶　摩訶薩埵耶　摩
訶伽嚧尼　伽耶　怛姪他　唵　阿慕佉
阿波唎帝　喝多吽　吽破吒　娑婆訶

觀世音菩薩祕密藏神咒經

觀世音菩薩如意摩尼陀羅尼經

唐北天竺三藏法師　寶思惟譯

爾時觀世音菩薩白佛言世尊我有明呪法大壇名蓮華峯金剛加持秘密無礙觀世音蓮華如意摩尼轉輪心陀羅尼觀世音心最勝成就世尊爲能與一切衆生願成就故於世尊前我今當說唯願世尊加護於我爲一切呪仙雨大寶雨如大劫樹如如意摩尼當令一切衆生所願滿足佛言我已加持汝今當說一切希求皆令滿足無能障礙觀世音心秘密與願爾時觀世音菩薩摩訶薩往詣佛所頂禮佛足右繞三帀於世尊前希怡微笑以大悲心說此呪王呪曰

那謨喝囉怛曩二合怛囉夜吔一那摩訶哩吔二婆嚕吉帝說聲長引婆囉吔三菩提薩埵吔四摩訶薩埵吔五摩訶迦嚧膩迦吔六怛姪他七烏唵二合八斫迦囉二合九韈音末哩底二合十震哆末尼十一摩訶鉢特迷二合十二嚕嚕十三底瑟咤二合十四啜囉十五阿羯哩灑二合吔十六虎𤙖二合十七泮吒半聲十八莎引訶十九　此名根本呪

次說心呪呪曰

烏唵二合一鉢特摩二合二震哆末尼平聲三啜囉二合四虎𤙖二合五

次說隨心呪呪曰

烏唵二合一縛囉陀二鉢特迷二合三虎𤙖二合四

說此呪已大地應時六種震動一切天宮亦皆搖動一切龍宮亦皆戰掉一切夜叉乾闥婆阿修羅迦樓羅緊那羅摩睺落伽種種皆大戰掉一切惡魔及頻那野迦作障礙者悉皆驚怖一切魔宮無有光明一切鄙惡衆生

惡龍惡鬼女夜叉女羅刹諸極惡者伏面倒地諸惡毒蟲藏竄孔穴一切地獄無不散壞地獄衆生悉得解脫皆生天上於世尊前雨大供養華香衣服諸莊嚴具於虛空中奏諸天樂爾時世尊以迦陵頻伽美妙音聲讚觀世音菩薩言善哉善哉汝爲利益一切衆生故當說此呪功能觀世音菩薩白佛言世尊若有善男子善女人比丘比丘尼若欲現前求諸利益願即獲者此如意呪即應當勤修不須作法不求宿日不須持齋不須洗浴不須別衣受持之時不須辛苦但讀皆即成就誦者辦諸事業能作百千種種事業無有餘呪與此等者初能銷罪往昔以來所積集者所作事業皆令成就我今當說但讀及誦即能成就無上之事纔讀即令墮阿鼻者皆得清淨五無間者銷滅無餘病者皆除若有患者但讀此呪即皆除差一切諸毒呪術厭蠱皆不能害一切諸瘡不著其身一切鬼神頻那夜迦諸毒刀杖風雨惡災魔軍及賊他軍王難怨家伺求毒蟲猛獸皆不能爲害終不橫死不作惡夢戰伐鬪諍無不皆勝此等諸事纔讀即成脣內誦之滿一百遍觀世音菩薩即於其日現彼人前與其所願皆令成就又見一切諸佛如來及見西方無量壽佛極樂世界及菩薩會補特勒伽山中觀世音菩薩宮殿其身清淨貴人供養衆人樂見罪障蓋纏無不清淨所生之處得宿命智蓮華化生一切妙具皆自莊嚴直至菩提永離惡趣究竟成佛罪惡銷滅善道清淨纔讀誦者皆即成就爾時觀世音菩薩復說最上秘密功

德者為利益哀愍一切衆生攝取令伏遮止惡人令慈增長念誦即成能與衆生作大利益令諸智者得大安樂貨食增長富貴資具無不豐足色力滋盛此呪秘密不得妄說若欲眞實成就無上如意摩尼大印念誦即成若已食若未食若淨若不淨每常誦念悉無過患誦念之時當念憶觀世音菩薩永作依怙若貴若賤若男若女沙門外道稱其名字注心繫念而誦此呪應以後夜若平明時男最貴者一千八遍女最貴者一千七遍第二貴男誦八百遍第二貴女誦七百遍第三貴女誦六百遍若婆羅門誦五百遍刹利四百遍首陀三百毗舍二百比丘一百八遍女人一百三十遍丈夫一百五十遍童男六十童女九十此念誦法無不歸依攝百由旬迅疾如風誦八百遍觀世音眞身現前令見一切所願皆能與之一切衆生明呪成就誦十千遍聖者執金剛眞身現前令呪者見如所愛子鞠養抱持一切明呪皆令成就凡有所欲願與之令滿誦十三千遍得見一切諸佛如來誦滿七日諸呪仙王皆以眞身現呪者前各以所成明呪授與隱蔽其形隨逐擁護一切安樂無不現前七日之內每日之中於後夜時誦三千遍帝釋天王及諸天女下來歸依與明呪願如是等事但誦即成念誦法了

爾時復說見者伏法無上成就若纔用者一切隨順

牛黃　白檀香　鬱金香　龍腦香　麝香
肉豆蔻　白豆蔻　丁香　紅蓮華　青蓮
華　金赤土

已上物等分用白石蜜和之此是轉輪王香誦呪一千八遍而和合燒以薫衣塗額塗眼瞼上塗身所去之處如日威光衆所樂見若在手者悉皆成就一切衆生若貴若賤自身及財亦皆歸伏爾時觀世音菩薩爲利益一切衆生放復説眼藥之法成就最上若有用者即得成就決定無疑

摩那叱羅　雄黄　迦俱婆婆樹子汁　紅蓮華　青蓮華　海沫一名海浮石　牛黄　鬱金根一名黄薑　小栢根　胡椒　華茇　乾薑

已前件藥並擣研爲極細末以龍腦香麝香和之誦心呪一千八遍隨心呪一千八遍誦根本大呪一千八遍以手取藥觸觀世音菩薩足即塗眼中已所有眼病乃至有目青盲胎努肉悉得除差第二遍塗一切壯熱頭痛半頭痛口痛悉得除差第三遍塗一切猛惡鬼魅及以癲癇悉得除差第四遍塗一切惡頻那夜迦悉得銷滅第五遍塗一切怨家鬭諍悉皆得勝第六遍塗一切罪障諸毒應墮地獄受無間罪悉得銷滅一切惡夢惡想不吉祥相百千集會悉皆銷滅終不更起皆内眼藥第七日塗纔見一切男女貴賤道俗内外眷屬悉皆隨伏二七日塗得大自在三七日塗當粟散位一切隨伏四七日塗一切夜叉夜叉女及眷屬悉皆隨伏五七日塗羅刹及羅刹女并眷屬悉皆隨伏六七日塗幻術成者能現種種身皆受驅使乃至菩提隨逐順伏七七日塗摩訶迦羅及諸女鬼神眷屬悉皆隨伏八七日塗見隱形者九七日塗得見一切伏藏十七日塗一切窟宅門皆得入

十一七日塗入諸仙藥諸大園苑皆得成就一切藥物草木諸神悉即現形十二七日塗一切山闈門皆得入十三七日塗乃至無有一切諸門無不得入十四七日塗一切諸人無不得見十五七日塗夜見如晝十六七日塗遠見地下所有諸事十七七日塗世界之中諸有地獄悉皆得見其受罪者皆得解脱十八七日塗之身有威德猶如日光黑暗之中所有窟宅悉皆得見十九七日塗之聖者執金剛現來爲證二十七日塗之觀世音菩薩親來現前爲證而住現其自身與一切願心所希求悉令滿足二十一七日塗之即得騰空無有障礙及見一切諸佛刹土具見佛身一切菩薩所住之處悉皆得見滿足一年祕密塗藥五眼清淨等共衆生如前祕説悉皆具得勿生疑惑如是成就但讀及誦悉皆當得一切如來轉輪如是摩尼觀世音菩薩蓮華清淨名眼藥成就了復次説衆生降伏成就然火之法壽命增長滅一切罪離諸蓋纏一切怨家無不降伏一切障礙皆自銷滅一切衆生自然歸伏

白檀香　稻穀華（燒稻穀華）　白芥子（本無白字）

酪蜜酥相和呪一千八遍燒之以香木然火纔作此已一切罪障無間皆自銷滅壽命一千歲一七日燒得壽命二千歲身得清淨永離蓋纏二七日作法一切男女無不隨伏三七日作法三十三天諸有眷屬幷日天等皆來隨伏一切所願皆令滿足四天王等無不下來爲常護養持呪者故聖者執金剛與願成就觀世音菩薩爲與願者所有希求悉令

滿足一切喜見無不自在求雨法以酥和芥子三夜燒之諸龍下雨若雨過多即以其灰擲散空中雨便自止又以此灰繞口擲著火中滿一百八遍一切惡風雪雨悉皆不起若常念誦一切諸處無有障礙當得氣力勇猛精進捨身已後得生西方極樂國土生生之處得宿命智如是世尊若比丘比丘尼優婆塞優婆夷諸持呪者此大如意摩尼轉輪觀世音心印讀誦成就應當受持讀誦聽聞當得如是大福德聚得大善根一切男女無不隨順呪者恒常應當護口所作之事終不退轉得大供養一切財寶無不皆得一切衆生願皆滿足爾時世尊告觀世音菩薩言汝爲利益一切衆生於閻浮提流轉此法無上心呪但讀即成應如是作觀世音菩薩應當護持一切衆生數數看視數令成就一切衆生令願滿足觀世音菩薩白佛言世尊我爲利益護念一切衆生故我今受持爲令一切願成就故讀誦明呪諸願成滿是故世尊我今誠諦唯願世尊慈悲加護

觀世音菩薩如意摩尼陀羅尼經

觀自在菩薩如意心陀羅尼呪經

唐三藏法師義淨奉　詔譯

如是我聞一時薄伽梵在伽栗斯山與大菩薩無量衆俱爾時觀自在菩薩摩訶薩來詣佛所頂禮雙足右繞三帀以膝著地合掌恭敬白佛言世尊我今有大陀羅尼明呪大壇場法名青蓮華頂栴檀摩尼心金剛秘密常加護持所謂無障礙觀自在蓮華如意寶輪王陀羅尼心呪第一希有能於一切所求之事隨心饒益皆得成就世尊大慈聽我說者我當承佛威力施與一切衆生世尊此陀羅尼有大神力大方便門我今親對佛前次第宣說惟願世尊垂哀加護於我及一切持明呪者雨妙珍寶猶如意樹生如意寶珠於諸衆生令其所有希求應時果遂爾時世尊讚觀自在菩薩言如是如是汝能悲愍諸有情類我加護汝即對我前令汝願求一切滿足汝欲宣說無障礙觀自在蓮華如意寶輪王陀羅尼者最極甚深隱密心呪隨汝意說時觀自在菩薩既蒙佛許悲願盈懷即於佛前以大悲心而說呪曰

南無佛䭾耶　南無達摩耶　南無僧伽耶　南無觀自在菩薩摩訶薩　具大悲心者　怛姪他　唵斫羯羅伐底　震多末尼莫訶鉢蹬謎　嚕嚕嚕嚕　底瑟侘　篅(入聲)攞痾羯利沙也　吽發莎訶

次說大心呪

唵鉢蹹摩　震多末尼　篅(同前)攞吽

次說隨心呪

唵跋剌陀鉢亶謎吽

爾時觀自在菩薩摩訶薩說是大輪陀羅尼呪王已即時大地六種震動諸有天宮龍宮及藥叉宮健達婆阿蘇羅緊奈羅等宮殿亦皆旋轉迷惑所依一切惡魔爲障礙者見自宮殿皆悉燄起無不驚怖惡心衆生惡龍惡鬼藥叉羅刹皆悉顛墜於地獄中受苦衆生皆悉離苦得生天上于時會中於世尊前天雨寶華寶莊嚴具於虛空中奏天妓樂出種種聲廣陳供養爾時世尊以美妙音讚觀自在菩薩摩訶薩言善哉善哉觀自在汝所宣說是大呪王實難逢遇能令衆生求願滿足獲大果報若誦此呪所有法式我今當說若有善男子善女人苾芻苾芻尼鄔波索迦鄔波斯迦發心希求此生現報者應當一心受持此呪欲受持時不問日月星辰吉凶并別修齋戒亦不假洗浴及以淨衣但止攝心口誦不懈百千種事所願皆成更無明呪能得與此如意呪王勢力齊者是故先當除諸罪障次能成就一切事業亦能銷除受無間獄五逆重罪亦能殄滅一切病苦皆得除差一切重業悉能破壞諸有熱病或晝或夜或一日瘧乃至四日瘧風黃痰癊三焦嬰纏如是病等誦呪便差若有他人禰魅蠱毒悉皆消滅無復遺餘假使一切癰瘻惡瘡疥癩疽癬周遍其身并及眼耳舌脣口牙齒咽喉頂腦胷脅心腹腰背腳手頭面等痛支節煩疼半身不隨腹脹塊滿飲食不銷從頭至足但是疾苦無不痊除若有藥叉羅刹毗那夜迦惡魔鬼神諸行惡者皆不得便亦無刀杖兵箭水火惡毒惡風雨雹怨賊劫盜能及其身亦

無王賊無有横死來相侵害諸惡夢想蚖蛇蝮蠍守宫百足及以蜘蛛諸惡毒獸虎狼師子悉不能害兵戈戰陣皆得勝利若有諍訟亦得和解若誦一遍如上諸願悉皆遂意若日日誦一百八遍即見觀自在菩薩告言善男子汝等勿怖欲求何願一切施汝阿彌陀佛自現其身亦見極樂世界種種莊嚴如經廣説并見極樂世界諸菩薩衆亦見十方一切諸佛亦見觀自在菩薩所居之處補怛羅山即得自身清淨常爲諸王公卿宰輔恭敬供養衆人愛敬所生之處不入母胎蓮華化生衆相具足在所生處常得宿命始從今日乃至成佛不墮惡道常生佛前爾時觀自在菩薩白佛言世尊此梅檀心輪陀羅尼如我所説若苾芻苾芻尼鄔波索迦鄔波斯迦若有至誠心所憶念能受持者必得成就惟須深信不得生疑更有藥法在本藏中此隱不出爾時世尊讚觀自在菩薩言善哉善哉汝大慈無量乃能説此微妙如意心輪陀羅尼法於贍部洲有諸衆生發心口誦即得親驗汝依我教於諸有情數數勤加策勵示誨令得證驗爲現其身莫違我勑我當隨喜時觀自在菩薩白佛言世尊我於無量劫來以慈悲心於受苦衆生常作擁護唯願證知爲衆生故説此如意輪陀羅尼若有受持常自作業專心誦者所願成辦我今承佛威力如是救苦爾時觀自在菩薩説此如意輪陀羅尼經已一切大衆皆悉歡喜信受奉行

觀自在菩薩如意心陀羅尼咒經

音釋

韎莫曷切　仆芳遇切僵仆也　痰癊痰徒含切癊於禁切　疥癩疥古隘切癩落蓋切　瘑古禾切瘡也　痒以兩切　蔻苦候切　胞匹交切　幰虛偃切車上張繒曰幰　蓽茇蓽畢吉切茇北末切　癇胡間切病也　數數並所角切　咤陟駕切　啜昌劣切　竄七亂切匿也　瞼居奄切目上下瞼也　⿰衤厭么琰切⿰衤厭襖也　癭於郢切頸瘤也　疽七余切　癬息淺切　脹知亮切　痤此緣切

如意輪陀羅尼經

唐天竺三藏法師菩提流志譯

清刻龍藏佛說法變相圖

如意輪陀羅尼經 此經出大蓮華金剛三昧耶加持秘密無障礙經

唐天竺三藏法師菩提流志譯

序品第一

如是我聞一時佛在雞喇斯山與無央數菩薩衆俱爾時觀自在菩薩摩訶薩從座而起整理衣服長跪合掌前白佛言世尊我有大蓮華峯金剛秘密無障礙如意輪陀羅尼明三昧耶能於一切勝福事業所求皆得如意成就如來大慈許我說者我當承佛神力廣爲饒益一切有情意願故說世尊是陀羅尼明有大威神如天意樹爲諸明仙雨大寶雨所欲皆得等摩尼珠能滿有情一切勝願唯希如來慈哀加持爾時世尊語觀自在菩薩摩訶薩言善哉善哉汝以大悲爲諸有情故發是問我已加持聽汝無礙說示如意輪陀

羅尼明爾時觀自在菩薩摩訶薩承佛語旨
顧及眷屬即起合掌修敬頂禮繞佛三帀還
坐本座以歡喜心諦觀會衆熙怡微笑即說
根本陀羅尼明曰
娜謨囉怛(二合)娜(奴可切上下並同音)怛(二合)囉耶野(一)娜
麽阿(去音)唎(二合)耶(二)縛(無可切)嚧枳諦濕(二合)縛(同上
音)囉耶(三)菩提薩埵耶(四)摩訶薩埵耶(五)摩
訶迦(居邏切下同音)嚕抳迦耶(六)怛姪(寧也切)他(七)(去音)
唵(喉中擡聲引呼之八)斫羯囉韈(無過切二合)囉底振跢麽
抳(九)摩訶鉢頭(途邑切)謎(十)嚕嚕(十一)底瑟侘(嚂貫)
(切十二)入縛(無可切二合)攞(十三)阿(去音)迦唎沙(跣下切)野
(十四)虎(二合)件(十五)抹(吒十六)莎(去音二合)嚩(同上音)訶(引)
大心陀羅尼明曰
唵(同去音呼一)鉢頭(同上音)麽(二)振跢麽抳(三)摩訶
入(二合)嚩(同上音)攞(四)虎(二合)件(五)

小心陀羅尼明曰
唵(同上呼一)嚩(同上音)囉娜鉢頭(同上音)謎(二)虎(二合)件
(三)爾時觀自在菩薩摩訶薩說此陀羅尼明時
大地山林六返震動一切大宮龍宮藥叉宮
羅刹宮乾闥婆宮阿素洛宮迦樓羅宮緊那
羅宮摩呼羅伽宮皆大震動種種諸惡大力
鬼神毗那夜迦作障礙者皆大戰悚諸魔宮
殿普大火起是中魔王及魔眷屬生大怖懼
一切鄙惡龍女神女鬼女藥叉女羅刹女乾
闥婆女阿素洛女迦樓羅女緊那羅女摩呼
羅伽女一時惶怖悶亂躃地一切地獄皆自
門開是中一切罪報有情皆得解脫盡生天
界受勝安樂爾時諸天各持天諸種種殊勝
牛頭栴檀沉水末香塗香燒香奇妙天華衆

寶瓔珞釵璫環釧寶蓋頭冠天諸衣服一切
飾具於虛空中繽紛散雨供養如來及會大
衆滿虛空際起種種色雲於其雲中無量天
樂不鼓自鳴出不思議和雅音聲供養如來
見聞聽者住慈忍力如斯神變皆是觀自在
菩薩摩訶薩秘密如意輪陀羅尼明神力所
致爾時世尊出迦陵頻伽美妙梵聲說深妙
偈讚觀自在菩薩摩訶薩曰

善哉善哉善男子　汝能愍念諸有情
說是如意陀羅尼　拯濟有情大勝益
令信受者銷諸罪　當超三界證菩提
隨方若有修持者　世出世願得圓滿

爾時世尊說斯偈已復誥觀自在菩薩摩訶
薩言善男子汝當重為一切有情說斯神通
陀羅尼明受持法要令當有情獲大善利

破業障品第二

爾時觀自在菩薩摩訶薩又白佛言世尊若
有比丘比丘尼優婆塞優婆夷童男童女於
此生身求大功德現報之者當於晝夜依法
精勤修持此如意輪陀羅尼明不假占擇日
月吉宿亦不一日二日斷食亦不沐浴亦不
作壇著常衣服明水灑淨如常齋食作成就
法當於晝夜居淨室中面東趺坐想聖觀自
在身相好圓滿如日初出放大光明坐蓮華
上對在目前誦念不亂燒沉水香運心供養
恭敬禮拜隨心所辦香華供獻而不斷絕六
時時別一千八十遍相續不絕一一字誦滿
三洛叉梵云一洛叉此云十萬數由住瑜伽觀法誦念所
有過現五無間罪極惡業障自然銷滅當見
種種諸大善夢當知此則罪滅之相聖觀自

在加被護念由斯善根百千事業舉心誦念一切所爲則得成就一切諸明神通威力無能及此如意輪陀羅尼明神通力者所以者何是陀羅尼若有能信受持之者過現造積四重五逆十惡罪障應墮阿毗地獄之者悉能銷滅若一日二日三日四日乃至七日熱病風病癀病痰病蠱毒癧禱疔瘡疥癩癲癇風痒頭鼻眼耳脣舌牙齒咽喉胷脅心腹腰背手足支節一切疾病種種災厄魍魎鬼神由經誦念皆得除滅一切藥叉羅刹毗那夜迦惡鬼神等悉不能害刀兵水火惡風雷雹王難賊難怨讎等難不相横害一切惡相尠福之業惡星變怪皆自銷滅蚖蛇蝮蠍守宮蜘蛛師子虎狼一切惡獸亦不相害若有軍陣鬭戰官事諍訟由明成就皆得解脫若常五更誦此陀羅尼一千八十遍者如上諸事皆得解脫自在如意若能每日六時時別誦此陀羅尼一千八十遍者聖觀自在夢覺現身住是人前告言善男子勿怖欲求何願一切施汝或見阿彌陀佛或見極樂世界宮殿樓閣莊嚴之事或見極樂世界菩薩會衆或見十方一切諸佛菩薩大衆一切集會或見聖觀自在所住補陀洛山七寶宮殿或見自身内外清淨或見國王大臣恭敬供養或見自身過世所造一切罪障皆得銷滅當知斯人當捨命後不受胎生蓮華化生身相端好著天衣服而自莊飾生生之處識宿命智乃至菩提更不墮於三惡道中恒與一切諸佛菩薩同一生處住不退地

誦念法品第三

爾時觀自在菩薩摩訶薩復白佛言世尊是祕密如意輪陀羅尼復有二法一在世間二出世間言世間者所謂誦念課法勝願成就攝化有情富貴資財勢力威德皆得成就言出世間者所謂福德慧解資粮莊嚴悲心增長濟苦有情衆人愛敬斯經祕要當密祕持無識之人不應宣傳若證此祕密三昧耶者當自祕持勿妄宣說若眞成就此陀羅尼最勝法者於一切處若食不食若淨不淨一心觀想聖觀自在相好圓滿如日初出光明晃曜誦斯陀羅尼無有妄念常持不間一無過犯則得聖觀自在現金色身除諸垢障神力加被心所求願皆乞滿足證諸神通安怛陀那法多聞持法如意珠法住年藥法雨寶雨法見伏藏法入阿修羅窟法隨意形法種種藥法杵法瓶法世出世間諸所樂法皆得成辦若有國王皇后嬪妃王子公主宰官婆羅門刹利毗舍首陀比丘比丘尼若男若女童男童女若諸外道伏信斯法而受持者應知時數若國王誦念時於七日中六時各誦一千八十遍若王后嬪妃每時當誦九百遍若王子誦八百遍若公主誦七百遍若宰官誦六百遍若婆羅門誦五百遍若刹利誦四百遍若毗舍誦三百遍若首陀誦二百遍若比丘比丘尼誦一百八遍若男子誦一百六遍若女人誦一百三遍若童男誦一百遍若童女誦九十遍此名課法持念稱名一切勝事皆獲成就富貴福樂資財穀帛奴婢象馬一切樂具隨意增長明者時數每從後夜至明相時誦一千八十遍常不間廢則得成就一

切無邊之事百由旬内地天男女捷疾如風歸敬讃歎若欲聖觀自在現與願者清淨澡浴末香塗身著淨衣服食三白食隨力所辦香華香水三白飲食果蓏供養沉水香白栴檀香等和酥蜜面東結跏趺坐想聖觀自在誦如意輪陀羅尼明一明一燒滿十萬遍聖觀自在現身教語成就明者一切諸願若欲執金剛藏菩薩現者沉水香安悉香等和酥蜜一明一念執金剛藏菩薩一燒滿十萬遍執金剛藏菩薩而自現身觀念明者愛之如子授與一切持明法品若欲一切諸佛菩薩現者以沉水香一明一念一切諸佛菩薩一燒滿十萬遍諸佛菩薩皆自現身爲除蓋障滿所求願若欲一切大持明仙現者以安悉香和酥七日七夜一明一念大持明仙一燒滿七日七夜一切大持明仙皆自現身住是人前各持明法呈授明者加祐神力隨逐擁護若欲三千大千世界主帝釋梵王與諸天衆現者七日七夜以安悉香薰陸香等和酥蜜一明一念帝釋梵王一燒滿七日七夜帝釋梵王與諸天衆皆自現身説法慰喻與所求願而擁護之

印法品第四

爾時觀自在菩薩摩訶薩復白佛言世尊是秘密如意輪陀羅尼明印明者防護供養請召迎送必皆依法觀想分明無令錯謬則得成就此秘密三昧耶

大蓮華三昧耶印第一

二手合掌以二頭指二中指二無名指各竪磔開微屈頭指相去寸半二大指二小指各

竪相著微屈印明曰
娜謨囉怛(二合)娜怛(二合)囉耶野(一)娜麽阿(上音)唎
耶婆(無何切下同音)露枳諦濕(二合)縛(無可切下同音)羅野(二)
菩地薩埵野(三)摩訶薩埵野(四)摩訶迦(居邏切下
同音)嚕柅迦野(五)唵(喉中擡聲呼六)參(去音)摩曳譟(蘇到切下
同音)吽(彌養切七)扇諦彈諦(八)薩嚩參(去音)摩耶(去音九)
努鉢(二合)囉尾瑟鏉(二合十)怒邏努霓(魚枳切十一)莎
(去音)嚩(二合)訶(十二)

若欲作曼拏羅時當於壇地先誦身心三明一千八十遍即結此印明印七遍以印東西南北四維上下各揮三遍靜心想印作百千葉七寶開敷蓮華供養一切諸佛菩薩諸天龍神一切歡喜凡欲洗浴以小心明加持字明水七遍右手摩水則用沐浴不明不用

解脫印第二

以二小指二無名指掌中右壓左相叉二中指竪頭相著二頭指各當中指背屈如鉤頭去中指背三分二大指並竪印明曰
那謨摩訶(去音)室(二合)哩夜曳(一)唵(上同呼之二)鑠計
參(去音)摩曳譟吽(同上音三)悉地悉第(四)娑(去音)馱耶
(五)始吠始吠(六)始皤(蒲餓切下同音)吽(同上音)阿(去音)皤
訶(上音七)薩縛阿(上音)嘌詑(他我切)娑(去音)達泥(八)莎
(九)嚩(二合)訶

當作此印明印三遍印頂上髆上心上喉上護身竟以印揁衣能令一切毗那夜迦遠不爲障超諸障礙亦用此印持護一切供養物等而供獻之

治土明印第三

唵(同上呼一)步入縛(二合)攞(二合)虎(二合)吽(三)

當取淨土分作三聚以此明明土七遍一聚

洗腰已下一聚洗髆已下一聚洗頭頸
觸護身印第四
二頭指二無名指二小指掌中右壓左相叉
二中指屈頭於二頭指背甲背相著二大指
並伸捻二中指甲側印明曰
唵同上呼一句嚕陀上音那二虎二合許綽處略切三
次作此印明印三遍護身往諸觸處及上厠
上出入如常洗淨又至一處持土洗手并漱
口齒
漱口印第五
右手大指頭指中指相並微屈無名指小指
屈如鉤印明曰
唵同上呼一覩知矩切覩同上呼麗二矩嚕矩嚕三莎去音二合縛訶四
次作此印承大明水三遍洗漱口齒并飲灑

淨若欲澡浴先浴三寶次浴聖觀自在則自
洗浴
浴三寶印第六
二手仰掌側並相著屈二頭指各側捻二大
指甲上二中指二無名指二小指相著平伸
印明曰
唵同上呼一諦囉囉勃陀上音一莎去音二合嚩訶三
次作此印取水明之三遍浴佛次浴法時除
勃陀字安達磨字次浴僧時除達磨字安僧
去伽字各水三掬浴獻三寶已當浴本尊
浴聖觀自在印第七又名明者取水洗自頂上洗浴印也
二手仰掌側並相著二頭指二中指二無名
指二小指各竪屈相著屈二大指各捻二頭
指下文印明曰
娜謨囉怛二合娜怛二合囉耶野一娜麽阿上音唎

耶(二)婆露枳諦濕縛囉野(三)菩地薩埵野(四)
摩訶(去音)薩埵野(五)摩訶(去音)迦嚕抳迦野(六)怛
地(寧也切)他(七)(去音)闍囉摩訶(去音)闍囉(八)蘇囉鉢
底(九)莎(去音二合)嚩訶(十)
次作此印取水三掬各明三遍浴聖觀自在
已即澆自頂洗浴於身
自灌頂印第八
以二無名指掌中右壓左相叉二小指直豎
頭指著二中指豎伸屈第一節頭相拄二頭
指各捻中指背中節上二大指捻二無名指
頭印明曰
唵(同上呼一)賀佉理理(二)虎(二合)鈝挮(三)
若洗浴訖次作此印明印三遍取水用自灌
頂辟除一切作障難者
著衣印第九

二手大指各橫壓頭指中指無名指小指甲
上印明曰
唵(同上呼一)微莽囉(二)莎(去音二合)嚩訶(三)(亦名灑衣呪)
次以此印取水明三遍灑灑衣服又以小心
明明衣三遍著持已出於淨處面東蹲坐又
用澡豆淨水洗手漱口其漱口明如上無別
禁頂印第十
以右手中指無名指小指作拳以頭指捻大
指面中文印明曰
唵(同上呼一)矩嚕矩麗(二)莎(去音二合)嚩訶(三)
次作此印明印三遍印頂上作浴法時於其
中間不得瞋怒起諸漏心亦不得見諸臭穢
物諸惡人輩一心憶念聖觀自在即入道場
頂禮三寶次禮聖觀自在用小心明明水五
遍灑治諸供養物及灑道場

護身印第十一

以二小指掌内相叉屈二無名指雙壓二小指相叉上二中指直竪頭相著二頭指微屈各當二中指上節相去半分二大指當二中指側仰印明曰

唵(同上呼一)跋日囉(引二)祇瞭(二)鉢(二合)囉你(去音)鉢踰野(三)莎(去音二合)縛訶(四)

次作此印明印三遍印頂上兩髆上喉上心上即成護身

大護身印第十二

印相準前印明曰

唵(同上呼一)入縛(二合)攞囊野(二)虎(二合)鈝㧊(三)

又作前護身印明印五遍印觸五處成大護身

被甲印第十三

二手仰掌散伸十指印明曰

唵(同上呼一)度比度比迦(引)野度比(二)鉢(二合)囉入縛理瞭(三)莎(去音二合)縛訶(引)

次作此印明印二遍從頂摩觸下至於足即成被甲

十方界明第十四(從此有金剛菩薩結界多利心毗俱知菩薩並未安也)

唵(同上呼一)阿(去音)嚕力(三)

此明明水白芥子灑散八方結界又以小心明明水白芥子灑散上下方結界

結壇界印第十五

二中指二無名指二小指掌中右壓左相叉相鉤二頭指斜竪頭指相著二大指向身竪頭側相著誦小心明明印七遍繞壇三帀揮印結立壇界次於壇内諸聖者位奉置香水

器水上汎華供養

治路明第十六

唵(同上呼一)鉢那弭瞑(二)皤伽(上音)縛底(丁以切三)慕(輕呼)賀野慕(輕呼)賀野(四)惹蘖(魚列切)慕(輕呼)賀瞑(五)莎(去音二合)縛訶(引)

此明欲奉請時持香鑪誦之七遍開治空中道路闢鑰辟除一切警覺聖觀自在及諸聖者來加被之

請召聖者印第十七(亦名送印)

二中指二無名指二小指右壓左仰竪相叉相鉤二頭指斜伸頭相拄二大指向前招撥二中指頭請召先顧彼方若改二大指向外撥即名送諸聖者法印明曰

唵(同上呼一)覩嚕覩嚕(二)莎(去音二合)縛訶(引三)

次作此印誦明七遍請諸聖者降會道場

迎印第十八

二手十指掌中右壓左相叉作拳各露中節竪右大指來去三遍印明曰

娜謨囉怛(二合)娜怛(二合)囉耶野(一)娜麽阿(上音)唎耶(二)婆嚕枳諦濕縛囉野(三)菩地薩埵野(四)摩訶(去音)薩埵野(五)摩訶迦嚕抳迦野(六)鉢頭(二合)摩鉢頭(二合)摩(七)鉢頭(二合)摩播瞑(八)娑(去音)囉娑(去音)囉(九)翳醯曳醯(十)娑(上音)伽(上音)畔(十一)那(去音)哩(二合)夜婆露枳諦濕縛囉野(十二)阿(上音)奴紺播謨播馱野(十三)阿(去音)嚕力(四)

次作此印誦明三遍右轉迎想聖者在壇

供養香水印第十九

二手十指掌中右壓左相叉雙合成拳竪左頭指而遍示之印明曰

唵(同上呼一)阿(去音)嚕力(二)

次作此印明印三遍印香水器捧持當額供養奉請

華座印第二十

二手仰掌二頭指二中指二無名指二小指各竪背相並著二頭指各附著中指背二頭指頭與二中指上文齊二大指各附頭指下文印明曰

唵(同上呼一)鉢頭(二合)摩寐囉野(二)莎(去音二合)縛訶(三)

次作此印誦明三遍與諸聖者敷設華座白言聖者善來由本願力不捨大悲來降赴此卑弊之處開無礙恩願垂加持受斯供養滿有情願各就本座作請坐印想諸聖者各就座坐

請坐印第二十一

二頭指二無名指二小指掌中右壓左相叉作拳二大指雙屈入掌中二中指竪頭相拄上下來去次作此印誦小心明三遍請聖觀自在及請諸菩薩各就座坐次請用君吒利金剛結界嚴護

除障印第二十二(此亦結壇一用)

二中指二無名指二小指掌内右壓左相叉二頭指斜竪頭相拄二大指向身竪頭相拄印明曰

唵(同上呼一)耳嘌(二合)耳曩(去音)伽(上音二)勃(二合)力娑夜(三)弊(毗藥切)你抳(四)莎(去音二合)縛訶(五引)

次作此印明印三遍印一切華香執持供養物等作淨除障

想供養印第二十三(此呪無物空想)

二手合掌二大指二中指二無名指二小指頭右壓左相叉二頭指各捻中指背上節印

明曰

娜謨薩縛勃陀一上音步地薩埵南二上音薩婆詑沃刈諦三薩僧邑切頗二合囉伊摩二合鉡四伽伽上音那去音紺五莎去音二合縛訶引六

次作此印明印三遍想爲種種供養聖者當作種種讚歎三寶讚歎聖觀自在隨心所樂發願迴向懺悔諸罪發菩提心初及了皆以部母護本尊

求生印第二十四亦名水母生印

二大指二小指竪頭相著微屈二頭指二中指二無名指各竪散伸微屈令頭開各相去一寸印明曰

唵同上呼一鉢頭二合途邑切暮皤菩餓切婆無何切野二莎去音二合縛訶引

次作此印明印三遍顯示諸尊一切歡喜擁護加被所求滿願

根本印第二十五

二手合掌虛掌內二大指相並竪伸屈二頭指捻二大指頭上相拄誦大心明小心明明印三遍印頂上左右髆上喉上心上護身被甲則印藥上誦大心明小心明明藥光護

大心印第二十六

準前印改左手當心仰伸改右手向外揚掌誦大心明明印三遍呈示聖觀自在請願成辦一切事業

淨治珠明第二十七

唵同上呼一暗没二合哩躭儼袂室二合哩曳二室唎二合忙去音哩你三輕呼莎去音二合縛訶引四

以此明淨治念珠當用蓮子或摩尼珠以牛五淨浴之一一珠明十遍穿持繫畢又明一百八遍如法受持又後成就數珠呪一千八十遍訖勿穢惡處著常香

合盛之
捧數珠印第二十八亦名成就珠
右手取珠置於掌中二手合掌大虛掌內捧
珠明曰
唵同上呼一縛蘇上音皤底二室二合哩曳三鉢持二合
莽忙嚩四莎去音二合縛訶五引
此明又明珠一千八十遍清淨受持每取珠
時三遍明珠即以二手當心相去六寸或當
鼻前二手五指各攢捻念珠捻一一珠與明
同了斷諸緣慮一心凝目想念聖觀自在陀
羅尼字圓光身心光明如日不令錯亂隨所
力念乃至千萬身極疲頓誦念方息開目瞻
覩聖觀自在合掌頂禮種種梵音讚歎聖觀
自在出道場時復獻香水作是思惟我當以
何方便令諸有情永免生死證入菩提若成
就藥者瞻想聖觀自在一心係藥捷捷誦明
候太陰太陽盈復如本藥現煖烟增光其藥
即成就
解界印第二十九
二無名指掌內右壓左相鉤二大指捻二無
名指甲上二中指竪頭相拄二頭指附二中
指背相著二小指並竪相著印明曰
唵同上呼一紇二合哩阿上音參去音忙擬聹二虎二合許
次作此印誦明七遍左轉三帀解結壇界若
解界已又獻香水供養發遣作前迎印向外
撥之送諸聖者還本宮中
五淨明第三十
唵同上呼一耶輸上音提二沙去音二合縛訶三引
明者若食觸穢食時以此明淨牛五淨一百
八遍以茅草攪令相和服之解其觸穢即得

清淨一切藥物供養器物香水香華塗香燒
香飲食然燈磨香喫食著脫衣服灑水澡浴
作淨皆用小心明明之五遍威光增澤遣治
諸障

壇法品第五

爾時觀自在菩薩摩訶薩復白佛言世尊是
祕密如意輪陀羅尼大曼拏羅印三昧耶成
就世間三種藥法令世人民見聞歡喜而相
愛敬當候太陰太陽蝕時預二七日於閑靜
處方量四肘或復五肘或復八肘隨自力能
如法掘地除去惡土瓦石骨木以淨黃土填
築平正初瞿摩夷塗次黃土泥塗次香泥塗
精細泥飾分爲二院內院當心畫三十二葉
開敷蓮華於華臺上畫如意輪聖觀自在菩
薩面西結跏趺坐顏貌熙怡身金色相首戴
寶冠冠有化佛菩薩左手執開蓮華當其臺
上畫如意寶珠右手作說法相天諸衣服珠
璫鐶釧七寶瓔珞種種莊嚴身放衆光東面
畫圓滿意願明王左畫白衣觀世音母菩薩
北面畫大勢至菩薩左畫多羅菩薩西面畫
馬頭觀世音明王左畫一髻羅刹女南面畫
四面觀世音明王左畫毗俱胝菩薩是等菩
薩寶冠珠瓔耳璫環釧天諸衣服種種莊嚴
坐蓮華上半跏趺坐外院東面畫天帝釋左
右畫諸天衆圍繞南面畫焰摩王（即閻羅大王也）左
右畫諸鬼母衆圍繞西面畫水天王左右畫
難陀龍王隖波難馱龍王及諸龍王衆圍繞
北面畫多聞天王左右畫諸藥叉衆圍繞東
南面畫火天神左右畫苦行仙衆圍繞西南
面畫羅刹王左右畫諸羅刹衆圍繞西北面

畫風天王左右畫風天衆圍繞東北面畫大白在天王左右畫宮槃荼鬼衆圍繞又東面畫日天子左右畫七星天衆圍繞又西面畫月天子左右畫七星天衆圍繞又西面畫地天神左右畫諸藥叉神圍繞又東面畫大梵天王左右畫諸梵衆天圍繞又西面畫阿素洛王左右畫阿素洛僕從圍繞又西門畫始嚩(無可切)婆歌(呼我切)明王是等天神各執器仗種種衣服如法莊嚴半跏趺坐内外院界畫寶街道内院界上遍畫種種色如意寶珠繞畫火燄外院界上遍畫獨股金剛杵令頭相次繞畫火燄此秘密曼拏羅三昧耶力不逮者但畫座位各於位上題書名字作法供養亦得成就若畫匠畫時清淨澡浴著淨衣服每日與受八戒齋法如法畫飾彩色筆盞皆淨好者若畫飾已明者淨浴著淨衣服依法作治護身護伴結界奉請香水供養燒沉水香白栴檀香安悉香薰陸香壇内聖觀自在前敷蓮荷葉置於藥器以蓮華葉蓋覆器上加牛五淨瀸灑藥上并印護持各依位次獻諸香水香華果蓏三白飲食及諸飲食酥油燈鬘如法供養則當呈示三昧耶令普照知其奉請香水及獻香水香華塗香燒香果蓏飲食燈明皆印加持明之三遍此秘密曼拏羅三昧耶是聖觀自在現身與願處是一切諸天明仙禮敬讚歎守護處是諸有情蠲除一切罪障處是成就世出世間三種藥處增長福蘊命終當得往生西方極樂剎土蓮華化生著天衣服而自莊嚴識宿命智乃至菩提不墮惡道

佩藥品第六

爾時觀自在菩薩摩訶薩復白佛言世尊是祕密如意輪陀羅尼明有三種藥一者佩藥二者含藥三者眼藥言佩藥者等分當用牛黄白栴檀香欝金香龍腦香麝香丁香白豆蔻紅蓮華鬚青蓮華葉肉豆蔻素靺羅拏鉢怛囉石蜜塗壇結界明藥一千八十遍相和擣簁爲丸和擣藥時調誦明明藥不絶總勿世語法即成就盛藥器中置於壇內聖觀自在前誦根本明大心明小心明加法明藥乃至太陰太陽盈復圓滿藥現煖煙增光若煖相現燒薰衣服佩戴點額上瞼上眉間上者則謂一切人民愛敬遵崇教命若煙相現燒薰衣服佩戴點者則得安怛陀那自在成就若增相現薰衣點佩福德增壽一切鬼神怖不相嬈魍魎諸病皆得除差若光相現薰衣點佩則證神通明仙之位國王王子后妃婇女宰官僚佐男女大小見令歡喜敬事供養施諸財寶隨順讃歎一切災厄宿障五無間罪應墮阿毗地獄者亦皆銷滅由明藥成福德增盛人所覩見而不肰怠獲大勝願猶如日輪隨方至處除世幽冥一切覩愛諸事成辦水難火難刀杖毒藥蠱毒呪詛虎狼毒蟲悉不災害設復有人臨當刑戮以藥熏佩由藥勢力刀尋段壞而得解脱若復有人杻械枷鎖禁繫牢獄以藥熏佩而得解脱是持明者作此法時應當至心誠信斯法勿懐疑惑依法修治畢不虛也此藥有毒持勿妄服

含藥品第七

爾時觀自在菩薩摩訶薩復白佛言世尊是

陀羅尼明含香法者世間一切恭敬愛樂等分當以龍腦香麝香鬱金香牛黃涂壇結界明藥一千八十遍相和擣研以天雨水和丸丸如麻子盛藥器中置於壇內聖觀自在前誦根本陀羅尼明大心明小心明作成就法候太陰太陽盈復圓滿藥若煖烟增光明現驗斯相成密處陰乾若煖相現含持誦念攝諸人民相敬讚歎口諸疾病皆悉除差口氣香潔若烟相現含持誦念心所願求自然圓滿除諸災患語業清淨薄除垢障見者敬伏若增相現含持誦念壽命增遠魍魎鬼神見皆怖走若光相現含持誦念則證神通明仙之位識宿命智五無間罪自然除滅世間諸難皆得解脫國王王子后妃婇女宰官人民外道等輩見聞講論種種言辭悉皆信受歡

喜聽聞攝伏供事施諸財寶一切成辦如轉輪王曼馱多慈育天下得與帝釋同一牀坐是持明者含斯藥已有所聽聞持皆不忘世間智慧辯說無礙言音和雅如緊那羅令衆樂聞若含斯藥入陣鬬戰定勝他軍若常含藥依法誦念聖觀自在現斯人前與所求願隨心滿足又法作四肘曼拏羅基高尺二平治塡拭以瞿摩夷黃土泥白栴檀香泥摩塗壇上置聖觀自在像像面向西香華燈明三時布獻唯除苦辛臭華沉水香白栴檀香燒灼供養以白栴檀木作摩尼幢帳量高一肘幢頭繒綵莊嚴下垂幡帶幢頭置摩尼珠其珠以紅玻瓈或用水精皆淨無瑕翳其幢置壇心上以七丸藥懸置幢上壇西作法面東趺坐誦根本陀羅尼明大心明小心明啓請

聖觀自在帝釋天大梵天四天王天持明仙濕婆麼歌明王一髻羅刹女度底使者時明一千八十遍燒香散華梵音讚歎而供養之滿一百日夜於聖觀自在所求如願一切攝伏隨順安住得與明仙同行業緣諸仙敬護直至命終請往使處必不疑也此名如意密使之法夫用藥者應以藥丸隨日多少作末石蜜和丸盛銀器中大心明小心明明一千八十遍持藥一明一觸菩薩二足一百八遍置密淨處每欲含時明三七遍含持默誦三明一百八遍一切鬼神難調伏者而皆降伏隨心驅使速得成辦若含若帶所向之處見者歡喜無不和偶能成一切秘妙之事若入王宮若入僧中若入聚落若入外道皆密含藥默誦明攝善言相教則得一切順伏相向樂同一處心所念求爲皆成就常得貴人愛敬供養若常如法作是法者於日日中應受種種上妙供養若有怨敵軍陣鬬諍皆得勝利以是因緣聖觀自在於一切時護如愛子與大自在作是法者除不至心

眼藥品第八

爾時觀自在菩薩摩訶薩復白佛言世尊是陀羅尼明眼藥法者令諸有情獲大勝利如意成就聖觀自在與所求願一切圓滿其藥等分以雄黃迦俱婆昵夜珊此云蒼耳子燒取瀝餘本譯云取蒼耳子仁紅蓮華鬚青蓮華葉牛黃鬱金香黃檀餘本譯云乾薑未詳小栢一云象膽蓽茇胡椒海水沫塗壇結界明藥一千八十遍相和擣研又以麝香龍腦香白生石蜜各減前藥半分相和精研盛銅器中置壇內聖觀自在前誦根本明

大心明小心明作成就法當候日月盈復圓滿藥燰烟增光現藥則成就隨上中下成就證相先以藥塗聖觀自在足下於諸有情起大悲心當誦三明一百八遍則當塗眼所有翳障白暈眵淚赤膜雀目胎赤風赤眼中努肉皆得除差第二度塗者所有頭痛或頭半痛口諸疾痛壯熱熱病一日發二日發三日發或常發者悉皆除差第三度塗者一切諸惡神病鬼病癲癇風病乃至八萬四千神鬼種種病惱悉皆除愈第四度塗者一切作障毗那夜迦諸魔神鬼皆怖遠離第五度塗者一切怨難兵陣鬬諍皆得勝利有大威德第六度塗者一切重罪五無間業應墮阿毗地獄之者及諸惡夢一切災恠不吉祥相悉皆除滅第七度塗者國王王子后妃婇女宰官僚佐一切男女悉皆隨順信向愛樂而爲供養第二七度塗者得大自在第三七度塗者福植如王一切人民悉伏隨順親近供養第四七度塗者一切藥叉及藥叉女種族眷屬隨意攝伏任爲給使第五七度塗者一切羅刹及羅刹女一切阿修羅及阿修羅女一切龍及龍女自在攝伏皆爲給使第六七度塗者一切大力幻化飛空洛刹瑜吉尼現種種形隨意給使乃至菩提隨逐擁護第七七度塗者摩訶迦羅神鬼子母神八部諸神而皆攝伏隨從擁護第八七度塗者能見一切隱形仙輩第九七度塗者能見地中一切伏藏第十七度塗者能見諸仙人宮阿修羅宮一切門開見彼宮中一切出入第十一七度塗者入於山林能見一切藥精現形威光赫弈

求之長壽及大勢力採取如意第十二七度塗者能開諸山神仙宮門是中神仙迎持明者入須仙藥則得如意第十三七度塗者能開海中一切龍宮見中龍衆一切歡喜無有障礙第十四七度塗者能見欲界諸神宮室一切門開第十五七度塗者夜行黑闇明見如晝第十六七度塗者能見水際金剛際風輪際空際第十七七度塗者能見四天王天亦能下見地獄受苦有情令彼有情皆得解脱第十八七度塗者威光如日破諸黑闇第十九七度塗者能見聖執金剛菩薩祈乞諸願悉皆滿足第二十七度塗者能見聖觀自在與所求願悉皆滿足第二十一七度塗者能得神通觀見色界諸天宮殿自在遊戲出入無礙復見十方一切刹海諸佛菩薩獨覺聲聞會衆淨佛國土若一年塗者密持三明得淨五眼功德福蕴神通威力轉轉增長齊諸天等毎塗藥時銅筯揾藥明三七遍點塗眼中如法持明若有有情修持斯法求於勝願當深信解勿生疑惑常於有情生大悲心學佛智慧即得成就如向所説一切事業必不虚也作此法者心生疑惑復不專功所作諸法則不成就

護摩品第九

爾時觀自在菩薩摩訶薩復白佛言世尊是陀羅尼明護摩法饒益有情成就一切最勝之法破諸蓋障止諸怨敵一切毗那夜迦不相障惱一切人民見皆歡喜於清淨處方量三肘淨治塗地當中圓一肘深半肘穿火爐坑瞿摩夷黄土泥如法摩拭白梅檀木長二

把半截之爐中累燒等分以稻穀華白芥子沉水香和酥蜜乳酪於五更時護摩一千八十遍五無間罪一切業障一時消滅若經七日作護摩者壽命無夭出諸重罪得身清淨若二七日作護摩者福壽增越國王王子輔相人民見者愛敬如事火天若三七日作護摩者三十三天釋提桓因并諸天衆日月天子皆來擁護與諸願滿四天王神持明仙衆并諸眷屬皆來擁護與其効驗執金剛菩薩與大勝願聖觀自在當現其身授加大願隨意滿足令世人民皆當敬伏若天亢旱以白芥子和酥三日三夜如法護摩則降甘雨若多霖雨取護摩灰仰觀空雲明一百八遍上散空中其雨即晴若災風雹雨卒暴起時用護摩灰明一百八遍望向散之風雹即止若

常依法誦念明者威德神力而無所畏如那羅延捨此身後則生西方極樂世界隨所生處常識宿命乃至菩提不墮惡道世尊此如意輪陀羅尼明無量功德踰海無極若比丘比丘尼優婆塞優婆夷童男童女能信斯法不生疑惑書寫讀誦常受持者心有憶持一切事業皆盡如意得大威德時世四部信男信女皆悉愛敬持明仙王與諸仙衆冥密守護加祐福事自然成辦得大尊貴恭敬供養一切財寶真珠摩尼金銀瑠璃珂貝璧玉衣服樂具而皆豐足獲大福植滿諸願故是持明者得斯吉祥如意悉地勿輕泄人所獲神力永無退失世尊此如意輪陀羅尼明印威神如是甚爲希有或淨不淨能成有情心寂法海入諸三昧神通遊戲住佛菩提以斯因

緣我以大悲成熟有情唯希如來加持覆護

囑累品第十

爾時世尊讚觀自在菩薩摩訶薩言善哉善哉大慈悲者能善說此如意輪陀羅尼明是法於贍部洲利樂成熟一切有情菩提善根若有有情發心於此如意輪陀羅尼明讀誦受持恒不間者則此生中證見色寂圓照神通遊戲智三昧耶非但現世得大福利亦於當生獲大功德是故一切天龍八部皆應敬護如事火天我以持此明者付囑於汝常勤加護令斯明者得其證驗見信汝身我已隨喜爾時觀自在菩薩摩訶薩白言世尊我於無量劫來以大悲力受如來教付囑有情常隨擁護與其効驗唯佛證知為於有情說此如意輪陀羅尼明若受持者依課誦持得願滿足證成不難承佛神力得作如是救苦有情爾時聖觀自在菩薩摩訶薩說此經已一切大眾皆大歡喜信受奉行

如意輪陀羅尼經

音釋

喇 盧達切　悚 息拱切懼也　釵 楚皆切　璫 都郎切充耳珠也　釧 尺絹切臂鐶也　疔 當經切　癲 都年切狂病也　尠 息淺切少也　麳 卓皆切　抹 普末切　髆 補各切肩髆也　撓 女巧切擾也　攢捻 攢祖丸切捻奴協切　聹 奴頂切　鴳 安古切　瀸 音節水灑也　簁 音師與篩同　眤 尼質切　珊 蘇干切　橿 居良切　眵 赤脂切目汁凝也　搵 烏困切以手捺也

觀自在菩薩怛嚩多唎隨心陀羅尼經

唐大總持寺沙門智通譯

清刻龍藏佛説法變相圖

觀自在菩薩怛嚩多唎隨心陀羅尼經

唐大總持寺沙門智通譯

如是我聞一時薄伽梵住極樂世界爾時觀世音菩薩摩訶薩往詣佛所白佛言世尊我有隨心自在心王陀羅尼能爲未來一切衆生作大利益世尊若有苾芻苾芻尼鄔波塞迦鄔波斯迦受持此陀羅尼者速能成就三摩地門速能成就諸陀羅尼門無量無邊世界業障悉令清淨無量無邊福德資粮積集善根增長能生無量無邊智慧神通境界能超過入方便善增六波羅蜜滿足增長一切菩薩力無所畏十八不共羅漢聖諦神足根力覺道得定緣解脫三昧三摩鉢底能令見者聲聞緣覺證於佛地所修智慧威德力成就聰明福德吉祥勤精進經行乃至辯才具

足騰空隱形自在持咒仙位世樂具足多財富貴賢瓶如意安善那成就療一切病痛鬼魅悉能除遣災疫消滅能成一切善事能滅一切罪障善能成就無量無邊陀羅尼三昧獲最勝廣大法要即說陀羅尼曰

曩上聲謨囉怛那二合哆羅二合野引耶一曩上聲謨阿引唎耶二嚩嚧枳帝濕嚩二合引囉耶三冐地薩怛嚩二合引耶四摩訶薩怛嚩二合引耶五摩訶迦嚧尼迦引耶六怛你也他二合七唵多唎多唎咄多唎八咄咄哆唎咄唎九娑嚩二合訶上

世尊此陀羅尼法常爲一切天龍夜叉乾闥婆阿蘇囉迦樓羅緊那羅部多那畢舍多俱槃茶羅刹娑七耀諸苾達那毗那夜迦等之所供養吉祥讚歎禮拜常爲梵護世諸仙衆成就陀羅尼仙供養隨喜信受加持獲得梵行清淨稱讚恭敬尊重供養一切承事之具悉令滿足爾時觀世音菩薩復說受持之法若有受持此陀羅尼者應當洗浴清淨著新淨衣并受律儀住於慈心以大悲意樂眞實語除於貪悋於一切衆生生利益心安樂勝意捨瞋欲心常當念誦勿令斷絶作廣大供養觀自在菩薩像前散華末香華鬘塗香幢旛寶蓋莊嚴於菩薩像前一心堅固至意信向觀自在多唎隨心陀羅尼每日誦一千八遍不令斷絶滿三十萬遍已一切所爲之事皆得成就功德積集不被水火焚漂一切惡毒不能侵害若爲四衆說法皆願燒香誦此眞言七遍能令所說通利無有障礙辯才無畏又令一切天魔外道一切厭魅呪詛等事

不能爲害壽命延長所有願求隨心所獲修眞言者應當如是一一依前每入道場當於像前結跏趺坐以作加持結蓮華根本印誦前眞言隨情梵音而以供養音聲調和如從本尊口中流出入行人身中於其座前當觀有大蓮華華上想有觀龍二合字其字變成青蓮華乃至變成多利菩薩種種莊嚴寶冠上有觀自在王如來左持青蓮華當於心上右施諸願無畏念誦之時應當如是觀其本尊眞言字於淨月中右旋如鬘猶水精珠列在明鏡光徹表裏分明聲等搖鈴勿令斷絕不緩不急纔令自聞氣息調安詳審記如是滿三十萬遍已即得成就諸願如意爾時觀自在菩薩即於夢中示現以比丘身或婆羅門身或童男童女身或現國王身或現大臣身或現長者居士等身讚言善哉善哉大士汝已能攝護於教法汝所願成就更何所求是時行者所須之願應當具說即得成就一切吉祥果報

印法第二

總攝身印第一

以二手中指無名指小指各向外相叉合掌右壓左頭指博著掌背二大指並竪面相著呪曰　誦前呪七遍隨心所作皆得成就

召請印第二

以右手向前把左手腕於頭上以左手四指來去眞言曰

唵　薩婆菩提薩埵嚩耶移醯堙醯娑嚩訶

此眞言印燒安悉香誦七遍請菩薩即來於後若欲誦多利心眞言先作此法

蓮華臺印第三
以二手相合仰掌向上指各微屈如開敷蓮
華形即誦眞言曰
唵　薩婆跛羅鼻　瑟吒二合菩陀那　娑嚩
二合訶
此眞言印能令無量菩薩皆來集會
香印第四
以右手大指捻無名指甲上餘三指直屈又
以左手附下眞言曰
唵　薩婆跛耶　布瑟婆伽耶　娑縛二合訶
此眞言印能感得天龍八部皆來供養
香水印第五
以兩手中指無名指小指各把大指如拳法
合腕以二頭指相拄誦眞言曰
唵　薩婆烏馱迦耶羅闍　婆嚩二合訶
此眞言印法供養恒沙諸佛菩薩
護身印眞言第六
先合掌屈二小指甲相背二大指附二頭指
三指合頭相拄掌中開少許當於頂上頭指
來去眞言曰
唵　阿唎多唎都多唎覩唎四囒拏　夜揭
囉鞞囉叉囉叉莎薩婆突弊也二合薩蒲跛達
囉鞞弊也二合娑嚩二合訶
此眞言印誦滿十萬遍降伏一切蠱道除一
切諸魔外道等輩不能爲害并用護身又作
此印誦前心眞言於舍利搭前至心發露懺
悔衆罪消滅
口印眞言第七
準前心印唯改二大指屈入掌中並壓二小
指節上眞言曰

唵 毗婆施 伽伽那 娑嚩(二合)訶

此真言印已口誦真言時除口業罪障

大懺悔印真言第八

先以右手大指捻中指甲上餘三指直舒左手亦然以右手大指甲壓左手大指上正當心前真言曰

唵 薩婆菩陀冐地薩跢嚩 耶娑嚩(二合)訶

此真言印懺悔能除一切業障等罪悉皆消滅

追喚一切大力鬼神天龍八部印第九

以右手捺左手背上四指向下相叉以右手四指來去真言曰

唵 俱嚕陀薩婆提婆耶 娑嚩(二合)訶

大結界辟除頻那夜迦印真言第十

以右手無名指叉入左手無名指背上右手大指鉤取左手小指在左手掌中壓左頭指及中指無名指甲上以右手頭指與左手小指頭相拄右手大指壓左中指背上捩右腕真言曰

唵 薩婆藥乞叉(二合) 羅利娑那盤陀盤陀陀娑訶

隨心印真言第十一

準前結界印唯改右手頭指與左手小指相去七寸許

作此印者誦前隨心真言所願皆得

度魔王波旬入道印第十二

以右手中指無名指相著屈在掌中直竪餘三指舒手掌向胷左手亦然以掌向外託作此印時波旬領諸徒衆悉慕入道頂禮其足誦前本心真言

降伏外道六師印第十三
準前印唯改大指捻無名指及中指甲上作
此印時六師歸伏亦誦本眞言
菩薩五眼清淨眞言印第十四
以兩手大指二頭指相捻二中指並竪頭相
拄二無名指壓二小指甲上中間使當額上
著眞言曰
唵 薩婆斫者芻陀羅伽囉耶娑嚩(二合)訶
作此眞言印時得見六道衆生離苦解脱
施甘露印第十五
以左手頭指與大指相捻餘三指直竪向外
託又以右手垂向下直舒五指此施甘露法
六道衆生悉皆飽滿解脱亦誦本眞言
防難印第十六
以右手大指叉右肋指頭向後餘四指把拳

左手亦然向前怒臂作此印已眞言曰
唵 薩婆塗 瑟吒(二合)耶瞋陀瞋陀 娑嚩
(二合)訶
自在印眞言第十七
以左右手四指反相叉又以二頭指相拄二
大指相去直向上直竪眞言曰
唵 薩婆菩陀跢囉耶 摩囉耶 娑嚩(二合)
訶
三昧印第十八
正坐跏趺以左手掌承右手背相壓當心前
誦前心眞言即得能入滅盡禪定三昧
召焰摩天王印第十九
以二小指反相鉤右壓左屈二中指二無名
指各壓二大指甲上竪二頭指相去五寸頭
指來去眞言曰

唵　薩婆焰摩囉闍　第毗耶娑嚩(二合)訶
作此眞言印時欲知罪人數量多少問其姓
名王自將領諸官從空而來具報行人
召四天王印眞言第二十
以二手四指反相叉二大指屈入掌中令藏
指頭頭指來去眞言曰
唵　薩婆提弟婆羯囉　訶那娑嚩(二合)訶
作此印時四天大王一時俱至行人問四天
下事悉皆知之
清淨持戒印第二十一
以右膝著地舉頭向上合掌當心叉以二頭
指壓中指背上第一節二大指各附二頭指
側眞言曰
唵　薩婆波羅提藥　乞叉(二合)呬嘌(二合)陀那
娑嚩(二合)訶

作此印眞言之時無量無邊世界一切衆生
之類得清淨戒
隨身隱形入道印眞言第二十二
以右手大指壓無名指中指壓上頭指及小
指直竪左手亦然以左大指從下向上入右
掌中鉤取左手中指無名指右壓左眞言曰
唵俱唎夜底薩婆迦唎耶　娑嚩(二合)訶
喚五道等仙人印第二十三
以兩手中指無名指小指各把拳兩手相合
二大指各附中指側頭指來去眞言曰
唵　薩婆　訖唎(二合)多知耶(二合)羯摩婆耶瞿
跢曳　娑嚩(二合)訶
作此印眞言時一切仙人呼喚並至問其仙
人法事一一具陳
灌頂清淨印眞言第二十四

準前五道印上唯改二頭指各壓二大指頭
頭指相拄又以二中指直竪頭相拄向頂上
著眞言曰

唵　提健婆慕跢囉　僧建　娑嚩(二合)訶

若作大曼荼羅道場時以此印誦眞言
灌頂無邊衆生皆得清淨

水難印第二十五

以兩手中指無名指相叉右壓左二頭指及
二小指直竪頭相拄二大指屈入掌眞言曰

唵　烏陀伽薩婆第婆烏陀伽　娑嚩(二合)訶

作此印眞言法水不能漂諸天歸伏

火難印第二十六

準前水印唯改二頭指小指各相去一寸許
眞言同前水難眞言能令火不能燒諸天歸
伏

風難印第二十七

以右手中指無名指叉入左手無名指背上
二頭指小指隨入壓左手無名指及中指心
上左手頭指及小指壓右手中指無名指背上
出二大指相去直竪反掌向外用水難眞言
作此印眞言時一切風難不能爲害風雨神
王悉皆歸伏

天印第二十八

以右手大指捻左手頭指第二節又以左手
大指捻右手大指第一節餘三指竪頭指相
拄各相去一寸許用前隨心眞言
作此印眞言時能見三十三天上事

地印第二十九

準前天印唯改以二無名指平屈頭指相拄
眞言曰

唵　佉吒旁伽賀悉跢曳　娑嚩二合訶
作此印真言時一切地神皆悉歸伏
賊難印真言第三十
以右手頭指中指無名指小指反鉤左手四
指二大指各散直竪真言曰
唵　薩婆畐瑟吒二合跛囉畐瑟吒二合那瞋陀
耶娑嚩二合訶
作此印真言一切賊難皆悉自縛不能爲害
王難印第三十一
準前賊難印唯改右手人指鉤取左手大指
即是真言曰
唵　薩婆囉闍度瑟吒二合那娑嚩二合訶
作此印法時一切王難刀兵等難不能爲害
施無畏印第三十二
起立以左臂直舒向下五指亦舒向下掌背
向後右手亦然以掌向前如施甘露右手印
法真言曰
跢姪他　阿唎跢唎觀跢唎觀唎　醯蘭拏
夜伽囉鞞囉叉囉叉薩婆薅契毗耶薩冐般
達囉鞞毗耶　娑嚩二合訶
作此印真言誦十萬遍一切衆生皆得無畏
防毒難印真言第三十三
以兩手四指反相叉二大指頭相拄反掌向
外真言曰
唵　跛囉伽舍夜延盤陀盤陀娑嚩二合訶
若入山谷作此印時一切毒蛇虎狼師子諸
毒禽獸不能傷害一切毒藥亦不能害
求聰明印真言第三十四
以兩手大指各捻二無名指甲上二小指並
直竪搏二中指側頭相拄屈二頭指各附二

中指側第二文上指頭相去一寸許作此印
巳正當心前亦誦隨心眞言
若有鈍根者爲作此印供養求願則得如願
昔頻棃國有一長者家雖大富爲性鈍根師
爲七日依法求願則得聰明日誦千偈自餘
證驗不可具陳
破地獄印第三十五
以兩手二中指無名指各屈在掌中相背二
大指頭指小指各相去半寸許亦誦前根本
眞言
作此印時地獄門開受苦衆生一時解脱其
焰摩王心生歡喜觀世音菩薩大慈大悲憐
愍衆生故此法印
求生淨土印第三十六
合掌當心以二大指並拄心上誦根本眞言

作此印時爲彼一切諸衆生等臨命終時作
此法印一心誦眞言隨欲樂生何佛國土隨
意往生
救一切病苦衆生印第三十七
以二頭指與二中指相鉤右壓左二大指各
屈在掌中二無名指及小指頭手掌向内誦
前根本眞言
若有一切病苦衆生爲作此印法無量衆生
所有病苦皆悉除愈
取地中伏藏印第三十八
以兩手四指各反相叉在於掌中并二大指
並向下拄地知有寶處作此印已誦根本眞
言一百八遍其七寶神一時俱至隨問而答
求見觀世音印第三十九
以二無名指及小指各反相叉右壓左二中

指並直竪頭相拄二頭指各屈第二節及第三節兩甲相背二大指壓二頭指節上亦誦前根本眞言

作此印已至心誦眞言專心正念爾時觀音菩薩尅當現身行人見已懺悔衆罪次求見佛

見佛印第四十

準前印上唯改以左手中指屈入右無名及頭指岐間右中指壓左中指背上眞言曰

跢姪他　伊利多唎　娑嚩(二合)訶

若作此印誦眞言滿十萬遍十方諸佛來問行人作何所爲便與摩頂授記

通師注云爲病經三七日至求作此印法現蒙摩頂授記此事每不向人説唯自知耳後一切法皆得成就作此印時每有異香烟至若能專誠當得作佛不可思議世人聞此未能生信恐有生謗不欲流傳同修行人乃可知之亦誦根本眞言

隨心成就滿足六波羅蜜印第四十一

當以兩手反合掌背相著挾腕向外二大指正當眉間向下垂眞言曰

跢姪他　薩婆菩陀耶　薩婆跛囉腎壤波羅弭多曳唵　賀婆賀娑娑嚩(二合)訶

作此印時起菩薩心普觀一切衆生類猶如赤子作是念已至心誦滿十萬遍由是法力一切衆生皆悉具足六波羅蜜所願滿足恒沙等一切世界諸佛世尊悉皆歡喜

隨心具一切功德印第四十二

左手大指屈入掌中餘四指把拳在右腋下右手亦然在左腋下右壓左誦根本眞言

作此印法時無量衆生悉皆具足一切功德
隨心神足印第四十三
右手中指無名指屈在掌中大指壓無名指中指甲上頭指小指直伸誦眞言
作此印已用摩兩手足日馳千里作此印時地神每將七寶華臺承行人足肉眼不見但生大悲救護之心莫爲自求名聞利養必定感得萬神扶助誦根本眞言
隨心祈願印第四十四通後印用
以右手大指屈而向掌又屈頭指離大指頭四五分許中指以下三指總伸相搏以印横側著於心上指頭向右作此印已即誦根本眞言
若欲求願先作四肘水壇懸諸旛蓋種種莊嚴於其壇中著隨心像像前列諸供養誦前眞言祈願成就
隨心祈一切願印第四十五共同前
右手大指屈向掌又屈頭指離大指頭四五分許中指總伸相搏以印横側著於心上指頭向右作此印已誦根本眞言
此法印欲求願時先作縱廣四肘水壇懸諸旛蓋種種莊嚴於其壇中著隨心像當其像前列著四椀各盛一味石蜜沙糖乳蜜如是次第各盛供養散種種華燒沉水香供養像前至心懺悔隨心所願祈請竟像前作印以袈裟覆或用淨巾覆其印上已至心誦眞言滿一百八遍更莫餘縁誦此眞言竟隨心所願悉得稱意隨大小一日乃至七日作法日日三時晨朝日中及黄昏時依前法必果所願除不至心若非同心善知識請不流傳非

其人殃及身又未入灌頂者亦不得傳

隨心解一切鬼金剛等印第四十六

以兩手反合掌背相著當心瞋怒誦前根本真言二七遍已急離兩手正合掌已又誦七遍印散開之作此印法時能破一切諸法皆悉不成此印是觀世音成道降魔印非心行同大善知識請不流傳非其人殃其身又未入灌頂曼荼羅大法者亦不得傳

觀世音菩薩印第四十七（崛多三藏譯出印）

先以兩手相合十指頭齊兩腕相著正當心上合掌令掌心空誦根本真言

總攝印第四十八

兩手腕仰相叉右大指壓左大指兩手八指急怒把拳真言曰

唵　薩婆那庚多慕陀羅耶盤陀盤陀　娑嚩（二合）訶

此總攝印明悉能一切印法（此是智通於玄奘三藏處受得此印）

五眼清淨真言

唵　薩婆斫芻　陀羅　伽囉耶娑嚩（二合）訶（此無印）

每日旦起隨力供養於像前至心誦此真言滿十萬遍已去不假作餘法一切所求無不稱遂一切外法所有禁咒以此咒之皆散不成前三十萬遍此多羅真言法觀音聖者誓願力故假令身上有五逆重罪但能依法作之並得消滅若得一度作壇法受持得驗已後隨心誦三遍或一遍已皆得成驗

觀世音說療一切病壇法

壇方三尺中城方二尺內城方一尺皆須先

掘去穢土即與淨土作之香汁泥令平淨掃
以粉米種種雜綵色和作蓮華承觀音像最
内院壇上四角安四天王座須方畫壇上作
燒種種上妙好香沉水香請佛及菩薩并諸
善神總了即散華訖復座誦眞言一百八遍
即須發願作善訖更起燒香繞壇三帀訖即
更復座誦眞言一百八遍滿一萬遍即起於
南門側立眞言鉢令轉即知驗初受持法用
若往餘處治病隨心念想作也能作壇最勝
治病速驗
又法若作惡家取死人脚脛骨削作兩把栓
呪一千八遍著怨家門底三日怨家自去拔
栓却還不拔栓不還於佛法作障難調伏者
請三寶力入佛道也若欲得遠相去離者當
取苦楝子呪一遍投著水中如是滿一百八
遍日别三時滿七日已即各相離不相侵犯
若人爲惡欲令相去如是作法稱彼名
又法取石子四枚隨其大小可呪七遍安四
方則一切盜賊不過其家
又法取檀香木栓呪一百八遍將身隨行或
所到處險惡道路欲卧之時則一切虎狼師
子鳥獸等不敢來侵犯若欲别行還拔此栓
所到之處欲卧時還復釘之除一切惡
又法取衣帶呪三七遍結之所有惡來向已
者皆自停息
又法呪五色綫七遍一遍一結繫自左臂一
切諍競處皆悉得勝
又法失物不知去處燒香志心誦呪七遍卧
去勿共人語即於夢中神來具説其人姓名
亦見其人形狀即知物處不得道説

又法呪菖蒲七遍鼻嗅之不睡少眠
又法若患蠱毒呪水七遍飲之即得除差
又法呪水七遍一切病者服之食飲亦然萬病悉得除差
又法若有人欲害已者取鑌鐵刀子呪一百八遍斫彼惡人行路不能爲害
又法欲求錢財者黒月十四日十五日二日之中日日別三時取烏麻粳米華二種火中燒之一千八遍一遍一燒即得財寶如意
又法若人相瞋取烏麻滓與粳米糠相和焼呪之一呪一燒滿一千八遍即皆歡喜
又法呪白鴿糞三七遍用塗枷鎖自然解脫
又法若人惡心於室中淨澡浴取酒一斗呪三七遍即召惡人隨意更呪一百八遍其人聞酒氣即自然醉

又法有諸惡人來者取土呪七遍繞牀圍之亦不能加害亦能免一切蚊子
又法呪水散四方結界心住其中一切諸惡並不能爲害
又法若爲官府及怨家惡人瞋怒口含嚼菖蒲根心中誦呪當怒誦之即止凡誦呪或對天或陰誦之任意用力皆瞋色厲氣急誦之所爲皆驗
又法若有惡人急性人諸惡貴人伺求者於淨室中澡浴清淨呪土七遍向四方散則一切惡並息無餘不能爲害
又法若欲縛賊隨心誦呪見賊之時取衫袂或衿差度七遍急繫手把誦呪而過一切賊盜之人皆悉不動
又法若有橫作口舌論人是非取菖蒲根燒

作灰呪一百八遍以散人舍其家大小自相鬬諍不休解者取一升井華水呪二十一遍散著其舍即止

又法呪刀及杖七遍若行者行夜宿時刀杖畫地周遍一帀一切惡獸盜賊悉不得近

又法惡人妄作口舌加諸是非者抄其姓名以帛紙朱書著脚下彼人欲道則不得語欲解之則却脚底名呪之七遍平復如本

又法若賊來逼人呪水七遍含水向其方噀之則惡人口鼻脣腹皆似火燒之即止

又法凡欲誦呪呪師先禮三寶於是手把香爐住佛前立存念空中幽顯及注想諸天龍八部若欲覺心力有異者宜即誦呪或把楊枝用拂打病人皆得除差

又法呪木槵柴火中燒之則一切怨家散

又法於清淨地呪粳米飯一日三時滿七日師得種種財寶所求皆得

又法呪薰陸香三遍擲火中燒之平旦午時日暮各七遍令人家五穀豐盈

又法取牛毛一呪一燒滿一百八遍令人不能近女人每呪一遍稱彼人名即驗

又法若治饒舌人以泥作饒舌人形狀桐木作栓呪之一千八遍釘其口中即不得語

又法被蛇咬欲死取水一抄呪七遍服之即起若未起更呪咬處二七遍即差

又法若頭痛者取香湯洗頭洗手呪手二十一遍捻其痛處即止

又法呪油三七遍著耳中即差

又法患眼痛取沉水香水洗眼即差又呪三七遍或薰陸香青木香或甘草等物皆煑爲

湯洗眼呪二十一遍悉得除差
又法鼠惱人呪灰七遍遺孔前更呪水七遍瀉孔中乃至三日爲之鼠出散去絶不來
又法欲洗面先取水呪七遍然後洗之一切去處無問貴賤見者皆悉歡喜所求如意
又法欲令一切惡人爲慈悲心呪飲食三七遍與彼人食變惡作慈心
又法取土一把呪三七遍安惡人門下過七日其人變惡作善心
又法患瘧發時以水淨楊枝於病人邊誦呪七遍即愈若不信者欲令重發却誦此呪七遍其人即發不能自解
又法有患病不語者取狗乳呪七遍用塗其口即得語
又法一切瘡等呪蓽茇乾薑和蜜擣之一百八遍用塗瘡上即差
又法取乾薑胡椒蓽茇以上物等分爲末日別旦起取一方寸匕誦呪二十一遍乾服聰明若患冷病者亦依此服皆差
又法若值惡邪魔之所惱亂者迷悶不醒於其耳邊急誦呪三七遍即差
又法若患鬼病口不得語以袈裟角呪二十一遍打即語
又法取苦楝木葉火燒之呪一百八遍病皆得除差苦楝子亦得
又法取苦楝子呪一百八遍燒之則一切惡鬼神悉皆離遠不能與人作障難
又法行人遥見一切貴勝一切四衆去七步外誦呪一七遍即生歡喜勿令彼聞欲去人家亦誦二十一遍念念誦之仍稱彼名請善

神三寶慈力轉前人善心向已
又法若患身體腫用油呪三七遍塗腫上即
差
又法若患心痛旦起取井華水和石鹽隨多
少呪之七遍令病者服之取吐并痛處即差
又法患眼膜呪水三七遍洗眼經七日即差
又法若患痢者呪鹽水三七遍飲之即差
又法若人身上生一切惡瘡者呪土二十一
遍和泥瘡上即愈
又法若人欲斷穀者取白蠟一方寸許以粳
米半升作粥和蠟鎔令調和服之得七日須
呪二十一遍服之亦可得三七日不飢
又法若有惡狗欲來咬人急誦呪七遍其犬
亦不能行若欲解呪七遍望犬散之即解
又法若有女人月水不絕日日來者呪粳米
洗取汁并和蜜與女人服之亦呪三七遍服
即止
又法若有女人兒死腹中不出者可取水手
中著少許阿魏藥呪一百八遍令服即出
又法若人患痔病連年月不差者可取一錢
胡粉三錢水銀乾棗七顆去核三物擣碎作
丸以一片薄綿裹之內下部不經三日五度
即差多作藥者皆等分作之呪三七遍內之
即差
又人患癧下不可呪赤石脂末飲和爲丸曝
令乾以飲呑之呪三七遍日二服服則四十
丸禁如藥法病者冷多加乾薑亦好各用二
分
又法若人患脇內生核呪油二十遍塗上即
消

又法若有刀刺所傷痛不可忍或從高墜下所傷呪淤泥一七遍塗之即差
又法若人患白癩黃癩等病若狂狗嚙人若身上生惡瘡若被箭射刀瘡傷破呪土三七遍和泥以塗上皆差真實如是
又法呪酥一千八遍用塗眼無睡矣食之不飢
又法若人眼患白膜一年以還取華茇著水中研之呪二十一遍著眼中即差
又法若耳聾呪百八遍若障重者以油及酥煎樺皮青木香每呪七遍過耳中令服之即差
又牙痛呪楊枝七遍嚼之即差
又法耳痛呪樺皮節塞之即差
又法若有女人產遍欲死展髮呪七遍還結之即差若不得食呪水七遍與飲即差
又法若患冷病身腫體癖風冷等病取菖蒲以白蜜和之佛前燒香呪一千遍空腹服之即差能令人聰明一部位大七八寸來諸法並是大慈悲觀世音菩薩白佛言世尊此多利心呪功德威德勢不可思議安樂世間多所饒益若四部受持之者一切愛敬得生淨土不離菩薩晝夜誦持我常覆護伏願世尊垂哀聽許我以憐愍一切衆生即說隨心造水天像法
以白檀木刻作其像身高五寸似天女形面有三眼頭著天冠身著天衣瓔珞莊嚴以兩手捧如意寶珠身高二寸半亦得造此像已安木函內錦囊盛繫於左臂諸願隨心壇攝一切壇

此壇外院方三尺中院方二尺內院方一尺皆須先掘去穢土即著淨土作之香汁作泥令平淨篩石灰以和朱沙赤土或米粉等作蓮華承觀音像若無朱沙即用赤土亦得最內院上四角安四天王座須方畫壇上作唯得燒薰陸香及沉水香先請佛諸菩薩及神王總了即散華訖復座誦呪一百八遍即須發願作善訖更起繞壇三帀訖即更復座誦呪一百八遍至滿一萬遍即起於南門側立呪鉢令轉即知驗先是初受持呪法用若往餘處治病隨念想作也作壇最驗若無澡罐銅鏂亦得具楊枝水中

又法用白汁木柴燒灰取粳米胡麻二種擣取少許呪一遍一擲火中燒之滿一千遍一日三時作之則自身增色力

又法於日未出時及日沒後以左手撮粳米呪一遍一擲火中燒之一一稱其姓名如是七夜滿一千八遍隨心所念男女皆悉歡喜

又法呪酥一遍一擲火中燒之滿七遍則一切禽獸皆悉歸伏欲經惡獸中行先作此法

又法取木穗子木柴火中燒之則令一切惡

怨家消散亦可準餘法作之

又法用白乳汁木柴灰一斗大以酪蜜酥相和用塗松木松明木香柴呪一段一遍擲火中燒之滿二十五遍一日三時及大小便利皆洗浴呪師持八齋戒又云一日三時洗浴一二設食供養日日如是滿七遍隨心所召天神即來隨人使令無敢違者

又法白芥子一枚呪一遍一擲火中燒如是滿一千八遍一日三時一切貴勝歸敬

又法乳粥和酥呪少許一遍一擲火中燒之如是滿一千八遍則遏羅闍波你弭歡喜相信餘貴勝妃女亦同此一切求善事皆吉唯不得生染心法不成就

又法取阿利瑟迦木木槵是呪一千八遍火中燒之平旦午時日暮一日三時如是三七日

呪師得種種財寶又復波浪亦不被溺或能水上行不沒又呪居嚕香三遍擲火中燒之

又法於白月八日在清淨地呪粳米飯一撮子呪一遍一擲火中燒之如是滿一千八遍家內五穀常豐盈

又法呪菖蒲一百八遍口中含之則一切言論處及官府中理若鬪諍處皆得勝

又法呪師欲得供養十方諸佛欲避一切障難除一切病痛者應作此法若知有鬼病者作四肘水壇中心著火爐燒栢樹枝數數誦呪即差日日作到七日即差

此多利呪法觀世音菩薩聖衆誓願力故假令身上五逆七遮等罪但能依法受持行用一切罪障悉皆消滅所作遂心並得成就莫漫傳之受諸惡報畜生地獄之苦

又甘露印法

左右小指無名指直竪附無名指側上頭開三分許以二頭指抋中指背上即並二大指屈入掌中並頭拄無名指節文二腕相著次以兩腕跟當心上著向下垂一切疾病皆隨印滅誦呪而慈愍一切受苦飢餓者作心印鬼神歡喜一切皆得飲食飽滿充足大大有驗令一切衆生無諸疾病若常持此法印者便超十地過諸佛刹甚深微妙不可具論是法眞言能滅一切罪根若善男子善女人受持此眞言者現世得五種果報一者生值世間常有宿命辯才無礙恒得清淨二者令得佛眼三者所生常得三十二相與我無異四者常對佛前五者世間行處皆得震動爾時世尊讚觀世音菩薩言善哉善哉汝爲一切衆生令得安樂爾時觀世音菩薩說此眞言法竟一切諸大比丘比丘尼優婆塞優婆夷及諸天龍夜叉健闥婆阿素羅伽嚕荼緊那羅一切衆生等聞說此隨心法竟皆大歡喜發無上法忍作禮奉行

觀自在菩薩怛嚩多唎隨心陀羅尼經

音釋

捩良傑切拗也　腎時忍切　脛胡定切脚脛也　栓居月切與橛同　滓側氏切澱也　噀蘇困切噴水也　槵胡慣切木名　七卑履切匙也　痔直里切後病也　㿃當蓋切下病也　曝薄木切日乾也　嚙五巧切噬也　樺胡化切木名　癖匹辟切腹病也　鏂烏侯切　抋蒲結切捩也謂拗也　跟古痕切足踵也

請觀世音菩薩消伏毒害陀羅尼呪經

東晉天竺居士竺難提譯

佛說十一面觀世音神呪經

宇文周世天竺三藏耶舍崛多等譯

清刻龍藏佛說法變相圖

二經同卷

請觀世音菩薩消伏毒害陀羅尼呪經

佛說十一面觀世音神呪經

請觀世音菩薩消伏毒害陀羅尼呪經

東晉天竺居士竺難提譯

如是我聞一時佛住毗舍離菴羅樹園大林精舍重閣講堂與千二百五十比丘皆是阿羅漢諸漏已盡不受後有如鍊眞金身心澄靜六通無礙其名曰大智舍利弗摩訶目揵連摩訶迦葉摩訶迦旃延須菩提阿㝹樓馱劫賓那憍梵波提畢陵伽婆蹉薄拘羅難陀阿難陀羅睺羅如是等衆所知識常爲天龍八部所敬復有菩薩摩訶薩二萬人俱大智

本行皆悉成就調伏諸根滿足六度具佛威儀心大如海其名曰文殊師利童子寶月童子月光童子寶積童子日藏童子跋陀婆羅菩薩與其同類十六人俱彌勒菩薩如是等菩薩摩訶薩二萬人爾時世尊與四衆天龍八部人非人等恭敬圍繞時毗舍離國一切人民遇大惡病一者眼赤如血二者兩耳出膿三者鼻中流血四者舌噤無聲五者所食之物化為麤澀六識閉塞猶如醉人有五夜叉名訖拏迦邏面黑如墨而有五眼狗牙上出吸人精氣時毗舍離大城之中有一長者名曰月蓋與其同類五百長者俱詣佛所到佛所已頭面作禮却住一面白佛言世尊此國人民遇大惡病良醫耆婆盡其道術所不能救唯願世尊慈愍一切救濟病苦令得無患爾時世尊告長者言去此不遠正立西方有佛世尊名無量壽彼有菩薩名觀世音及大勢至恒以大悲憐愍一切救濟苦厄汝今應當五體投地向彼作禮燒香散華繫念數息令心不散經十念頃為衆生故當請彼佛及二菩薩說是語時於佛光中得見西方無量壽佛并二菩薩如來神力佛及菩薩俱到此國往毗舍離住城門閫佛二菩薩與諸大衆放大光明照毗舍離皆作金色爾時毗舍離人即具楊枝淨水授與觀世音菩薩大悲觀世音憐愍救護一切衆生故而說咒曰普教一切衆生而作是言汝等今者應當一心稱南無佛南無法南無僧南無觀世音菩薩摩訶薩大悲大名稱救護苦厄者如此三稱三寶三稱觀世音菩薩名燒衆名香五體投

地向於西方一心一意令氣息定爲免苦厄
請觀世音菩薩合十指掌而説偈言
願救我苦厄　大悲覆一切　普放淨光明
滅除癡暗冥　爲免毒害苦　煩惱及衆病
必來至我所　施我大安樂　我今稽首禮
聞名救厄者　我今自歸依　世間慈悲父
唯願必定來　免我三毒苦　施我今世樂
及與大涅槃
白佛言世尊如是神呪畢定吉祥乃是過去
現在未來十方諸佛大慈大悲陀羅尼印聞
此呪者衆苦永盡常得安樂遠離八難得念
佛定現前見佛我今當説十方諸佛救護衆
生神呪
多哪哋鳴呼膩　摸呼膩　鬬婆膩　躭婆
膩　安荼詈　般荼詈　首埤帝　般般荼
囉囉婆私膩多姪哋　伊梨　寐梨　鞮首
梨迦婆梨　佉鞮端者旃陀梨　摩蹬者
勒叉勒叉薩婆薩埵　薩婆婆哪哩婆訶多
荼哋　伽帝伽帝膩伽帝　修留毗修留毗
勒叉勒叉　薩婆薩埵　薩婆婆哪哩　婆
訶
白佛言世尊如此神呪乃是十方三世無量
諸佛之所宣説誦持此呪者常爲諸佛諸大
菩薩之所護持免離怖畏刀杖毒害及與疾
病令得無患説是語時毗舍離人平復如本
爾時世尊憐愍衆生覆護一切重請觀世音
菩薩説消伏毒害呪爾時觀世音菩薩大悲
熏心承佛神力而説破惡業障消伏毒害陀
羅尼呪
南無佛陀　南無達磨　南無僧伽　南無

觀世音　菩提薩埵　摩訶薩埵　大慈大
悲　唯願愍我　救護苦惱　亦救一切
怖畏衆生　令得大護　多姪咃　陀呼膩
摸呼膩　閦婆膩　躭婆膩　阿婆熈　摸
呼脂　分荼梨　般荼梨　輸鞞帝　般荼
囉　婆私膩　休樓休樓　分荼梨　兜樓
兜樓　般荼梨　周樓周樓　膩般荼梨豆
富豆富　般荼囉　婆私膩　矧墀　跈徐殄
切墀膩跈墀　薩婆阿婆耶羯多薩婆呾婆
娑陀伽阿婆耶畀離陀閑殿娑訶
一切怖畏一切毒害一切惡鬼虎狼師子聞
此呪時口即閉塞不能為害破梵行人作十
惡業聞此呪時蕩除糞穢還得清淨設有業
障濁惡不善稱觀世音菩薩誦持此呪即破
業障現前見佛佛告阿難若有四部弟子受
持觀世音菩薩名誦念消伏毒害陀羅尼行
此呪者身當無患心亦無病設使大火從四
面來焚燒巳身誦持此呪故龍王降雨即得
解脫設火焚身節節疼痛一心稱觀世音菩
薩名號三誦此呪即得除愈設復穀貴饑饉
王難惡獸盜賊迷於道路牢獄繫閉杻械枷
鎖被五繫縛入於大海黒風迴波水色之山
夜叉羅刹之難毒藥刀劒臨當刑戮過去業
緣現造衆惡以是因緣受一切苦極大怖畏
應當一心稱觀世音菩薩名號并誦此呪一
遍至七遍消伏毒害惡業惡行不善惡聚如
火燒薪永盡無餘以是因緣誦此觀世音菩
薩所説神呪名施一切衆生甘露妙藥得無
病畏不横死畏不被繫縛畏貪欲瞋恚愚癡
三毒等畏是故娑婆世界皆號觀世音菩薩

為施無畏者此陀羅尼灌頂章句無上梵行
畢定吉祥大功德海衆生聞者獲大善利應
當暗誦若欲誦之應當持齋不飲酒不噉肉
以灰塗身澡浴清淨不食與渠五辛能葷悉
不食之婦人穢汙皆悉不往常念十方佛及
七佛世尊一心稱觀世音菩薩誦持此呪現
身得見觀世音菩薩一切善願皆得成就後
生佛前長與苦別佛告阿難王舍大城有一
女人惡鬼所持名旃陀利彼鬼晝夜作丈夫
形來嬈此女鬼精著身生五百鬼子汝憶是
事不我於爾時教此女人稱觀世音菩薩善
心相續入善境界阿難當知如此菩薩威神
之力惡鬼消伏得見我身無比色像我於爾
時一一毛孔出寶蓮華無數化佛異口同音
稱讚大悲施無畏者令女受持讀誦通利此
呪功德三障永盡免三界獄火不受衆苦四
百四病一時不起設有衆生入陣鬪戰臨當
被害誦念此呪稱於大悲觀世音菩薩名如
鷹隼飛即得解脫若有衆生受大苦惱閉在
囹圄杻械枷鎖及諸刑罰一日乃至十日一
月乃至五月應當淨心繫念一處稱觀世音
菩薩歸依三寶三稱我名誦大吉祥六字章
句救苦神呪
多姪咃　安陀詈　般荼詈　枳由詈　檀
陀詈　羶陀詈　底耶婆陀　耶賒婆陀
頗羅膩柢　毗質雌　難多詈　婆伽詈
阿盧禰　瀕鳩詈　摸鳩隸　兜毗隸娑訶
爾時世尊說是神呪已告阿難言若善男子
善女人四部弟子得聞觀世音菩薩名號并
受持讀誦六字章句若行曠野迷失道徑誦

此呪故觀世音菩薩大悲熏心化爲人像示其道路令得安隱若當飢渴化作泉井果蓏飲食令得飽滿設復有人遇大禍對亡失國土妻子財產與怨憎會稱觀世音菩薩名號誦念此呪數息繫念無分散意經七七日時大悲者化爲天像及作大力鬼神王像接還本土令得安樂若復有人入海採寶空山曠野逢值虎狼師子毒蟲蝮蠍夜叉羅刹拘槃茶及諸惡鬼噉精氣者三稱觀世音菩薩名號及誦此呪即得解脫若有婦人生產難者臨當命終三稱觀世音菩薩名號并誦此呪即得解脫若遇大惡賊盜其財物三稱觀世音菩薩名號誦持此呪賊即慈心復道而去阿難當知如此菩薩及是神呪畢定吉祥常能消伏一切毒害眞實不虛普施三界一切衆生令無怖畏作大救護令世受樂後世生處見佛聞法速得解脫此呪威神巍巍無量能令衆生免地獄苦餓鬼苦畜生苦阿修羅苦及八難苦如水滅火永盡無餘阿難當知若有受持觀世音菩薩名并持此呪獲大善利消伏毒害令世後世不吉祥事永盡無餘持戒精進念定總持皆悉具足阿難當知若有聞此六字章句救苦醫王無上神呪稱觀世音菩薩大悲名字罪垢消除即於現身得見八十億諸佛皆來授手爲說大悲施無畏者功德神力并六字章句以見佛故即得無忘旋陀羅尼爾時世尊而說偈言

大悲大名稱　吉祥安樂人　恒說吉祥句
救濟極苦者　衆生若聞名　離苦得解脫
亦遊戲地獄　大悲代受苦　或處畜生中

化作畜生形　教以大智慧　令發無上心
或處阿修羅　輭言調伏心　令除憍慢習
疾至無爲岸　現身作餓鬼　手出香色乳
飢渴逼切者　施令得飽滿　大慈大悲心
遊戲於五道　恒以善集慧　無上勝方便
普教一切衆　令離生死苦　常得安樂處
到大涅槃岸

爾時世尊說是語已告阿難言是六字章句畢定吉祥眞實不虛若有聞者獲大善利得無量功德說是語已王舍大城有一比丘名優波斯那精進勇猛勤行難行苦行如救頭然在寒林中與無央數大衆圍繞自說往昔作諸惡行殺生無量聞觀世音菩薩六字章句正念思惟觀心心脉繫念一處見觀世音菩薩即得解脫成阿羅漢云何當得見觀世音菩薩及十方佛若欲得見端身正心使心不動心氣相續以左手置右手上舉舌向齶令息調勻使氣不麤不散安詳徐數從一至十成就息念無分散意使氣不麤亦不外向不澀不滑如嬰兒飲乳吸氣㖒之不青不白調和得中從於心端四十脉下取一中脉令氣從中安隱得至十四脉中從大脉出至於舌下復從舌脉出至於舌端不青不白不黃不黑如瑠璃器正長八寸至於鼻端還入心根令心明淨佛告諸比丘此大精進勇猛實幢六字章句消伏毒害大悲功德觀世音菩薩以此數息心定力故如駛水流疾疾得見觀世音菩薩及十方佛佛告諸比丘汝等善聽欲服甘露無上法味若諸比丘已得出家當自攝身不壞威儀端坐正受無外向意觀

於苦空無常敗壞不久磨滅修五門禪當自觀身從頭至足一一節間皆令繫念停住不散諦觀衆節如芭蕉樹内外俱空當知色受想行識亦復如是佛說是語時尊者舍利弗在寒林中還坐樹下已解佛意端坐正受入于三昧身真金色令無數人見者歡喜發菩提心時優波斯那即從座起至尊者舍利弗所頭面著地接足作禮白言尊者向者如來讚歎數息以是因緣獲大善利云何數息唯願尊者爲我解說眼眼識與色相應云何攝住耳耳識與聲相應云何攝住鼻鼻識與香相應云何攝住舌舌識與味相應云何攝住意意識與攀緣相應云何攝住諸顛倒想與顛倒相應云何攝住色聲香味觸與細滑相應云何攝住而此識賊如猿猴走遊戲六根徧緣諸法云何攝住時舍利弗告優波斯那汝今當觀地大地無堅性水大水性不住風大風性無礙從顛倒有火大火性不實假因緣生色受想行識一一性相同於水火風等皆悉入於如實之際時優波斯那聞是語已身如水火得四大定通達五陰空無所有殺諸結賊豁然意解得阿羅漢身中出火即自碎身入般涅槃時舍利弗收其舍利於上起塔已爲佛作禮白佛言世尊佛說禪定第一甘露無上法味若有服者身如瑠璃毛孔見佛觀無明行乃至老死一一性相皆悉不實如空谷響如芭蕉樹無有堅實如熱時焰如野馬行如揵闥婆城如水上泡如幻如化如露如電一一諦觀十二因緣成緣覺道或入寂定瑠璃三昧見佛無數發無上心修童真

行住不退轉佛告舍利弗如優波斯那聞我
說是大悲章句數息定法破無數億劫洞然
之惡成阿羅漢具戒定慧解脫知見身出水
火碎身滅度令無數人發大善心舍利弗當
知若善男子善女人聞觀世音菩薩大悲名
號及消伏毒害六字章句數息繫念淨行之
法除無數劫所造惡業破惡業障現見無量
無邊諸佛聞說妙法隨意無礙發三種清淨
三菩提心若有宿世罪業因緣及現所造極
重惡行夢中得見觀世音菩薩如大猛風吹
於重雲皆悉四散得離重罪惡業生諸佛前
佛說是語已告舍利弗我今為此受持觀世
音菩薩名號消伏毒害無上章句說偈讚歎

我勑提頭賴吒等　慈心擁護受持經
令聞大悲名號人　譬如天子法臣護
我勑海龍伊鉢羅　慈心擁護受持經
如護眼目愛己子　晝夜六時不遠離
我勑閻婆羅剎子　無數毒龍及龍女
慈心擁護持經者　如愛頂腦不敢觸
我勑毗留勒迦王　慈心擁護受持經
如母愛子心無猒　晝夜擁護行住俱
我勑難陀跋難陀　娑伽羅王優波陀
慈心擁護持經者　恭敬供養接足禮
譬如諸天奉帝釋　亦如孝子敬父母
猶如貧人護財寶　如肓須眼及正導
我勑一切諸鬼神　小龍毒蛇毒害獸
一切惡人惡口者　違逆此呪起不善
現身白癩膿血流　後墮地獄長夜苦
是故應當慈心護　受持讀誦灌頂句
地獄清淨如蓮華　餓鬼破碎無八難

後生佛前入三昧　畢定當得不退轉
普施一切大安樂　教諸衆生修十地
我從過去無數佛　聞是消伏毒害呪
消除三障無諸惡　五眼具足成菩提
永與三界作父母　施其安樂得止息
若有聞我名號者　亦聞大悲觀世音
誦持此呪離諸惡　不墮地獄及畜生
蓮華化生爲父母　心淨柔輭無塵垢
必聞無上大慧明　心定如地不可動
一切佛出世　明照如日月　身出大智光
如燒紫金山　三十二相中　流出八十好
譬如須彌山　映顯于大海　衆生聞名者
永離三惡道　得住無爲處　當樂大涅槃
一切佛興世　安樂衆生故　異口各各身
端坐金剛座　口出五色光　蓮華葉形舌
讃歎大悲者　調御師子法　護世觀世音
畢定消毒害　淨於三毒根　成佛道無疑

爾時世尊說此偈已爲受持觀世音菩薩名者擁護此經故說灌頂吉祥陀羅尼

多姪哋　烏躭毗詈　兠毗詈　躭埤　波邏　躭埤　捺吒　修捺吒　枳跋吒　牟那耶　三摩耶　檀提　膩羅枳尸　婆羅鳩里　烏詈　樓瞿詈　娑訶

佛告舍利弗如此灌頂陀羅尼章句畢定吉祥若有見聞受持讀誦破惡業障終不横死

舍利弗白佛言世尊如此神呪大吉祥句普施一切無所怖畏世尊往昔從何佛所得聞此句唯願世尊分別解說使未來世普得聞知獲大安樂免離横死刀杖毒藥水火盜賊

佛告舍利弗我從過去無量佛所得聞此句

受持讀誦即得超越八十萬劫生死之罪又念過去八十萬劫有佛世尊名一切世間勝十號具足彼佛世尊為我演說如上章句我即數息使心不散霍然意解消伏結使得無生法忍住首楞嚴三昧若善男子善女人得聞此經受持讀誦書寫解說即得超越無量無數阿僧祇劫生死之罪消伏毒害不與禍對佛說是語時五百長者子得無生法忍無數人天發阿耨多羅三藐三菩提心舍利弗阿難等白佛言世尊此觀佛三昧海請觀世音菩薩消伏毒害陀羅尼所至到處一切吉祥如梵天王衆所愛敬佛告阿難如是如是如汝所說若善男子善女人得聞此經首題名字常得見佛及諸菩薩具足善根生淨佛國說此品時八十億天子天女及龍鬼神皆悉歡喜發菩提心舍利弗阿難等聞佛所說禮佛而退

請觀世音菩薩消伏毒害陀羅尼呪經

佛說十一面觀世音神呪經

宇文周世天竺三藏耶舍崛多等譯

如是我聞一時佛在王舍城耆闍崛山中與無量菩薩摩訶薩大衆俱前後圍繞爾時觀世音菩薩摩訶薩與無數持呪賢聖俱前後圍繞來詣佛所到佛所已五體投地頂禮佛足禮佛足已繞佛三帀却坐一面時觀世音菩薩白佛言世尊我有心呪名十一面此心呪十一億諸佛所說我今說之我爲一切衆生故欲令一切衆生念善法故欲令一切衆生無憂惱故欲除一切衆生病故爲一切障難災恠惡夢欲除滅故欲除一切横病死故欲除一切諸惡心者令調柔故欲除一切諸魔鬼神障難不起故世尊我未曾見若天若魔若梵若帝釋若沙門若婆羅門等有能受持如是呪者若讀若誦書寫流布或以此呪防護其身或以此呪呪水澡浴其身或入陣鬬戰或爲毒所中誦此呪故一切諸横無所能爲唯宿殃不除此呪一切諸佛所念我此呪一切諸佛所說世尊我憶過恒河沙數劫外有一佛名百蓮華眼頂無障礙功德光明王如來我於爾時在彼佛所作大持呪仙人中王於彼佛所方得此呪得此呪時十方諸佛皆覩目前覩見佛已忽然即得無生法忍當知此呪有如是神力亦能利益無量衆生故當知善男子善女人有能晝夜慇懃讀誦勿令忘失誦此呪時更莫他緣於晨朝時洗浴其身若不洗浴當漱口澡手誦持此呪一百八遍持此呪者現身即得十種果報何等爲十一者身常無病二者恒爲十方諸佛憶

念三者一切財物衣服飲食自然充足恒無乏少四者能破一切怨敵五者能使一切衆生皆生慈心六者一切蠱毒一切熱病無能侵害七者一切刀杖不能爲害八者一切水難不能漂溺九者一切火難不能焚燒十者不受一切横死是名爲十現身復得四種果報何者爲四一者臨命終時得見十方無量諸佛二者永不墮地獄三者不爲一切禽獸所害四者命終之後生無量壽國世尊我念過恒河沙數劫復過恒河沙數劫復過無量恒河沙數劫爾時有佛名曼陀羅香如來我於彼佛爲優婆塞身於彼佛所復得此呪得此呪已於四萬劫超生死際説此呪時得一切諸佛大慈大悲大喜大捨智慧藏法門以此法門力故能救一切衆生一切牢獄繫閉杻械枷鎖臨當刑戮水火等難種種苦惱我恒救護令得解脱一切夜叉羅刹以此呪力令此羅刹皆發善心功德具足即發阿耨多羅三藐三菩提心我此神呪有如是力復有人犯四波羅夷及五逆罪能讀誦此呪一遍者一切根本重罪悉得除滅誦此呪者有如是功德況復有人依此經教受持呪者當知是人於萬萬億那由他那由他諸佛所曾聞此法今還得聞況復受持讀誦晝夜不忘者是人若心所念者我滿其願若復有人於十四日朝或十五日以香湯洗浴其身著新淨衣一上厠一洗浴如此淨衣不得上厠屏行此法時竟日不食至於明旦其道場中置觀世音像懸雜色旛蓋香華供養初入道場時必須慇重至心請十方諸佛慇懃懺悔懺悔

已訖在於像前數一坐具胡跪恭敬至心誦持此咒行此法者當知是人得四萬劫離生死際世尊我如是觀世音菩薩名字難可得聞若復有人稱十萬億諸佛名字或復有人稱觀世音菩薩名字者彼二人福正等爾時觀世音菩薩白佛言世尊若善男子善女人及一切衆生晝夜慇懃稱我名者皆得阿毗跋致地現身得離一切苦惱一切障難一切怖畏及三業罪悉得除滅況復有人依此經教如法修行當知是人即得阿耨多羅三藐三菩提心如在掌中佛告觀世音菩薩摩訶薩言善哉善哉善男子汝乃能於一切衆生起大慈大悲心善男子當知汝等以此神力救護一切衆生必得成就阿耨多羅三藐三菩提心無有疑也佛告觀世音菩薩摩訶薩

言善男子如此神咒我亦受持我亦印可善男子汝今說之爾時觀世音菩薩摩訶薩從座而起偏袒右肩胡跪合掌右膝著地五體投地頂禮佛足禮佛足已却坐一面白佛言世尊我今當承佛神力而說咒曰

南無佛陀耶　南無達摩耶　南無僧伽耶　南無若那娑伽羅　毗盧遮那耶　多他伽多耶　南無阿利耶跋路　吉帝攝婆羅耶　菩提薩埵耶　摩訶薩埵耶　摩訶伽樓膩伽耶　南無薩婆哆他伽帝毗耶　阿羅訶陀毗耶　三藐三佛提毗耶　多姪他　唵　陀羅陀羅　地利地利　豆樓豆樓壹知跋知　遮離遮離　鉢遮離鉢遮離鳩蘇咩　鳩蘇摩婆離　伊利彌利脂致闍羅摩波那耶　冐地薩埵　摩訶伽盧尼迦耶　娑婆

訶
爾時觀世音菩薩白佛言世尊此呪有如是
神力最爲上首復說呪曰
南無阿利耶　跋路　吉諦　攝婆羅耶
菩提薩埵耶　摩訶薩埵耶　多姪他　訶
訶訶訶　一離彌離　脂離毗離　詰離醯
離　娑婆訶
時觀世音菩薩白佛言世尊此呪名呪水呪
衣呪若復有人入道場時先以此呪呪水七
遍以浴其身浴其身已復以此呪呪衣七遍
著入道場
南無阿利耶跋路　吉羝攝婆羅耶　菩提
薩埵耶　摩訶薩埵耶　多姪他　晝樓晝
樓　訶訶訶訶　娑婆訶
此名呪香呪初入道場時呪香七遍然後乃
燒
南無佛陀耶　南無達摩耶　南無僧伽耶
南無阿利耶跋路吉羝攝婆羅耶　菩提
薩埵耶　摩訶薩埵耶　摩訶伽樓尼伽耶
多姪他　私利私利地利　地利地利私利
娑婆訶
此名呪華呪油呪華散佛呪油然燈各呪百
遍
南無佛陀耶　南無達摩耶　南無僧伽耶
南無阿利耶跋路　吉羝攝婆羅耶　菩提
薩埵耶　摩訶薩埵耶　多姪他娑第　娑
第　娑地　娑地　藪茶藪茶　娑婆訶
此名呪食呪獻佛食時所有飲食及諸雜果
先呪二十一遍然後乃獻
南無佛陀耶　南無達摩耶　南無僧伽耶

南無阿利耶跋路　吉羝攝婆羅耶　菩提
薩埵耶　摩訶薩埵耶　摩訶伽樓尼伽耶
多姪他　訶私陀私　呼樓呼樓周樓　蘇
樓蘇樓　娑婆訶
此名呪火呪用蘇曼木然火別以蘇曼木寸
截三十一段用酪酥蜜三種和之取蘇曼木
一段塗酪酥蜜呪之一遍擲著火中盡三十
一段次第呪已然後如法修行
南無佛陀耶　南無達摩耶　南無僧伽耶
南無阿利耶跋路吉羝攝婆羅耶　菩提薩
埵耶　摩訶薩埵耶　摩訶伽樓尼伽耶
多姪他　伊利彌利　脂利彌利　提利醯
利　娑婆訶
此呪名結界呪或呪水用之散著四方或呪
芥子散著四方或呪淨灰散著四方各呪七
遍
南無佛陀耶　南無達摩耶　南無僧伽耶
南無阿利耶跋路　吉羝攝婆羅耶　菩提
薩埵耶　摩訶薩埵耶　摩訶伽樓尼伽耶
多姪他　賴致帝利脂致　伽車伽車　婆
伽畔　阿利耶跋路　吉羝攝婆羅耶　娑
婆娑能　娑婆訶
行道訖竟誦此呪七遍繞觀世音此呪別更
有神力若有人患寒熱病者或一日一發或
二日一發或三日一發以此呪之悉得除愈
若被惡鬼打之或被鬼子母所打或被羅刹
女打之或被毗舍闍鬼打之或被富單那鬼
打之或被顛鬼打之或患丁腫或患漏或體
生瘡疱等用五色線作呪索一百八結清淨
洗手燒妙好香誦呪一百八遍一呪一結繫

其頸上或被蛇螫或蠍螫一切毒蟲所螫之者以黃土作泥呪之七遍塗其螫處悉得除愈若患風病呪酥七遍塗其患處并服之除愈或患偏風耳鼻不通以青木香用胡麻油樺皮上煮之并呪七遍塗其患處即得除愈所有疾病用此呪治悉得除愈此呪神力說不可盡我依經教略而言之爾時觀世音菩薩摩訶薩白佛言世尊若有善男子善女人有能依觀世音教作法者彼善男子善女人須用白栴檀作觀世音像其木要須精實不得枯瘁身長一尺三寸作十一頭當前三面作菩薩面左廂三面作瞋面右廂三面似菩薩面狗牙上出後有一面作大笑面頂上一面作佛面悉向前後著光其十一面各戴華冠其華冠中各有阿彌陀佛觀世音左手把澡瓶瓶口出蓮華展其右手以串瓔珞施無畏手其像身須刻出瓔珞莊嚴爾時其人造此像已欲求心中所願者從月一日入道場至十五日入道場時一上廁一洗浴須淨衣三具一日之中三時換衣於晨朝時著一具中時著一具向暮著一具其淨衣不著上廁行道之人一食長齋不食餘味唯食大麥乳糜安道場之處必須淨室泥拭鮮潔香泥塗地復以香水灑地在其室中量七肘地縱廣正等四角竪柱周帀懸旛處中施一高座置觀世音像像面向西以種種華散其道場唯燒沉水蘇合等香從一日至七日一日三時誦呪晨朝誦一百八遍中時一百八遍向暮一百八遍未須獻食從八日中時至十一日日別一獻種種飲食及餘果子所獻之食不

著槃上唯敷淨草上置飲食於十四日十五日倍加上妙香華以爲供養種種餚饍及餘雜果倍勝於前以爲獻佛其行者唯敷莎草爲座胡跪恭敬面正向像於十四十五日在其像前然梅檀火須蘇摩油一升淨銅器盛之置行者前復須沉水香麤細如筯寸截滿一千八段爾時行者從十五日中後取一沉水段塗蘇摩油呪之一遍擲著梅檀火中如是次第盡一千八段爾時行者於其二日全不得食至十五日夜時觀世音來入道場其梅檀像自然動搖其像動時三千大千世界俱時震動其像頂上佛面出聲讃行者言善哉善哉善男子我來看汝所有願者今悉滿足時有四願其四者何一者願不離坐處即得騰空而去自在無礙二者願在於一切賢

聖中得無障礙三者願作持呪仙人中王四者願現身即得隨逐觀世音是名四願爾時行者於四願中隨意乞者時觀世音即與一願其四願中若不得已至後月十五日朝更立道場於道場中置像一軀其中有舍利者還以十一面觀世音像置舍利像邊須華一千八莖其行者在於像前敷草爲座胡跪恭敬取其一華呪之一遍散著像上如是次第盡一千八華盡其華已時觀世音像正前菩薩面出大雷聲爾時行者安心定意不得恐怖雷聲出時一切震動爾時行者口常誦呪雷聲出時即當乞願發聲唱言南無觀世音弟子何時能救一切衆生苦惱何時當能滿一切衆生願時觀世音隨願即與當與願時天龍八部諸鬼神等無能障難若月蝕時用

赤銅鉢盛牛酥三兩於其露地在觀世音像前以黄土泥塗地團圓一尺五寸酥鉢置上從初蝕時誦呪乃至是月還生如故然後始休取其酥食須食盡竟不得留餘食此酥巳身中疾病悉得除愈用石雄黄雌黄二種等分置草葉上在觀世音像前誦呪一千八遍呪巳和其煖水洗浴其身一切障難一切惡夢一切疫病皆得除愈

若有他方怨賊欲來侵境以此觀世音像面正向之種種香華而爲供養取胭脂大如大豆誦呪一千八遍塗像左廂瞋面令彼怨敵不能前進

若有國土人民疫病起時或有雜類一切畜生疫病死時安置道場用白芥子壓取脂使得一升取紫橿木大如筆管寸截滿一千八段先於像前然紫橿火其人取紫橿一段塗白芥子脂呪之一遍擲之火中盡其段數皆呪一遍擲著火巳能使一切疫病悉得除愈復取緋線一呪一結乃至七結稱名願爲國中疫病悉得除愈以此呪索於最上佛頸邊繫著是諸災疫皆悉得除除巳解去呪索

若有人被他厭禱蠱道呪詛因即成病如是病者在於像前用其緋綖一呪一結呪之七遍使作七結繫著像項經由一宿取繫病人即得除愈

若有人卒得狂病用其白綖作二十一結呪二十一遍在於像前更呪一百八遍繫著此像正前頂上經由一宿取繫病人頸若過二日不差還取呪索更呪一百八遍絞著像頸復經一宿取繫病人即得除愈

若有惡鬼入人宅中須薰陸香一百八顆在於像前顆呪一遍置著火中盡此香已所有惡鬼自然散走不敢停住

若有怨讎伺求人便取其白綖在於像前結作一百八結呪之一百八遍繫像左廂瞋面頂上經由一宿解取此索稱彼怨讎名字一稱一截乃盡一百八結恒稱是人所作不成

若有人相瞋恨者取五色綖作呪索於像前呪之繫著左廂瞋面頂上經由一宿解取自繫令彼瞋者自然和解

若有人欲求善事取五色綖結作呪索在於像前呪之七遍繫著正前面頂上經由一宿解取繫身所求如意

若有人自知身中有障難者須種種和香塗其像身復以香水洗浴其像洗浴像已還取此呪呪之一百八遍自浴其身自浴身已一切障難自然消滅說此品時一切大衆同時讚言善哉善哉觀世音大士乃救護一切衆生說大神呪我等大衆亦當受持說此經已彼諸大衆一時俱起遶佛三帀作禮而去此經名金剛大道場神呪有十萬偈或部略出十一面觀世音一品

佛說十一面觀世音神呪經

音釋

毚奴侯切 蹉七何切 噤巨禁切閉也 埤避移切 鞮都奚切

隼思尹切鶻也 齶五各切齒根肉也 欀音穰 紗音沙 羝都奚切

疱皮教切疱瘡也 氣瘱去協切 橿居良切

五經同卷

清刻龍藏佛説法變相圖

五經同卷
十一面神呪心經
千轉陀羅尼觀世音菩薩呪經
呪五首經
六字神呪經
呪三首經

十一面神呪心經

唐三藏法師玄奘奉　詔譯

如是我聞一時薄伽梵住室羅筏竹筍道場與大苾芻衆千二百五十人俱菩薩摩訶薩無量無數慈氏菩薩而爲上首復有無量苾

芻苾芻尼鄔波索迦鄔波斯迦及諸天龍藥叉健達縛阿素洛揭路荼緊捺洛莫呼洛伽鳩槃荼畢舍遮人非人等大衆圍繞供養恭敬尊重讃歎而爲説法爾時觀自在菩薩摩訶薩與無量俱胝那庾多百千持呪神仙前後圍繞來詣佛所到已頂禮世尊雙足右繞三帀退坐一面白佛言世尊我有神呪心名十一面具大威力十一俱胝諸佛所説我今説之爲欲利益安樂一切有情除一切病故滅一切惡故爲止一切不吉祥故爲却一切惡夢想故爲遮一切非時死故欲令諸惡心者得調淨故有憂苦者得安樂故有怨對者得和解故魔鬼障礙皆消滅故心所願求皆稱遂故世尊我不見世間若天若魔若梵若沙門若婆羅門等以此神呪防護其身受持讀誦書寫流布而爲一切災横魔障刀杖毒藥厭禱呪術所能害者我亦不見以此神呪隨所住處若遠若近結作界已有能越之來相嬈害唯除決定惡業應熟世尊彼當證知是事必爾唯應信受不應分别如此則令一切災横皆悉遠離不得侵近此神呪心一切諸佛同所稱讃同所隨喜一切如來憶持守護世尊我憶過去過殑伽沙等劫前有佛出世名百蓮華眼無障礙頂熾盛功德光王如來應正等覺我於爾時作大仙人從彼世尊受得此呪得此呪時見十方佛應時證得無生法忍當知此呪具大威力是故若有淨信善男子善女人等欲受持讀誦此神呪者應當恭敬至心繫念每晨朝時如法清淨念誦此呪一百八遍若能如是現身獲得十種勝

利何等爲十一者身常無病二者恒爲十方諸佛攝受三者財寶衣食受用無盡四者能伏怨敵而無所畏五者令諸尊貴恭敬先言六者蠱毒鬼魅不能中傷七者一切刀杖所不能害八者水不能溺九者火不能燒十者終不横死復得四種功德勝利一者臨命終時得見諸佛二者終不墮諸惡趣三者不因嶮厄而死四者得生極樂世界世尊我憶過去過十殑伽沙等劫復過於此有佛出世名美音香如來應正等覺爾時我身作大居士於彼佛所受得此呪得此呪時便於生死超四萬劫誦持此呪復得諸佛大悲智藏一切菩薩解脱法門由此威力能救一切牢獄繫閉杻械枷鎖臨當刑戮水火風賊蠱毒厭禱人非人等種種苦難由此我於一切有情能作歸依救護安慰洲渚室宅以此呪力攝取一切勃惡藥叉邏刹娑等先令發起慈心愍心然後安立於阿耨多羅三藐三菩提世尊我此神呪有大威力若誦一遍即能除滅四根本罪及五無間令無有餘況能如説而修行者若有曾於百千俱胝那庾多佛所種諸善根乃於爾時得聞此呪況能受持如説行者若能晝夜讀誦受持此神呪者我當令彼所有願求悉得如意若有能於半月半月或第十四日或第十五日受持齋戒如法清淨繫心於我誦此神呪便於生死超四萬劫世尊我由此呪名號尊貴難可得聞若有稱念百千俱胝那庾多諸佛名號復有暫時於我名號至心稱念彼二功德平等平等諸有稱念我名號者一切皆得不退轉地離一切病

脱一切障一切怖畏及能滅除身語意惡況能於我所說神呪受持讀誦如說修行當知是人於無上菩提則爲領受如在掌中爾時世尊讃觀自在菩薩言善哉善哉善男子汝乃能於一切有情發起如是大慈悲意而欲開示此大神呪善男子汝由此方便能救脱一切有情所有病苦障難怖畏身語意惡乃至安立一切有情於阿耨多羅三藐三菩提善男子我亦隨喜受汝神呪汝當說之時觀自在菩薩摩訶薩即從座起偏袒一肩右膝著地曲躬合掌而白佛言誦此呪者應作是說敬禮三寶敬禮聖智海遍照莊嚴王如來敬禮一切如來應正等覺敬禮聖觀自在菩薩摩訶薩大悲者

怛經他闍一達囉達囉二地囉地囉三杜嚕杜嚕四壹䶛去聲下同伐䶛五折隸折隸六鉢囉折隸鉢囉折隸七俱素謎八俱蘇摩伐隸九壹履弭履十止履止徵知里切十一社時賀切羅摩波捺耶夷何切十二戍輸律切陀薩埵十三莫訶迦嚧尼上聲迦十四莎去聲下皆同訶十五

世尊此是根本神呪若有念誦獲如上說功德勝利敬禮三寶敬禮聖智海遍照莊嚴王如來敬禮一切如來應正等覺敬禮聖觀自在菩薩摩訶薩大悲者

怛經他　呵呵呵呵一壹隸弭隸二止隸婢隸三棄上聲隸呬上聲下皆同隸四莎訶五

世尊此是呪水及衣呪若欲入道場先當洗浴後以此呪呪水七遍灑身結淨復以此呪呪衣七遍然後取著敬禮三寶敬禮聖智海遍照莊嚴王如來敬禮一切如來應正等覺

敬禮聖觀自在菩薩摩訶薩大悲者
怛經他拄吒古切嚕拄嚕一呵呵呵呵二莎訶
三
世尊此是呪香燈呪若入道場欲燒香供養時先以此呪呪香七遍然後燒之欲然燈時先以此呪呪油七遍後以然燈敬禮三寶敬禮聖智海遍照莊嚴王如來敬禮一切如來應正等覺敬禮聖觀自在菩薩摩訶薩大悲者
怛經他　死履死履一地履地履二死履地履三莎訶四
世尊此是呪華香鬘呪若入道場欲以華香鬘供養時先以此呪呪華七遍用散尊像復以此呪呪香七遍以塗尊像復以此呪呪鬘七遍以嚴尊像敬禮三寶敬禮聖智海遍照莊嚴王如來敬禮一切如來應正等覺敬禮聖觀自在菩薩摩訶薩大悲者
怛經他　娑睇娑睇一死地死地二素上聲下同杜素杜三莎訶四
世尊此是呪獻佛供呪若欲以飲食華果等供養佛時先誦此呪呪之二十一遍然後獻奉敬禮三寶敬禮聖智海遍照莊嚴王如來敬禮一切如來應正等覺敬禮聖觀自在菩薩摩訶薩大悲者
怛經他　末死達死一折履折履二虎嚕虎嚕三主嚕主嚕四素上聲下同嚕素嚕五母嚕母嚕六莎訶七
世尊此是呪薪呪若欲以上根本神呪隨事有所作時先以此呪呪闍底華木一遍擬用然火復別取闍底華木寸截以爲三十一段

用酪酥蜜漬之經宿每取一段呪之一遍即擲火中乃至皆盡然後隨事作所應作敬禮三寶敬禮聖智海遍照莊嚴王如來敬禮一切如來應正等覺敬禮聖觀自在菩薩摩訶薩大悲者

怛經他壹履弭履一比履底丁里切下皆同履二止履唎履三莎訶四

世尊此是結界呪欲結界時先以此呪呪水七遍散灑四方或呪芥子或呪淨灰皆至七遍散四方面隨心遠近即成界畔而爲防護

敬禮三寶敬禮聖智海遍照莊嚴王如來敬禮一切如來應正等覺敬禮聖觀自在菩薩摩訶薩大悲者

怛經他　比胝比胝一底胝底胝二止胝止胝三費房匪切下同胝費胝四揭車揭車五薄伽梵六阿唎耶婆肥何切盧枳低濕伐羅七颯縛婆縛去聲南八莎訶九

世尊此是請我還自宮呪若所作事竟請我還自宮時應以此呪呪水七遍散灑四方我便還去世尊如是神呪雖不成立而亦能作種種事業至心念誦無不獲願若患瘧病或一日一發或二日一發或三日一發或四日一發若患鬼病或部多鬼所作或荼耆上聲呼尼所作或畢舍遮所作或羯吒平聲呼布怛那所作或癲鬼所作或癇鬼所作或餘種種惡鬼所作皆以此呪呪彼患者一百八遍即得除愈

若障重者用五色縷誦呪作結一遍一結凡一百八結以繫病人頸上或繫臂上罪障消滅病即除愈

若患丁腫癰腫瘺瘡疱瘡疽瘍癬等種種惡病若被刀箭矛矟等傷蛇蠍蜈蚣毒蜂等螫皆以此呪呪之七遍即得除愈

若障重者呪黄土泥至一七遍用塗病處所苦得除

若患緩風偏風癱風耳聾鼻塞瘢風等病皆應至心念誦此呪呪彼患者一百八遍病即除愈

若障重者以油或酥煎樺皮及青木香每呪七遍即用塗身或滴耳鼻或令服之所患便愈

若有所餘種種疾病皆應至心以此呪呪之或自念誦即得除差

世尊若欲成立此神呪者應當先以堅好無隙白栴檀香刻作觀自在菩薩像長一磔手半左手執紅蓮華軍持展右臂以掛數珠及作施無畏手其像作十一面當前三面作慈悲相左邊三面作瞋怒相右邊三面作白牙上出相當後一面作暴惡大笑相頂上一面作佛面像諸頭冠中皆作佛身其觀自在菩薩身上具瓔珞等種種莊嚴造此像已欲求願者著新淨衣受持齋戒從白月一日至第八日每日三時念誦此呪一百八遍或無量遍從此以後於一靜處數清淨座安置所造觀自在菩薩像面向西方隨力所辦獻諸飲食唯燒沉水及蘇合香行者當食大麥乳食如前念誦至第十三日從此以後所設供具須倍勝前行者唯應食三白食謂乳酪飯取菩提樹木像前然火復取彼木寸截以爲一千八段用靚嚕色迦香油漬之每取一段誦

呪一遍擲置火中乃至皆盡爾時大地岌然搖震由此像身亦即運動從最上面口中出聲讚行者言善哉善哉善男子汝能如是勤苦求願我當令汝所願滿足令汝於此騰空而去或復令汝所遊無礙或作持呪仙人中王或使如我自在無障復次行者或於白月第十五日以十一面觀自在菩薩像置有佛馱都制多中著新淨衣受持齋戒經一日一夜不飲不食取蘇末那華一千八枚每取一華呪之一遍擲置像上乃至皆盡爾時其像當前一面口中出聲猶如雷吼由此便令大地震動行者爾時應自安心勿生恐怖但念神呪乞所期願作如是言敬禮聖觀自在菩薩摩訶薩大悲者我於何時能與一切有情作大依怙能滿一切有情心之所願時觀自在便與其願當與願時諸天龍等無有能與作障礙者復次行者於月蝕時取酥一兩銀器盛之置此像前念誦此呪乃至是月還生如故便取食之身中諸病無不除愈

復次行者應等分取雄黃牛黃置此像前念誦此呪一千八遍以水和之點置眉間三事成就如前所説若和煖水洗浴其身則一切障礙一切惡夢一切疫病皆得除愈

復次若他方怨賊欲來侵境應取胭脂一顆誦此呪呪之一百八遍粧點此像左邊瞋面正向彼方令怨賊軍不得前進

復次若國土中人畜疫起於此像前然任婆木火復別取彼木寸截以爲一千八段每取一段塗芥子油呪之一遍擲置火中乃至皆盡復取緋縷作七呪結一呪一結繫置最上

佛面頂上能令疫病一切消除疾疫除已解
去呪索
復次若有卒爲荼者上聲呼尼部多鬼等魅著
成病應取白縷作二十一呪結一呪一結繫
著當前慈悲面頂上經一宿已解取以繫病
人頸上病即除愈若業障重不除愈者應取
此索更呪一百八遍繫前所繫像頂上經一
宿已解取以繫病人頸上必得除愈
復次若有長病困苦不差或惡神鬼來入宅
中應取薰陸香一百八顆在此像前顆呪一
遍擲置火中乃至皆盡復取白縷作二十一
呪結一呪一結繫置當前慈悲面頂上經一
宿已解取繫病者頸上所患除愈惡鬼退散
復次若爲怨讎伺求其便鬪諍厭禱欲作衰
害應以種種香華等物供養此像以婆鑠迦
木像前然火取芸薹子一百八顆各呪一遍
擲置火中復取白縷結作一百八結一呪一
結繫著此像左邊瞋面頂上經一宿已解取
此索稱怨讎名截一一結各令異處一稱一
截乃至都盡令彼怨讎所作不遂自然歸伏
復次若人欲求諸善好事取五色縷結作呪
索一百八結一呪一結復於像前呪之七遍
繫置當前慈悲面頂上經一宿已解取繫自
身上所求如意
復次若知身中有諸障難所求善事多不如
心衰禍時時無因而至應以香水浴此像身
復取此水呪之一百八遍以浴毗那藥迦像
身復取呪之一百八遍自灑其身一切障難
自然消滅諸有所求無不如意爾時觀自在
菩薩摩訶薩說此語已一切大衆同時讚言

善哉善哉大士乃能爲欲利益安樂諸有情故說此神呪我等隨喜亦願受持爾時大衆歡喜踊躍繞佛三帀作禮而去

十一面神呪心經

千轉陀羅尼觀世音菩薩咒經

唐大德法師智通奉　詔譯

娜謨曷囉(上聲)跢娜怛囉(上聲)耶(余何切)夜(戈可切)一娜麼(莫我切)阿利耶跋盧枳羝鑠(上聲)筏囉夜二菩提(徒你切)薩跢婆夜三莫訶薩跢婆夜四莫訶迦嚕嬭(奴綺切)迦夜五跢姪他六闍(上聲)曳闍曳七闍(上聲)夜婆醯(上聲)你八闍(五聲)楡跢唎(上聲)九迦(上聲)羅迦(上聲)羅十麼羅麼羅十一者羅(上聲)者羅(上聲)十二綺拏(上聲)綺拏十三薩囉(上聲)皤(符可切)羯囉(上聲)摩跋囉(上聲)拏你迷十四薄伽跋底(都你切)娑(上聲)訶薩囉(平聲)薄羯羝十五薩囉(上聲)皤菩(上聲)陀跋盧枳羝十六者芻(上聲)十七(眼)輸(上聲)嚕怛囉(上聲)十八(耳)揭囉(上聲)拏(上聲)十九(鼻)是訶(上聲)皤(舌)二十迦夜(身)二十一末拏(心)二十二毗(上聲)輸達你二十三素(上聲)囉(上聲)素(上聲)囉(上聲)二十四鉢囉(上聲)素囉鉢囉(上聲)素(上聲)囉(上聲)二十五薩囉(上聲)皤菩(上聲)陀阿(上聲)提(徒你切)瑟絺(上聲)羝娑婆訶二十六達囉(上聲)麼陀都揭囉(上聲)鞞娑婆訶二十七阿(上聲)婆皤二十八娑(上聲)皤婆皤二十九達囉(上聲)摩皤(上聲)三十蒱馱(上聲)尼(奴移切)曳三十一娑婆訶三十二

千轉印與觀世音心印同(唯足不同)頭指以去四指反叉向內相捺左大指屈入頭指中右大指舒直向內勿曲兩腕相合兩脚作丁字形乃右脚直立左膝曲在外努跨身屈向左邊以心印當右乳前勿著乳面作笑顏傾頭向右(手印與觀世音心印同唯身脚法用别)

每月十五日洗浴於淨室手作心印誦咒滅四重五逆(此印是阿地崛多法師譯出)

千轉云誦此咒已惡業消滅至七遍五逆罪滅若滿千遍已罪無不滅十萬遍面見觀音種種莊嚴者七日之中初作法時唯得食乳

糜酥酪白餅秔米飯不得食鹽醬菜最後一日勿食十五日夜空腹佛前駁駁誦呪無定數見像動揺出聲唱言善哉放光明曜復以眞珠寶物安呪師頂上即知成驗面見觀音已得滿一切善願又於睡眠中夢見觀音種種莊嚴者一切善事成就一切惡業消滅直轉讀者亦得滅罪欲東西行時先呪手七遍以摩拭面所至之處無諸災横若能清淨如法常誦不廢得第一地若有女人能誦持者後成男子更不重受如是女形

先作壇安置供養備訖然始誦呪其壇四面各長十六肘四重作規院相皆外白色内四色各一重如似壁勢即是八重也合五方色四面開門東西南北相當正中一重不須開門大瓦罐八枚瓮子四枚滿盛水揷柏及樹枝安水罐瓮中作白餅秔米飯乳酪酥蜜香果子等供養然十六枝燈四門外各揷十六隻未經用箭掛五綵線於箭上取佉陀羅木（紫檀木是）四枚二長五指二長六指釘壇四角散種種時非時華於壇上又取頗伽木（枸杞子小者是）一千八百枚各長一尺若一瓦鉢若銅鉢和酥乳塗此木枝呪一枝一遍即擲火中無佉陀羅木時（赤棗木代亦得）須畫一白色觀音聖者像隨力大小作又先翻法云千劫聚集業障一時誦念悉皆滅盡得千佛聚集善根得背千劫流轉生老病死邊際捨此身已即見千轉輪聖王恒持十善若欲生諸佛淨土者晝夜各三時誦二十一遍滿三七日如其所欲即於夢中或見佛金色形像及菩薩形像（此是先相即知當生淨土）

上件呪及功能並是通師於總持寺翻梵本出其印法者崛多師譯出
別譯本云受持法取突婆香并苗五斤楮木一千箇長一尺并酥總呪一千遍臨欲燒之以酥塗木莖及香上各呪一遍燒之
豫五月六月取牛糞陰乾突婆香水和作泥作場身二肘圓作場場上安種種華香冬月無華刻華安之然薰陸香呪師面向東坐誦滿一千遍法成未呪之時用此呪水二十一遍或七遍服之呪水解汙淨室道場佛堂洗身呪柳枝打病呪水治病並得各二十一遍若能一生日別三時時別誦一十一遍滅罪不可思議通一切用

千轉陀羅尼觀世音菩薩呪經

咒五首經

唐三藏法師玄奘奉　詔譯

能滅衆罪千轉陀羅尼呪一

納慕曷喇怛那怛喇夜(余賀切)耶(余何切下同)一 納莫阿喇耶二 縛(夫何切下同)盧枳低濕筏囉耶三 步地薩埵耶四 莫訶薩埵耶五 莫訶迦嚧匿迦耶六 怛姪他七 闍曳闍曳八 闍耶縛呬你九 闍逾怛唎十 羯羅羯羅十一 末羅末羅十二 折羅折羅十三 厠尼厠尼十四 薩縛羯摩十五 筏喇拏十六 薄伽伐底(丁履切下同)十七 索訶薩羅伐喇帝十八 薩縛佛陀十九 縛盧枳帝二十 斫芻二十一 室路怛囉二十二 揭囉拏二十三 市吸縛二十四 迦耶二十五 末奴二十六 毗輸達尼二十七 素囉素囉二十八 鉢囉素囉二十九 鉢囉素囉三十 薩縛佛陀三十一 地瑟恥帝三十二 莎訶三十三 達磨馱覩揭鞞三十四 莎訶三十五 裒婆縛三十六 颯縛 婆縛三十七 薩縛 達磨三十八 縛 蒲達泥三十九 莎訶四十

六字呪二

納慕阿唎耶(余何切) 曼殊室利曳 毠縛(夫何切) 繄淡納莫

七俱胝佛呪三

納莫颯多南(去聲) 三藐三勃陀俱胝南(去聲) 怛姪他 唵折麗 主麗准第莎訶

一切如來隨心呪四

納莫薩縛 怛他阿揭多 頡唎達耶(余何切) 阿奴揭帝怛姪他毠屈(居勿切) 拺歧(上聲)尼莎訶

觀自在菩薩隨心呪五

南慕曷喇怛那怛邏夜(余賀切)耶(余何切) 納莫阿唎耶 縛(夫何切) 盧枳低濕筏耶 步地薩埵

耶　莫訶薩埵耶　莫訶迦去聲盧匿迦去聲耶

怛姪他瓮多曬咄多曬咄曬　莎訶

呪五首經

六字神呪經 出集經第六卷內與文殊根本經中呪同

唐三藏法師菩提流志譯

唵婆髻馱那上聲莫

此文殊師利六字呪功德我今欲說若有持此呪欲成就者或食乳糜或食菜或食果食乳應食此食日別三時洗浴謂入五更以後爲初時午時巳後是第二時黃昏巳後至初夜爲第三時於此三時各一度洗浴各別著一具淨衣是故亦須三具淨衣誦呪令滿六十萬遍此爲最初承事供養文殊又若欲受持成就者先須畫文殊師利像其畫像法取好白氎勿令有毛髮亦不得割斷纑縷采色不得用膠應以香汁和畫其文殊師利像蓮華座上結加趺坐右手作說法手左手於懷中仰著其像身作童子形黃金色天衣作白色遮齊巳下餘身皆露首戴天冠身珮瓔珞臂印釧等衆事莊嚴左厢畫觀世音像其身白銀色瓔珞衣服莊嚴如常坐蓮華上結加趺坐右手執白拂右厢畫普賢菩薩像其身金色瓔珞莊嚴如常亦坐蓮華座右手執白拂於文殊上空中兩邊各作一首陀會天手執華鬘在空雲內唯現半身手垂華鬘於文殊像下右邊畫受持呪者右膝著地手執香爐其文殊師利等所坐華下遍畫作池水其菩薩像兩邊各畫在山峯其畫師從起首欲畫之時即日日受八戒洗浴著淨衣而畫乃至畫了若有舍利塔即安文殊像在塔西面像面向西若無大塔應以小塔安文殊像前以面向西設種種華種種飲食果子等三時供養道場內然酥燈其道場要須在寂靜處

唯令一人供給若正在道場誦呪時所須華香等彈指而索不得出言取沉水香截爲長二指都盧婆香油蘇合香稀者是無烟佉陀羅木炭若無以紫橿木替又以沉香内前油中於像前佉陀羅木炭火中燒盡一夜至明相出已即見文殊師利所有求願皆悉滿足除婬欲事自外悉皆不違所求

又法於像前取梅檀截斷長二指還晝夜燒供養是時文殊師利即現身當爲說法所有身患皆悉除愈得菩薩地自在

又法於像前以瞿摩夷塗地散衆名華行者於塗地場内一邊坐誦呪滿一百八遍經一月得聰明持一切經論

又法日日隨心常誦莫忘定受業報亦令消滅

又法若日別能誦滿一百八遍臨命終時得見文殊師利隨心所願皆得受生文殊師利爲利益衆生故於諸功德中略說少許

六字神呪經

呪三首經

唐三藏地婆訶羅奉　詔譯

大輪金剛陀羅尼一

訥謨薩怛唎耶　地毗迦喃　怛他揭多喃

唵比囉　時毗囉時　摩訶斫迦囉　拔闍

唎薩多薩多娑囉帝娑囉帝　怛唎曳怛唎

曳毗陀末你　三槃若你　怛囉末底悉陀

阿揭唎怛炎　娑婆訶

誦此陀羅尼三七遍即當入一切漫荼羅壇也所作皆成（誦呪有身印手印作印誦呪法即易成若未入壇不得輙作今令誦此呪即當入壇作印行不成盜法也）

日光菩薩呪二

南謨勃陀瞿（上聲）那（上聲）迷　南摩達摩　莫訶

南謨僧伽多也泥底（丁以切）　哩部畢薩（僧没切）　咄（登没切）擔（平聲）納摩

（誦此呪滅一切障亦能辟魔及除天災又若誦一遍禮佛一拜如此日別三時誦呪禮佛未來當得一相端正具足果報）

摩利支天呪三

唵（上聲）摩利支曳　薩婆薩多婆頞陀利沙利

娑（上聲）婆（去聲）訶

誦此呪極護人身當日別三時各誦一百八遍

呪三首經

音釋

室羅筏（梵語也此云聞物筏音伐）　嶮（虛儉切山危也）　睇（特計切）　漬（疾智切浸也）　瘍（余章切頭創也）　矟（所角切兵器也）　癱（他干切）　⿸疒敢（呼甘與憨同癡甚也）　緋（匪微切絳色也）　馺（先合切）　瓮（烏貢切甖也）　挵（盧貢切與弄同）

大方廣菩薩藏經中文殊師利根本一字陀羅尼法

唐天竺三藏寶思惟譯

清刻龍藏佛說法變相圖

四經同卷 前二與文殊根本儀軌經第八卷大輪一字品同本

大方廣菩薩藏經中文殊師利根本一字陀羅尼法

曼殊室利菩薩呪藏中一字呪王經

十二佛名神呪校量功德除障滅罪經

佛說稱讚如來功德神呪經

大方廣菩薩藏經中文殊師利根本一字陀羅尼法

唐天竺三藏寶思惟譯

如是我聞一時佛住淨居天寶莊嚴道場中與大菩薩及淨居諸天衆俱爾時世尊大慈

大悲於此會中普告一切諸天衆言汝等善聽文殊師利童子行輪呪法爲欲守護諸衆生故一切如來所有極秘密心大神呪王我今當爲汝等開示顯說若有誦者我記此人則爲已持一切諸呪悉皆圓滿一切所作皆得成就更無過者汝等應知此陀羅尼於諸呪中是大呪王有大神力若善男子善女人能受持者文殊師利童子菩薩常來擁護或於覺時或於夢中爲現身相及諸善事能令此人皆大歡喜諸善男子此之呪王尚能攝得文殊師利童子、菩薩況餘菩薩及世出世賢聖等衆復次善男子此呪能消一切災障一切惡夢一切怨敵一切五逆四重十惡罪業一切惡邪不祥呪法亦能成辦一切善事具大精進當知是呪於世出世種種呪中爲最殊勝是諸佛心能令一切所願皆悉滿足若以五色線結呪索繫其項上擁護其身亦令諸願皆得圓滿無超過者即說呪曰

唵齒臨(臨離禁切)

諸佛子等此呪能滅一切惡邪魍魎是一切諸佛吉祥之法亦能成就一切神呪誦此呪者能令衆生起大慈心能令衆生起大悲心一切障礙皆得消滅所有諸願皆得滿足未作法時即能成辦如意等事若發無上大菩提心誦之一遍力能守護自身若誦兩遍力能守護同伴若誦三遍力能守護一宅中人若誦四遍力能守護一城中人若誦五遍力能守護一國中人若誦六遍力能守護一天下人若誦七遍力能守護四天下人若以清旦誦一遍呪水洗面能令見者歡喜呪香熏

衣亦令見者歡喜若患齒痛呪齒木嚼之揩齒所痛即差若有女人産難之時取阿吒盧沙迦根或郎伽根呪之七遍以無蟲水和磨之塗於産女齊中兒即易生或諸男子爲箭所中鏃入筋骨拔之不出以十年酥三兩呪一百八遍安瘡中及食之箭鏃即出若婦人五年十年乃至二十三十年不生男女者或自有病或男子有病或鬼魅所著種種病等或爲毒藥所中當以十年已上酥五兩孔雀尾一兩內於酥中呪之二十一遍煎之擣爲末以石蜜一兩大訶棃勒三顆去核取皮相和呪之一百八遍常以清旦空腹盡服於七日中即有男女若患頭痛以烏翅羽呪之七遍拂病人頭患即除愈若瘧病一日二日乃至七日或常患者以純乳煑粥著好酥一兩呪之一百八遍與病人服之即得除愈諸善男子以要言之若欲合和一切湯藥及欲服者先須至心誦之二十一遍速得如願復次善男子若有一切衆生爲飛頭鬼所執以手自摩其面誦呪一百八遍作可畏相貌便以左手作本生印以大母指屈在掌中用後四指壓大母指上急把拳即自努目陰誦此呪而著病者所患即除若人患一切鬼病以呪呪右手一百八遍燒安悉香熏之左手作本生印右手摩病人頭患即除愈若有怨敵及諸惡夢種種怖畏身心不安以五色線結呪索作蓮華形或作輪形或作金剛杵形呪之一百八遍燒安悉香熏之於七日中繫自身項上一切厄難悉皆消散或以牛黄研爲墨於淨紙上及白練上畫其所怖者形於四邊

作齒臨字圍之或作蓮華或作輪字或作萬字螺魚金剛鉤寶瓶等圍之呪七遍所怖即除諸善男子若欲經過師子虎狼毒蛇怨賊一切險難之處當須淨其身心不得近諸女人及喫五辛一切酒肉於諸衆生起大悲想至心誦呪四十九遍而諸怨惡自然退散假令遇之無不歡喜諸善男子此呪假令一切衆生或於一劫或無量劫乃至名字不可得聞何況得見專心念誦假令七寶象馬滿閻浮提猶是世間滅壞之法此陀羅尼呪能令衆生現世當來常獲安隱與諸如來大菩薩衆常爲眷屬若爲自身若爲他人所願皆得是故慇懃生難遇想勿得輕慢起疑惑心

大方廣菩薩藏經中文殊師利根本一字陀羅尼法